大疫之夜

奧罕·帕慕克——著

VEBA GECELERI

Orhan Pamuk

◆王翎——譯

目次

感謝歷史學家好友埃罕・艾登姆（Edhem Eldem）在本書完稿階段惠予指正並提供建議。

本書中的人物、名字、地點和事件皆為虛構，與任何已故或現存人物、地點或事件無關，如有雷同，純屬巧合。

有危險迫近時，人的內心總是會響起兩種同樣強勢的聲音：一種聲音理性地說要衡量危險的本質和平安脫險的方法；另一種聲音則更加理性，說思考危險會造成過大的壓力和痛苦，既然沒有任何人能夠預見一切並且違逆大勢所趨，最好對即將來臨的痛苦視而不見，只想著愉快的事就好。

——托爾斯泰著，《戰爭與和平》

到目前為止，沒有任何作家試著藉由檢視和比較不同的敘事來寫下瘟疫災禍真正的歷史。

——亞歷山德羅．曼佐尼（Alessandro Manzoni）著，《未婚夫妻》（*The Betrothed*）

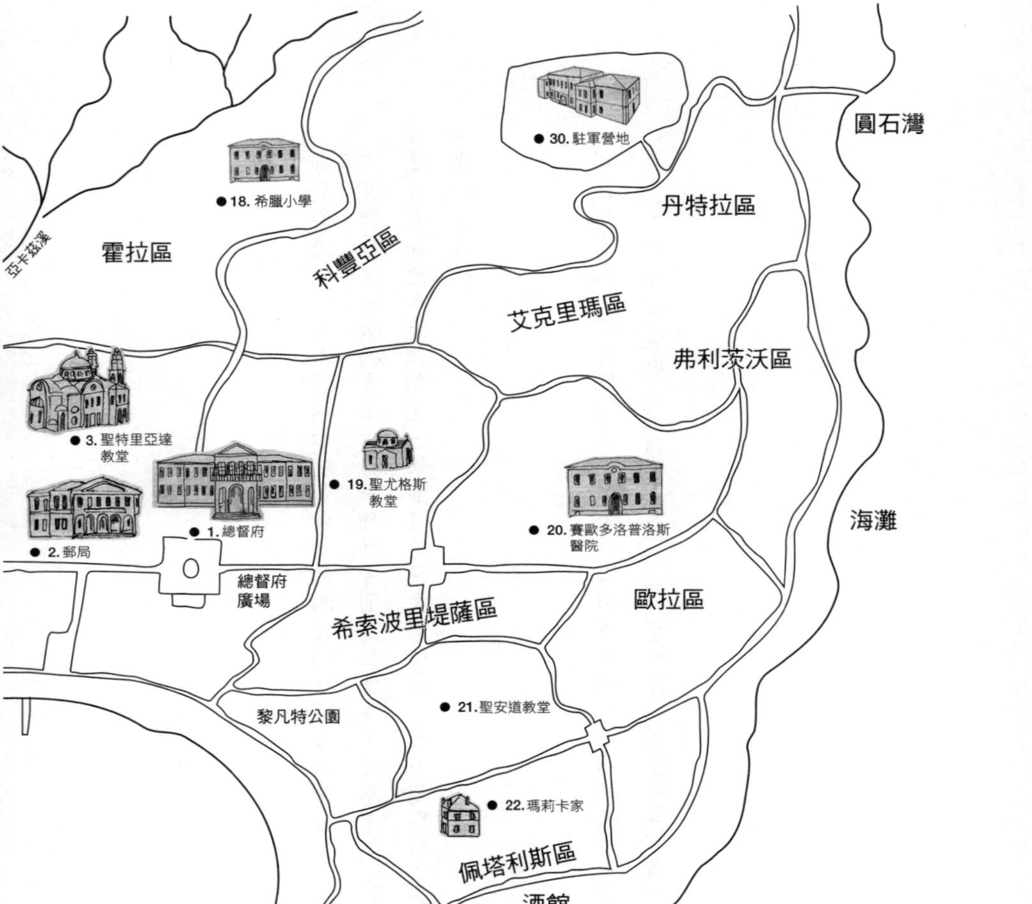

1. 總督府
2. 郵局
3. 聖特里亞達教堂
4. 希臘中學
5. 未完工的鐘塔
6. 輝煌殿堂飯店
7. 馬車車庫
8. 海關
9. 檢疫站
10. 新清真寺
11. 里法伊教團道堂
12. 盲眼穆罕默德帕夏清真寺
13. 哈米德醫院
14. 卡迪里教團道堂
15. 拜克塔什教團道堂
16. 哲妮璞家
17. 少校家
18. 希臘小學
19. 聖尤格斯教堂
20. 賽歐多洛普洛斯醫院
21. 聖安道教堂
22. 瑪莉卡家
23. 隔離所
24. 陸軍幼校
25. 哈黎菲耶教團道堂
26. 柴姆勒教團道堂
27. 穆斯林新墓園
28. 佐菲里烘焙坊
29. 焚化坑
30. 駐軍營地
31. 阿拉伯燈塔
32. 法蘭西火輪船公司辦公室

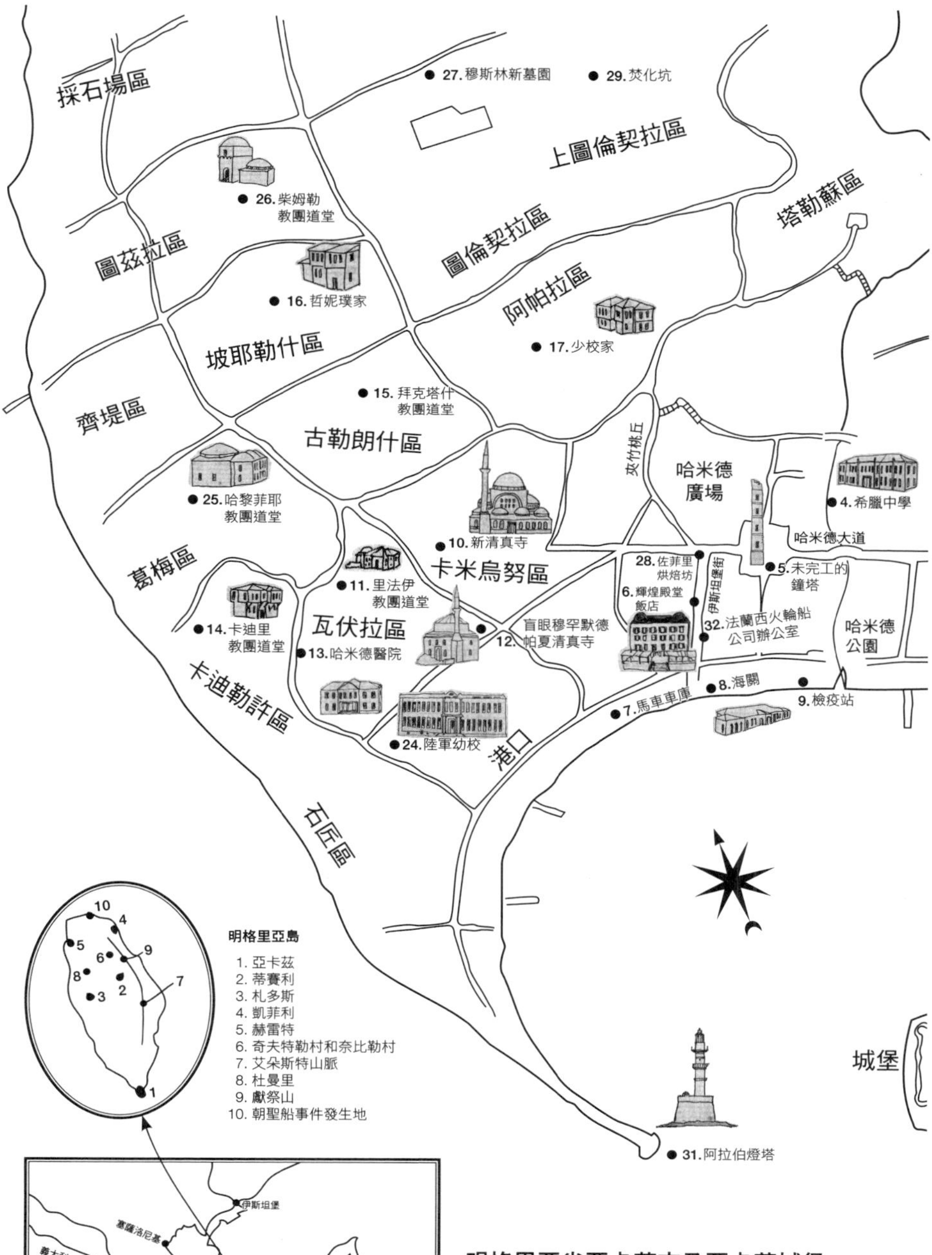

明格里亞省亞卡茲市及亞卡茲城堡
（一九〇一年）

比例尺：1:10000
0 100 200 300 400 500 公尺

鄂圖曼帝國第三十到三十四任蘇丹世系表簡圖

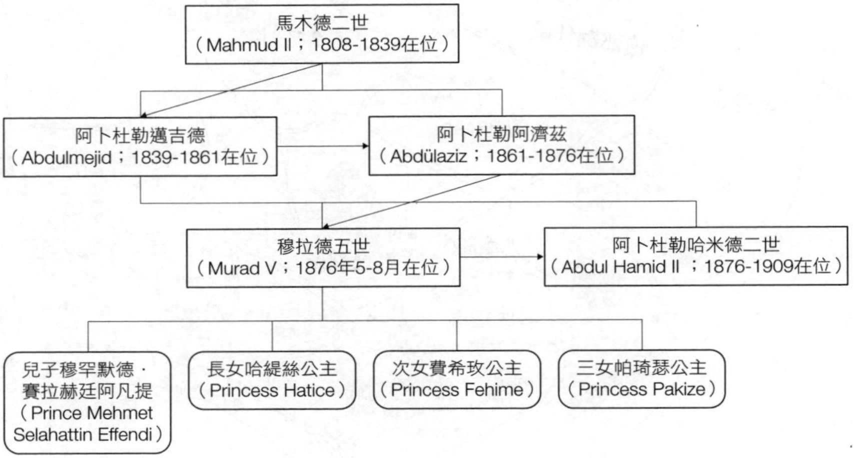

* 為完整呈現蘇丹及親族關係，本圖附上穆拉德五世的家庭成員關係。

帕琦瑟公主與努里醫師家族人物關係簡圖

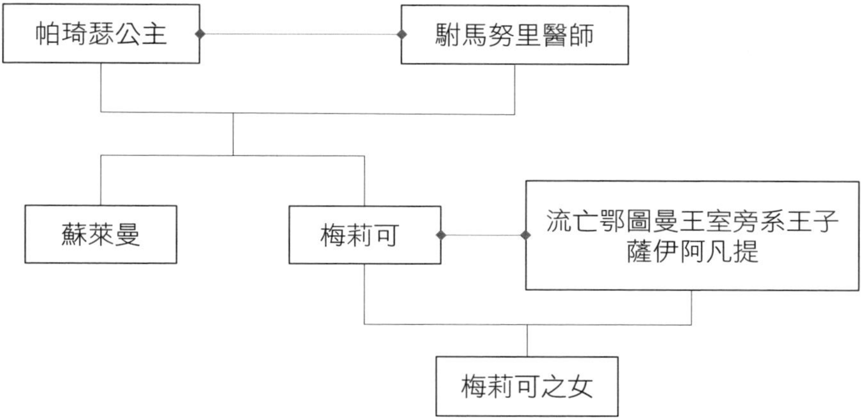

大疫之夜

前言

本書是歷史小說，也是以小說形式書寫的歷史。書中內容是關於有「東地中海明珠」之稱的明格里亞島（Mingheria）風起雲湧的六個月裡發生的多起重大事件，此外也加入了我深愛的這個國家歷史上的多則故事。

在我開始研究一九〇一年島上爆發瘟疫[1]後發生的事件，我意識到僅僅透過歷史學的方法，無從理解人物在這段為時不長但極為戲劇化的時期所做的主觀決定，但是小說的藝術或許會有幫助，所以我決定將歷史與小說相互結合。

不過諸位讀者切莫誤會，我的初衷與複雜難解的文學課題無關。一切皆始於我有機會接觸到的一系列書信，而我希冀藉由本書反映信中豐富寶貴的內容。我受邀編著出版一百一十三封由帕琦瑟公主於一九〇一到一九一三年之間寫給姊姊哈緹絲公主的信件，帕琦瑟公主是鄂圖曼帝國第三十三任蘇丹穆拉德五世[2]的三女。諸位讀者準備翻閱的這本書，最初其實是這部書信集的「編者引言」。

1 瘟疫（plague）：plague可指「鼠疫」或「瘟疫」（教育部《重編國語辭典修訂本》釋義為：「流行性急性傳染病的總稱」），本書中爆發的疫病為「鼠疫」，某些段落中亦可理解為是泛稱大規模爆發的疫病，故大多譯為「瘟疫」，僅第七十四章中考量文意脈絡譯為「『肺炎性』鼠疫」。

2 穆拉德五世（Murad V）：鄂圖曼帝國第三十三任蘇丹，阿卜杜勒邁吉德之子，於一八七六年五月即位，同年八月底遭到罷黜。

這篇引言愈寫愈長，且隨著進一步的研究涵蓋更多面向，最後造就諸位讀者手中的這本書。我必須承認，成書關鍵在於帕琦瑟公主的文筆和聰慧讓我心醉神迷。帕琦瑟公主迷人討喜、觀察敏銳，擅長覺察種種細節，敘事技巧渾然天成且獨樹一格，擁有極少數歷史學者和小說家有幸具備的天賦。多年來我在英國和法國的檔案庫研讀發送自鄂圖曼帝國港口城市的領事專函，我的博士論文即以此為題，後續也出版數本相關題材的學術專書。但是關於霍亂和瘟疫爆發時期以及期間種種事件，沒有任何領事的記述能像公主的書信一樣，既優雅又能達致深刻的理解，將鄂圖曼港口城市街道和市集的氣氛和色彩、海鷗的嘎嘎叫聲和馬車車輪的吱呀聲響刻畫得栩栩如生。帶給我最大啟發，引領我將編者引言寫成小說的，或許就是對人、事、物觀察入微的帕琦瑟公主。

閱讀信件的過程中，我自問：是否因為帕琦瑟公主和我同樣身為「女人」，因此比一般歷史學者或駐外領事更能將這些事件描述得生動而且「鉅細靡遺」？有一點我們必須謹記在心，在瘟疫爆發期間，書信作者帕琦瑟公主幾乎一直待在總督府附設賓館內，完全從她的醫師丈夫口中得知市內發生的大小事！帕琦瑟公主在信中不僅描述了男性政治家、政府官僚和醫師的世界，她也試著同理這些男人。在我的小說暨歷史中，我也努力讓這個世界躍然紙上，但要和帕琦瑟公主一樣聰穎慧黠、敏銳善感而且熱愛生命，確實相當困難。

這批獨特非凡的信件編纂成書後會有至少六百頁，而我之所以深受撼動，當然還有另一個原因：我是明格里亞的孩子。從小無論是在課本、報紙專欄，還有最重要的是發行全國、刊載連環漫畫和名人故事的兒童週刊如《明島學友》和《兒童學歷史》，我都會讀到帕琦瑟公主的事蹟。公主於我而言，一直有特別親切熟悉的感覺。就如同其他人將明格里亞島視為神話和童話之地，帕琦瑟公主在我心目中就是童話故事的主角。突然獲得這批信件，從中發現童話裡的公主在日常生活中的煩惱、真實的情感，還有最重要的，領略公主在信件中展露的真誠正直和非凡特質，確實是很神奇的體驗。讀者若耐心讀到本書最後就會知道——我見過帕琦瑟公主本人。

藉由查閱伊斯坦堡、明格里亞、英國和法國檔案庫的資料，以及對照同一時期的歷史文件和相關回憶錄，我得以確認公主在信中描述的世界真實無誤。但在撰寫這部歷史小說的過程中，我在某些時刻不由自主地認同帕琦瑟公主，感覺自己好像在書寫自己的個人史。

小說藝術的基礎，是彷彿化身局外人講述自身故事，以及彷彿化身當事人講述他人故事的技藝。因此每當我開始覺得自己化身蘇丹的女兒，化身鄂圖曼帝國的公主，我打從心底知道自己在做的正是小說家應該做的。最困難的部分是與所有帕夏[3]、醫師等等位高權重、負責制定隔離措施和監控對抗瘟疫之戰的男人同情共感。

如果小說是要在精神和形式上超越個人故事的範疇，近似某種能夠涵納所有人生命故事的歷史，那麼小說最好採用許多不同的敘事觀點。另一方面，我贊同所有男性小說家中最女性的亨利・詹姆斯，他相信一部小說若要真正令人信服，所有細節和事件都必須以單一角色的視角為出發點。

但由於我**同時**在撰寫歷史，因此經常偏離甚至打破單一視角的原則。我在書中情感激昂的場景打岔，為讀者提供史實、數字以及政府機構的發展史。在描述完一個角色深藏內心的感覺之後，我會大膽快速地接著描述另一個角色的想法，即使前一個角色完全不可能得悉這些想法。雖然我堅信遭罷黜的蘇丹阿卜杜勒阿濟茲[4]後來是遭暗殺而死，但我也注明某些人認為他是自殺。換言之，我也試著從其他見證者的視角

3 帕夏（pasha）：鄂圖曼帝國高官顯貴的頭銜。

4 阿卜杜勒阿濟茲（Abdülaziz）：鄂圖曼帝國第三十二任蘇丹，馬木德二世之子、阿卜杜勒邁吉德之弟，一八六一至一八七六年在位。

觀看帕琦瑟公主在信中所記述多采多姿的世界，藉此讓本書更接近歷史。

至於過去多年來時常有人向我提起的那些問題，例如我是如何取得那批信件，我認為該件謀殺案的重要性如何，以及我為何不先將書信集結出版，在此我僅針對上述第二個問題回覆。支持我寫成小說的，除了聽我提到信件中所述謀殺案的同行學者，還有蘇丹阿卜杜勒哈米德二世[5]的文學偏好。此外，像劍橋大學出版社這樣聲譽卓著的出版社，對明格里亞這座小島的歷史以及寫成謀殺推理小說的切入角度很感興趣，也讓我感到大受鼓勵。我長年記錄這個神奇的世界並且樂此不疲，而比起誰是凶手這個單純的問題，這個世界的意義和奧祕自然更加深邃廣博。凶手的身分充其量只是個徵兆。但是從引用最偉大的歷史小說家托爾斯泰之言以及此篇前言開始，本書偏向謀殺推理小說的特質，將使書中每一頁都充滿象徵意義。

有些人指控我的說法與當代某些著名史學家和正史學者（在此姑隱其名）的說法有非常大的出入，他們或許言之有理。但若真是如此，那只是因為我撰寫本書時，將他們喜愛推崇的著作也酌情列入考量。

關於東方文明和黎凡特、東方和東地中海歷史等主題書籍的引言中，必定會談到音譯轉寫的問題，並且說明當地的古代文獻所用字母如何改以羅馬拼音拼寫。我很慶幸不用再寫一本如此沉悶乏味的書。無論如何，明格里亞的字母和語言堪稱無與倫比！有些地名我採用當地的原始拼法，其他我則照發音方式拼寫。在喬治亞（Georgia）有一個城市的名稱與明格里亞的拼法相似，此點純屬巧合。然而，諸位讀者若是覺得書中許多事物似曾相識，勾起許多幾乎遺忘的陳年回憶，那麼絕非巧合，完全是刻意為之。

——米娜．明格，二〇一七年於伊斯坦堡

5 阿卜杜勒哈米德二世（Abdul Hamid II）：鄂圖曼帝國第三十四任蘇丹，阿卜杜勒邁吉德之子，一八七六至一九〇九年在位。

第一章

如果有一艘煙囪噴冒黑色煤煙的蒸汽郵輪於一九〇一年自伊斯坦堡向南航行四天，行經羅德島後，再花半天時間向南穿越浪濤洶湧的險惡海域朝亞歷山卓駛去，船上乘客將會望見遠處明格里亞島上亞卡茲城堡的華美塔樓。明格里亞島就位在往來伊斯坦堡和亞歷山卓的航線上，城堡投下的謎樣陰影和輪廓，吸引了無數行經的旅人投以敬畏又著迷的目光。詩人荷馬於史詩《伊里亞德》中將這座島形容為「用粉紅石頭造出的翡翠」，每當島嶼的壯麗景觀出現在地平線上，美感品味較佳的船長就會邀請乘客到甲板上飽覽美景，而前往東方的藝術家也會熱切地畫下眼前浪漫旖旎的景象，甚至加上片片鳥雲增加視覺效果。

但是很少有船會在明格里亞靠岸，在那個年代，每週只有三班渡輪固定前往該島：法蘭西火輪船公司的「庫頁島號」（亞卡茲每個人都認得它的尖銳汽笛聲）和「赤道號」，以及克里特島潘塔里翁船公司精美的「宙斯號」（它極少拉響汽笛，即使響起也非常短促）。因此在一九〇一年四月二十二日，也就是我們的故事開始的那一天，有一艘不在班表上的輪船於晚上十點駛近明格里亞島，預示了有什麼不尋常的事正在發生。

這艘有著尖形船首和纖細白色煙囪的郵輪是「阿濟茲號」，船上懸掛鄂圖曼國旗，它像一艘間諜船般從北方悄悄靠近明格里亞島。自伊斯坦堡出發的「阿濟茲號」肩負重任，要載送由高官組成的蘇丹阿卜杜勒哈米德二世代表團前往中國執行一項特別任務。代表團成員包括十七名宗教學者、軍官、譯者和官員，一行人中有的戴菲斯帽[6]、有的纏頭巾、有的戴西式男帽，阿卜杜勒哈米德二世在啟程前最後一刻，下令要姪女帕琦瑟公主和駙馬努里貝伊醫師[7]也加入代表團。這門婚事是蘇丹近日才作主定下，公主和駙馬新婚燕爾，滿心期盼又有些不明所以，猜不透蘇丹為何要他們加入前往中國的代表團，花了許多時間思索事情緣由。

帕琦瑟公主和她的姊姊們都不喜歡她們的蘇丹叔父，她確信蘇丹派他們夫妻加入代表團，是想以某種方式傷害他們，但她還沒想通原因。據後宮中的傳言，蘇丹的用意必定是將公主夫婦逐出伊斯坦堡，讓他們到飽受黃熱病之害的亞洲和霍亂肆虐的非洲沙漠，也有人認為蘇丹所玩把戲的箇中真意，只有等一切結束時才會真相大白。駙馬努里貝伊醫師比較樂觀。三十八歲的他是檢疫醫師，優秀認真、事業有成，曾代表鄂圖曼帝國出席多場公共衛生研討會。他的傑出成就引起蘇丹的注意，在覲見蘇丹時，他察知許多檢疫醫師早已得悉的一件事：蘇丹對謀殺推理小說的熱中程度，與他對歐洲醫療進展的興趣不相上下。蘇丹希望在微生物學、實驗室建置、疫苗接種等各方面發展能和西方並駕齊驅，希望將醫學界的最新發現引入首都伊斯坦堡和鄂圖曼帝國各地，他也很關心從亞洲和中國向西傳播的新興傳染病。

黎凡特當晚平靜無風，「阿濟茲號」行駛速度比預期來得快。郵輪稍早曾在士麥那停靠，不過正式航程表中並未列出這一站。郵輪在霧氣瀰漫的士麥那碼頭靠岸後，代表團成員一個接一個從狹窄梯井上到船長室要求船長說明，才得知有一位神祕乘客要上船，但就連船長（他是俄國人）也表示不清楚這位乘客的身分。

登上「阿濟茲號」的神祕乘客是知名化學家暨藥師史坦尼斯瓦夫．邦考斯基帕夏，時任鄂圖曼帝國公共健康與衛生總督察。六十歲的邦考斯基帕夏忙碌勞累但很有活力，他是蘇丹的御用化學家，也為鄂圖曼帝國開創現代藥理學。他也算得上是經商有成，名下曾有數家生產玫瑰水、香水、瓶裝礦泉水和藥物的公司。過去十年來，他專心擔任帝國的公共健康與衛生總督察一職，長年奔波於各個港口和城市之間，只要有地方發生霍亂或瘟疫就馬不停蹄奔赴該地，代表蘇丹視察檢疫隔離情況和公衛措施，並撰寫疫情報告向蘇丹呈報。

邦考斯基帕夏身為化學家暨藥師，時常代表鄂圖曼帝國出席流行病防治主題國際研討會，曾在四年前撰寫一篇論文上呈，提醒蘇丹應該對東方爆發的瘟疫加以防範。他曾獲蘇丹特別指派前往士麥那，針對爆發瘟疫的希臘社區進行疫情防控。過往曾發生數次霍亂大流行，來自東方的新瘟疫致病微生物的感染力（醫學專家稱為「毒性」）時高時低，但很不幸，終究傳入了鄂圖曼帝國。

士麥那是鄂圖曼帝國於黎凡特地區的最大港口，邦考斯基帕夏在此地花了六週控制住瘟疫疫情。當地居民遵從命令足不出戶，避免進入封鎖線圍起的隔離區，對於新頒布的種種禁令逆來順受。居民也配合當地市政機關和警局，齊心協力抓捕老鼠。以消防隊員為主力的清消小隊持噴槍在全市噴灑消毒溶液，市內各處很快就瀰漫著消毒水味。鄂圖曼防疫檢疫局在士麥那的防疫成果，不僅登上當地《和諧報》、《阿瑪忒婭報》等報紙的專欄，連伊斯坦堡的《真理之聲日報》和《奮進日報》以及早已開始追蹤這場傳到多個港口的東方瘟疫的英法多家報社也加以報導；因此在歐洲百姓心目中，波蘭裔鄂圖曼人邦考斯基帕夏是一位備受尊崇的大人物。士麥那的瘟疫疫情防控有成，僅十七人死亡；港口、碼頭、海關、店鋪和市場再次

6　菲斯帽（fez）：一種圓筒狀平頂的無帽簷氈帽，通常是紅色並附有一串黑色流蘇，十八世紀末於鄂圖曼帝國各個行業和族群中皆很流行，一八二九年蘇丹馬木德二世通令全國官員禁用纏頭巾，改戴菲斯帽。

7　「貝伊」（Bey）：原為突厥民族傳統上授予部族領袖、地方統治者和重要官員的頭銜，在鄂圖曼帝國為授予總督、地方軍政官和王子的頭銜。

開張，各所學校也恢復正常上課。

「阿濟茲號」上一眾達官顯要或透過艙房舷窗、或於甲板上看著化學家邦考斯基帕夏和他的助手登船，他們都清楚隔離措施和公衛政策在近期對抗疫情大獲成功的事。「帕夏」這個尊貴的頭銜，是蘇丹阿卜杜勒哈米德於五年前親自頒賜給當時擔任御用化學家的邦考斯基。邦考斯基當天穿著雨衣和短外套，雨衣顏色在夜色中難以辨認，短外套讓他的長脖子和微駝雙肩更加顯眼，他那只顏色如火藥般灰黑的公事包從不離身，就連三十年前的學生都能一眼認出他來。助手伊利亞醫師拖著實驗器材上船，邦考斯基帕夏正是利用這些實驗器材分離出引發霍亂或瘟疫的細菌，並且區分受汙染水和可飲用水，而他也藉機嘗遍帝國內每一處水源並加以檢驗。邦考斯基和助手登船後立刻進入艙房休息，並未和「阿濟茲號」上的好奇乘客打招呼。

兩名新乘客如此緘默戒慎，讓擔任指導委員的代表團成員更是滿心好奇。如此保密到家，究竟有何目的？蘇丹為何要派帝國最頂尖的兩名瘟疫和傳染病專家（排名第二的是駙馬努里貝伊）搭同一艘船前往中國？等代表團成員弄清楚邦考斯基帕夏和助手並不是要前往中國，而是預備在往亞歷山卓途中在明格里亞島下船，終於能夠將注意力放回自己手邊的任務。還要三週才會抵達中國，他們會利用這段時間討論如何向中國的穆斯林宣導伊斯蘭主義。

「阿濟茲號」上另一位檢疫專家駙馬努里醫師從妻子那裡得知，邦考斯基帕夏已在士麥那登船，預備在明格里亞島下船。這對新婚夫妻發現彼此都認識這位親切的化學家，十分開心。努里醫師比御用化學家邦考斯基年輕二十歲，兩人前陣子才一同參加在威尼斯舉行的國際衛生研討會。努里還在皇家醫學院念書時，曾修過邦考斯基開授的化學課，上課的教室就在錫爾凱吉的鐵城門駐軍營地。邦考斯基貝伊是在巴黎接受教育，無論在實驗室教授的應用化學課，或是關於有機化學和無機化學的講課內容，都讓年輕的努里和許多醫學院同學深深著迷。教授講課時開的玩笑、文藝復興通才式的好奇心，以及講起通俗鄂圖曼土耳其語[8]和另外三種歐洲語言時如母語一般流利的能力，無不讓學生由衷拜服。史坦尼斯瓦夫．邦考斯基出生於伊斯坦堡，當時有許多波蘭軍官在與俄羅斯的戰爭落敗後流亡他國，最後加入鄂圖曼軍隊，他的父親是其中一人。

身為醫師妻子的帕琦瑟公主興高采烈地講起從幼時到少時見到邦考斯基的往事。十一年前的夏季，在公主的家人受幽禁的宮殿中，她的母親和後宮其他婦女都染上某種疾病，全都發起高燒，她的蘇丹叔父阿卜杜勒哈米德宣稱這種傳染病一定是由某種微生物引發，並派遣御用化學家邦考斯基到宮內採集樣本。還有一次，蘇丹派遣邦考斯基前往徹拉安宮檢驗帕琦瑟公主和家人每天喝的水。阿卜杜勒哈米德雖然將退位的兄長穆拉德五世全家幽禁於徹拉安宮，還密切監視他的一舉一動，但只要宮中有人生病，他都會派最好的御醫前來。公主小時候常在王宮和後宮房室內見到兩位御醫，一位是蓄著黑色落腮鬍的希臘醫師馬爾科帕夏，他擔任先前的蘇丹阿卜杜勒阿濟茲（公主的叔公，後來遭人暗殺身亡）的御醫，另一位則是阿卜杜勒哈米德的御醫馬孚羅耶尼帕夏。

「很多年以後，我在耶爾德茲宮再次見到邦考斯基帕夏。」公主說：「他是去檢驗王宮的供水設施，準備撰寫一份報告。但他那時只能遠遠地朝我和姊姊們微笑，不能像我們小時候一樣開玩笑或講有趣的故事給我們聽，否則就太不得體了。」

醫師駙馬對於御用化學家的印象就比較嚴肅正式。兩人代表鄂圖曼帝國到威尼斯參加研討會時，努里

8 通俗鄂圖曼土耳其語（Turkish vernacular）：鄂圖曼土耳其語屬於突厥語系，為鄂圖曼帝國的通用語言，以阿拉伯字母書寫，吸收大量阿拉伯語和波斯語詞彙，教育程度低或完全不識字的百姓則使用外來字較少的「通俗鄂圖曼土耳其語」。

醫師勤奮認真和經驗豐富的表現，贏得了邦考斯基的敬重。努里醫師還興奮地告訴公主，最早有可能是邦考斯基帕夏親口向蘇丹提及他具備檢疫方面的專業，才會引起蘇丹的注意，因為他不僅在醫學院上過邦考斯基的課，畢業後也遇到過這位帕夏。有一次，他們兩人應貝尤魯市長艾杜瓦．布拉克貝伊之請，一同審查伊斯坦堡路邊屠宰場的衛生條件。還有一次，他與數名學生和醫師前往杜魯湖，邦考斯基剛好在撰寫湖泊的地形地質特徵以及湖水的顯微鏡分析報告，他再次對邦考斯基的才智、敬業和律己甚嚴留下深刻印象。公主和駙馬回憶起往事既興奮又覺得溫暖窩心，兩人都很期待能再次見到這位化學家暨公衛總督察。

第二章

醫師駙馬要船上的侍者將一張字條交給邦考斯基帕夏。稍晚，船長在船上所謂的迎賓室招待所有人一起吃晚餐。這頓晚餐並未提供任何酒飲，而帕琦瑟公主也出席，在此之前她一直避免和船上眾位毛拉[9]打照面，在艙房內獨自用餐。我們應該留意，在那個年代仍然罕有婦女與男子同桌用餐，即使她是公主也不例外。但如今我們得以知曉這頓具歷史意義的晚餐的一點一滴，都要歸功於坐在餐桌下首的帕琦瑟公主，她後來寫了一封信給姊姊，在信中娓娓細述當晚的所見所聞。

邦考斯基帕夏面容蒼白、鼻子很小，有一雙大大的藍眼睛，任何人只要見過都難以忘懷。見到醫師駙馬時，他隨即上前擁抱這名以前的學生。接著轉向帕琦瑟公主，鄭重其事地彎身鞠躬，好像在歐洲的宮殿覲見某位公主一樣行禮致意，但他很小心地避免碰觸公主未戴手套的玉手，以免令公主困窘。

這位御用化學家特別熱中遵循細膩講究的歐洲禮節，他身上佩掛著新任俄國沙皇頒贈的聖史丹尼斯勞斯騎士團二等勳章，以及他同樣鍾愛的鄂圖曼帝國伊姆提亞茲黃金獎章。

「我最尊敬的教授，」醫師駙馬開口道：「您在士麥那防治疫情的成就令人驚嘆，容我向您表達由衷欽佩之情。」

---

9 毛拉（mullah）：伊斯蘭教中對學者、宗教學校教師、於清真寺領拜的教長（伊瑪目）的尊稱。

自從各家報紙開始報導士麥那疫情正在趨緩的消息，邦考斯基帕夏已經熟練如何在聽見類似讚譽時露出謙遜微笑。「我才應該恭喜你！」他回答，眼神對上努里醫師的雙眼。努里醫師心知肚明，對方向他賀喜，並不是因為看到以前的學生在伊斯蘭教聖地所在漢志省[10]的防疫檢疫局工作多年，而是恭喜他與身為鄂圖曼帝國王室成員的公主結為連理，但他還是微微一笑。蘇丹阿卜杜勒哈米德看中他是優秀成功的醫師，才安排他娶自己的姪女。但在他和公主成婚之後，一般人幾乎完全遺忘他的才華和成就，大都只記得他的駙馬身分。

儘管如此，努里醫師很快就調整心態，適應新的現狀。新婚的他有妻萬事足，心中甚至沒有一絲怨懟。此外，邦考斯基教授是他心目中的偶像，套用新近引入土耳其語、鄂圖曼菁英知識分子很愛掛在嘴上的兩個法文詞語，教授跟歐洲人一樣「有紀律」且「有條理」。他決定說幾句恭維奉承的話：

「您在士麥那防治瘟疫大獲成功，讓全世界都見識到鄂圖曼防疫檢疫局的真正實力！」他開口道。「對於那些稱鄂圖曼帝國為『病夫』的人，您這一手真是再適當不過的機智回應。雖然境內還有霍亂疫情尚待防控，但過去八十年來帝國境內都不曾爆發嚴重瘟疫。以前他們都說：『區分歐洲文明和落後兩百年的鄂圖曼文明的界線不是多瑙河，而是瘟疫！』但如今看來，託您的福，這條界線已經消失，至少在醫學和檢疫隔離研究的領域不再存在這樣的界線。」

「不幸的是，在明格里亞島上已經發現瘟疫傳播的跡象，」邦考斯基帕夏說：「而且毒性特別強。」

「真的嗎？」

「瘟疫已經傳入明格里亞的穆斯林社區了，親愛的帕夏。當然了，您可能忙於籌備婚禮無暇分神，自然不會知道這件事，而且您聽說之後會訝異也很正常，因為他們目前仍然封鎖消息。很可惜沒能參加您的婚禮，我當時人在士麥那。」

「我一直在關注香港和孟買疫情造成的影響，也讀了最新的報導。」

「情況比報導裡寫的還要嚴重很多。」邦考斯基帕夏的語氣不容質疑。「是同一種微生物，在印度和中國帶走無數性命的菌株，跟我們在士麥那看到的菌株是相同的。」

「可是在印度有大量死亡案例……您在士麥那卻成功控制住疫情。」

「士麥那的人民和報社幫了很大的忙！」邦考斯基帕夏說，然後停頓了一下，似乎在暗示接下來要說的話非常重要。「士麥那的希臘社區也受到瘟疫侵襲，」他接著說：「而士麥那人民向來以文明知禮聞名。這次在明格里亞島上爆發的瘟疫，主要在穆斯林聚居區傳播，已經有十五人死亡！在島上推行防疫措施會更加困難。」

依據過往經驗，努里醫師知道相較於穆斯林，基督徒比較願意聽話遵守防疫規定，但是聽到像邦考斯基帕夏這樣的基督徒專家實話實說，還是有些惱怒。他決定不和對方爭辯。但雙方沉默不語的時間愈拉愈長，他為了打破靜默，於是轉向公主和船長說道：「當然了，這個話題永遠辯論不完！」

「你一定很清楚可憐的尚皮耶醫師的遭遇。」邦考斯基帕夏笑容可掬地說，像學校老師一樣親切快活。「宮廷那邊和總督沙密帕夏再三提醒我，說蘇丹陛下認為明格里亞爆發瘟疫的消息是一樁政治陰謀，要我務必隱瞞此行的真正目的。當然，我和該島總督沙密帕夏認識很久了，是在他於其他省分地區任職時就認識。」

「小小一座島上有十五人死亡，這個死亡人數會造成很大影響！」努里醫師說。

---

10 漢志省（Hejaz）：漢志地區位於今沙烏地阿拉伯境內，為麥加和麥地那兩座伊斯蘭教聖城所在地，於一八七二年由鄂圖曼帝國劃為一省。

「就算是和您，閣下，我也不能討論這個話題！」邦考斯基帕夏說，並開玩笑般地打手勢指向餐桌下首的帕琦瑟公主——彷彿在說「小心我們之中的奸細！」邦考斯基帕夏在德皇威廉訪問鄂圖曼宮廷時舉行的多場儀式上，曾遠遠觀察過幾位受西式教育的公主，而他接著就像以前在耶爾德茲宮劇院偶遇年幼公主們時會做的，以親切叔伯的打趣語氣對公主說話。

「我這輩子還是第一次看到蘇丹的女兒、鄂圖曼的公主獲准到伊斯坦堡以外的地方旅行！」他一臉不敢置信。「鄂圖曼帝國賦予婦女這樣的自由，一定表示帝國的歐洲化程度正在加深！」

待我們出版帕琦瑟公主的書信集之後，諸位讀者將會看到，公主在信中是以「諷刺」甚至可能是嘲弄的語氣來呈現上述語句。帕琦瑟公主和她的父親穆拉德五世同樣聰慧敏感。「事實上，閣下，與其去中國，我寧可去威尼斯。」她回答這位御用化學家，於是將話題帶到邦考斯基和駙馬為了參加公衛研討會都去過的威尼斯。「據說威尼斯人跟博斯普魯斯海峽沿岸的人一樣，都是搭乘小船往來於水岸宅邸之間，小船還能直接駛進居民家裡，他們說的是真的嗎，先生？」帕琦瑟公主問道。此後話題又轉到「阿濟茲號」的速度、動力和舒適的艙房。三十年前，前前任蘇丹阿卜杜勒阿濟茲（「阿濟茲號」即由此得名）與他的姪子、現任蘇丹的作風截然不同，他斥資強化鄂圖曼帝國海軍軍力，但也因此讓帝國債台高築，當時他也下令建造這艘奢華的「阿濟茲號」作為蘇丹的私人船舶。船上的蘇丹御用艙房以鍍金裝飾，鑲有桃花心木壁板，牆上掛滿畫作和鏡子，完全照著「馬木德號」戰艦的蘇丹御用艙房樣式打造。俄國船長說明這艘船的頂級規格：能夠載運多達一百五十名乘客，最高航行時速可達十四英里，但遺憾的是阿卜杜勒哈米德多年來分身乏術，甚至無暇搭乘「阿濟茲號」遊覽博斯普魯斯海峽。事實是蘇丹害怕遭人暗殺，無論郵輪或小船一律避免搭乘，這一點席間眾人都知情，但大家心照不宣，不著痕跡地迴避這個話題。

船長提到還要再六小時才會抵達明格里亞，邦考斯基帕夏於是詢問駙馬以前是否曾造訪該島。

「我沒去過，因為那裡之前從未爆發過霍亂、黃熱病或其他傳染病。」努里醫師回答。

「很可惜，我也沒去過。」邦考斯基帕夏說道：「不過我已經深入調查該島，普林尼在《博物志》中鉅細靡遺記述了島上極為獨特的植被和特定植物群，有哪些花草樹木等等，還描述了島上陡峭的火山山峰，以及北岸遍布岩石的小海灣，甚至氣候也很特殊。多年前我曾撰寫一份報告交給公主殿下的叔父蘇丹陛下，是關於在島上栽培玫瑰的前景評估——就在這個我一直沒機會拜訪的小島！」

「之後發生什麼事了，閣下？」公主問道。

邦考斯基帕夏露出一絲憂傷的苦笑。帕琦瑟公主內心暗自斷定，就算是御用化學家，想必也曾因蘇丹的焦躁疑懼和嚴厲訓斥而吃苦頭，她接著開口提出那個她和丈夫反覆討論的問題：鄂圖曼帝國最著名的兩名檢疫專家，剛好於同一晚在一艘駛經克里特島外海的蘇丹私人郵輪上相遇，真的只是巧合嗎？

「我向兩位保證，真的只是巧合！」邦考斯基帕夏說：「沒人知道駛往明格里亞島方向最近的一艘船就是『阿濟茲號』，就連士麥那總督或賽普勒斯的卡米勒帕夏都不知道。當然，我很樂意和您們一同前往中國，向當地穆斯林解釋為什麼應當遵守隔離規定和其他現代的規範和限制。接受隔離就代表接受西化，愈往東走，事情就愈棘手難辦。但是請公主殿下莫要氣餒，我向您保證，中國也有跟威尼斯一樣的運河，而且更寬更長，還有可以直接駛進屋宅裡的優雅小舟，就跟我們在博斯普魯斯海峽上看到的一樣。」

聽到化學家雖然沒去過中國和明格里亞島，但對兩地情況知之甚詳，公主和駙馬心中對他的敬佩又添了幾分。但是晚餐時間並不長，公主和駙馬用餐後就一起返回艙房，室內布置得有如王宮內的房室，擺設了法國和義大利的咖啡桌、時鐘、鏡子和檯燈。

「你是不是在為什麼事悶悶不樂，」帕琦瑟公主說：「從你的表情就能看出來。」

努里醫師察覺邦考斯基帕夏當晚不停稱他為「帕夏」，語氣中帶著一絲嘲弄。依循傳統，蘇丹在他和公主成婚之後就封他為「帕夏」，但他到目前為止還能避免使用這個頭銜。聽到年紀較長且位高權重的大人物，也就是貨真價實的帕夏稱呼**他**為「帕夏」，讓努里醫師十分慌亂，覺得自己其實受不起這樣的尊稱。但他和公主很快達成共識，認為邦考斯基帕夏不是那種會惡意譏刺的人，不久便遺忘這件事。

帕琦瑟公主和努里醫師新婚後已經過了三十天。兩人多年來都夢想能夠找到適合的結婚對象，但早已放棄希望，認為不可能遇見那個對的人。從蘇丹阿卜杜勒哈米德突發奇想安排兩人相親，到他們成婚之間只有短短兩個月，這對新婚夫妻如此幸福恩愛，原因顯然是兩人都非常享受魚水之歡，從中獲得意想不到的歡娛。郵輪自伊斯坦堡啟航之後，他們大部分時間都待在艙房內的床上，從未想過這麼做有什麼不尋常。

翌日，夫婦倆在天亮之前就醒來，郵輪行駛時嗚咽般的聲響逐漸減弱。外頭仍是一片漆黑。沿著與島上高聳嶙峋、由北向南延伸的艾朵斯特山脈山脊平行的航線前行，「阿濟茲號」逐漸駛近明格里亞最大城暨行政首都亞卡茲，從船上一度可用肉眼看見阿拉伯燈塔的微弱光束，郵輪接著向西駛向港口。空中掛著偌大的月亮，海面上銀光熠熠，於是乘客從艙房中得以望見漆黑夜色中，聳立於亞卡茲城堡後方如同幻影的白山輪廓，白山是地中海眾多火山山峰之中最神祕的一座。

帕琦瑟公主瞥見壯麗的亞卡茲城堡尖塔，於是和丈夫一同上到甲板想仔細觀賞月光下的景致。空氣中水氣濃重，但並不悶熱窒人。海上飄來碘、海草和扁桃仁的好聞氣味。亞卡茲就和鄂圖曼帝國各地許多濱海小鎮一樣，並沒有大型突堤和碼頭，船長於是在城堡外海倒轉引擎減速並靜候接應。

接著一切陷入詭異沉重的寂靜。望著眼前壯麗奪目的景象，公主和駙馬驚奇得輕輕顫抖。地景、群山、月光下的寂靜，全都神祕難解，蘊涵著一種強烈的奇妙感。月亮的銀色光輝背後，彷彿還有另一種令人心醉神迷的光源，而他們必須前去找尋。這段新婚夫婦盯著光燦閃爍的景象看了半晌，彷彿那就是他們婚姻幸福的真正來源。前方一片漆黑中，他們看到一艘掛著燈籠的划艇駛近，船夫的動作緩慢而刻意。邦考斯基帕夏和他的助手在下層甲板的樓梯頂端現身，他們看似站在遙不可及之處，彷彿置身夢境。總督派來的黑色大型划艇在「阿濟茲號」船邊停下。公主和駙馬聽見腳步聲響起，還有說希臘語和明格里亞語的談話聲。划艇載著邦考斯基帕夏和助手駛離，復又隱沒於黑暗之中。

公主與駙馬和幾名乘客或於甲板、或於船長室佇立良久，望著亞卡茲城堡和明格里亞島的壯觀山脈，彷彿童話場景的山脈曾為許多浪漫主義遊記作家帶來創作靈感。「阿濟茲號」的乘客當時要是細看城堡西南角的稜堡，就會看到某扇窗內仍有燈火閃爍著光芒。石造城堡的建築群有一部分可追溯至十字軍的年代，其他部分則是在威尼斯人、拜占庭帝國、阿拉伯人和鄂圖曼帝國統治期間陸續修築，其中一區數百年來皆當成監獄使用。此時，在點起燈火的房間下方兩層樓的空囚室裡，一名在城堡這一區表現頗為傑出、名為貝拉姆阿凡提[11]的獄卒，或者比較現代的用語稱為「監獄管理員」，正奮力掙扎求生。

---

11 阿凡提（Effendi）：鄂圖曼帝國對政府官員或學有專精者的尊稱，意近「先生」或「大人」。

第三章

貝拉姆阿凡提五天前發現自己有些不適的症狀，但並未認真看待。他開始發燒，心跳加快，身體不停發抖。很可能只是早上偶染風寒，畢竟他花了太多時間在城堡裡風特別大的稜堡和中庭區域巡邏！翌日下午，他又開始發燒，這次還伴隨全身倦怠。他一點胃口都沒有，還一度躺倒在中庭的鋪石地面，望著天空，想著自己可能會死掉。他覺得好像有人拿著槌子朝他的頭骨釘釘子。

貝拉姆阿凡提在明格里亞最著名的亞卡茲城堡監獄擔任獄卒已有二十五個年頭。他曾見過服刑時間很長的罪犯被鎖鏈鎖在囚室裡，從此被世人遺忘，看過雙手被銬住的受刑人在院子裡排成一排行走當成日常運動，也在十五年前親眼見過蘇丹阿卜杜勒哈米德下令囚禁的政治犯被押送至監獄。他記得城堡監獄在以前那個年代是如何簡陋原始（事實上至今仍相差無幾），對於近年將監獄改成一般監獄或甚至感化院的現代化措施，給予全心信任和支持。即使伊斯坦堡方面暫停發放經費，他有好幾個月上班都領不到薪水，他仍堅持每天晚上要親自參與犯人點名才能休息。

隔天，當他走在監獄的其中一條狹窄走廊裡，他再次覺得身體不適，和前一天一樣全身疲乏、氣力耗盡，決定當晚先別回家。他感覺心跳急促得令人驚慌。於是找了一間空囚室，躺在角落的乾草床鋪上痛苦地扭動。他渾身顫抖，頭痛欲裂。頭痛的地方靠近腦袋前側，就在額頭裡。他想要尖叫，但他深信要是能保持靜默，這股怪異的痛楚就會不知怎麼地消失，因此他緊咬牙根。他的頭上好像有個滾筒還是軋壓機，在猛力將他的頭壓平。

當晚他就在城堡裡過夜。他有時候會這麼做，例如要輪夜班或必須處理小規模暴動或混戰鬥毆的時候，他就不會騎馬十分鐘或駕輕便雙輪馬車回家，而他的妻子和女兒哲妮璞也不會擔心他徹夜未歸。哲妮璞即將出嫁，全家忙於婚事籌備和協商，每晚都在吵架和互擺臭臉，最後往往是獄卒的妻子或女兒大哭收場。

翌日早晨，貝拉姆阿凡提在囚室中醒來，他檢查自己全身，發現在鼠蹊處附近、會陰左上方出現一個白白的腫塊，約莫是他的小指頭大小。看起來像是淋巴腺腫大。他用粗大的食指按壓腫塊時會覺得痛，裡面好像有膿，一移開食指，腫塊又恢復原狀，腫大處只有碰到時才會痛。貝拉姆阿凡提心中生出一股詭異的罪惡感。他的神智還很清醒，知道腫塊和他近來的疲乏、發抖和精神錯亂症狀有關。

他該怎麼辦？如果碰到這種情況的是基督徒、政府書記員、士兵或帕夏，他們會去看醫生，有醫院的話會去醫院。如果一間監獄寢室裡多名犯人腹瀉或發燒且互相傳染，那間寢室會被隔離。但有時候會碰上比較叛逆的犯人老大出手反抗，不願接受隔離，他的同寢獄友就會跟著遭殃。在城堡度過的四分之一個世紀裡，貝拉姆阿凡提見過當局將海邊一些威尼斯人統治時期建築物和中庭當成地牢和監獄，甚至當成海關事務和檢疫隔離機構（從前稱為「檢疫站」），對於隔離相關事務算是略知一二。但他也心知肚明，如今任何隔離措施都保護不了他。他感覺自己被某種離奇可怖力量所掌握，他睡睡醒醒，不停呻吟和胡言亂語，陷入驚慌恐懼、意識不清的狀態。一波又一波的疼痛朝他襲來，最終在絕望中明白，他苦苦對抗的那股力量比他強大無數倍。

隔天他很努力地振作起來。他來到盲眼穆罕默德帕夏清真寺，與信眾一同進行晌禮[12]。他看見兩名認識的書記員，與他們擁抱致意。他奮力想要聽懂講道內容，卻怎麼也無法理解，只覺得暈眩想吐，幾乎無法坐直。講道者完全沒有提到疾病，只是反覆說著一切發生的事都是真主的旨意。信眾逐漸散去，貝拉姆阿凡提心想自己也許可以躺在清真寺的地毯和基里姆毯上休息一會兒，但他忽然察覺自己的意識渙散，幾欲昏厥。旁人前來叫醒他時，他拚了命動用身體殘存的力氣，隱瞞自己身體不適的事實（不過旁人或許已經知曉）。

此時他感覺得出自己大限將至，不禁淚流滿面，覺得簡直不公不義，想要知道為什麼獨獨只有他被挑中。他離開清真寺，去找葛梅區的聖者，那位謝赫[13]會發放禱詞單和護身符，聽說還會公開談論瘟疫和死亡的奧祕。但是那位貝拉姆阿凡提記不住名字的肥胖謝赫似乎不在。只見到一名滿面笑容、頭上菲斯帽歪了一邊的年輕人，他發給貝拉姆阿凡提和另外兩人各一份禱詞單和祝聖過的護身符，另外兩個人也是在參加完晌禮之後前來。貝拉姆阿凡提努力想讀懂單子上的字句，但只覺得兩眼昏花。他很有罪惡感，心中焦慮不安，知道會死都是自己的錯。

等到謝赫終於出現，貝拉姆阿凡提才想起來，剛剛進行晌禮時就看到他了。這位謝赫的身材確實十分肥胖，一把長鬍子和他的頭髮一樣白。他向貝拉姆露出親切微笑，開始說明禱詞單的用法；到了夜裡，當瘟疫惡魔在黑暗中現身，一定要念誦真主阿拉的三個尊名「鑒察者」、「掌控者」和「克制者、永生者」各三十三遍。如果再將禱詞單和護身符對準惡魔，甚至只要複誦十九次就足以消災擋厄。謝赫意識到貝拉姆病情嚴重的程度時，稍稍退後不想和他靠得太近。貝拉姆還是注意到對方的動作。謝赫解釋說，即使來不及念誦真神的尊名，只要將護身符掛在頸間，並學他這樣將右手食指按在上面，還是會有不錯的效果。想要更精準的話，如果疫病引發的腫塊長在身體左側，應該用右手食指按住護身符，如果腫塊長在右側，就改用左手食指。謝赫也告訴他，如果他講話開始結巴，就要雙手握住護身符，但這時貝拉姆發現很難記清楚所有指示，他決定回家。他家就在附近，美麗的女兒哲妮璞不在家。妻子艾敏妮一見他病得不輕，就哭了起來。她從寢具櫥櫃裡取出剛洗好的床單替丈夫鋪床，貝拉姆躺了下來，他難以遏制地不停顫抖，想說話時只覺得口乾舌燥，什麼話都說不出來。

他的腦袋裡似乎有一場風暴肆虐。他在床鋪上不停扭動抽搐，彷彿有人在追趕他，有什麼東西讓他大感驚惶或憤怒。艾敏妮看到他不斷抽搐痙攣，更是哭成淚人兒，貝拉姆阿凡提看到妻子的眼淚，知道自己很快就要死了。

哲妮璞傍晚回到家時，貝拉姆阿凡提一度振作起精神。他告訴妻女說掛在脖子上的護身符會保護他，然後又神智不清陷入昏睡。他作了一連串怪夢和噩夢，還一度置身怒海浪濤中載浮載沉！夢裡有長著雙翅的獅子、會講話的魚，還有在火焰中奔跑的狗群！接著火焰燒向老鼠，這群渾身是火的惡魔用利齒將玫瑰花叢撕咬得七零八落。又出現了水井轆轤、一座磨坊風車，還有一扇開著的門不斷轉動，整個宇宙都在收縮。汗珠從太陽滴下，似乎落在他的臉上。他覺得惶恐不安，想要逃跑；他的心神忽而奔騰，忽而靜滯。最糟的是，兩週前那一大群不斷尖喊哀鳴，在地牢、城堡、明格里亞各處亂竄的老鼠，途中還入侵廚房將所有乾草稈、布料和木頭啃噬殆盡，這下子牠們似乎在監獄走廊上不停追著他跑。貝拉姆阿凡提擔心自己會念錯禱詞，只好拚命跑得比老鼠還快。生命中的最後數小時，他在睡夢中聲嘶力竭高喊，想讓這些生物聽見他的聲音，卻連真的張口發出一點聲音都很艱難。哲妮璞此時跪在父親身旁俯望著他，努力克制啜

12　晌禮：穆斯林一天須禮拜五次，分別為清晨的「晨禮」、中午的「晌禮」、下午的「晡禮」、黃昏的「昏禮」和晚上的「宵禮」。

13　謝赫（sheikh）：對於伊斯蘭教各個教團領袖或神學家的敬稱。

泣聲。

接著，貝拉姆阿凡提就像許多染上瘟疫的病人，忽然回光返照。他的妻子端來一碗熱騰騰的辣椒小麥粥湯，這是在明格里亞各個村莊都很常見的料理（貝拉姆阿凡提這輩子只離開過明格里亞島一次）。他一小口、一小口慢慢啜飲粥湯，彷彿服用某種靈丹妙藥，之後念誦了幾句肥胖謝赫建議的禱詞，感覺好了一點。

他得出門一趟，去監獄確保今晚犯人點名不會出錯。他出去一下就回來。他是這麼說的，彷彿自言自語，他最後一次離家時甚至沒和家人道別——好像只是去院子裡上個廁所。他的妻女不相信他已經康復，抽泣著目送他離去。

到了傍晚差不多要進行「昏禮」的時候，貝拉姆阿凡提先是走向海邊。他看見等在輝煌殿堂飯店和偉爵飯店外頭的馬車、看門人和戴著西式男帽的紳士。他走過經營往來士麥那、甘尼亞和伊斯坦堡之間航線的渡船公司辦公室，又從海關所在建築物背後繞過。走到哈米德橋時，他的氣力耗盡。他暗想自己可能會倒地身亡。當時是一天中城市最有活力、最為色彩繽紛的時段，走在棗椰樹和懸鈴木樹蔭之下，走在陽光普照的街道上，置身熱情友善的人群中，或許人生終究還是相當美好。亞卡茲溪自橋下潺潺流過，溪水的碧綠超脫凡俗；他身後是歷史悠久的室內市集和舊橋，前方是他看守了一輩子的監獄所在的亞卡茲城堡。他在那裡佇立片刻，靜靜流淚，直到精疲力竭，再也站不住。在橘紅光芒照射下，城堡顯得比實際更偏粉紅。

貝拉姆阿凡提拚盡最後一絲氣力，走到棗椰樹和懸鈴木樹蔭下，沿著坐落著舊郵局那條塵土飛揚的街道一路走向海岸。他來到舊城區威尼斯人統治時期的建築群附近，穿梭於曲折巷弄，最後走進城堡。後來會有目擊者指證，說他們看見獄卒貝拉姆阿凡提在二號宿舍門外參加犯人點名，還在獄卒的康樂室喝了一杯椵樹花茶。

但入夜之後，就再也沒有人看過他了。約莫與「阿濟茲號」駛近港口同一時間，一名年輕獄卒聽見樓下囚室傳來尖叫哭喊聲，但之後一切復歸寂靜，他就忘了這回事。

第四章

蘇丹的御用化學家邦考斯基帕夏和助手於明格里亞島下船後，「阿濟茲號」就全速航向亞歷山卓。船上的鄂圖曼帝國代表團的任務，是去中國勸導憤怒的穆斯林族群不要參與當地頻傳的仇洋暴動。

一八九四年，日本攻擊中國，清朝軍隊傳統守舊，面對西化程度更高的日軍，很快就全面潰敗。日本戰勝後提出種種要求，清廷太后絕望無助之下向西方列強尋求援助，就如同二十年前，蘇丹阿卜杜勒哈米德二世在鄂圖曼帝國軍隊慘敗於現代化俄國軍隊之後所為。英國、法國和德國皆伸出援手。但在過程中，英法德也取得商貿和司法上的優惠待遇（三國分別在香港和西藏地區、中國南方和北方得利），在中國劃分勢力範圍並設立租界，更部署傳教士以增加本國在政治和宗教信仰上的影響力。

看著各方面的情勢發展，貧窮的中國百姓怒火中燒，一群比較虔誠保守的民眾憤而起事，既反抗清朝官府，也要對抗「洋人」，尤其是基督徒和歐洲人。他們放火焚燒洋人的工作場所、銀行、郵局、俱樂部、餐廳和教堂。傳教士和改信基督宗教的中國人一個個成為眾矢之的，當街遭到殺害。仇洋反教、群起反抗的風氣很快傳遍多地，在背後推動的是義和團，或西方人所謂的「拳民」，他們從習練神祕的傳統術法和劍法中獲得力量。清廷中保守派和比較寬容的開明派陷入拉鋸，朝廷沒有能力鎮壓起事作亂的百姓，更糟的是，軍隊逐漸與起事分子站到同一陣線。最後太后也加入了仇洋排外的陣營。及至一九〇〇年，清軍封鎖北京的外國使館，而激憤的暴民則在街上大肆攻擊基督徒和殺害洋人。德國駐華公使克林德的立場特別強硬好戰，而他還未等到西方列強組成聯軍馳援，就在雙方官兵於街頭交戰時遭人殺死。

德皇威廉二世為了報復和施以懲戒，派出新近籌組的德軍部隊前往北京鎮壓暴亂。德軍於不萊梅港啟程前往中國，德皇前來送行，並指示士兵要「跟匈奴王阿提拉一樣冷酷無情」，不留活口。西方的報社長久以來屢屢刊登報導，描述義和團與加入他們的穆斯林是如何野蠻、未開化且殘忍嗜殺。

德皇威廉二世也發送電報至伊斯坦堡，要求蘇丹阿卜杜勒哈米德提供援助。在北京殺害德國公使的清軍士兵是來自甘肅的回民，而德皇威廉認為，鄂圖曼帝國蘇丹阿卜杜勒哈米德既然是統領全世界穆斯林的哈里發，就應該有所作為，幫忙約束那些盲目攻擊基督徒的瘋狂回教士兵。他更建議蘇丹或許可以派出鄂圖曼士兵，與列強派出的軍隊合力平亂。

對蘇丹阿卜杜勒哈米德來說，拒絕英法德三國並不容易，因為英國提供鄂圖曼保護，協助他們對抗俄國；法國在中國則和英國是盟友，而德國皇帝威廉曾到訪伊斯坦堡，對他一直很友善。蘇丹也很清楚，要是這些強權國家達成共識，要吞併俄國沙皇尼古拉一世稱為「歐洲病夫」的鄂圖曼帝國根本輕而易舉，他們可以瓜分鄂圖曼帝國的領土，推動帝國境內無數個語言各自不同的群體獨立建國。

阿卜杜勒哈米德一直密切關注回民對抗西方列強或所謂「大國」的進展，心中五味雜陳。他從收到的情報得知，中國發生了多次回民起義，印度則有米爾扎．古拉姆．艾哈邁德率領穆斯林起事反抗英國，讓他大為好奇。他也很同情於索馬利亞揭竿起義的「瘋狂毛拉」穆罕默德．阿卜杜拉．哈桑，以及非洲和亞洲各地由穆斯林發起對抗西方列強的叛亂。蘇丹特別派遣駐外武官追蹤各地反西方和反基督教運動的情勢，甚至祕密給予某些反西方勢力物資上的援助，連鄂圖曼朝臣和政府官員都被蒙在鼓裡（畢竟到處都有間諜潛伏）。隨著鄂圖曼帝國逐漸土崩瓦解，失去巴爾幹半島諸國和地中海各島嶼上信仰東正教的人民，蘇丹阿卜杜勒哈米德心中某個念頭也愈來愈強烈，他認為要是自己表現出公開偏袒伊斯蘭教（如帝國的族群分布現況所暗示），或許他就能起而號召全世界的穆斯林群體和民族與鄂圖曼帝國站在同一陣線，一同對抗西方，至少集結起來讓那些大國有所畏懼。換言之，蘇丹以一己之力逐漸察覺那股現今我們稱為「政治伊斯蘭」的力量。

但是蘇丹阿卜杜勒哈米德愛看歌劇、愛讀犯罪小說，嚴格來說並不是狂熱堅定的伊斯蘭聖戰士。當埃及的烏拉比帕夏帶頭反叛西方國家，蘇丹立刻就明白，這場民族主義起義要對抗的不只是英國人，還要對抗包括鄂圖曼人在內的所有外國人，他因此憎恨起這位抱持伊斯蘭主義的帕夏，暗自希望英國人能將他剿滅。在非洲蘇丹國則發生馬赫迪起義，馬赫迪軍隊頑抗英軍，甚至導致穆斯林也很敬愛並尊稱為「戈登帕夏」的查爾斯．戈登少將戰死。但阿卜杜勒哈米德認為這場起義只是「烏合之眾在作亂」，在駐伊斯坦堡的英國大使施壓之下，與英國人站在同一陣線。

阿卜杜勒哈米德的當務之急有二，一是確保自己不會激怒西方強權，一是讓全世界知道他是哈里發、所有穆斯林的領袖，他終於想到在相互衝突的兩項要務之間無痛妥協的辦法：他不會派遣鄂圖曼的一兵一卒前往剿滅穆斯林叛亂分子，但身為哈里發，他**會做**的，是派遣代表團至中國告訴當地穆斯林：不要發動戰爭對抗西方人！

代表團主席是一名經驗豐富的將軍，由阿卜杜勒哈米德親自挑選，將軍此時正在「阿濟茲號」的艙房中輾轉難眠；蘇丹另外還指派了兩名他熟稔也非常尊敬的教士隨行，蓄著黑鬍子的教士其專長是講授伊斯蘭歷史，蓄著白鬍子的教士則是極有才華的知名伊斯蘭律法學者。這兩名教士將會端坐於「阿濟茲號」寬敞的中央艙房裡，在牆上懸掛的巨幅鄂圖曼帝國地圖之下，從早到晚辯論什麼是與中國穆斯林講道理的最佳方式。身為歷史學家的教士主張，代表團真正的任務不是安撫中國穆斯林，而是教導他們伊斯蘭教以及哈里發阿卜杜勒哈米德真正的力量。白鬍子法學家比較審慎，他認為只有獲得該國國王或蘇丹支持的聖戰才是「真正的聖戰」，並指出中國的太后當時已經改變主意，決定支持起事的暴民。代表團其他成員包括翻譯員和武官，他們有時也會加入辯論。

及至半夜，「阿濟茲號」在月光下駛往亞歷山卓，努里醫師注意到中央艙房裡的燈火尚未熄滅，於是帶妻子前去觀覽牆上的地圖。這幅鄂圖曼帝國地圖是更新過的版本，而帕琦瑟公主的祖輩創立帝國已是六百年前的事。一八七八年柏林會議中，鄂圖曼帝國在英國協助下，取回部分因戰敗與俄羅斯帝國議和而失去的土地，之後阿卜杜勒哈米德於一八八〇年下令繪製地圖，當時他年方三十四歲，即位為蘇丹已有四年。阿卜杜勒哈米德掌權後不久就爆發戰爭，鄂圖曼帝國在戰事中失去塞爾維亞、色薩利、蒙特內哥羅、羅馬尼亞、保加利亞、卡爾斯、阿爾達漢等地的控制權。這次慘敗之後，蘇丹告訴自己要相信以後絕不會再發生類似的事，帝國絕不能再失去任何一塊領土，他樂觀地委託繪製含括最偏遠疆域以及各地駐軍點、總督府和外交使館的帝國地圖，並派出火車、馬車、駱駝和船隻載著新地圖送往各地。代表團中的指導委員以前就曾多次在各地看過這幅地圖，從約阿尼納和塞薩洛尼基到摩蘇爾和大馬士革，從伊斯坦堡到漢志省，全都由鄂圖曼帝國統治，每當他們驚嘆又崇敬地望著這片遼闊的疆土，就會想到帝國的真實疆域很不幸地正不斷縮減，而且速度愈來愈快。

在此我就趁機提到帕琦瑟公主曾聽聞的一則關於地圖的傳言，她最初是在耶爾德茲宮聽說，她在觀覽地圖時講給丈夫聽，之後在寫給姊姊的信中再次述及。根據傳言，阿卜杜勒哈米德某天晚上忽然造訪最疼愛的長子塞利姆王子的住處，發現當時約莫十、十一歲的兒子正仔細研究一幅蘇丹委製地圖的縮小版本。蘇丹注意到地圖上有數塊領土被塗成黑色，看起來就像孩子在著色本上塗色。蘇丹細問之後得知，原來兒子塗掉的是他自己在位期間失去的領土，也有的領土雖然仍舊掛著鄂圖曼國旗，且在地圖上仍隸屬帝國，但管轄權卻已由他不戰而屈、拱手讓給敵人，蘇丹立刻對兒子心生厭惡，認為他不忠不孝，竟要父親為鄂圖曼帝國的衰微凋亡負起責任。帕琦瑟公主非常憎惡這位蘇丹叔父，她補充說阿卜杜勒哈米德在十年後益發厭惡塞利姆王子（也就是她的堂兄弟），因為他發現自己看中的一名妃嬪竟然愛上了自己的兒子。

公主從小就聽過許多帝國自其父穆拉德五世被迫退位後，連續多年陷入戰禍兵災和失去領土的議論。當穿著藍綠雙色制服的俄羅斯軍隊逼近距離阿卜杜勒哈米德宮殿僅四小時路程的聖斯泰法諾，鄂圖曼軍隊在伊斯坦堡的廣場、公園和遭到火燒夷平的空地搭滿了帳篷，為綠眼白膚的巴爾幹半島穆斯林提供庇護，他們是為了躲避俄軍而連夜逃離家園。鄂圖曼帝國統治巴爾幹半島長達四百年，卻在十四個月內失去半島上的大半領土。

公主和駙馬平靜地聊起其他各自小時候聽過的災禍：賽普勒斯島就位在他們甫離開的明格里亞島以東，島上有芳香的柑橘園、結實纍纍的橄欖樹林和銅礦場，甚至在柏林會議結束之前，就遭侵占成為英國保護國。雖然阿卜杜勒哈米德的帝國地圖上仍有埃及，但埃及也早就不是鄂圖曼帝國的領土。即使地圖上將埃及劃為鄂圖曼帝國的領土，實際上英國早就於烏拉比帕夏起事對抗西方人時，以保護當地基督徒為由派戰艦炮轟亞歷山卓港，並於一八八二年入侵埃及（在阿卜杜勒哈米德猜忌多疑到近乎妄想的日子裡，聰明的他會揣想，也許是英國人背後教唆這場伊斯蘭主義起義，就能製造入侵埃及的藉口）。同時，法國於一八八一年控制了突尼西亞。就如同俄國的沙皇尼古拉一世於四十七年前所預言，鄂圖曼帝國這個「病夫」無法再掌控的廣大疆土已是西方「大國」的囊中物，列強只要合作就能各取所需。

然而，對於坐在阿卜杜勒哈米德的過時地圖之下的代表團指導委員來說，他們最為煩惱的事情並未在地圖上呈現：那些西方民族國家經常挑戰鄂圖曼帝國的權威，還支持由鄂圖曼境內基督徒發動的民族主義獨立運動，它們不只在軍事上比鄂圖曼帝國更強大，在經濟、行政和人口組成等方面也有更大的優勢。一九〇一年時，鄂圖曼帝國遼闊疆土上的人民總數為一千九百萬人。其中五百萬人為非穆斯林，他們被視為二等公民，必須繳納更多稅金，因此這群人要求「正義」、「平等」和「改革」，並且轉而向西方民族國家尋求支持和保護。北邊的俄羅斯帝國有七千萬人，他們與鄂圖曼帝國之間不時發生戰事，而與鄂圖曼關係友好的德意志帝國則有近五千五百萬人口。這些歐洲國家經濟繁榮，產值是衰弱的鄂圖曼帝國的二十五倍之多，其中大英帝國更是國力鼎盛。再者，鄂圖曼帝國的行政和軍事重任主要由穆斯林人口扛下，但希臘東正教徒和亞美尼亞商人階級的影響力逐漸增加，甚至在帝國外圍省分也不例外，讓穆斯林相形見絀。這群希臘和亞美尼亞商人屬於新興的非穆斯林中產階級，要求享有更多自由，但偏遠地方的總督無法滿足他們。而面對地方上基督教徒起事要求自治和繳納與穆斯林同樣多的稅金，各地總督能做出的唯一反應，就是試圖逼降或剿滅叛亂分子，對不肯投降者施以酷刑或處決。

「你又被邪惡的精靈附身了！」帕琦瑟公主一回到艙房就這麼對丈夫說道。「你在想什麼？」

「在想拋下一切去中國一陣子也很好！」努里醫師回答。

但公主看他的表情就知道，他心裡其實想著明格里亞島上的疫情和邦考斯基帕夏。

第五章

接了邦考斯基帕夏和助手伊利亞醫師之後，有著傳統尖艄的明格里亞松木划艇沿著高聳城牆和島嶼的岩石懸崖航行，此刻正逐漸駛近岸邊。一片寂靜中，只有船槳吱嘎作響，和海浪輕柔沖刷懸崖崖腳的水花聲，在巍然聳立的懸崖上，亞卡茲城堡已屹立近七百年。漆黑夜色裡，只見少數人家窗口還有燈火亮著，而在彷彿不屬凡俗的月光下，明格里亞省中心的亞卡茲市看起來就像白色和粉紅色的蜃樓海市。身為實證主義者，邦考斯基帕夏並不迷信，但他望著眼前景象，隱隱有些不祥的預感。雖然他多年前獲得蘇丹阿卜杜勒哈米德賜予王室特許權，得以在明格里亞島上種植玫瑰，但他其實是第一次踏上這座島。之前他一直想像自己首次造訪明格里亞島，應該會是一個歡樂盛大的場合。從未想過第一次登島，竟然得像小賊一樣在半夜偷偷摸摸潛入港口。

划艇進入比較小的海灣時，船夫放慢速度。岸邊吹來一陣潮溼的微風，帶著椴樹和乾燥海草的氣味。載客船隻通常會停靠在設有海關的碼頭，但划艇刻意避開這個停船處，轉而朝阿拉伯人占領期間遺留的阿拉伯燈塔駛去，在老漁人碼頭停泊。這裡更為隱密，而且伸手不見五指。總督沙密帕夏先前已接到蘇丹密令，安排御用化學家和助手祕密登島，他選中老漁人碼頭不僅因為這裡僻靜無人，也因為這裡距離總督府比較遠。

兩名身穿黑色大衣的市府書記員前來碼頭接應，邦考斯基帕夏和助手伊利亞先從船上將行李袋和其他個人物品遞給他們，再抓著他們伸出的手上了岸。沒人看見他們登上總督派去的馬車。總督沙密帕夏派出的是一輛有活動頂篷的四輪馬車，他通常會在出公差或不想被旁人看見時乘坐這輛特別配備裝甲的馬車。前一任的總督身材肥胖且有焦慮傾向，很認真看待支持明格里亞島脫離帝國獨立的浪漫派希臘無政府主義者的威脅，認為他們很愛扔炸彈，而且相信他們真的會把他當成目標，因此委託亞卡茲最有名的鐵匠禿頭庫德雷打造金屬護板，並從永遠入不敷出的市府財庫撥款支付這筆開銷。

四輪裝甲馬車在車夫澤克里亞駕駛下，行經沿著港口成排屹立、並未亮起半點燈火的飯店和海關辦公室，左轉之後在多條巷弄穿行，避開以全市最陡路段聞名的伊斯坦堡街。透過馬車的窗口，御用化學家邦考斯基和他的助手聞到忍冬和松樹的香氣，看見月光下的城市裡長滿苔蘚的古老石牆和一道道木門，而街上粉紅岩石砌築屋宅的立面窗戶全都緊閉。馬車蜿蜒爬坡駛入哈米德廣場，他們注意到已建造一半但未完工的鐘塔，很可惜無法趕在蘇丹陛下登基加冕二十五週年慶祝活動於去年八月開始前及時完工。他們看見希臘中學和郵局前有點燃的燈火，還看到每個十字路口都有衛兵站崗，是總督沙密帕夏自當地開始謠傳有瘟疫爆發之後就部署的衛兵。

「總督帕夏真是個怪人。」邦考斯基帕夏後來等到賓館客房中只有他和助手兩人時，對助手說道。「但我不得不說，我沒有想到這個城市是如此潔淨整齊、靜謐安詳。除非夜裡有什麼是我們疏於留意的，否則我們必須承認這是總督個人的成就。」

伊利亞醫師是來自伊斯坦堡的希臘人，過去九年都擔任蘇丹御用化學家的助手。兩人曾遠赴帝國各地對抗疫病，有無數夜晚在飯店房間、市政府或醫院附設賓館甚至駐軍營房度過。五年前，特拉比松發生霍亂疫情，他們搭船運來消毒溶液並安排全市噴灑消毒，順利挽救特拉比松。另有一次霍亂疫情於一八九四年在伊茲密特和布爾薩一帶爆發，他們逐一巡查該區域的每個村莊進行疫病防治，晚上就在軍營裡過夜。

伊利亞醫師只是某天剛好被伊斯坦堡方面派來支援的助手，而邦考斯基帕夏愈來愈信任他，也慢慢習慣跟他分享自己的看法。邦考斯基帕夏和他的助手往來於各地城市和港口之間對抗傳染病，兩人素來以博學著稱，後來更被帝國公家機關人員和公衛官員奉為「救世科學家」。

「二十年前，德德阿奇省爆發霍亂，蘇丹陛下將防治疫情的任務交給我。當時的總督就是沙密帕夏，由於他瞧不起我和我從伊斯坦堡帶去的那群年輕檢疫醫師，還刻意阻撓，造成更多百姓喪命，他一定知道我在給蘇丹陛下的報告中會提起這點。所以說，他現在可能還對我們懷有敵意。」

邦考斯基帕夏在討論國家政事時偏好講鄂圖曼土耳其語，這種語言和我們現今書寫時所用的語言類似。但由於他是到巴黎念化學，而身為希臘人的伊利亞醫師也是在巴黎學醫，兩人有時候會用法語溝通。因此，當邦考斯基帕夏在一片漆黑的賓館客房裡摸索著，想要知道房間裡有什麼東西，哪個是黑影、哪個可能是家具，而窗戶又在哪裡時，他彷彿夢囈般喃喃說話時是用法語：「我可以聞到不幸的氣味！」

那一夜稍晚，兩人被像是老鼠爬竄撓抓的聲音吵醒。先前在士麥那，對抗瘟疫基本上已經成為與老鼠的大戰。如今來到明格里亞島，他們很驚訝地發現，總督派人護送他們前來的這間賓館裡，竟然沒有任何捕鼠器具。自首都發往各地總督和檢疫局的無數封電報中皆一再強調，瘟疫是經由老鼠身上的跳蚤咬人而傳播。

兩人在早上做出結論，半夜聽到的爬竄撓抓聲，一定是海鷗停棲在這間破舊木造館舍的屋頂和飛走時發出的聲響。為了隱瞞赫赫有名的御用化學家和助手來到島上的消息，不讓亞卡茲好管閒事的記者、蜚短流長的商人和不懷好意的外國使節知情，總督沙密帕夏沒有讓兩人入住新總督府附設的寬敞賓館，而是交代島上的慈善信託局長將一棟閒置的木造建築在一天內整理妥當，並派遣寥寥數名守衛和僕役前去服侍。

當天早上，總督忽然到訪這處臨時賓館，為了招待不周向兩名祕密訪客致歉。邦考斯基帕夏多年後再次見到沙密帕夏，忽然覺得自己可以信任對方。總督矮壯結實的身材令人印象深刻，一把鬍子還不見灰白，邦考斯基從他的濃眉和寬鼻看出此人性格剛強堅毅。

然而，總督卻說了全世界每位市長和總督面對傳染病爆發都會說的話，讓御用化學家和助手當下大失所望。

「本市絕對沒有發生傳染病，」總督沙密帕夏開口道：「更別說瘟疫了，真主保佑，儘管如此，我們還是請駐軍那邊幫兩位準備早餐送來。就算是現烤出爐的麵包，他們也要先消毒才敢吃下肚。」

邦考斯基帕夏瞥見鄰室裡擺著一個托盤，盤中有橄欖、石榴、核桃、山羊乳酪和軍隊裡吃的麵包，於是對著總督微笑。「這裡的人，不管是穆斯林或希臘人，都很愛嚼舌根。」總督說，此時一名戴菲斯帽的僕人來到桌旁，在杯子裡倒入爐子上煮好的咖啡。「他們會散布各種假消息，明明沒有疫情卻聲稱有『疫情爆發』，有疫情時又說『沒有疫情』，他們會告訴報社記者說：『是邦考斯基帕夏說的』，讓您陷入困境，與士麥那人的所作所為如出一轍。當然，他們的目標是引發穆斯林和基督徒的對立，在平靜的島上播下紛爭不和的種子，逼這座島脫離鄂圖曼帝國獨立，克里特島就是先例。」

在此我們要提醒諸位讀者，四年前「外國勢力」以鎮壓鄰近的克里特島上一連串穆斯林和基督徒之間的族群衝突為藉口介入，先前已強行讓該島脫離鄂圖曼帝國的掌控。

「明格里亞島的人民當然溫和多了，所以他們不得不謊稱島上有疫情！」總督解釋。

「可是帕夏，」御用化學家回應比他小六歲的總督，「士麥那疫情爆發期間，沒有人在乎你是希臘人、東正教徒、穆斯林還是基督徒！希臘的《阿瑪忒婭報》和鄂圖曼的《和諧報》，甚至靠著和希臘人做生意謀生的商人，都認真遵守衛生規範和檢疫規定。多虧他們樂意配合，我們才能順利防堵疫情。」

「嗯，我們這裡確實會收到士麥那發行的報紙和傳來的消息——雖然等渡船送來是慢了一點。或許我沒資格這麼說，但親愛的總督察帕夏，事情並不像您剛剛說的那樣。」總督說：「士麥那所有外國領事，尤其是希臘和法國領事，每天都在抱怨您的檢疫措施，在他們本國的報紙刊登反對意見來搧風點火。我絕不容許明格里亞出現這種意圖顛覆破壞的新聞報導。」

「和您說的剛好相反，士麥那人民一得知檢疫措施對他們有益，而且別無選擇必須遵守，就完全配合總督辦公室和防疫檢疫局。對了，士麥那總督，也就是賽普勒斯的卡米勒帕夏，要我代為向帕夏您致上誠摯問候，他當然知道我來明格里亞的事。」

「十五年前卡米勒帕夏擔任行政首長時，我在他手下擔任慈善信託局長。」沙密帕夏說，滿懷溫情地回憶自己年輕時的赫赫功績。「卡米勒帕夏這個人聰明絕頂。」

「您肯定記得，卡米勒帕夏並未封鎖士麥那爆發疫情的消息，而他這麼做是對的。」邦考斯基帕夏說：「要是明格里亞的報紙報導此地也有疫情的消息，難道不會比較好嗎？您必須讓民眾能夠憂心煩惱，讓店家能夠恐懼死亡，等到開始實施防疫規定，他們才會心甘情願地遵守。」

「我擔任此地總督已經五年，我向您保證，完全無需多慮。明格里亞的人民，無論東正教徒、天主教徒甚至穆斯林，文明程度至少和士麥那的人民不相上下。無論國家提出什麼要求，他們都會聽命支持。但在正式來說並無瘟疫的情況下宣布有疫情散播，只會造成不必要的恐慌。」

「但您要是鼓勵報社報導有關瘟疫和疫情散播、防疫措施和染疫人數等資訊，島上民眾應該會更願意遵守國家的指示。」邦考斯基帕夏耐心回應。「總督帕夏，您和我都很清楚，要是沒有新聞報導的幫忙，治理鄂圖曼帝國確實非常困難。」

「明格里亞不是士麥那！」總督說：「這裡沒有疫情。這就是為什麼蘇丹陛下將您到訪一事保密。如果這裡真有疫情，那麼您應該像在士麥那一樣推行防疫措施防治疫情，這當然也是陛下的意思。但是島上外國領事的陰謀奸計百出，加上最初報告島上有疫情的是我們的防疫委員會裡的希臘醫師（他們無疑都和希臘密謀串通），蘇丹陛下才會有所懷疑，並且禁止您與明格里亞防疫委員會成員見面。」

「我們確實注意到了這一點，總督帕夏。」

「就是這些希臘檢疫醫師老頭一直在散播謠言，他們會把握任何機會將消息傳給他們在伊斯坦堡媒體的朋友。島上有很多人聽信外國領事慫恿，很想看到這座島跟克里特島落入同樣的命運：一夜之間遭到掠奪。我這麼說或許僭越本分，但是親愛的帕夏，全世界都看著我們，務必當心！」

這段話裡帶著一絲威脅嗎？這三名為鄂圖曼帝國效勞的僕人，一名穆斯林、一名天主教徒和一名東正教徒，三人在片刻靜默中面面相覷。

「無論如何，若要由誰在明格里亞的報紙上報導什麼消息，或許不應由督察您來決定，或許由我來決定會更加妥當，畢竟我才是本島的總督。」沙密帕夏斗膽開口。「儘管如此，您在報告中大可盡情記述您在醫學和化學上的真實發現，不用因為我說的話而有所省略。我們已經安排您今天前往訪視三名病患，兩名是穆斯林，還有一名是東正教徒，您可以採集微生物樣本，就能及時讓法蘭西火輪船公司那班開往士麥那的『巴格達號』送出去化驗。此外，我們有一位資深獄卒昨晚過世，但我們先前並未發現他生病。兩位如果接受，今日的訪視行程中，我將安排衛兵全程護送。」

「您如此費心安排，有必要嗎？」

「這是一座小島；無論您們再怎麼隱藏行蹤，終究會以醫師身分訪視病患，兩位到訪必定會引來眾人議論紛紛。」總督說：「大家會灰心喪志，士氣低落，沒人想聽到當地發生疫情的消息。所有人都知道防疫措施是什麼意思，店鋪大門要用木板封住，會有醫師和士兵到各家進進出出，所有生意買賣都停擺。如果有基督教醫師在士兵護送下想進入穆斯林社區某戶人家，他接下來會有什麼遭遇，相信兩位比我還清楚。如果兩位堅持發生了瘟疫，做不成生意的商人會指控您們誹謗，不用多久，他們就會開始聲稱是您們將瘟疫帶來島上。島上人民不多，但大家各有各的看法，而且很勇於表達。」

「島上現在確切人數是多少？」

「一八九七年的人口普查顯示，島上有八萬人，其中兩萬五千人住在亞卡茲，穆斯林和非穆斯林人口比例相當。事實上，由於過去三年來有不少克里特島的穆斯林移居本島，現在或許可以說穆斯林占多數，但我不會冒險講出大約數字，因為必定會立刻引發爭議。」

「目前已有幾人死亡？」

「有人說十五人，有人說不止。有些死者家屬會隱瞞死訊，因為害怕防疫人員封了他們的家門或店鋪，還有放火燒他們的家當。也有些人只要看到死人，就認為是感染瘟疫而死。島上每年夏天都會有一陣子發生流行性下痢，而我們的檢疫局長，一位叫尼寇斯的老先生，每年夏天都堅持要發電報向伊斯坦堡報告說島上有霍亂疫情。我每次都會阻止他，要他先等等。然後他就會帶著噴槍出門噴灑消毒溶液，從市場、噴泉、街道底下的汙水溝到比較窮困的社區都會消毒，而他確信是霍亂的傳染病在不久之後就會平息。要是向伊斯坦堡報告說死者是死於霍亂，他們會說『發生疫情』，外國領事和大使肯定會介入；但要是報告說死因是『夏季腹瀉』，很快就不會有人記得，甚至不會有人注意。」

「士麥那人口是亞卡茲人口的八倍，帕夏，但島上的死亡人數已經比士麥那的還多了。」

「那麼，就要交給兩位來找出可能的原因了。」總督的語氣隱晦不明。

「我在城裡看到幾隻死老鼠。我們在士麥那的時候必須努力滅鼠。」

「這裡的老鼠不像士麥那的老鼠！」總督話語中帶著一絲對自己民族的自豪。「我們島上的山鼠野多了。兩週前，牠們下山到城市和村莊裡覓食，好多人家的廚房都遭到侵襲。找不到食物的話，牠們途中遇到什麼就吃什麼——床鋪、肥皂、乾草墊、羊毛、亞麻、基里姆毯，連木頭都啃。全島的人都嚇壞了。接著真主的怒氣降臨在牠們身上，將牠們全都消滅。但您們說的疫情不是這些老鼠帶來的。」

「那麼是誰帶來的呢，帕夏？」

「官方看法是目前沒有任何疫情！」總督說。

「但是帕夏，之前在士麥那，同樣是老鼠先死掉。如您所知，現在已經有科學和醫學證據，證明瘟疫是經由老鼠和跳蚤傳染。所以我們從伊斯坦堡帶了捕鼠器，提供每抓十隻死老鼠就能領取五分之一鄂圖曼里拉[14]的獎金。我們也請士麥那狩獵俱樂部的成員幫忙，大家在街上抓捕老鼠，就連我自己跟伊利亞醫師都加入捕老鼠的行列，我們是這樣擊敗瘟疫的。」

「事實上，四年前，馬孚羅耶尼家族和卡卡維薩阿凡提家族，這兩個島上最古老、最有錢的家族派代表來找我們，他們是看到倫敦流行成立俱樂部，想要請我支持他們在島上也設立一個類似塞薩洛尼基那裡的俱樂部，但當然，明格里亞是個小島，在這裡根本行不通……至於狩獵俱樂部，在我們這麼簡樸的小島上當然沒有。但也許兩位至少能夠教教我們，要怎麼追捕您們說的那些老鼠跟擺脫這場瘟疫！」

兩名檢疫專家對於總督滿不在乎的態度大為警覺，但表面上仍不動聲色。他們告知總督關於瘟疫和病原的最新醫學發現：一八九四年，剛好是當下這一波瘟疫大流行期間，亞歷山大．耶爾森發現殺死老鼠的微生物就是造成人類染疫死亡的瘟疫致病微生物。在路易．巴斯德奠定微生物學研究基礎之後，在法屬殖

14 五分之一鄂圖曼里拉（one mecidiye lira）：鄂圖曼帝國於一八四四年開始採用「鄂圖曼里拉」（Ottoman lira；或「里拉金幣」）作為主要貨幣，取代一六九〇年開始使用的「庫魯許」銀幣（kuruş），「鄂圖曼里拉」最初採金銀複本位制，一鄂圖曼里拉含金量約六點六二克，或含銀量約九十九點八三克；一鄂圖曼里拉等於一百庫魯許，五分之一鄂圖曼里拉等於「一邁吉德」。

民地醫院和西方世界以外的無數窮困城市中，有許多醫師和細菌學家陸續投入更進一步的研究，締造許多驚人成就，耶爾森就是其中一人。不久後德國醫師羅伯・柯霍和歐洲其他學者的研究結果將會揭露，原來狂犬病、淋病、梅毒、破傷風等多種疾病皆是由微生物造成，而疫苗是對付這些疾病的利器。

兩年前，蘇丹阿卜杜勒哈米德邀請埃米・胡維爾醫師到伊斯坦堡分享他研究白喉和霍亂的成果，他是巴斯德研究院極具創新精神的專家，屢屢有新的研究發現。胡維爾從巴黎帶來一種能預防白喉的血清樣本向蘇丹展示，以微生物和傳染病為題發表了一段簡短而精采的演說，這位細菌學家之後在尼尚塔石區的皇家實驗室裝設了一系列能以低廉成本量產白喉血清的設備裝置。注意到總督聽了這些資訊之後似乎顯得很煩惱，邦考斯基帕夏的神色變得嚴肅。

「如您所知，帕夏，近年來已經研發出好幾種疫苗，現在確實有幾種可以在帝國自己的實驗室裡快速生產，但目前為止，我們還沒研究出能夠對抗瘟疫的疫苗。」他清楚指出當下他們所面對最根本的問題。「無論中國人或法國人，都還無法研發出瘟疫疫苗。我們在士麥那打敗瘟疫，用的是封鎖疫區、隔離措施、放捕鼠器這些老方法。除了檢疫隔離，沒有其他方法對付得了瘟疫！瘟疫病患送到醫院，醫生最多能做的，通常就是想辦法減輕他們的痛苦，但其實我們也不確定究竟有多少效果。帕夏，島上的人民準備好要遵守必要的防疫措施了嗎？無論是對明格里亞人，或是對整個鄂圖曼帝國來說，這都是生死交關的問題。」

「明格里亞人如果喜歡您、信任您，不管是希臘人或穆斯林，一定完全聽話配合！」總督沙密帕夏說。接著，他手裡端著一杯剛剛才由僕人再次倒滿的咖啡，大動作起身離座，擺出言盡於此的姿態。他緩緩走到賓館內唯一的窗戶旁，從可一覽城堡和城市的窗口向外凝望，將湛藍海景盡收眼底，這片風景足以令室內所有人狂喜迷醉。

「願真主看顧我等，看顧這座島和所有人民。」他說：「在顧好島上人民和帝國其他國民之前，我們必須先保護好兩位，確保您們不會受到任何傷害。」

「誰會想要傷害我們呢？」邦考斯基帕夏問道。

「情報監控局的局長馬札爾阿凡提會一五一十向兩位說明！」總督說。

第六章

情報監控局長馬札爾阿凡提為總督管理複雜綿密的情報網，手下有大批間諜、線人和便衣警察。他是在十五年前奉派從伊斯坦堡調來明格里亞島，當時的任務與情報監控毫無關聯，是因鄂圖曼政府受到來自西方的壓力，而他奉命前來推動古老過時的執法機構轉型為採行現代制度的憲兵和軍警。在順利引入必要改革（例如按字母順序為每名嫌疑人分別建檔）的同時，他也在公務之餘，找到機會與明格里亞島上歷史最悠久的穆斯林家庭結親，娶了哈吉・費赫米阿凡提的女兒[15]，而且也像許多在三十多歲剛好來到明格里亞島落腳的人一樣，愛上了這座島的人民、天氣和其他種種。他在新婚後頭幾年與其他熱愛明格里亞的人士結伴遊覽島嶼各地，甚至開始學習明格里亞人古老的本土語言。後來當過度焦慮戒慎的總督不僅打造裝甲馬車，還成立了情報監控局（鄂圖曼帝國未有其他省分設立此局處），馬札爾阿凡提開始擴展原本就很廣大的線人網絡，而他剛到島上那數年建立的人脈關係，對他後來追蹤、辨別和抓捕島上煽動分離主義者的警務工作則大有裨益。

馬札爾阿凡提前來會見時，邦考斯基帕夏和助手伊利亞醫師發現對方並不像總督那麼引人注目。這位情報監控局長唇上蓄著小鬍子，穿著破舊外套，一臉親切和氣，看起來就是典型的政府官吏。他用最標準的官腔開門見山告訴兩人，他在島上各個宗教、政治、商業和民族主義群體都安插好了眼線，以便追蹤和監控各方的活動。他認為島上分成數股不同的勢力，其中包括外國領事、希臘和土耳其民族主義激進派，以及見到原屬鄂圖曼帝國的克里特島遭侵占而野心勃勃的特定團體，而這些勢力刻意搧風點火，想將這次可怕的瘟疫疫情和防疫措施引發的麻煩情況導向國際事務。馬札爾阿凡提還發現，地方村落的宗教派系中有數群精神不太正常的狂熱分子，為了從前一樁「朝聖船叛變」的事件與總督結仇，想要惹是生非報復總督。

「考量前述風險，兩位訪視病患時務必乘坐裝甲馬車。」

「但我們這樣不會引來更多人注意嗎？」

「沒錯，這裡的小孩子喜歡追著馬車跑，還會捉弄車夫澤克里亞，但是沒有其他選擇了。不過兩位不必擔心，您們進入的每間房子或建築物都有人員密切監視，我們的監控網包括市府員工、扮成小販的間諜和其他人員。但請容許在下向兩位提出一項要求：懇請不要每次看到有維安人員就提出抗議。即使兩位覺得有太多人跟著，覺得他們很惹人厭煩，我也必須建議您，千萬不要企圖逃離他們的監看範圍……我不是暗示說兩位想逃就逃得掉，我們的人員精明幹練，立刻就能發現兩位的行蹤……兩位要是聽到有人呼喚您們，說什麼『敬愛的帕夏，我們家裡也有人生病，您能不能來看看？』——無論如何，千萬不能跟他們走。」

總督的裝甲馬車於是載著公衛總督察邦考斯基和助手，前往與明格里亞島同樣遠近馳名的亞卡茲城堡內部的監獄，彷彿載著兩名好奇的歐洲遊客。為了不讓島上的檢疫醫師見到祕密造訪的邦考斯基帕夏和助手，總督事先告訴典獄長說前來造訪的兩人是政府新派任的兩名公衛督察，其中一人也是醫師。典獄長預作安排，確保囚犯無法從城堡厚牆的窺視孔窺見邦考斯基帕夏和助手兩人進出。他們穿越多條走廊和幽暗

15 哈吉（hajji）：意為「朝覲者」，對於前往麥加完成朝覲儀式之穆斯林的尊稱。

無光的中庭，來到了稜堡。一行人接著走下一道可俯瞰峭壁前海鷗出沒、陡峭難行的石砌階梯，進入一間黑暗潮溼的囚室。

眾人到了囚室前還有些手足無措，此時囚室的門開了，些許光線照進室內，邦考斯基帕夏和助手看一眼就確定獄卒貝拉姆絕對是死於瘟疫。兩人先前在士麥那，已經看過至少三名病患的面容同樣呈現病態的蒼白，而且雙頰凹陷，圓睜鼓凸的雙眼中滿是驚惶，十指緊抓外套下襬，好像企圖扒挖出體內的痛楚。囚室內的嘔吐物、血跡甚至怪異氣味，也與兩人在士麥那所見相同。伊利亞醫師小心翼翼解開死者上衣的鈕釦後將衣服脫下。在他的脖子和腋窩附近並未發現瘟疫造成的淋巴腺腫大，但在解開衣褲露出死者的腹部和雙腿後，他們就看到左邊鼠蹊處的淋巴腺腫大。由於腫大得很明顯，死者死於瘟疫已毫無疑義。兩人按壓腫大處，發現已經不像剛腫起時那麼硬脹，表示至少已經過了三天，而死者臨終前想必承受了莫大痛苦。

伊利亞醫師從袋中取出針和手術刀，用自備的消毒溶液消毒，同時邦考斯基帕夏要求聚在門口的人員退開。若是病患還活著，醫師可以劃破淋巴腺腫大處讓膿液排出，盡可能緩解病患的痛苦。伊利亞醫師將針刺入腫大處，從中抽取數滴顏色偏黃的黏稠液體。他小心地將液體轉移到他們帶來採集微生物樣本所用的其中一片染色載玻片上，接著小心地將載玻片放入保護盒中再收進自己的袋子裡，他們這次前往城堡監獄的任務就算是完成了。死者感染的疾病是瘟疫無誤，並非霍亂，因此採集的樣本必須送到士麥那檢驗。

邦考斯基帕夏吩咐將病故獄卒的個人物品全數焚燬，但他趁著其他人不注意的時候，拿起手術刀割下掛在死者頸間的小護身符。他將護身符消毒後放進自己的口袋以備後續檢驗，然後走到外頭日光照得到的地方。從獄卒遺體的狀態看來，他判斷疫病很快就會在島上傳開，會有更多人染疫身亡。明白這件事讓他覺得無比沉重，從喉頭一直到胃都不禁開始抽痛。

走在古老城市混亂纏結的街道中，邦考斯基帕夏和助手伊利亞醫師看見數家銅匠鋪已經開門，鐵匠和木匠也大清早就上工了，城市生活一切如常，彷彿什麼事都沒發生。一間專為社區內商販提供服務的餐館不受謠言影響，照常開門營業。當邦考斯基帕夏注意到柯濟亞阿凡提的藥房（看起來比較像賣辛香料的店鋪）也開著，他要馬車停下，接著下車走進藥房。

「你們有賣砒霜嗎？」他口氣平淡地問店主。

「沒有，我們的砒霜賣完了。」藥房老闆柯濟亞回答。柯濟亞藥師有點緊張，他看得出來剛走進店裡的這位紳士氣度不凡，想必來頭不小。

邦考斯基帕夏打量店內，除了販賣辛香料、染料、種子、咖啡和花草茶，也供售糊劑、藥膏和民俗藥方。即使在公共健康與衛生總督察的職務最繁忙，於廣大帝國疆土上奔波的時候，邦考斯基帕夏也從未忘記自己的首要身分是化學家兼藥師。在柯濟亞藥房的貨架和桌子上，他看到一些由伊斯坦堡和士麥那知名藥房供應的現成藥品。年輕時他常在鄉下小鎮的藥房看到藥師販售民俗藥方，他會毫不猶豫開口為他們講解現代藥理學的原理。但當下時機不對。

沿岸的小海灣、旅館和酒館點綴著一把把彩色遮陽傘，露天餐廳高朋滿座，顧客個個興高采烈。馬車行經瀰漫椴樹芳香的偏僻街道，駛過兩旁希臘人華美屋宅林立的上坡路段，進入哈米德大道。桃樹上花朵盛綻，空氣中飄蕩著一股獨特迷人的玫瑰香氣。寬闊的哈米德大道兩旁懸鈴木和合歡樹夾道林立，邦考斯基帕夏和助手看見戴著西式男帽或菲斯帽的紳士以及穿著皮拖鞋的村民走在樹蔭下。望著沿溪畔築起朝市集一路延伸的成排房屋，以及倉庫、旅店、路上的馬車和打瞌睡的車夫，望著朝港口和海關蜿蜒延伸的伊斯坦堡街上熙來攘往的景象，兩人只覺得難以理解。他們看到希臘中學的師生在上課，旅行社貼出新告示和船運公司的廣告。馬車停在偉爵飯店前方，他們眺望粉紅、黃和橙橘色調的市景，邦考斯基帕夏心知肚明，如此美麗迷人的生活方式眼看將要邁向終結，而知道此事帶來的罪惡感讓他難以承受，他不由得暗想，或許自己弄錯了。

但邦考斯基帕夏很快就會明白，他並沒有弄錯。他和助手伊利亞醫師接著被帶到聖特里亞達區，他們要訪視的是一座周圍種滿橄欖樹的石砌小屋。小屋裡的病患是已經在市區駕車十五年的馬車夫瓦西里，病倒在床的他神智不清，因痛楚而陷入迷茫，脖子上突起的淋巴腺腫大處十分顯眼。先前在士麥那，邦考斯基帕夏屢次看到造成瘟疫的微生物是如何在短短數天內讓人變得呆滯昏沉、全身虛弱無力，許多病患甚至連話都講不出來，就算能講話，也是沒人聽得懂的胡言亂語。大多數病情發展到這個程度的病患不久後就會死去，只有極少數能夠存活。

瓦西里的妻子淚眼汪汪拉了拉他的手臂，片刻間他的神智似乎恢復清明，想要張口說話。但他的嘴巴乾到幾乎沒辦法正常張開，等到終於開口，也只能結結巴巴說出幾個字。

「他說什麼？」邦考斯基帕夏問道。

「他說的是明格里亞語。」伊利亞醫師說。馬車夫的妻子大哭起來。伊利亞醫師開始進行醫療處置，他在士麥那就是用這個方法治療病情已經到這個階段的病患。他用手術刀在還很硬脹新鮮的淋巴腺腫大處劃出一道細口，耐心地讓黃色膿液如珠子般一滴滴排出，再用一塊棉花擦拭到再也擠不出膿液。病患的身體忽然異常抽搐，撞得伊利亞醫師所用的其中一片載玻片掉在地上。雖然他們已經確定病患感染的是瘟疫，伊利亞醫師還是非常小心準備要送去士麥那檢驗的樣本，勤奮地將取自病患身上的液體抹在他預先備妥的載玻片上。

「給他喝足量的開水，還有糖水，他吃得下的話也可以吃優格。」邦考斯基帕夏離開前交代。他親自動手將小屋的門和唯一一扇小窗打開後用木條抵住。「最重要的是：一定要保持室內有新鮮空氣流通，病人的衣服要用煮沸的水清洗乾淨。病人絕對不能再耗費力氣，一定要多多睡覺休息。」

這些是邦考斯基帕夏常常給予士麥那病患的建議，他們都是家境相對富裕的希臘生意人，但他猜想同樣建議對眼前病人不會有太大幫助。儘管歐洲科學家在過去十年研究細菌已有不少新發現，他還是相信乾淨的空氣、安寧的環境和抱持希望的樂觀個性在「某種程度上」會有助於瘟疫病患康復。

裝甲馬車行經浪漫主義畫家鍾愛的岩石突堤（以及作為背景的陡峭黑白山峰），進入石匠區，在一長排破舊房屋之中某一棟的前院柵門前停下。馬札爾阿凡提指派的嚮導告訴邦考斯基帕夏和伊利亞說，這裡是三年前克里特島發生事變後，從那裡逃難過來的穆斯林青年的落腳處。他們造訪的這棟房子裡住了三名青年，三人平常搬貨、打零工或在港口不知做些什麼勾當，嚮導聲稱總督如此慷慨將這三人安置在這裡，他們卻經常惹是生非。

三天前，其中一名青年病逝。另一名青年也跟著病倒，症狀是劇烈頭痛，而他的身體極力抵抗，會突然大力抽搐。在士麥那，每五名瘟疫病患中會有兩人身亡，也有些人雖然接觸了致病微生物，卻沒有任何症狀，甚至沒發現自己染病。伊利亞醫師覺得這名青年也許還有救，開始進行治療。

他先幫青年打了退燒針，接著在一名青年稱為「叔叔」的較年長男子幫忙下，他們脫掉患者身上褪色的衣服。仔細檢查之後，伊利亞醫師並未在病患的腋窩、鼠蹊或雙腿後側周圍發現任何腫塊。他習慣性地將十指浸入消毒溶液，然後觸探病患的腋窩和脖子的淋巴結，但沒有發現任何部位變得硬脹或異常柔軟。任何醫師如果先前並未得知瘟疫爆發的消息，光是觀察該名病患心跳加速、皮膚因發燒而乾裂、雙眼充滿血絲和神智不清、語無倫次等症狀，絕不會做出病患感染瘟疫的結論。

邦考斯基帕夏注意到與死者同住的另外兩名青年小心翼翼地瞧著伊利亞醫師，他從兩人的表情看得出來他們自朋友過世之後已經深陷對死亡的恐懼，這是人之常情，他並不為此煩心，因為他知道只有這股恐懼能讓一般民眾把檢疫醫師當回事。他不明白的是，兩名青年明顯需要醫師的幫助，卻還在使用故友的物品。

事實上，邦考斯基帕夏只有一句話想告訴屋子裡還有島上的每個人：「離開這裡！」他想要放聲大喊。「快逃！」他聽過歐洲醫師講述瘟疫在中國如何奪走數萬條人命，有些地方的民眾甚至還來不及搞懂到底發生什麼事，全家、全村甚至全族就死絕。他擔心同樣的災禍和恐懼很快就會降臨，摧毀這座寧靜迷人的島嶼。

他看得出來致病微生物已經深深「滲入」亞卡茲市，在大眾不知不覺的情況下傳播，就連在像這棟有病患身亡的房子裡噴灑消毒水清消可能都沒用了。當務之急是將受汙染的建築物完全清空，如果有任何人抗議，就採用數百年前的殘酷方法：將民眾關在各自家裡，釘上木板封住家門。在疫情特別嚴峻、所有人都受到感染的區域，還有一種老方法也很有效，就是放火將房屋連同家當全部燒掉。

下午他們來到齊堤區的一間屋子，發現十四歲理髮師學徒的脖子和鼠蹊已出現淋巴腺腫大。少年飽受間歇性劇烈頭痛之苦，每次新一波疼痛發作，他就發出苦痛無比的尖叫，他的母親也會在旁哭泣，而無能為力的父親只能逃到後院，之後又放棄逃避，默默回到屋內。邦考斯基帕夏一行人很後來才得知，少年的祖父也生病了，就躺在隔壁房間的躺椅上，但是沒人注意到他。

伊利亞醫師將少年脖子上變硬但尚未脹起的腫大處劃開一道口子，用消毒溶液清潔傷口。進行醫療處置時，他注意到少年的父親拿著一張禱詞單走近，將單子對著兒子的身體。邦考斯基帕夏常常看到疫情發生時陷入驚恐錯亂的民眾這麼做，他們希望這類禱詞單能夠多少帶來庇佑。有時候基督徒也會向願意發放類似辟邪物的教士求助。一行人離開屋子時，邦考斯基帕夏轉向情報監控局長派來擔任嚮導的書記員，詢問那些經過祝聖的禱詞單是誰發放的。

「當然是全島百姓最信任的聖者，祝禱和祈福庇佑力量最強大的哈黎菲耶教團[16]謝赫：赫姆杜拉阿凡提。」書記員說：「但他不像其他一些教團領袖那麼不擇手段，只要有人捧著錢上門就發送護身符。有很多人想模仿他，這些禱詞單一定是那些人發的。」

「所以民眾知道地方上有瘟疫肆虐，開始加以防範了。」

「他們知道有某種疫病，但不清楚情況的嚴重程度。」嚮導回答。「民眾有時候會求個姻緣符，或是治口吃或驅走惡靈的護身符……總督帕夏要求我們的線人盯著每位謝赫、每位會發送護身符的聖者，從最靈驗到最不老實的都不放過，還有所有修道院內同樣在發護身符的修士。總督會派間諜偽裝成上門求助的民眾、信徒甚至通靈人，也會從跟監對象各自的隨從口中套出情報。」

「赫姆杜拉謝赫的住處在哪裡？我也想去那一區看看。」

「您如果去那裡，地方上一定會閒言閒語。」書記員說：「無論如何，那位謝赫不常冒險外出。」

「我們現在最不用擔心的就是閒言閒語。」邦考斯基帕夏說：「你們的城市確實已經出現瘟疫疫情，有必要讓所有人都知道這件事。」

邦考斯基帕夏和伊利亞醫師親自將當天採集的樣本送上將駛往士麥那的法蘭西火輪船公司「巴格達號」，同時也發了兩封電報到士麥那。邦考斯基帕夏也要求當天下午和總督沙密帕夏緊急會面，但他終於能敲響總督辦公室的門時，已經差不多是晚禱時間了。

「我們向蘇丹陛下承諾過，一定會將兩位來到島上的事保密！」沙密帕夏說，他的態度暗示了對於無

16　教團（sect）：蘇菲派教團為奉行伊斯蘭神祕主義的宗教修行團體，嚴格奉行伊斯蘭教法，各地教團成員生活於「道堂」（lodge），各有其領袖並遵循不同的儀禮和修行方式。

法遵守承諾一事感到無比悔憾。

「假如傳遍帝國第二十九省的謠言根本就虛假不實，全是空穴來風，那麼保密就非常重要。事實會證明一切只是政治問題，如此一來，防止假消息繼續傳播就非常重要。不幸的是，如我們今天所觀察，瘟疫在本地已經廣為傳播。我們確定現在侵襲明格里亞島的疫病，跟在士麥那、中國和印度發生的是相同的疫病。」

「但是『巴格達號』才剛載著兩位採集的樣本出發前往士麥那。」

「總督帕夏，」邦考斯基帕夏說：「士麥那的人明天就會發一封電報給我們，通知正式的檢驗結果。但我身為蘇丹陛下的公共衛生總督察和前御用化學家，帶著我手下最為聰明幹練的醫師，依據我在傳染病領域四十年的經驗，我現在就可以告訴您，這是瘟疫。事態已經不容我們猶豫不決。我在想您是否還記得我們在德德阿奇省遇到的事？差不多是二十年前，您是該省總督，那時剛好是和俄羅斯開戰之前，那次還只是忽然爆發一波夏季腹瀉，也可能是小規模的霍亂疫情！」

「我怎麼可能忘記？」沙密帕夏說：「所幸蘇丹陛下足智多謀，還有您的高明處置，我們當機立斷，得以拯救全城。德德阿奇的人民到今日依然很感謝您。」

「您必須立刻召集報社記者，要他們發布城裡發生瘟疫的消息，並公告明天將會宣布相關防疫措施。」

「防疫委員會需要時間開會商討。」總督說。

「別再等士麥那的實驗室通知檢驗結果，立刻發出公告宣布要實行防疫規定。」邦考斯基帕夏說。

第七章

然而翌日早上，明格里亞防疫委員會並未順利召開會議。穆斯林代表準備好要參加，但法國領事人在克里特島，委員會主席尼寇斯醫師不在家，而總督視為朋友的英國領事則託辭臨時有事不克出席。邦考斯基帕夏待在門口有哨兵看守的破舊賓館，總督派人傳召他會面。「等待防疫委員會開會的同時，我想您可能想見見伊斯坦堡的藥師老朋友尼基弗羅斯，您從前的合夥人。」總督說。

「他在島上？我發了幾次電報給他，但沒有收到回覆。」邦考斯基帕夏說。

總督轉向房間一角，坐在角落的模糊身影正是先前無人察覺就在室內的馬札爾阿凡提。「尼基弗羅斯人在島上，我確定您發的兩封電報他都收到了！」馬札爾阿凡提說。對於這句陳述，馬札爾阿凡提沒有絲毫顧慮，相信邦考斯基帕夏會認為總督手下眼線監看轄區收到的每封電報再正常不過。

「他並未回覆您的電報，因為他擔心您會提起從前跟合夥事業有關的爭議，還有皇室特許經營權的事。」總督說：「但他現在就在他開的藥房裡，等候老朋友大駕光臨。他離開伊斯坦堡到這裡開了藥房，現在已經是有錢人了。」

邦考斯基帕夏和伊利亞醫師步行前往藥房。通往希索波里堤薩廣場的多條小路上店鋪林立，櫥窗內陳列各色布料、蕾絲、在塞薩洛尼基和士麥那製作好的成衣、圓頂小禮帽、鞋子及歐式雨傘，店主為了避免櫥窗內的商品被早上的陽光直射，紛紛支起藍白或藍綠條紋的遮篷，使得道路感覺更加狹窄。邦考斯基帕夏和醫師助手在這裡也注意到一點，和在其他城市疫情爆發初期觀察所得相同：他們看到的周圍行人之中，似乎沒人非常擔心與其他人在路上相碰擦撞可能會被傳染。早上外出購物的婦女後頭跟著數名年幼子女，路邊小販叫賣核桃、奶油酥餅、明格里亞玫瑰口味麵包和檸檬，理髮師靜默地為貴客修臉理容，報童販賣最近的船班送來的雅典報紙，再再顯示島上生活一切如常。看見此處的街坊鄰里相對富裕，街上為亞卡茲市的希臘中產階級提供商品和服務的店鋪五花八門，邦考斯基帕夏猜想，老朋友尼基弗羅斯的藥房生意想必十分興旺。

邦考斯基帕夏是在二十五年前與尼基弗羅斯結識，尼基弗羅斯出生於明格里亞，當時在伊斯坦堡的卡拉柯伊區開了一間小藥房。藥房位在一條通往鄂圖曼銀行的巷道，門口掛著寫了「尼基弗羅斯藥房」的招牌，尼基弗羅斯將店鋪後方原有的一間臨時廚房或所謂「鍋爐室」改造成工作坊。他在這裡製造玫瑰水香味的護手霜和甜甜的綠薄荷喉錠，受惠於蘇丹阿卜杜勒哈米德擴建鐵路的政策，甚至能將產品銷往帝國其中數個最偏遠的省分。

兩個年輕人的往來於一八七九年漸趨密切，合作創立了藥師同業公會——當時的鄂圖曼帝國甫於一八七七至一八七八年與俄羅斯的戰爭中潰敗，首都伊斯坦堡瀰漫著新近失去領土以及人民流離失所陷入苦難的痛苦恥辱。以「君士坦丁堡藥房協會」為名的公會成立，共有七十多名會員，大都是希臘人。他們成功建立公會組織並舉辦教育活動，引起了年輕蘇丹阿卜杜勒哈米德的注意，蘇丹原本就認識青年邦考斯基的軍人父親，他開始交託各種任務給邦考斯基，例如分析伊斯坦堡的飲用水品質以及撰寫微生物相關的報告。

大約在這個時候，蘇丹阿卜杜勒哈米德也開始留意玫瑰水的製造生產，他向來懷有雄心壯志，希望讓鄂圖曼帝國的傳統家庭工業轉型成以工作坊和工廠為基礎的製造業。數百年來，伊斯坦堡的家庭都是在自家院子栽種玫瑰，採收花朵後自行蒸餾出少量玫瑰水，再用於製作果醬、烘焙等日常生活不同用途。鄂圖曼帝國既然具有豐富經驗和悠久傳統，或許可以改為在歐洲式的工廠中大規模生產玫瑰水，而帝國有能力栽植出供應量產所需的大批玫瑰花嗎？蘇丹阿卜杜勒哈米德二世很快就交代不眠不休的年輕化學家邦考斯基貝伊，要他就這個問題提出相關報告。

邦考斯基貝伊在一個月內就擬定相關計畫，並預估在伊斯坦堡興建一座可量產玫瑰水的工廠所需經費，他向蘇丹解釋說除了伊斯坦堡貝伊科茲區的溫室之外，唯一能夠容納廣大玫瑰農場並供應大批花瓣作為工廠量產所需原料的地方就是明格里亞島，鄂圖曼帝國的第二十九省。在相關資訊的蒐集上，邦考斯基自然是聽取了來自明格里亞的友人尼基弗羅斯的看法和建議，尼基弗羅斯先前就利用島上種植的玫瑰製作出護手霜。蘇丹於宮中召見邦考斯基貝伊和藥師尼基弗羅斯，他再次問兩人邦考斯基的報告內容是否真的可行，明格里亞島是不是真的能大量種植那種花瓣富含油脂、帶有宛如糖漿般濃甜且具層次的獨特芳香著稱的玫瑰，看著眼前的天主教化學家和東正教藥師顫抖著給予肯定的回答，他才走了出去。

之後邦考斯基貝伊接到信差遞送的一份公文，文書中宣布蘇丹將授予邦考斯基貝伊和尼基弗羅斯貝伊兩人皇室特許經營權，准許兩人於明格里亞省種植玫瑰，並將採收作物販售予蘇丹計畫在伊斯坦堡設置的玫瑰水工廠，獲得本皇室特許狀者進行相關營業活動可免納任何稅金。

相較於邦考斯基，尼基弗羅斯更認真地善用蘇丹授予兩人的這份特權。他一年後就於島上成立一家生產玫瑰水的公司。邦考斯基出了十鄂圖曼里拉投資這樁生意，擔任這家公司的公關，並代表公司與伊斯坦堡的商務與農業部打交道，兩人第一年的合作頗有成效，以系統化方式經營島上的玫瑰種植產業。邦考斯基甚至找到一名熟悉玫瑰栽種訣竅的花農，並協助花農全家搬到明格里亞島，這名花農來自巴爾幹半島，在一八七七到一八七八年俄鄂戰爭之後逃往伊斯坦堡。

但蘇丹阿卜杜勒哈米德忽然不再寵信邦考斯基貝伊，所有努力和付出戛然而止。邦考斯基之所以會冒犯蘇丹，似乎是因為他在伊斯坦堡的艾佩里藥房等候室中，自以為是地告訴兩名醫師和一名藥師說蘇丹的左邊腎臟有毛病，有兩名異議記者剛好也在現場——其中一人是間諜（阿卜杜勒哈米德於三十八年後死於左腎的腎臟疾病）。蘇丹感到受傷，不是因為邦考斯基洩漏自己的病情，而是因為他竟然如此隨意地談論自己的腎臟。

然而，史坦尼斯瓦夫．邦考斯基真正的罪行，是他協助成立的現代藥師公會出乎意料地發展順遂。當時，老派的草藥鋪販售民俗藥方、辛香料、藥草和植物根莖，此外也販售毒藥、鴉片和其他藥物，還能和奉行現代醫藥原理的藥房競爭。在邦考斯基貝伊的建議以及蘇丹阿卜杜勒哈米德最初的支持之下，新擬定的藥房特許狀明令無論是否處方藥，草藥鋪一律禁止供售有毒、引發幻覺或其他戕害身心的物質。

傳統草藥商大都是穆斯林，眼見藥鋪營收減少，很快就開始抗議。他們上書蘇丹阿卜杜勒哈米德，聲稱穆斯林的店鋪受到迫害，並遞交無數封署名或匿名的陳情信，揭發他們承受的種種不公不義。他們認為這些全都是希臘藥師的陰謀詭計，因為希臘藥師想要壟斷毒藥和麻醉藥的生意！蘇丹阿卜杜勒哈米德有好一陣子不再交給邦考斯基貝伊新的任務，很可能（我們如此主張）是因為他不滿邦考斯基口風不緊，但五年後，在多位人士居中求情之下，蘇丹終於態度軟化，再次信任邦考斯基，要他負責撰寫多份報告，包括杜魯湖水質報告以及阿達帕扎勒市歷年夏季爆發霍亂的成因分析。化學家邦考斯基獲得蘇丹寬恕之後完成多篇論文，主題各有不同，有一篇羅列耶爾德茲宮庭園內可用於製作毒藥的植物種類，另一篇則研究西方新近研發出的一種成本低廉、可用來消毒神聖的「滲滲泉」井水的物質。

在那五年間，邦考斯基和藥師老朋友尼基弗羅斯失去聯絡，而尼基弗羅斯則將卡拉柯伊區的藥房收掉，回到故鄉明格里亞島。

如今邦考斯基帕夏置身希索波里堤薩廣場上的偌大藥房，打量著貨架上種類豐富的商品，心中很為老友高興。藥房櫥窗裡擺了尼基弗羅斯的菲斯帽，帽子不僅飾有「藥師尼基弗羅斯．尤德米斯」幾個字，還加上顯眼的玫瑰花圖案。尼基弗羅斯在伊斯坦堡經營藥房時，也是用同樣的圖案向拿了處方但不識字的顧客打廣告。在菲斯帽旁邊，除了盛裝在精美瓶罐碗皿、由尼基弗羅斯研發的玫瑰水產品，還有一罐罐魚油、樟腦油和甘油。櫥窗內五顏六色、琳琅滿目，有盒裝藥品、瑞士巧克力、法國進口的依雲牌和法維多牌瓶裝礦泉水、罐頭食品、匈牙利的匈雅提．亞諾什品牌產品、英國的阿特金森古龍水、德國進口的盒裝阿司匹靈，還有許多來自雅典的商品。

藥房老闆走了出來，歡迎兩位正欣賞櫥窗的新來貴客。尼基弗羅斯很小心地和客人保持適當距離，招呼客人進門後要僕人準備咖啡。久別重逢的兩位老友熱烈寒暄了一番，彷彿已經好多年未曾見面，還一起回憶過往舊事。

「總督沙密帕夏說你不想見我？」

「總督沙密帕夏不喜歡我這個人。」

「蘇丹陛下多年前授予我們皇家特許經營權，鼓勵我們種植玫瑰，我已經許久沒有參與相關生意了。」邦考斯基帕夏說。

「歡迎視察我們合作創立的公司目前的產品。」

尼基弗羅斯先讓他們看了在他籌畫之下，於伊斯坦堡所製造精美雅緻的瓶裝玫瑰水。他們接著察看一系列玫瑰水香味護手乳、軟膏、各種顏色的玫瑰香皂，以及玫瑰味的香水噴霧。

「本店自有品牌軟膏受歡迎的程度僅次於艾德罕．佩特夫的產品，而護手乳不僅是伊斯坦堡希臘藥房的熱銷品，也很受穆斯林主婦的青睞。」

現今我們得以知道兩人在尼基弗羅斯藥房重逢後的對話內容，是因為情報監控局局長派來的一名間諜就躲在隔壁房間，將對話逐字記錄了下來。尼基弗羅斯先是大談自己如何將玫瑰水產品成功鋪貨到黎凡特地區各個港口城市，接著得意地說起蘇丹授予的皇室特許權如何為他帶來大筆財富：明格里亞島上超過半數的玫瑰花農都將採收的花朵賣給尼基弗羅斯和他兩個兒子。長子托多里斯是他和出身明格里亞的希臘妻子瑪麗安媞所生（他還住在伊斯坦堡時就已成婚），於明格里亞島北部的波加洛村經營玫瑰農場。次子阿波斯托人在雅典，掌管明格里亞玫瑰公司的店鋪。

「對外推廣明格里亞農產並為島上賺進財富，真的是很值得投入的事業。」邦考斯基帕夏說：「總督沙密帕夏怎麼會不喜歡你呢？」

「北部波加洛村一帶的希臘幫派和穆斯林幫派互相看不順眼，老是打來打去，互相偷襲。流亡的希臘人帕弗洛很受山區居民歡迎，如果他下山到我們的玫瑰農場要錢，我兒子沒辦法拒絕。要是敢不付錢，農場就不得安寧，三天內就會有人來放火殺人。大家都知道帕弗洛卑鄙無恥，碰到鄂圖曼帝國政府人員可是殺人不眨眼，還會襲擊穆斯林村莊擄走年輕女子——他聲稱『她們都是被迫改信伊斯蘭教的希臘人』——怒氣大發時會挖人的眼珠或割掉耳朵。」

「總督抓不到帕弗洛嗎？」

「總督帕夏認為要對抗邪惡的帕弗洛，最好的方法是支持鄰近穆斯林村莊奈比勒、信仰虔誠的泰卡普契教團的領袖，還有受他們保護的流亡人士梅摩。」藥師尼基弗羅斯說，同時朝邦考斯基他們得意地眨了眨眼，示意自己很清楚隔牆有耳。「但是梅摩跟帕弗洛一樣惡劣，還是個狂熱分子，他會毫不猶豫攻擊任何膽敢在齋戒月開門營業的餐廳以示懲罰。」

「老天！」邦考斯基帕夏說，笑著瞥了一眼伊利亞醫師。「那麼這個梅摩都做了些什麼？」

「去年齋戒月，杜曼里村有家餐館白天供餐，他用馬鞭抽打餐館老闆，以儆效尤之餘，也順便宣揚他自己的名聲。」

「但是明格里亞島上的穆斯林群體，像是政府書記員和古老的穆斯林家族——他們會容忍這種令人髮指的惡行嗎？」

「他們不忍又如何？」尼基弗羅斯漠然反問。「身為安分守己的好穆斯林，他們或許不認同……但是梅摩保護他們不被帕弗洛欺侮，因為每次出事，總是要等很久，總督才會從首都派兵前來。總督唯一知道要做的，就是確認那些支持帕弗洛的暴行、一同造反作亂的希臘村莊的名字和位置，到了夏天，他就可以找來鄂圖曼海軍戰艦『馬木德號』和『奧罕號』炮轟他們。幸好戰艦通常不會開過來。」

「聽起來你經營這番事業真的很不容易。」邦考斯基帕夏說：「但至少你的店鋪看起來生意興隆！」

「你應該會聽說，大概在三、四十年前，大約長達二十五年期間，市場上對於以『明格里亞石』之名聞名於世的明格里亞大理石的需求很高。」尼基弗羅斯說：「石砌碼頭上，一批又一批的粉紅色明格里亞大理石裝貨上船，運往美國和德國。一八八〇年代，各國以冬天嚴寒著稱的城市，像是芝加哥、漢堡和柏林，市內許多條大道和人行道全是用我們島上山裡開採的石頭鋪成，據說這種石材能夠抗凍抗寒。在那個年代，與歐洲的商貿往來都是透過士麥那。但過去二十年來，明格里亞大理石慢慢退流行，加上希臘愈來愈支持我們，島上產品逐漸改為銷往雅典。雅典人和歐洲的夫人小姐都喜歡搽我們的玫瑰香味護手霜，幾乎把它當成某種昂貴香水。但同時在伊斯坦堡，玫瑰水只是大家在甜點店喝的飲料，也不是什麼特別貴重的商品。但是我想你對我們的玫瑰水特許權不是真的很有興趣，那他們說的肯定是真的了，你到島上是要來對抗瘟疫。」

「就是因為封鎖消息，疫病才會爆發。」邦考斯基帕夏說。

「有時候情勢就是會急轉直下，就像老鼠忽然全都死掉。」尼基弗羅斯說。

「你不怕嗎？」

「我知道一場重大災難近在眼前……但我無法想像到底會是什麼樣子，所以我一直告訴自己一定是弄錯了，但我親愛的老友，我發現自己沒辦法再繼續想下去了。最讓我害怕的是，總督帕夏花了太長時間迎合那些不值一提的教團和驕縱無知的教團領袖，他們甚至不讓總督好好實行防疫措施。這些只會發禱詞單跟護身符的三流謝赫，為了讓防疫規範放寬，他們會無所不用其極。」

邦考斯基帕夏從口袋中取出護身符。「這是我在死去的獄卒身上發現的。」他說：「別擔心，我已經確實消毒過了。」

「親愛的史坦尼斯瓦夫，這我就要問你了。」尼基弗羅斯說：「你肯定比任何人都清楚：瘟疫一定要透過老鼠和跳蚤才能傳播，是真的嗎？就算沒有老鼠，真的不會人傳人嗎？或者比方說吧，我碰到這個護身符會被傳染嗎？」

「就算是去年威尼斯的研討會上最著名、最有智慧的醫師和檢疫專家，也沒辦法斷言瘟疫到底會不會經由碰觸，甚至唾液和空氣中的分子傳染。如果兩者都沒辦法確定，那麼唯一的選擇，就是回歸傳統的隔離和檢疫方法，還有開始撲殺老鼠。目前還沒有疫苗能預防這個可怕的詛咒，英國人和法國人正在研發，我們之後會看到他們有什麼成果。」

「那麼願主耶穌和聖母瑪利亞幫助我們所有人！」藥師說。

教堂鐘聲響起，已是正午時分。「你有任何滅鼠用的藥物嗎？」邦考斯基帕夏問道：「島上的人都用什麼？也許就用老鼠藥？」

「我們這邊的藥房會向士麥那的大不列顛藥房和亞里士多德藥房進一些含氰化物的產品囤積，這種產品不貴，一盒可以用七、八個星期。這裡的人習慣去草藥鋪買砒霜放在家裡滅鼠，也可以用潘塔里翁公司最近一班渡船送往希臘佩拉葛斯藥房的那種溶液，或是另一種剛從塞薩洛尼基送到達夫尼店裡的溶液，那一種的磷含量比較高。但你才是化學家，講到毒藥，你知道的當然比我多。」

兩名老友互看一眼，露出意味深長的表情。當下那一刻，邦考斯基帕夏覺得自己和這個年輕時的朋友似乎很疏遠，與蘇丹阿卜杜勒哈米德和鄂圖曼帝國比較親近，不過讀者若是讀了帕琦瑟公主的書信，就會知道這一點未必是真的。即使如此，邦考斯基無法理解尼基弗羅斯的心情，沒辦法接受老友就這樣與蘇丹和伊斯坦堡完全斷絕關係。

「老鼠一開始入侵住家，之後又自己死光光的時候，沒人想買捕鼠器和老鼠藥。」尼基弗羅斯接著說：「但現在大家都在講士麥那的瘟疫和那裡的人如何滅鼠，有錢的希臘人揚波達基斯家族的媳婦從塞薩洛尼基買了兩個捕鼠器，弗蘭基寇斯家的園丁向島上的木匠赫里斯托買了一個裝彈簧的捕鼠器。」

「你一定要告訴赫里斯托，請他盡量多做幾個捕鼠器！」邦考斯基帕夏說：「向克里特島或士麥那進貨滅鼠用品要花多久時間？」

「自從實行防疫措施的謠言傳開，定期船班就減少，不定期的船班反而比平常多。有些比較富裕的家庭平常夏天會來島上，現在早就跑光了，他們擔心要是開始隔離檢疫就沒辦法離開。有些家庭今年根本就沒來。克里特島送老鼠藥過來島上要一天，從士麥那送來要兩天。」

「你是藥師，一定知道很快所有人都會被傳染，醫院病床會全滿，沒有足夠的醫師能照顧病患，甚至沒有足夠的葬儀人力埋葬死者。」

「但是你在士麥那沒花多少力氣，很快就控制住疫情。」

「之前在士麥那，我們找了全市最大的拉札黎德斯藥房的希臘人老闆和席法藥房的穆斯林老闆到同一個房間裡坐下來討論，他們沒有互相怪罪，而是捲起袖子開始對抗疫病。告訴我，島上有任何可供製作消毒溶液的原料嗎？」

「駐軍那裡有一座石灰窯，他們可以自己製作消毒溶液。市政府從伊斯坦堡和士麥那進了好幾桶消毒劑，有些旅館和餐廳也自己向伊斯坦堡的尼寇拉斯・艾嘉庇德的藥房進貨。有些旅館和餐廳飄散著薰衣草香氣，可能會讓人有一種那裡消毒過、很乾淨的印象，但是我懷疑他們用的消毒水的酒精濃度到底夠不夠高，能不能殺死造成瘟疫的微生物，還有這些香香的消毒劑是不是真能達到預期的效果。佩拉葛斯藥房的老闆密索斯也是防疫委員會成員，他常常通融那些用比較高價向他買消毒劑的旅館，放寬那些旅館的檢疫規定。」

「你這裡有硫酸銅嗎？」

「這裡的人稱為『藍礬』……如果我這位尊貴的老友可以多等一天，我應該能向其他藥房調到足夠的量來製作消毒溶液。但考慮到在島上實行防疫措施其實是政治問題，我不認為我們有辦法穩定供應原料。」

第八章

聽到尼基弗羅斯對於明格里亞島的物資情況如數家珍，對於現有什麼物資和從何處取得都知道得一清二楚，邦考斯基帕夏大為驚嘆。「除了藥師密索斯，你也應該加入防疫委員會。」他說。

「帕夏您這樣說，我實在太榮幸了。」尼基弗羅斯說：「我熱愛明格里亞。但我絕不能忍受那些只會賣船票、偷渡違禁品、變著花招鉤心鬥角的領事。當然他們都不是真正的領事，只是副領事而已。無論如何，只要總督帕夏繼續保護那些謝赫，任何防疫措施都難以落實。」

「哪一位謝赫最大力反對防疫措施？」

「我們希臘人絕不想插手穆斯林族群的宗教事務。但你要知道，這座島就像一艘船，我們全都在同一條船上。瘟疫的箭頭可不會區分穆斯林或基督徒。如果穆斯林不遵守檢疫規定，死的不是只有他們，還有我們基督徒。」

邦考斯基帕夏起身離座，表示該告辭了，接著仔細察看藥師陳列於玻璃櫥櫃裡的玫瑰水商品。

「我們最熱銷的兩項商品一直是『明格里亞玫瑰』和『黎凡特玫瑰』。」尼基弗羅斯說。他打開櫥櫃，取出一個造型精緻的小瓶和另一個中等大小的瓶子遞給邦考斯基帕夏。

「『明格里亞玫瑰』是玫瑰香味護手霜，『黎凡特玫瑰』是我們店裡最上等的玫瑰水，這兩個品名是我們二十多年前某個晚上在伊斯坦堡一起想到的。你還記得嗎，帕夏？」

邦考斯基帕夏並未忘記，想到在伊斯坦堡的那個晚上，他露出一抹傷感的微笑。當年兩名年輕藥師獲得蘇丹突如其來授予的特許經營權，兩人一起坐在尼基弗羅斯在卡拉柯伊區的藥房後頭房間裡喝拉克酒，夢想著即將賺進大筆財富。他們打算先將明格里亞特產的玫瑰水裝瓶，再用玫瑰水製作護手霜。這類配製品在歐洲稱為「成藥」，於一八八〇年代蔚為風行。氣味豐富、色彩繽紛的傳統草藥鋪逐漸沒落，四壁刷成白色、木頭窗框的藥房成了市場主流，為顧客提供處方藥劑。這些藥房很快就開始向國外進口商品，諸如以精美瓶罐盛裝的現成除老繭藥膏和胃藥、染鬍染髮劑、牙膏和殺菌消毒藥膏。伊斯坦堡和士麥那一些藥房甚至賣起了歐洲進口的淡香水和瀉藥。大約就在同一時期，有些腦筋動得快的藥師開始產製自家版本的類似商品。就連邦考斯基貝伊也成立了公司，開始生產「輕瀉劑」和「氣泡果汁」。他是在那時候發現，許多進口藥劑和配製品的瓶罐容器、蓋子、華美包裝盒和精緻標籤多半是在歐洲「當地生產」，產地通常是巴黎。巴黎的精美標籤經過設計，設計也要收費。於是邦考斯基找來畫家朋友歐斯根．卡勒奇彥幫忙。

「你的朋友歐斯根幫我們畫了玫瑰水瓶子上的標籤，我們一直沿用到現在。剛開始販售時，我們找了亞卡茲唯一一位專門繪製標籤和名片的畫家印製了一千份標籤，再貼在玫瑰水的瓶子上。」

「歐斯根不只是藥師兼化學家，那時候也有很多人找他繪製廣告。」邦考斯基帕夏說：「他幫好多家知名旅館和店鋪畫海報，包括拉薩羅．法蘭科家具店，當然也幫藥房繪製目錄插圖跟設計商品包裝。」

「來看看這個！」尼基弗羅斯說，他帶著邦考斯基帕夏走到一旁後壓低音量說道：「最強烈反對防疫措施、總督最該留意的人，是里法伊教團的謝赫，赫姆杜拉謝赫也暗中支持他。」

「他們的道堂在哪裡？」

「去瓦伏拉區跟葛梅區就能找到。你還記得這個我們用來代表黎凡特玫瑰的圖案嗎？是比較有象徵意義的設計。你會發現裡頭融入了城堡的招牌尖塔、白山和明格里亞的玫瑰花。」

「沒錯，我也記得這個圖案！」邦考斯基帕夏說。

「我會放一些店內商品的試用品在馬車上，是要送給總督帕夏的。」尼基弗羅斯說，同時朝著他剛放入籃子裡的兩瓶「黎凡特玫瑰」比畫示意。「我曾將瓶子標籤的圖案縫在布條上，再將布條掛在櫥窗裡用來宣傳商品，不幸的是，總督誤會我居心不良，下令將布條沒收，到現在還沒歸還。我願意加入防疫委員會，但條件是將布條還給我，那是我們公司發展史上很重要的一部分。」

半小時後，在邦考斯基帕夏堅持之下，終於得以面見總督。他一進總督辦公室就立刻轉達尼基弗羅斯的要求：「我的老朋友藥師尼基弗羅斯同意加入防疫委員會，」他開口道，「但有一個條件，就是將他宣傳商品的布條還給他。」

「他告訴您那件事了，是嗎？真是放肆！尼基弗羅斯這個不知感恩的卑鄙小人。他能靠著他的玫瑰農場、藥房和玫瑰水大發利市，都是因為蘇丹陛下頒賜給他那張特許狀。但他前腳賺大錢，後腳就背叛陛下，跟希臘領事還有商務公使站在同一陣線。我要是真的想對付他，可以派人去查稅，開出幾張罰單和稅單，就能看著他的玫瑰水事業牆倒樓塌、一敗塗地。」

「總督帕夏，您可千萬別這麼做啊！」邦考斯基帕夏將語氣放軟，表示對總督的尊重。「實行檢疫需要眾人團結起來，同心協力。要說服尼基弗羅斯加入防疫委員會已經相當困難了。」

總督走向一扇綠色的門，進入與辦公室相鄰的小房間，打開一個箱子，取出捲起的粉紅色調明格里亞紅布條，像打開紙捲般徐徐展開。

「請看！您也看得出來，這個布條很容易被人當成某種旗幟。」

「我了解您為何擔憂，總督帕夏，但這不是什麼旗幟，只是我和尼基弗羅斯多年前設計的標籤，用來宣傳我們共同成立的公司生產的商品。就像貼在瓶罐上的標記！」邦考斯基帕夏說：「總督帕夏，」他很快又說：「請您要求電報室再次確認！」他不是想要換話題，只是不敢相信竟然一直沒收到士麥那傳來的電報。稍晚，邦考斯基帕夏和助手步行回到下榻的老舊賓館。回到賓館後，伊利亞醫師眼看邦考斯基已經等得不耐煩，再次拜託他不要冒險獨自前往郵局。

「到底會有什麼危險？島上怎麼會有人希望瘟疫爆發呢？這座島就跟其他地方一樣，發生瘟疫時，所有敵對的地方派系都會立刻擱置彼此的紛爭。」

「有些人對您不利只是為了追求榮耀，帕夏。您應該記得在阿德里安堡發生的事，您為了防治霍亂疫情，在那裡辛苦工作了一個月。但即使到了您要離開阿德里安堡時，有些人還是堅稱最初就是您將疫病帶到城市裡。」

「但這裡是個溫馨的地方，一片綠意盎然、生機洋溢！」邦考斯基帕夏說：「島上的人比較溫和，就跟這裡的氣候一樣。」

總督辦公室始終沒有傳來任何關於他們預期將收到的電報的消息，鄂圖曼帝國的公衛總督察和醫師助手決定悄悄溜出賓館。等到駐守在賓館門口的衛兵和警衛發現時，兩人已經來到總督府廣場。春季的下午十分炎熱，廣場上空晴朗無雲。朝左看去是閃閃發光、彷彿活力昂揚的雄偉城堡，朝右則是籠罩著神祕面紗的白山陡峭岩面，邦考斯基帕夏覺得精神為之一振。他們走在總督府廣場周圍列柱的陰影裡。郵局和販售時髦布品的達夫尼布店門口都有專人守著，負責在要進門的顧客身上噴灑消毒溶液。城市中看不出其他有瘟疫發生的跡象。廣場周圍停著數輛載客馬車，車夫們邊等顧客邊愉快閒聊，佇立的馬匹打著瞌睡。

兩人走進郵局時，門口一名職員朝他們身上噴灑玫瑰香味的「來舒」消毒液。邦考斯基帕夏環顧四周，決定向一位年長的電報接線員詢問，這名接線員忙著計算些什麼，不時將手指浸在醋裡。

「你在等的電報已經到了，還有幾封發給明格里亞防疫委員會的電報也到了。」接線員回答完後又埋頭計算。

由於急著得知檢驗結果，邦考斯基帕夏另外以私人名義發了一封電報詢問士麥那的檢疫官。於是他從電報中「正式」確認，如他先前所推測，島上爆發了瘟疫。

「在防疫委員會開會之前，我要去瓦伏拉區和葛梅區看一下！」邦考斯基帕夏說：「身為防疫人員，凡事都要用雙眼親自確認。」

伊利亞醫師瞥見在他們右手邊，電報收發櫃台後方通往包裹室的門沒有關上。從包裹室通往外頭的門也虛掩著，從半開的門縫可以看到建築物後院的蒼翠植栽。

邦考斯基帕夏注意到伊利亞醫師一臉驚訝，但並不在意。他一個箭步，踏入兩人左手邊一處櫃台的後側。他走來走去四處打量，並未有人前來干涉（郵局局長狄米崔和一名職員背對著他檢視一份文件），接著走進後方空蕩的包裹室。他並未慢下腳步，只是一直往前走，推開通往後院那扇虛掩的門後直接走出郵局。

在類似的情況下，伊利亞醫師通常不會讓他的長官獨自行動。但一切都在同一刻發生，他好似陷入恍惚般看著邦考斯基帕夏走了出去，心想總督察會循原路折返。

邦考斯基帕夏踏進後院，知道自己暫時擺脫了情報監控局派出的眼線和隨從，心中很是歡快。他走到外面的街道上，爬上一條上坡路段。他們很快就會派出所有手下來找他，不用多久就會找到他。而這位可敬的六十歲化學家此時正高興能夠避開所有人的視線，沉浸於自己這次小小的越界冒險。

兩個小時後，在希索波里堤薩廣場的佩拉葛斯藥房斜對面一塊空地的角落，有人發現邦考斯基帕夏血跡斑斑的遺體。時至今日，研究明格里亞歷史的學者或許百般不願，仍不時會爭論究竟鄂圖曼帝國和蘇丹的公衛總督察（暨阿卜杜勒哈米德二世個人御用藥房的首席化學家）在那兩小時中做了什麼，以及他究竟在何時、被何人、以何種方式綁架殺害的謎團。

邦考斯基帕夏無意中踏上的那條上坡路十分狹窄，一側是灰泥早已剝落的老舊牆面，牆上攀爬懸垂著藤蔓、垂柳和朴樹枝葉，另一側是一塊廣闊空地，有一群婦女邊在樹上晾衣服邊大聲說笑，沒穿上衣的學步幼兒在她們周圍半爬半走，邦考斯基兀自踩著從容的步伐，緩緩向上坡行去。再往前走了一段，邦考斯基帕夏看見藤蔓間有兩隻蜥蜴賣力地交配。希臘社區的瑪麗安娜・賽歐多洛普洛斯女子中學仍未停課，但來上課的學生只有半數。公衛總督察邦考斯基沿著牆邊向前走，不時朝學校後側院子窺看，彷彿望入監獄的黑色欄杆間隙，就如同過往對抗多場傳染病的經驗中所知，他觀察後也在此地發現類似情況，儘管聽聞已有疫情，許多希臘人父母沒辦法待在家照顧孩子，也無力為孩子準備餐食，只好讓孩子繼續上學，至少在學校能喝碗湯或吃片麵包。他看著孩子在校園裡無所事事，而孩子們眼看來上學的同學愈來愈少，也一臉擔憂。

邦考斯基帕夏接著走進聖特里亞達教堂的中庭。兩列送葬隊伍才剛啟程前往霍拉區後面的東正教墓園，鬧烘烘的人群離開後，中庭陷入一片沉寂。邦考斯基帕夏還記得二十年前為了興建這座新的希臘東正教教堂引發的爭端，衍生的爭議甚至一路鬧到伊斯坦堡。預定建造教堂的場址原本是一處臨時墓園，埋葬的是在一八三四年亞卡茲一場嚴重霍亂疫情中喪生的市民。希臘人社群中有一些投身大理石產業而致富的人士，希望藉由在該地興建教堂祛除從前霍亂肆虐的慘痛記憶。當時的總督有意阻撓，託辭在埋葬霍亂死者的土地上興建新建築可能引發公共衛生問題，直到某一天蘇丹阿卜杜勒哈米德在討論伊斯坦堡飲用水供應議題時，詢問當時還很年輕的化學家邦考斯基對於在墓地上興建教堂的看法，之後教堂工程總算獲得施工許可。鄂圖曼帝國推動「坦志麥特」改革[17]以來，基督教建築物也獲准採用圓頂，因此聖特里亞達教堂和過去六十年帝國境內興建的其他教堂一樣有著巨大的圓頂。然而明格里亞歷任總督深為厭惡教堂圓頂的比例和教堂鐘塔的景觀，不希望來到港口的訪客以為明格里亞島是一座希臘島嶼。島上最大型的鄂圖曼建築是新清真寺，它的圓頂或許更為巨大，但由於位置較偏，沒有希臘教堂的圓頂那麼引人注目！

邦考斯基帕夏知道自己只要一踏入教堂，負責噴灑消毒液的消防員和教堂信眾就會追著他跑，所以他待在教堂外的中庭，沿著圍牆走過。其中一道牆的旁邊滿設店鋪。在對側那道牆的角落，坐落著一所由教會的慈善基金贊助、專收男生的高中。邦考斯基帕夏不由得憶起三十年前在伊斯坦堡各所高中開課講授化學的往事，若是要他再回去教書，他還是很樂意教導這些迷惘困惑、虛度光陰的學生認識化學、微生物和瘟疫。

走出中庭之後，他遇見一位衣著考究的希臘長者，用法文詢問對方去瓦伏拉區要往哪裡走。老人說起話來有些結巴（他剛好是島上富裕的艾多尼家族的遠親），他為邦考斯基帕夏指點方向，而在邦考斯基帕夏的遺體於兩小時後被發現，老人告知警方兩人偶遇的經過以及對話內容時一度被視為嫌犯，十年後他將會向雅典某家報社記者講述這段不怎麼愉快的經歷。

邦考斯基帕夏離開教堂之後，經過了數間或開門營業、或關門休息的雜貨店和蔬果店，也行經至今（二〇一七年撰寫此書時）仍在營業的佐菲里杏仁果烘焙坊。他從夾竹桃丘走下來，迎面碰到一小群送葬者拉著一具巨大的棺材朝上坡行來，他站到一側讓路給對方。理髮師潘納尤提斯瞧見邦考斯基帕夏讓路給送葬隊伍，他的店鋪就在斜坡銜接哈米德大道的轉角處。當時剛好有數場葬禮結束，而在接下來數場葬禮

---

17 「坦志麥特」改革（Tanzimat-era reforms）：字面意思為「重整」，是指鄂圖曼帝國於一八三九年至一八七〇年代中葉在民政、財政、法律、教育、軍事等各方面進行的一連串現代化改革。

開始之前的空檔，這座於一七七六年由出身明格里亞、曾任大維齊爾的名人艾哈邁德・法里德帕夏委託建造的清真寺一片空蕩靜謐。邦考斯基帕夏經過這座圓頂相對較小的清真寺，穿過朝向大海那一側的中庭柵門，沿著附近飄著椴樹香氣的狹長街巷走去。看到尚未完工但那天早上已經開始收治病患的哈米德醫院時，邦考斯基帕夏想到情報監控局局長可能會派手下到醫院找他，於是轉身離開，先走到卡迪勒許區，之後又去了葛梅區。

走進已有許多居民因染疫而喪命的街坊時，邦考斯基帕夏駐足察看道路底下的汙水溝渠，也觀察周圍赤腳跑來跑去的孩童，看著一對小兄弟不知為了什麼事意見不合扭打起來。他經過一處道堂，而他揣在口袋裡那張原本屬於貝拉姆阿凡提的護身符，就是由領導這個道堂的謝赫祝聖和發送。由於有一名固定駐守該區的便衣警員提出報告，我們才能得知上述一切。

該名警員並不認識邦考斯基帕夏。但他後來會在道堂附近目擊邦考斯基帕夏遇見一名年輕人並和對方交談，談話內容開頭大致如下：

「醫生大人，我們家裡有病患，請您來看看。」

「我不是醫生……」

兩人又交談了一陣子，但警員無法聽清楚後續的對話內容。接著，兩人忽然消失在警員的視線範圍。公衛總督察邦考斯基和這名焦躁不安的年輕人快步走了一段路，到了一處周圍有矮牆但沒有柵門的院落。邦考斯基帕夏覺得自己好像在作夢，想要推開門卻怎麼也找不到對的門。他心知就算開了門也是徒勞，卻還是一直伸手去推。

接著一棟屋舍的門打開了，他跟著年輕人走了進去。室內空氣窒悶難聞，充斥汗水和嘔吐物的氣味，是住家有瘟疫病患的典型氣味。邦考斯基帕夏擔心要是沒有人趕快打開窗戶通風，自己也可能會被傳染，只好暫時憋氣。但是沒人打開窗戶。對方說的瘟疫病患呢？屋裡的人沒有帶他去探視病患，而是站在旁邊瞪著他，臉上寫滿控訴責難。邦考斯基帕夏憋氣憋得無比焦慮，片刻間只覺得自己快窒息了。

接著，一名金髮綠眼的男子上前一步說道：「你又把疾病和檢疫規定帶來這裡折磨我們，但你這次不會得逞！」

第九章

半夜載送邦考斯基帕夏至明格里亞兩天後，「阿濟茲號」駛抵亞歷山卓，蘇丹的指導委員會成員接受德意志帝國領事館的殷勤招待。駐亞歷山卓的德國領事為了德國駐華大使遇害一事大為憤怒且焦躁不安，他主辦了招待會和記者會，並邀請西方其他國家領事參加。他們的目標是讓埃及的英語報紙如《金字塔報》和《埃及公報》報導鄂圖曼指導委員會的任務，以及讓印度和中國的報社（尤其是主要服務穆斯林讀者的報社）跟進報導。德皇威廉認為派兵至中國平亂是向全世界展現德國實力的好機會，藉由幫鄂圖曼指導委員會宣傳，德國就能向世界各國宣告，身為哈里發、領導所有穆斯林的鄂圖曼帝國蘇丹和中國造反的穆斯林並不站在同一陣線，而是與西方列強同聲共氣。

「阿濟茲號」的航程中，帕琦瑟公主和丈夫從早到晚都待在艙房裡。「阿濟茲號」停泊於亞歷山卓新建好的碼頭時，帕琦瑟公主看到身穿卡夫坦長衫的貝都因搬運工赤著腳衝上郵輪甲板搶著搬運行李貨物，不禁表示鬆了口氣，慶幸自己因為身分高貴不得下船。公主知道無論郵輪在哪個港口或城市停靠，奉宮廷之命前來保護代表團的軍官凱米爾少校，都必須跟在她身側隨時守護。

「阿濟茲號」停靠亞歷山卓的第一晚，帕琦瑟公主和丈夫在船上望著夕陽餘暉灑落亞歷山卓，她和丈夫聊起自己的父親穆拉德五世，即如同囚犯般遭軟禁於徹拉安宮的前任蘇丹。公主告訴丈夫，雖然宮殿很小又很擁擠，但在軟禁宮中的時光裡，她跟父親和姊姊們終於有機會與彼此相處，一起彈鋼琴；她說父親個性溫和且纖細敏感，曾經祕密加入共濟會，雖然本意良善，但這件事後來卻成為父親被迫退位的把柄。她們姊妹曾有一天在房間裡一起看地圖集裡的非洲地圖，她們的父親走了進來，跟女兒們講起自己二十年前還是年輕王子時拜訪埃及的經歷。那趟埃及之旅中與穆拉德五世同行的，還有他的叔父、當時是蘇丹的阿卜杜勒阿濟茲，以及他的弟弟哈米德阿凡提王子，哈米德阿凡提後來繼穆拉德五世之後成為蘇丹（他們後來還會一起遊覽巴黎、倫敦和維也納）。在埃及時，當時的鄂圖曼蘇丹阿卜杜勒阿濟茲，與兩名未來的蘇丹穆拉德五世及阿卜杜勒哈米德二世，一起騎駱駝參觀金字塔，也一起體驗人生頭一次搭火車；「總有一天，」他們一致同意，「鄂圖曼帝國的土地上也會有鐵路，願真主應許。」見到女兒們在看地圖集裡的非洲地圖，當父親的穆拉德娓娓道來埃及人是如何歡欣迎接鄂圖曼蘇丹。十九年前，被迫退位的穆拉德五世聽說英軍入侵埃及的消息時，在被軟禁的宮殿中哀傷落淚。

帕琦瑟公主是穆拉德五世的第三個女兒。穆拉德五世於一八七六年即位，三個月後就遭高門[18]一些較具權勢的帕夏推翻，他們認為他暴躁易怒且可能已經發瘋，擁立他的弟弟阿卜杜勒哈米德繼位，也就是現任蘇丹。其實穆拉德五世原本得以即位，是因為宮廷中一群帕夏發動政變，將原本的蘇丹，即他的叔父阿卜杜勒阿濟茲推翻，而阿卜杜勒阿濟茲在一週後即遭人暗殺，只是被刻意偽裝成自殺。帕琦瑟公主想到自己叔公的可怕遭遇，覺得父親穆拉德五世當然很難控制自己的脾氣。事態的種種發展令人猝不及防，身為王位第二順位繼承人的哈米德阿凡提王子忽然成了蘇丹，他不像兄長穆拉德一樣知名度高或備受喜愛，前幾任蘇丹的下場讓他深陷恐懼之中，生怕自己會和叔父或兄長一樣慘遭逼退、囚禁甚至殺害，於是下令將哥哥穆拉德五世終生囚禁。

---

18 高門（Sublime Porte）：或譯為「最高樸特」，原指大維齊爾（宰相）和大臣辦公的官廳所在建築物，後用以代稱鄂圖曼帝國政府。

穆拉德五世囚於宮中的歲月長達二十八年，在他遭軟禁的第四年，帕琦瑟公主呱呱墮地，而公主打從出生起，不曾踏出全家人被軟禁的宮殿一步（她摯愛的姊姊哈緹絲和她不同，是在穆拉德五世即位之前於庫巴勒德雷府邸出生，而在穆拉德五世即位成為蘇丹期間，她還曾在多爾瑪巴切宮中坐在父親和叔父阿卜杜勒哈米德懷裡）。阿卜杜勒哈米德為了防止兄長穆拉德五世奪回王位或與反對勢力合謀，將兄長全家軟禁於宮中與外界隔絕，這也是所有鄂圖曼王子都會遭遇的境況。

三位公主的人生就困在一座小宮殿中，她們的父親穆拉德五世一直為了女兒們能否成婚擔憂不已。阿卜杜勒哈米德表示，如果三名姪女希望覓得婚配對象，就必須離開她們的父親，先搬到自己居住的耶爾德茲宮。即使為公主籌備婚事的理由正當，冷酷無情、神經緊繃的蘇丹仍然不願有人進出那座囚禁兄長的小宮殿。穆拉德五世聽說弟弟提出的條件，念及兄弟幼時感情甚篤，不禁失望沮喪。即便他會向女兒們抱怨阿卜杜勒哈米德冷酷無情，認為拆散他們父女是滔天大罪，他仍反覆告訴她們，結婚並生兒育女是人生最極致的樂趣。父女最後下定決心，公主們最好還是離開父親，搬入耶爾德茲宮向叔父效忠並修復叔姪關係，以便尋覓配得上她們的美貌和地位的如意郎君。

最年長的哈緹絲公主已經年近三十，她和二公主費希玫都接受這個條件，而十九歲的帕琦瑟公主一開始則不願離開父母身邊。但事態在兩年內漸趨和緩，阿卜杜勒哈米德忽然插手，也替帕琦瑟公主指定了結婚對象（即使對方「只是一名醫師」）。三姊妹的婚禮同時在耶爾德茲宮中舉行，帕琦瑟公主與姊姊們不同，對於突如其來的婚事其實相當欣喜（有些人或許會認為，是因為她的容貌和企圖心不如兩個姊姊）。

帕琦瑟公主與丈夫努里醫師待在船艙時會聊天，好加深對彼此的了解，公主望著丈夫的小麥色皮膚和高大胖壯的多毛身軀，感受到一股從來不曾體會過的美妙愉快。當公主看到丈夫談到感興趣的事時激動得冒汗，或只是在丈夫呼吸加快時傾聽急促的鼻息聲，她的心中，一如她寫給姊姊哈緹絲的信中所述，每每洋溢著極樂至福。有時當醫師丈夫從床上起身去拿冷水壺，公主會盯著丈夫的背影，暗暗驚嘆他的臀部如此圓大，雙腿後側如此肉感，兩腳卻很小，讓人難以想像男人生著一雙小腳卻十分賞心悅目。

這對新婚夫妻大半時間都在床上恩愛纏綿。艙房裡悶熱潮溼，暫時還沒有蚊蟲侵入，歡愛之餘的時間，夫妻倆只是靜靜躺在彼此身旁就心滿意足。如果剛巧聊到敏感的重要話題，他們擔心惹得另一半不快，會小心謹慎地措詞，避免傷了和氣。有時候他們會下床，穿上最講究的衣裝之後交談，但一觸及任何危險話題，就會立刻閉口噤聲。

對帕琦瑟公主來說，最危險的話題當然是她對叔父阿卜杜勒哈米德的憎恨，以及多年來被囚禁在宮殿裡的生活。努里駙馬看得出來妻子想要向自己敞開心胸、坦言不諱，但他也擔心這樣可能會破壞夫妻和樂，因此克制住自己的好奇心，並不追問。努里醫師也覺得，如果妻子要將最悲傷的經歷坦誠相告，那他也應該告訴妻子自己擔任檢疫醫師最椎心蝕骨的經驗，包括他在漢志省所見種種恐怖駭人的景象，以及前往漢志的朝聖者被迫經歷的可怕遭遇，即便他擔心這些悲慘故事可能會讓公主震驚難安。就算如此，他還是很渴望能和聰慧自信的妻子分享心裡話。他希望妻子能夠了解，鄂圖曼帝國的偏遠省分正一個接一個脫離她叔父的統治，想要她知道那些地方發生了什麼事，而在那些地方肆虐的傳染病又是如何奪走無數百姓的性命。

郵輪停泊於亞歷山卓的第三天早上，努里醫師下船進城。他前去拜訪一位來自伊斯坦堡的希臘製錶匠，店鋪就位在穆罕默德．阿里帕夏廣場後方，與英國檢疫醫師和政府書記常入住的吉濟尼亞飯店（他們也開始派專人站在門口噴灑消毒溶液）在同一條街上。在向努里醫師打聽完伊斯坦堡的最新消息之後，製錶匠一如往常開始告訴這位好奇的鄂圖曼醫師，英國如何以鎮壓反西方、反鄂圖曼的民族主義者烏拉比帕夏起事為由，派出戰艦連續數小時炮轟亞歷山卓。他描述炸彈爆炸聲無比駭人，整個廣場被炸到坍塌崩毀，揚起大片白色煙塵，就連英國人和法國人蓋的建築物也難以幸免。基督徒和穆斯林各自抓起武器上街廝殺，製錶匠還回憶起先前有一段時間，住在外圍社區的基督徒出門時就連戴帽子都可能遭遇不測。燒殺擄掠那段日子結束後，「戈登帕夏」查爾斯．戈登少將曾光臨鐘錶店。製錶匠再次向努里醫師娓娓道來，自己如何親自修好並送回戈登帕夏那只西塔牌手錶，而戈登帕夏在喀土木遭到馬赫迪率領的穆斯林軍隊殺害當天就戴著那只手錶，最後他如此總結自己的想法：「在我看來，不管是法國人、鄂圖曼人還是德國人，都統治不了埃及，只有英國人辦得到！」

先前數次見面時，若是不同意製錶匠說的話，努里醫師會開口糾正。「不是的，不是鄂圖曼帝國要將埃及拱手讓人，只是已經沒辦法好好治理這個地方，英國人不過是找到了占領埃及的藉口！」他或許會這麼說；或者他可能會客氣地指出，早在阿拉伯人開始殺害基督徒之前，基督徒就已經對穆斯林打打殺殺。但自從一個月前結婚，娶了製錶匠剛剛直呼「蘇丹」或「阿卜杜勒哈米德」那個人的姪女，他就刻意避免講出這類反對帝國政府的言語，甚至完全不對政治議題發表評論。

駙馬努里醫師那天與製錶匠談話後不歡而散，造訪防疫中的亞歷山卓的經驗也並不愉快。眼前即將展開新的人生，他卻不清楚會是什麼樣的人生。他很快就覺得焦躁不安，準備返回港口。

通過海關回到「阿濟茲號」上，他就接獲船上的服務生通知，一艘湯瑪斯．庫克公司的郵輪剛剛送來兩封要給他的加密電報。

在「阿濟茲號」自伊斯坦堡啟航之前，有一名宮廷書記官奉蘇丹之命交給努里醫師一冊密碼本。阿卜杜勒哈米德通常會將這種密碼本發給駐外大使、地方首領和來自不同民族的間諜，藉此就能不透過高門的官方通訊體系，與相關人員建立更直接且密切的通訊管道。

努里醫師見到帕琦瑟公主時將她擁入懷中，告訴她收到電報的事，接著從旅行袋深處取出密碼本急切地翻頁查找，試圖破譯第一封電報中每個字母和數字。他前後翻查密碼本，想確認對應每個數字的字母和字詞，但查了沒多久就碰上難題。公主在他翻查時一直跟在旁邊，於是他請公主幫忙。他們很快就發現有些常用字詞是編碼成二位數數字，之後很快就破譯了電報內容。

第一封電報是直接從宮廷發出，指示因邦考斯基帕夏驟逝，由努里駙馬負責督導明格里亞省和首府亞卡茲的瘟疫防治，並應立刻動身前往明格里亞島。電報中也下令要「阿濟茲號」的俄國船長即刻將帕琦瑟公主、努里駙馬和凱米爾少校送往明格里亞島，不得延誤。第二封電報同樣是從宮廷發出，但以蘇丹親傳諭令的方式呈現，明白指出邦考斯基帕夏可能「遭人暗殺」，要求努里駙馬「扮演偵探」，協助總督沙密帕夏調查以釐清案情真相。

「我就跟你說吧，叔父不會讓我們這趟旅程過得開心愉快！」帕琦瑟公主說：「我敢說一定是他派人殺死可憐的邦考斯基帕夏。」

「你不該這麼快就下定論！」努里駙馬說：「我先告訴你目前國際上實行防疫措施的處境，你聽完再做評斷。」

「阿濟茲號」立刻自亞歷山卓啟航，載著公主、駙馬和少校三人連夜航向北方。入夜之後吹起一股強勁的東北風，「阿濟茲號」船速減緩，努里駙馬覺得自己應該把握時機向妻子解釋，可憐的邦考斯基帕夏遇害一事可能不是她的叔父阿卜杜勒哈米德主使，而且有其他勢力涉入的可能性極低。於是夫妻在艙房裡坐下，他開始向公主說明全世界防疫措施背後的政治議題。

一九〇一年，正值英、法、俄、德四國於軍事、政治和醫學領域稱霸全球，他們相信瘟疫和霍亂是從聖地麥加和麥地那傳到歐洲和世界上其他地區，是那些前往漢志省朝聖的穆斯林將疫病帶到西方（西亞、南歐和北非）。換言之，他們認為世界各地的瘟疫和霍亂疫情的源頭在中國和印度，而疫病的傳播中心是鄂圖曼帝國的漢志省。在鄂圖曼帝國各地工作的醫師和檢疫專家，無論本身是基督徒、穆斯林或猶太人，都心知肚明，從醫學角度來看，西方國家這番論調很不幸地真確無比。但其中一些人，尤其是較年輕的穆斯林醫師，也相信西方列強的說法是基於政治因素刻意誇大，不僅藉此貶抑羞辱歐洲以外民族和國家的百姓智識和宗教信仰，更以此作為出兵開戰的藉口。當英國人宣稱「如果貴國無法確保我國前往朝覲的印度子民身體健康，我國自會保護！」，鄂圖曼陣營所有人，包括蘇丹阿卜杜勒哈米德自己，都知道英國不只是在鄙視鄂圖曼帝國的醫療落後，也是在威脅要出兵。這就是為何蘇丹（「你的叔父！」努里醫師直視妻子的雙眼說道）不惜耗費鉅資在漢志省建置檢疫設施。蘇丹下令在紅海海口的卡馬蘭島建造新的檢疫站所、軍事哨站和碼頭，並將手下最聰明能幹的醫師派往當地。

位在紅海上卡馬蘭島的鄂圖曼帝國葉門省檢疫站，無論就檢疫量能或占地面積而言，都是全世界規模最大的檢疫設施。憶起七年前由於朝覲季人潮最為洶湧期間發生嚴重的霍亂疫情，第一次前往該地的往事，努里醫師並未隱藏自己的情緒。那些年大多數印度和爪哇族朝聖者在航程中都擠在下層船艙，搭乘的船隻通常登記為英國籍，船體破舊腐朽，與廢船無異，他每每見到都忍不住鼻酸愴然。多年來他終於認清，自印度各個港口啟航的朝聖船隻載客情況愈趨惡劣。喀拉蚩、孟買和加爾各答的英國船運公司規定旅客必須購買來回票，但那時候搭船前往朝聖的印度穆斯林中，平均每五人就有一人在聖地死去或無法踏上歸途。

努里醫師也發現，行駛孟買到吉達路線的客船原本設計成最多可容納一百名乘客，但船運公司不僅以高價販售船票給渴盼前往聖地的乘客，更讓多達千人甚至一千兩百人登船，讓整艘船從甲板一直到貨艙裡都擁擠得像是沙丁魚罐頭。貪婪的輪船船長會拚命把乘客塞到各種意想不到的位置，例如上層甲板周圍扶手處，這裡是船上最狹窄的區域，甚至讓乘客站到船長室的平坦頂部，以至於在船上找到立足容身之處的乘客只能一直站著，根本無法彎腰或坐下，那些能夠坐下或很幸運有足夠空間躺下的乘客則完全不敢挪動身體，他們知道自己只要站起來，位子就會被搶走。努里醫師一邊講述，一邊模仿船上的朝聖者是如何蜷縮身體才能坐下。

那些運送朝聖者的船隻鏽跡斑斑，飽經烈日曝曬，似乎在航程中掉了什麼零件，看起來隨時會沉沒。努里醫師搭乘載送檢疫官員的船艇慢慢靠近這些船隻時，看見各層甲板、各個舷窗和任何可供窺看的縫隙都有無數男性盯著他看，大為驚奇之餘也心生警惕。他曾有一次在士兵護送下登船進行檢疫，很快就發現幾乎所有可利用的平面都坐滿或躺滿了乘客，萬頭攢動、擁擠不堪，彷彿末世景象，而船內他視線未及之處的人數可能是他眼前所見人數的三倍之多，這些一心朝聖的印度信眾即使還未生病，也已經精疲力竭。

擠在船上的朝聖者稠密程度令人驚駭，努里醫師登船後可說是寸步難行，他向公主描述有時候得請武裝士兵幫忙開路，才能穿越乘客群去見船長。公主提出疑問，他解釋說大多數船隻其實是貨船，根本沒有給乘客的座位空間。向下走進陰暗腐臭的貨艙內部時，努里醫師感覺得出來，在這個沒有窗戶或舷窗的偌大空間裡，有數百名驚惶害怕的朝聖者，感覺得到這些全是有血有肉的活人，正窸窸窣窣動來動去，他聽見一些人的呻吟聲或禱告聲，看見一些人靜默不語，只是一臉好奇地盯著他看。貨艙裡可能非常黑暗，因此當局規定檢疫醫師在日落之後不得進入貨艙。「我真的不該跟你說太多這些事，你聽了會很難受的！」努里醫師說。

「請別隱瞞，全都說給我聽吧！」帕琦瑟公主說。

努里醫師看得出來，公主以為他描述的這群人似乎絕望無助，他見公主有所誤會，忍不住告訴她真相：能夠展開朝覲之旅的信眾，在他們自己的國家其實是相對富裕的一群人。有些人會賣掉土地或房屋以籌措朝覲的旅費；有些人存錢存了很多年；有些人即使知道朝覲之旅過程艱辛且所費不貲，也願意再去一趟。過去二十年來，由於蒸汽輪船逐漸普遍，船票價格下降，前往漢志省的朝聖者人數翻倍成長，每年的朝覲者將近二十五萬人。從爪哇到摩洛哥，來自世界各地的穆斯林聚集交流，人數之多、規模之大是史上首見。努里醫師回想在某個宗教節日，他望向外頭密密麻麻的朝聖者帳篷和遮陽傘，想到「你的叔父」阿卜杜勒哈米德如此積極想要運用伊斯蘭教和哈里發的力量，如果看到聖地萬頭攢動的驚人景象一定會大為欣喜。

「你真是貼心，想讓我看到叔父比較好的那一面！」帕琪瑟公主說：「我想我們還是應該感謝他安排我們見面。」

「你的叔父都要我們去明格里亞調查謀殺案了，你不該說是他派人暗殺邦考斯基帕夏。」

「好吧，那我不會再這麼說了！」帕琪瑟公主說：「但你還是可以把你知道的那些最黑暗可怕的霍亂故事講給我聽。」

「要是我告訴你，我擔心你會心生恐懼，不再愛我。」

「剛好相反！知道你是如何在帝國最黑暗的角落勞心勞力之後，我對你的愛更深了。請把最可怕的經歷講給我聽吧。」

他們一起走到甲板上，努里醫師向公主妻子說起那些載著朝聖者橫越阿拉伯海的船隻上，舷牆周圍會搭建出破爛的臨時廁所。在擁擠不堪到水深火熱的船隻上，僅有的數間廁所若不是一開始就故障，就是在一天後由於使用不當和使用人數過多而堵塞。狡詐的歐洲船長解決這個問題的方法，是在主甲板兩側用繩子吊掛跳板，以懸垂於海面不斷搖晃的跳板充當公廁。每一艘從印度開往漢志省的船上，為了如廁的乘客會排成長長的人龍，有時會有人大打出手。風雨交加的夜裡，有些到跳板上如廁的朝聖者會失足墜落，直接掉進阿拉伯海裡，成了凶猛鯊魚的大餐。貨艙中也有一些朝聖者比較有經驗，而且精明小心，他們會自備桶子和夜壺以便解手時使用，再從舷窗將排泄物倒入海中。但是當海面波濤洶湧，沒辦法打開舷窗時，桶子和夜壺會前後滾動，最後翻倒在地。在黑暗的貨艙裡，便桶便壺裡排泄物的惡臭，與染上霍亂後無聲無息斷氣的朝聖者遺體的腐臭味相混，努里醫師描述完之後靜默許久。

「拜託你繼續講！」帕琦瑟公主等待良久之後說道。

他們回到艙房裡，努里醫師說起來自北非的朝聖者，但他不確定這個話題會讓妻子比較好受。北非的朝聖者會在隆重繁複的歡送和禱告儀式中啟程，他們會在亞歷山卓、的黎波里等港口登船，經由蘇伊士運河抵達聖地，旅程遠比印度朝聖者的更加舒適平靜。但是努里醫師也發現，即使是從北非前往漢志省的朝聖者船隻，船上乘客尋歡作樂、無視相關規範的作法仍然有可能造成疾病傳播。從聖地西邊出發的朝聖信眾相對富裕，努里醫師看過阿拉伯朝聖者和一班隨從在甲板上擺出橄欖、乳酪和皮塔餅等餐食，偶爾甚至有人奢華講究到讓僕役在擁擠甲板的角落生火擺設烤架烤起肉串。有一次在亞歷山卓，他看到一名英國檢疫官登船檢查時，要求手下士兵將烤肉架和其他用具扔進海裡。

努里醫師向妻子描述在此之後引發的暴動：「我想問你，夫人，這種情況應該歸咎哪一方，又是誰的行為不當呢？」

「在要進行檢疫的船上絕不應該吃吃喝喝！」帕琦瑟公主說，顯然立刻明白丈夫這個問題想要引導的方向。

「是這樣沒錯，但是英國官員也沒有權利扔掉船上任何人的私有物品！」努里醫師說，如同學校老師講課般鄭重其事。「檢疫官員不能只是頒布規定之後，就依賴軍隊以武力脅迫來實行防疫措施；他也必須想辦法說服人民，讓大家自動自發遵守規定。英國人把那名朝聖者的烤肉架扔進海裡，而這名朝聖者會將嚴苛無禮的英國人當成仇敵，他會為了堅持自己的信念藐視檢疫官員的規定，而防疫措施會慢慢失效，最後只有失敗一途。孟買會發生暴動，就是因為英國官員採取嚴酷且羞辱人的作法。民眾朝著載運病患的車輛丟石頭，還有人攻擊醫師，有些英國官員在街上遭到殺害。現在英國人甚至不再宣稱霍亂疫情是經由恆河傳播，以免這種說法引發更多人暴動反抗。」

「要是那裡的情況這麼糟糕，那我們離開明格里亞以後就不該在孟買停留，應該直接前往中國。」帕琦瑟公主說。

第十章

公主與丈夫相擁而眠。天色將明，郵輪內部的規律活塞聲漸趨和緩，他們相偕來到甲板上。隨著第一道曙光在船的右側升起，湛藍地平線上也顯現明格里亞島的漆黑剪影。微風輕揚，吹得兩人雙眼淚水直流。島嶼黑暗高聳的輪廓變得愈來愈清晰。

太陽正在升起，柔和的粉紅色光芒灑落於自白山沿島嶼東岸延伸的整排崇山峻嶺和懸崖峭壁，朝西的山坡彷彿漆上深紫色，有些區塊的色調幾如暮靄。「阿濟茲號」逐漸駛近島嶼，從船上所見景色更顯得超塵脫俗——所有自一八四〇年代起造訪島嶼的畫家和旅人所見，並以畫筆熱切摹繪或在繁多遊記中以無比詩意描述的，正是同樣的一番景色。

等到肉眼就能望見阿拉伯燈塔時，船長忽然轉向朝港口駛去，而那片屢屢被形容為「宛如童話故事場景」、「神祕得甚至有些詭譎」的島嶼景色顯得更為清晰。

雄偉城堡的古雅尖塔以及後方的建築物和橋梁，全是用同樣的粉紅和白色明格里亞石砌造而成，觀者無不目眩神迷、心神蕩漾。公主和丈夫看見島嶼的崎嶇崖壁上滿覆植被，市內紅瓦白牆的屋宅林立，感覺整個城市彷彿被一股神祕超凡的光芒籠罩。

負責保護公主的凱米爾少校也來到甲板上，和他們一起觀看眼前景色。

「不得不說我真的很興奮，先生，因為我是土生土長的亞卡茲人！」他忽然開口。

「實在太巧了！」努里醫師說。

「或許不是巧合。」少校說，說話時特別留意只對努里駙馬發言，以免駙馬見到有男人直接和他的妻子說話而不悅。「或許我們最慈悲的蘇丹知道我是明格里亞人，說不定正是因為這樣，陛下才派我加入代表團。」

「我們的蘇丹興趣廣泛，他對於發現的任何事都記得一清二楚！」努里醫師說。

「你最喜歡這座島哪一點？」帕琦瑟公主問道。

「這座島的一切我都喜歡。」少校巧妙圓滑地回答。「公主殿下，明格里亞最棒的一點，是它正是我認識的那個樣子，也正是我期盼的那個樣子！」

郵輪從一座遍布岩石的小島南側駛過，小島上坐落著當地人所謂的「少女塔」，這棟威尼斯統治時期的雅緻白色建築過去曾當成檢疫場所。此時從船上已經可以看清楚明格里亞最大和最知名城市亞卡茲的坡丘、屋頂和粉紅色牆面，甚至看得到島上繽紛多樣的色彩、綠意盎然的棗椰樹和家家戶戶的藍色百葉窗。代表亞卡茲市所經歷威尼斯、拜占庭、鄂圖曼統治時期的三座圓頂輪廓也逐漸清晰：天主教的聖安道教堂和東正教的聖特里亞達教堂位在島嶼東側，而新清真寺，即島上最大的一座清真寺，則位在地勢相對平坦的西側最靠海的山丘上，三座建築的圓頂在同個平面上排成一直線。當船隻駛近，船上旅人對於望見的圓頂弧形輪廓早已熟稔於心，三座圓頂的形影近年屢屢出現在歐洲畫家筆下。但過了白山之後，只見龐然聳立的十字軍城堡主宰整個城市景觀。任何剛好行經黎凡特這一角的船隻都會從巍峨城堡的陰影下駛過，粉紅色調的城堡提醒所有抬頭仰望的過客，自從無人記得的遠古，比童話故事講述的年代更久遠之前，就曾有人在島上生活、工作、互相爭鬥屠戮。

等郵輪離岸邊夠近時，從船上已經能看清房屋、樹木等更小的東西，感覺得到在亞卡茲的迷人街道和廣場上流動的生命力。公主他們可以清楚看見總督官邸暨總督府的列柱陽台、同一條路上新建的郵局、希臘高中，以及興建中的新鐘塔牆面。船長將引擎熄火，在隨之而來的靜默無聲中，「阿濟茲號」乘客會發現，無論陽光的燦亮、棗椰樹和無花果樹的翠綠或海水的湛藍，在明格里亞島都呈現不同的質地。帕琦瑟公主吸了口氣，撲鼻盡是橙花的香氣，她並不覺得他們正駛往一個即將爆發瘟疫和血腥政治衝突的城市，而是正前往一座平淡無事、彷彿已在陽光下打盹了數百年的濱海小鎮。

熹微晨光之下，城裡似乎一片沉寂。濱海坡丘上的樹林旁，粉紅色石頭砌築成的宅邸屋舍林立，各家的窗戶和百葉窗依然緊閉。碼頭裡停泊的船隻中除了數艘小帆船，值得注意的只有兩艘貨船，分別屬於法國和義大利。努里醫師注意到船隻皆未懸掛檢疫旗幟，岸上也沒有任何顯示已在實行相關措施防止疫情擴散的跡象。但當他在「阿濟茲號」駛近島嶼時朝左側看去，確實注意到港口西側的多處荒廢碼頭、已成廢墟的建築物、新舊海關建築，以及比較窮困的居民居住的宿舍和破敗房屋，心想這些地點可能會成為疫情重災區。

公主站在丈夫身旁，凝望周圍碧綠的海水，彷彿在自己的回憶中探查——望著海床上的岩石、花朵般的綠色和深藍色海藻，以及身上有尖刺、拳頭大小的魚兒在水中飛快穿梭，她看得恍惚出神。海面平坦如鏡，倒映出由眾多粉紅和白色房屋構成的市景，其中零星點綴著幾棟橘褐色的屋舍、色調深淺濃淡各異的綠樹、聳立的城堡尖塔，以及教堂和清真寺的白鐵材質圓頂。努里駙馬和帕琦瑟公主可以聽見「阿濟茲號」的尖凸船首劃破海面時激起水花的潑濺聲。周遭接著陷入一片靜寂，靜得甚至在甲板上就能聽見從市區一路傳來的公雞啼叫、犬隻胡亂吠叫和一頭驢子的嘶鳴。

船長拉響兩下船笛。亞卡茲的明格里亞人固然習慣每週會有一班來自伊斯坦堡的渡船，和兩班行經士麥那、亞歷山卓和塞薩洛尼基的渡船，聽見不在固定航班表上的船班鳴笛還是既驚訝又好奇。汽笛聲一如往常在城市的兩座山丘間迴盪。少校覺得自己小時候常走逛的街道似乎活絡了起來。一輛馬車載著沉重貨物，從碼頭路上林立的旅館、旅行社、餐廳、夜總會和咖啡店前面緩緩行過，而在較遠上坡處、郵局和總督府所在的哈米德大道上，一排樹木後方有一面被風吹得鼓起的鄂圖曼帝國國旗。這兩條道路皆與濱海區域平行，中間以極短且陡峭的伊斯坦堡街相連，當下街上只有一名行人。即使隔著一段距離，少校已經能看出行人頭上戴的西式男帽和菲斯帽，心中十分歡欣。他上次回島上時看過的鄂圖曼銀行和湯瑪斯·庫克公司的招牌依舊在原處，「輝煌殿堂飯店」的屋頂上也仍然掛著以斗大字母拼出的招牌。從港口還無法望見他度過童年時光的老家，但可以依稀辨認出通往市場的斜坡路最頂端那座小小的虔誠者薩伊姆帕夏清真寺的低矮宣禮塔。

亞卡茲的港口是一座天然港灣，呈現近似完美的月牙形。在海灣東南隅的壯觀岬角上，十字軍修築的巨大城堡巍然矗立，這座城堡就如同馬爾他和博德魯姆的城堡，堡內曾有村鎮聚落和軍營。儘管已有現成的天然港灣，城堡本身占地也很廣大，但空間還是不足以容納可停泊現代較新式大型船舶的碼頭。現有的臨時碼頭是在三十年前修建，因應當時明格里亞大理石貿易達到極盛，每天都有將石材運上貨船載往士麥那、馬賽和漢堡的需求，但港口設施不足，無法讓現代的大型客輪停靠。無論如何，近年來載客輪船噸位愈來愈大，在一艘小型俄國船隻試圖在其中一處舊碼頭停泊卻撞上礁岩之後，當局已於七年前禁止客輪駛入港口。

因此「阿濟茲號」駛抵亞卡茲時，也必須和其他客輪一樣，在港口外吵吵嚷嚷地拋下船錨並等候接駁。在少校還小的時候，這是他最喜歡的一刻。每一艘新到島上的輪船，或者說每一艘「渡船」，都帶來新郵件、新旅人、新故事以及供店家販售的新貨物，還有一種期待感。只要有一艘要來島上的船下錨，一群船夫和搬運工就會在某位工頭的指揮下立刻出發，駕駛划艇到大船旁接了乘客和他們的行李送到岸邊。

每名工頭手下各有船夫和搬運工團隊，會互相競爭搶客，接送愈多乘客和行李就能賺到愈多小費。

一聽到客輪汽笛聲響起，馬哈茂德的兒子凱米爾、他的陸軍幼校同學和其他大人小孩就會衝到碼頭旁等著看熱鬧。孩子們知道船夫團隊在搶客人，會打賭看哪一艘划艇能夠搶先划到大船旁，賭注是杏仁果餅乾或島上最有名的佐菲里烘焙坊的核桃玫瑰小圓麵包。有時候浪頭沖得很高，小艇會忽而消失不見，忽而又浮出海面，乘著下一波大浪的浪尖繼續划向客輪，讓圍觀的眾人鬆了一口氣。而岸上人聲鼎沸，搭乘輪船抵達的乘客的家人親友以及他們的僕從和搬運工，其他在旁圍觀或閒晃的人群，以及等著搭上同一艘輪船離開的乘客，鬧烘烘擠成一團。訪客初來乍到，甫從划艇上岸就被旅館職員、導遊、搬運工和騙子圍住，還來不及同意就有人搶著提行李，還有馬車車夫、扒手和乞丐會一擁而上拉生意或伺機對訪客下手，因此總督沙密帕夏親自下令，要憲兵在有客輪駛抵時到碼頭旁站崗。但即使憲兵出動，仍沒辦法維持秩序，碼頭上照樣喧鬧混亂。

少校回想童年情景的同時不忘留意公主的反應，心想碼頭的人群、塵土和嘈雜喧鬧會不會打擾到她——公主此時正緊緊依偎著丈夫，鼓起勇氣爬下梯子坐進「阿濟茲號」旁的划艇。碼頭上無疑也會有一群頑童戲耍胡鬧，希望當天偶然碰到下船的歐洲觀光客或有錢阿拉伯旅客能賞他們一枚硬幣，這些小孩子也可能打擾到公主。但當他們乘坐的划艇靠近岸邊，少校發現碼頭反常地很有秩序，才想通一定是總督特別安排了歡迎儀式以迎接前任蘇丹的女兒。

總督沙密帕夏過去三年皆未離開明格里亞島，雖然不那麼及時，還是能藉由看報紙和從有幸往返明格里亞和其他地方的友人處得知伊斯坦堡新近的小道消息：哪位帕夏做了什麼蠢事而自毀名聲，哪位大臣要了狡猾手段贏得蘇丹阿卜杜勒哈米德的歡心，接下來是蘇丹陛下的哪個女兒待嫁，駙馬選的是誰家的兒子，蘇丹陛下最近又得了什麼新的精神方面病症，以及哪個人被派往哪一國的外交使館。因此總督不只已經聽聞，也已經在報紙上讀到官方公告，得知蘇丹於一個月前安排前任蘇丹穆拉德五世的三個女兒成婚，三位新郎地位較低，並非什麼達官顯貴；身為現任蘇丹兄長的穆拉德五世由於「精神錯亂」，多年來皆遭囚禁於徹拉安宮殿群中的一座小宮殿。總督也聽說，娶了穆拉德五世小女兒的醫師駙馬顯然是一位極有才華的檢疫專家。

鑑於史上首次有鄂圖曼帝國公主離開伊斯坦堡，總督沙密帕夏原本想要舉行隆重的歡迎儀式，於是要求島上駐軍的指揮官帶領手下的軍樂隊前往港口。駐紮明格里亞島上部隊的軍官大都年邁，連讀寫文字都很困難。在檢疫實行不當而引發惡名昭彰的「朝聖船叛變」事件之後，蘇丹從大馬士革調派兩營步兵前往島上駐紮，而這些士兵完全不會講土耳其語。兩年前，一名年輕陸軍上尉因行為違紀而遭下放至明格里亞島，他閒來無事組了一個軍樂隊，編制仿效伊斯坦堡的陸軍軍樂隊但沒有什麼雄心抱負。該名上尉後來獲得赦免，又調回伊斯坦堡，但去年總督忙於籌備蘇丹即位二十五週年慶祝活動時曾下令，要軍樂隊在希臘高中的音樂老師安德列亞指導下繼續練習。

因此，當帕琦瑟公主和丈夫踏上明格里亞島時，第一首演奏的迎賓樂曲是紀念現任蘇丹父親的《邁吉德進行曲》，接著演奏的《哈米德進行曲》則是為紀念現任蘇丹阿卜杜勒哈米德登基而創作。對疫病的恐懼讓島上人民心情沉重，但音樂確實讓所有人精神為之一振。搬運工、無所事事的閒人和愛管閒事的民眾全都聚集到碼頭旁觀看大船駛抵，無論從遠處觀看歡迎儀式的馬車夫、商人和電報員，或從自家窗口或陽台傾身張望的居民，聽到樂曲演奏，片刻間都感到大為振奮。在沿著港口和上方坡丘林立的飯店旅館中，坐在庭園和露台端著杯子喝茶的歐洲旅客、外國探險家和闊綽島民抬起頭，揣想自己聽到的是什麼樂曲。接著響起了第三首進行曲。這首曲調歡樂的《海軍進行曲》是布哈尼廷王子年輕時所創作，王子從小就是音樂神童，擅長彈鋼琴，在蘇丹阿卜杜勒哈米德八個兒子中最為得寵，應蘇丹的要求隨侍左右。

明格里亞省與首府亞卡茲市數十年來平靜祥和，但過去兩年卻飽受一連串的暴力衝突、凶殺案和多起不幸事件所擾，地方上原本就瀰漫著不安的氣氛，最近關於瘟疫的傳聞更是讓民眾人心惶惶。總督看著到外頭來聆聽進行曲的基督徒和穆斯林，看到他們一臉柔和真摯的神情，於是做出樂觀正向的結論：民眾會理解島上緊張的政治局勢只是受人操控，目的是要引發基督徒和穆斯林之間的戰爭，類似鄂圖曼帝國其他地中海島嶼上的紛爭，但是民眾不希望發生這樣的衝突，會希望總督和政府當局介入控制亂局，恢復島上的秩序。

總督沙密帕夏在碼頭迎接駙馬努里醫師並自我介紹。他不確定應該怎麼稱呼前任蘇丹的女兒，才不會引起蘇丹阿卜杜勒哈米德的猜疑，後來決定最好先觀察駙馬的行為表現再因應調整。

在與鄂圖曼王室的公主成婚之後，努里醫師很快就學會如何應付各種繁文縟節，以及隨之而來一波波的恭維奉承。他從在水中輕輕擺盪的划艇踏上岸，聽見樂隊演奏起行進曲，儘管沒有這種迎賓傳統，但他不怎麼驚訝，也沒有將總督滔滔不絕恭賀他新婚的話語放在心上。很快就有一群人圍住他們，七嘴八舌講著希臘語、法語、土耳其語、阿拉伯語和明格里亞語。總督已經替他們準備好一輛裝甲馬車，就是先前他安排邦考斯基帕夏和他的助手搭乘的同一輛，甚至重新調遣指派一隊富有經驗的侍衛保護他們。這群蓄著八字鬍的侍衛個個剽悍懾人，相當顯眼，裝甲馬車離開港口駛入碼頭路時，坐在馬車裡的公主和駙馬發現，無論戴西式男帽或菲斯帽的路人都朝馬車投以好奇的眼光。在首都以外的鄂圖曼帝國領土任何一座城市，不論是否繁榮進步，除了士麥那、塞薩洛尼基和貝魯特以外，凡是戴西式男帽、穿襯衫繫領帶的行人必然是基督徒，這一點眾所皆知且不言自明。努里醫師是從經驗中獲知這項真理，而他的妻子則在不久前才忽然領悟。他們也意識到在這座島上，穆斯林不會出現在大道上或旅館裡或周圍，而是在其他地方，在城市背景的某處。努里醫師已經在心裡刻畫出這座城市與疫病纏鬥的景象，城市中將會上演慘烈的災難場景，但他會暫時將這些景象祕密藏在心底。

公主與駙馬透過馬車車窗向外張望，伊斯坦堡街上的歐洲風格建築物、旅館、餐館、旅行社和百貨公司逐一映入眼簾。街道東端有布料店、裁縫店、製鞋鋪、縫紉用品店、書店（默迪特書店販售希臘文、法文和土耳其文書籍，是明格里亞唯一的書店），還有販售塞薩洛尼基和士麥那進口餐具、家具和織品的店鋪。為了避免強烈陽光直射櫥窗，店鋪主人都盡可能將條紋遮篷展到最大。城市中的各處庭園綠意盎然，種滿棗椰樹、松樹、檸檬樹和椴樹，庭園占地之大、花草樹木之繁盛，都足以令訪客驚嘆。藍色、粉紅和紫色玫瑰的香氣令人迷醉。對帕琦瑟公主和丈夫來說，在石塊和巨岩之間或蜿蜒而上、或曲折向下通往溪流和城市隱密角落的狹窄梯階巷弄顯得如此誘人，從只有一座宣禮塔的古怪清真寺，偶然路過的小教堂，有著木造凸窗、牆面爬滿常春藤的石砌房屋、有著哥德式窗戶的威尼斯時期建築物，到拜占庭時期的紅磚拱門，再再讓他們目眩神迷。看到睏倦的老人和慵懶滿足的貓咪或坐在門口、或站在窗前靜看人世變幻，兩人都有一種感覺，這個地方比他們原本要去並在腦海中想像的中國還要更加熟悉親切。但陷入靜寂的街道、他們所見一切的渺小，加上人民對瘟疫的恐懼，也在他們周圍的世界激發出一種童話故事的氛圍。

總督先前已匆忙命人收拾好總督府內用於接待賓客的那一側館舍，準備迎接訪客入住。他為新婚的公主和駙馬帶路，並告知若他們不滿意，他還在其他地方另外準備了住宿處。由於這處館舍和總督及政府辦公室離得很近，公主夫妻覺得住在這裡很安心。

明格里亞的總督府建於一八九四年，是一棟壯觀的兩層樓建築，有立柱、拱門、凸窗和陽台等設計，建造經費是由蘇丹阿卜杜勒哈米德私人分配和撥款，而當時剛好是蘇丹對境內發動游擊叛亂的亞美尼亞人進行血腥鎮壓的時期。無論經過的是戴著西式男帽、正要到市中心購物的富裕希臘紳士，在明格里亞大理石採石場永久關閉後習慣於哈米德大道和碼頭徘徊的失業遊民，或是從各個村莊來到亞卡茲市的百姓，都會驚嘆於這棟新古典主義建築的堂皇華美。仰望雕梁畫棟的優雅建築立面、最適合俯瞰底下群眾的寬大陽台以及入口處的白色階梯和柱子，他們腦海中將會留下一個印象，認為逐漸分崩離析的鄂圖曼帝國仍是一股不容小覷的力量，並且讚賞帝國認真致力於同時展現穆斯林和現代化的面向。總督沙密帕夏的官邸和辦公室就位在總督府另一側，很樂見公主和駙馬入住同一棟建築中的迎賓館舍。

迎賓館舍由兩間相連的房室構成，室內有一股好聞的氣味——帕琦瑟公主立刻注意到那股「玫瑰水香皂和木頭的芳香」。坐在擺放於室內的寫字桌前向外眺望，就能盡覽城堡、港口與城市中的庭園和其他宜人美景，公主想到自己離開伊斯坦堡前那段許多大事接連發生、充滿喜樂的日子，自己臨行前向姊姊哈緹絲許下的承諾，以及姊姊贈送給她讓她能履行承諾的信封、高雅信紙和別具品味的銀製書寫文具組。「親愛的帕琦瑟，你要去中國了，要去遙遠的國度和童話故事的天地，誰知道你會遇上什麼神奇的事呢！你能不能答應我，一定會寫信告訴我你的所見所聞？」在為摯愛的妹妹送別時，哈緹絲如此告訴妹妹，並取出文具組送給她。「你看，我幫你留了兩令紙，你想寫多長的信就寫多長。千萬別忘了要每天寫信給我！」於是帕琦瑟公主答應親愛的姊姊，一定會寫信將自己旅程中所見、所聞和所感一五一十全都告訴她。接著姊妹互相擁抱，灑淚道別。

第十一章

公主坐在寫字桌前提筆寫信，同時在她後方那扇窗戶兩層樓之下的儲藏室中，放置著邦考斯基帕夏的遺體，上面鋪了廚房送來的冰塊。市政府人員起初想將遺體送到賽歐多洛普洛斯醫院，卻發現醫院裡已經擠滿瘟疫病患，於是遵從總督新發布的命令，將遭謀殺的公衛總督察遺體運回總督府安放。總督盤算著要舉行一場隆重的葬禮，一方面嚇阻凶殺案的幕後主使者，另一方面藉機安撫島上互有歧見的派系以及蘇丹阿卜杜勒哈米德和朝中眾臣。

總督接到凶案消息後立刻趕往希索波里提薩廣場，看到渾身是血、慘遭毀容的邦考斯基帕夏陳屍當場，不由得情緒激動，一回到總督府就下令搜捕嫌犯。努里駙馬是在案發兩天後抵達島上，當時總督已經逮捕了將近二十名分屬不同地方派系團體的嫌犯。

在防疫委員會召開會議之前，總督遵照蘇丹諭令，在辦公室內與情報監控局局長馬札爾阿凡提和努里駙馬開會討論相關事宜。

「我認為這樁凶殺案背後另有陰謀，」總督開口道：「除非能揭開邦考斯基帕夏之死的真相，找出殺人凶手和幕後主使者並將他們緝捕歸案，否則我們根本不可能讓這場疫情平息下來。蘇丹陛下也持相同看法，所以他要駙馬您前來調查凶案和對抗疫情。說真的，您要是完全忽視島上的政治因素，這裡的領事會把您耍得團團轉。」

「在漢志省的防疫檢疫局工作時，有一半的時間都在處理政治問題。」

「那我們就有共識了。」總督說：「就算是一開始看起來與政治無關的事，之後也可能發現背後其實隱藏著種種算計和惡意。還請容我岔題一下，講一下五年前我到島上就任當天，就有一件相當棘手的差事落在我手上。那個時候，所有船夫和搬運工團隊分別在特定外國船公司的監督之下，為抵達明格里亞的大船提供接駁服務。例如以八字鬍兩端翹翹著稱的工頭亞歷克，就只和洛伊德船公司配合，而潘塔里翁船公司比較偏好柯茲瑪阿凡提手下的船夫和搬運工，兩家公司都只會找固定配合的團隊接駁。船公司裡規模最大的湯瑪斯·庫克公司，在島上是由希臘人家族中名聲響亮的賽歐多洛普洛斯家代理，他們只跟船夫史特凡阿凡提的團隊合作。

「這些有錢的希臘家族，不僅代理這些船公司和旅行社的業務，也分別擔任西方強國的副領事。例如法蘭西火輪船公司的代表安東·漢佩里是來自賽普勒斯的希臘人，他到現在都還一直擔任法國領事。洛伊德船公司的代表是一位弗朗古里先生，他是克里特省的希臘人，身兼奧匈帝國和德意志帝國的領事。還有代表弗萊希納船公司的塔科拉先生，他是義大利的副領事。當然了，他們全都堅持要尊稱他們「領事閣下」，以前他們會避免跟穆斯林團隊的工頭賽伊德打交道，覺得他粗俗無知，找各種藉口不跟賽伊德和他的團隊合作。無論進港的大船是不是掛著鄂圖曼國旗，從大船接駁乘客和行李的工作都應該公平分配給各個船夫和搬運工團隊。但是穆斯林船夫接到的工作比其他人少，很難靠著接駁大船的服務謀生，有時候不得不變賣划艇。當我介入替穆斯林船夫說話，這些領事就開始寄信到宮廷向蘇丹陛下詆毀我。『當政府開始給予不同宗教信仰的臣民差別待遇，而且偏袒某一種宗教，就是帝國分崩離析的時候。』報紙上這樣寫。您同意這句話嗎？」

「或許有一點同意，總督帕夏……當然，全看程度輕重。」

「但是他們是有意為之，故意偏袒基督徒。有很多其他總督常在不同省分之間調任，但蘇丹陛下不理會他們打的小報告，讓我繼續在這裡當總督，這一點難道不重要嗎？表示蘇丹陛下一定認為，我面對領事施壓還堅持不讓步的作法，在這種情況下是完全適當的。邦考斯基帕夏遭人殺害一事，顯然是前面所說事件引發的反彈，也是對於不幸的『朝聖船事件』的反彈。

「我相信主使這起凶殺案的，就是赫姆杜拉謝赫的繼兄弟拉米茲，和曾照他的命令打劫希臘村莊的手下阿爾巴尼亞人梅摩。這些人為了挑起基督徒和穆斯林之間的衝突，會不擇手段，把基督徒醫生講成敵人。他們從來沒想過，這類衝突可能會讓島上穆斯林的處境更困難。我們很快就會查出這起謀殺案是由誰主使，是找誰行凶，還有那些蠢才的腦袋裡到底在想什麼。把他們關進地牢裡，馬札爾阿凡提立刻就能讓他們乖乖交代案情，我相信他也能讓他們很快供出其他共犯。」

「總督帕夏，看來您已經確定凶手是誰了！」

「蘇丹陛下希望我們立刻破案。發生了如此令人髮指的案子，他認為要是我們不立刻嚴懲凶手和主使者，會顯得政府很無能，我們的防疫措施可能完全無法推行。」

「那麼請務必找出真正的殺人凶手或是主使者，將他們繩之以法！」

「只要照一般邏輯推想，就能合理推斷希臘民族主義者與這起凶殺案並無關聯！」總督說：「他們不會希望看到島上的希臘人死於瘟疫，這表示他們會希望邦考斯基帕夏順利防堵疫情，絕不會想到要殺害他。醫師您年輕有為，也贏得蘇丹的信賴。為了我們帝國好，我就坦白說吧：蘇丹陛下先是派來一名基督徒化學家，但他現在不幸遇害，我對此於心有愧。現在陛下派來您這位穆斯林醫師，為了加強保護您的人身安全，我會採取所有必要的防範措施。但是請您務必將我說的話放在心上。」

「我洗耳恭聽，帕夏。」

「我們要留意的，不只是那些領事！比方說明天的葬禮上，要是有任何記者找藉口接近你，不管他是希臘人或穆斯林，一定要拒絕接受採訪。無論如何，這裡每家希臘報社都聽命於希臘領事，沒有例外。希臘的最終目的，就是在發現動亂跡象時第一時間引入外國勢力，在外國人幫助下將這座島占為己有，或讓這座島脫離鄂圖曼帝國統治，他們在克里特島就是這麼做。他們也會刊登不實報導。要是我說『他們在兜售謊言和假新聞』，而且膽敢要求他們提出說明，他們的領事會衝去電報室發電報向駐伊斯坦堡的大使抱怨，而伊斯坦堡的大使會去向高門和蘇丹宮廷抗議。高門和宮廷方面擋不了多久，接著宮裡就會傳來一封以密碼寫成的訊息，大意不外乎要我『釋放希臘記者』。所以就算我下令要一家報社停業，不久之後它又會重起爐灶，也許改個名字，但還是同一批員工，用同樣的印刷設備，我除了睜一隻眼閉一隻眼，又有什麼辦法。

「您應該知道，我們這裡不像塞薩洛尼基、士麥那或伊斯坦堡管得那麼嚴。我和這些記者關係還不錯，將他們從牢裡放出來以後，要是在街上碰到，我可能還會開玩笑祝他們『早日康復』。當然，每家報社裡都有我們的眼線，土耳其語報社也不例外。儘管如此，要是有人提起相關議題，要是您聽到某位領事或什麼人聲稱東正教徒在島上占多數，請務必表達無法苟同！島上的基督徒和穆斯林人數很接近。確實，這就是為什麼在蘇丹阿卜杜勒邁吉德[19]，也就是您夫人已故的祖父，公布敕令展開坦志麥特改革之後，我們明格里亞島會從原本的群島省裡一個小地方獨立出來成為一省。在其他島上，穆斯林人口幾乎都只有基督徒人口的十分之一，但在我們這座島上，兩個族群的人口幾乎一樣多。原因是我們的祖先常常將帝國境內作亂生事的部族和桀驁不馴的派系送上船，將他們流放到這個島北部的山區和谷地。這種強迫安置的作

19　阿卜杜勒邁吉德（Abdulmejid）：鄂圖曼帝國第三十一任蘇丹，馬木德二世之子，一八三九至一八六一年在位。

法延續了兩百多年，而島上每隔一段時間就會形成新的社群，對明格里亞島造成很深遠的影響。但在英國和法國強烈要求之下，帝國這種強迫安置的政策宣告終止，蘇丹阿卜杜勒邁吉德於一八五二年頒布了一道政令，不僅一夕之間改變了明格里亞島的地位，也讓西方國家大吃一驚。島上的人當然很高興，因為他們所住的小小外島如今正式成為一省了。島上的東正教徒比穆斯林稍多，但這一點都不重要，因為這裡的東正教徒和天主教徒都是明格里亞本地人，直到被拜占庭帝國征服之前都講明格里亞語。到現在還有很多人在使用這個當地語言。我們這座島算是很幸運，大多數人口在家和出門都講明格里亞語。考古學家賽里姆．薩希貝伊曾來過島上，在一處洞穴裡挖到一些雕像，根據他的說法，明格里亞人是古代明格里亞族的直系子孫，而明格里亞族是在數千年前離開現今鹹海北部的家鄉，落腳此地。我相信這個東正教社群不會對回到希臘抱著什麼本能上的強烈渴望，畢竟他們光是講的語言就完全不同。我比較關心的，是那些自拜占庭時代起就認定自己是希臘人和巴爾幹人、在家都講希臘語的家族，還有在近年從雅典來到島上的新世代希臘人。這兩個群體如今想法一致。還有來自克里特島甚至希臘的煽動分裂團體，他們成功讓克里特島脫離帝國後，過去數個月更是大膽猖狂。他們已經滲透島上北邊數個希臘村莊，在那裡作亂滋事，要求村民將稅金繳給他們，不要繳給蘇丹陛下的稅吏。明天的葬禮上，我會一一指給您看是哪些人。」

「總督帕夏，聽說您將邦考斯基帕夏那位同樣可敬的助手伊利亞醫師也關進牢裡了，是真的嗎？」

「伊利亞醫師和藥師尼基弗羅斯貝伊兩人都被逮捕了！」總督說：「我完全相信他們是無辜的。但是邦考斯基帕夏在遇害之前曾和藥師講了很久的話，光憑這一點，就足以將他逮捕。」

「您如果孤立希臘人，我們就連要公布防疫規定都會困難重重。」

「有其他人可以作證，伊利亞醫師在邦考斯基帕夏離開郵局時是跟他們在一起，醫師是清白的。但他驚惶失措，要是我不把他關進牢裡，他立刻就會逃回伊斯坦堡。可是醫師是重要證人，為了不讓他有機會作證，凶手找到機會就會連他也殺了。他們已經在威脅醫師，想讓他閉嘴。」

「是誰在威脅醫師？」

總督和情報監控局局長意味深長地互看一眼。總督接著告訴努里駙馬，由於領事刻意拖延，防疫委員會無法於隔天開會。「鄂圖曼帝國臣民當然沒辦法出任其他國家的領事，所以他們其實只是**副領事**——但他們不喜歡我這樣稱呼。事實上，他們就是一群好管閒事、不懂分寸的無知商人，什麼有疫情散播只是無稽之談，他們大肆渲染只是想惡意為難我而已。」

總督講到哈米德醫院原訂於去年慶祝蘇丹登基二十五週年時落成，卻遲遲未能完工，且內部僅有小部分完成裝潢，但他仍下令啟用醫院。總督也提到，藥師尼基弗羅斯和伊利亞醫師隔天早上就能出獄，口氣輕描淡寫，彷彿只是無關緊要的小事。他也告知駙馬如有需要，訪視病患時可以帶伊利亞醫師隨行。

第十二章

有些人早早就認命，接受疫情期間外出可能有染疫風險的事實，帕琦瑟公主是其中之一。既然公主不打算離開總督府一步，於是她要求原本負責保護她的凱米爾少校改為貼身保護努里駙馬。當我們記述少校在島上是如何步步高升，實現黑格爾所說的「歷史進程」，有時會複述明格里亞學校課本裡也有記載的事蹟，有時則會指出其中的些許謬誤。

少校生於一八七〇年，很遺憾的是年紀到了，官階卻沒能順利升上去。他曾就讀亞卡茲的陸軍幼校，軍校的淺粉紅屋瓦從港口就能望見。他在五十四人的畢業班中排名第三，獲得士麥那的軍事學院錄取。某年夏天，他回到明格里亞島，發現父親已經過世（後來他每次回到島上，第一件事一定是去亡父墓前悼念）。兩年後再回到島上時，他發現母親已經再婚，而繼父哈席姆貝伊是個膚淺煩人的胖子，於是他接連兩年待在伊斯坦堡，直到哈席姆貝伊去世，才恢復夏天返鄉的慣例，而他母親要他發誓以後每年都會回島上一趟。他在軍中一直不曾有什麼出類拔萃的表現，直到四年前才在與希臘的戰事中因表現傑出獲頒獎章。他的母親莎蒂耶太太一如往年，自入夏之後就盼著他回家，所以當她忽然看見兒子穿過院子走進廚房，先是大吃一驚，在注意到他胸口佩掛的獎章之後就哭了起來。

凱米爾少校不在總督府或不用隨侍在努里駙馬身側時，大都在家陪伴母親，或是在童年熟悉的街道蹓躂。他第一天回到亞卡茲，就聽母親滔滔不絕歷數過去一年的小道消息，還有報告哪家子女的結婚對象是誰、某兩家為什麼要結親。少校的母親在講述這些鄰里俗事時，三不五時會問一下兒子，究竟是不是打定主意要結婚了。

「我想好了。」少校終於坦承。「問題是，有適合的對象嗎？」

「有個女孩子！」他的母親回答。「但是對方當然也要見你一面，看看她是不是也喜歡你。」

「當然！是誰呢？」

「噢親愛的，你一定很孤單！」莎蒂耶太太說，感覺兒子問題中的熱切渴望，她親了一下兒子的臉頰並坐到他身旁。

若是十年前有人問少校對於相親結婚的看法，他會堅決表示反對。他從哈畢耶軍事學院畢業後，和很多軍官朋友一樣奉行理想主義，反對婦女（以阿拉伯人的方式）將頭臉過度遮蓋。看到坐擁土地的哈吉娶四名妻子，或有錢老人娶年輕新娘，他只覺得厭惡。他和很多年輕的軍官同袍一樣，覺得鄂圖曼帝國為何在軍事上稱霸數百年後卻急速衰弱，遠遠落後西方國家，原因就是有害退步的傳統文化。他會有這樣相對歐化的想法，無疑是受到出身地中海地區明格里亞島的背景，以及熟悉東正教文化的影響。在哈畢耶軍事學院，少校也看過一些改革派的學生團體發表不滿蘇丹的宣言。他曾在某天晚上展讀校內人手一本的拿破崙傳記，明白法國大革命的英雄志士所呼喊「自由、平等、博愛」口號所代表的意義，有時他更由衷感到認同。

但最近數年他被派駐不同的偏遠城鎮，在這些小鎮形單影隻、爛醉如泥度過無數夜晚，陷入絕望無助、心中無比苦悶時，只有想要縱情於男女歡愛的欲火熊熊燃燒，他早已將這些遠大理想拋諸腦後。他和其他很多軍官一樣，開始注意到許多人會對他說「有個寡婦很適合你，是良家婦女」，當時他還不到二十五歲。

之所以會有人向他這樣提議，原因是他二十三歲時瞞著母親，在摩蘇爾娶了一名大他十二歲的阿拉伯寡婦。這是那種軍官和公務員有時會在調派外地時結下的露水姻緣，他們知道只要在離開該座城市時，向對方說三次「我要離婚」，就能完全遺忘這段婚姻的存在。與少校結婚的年長寡婦阿伊莎已有閱歷，也清楚這一點。收到要調回伊斯坦堡的消息後，他便和阿伊莎解除婚姻關係，之後他並沒有太深的罪惡感，雖然接下來數年他發現自己深深思念阿伊莎的一雙大眼、帶著好奇的溫柔神情，和將她充滿活力的婀娜身軀抱在懷中的美妙滋味。

那時候，任何孤單的未婚軍官或公務員只要被派到首都以外的城鎮或陌生地點任職或駐軍，都會想辦法打聽哪裡可以找女人的消息，避開可能傳染梅毒或淋病的來源，而且很快就會和當地醫師打好關係。無論軍官、地方政府官員或公務員，凡是被派到首都以外地區，一心一意只想趕快再調回伊斯坦堡的人員，總能立刻認出彼此。鄂圖曼帝國的官僚就像一個由巡迴各地的人員組成的自治國家，在這個孤寂的天地裡，婚姻是唯一的解方。結婚成家的話題讓少校倍感孤單，而在帝國偏遠疆土上所見形形色色的違法犯紀、無知愚蠢和腐敗墮落之事，再再都讓少校灰心喪志，心中的孤寂感也愈加強烈。他和同僚的工作是為帝國這艘大船效勞，但是船正在下沉且勢不可擋，幾乎已是無力回天。帝國的子民無數，而在帝國這艘大船最終沉沒時，像少校這樣的人注定承受最多苦難。事實是許多政府官員和軍官甚至無法想像鄂圖曼帝國的終結，就如同他們也提不起勇氣去看還畫著帝國已失去領土的地圖。

官兵的其中一種解悶方法是想辦法私下找樂子，但是少校認識的軍官都必須東奔西跑，輾轉往來於不同大陸的各個戰場，幾乎沒有人能在婚姻中獲得幸福快樂。但少校發現，自己時時渴望能夠找到共度人生的伴侶（即使在一起並不幸福），和對方共享閨中之樂，兩人敞開心房什麼都聊，像他的父母親從前那樣。

母子並肩坐在有靠背的長椅上，良久無語。院子裡，烏鴉在樹梢間飛上飛下，窸窣吵嚷（牠們從凱米爾少校小時候就是這樣子）。少校再次表示自己很認真考慮要結婚，他的母親解釋說想介紹他認識的女孩是哲妮璞，女孩的父親是五天前去世的那名獄卒。

凡是適合的年輕女性，莎蒂耶太太多半會形容對方「很漂亮」，所以少校起初聽到母親天花亂墜講述最新發現的對象的種種優點時，並未當真。但少校每次回家，莎蒂耶太太都會講一件跟哲妮璞有關的新鮮事，不久後他開始感興趣，愈來愈想認識對方。

聽完母親閒話家常之後，少校會重讀米贊澤．穆拉的《法國大革命與自由》並胡思亂想一番。這本以土耳其文寫成的書於日內瓦出版，是從日內瓦私運到伊斯坦堡，少校每年夏天回島上都會拿起來重讀。他知道如果被人發現他持有這樣的書，人生可能毀於一旦，所以他從來不將書帶離島上，也從不向任何人提起書中的內容。

第十三章

搭乘總督的裝甲馬車穿越狹窄街道，前往明格里亞防疫檢疫局途中，努里醫師感覺自己好像只是在帝國邊陲度過一個再平常不過的日子，而非面對瘟疫爆發的開端。他在通往海邊的下坡路段，聽見沿路庭院矮牆上的鳥兒啁啾，聞到空氣中月桂葉和茴芹籽的香氣，而路上那些他在帝國其他城市從未見過的高大樹木形成的寬闊樹蔭更讓他目瞪口呆，大感驚奇。

努里醫師曾在鄂圖曼帝國防疫檢疫局工作十餘年。他曾奉派前往無數省分、城鎮和村莊防治傳染病疫情，每次前往下一個地點多半要花上好幾週才能抵達。在帝國的外圍省分，由當地的防疫檢疫局負責判定有無疫情發生，以及向首都通報示警。但實務上，這種時間緊迫且事關重大的工作，通常是由當地的希臘醫師而非檢疫官員來執行，希臘醫師自己開業，但也會到村裡的小醫院、診所和藥房替病患看診。畢竟地方檢疫單位的官員是帝國政府的雇員，很清楚向伊斯坦堡通報任何壞消息之後伴隨而來的重責大任，通常傾向不要操之過急。

明格里亞防疫檢疫局的局長尼寇斯醫師與眾不同，他具有其他檢疫官員缺乏的決心和迫切感，率先向上級單位總督府和伊斯坦堡的中央檢疫局通報疫情警訊。總督起初反應冷淡，而尼寇斯醫師不予理會，不屈不撓連續發了多封電報到伊斯坦堡，而邦考斯基帕夏才因此奉蘇丹之命前來明格里亞。由於這位檢疫局長剛好是來自克里特島的希臘人，是總督認知中的不可靠人士，於是總督發現尼寇斯醫師發電報通報疫情一事後，即認定尼寇斯醫師其實暗中支持希臘民族主義，故意誇大島上夏季下痢疫情的嚴重性，目的是要證明鄂圖曼政府的無能。

蓄著山羊鬍、微微駝背的尼寇斯醫師走近馬車車門迎接時，努里醫師立刻認出他來，「您也許還記得我，我們九年前在錫諾普見過面，在那裡駐軍的士兵全都長了頭蝨。」他微笑著說道：「還有七年前烏斯庫達區爆發霍亂，您也參與防疫……」

對於駙馬努里醫師的致意，檢疫局長尼寇斯醫師也回以恭敬問候和熱烈寒暄。兩人走進室內，在一間上有圓頂天花板的白色房間就座相談。「來島上之前，我在塞薩洛尼基和克里特島行醫，也擔任當地檢疫單位的主管。我不是在明格里亞島出生，也不會講明格里亞語；我努力學過，但還是學不會。不過我得說，我很喜歡這個地方。」尼寇斯醫師說。

明格里亞防疫檢疫局辦公室所在的建築物不大，已有四百年歷史，是威尼斯統治時期的哥德式石砌建築，原先是作為威尼斯總督宮的附屬建築，於十七、十八世紀，即鄂圖曼帝國初期，也曾當成設備簡單的軍醫院。

「您是怎麼跟當地人學講明格里亞語？」

「其實我能做的不多，坦白說……我一直找不到人教我……任何人只要想學明格里亞語，都會被情報監控局監視，他們認為這就代表有民族主義傾向……明格里亞語是個古老的語言，還很原始，也很難學。」

兩人沉默半晌。周圍的檔案資料和櫥櫃全都打理得整齊乾淨，努里醫師對此十分驚嘆，告訴尼寇斯醫師說，這是他生平看過最整潔的檢疫辦公室。

尼寇斯醫師於是帶努里醫師去看這棟古老建築後院裡的小花園，是來自阿德里安堡的醫師暨前任檢疫局長為了打發時間而設置的。回想起疫情發生之前逍遙快活的時光，會和園丁用有著鳥喙狀尖嘴的水罐，幫花園裡的棕櫚盆栽、椰棗樹、羅望子樹、銀栲、風信子和百合花澆水，尼寇斯醫師不禁微笑起來。接著他拿出數份精心整理過的資料。由於在島上要處理的公務實在不多，加上具備真正鄂圖曼帝國官員的嚴謹精神，尼寇斯醫師利用過去兩年，將所有明格里亞與伊斯坦堡之間的往返信件和電報按照主題整理歸類。這份成果展現的細心和毅力讓努里醫師印象無比深刻，他在帝國各地看過太多地方公衛單位陷入經費嚴重不足的慘況。他很快就讀起一系列以法文撰寫的報告，彷彿隨意翻閱以韻文寫成的傳奇史詩，其中鉅細靡遺記錄了過去三十年來在亞卡茲和明格里亞其他城鎮村莊發生過所有可疑的死亡案例，內容也包括死亡方式和原因無法判斷的個案、家禽家畜傳染病案例，以及明格里亞省的公共衛生概況。

鄂圖曼帝國於七十年前效法外國制定檢疫相關法規，當時發生的霍亂第一波大流行於一八三一年重創伊斯坦堡。帝國的穆斯林族群對於新的檢疫法規很抗拒，尤其是讓醫師診察女性病患，以及下葬前撒石灰消毒死者遺體的規定，不僅造成市井間流傳許多毫無根據的謠言，也引發爭執衝突，造成社會動盪不安。一八三八年，在主張西化的蘇丹馬木德二世[20]主導之下，「謝赫伊斯蘭」（帝國的宗教體系中最具權威者）頒布律法教令，宣告檢疫規定符合伊斯蘭教規，接下來政府公報《每日事件報》除了刊載該份教令，也刊登了一篇文章講述遵行檢疫措施防範疫情的種種好處。蘇丹馬木德二世不僅邀請歐洲醫師來到帝國工作，也和西方國家駐伊斯坦堡的大使合作，設置特別委員會供他在推動改革時諮詢意見。這個最初在伊斯坦堡設立的委員會，成員主要為官員和基督教醫師，後來成為鄂圖曼帝國的首屆防疫委員會，也可以視為帝國初次創立的公共衛生部。委員會負責監督帝國各省地方檢疫部門的設立，尤其著重各個港口，全國的官方檢疫體系終於在七十年後成形。

努里醫師見過世面，知道可敬的尼寇斯醫師正是那種帝國官僚體系會引以為傲的公僕。他乾脆打開天窗說亮話：「您覺得謀殺案是誰在背後主使？」

「殺死邦考斯基帕夏的人，一定是知道尚皮耶醫師那件事的人。」檢疫局長尼寇斯醫師戒慎小心地回答。顯然他已經思考過這件事，如此回答是有備而來。「無論主使者是誰，他想要讓大家覺得『邦考斯基帕夏一定是那些反對防疫措施的愚昧穆斯林殺死的』。」

無論信奉的是基督宗教、猶太教或伊斯蘭教，每一位曾在鄂圖曼防疫檢疫局工作的醫師都知道尚皮耶醫師的悲慘遭遇。雖然是五十年前的舊事，但他的遭遇已經成為某種警世故事，警告基督徒和猶太檢疫官員和醫師，疫情期間到穆斯林社區做某些事情是大忌。當時是一八四二年，偏僻的阿馬西亞小城爆發瘟疫，年輕的蘇丹阿卜杜勒邁吉德派遣來自巴黎、聲譽卓著的尚皮耶醫師前去當地，負責執行他的父親蘇丹馬木德二世仿效歐洲制定的現代防疫措施。來自法國的尚皮耶醫師還很年輕，熟讀伏爾泰和狄德羅的著作，對宗教抱持猜疑的態度。醫師不理隨行的穆斯林官吏如何嘲笑挖苦，堅持要告訴他們如能擺脫偏見，完全依靠理性，很快就會明白人皆平等，依循相同的基本情緒和信念。當總督和手下官員努力想要實行防疫措施時，民眾大呼「我們要穆斯林醫師！」的喊聲讓他很感氣餒，但他並未放棄。他堅持要親自為染病的婦女診察，也苦口婆心諄諄教誨民眾：「碰到科學和醫學的問題，不用區分基督徒或穆斯林！」

那時候，阿馬西亞的基督徒和比較富裕的居民已經逃離城市，店鋪和麵包店紛紛關門，留在城內的穆斯林挨餓又憤怒，他們拒絕讓尚皮耶醫師進到家裡，也不讓他為家中的病患看診。瘟疫持續擴散，尚皮耶醫師迫於無奈，只能借助士兵之力強行破門，強迫母親與孩子分開，要求疑似感染的居民居家隔離並派士兵守在門口，在死者遺體上隨意撒石灰，並將所有不遵守防疫規定者立刻逮捕。醫師無視穆斯林族群的抗

20 馬木德二世（Mahmud II）：鄂圖曼帝國第三十任蘇丹，一八〇八至一八三九年在位。

議聲浪愈來愈大，一心想達成蘇丹阿卜杜勒邁吉德交付的任務。最後在一個下雨的夜晚，醫師走進阿馬西亞外圍某一區，從此下落不明，彷彿「從這個世界憑空消失」。

所有檢疫醫師都知道尚皮耶醫師那天晚上就遇害了，但他們每次講起這個故事，仍然會互看一眼，憂愁地苦笑一下，彷彿這位滿懷理想的檢疫專家有朝一日可能忽然現身。

「這年頭，鄂圖曼帝國所有基督徒檢疫醫師，非得在腰間佩一把左輪手槍才敢進入穆斯林社區幫病患看診。」

「島上有任何穆斯林醫師嗎？」努里醫師問。

「以前有兩位。一位認定哈米德醫院永遠不可能完工，兩年前回去伊斯坦堡了。他們要是能幫他在島上找個妻子，就能留他下來。另一位是費里貝伊，他現在肯定在哈米德醫院服務。」

過去半世紀以來，鄂圖曼帝國為了因應諸多問題，仿效歐洲國家作法設置了許多單位，出發點雖然是好的，但這些單位到頭來似乎無法解決任何問題，而像防疫檢疫局本身更成了問題的一部分。帝國各省的地方防疫檢疫局負責聘雇所需的承辦人員、警衛和工友，但這些公家雇員甚至地方檢疫醫師很快就發現，薪資不會按時入帳。為了達到收支平衡，醫師被迫鋌而走險，私下在藥局和藥草鋪替病人看診，還得到處兼差賺錢。

一九〇一年時，鄂圖曼帝國民間的合格醫師共有兩百七十三名，大都是希臘東正教徒。這表示在穆斯林人口占大宗的省分一直有醫師荒，而地方上僅有的數名醫師不願扛起對抗傳染病的重責大任，因為投入檢疫防疫需要非比尋常的勇氣、犧牲奉獻的精神，甚至要具備一點英雄特質。有經驗的穆斯林醫師或許能夠進入貧困社區，說服那些對防疫措施有所疑忌的虔誠穆斯林同意讓親人遺體接受消毒，並准許醫師為家中女眷看診，但全國幾乎找不出幾個這樣的醫師。任何人只要加入已有六十五年歷史的帝國檢疫單位很快就會明白，對於蘇丹和外交部而言，這個單位的首要任務與其說是杜絕霍亂疫情的爆發，不如說是杜絕疫情消息的傳播。正是因為防疫檢疫有地緣政治的考量，防疫檢疫局最初是受外交部管轄。

「明格里亞曾經發生三次規模較大的霍亂疫情！」檢疫局長說道，似乎想要轉換話題。「一次是在一八三八年，一次在一八六七年，還有一次規模比較小，發生在一八八六年的夏天。我們這座島已經離那幾條最熱絡的商貿路線愈來愈遠，過去十年大流行的傳染病幾乎都沒有傳到島上，但我們也因此被伊斯坦堡當局遺忘。不管寄再多信過去告知醫療防疫物資不足，公共衛生部就是不幫我們補給。然而某天他們會發一封電報，宣布『年輕聰穎的穆斯林醫師某某某』即將前來，等我們歡天喜地跑到碼頭旁迎接，才發現我們在等的那名乘客根本沒有要下船；被派到明格里亞島的醫師要不是辭職，就是還待在伊斯坦堡，靠著在宮廷裡的人脈關係，想方設法讓上頭在最後一刻撤銷他的調任命令。」

「您說得對。」努里醫師說：「但如您所見，蘇丹終於派了一位穆斯林醫師到貴寶地，我就在您眼前，已經下船登島，隨時為您效勞。」

「您可能會覺得難以置信，但我們真的經費不足，連石灰水都買不起。」尼寇斯醫師說：「我得拜託總督，請他出面要駐軍指揮官分一些補給品給我們。不然我們就得收很高的檢疫稅，想辦法用經費買到我們**自己要用**的設備和藥品。」

依據國際相關法規，各地檢疫機關向抵達的船隻和乘客提供檢疫服務，且有權收取規費。「檢疫」一詞源自義大利文的「四十日」，依循的邏輯是將病患與外界隔離以防傳染。過去數百年來，地中海地區以及歐洲其他區域皆曾有多次傳染病大流行，依據過往對抗疫情的經驗，最初的四十天檢疫期先縮短為兩週，之後又依照疫病類型和發生地點不同再縮減至更短時間。繼法國醫師路易・巴斯德發現細菌的存在之後，檢疫措施在過去四十年也持續演變。從用以區分港口是潔淨或受汙染的方法，運送貨物和乘客的相關規定，判斷船隻是否應懸掛「黃色旗幟」標記已受感染的標準，病患應隔離的天數，到檢疫費用和稅額的訂定標準，都持續變動調整。

儘管相關規定和標準鉅細靡遺，登船檢查的檢疫醫師在判定上仍有一定的自主權。例如像尼寇斯這樣的檢疫醫師，領著隨行的士兵登上一艘掛著德意志帝國國旗的洛伊德公司客船，他在視察之後可能會決定要收受賄賂，交換條件是假裝沒看到船上已有一名乘客發燒，如此一來，這艘船獲放行後就能提早五或六天駛抵伊斯坦堡，很有效地挽救一名商人免於破產；情況也可能完全相反，檢疫醫師或許會以一些最微小的跡象作為證據，回報說他懷疑抵達的船隻上所有乘客甚至貨物皆已染病或遭到汙染，這樣一來就會導致許多店鋪一夕之間倒閉。

檢疫醫師只要一句話，就能決定一名朝聖者在存錢多年、變賣家產籌得旅費，千辛萬苦熬過兩個月航程之後，最後會不會被迫與旅伴分開，遭押送下船後關進隔離營區，再也沒有機會抵達聖地朝覲——任憑他如何抗議、威脅、聲淚俱下或發出陣陣怒吼，周圍的人只是充耳不聞。努里醫師也曾看過偏遠海邊村落某些窮苦的檢疫醫師，因為自己過苦日子而想報復社會，他們操弄身為檢疫醫師的權力，藉機恐嚇和控制比較富裕的村民，甚至懲罰生意興隆的商販。許多檢疫醫師也是靠著這種權力才得以餬口。

努里醫師很想知道尼寇斯醫師上一次領到任職檢疫局長的薪水是什麼時候，但他並未直接詢問，而是特別擺出各省總督碰到底下公務員和醫師抱怨經費短缺、地方政府破產時很常見的那種長官架子。

「在漢志省，沒有石灰可消毒廁所和糞坑時，我們就用煤粉替代。」

「這種方法在現代也適用嗎？」尼寇斯醫師問道。「我寧可用石灰水，有必要的話，就加不只十倍的水，可以加到二十倍或三十倍的水稀釋。」

「您這裡有什麼東西可能可以當成消毒溶液？」

「有藍礬，明格里亞人稱為『賽普勒斯礬』。我們的庫存裡確實還有一些硫酸銅——我特別省著用留起來的，藥師尼基弗羅斯也有一些，但疫情爆發之後絕對不夠用。還有一點點石炭酸，和一些甘汞，伊斯坦堡的人稱為『白色升汞』。島上穆斯林對微生物和傳染病的了解，頂多就是會拿醋來清洗錢幣，他們能忍受的消毒方法，最多就是燃燒硫和硝石進行煙燻。在齊堤區和坡耶勒什區，他們有時候會點火燒那些已經沒用的煙燻條棒，再用來塗抹自己的臉，好像把它們當成謝赫祝聖過的護身符。我們會需要非常大量的消毒溶液。」

「在邦考斯基帕夏遇害之後，不論是人員要到全市噴灑消毒溶液，或是醫師要進穆斯林社區看診，都會是很艱巨的挑戰。」努里醫師說，迫切想將話題帶回眼前最緊急的事。

「我在皇家醫學院念書時，曾經上過數堂邦考斯基貝伊教授的有機化學和無機化學課程。後來我去黎巴嫩工作，而他當上公共健康與衛生總督察，在學術界的聲望地位也愈來愈高。真不敢相信這樣一位大人物竟然被人殘忍殺害！您在外頭替病人看診時，千萬不要覺得只是說一聲『我是穆斯林』就夠了；一定要帶一名侍衛隨行——比如說跟著您的那位少校。」

「請放心，我會小心的。但是他們的目標如果是『阻撓破壞』防疫工作，」努里醫師說這句話時刻意用了「阻撓破壞」這個源自法文的字詞，「那麼您也務必要小心。我能問您一句嗎，我們都應該要提防的這個惡意破壞者究竟是什麼人？」

「總督已經將赫姆杜拉謝赫的繼兄弟拉米茲關進牢裡，這件事他做對了。島上這麼多個教團領袖，總督最忌憚的就是赫姆杜拉謝赫，而拉米茲很懂得利用這一點。我想不管是誰殺害了可憐的邦考斯基帕夏，凶手一定知道罪名最後會栽在拉米茲頭上。」

「但這件事還是帶有誤打誤撞的成分。您一定聽說了，大家都看到邦考斯基帕夏是自己悄悄溜出郵局。不管是拉米茲或其他人，都沒辦法預知這一點。」

「或許如此吧，但之後湊巧看到他的人可能會覺得，要是當下就在那裡殺了他，無論如何都能讓穆斯林頂罪。畢竟島上有一些希臘醫師，有時可能甚至不肯放下身段用土耳其語跟穆斯林病患溝通。」

「穆斯林社區對基督徒醫師的抱怨或許有道理，尤其有些醫師態度比較傲慢嚴苛，處事不夠圓融。」努里醫師謹慎地措詞。「但您先前提到，有時候穆斯林可能只是因為無知，才拒絕遵守防疫規定。」

「有可能，也確實如此。他們雖然會抱怨，但他們也怕瘟疫。他們想要聽信任的人提供建議，教他們怎麼保護自己避免染疫。反對某件事，跟反對某件事到可以為此殺人，兩者之間可說是天差地別。邦考斯基帕夏和他的助手伊利亞醫師去那些區，只是訪查跟幫病患看診，沒有帶士兵破門硬闖民宅。邦考斯基帕夏沒有做任何傷害穆斯林的事情，為什麼會有穆斯林想置他於死地？或者說，為什麼要假設凶手是一名穆斯林？我現在就可以告訴您，再怎麼周密的調查，最後都會得到同樣的結果！」

「那會是什麼結果呢？」

「我不知道凶手是誰……但肯定是想看到明格里亞人遭到消滅和遺忘的人。我愛明格里亞人，沒辦法眼睜睜看著他們受苦，他們根本不該承受這麼悲慘的命運。」

「您會說明格里亞人自成一個民族嗎？」努里醫師問道。

「要是情報監控局長聽到您問這個問題，他會將您關進牢裡，用拶指之類的刑具折磨您逼您招供。」檢疫局長尼寇斯醫師回答。「島上確實有些人在家裡還講古老的明格里亞語，但要是把他們全部集合在一起，大概連一個房間都占不滿。」

第十四章

正要返回總督府附設賓館時，努里醫師在門口遇見凱米爾少校，少校正要前往郵局寄出帕琪瑟公主剛剛寫好並封緘的第一封信。

那天晚上，公主和駙馬兩人第一次在沒有旁人的情況下吃晚餐。總督的廚子用托盤替他們送來簡單的包餡酥餅和優格。夫妻倆想到眼前處境嚴峻，可能會感染瘟疫，再看到房間裡的捕鼠器，都覺得不太自在。婚禮剛結束後那段無憂無慮的幸福時光，猶然歷歷在目。外頭仍有一些燈光，總督府和哈米德大道周邊到港口及周圍旅館一帶的煤氣燈到晚上十點才會熄滅。稍晚，當外頭街道陷入一片漆黑，公主夫婦站在窗邊，望著彷彿被人施了法術的亞卡茲市，聽著海浪輕柔撲拍岸邊的水花潑濺聲，聽著一隻刺蝟在總督官邸的庭園裡匆匆奔竄，聽著蟬聲唧唧。

翌日，駙馬努里醫師前往檢疫局辦公室，去見當天稍早才獲釋的伊利亞醫師。

「在我心目中，邦考斯基帕夏就像是我的父親。」伊利亞醫師說：「他們把我關進地牢，好像把我當成嫌犯，認為我也可能參與這件謀殺案——這樣對待我會引發種種誤會，他們之前難道都沒想到？」

「但你現在不在牢裡了！」

「伊斯坦堡的報紙肯定早就大書特書，我一定要立刻回伊斯坦堡證明自己的清白。蘇丹陛下已經獲報知道我被困在島上嗎？」

伊利亞醫師於伊斯坦堡出生，在被任命為邦考斯基帕夏的助手之前，只是一名普通醫師，在工作上的表現並未引起太多注意。但在成為公衛總督察的助手並跟著到帝國各地出差之後，他也逐漸有了名氣，開始為各家報社撰寫傳染病、衛生和健康相關的文章。他領到的薪酬也很優渥。五年前，他與黛絲皮娜結婚，新娘是伊斯坦堡一個相當富裕的希臘家族的么女。在邦考斯基帕夏的保薦之下，蘇丹阿卜杜勒哈米德甚至頒發了邁吉德騎士團勳章給伊利亞。然而，由於上司邦考斯基帕夏死於非命，這段充滿榮耀和挑戰、帶來許多成就感的職涯眼看就要中斷。

努里醫師明白伊利亞醫師必定曾隨同邦考斯基帕夏覲見蘇丹，見過蘇丹的次數可能比自己還多（雖然他的妻子是蘇丹的姪女，但他只見過蘇丹三次）。

「蘇丹陛下希望您能待在島上，協助我們查出這樁殘忍犯行的幕後主使者。」

當天下午，有人送來一封匿名信給伊利亞醫師，信中明示下次就會輪到他。

「肯定是那些投機分子、那些反對防疫措施的生意人幹的好事。」總督評論道。為了安撫驚惶失措的伊利亞醫師，總督派人將醫師從他原本待的破舊賓館，也就是匿名信送到的地方，接到駐軍地點附設的賓館住下。這個地方放滿捕鼠器，在防疫措施上比先前稍微完善一點，也比較安全，不會有殺手入侵。

同一天，依照總督和檢疫局長的規畫，努里醫師和伊利亞醫師一同搭乘裝甲馬車前去醫院訪視。首府亞卡茲市共有兩家醫院：哈米德醫院（以蘇丹阿卜杜勒哈米德之名命名）規模較小、設備陽春，目前還未正式啟用，主要收治士兵和穆斯林菁英階級；較大間的賽歐多洛普洛斯醫院則是由島上的希臘人社群創立。當時正值明格里亞大理石貿易的全盛時期，來自士麥那的希臘人史拉蒂斯．賽歐多洛普洛斯因出口大理石致富，其家族出資建造這座設有三十張病床的醫院。賽歐多洛普洛斯醫院和哈米德醫院一樣，常常為窮苦無助和潦倒弱勢者提供庇護，由於從醫院眺望城堡的景觀極佳，加上庭園內栽種許多氣味芬芳的檸檬樹，在明格里亞人眼中是一個寧靜甚至宜人的場所。隨著瘟疫疫情逐漸擴大，有些穆斯林請不起醫師到自家看診，別無他法之下，只能前往賽歐多洛普洛斯醫院求助。

在少校和總督部屬隨侍下，努里醫師抵達賽歐多洛普洛斯醫院，發現院內氣氛忙亂緊繃，醫院大門外擠滿緊張焦慮的民眾。上門求診的瘟疫患者人數三天前開始增加，醫院最大間的病房隔成兩區，中間擺放屏風區隔一般病患和瘟疫病患。但是瘟疫病患區很快就需要擴大，加上當天湧入的多名病患，該區已經擠得水泄不通。聽到瘟疫病患睡夢中的胡言亂語，還有他們頻繁嘔吐的聲音、因劇烈頭痛而發出的痛苦哀嚎，以及他們臨終前似乎陷入的某種癲狂力竭的狀態，其他病人也坐臥難安。過去一週以來，先前待在醫院裡的無家遊民、窮人和老人都已經前往他處。醫院院長是年長的米海黎斯醫師，他告訴努里醫師和伊利亞醫師，已經有主訴氣喘、心臟病等常見疾病的病人和恐慌無助的瘟疫病人兩邊的家屬為了搶病床而大打出手。

米海黎斯院長很和藹地招呼努里醫師和伊利亞醫師，但他接著就對兩人坦承，在此之前他一直堅信在島上傳播的疾病並非瘟疫。院長之前一直在等待實驗室的顯微鏡檢驗結果，同時他只專注於對付那些疑似是霍亂造成的症狀，例如發燒、嘔吐、心律不整、疲倦和全身無力。他告訴努里醫師，七年前伊茲密特爆發霍亂時他也在場，說話時目光炯炯，是與努里醫師一樣展現冒險精神和面對危機的眼神。院長工作時態度嚴肅，但他的表情中似乎有什麼在傳達「別擔心，我們會想出辦法的」，讓他的病人感覺受到鼓舞，他也因此贏得島上瘟疫病患的信任，病人會高聲呼喊院長，請求他幫忙檢查他們頸間、腋窩和鼠蹊處充滿膿液的脹大囊腫。當天病房裡還有另一位醫師，是來自塞薩洛尼基的亞歷桑德羅醫師，年輕的他總是愁眉不展。

亞歷桑德羅醫師告訴努里醫師和伊利亞醫師，有一名兩天前住院的老漁夫似乎一直在昏睡，只要醒來數分鐘就會立刻開始呻吟哭喊（漁船停泊的碼頭和漁夫聚居的社區很靠近以前裝載明格里亞大理石上船的碼頭）。病房的工友也向兩人報告，靜靜躺在角落的那名婦女快要死了，已經陷入半昏迷，前一天她還跟其他很多病人一樣不停胡言亂語，她從進醫院那天就一直嘔吐，而在她身邊的男人不是她的丈夫，是她的兄弟。所有染疫病患的共同症狀是發燒和譫妄。有一名病患是在碼頭工作的搬運工，他試著下床站穩，但根本沒辦法走路，奮力挪動幾步後又倒回病床上。伊利亞醫師花了不少時間鼓勵這名頑強不屈的病患，指著窗外的風景和有些童趣的城堡尖塔，希望能夠激發病患的樂觀心情和求生意志，讓他回想起新鮮空氣的滋味。

似乎所有病患的雙眼都充滿血絲，身體出現怪異的抽搐痙攣，而且因為嚴重頭疼而苦痛難耐。有些病人出現妄想，陷入焦慮和無端恐懼，有些病人出現強迫症行為，像是反覆將頭轉向右邊（例如一名長年坐在窗戶旁的海關官員），或是忽然掙扎著要下床（例如在哈米德大道開店、雙眼泛著淚光的年老製陶師傅）。大多數病患身上都出現某種腫包或膿腫，約莫半節小指頭那麼大，即歐洲人所稱的「淋巴腺腫大」，可能是長在頸間、耳後、腋窩或鼠蹊處。不過努里醫師曾聽其他醫師說過，即使是身上沒有長腫包或出現任何異狀的病患，仍然有可能發燒、嗜睡、全身無力，最後病逝（也可能康復）。

一名瘦成皮包骨的病患（據說是鋪屋頂的工匠）的症狀是口乾舌燥到無法講話，只能像有強迫行為般結結巴巴重複同樣字詞。有些病患大聲叫嚷著自己哪裡不舒服，努里醫師盡力搞懂他們身上出現了哪些症狀。將病患的腫包刺破並清除膿液似乎有些功效，確實能讓病人暫時平靜下來，恢復一些精力。即使治不好他們的病，每位病人仍要求醫師幫他們清理膿腫，就連根本沒有需求的病人也提出同樣要求。身體陣陣痙攣或譫妄發作的病患在極端痛苦難受時，有時會緊抓沾滿汗水和嘔吐物的床單不放，直到皮膚和床單似乎融為一體。病患的哀鳴、痛苦嚎叫和有氣無力的喘息聲相混交融，彷彿一聲拉得長長的哼唱。醫師時常將瘟疫誤認為霍亂，原因之一是有些瘟疫病患似乎一直覺得口渴。醫院大門外煮沸水的大鍋冒出騰騰蒸氣，與醫院內的死亡節奏和氛圍交揉互融。

努里醫師在漢志省工作時，已經習慣看到從印度、爪哇和亞洲其他地方抵達的朝聖者潦倒落魄的模樣，見識過英國人如何視這些朝聖者如草芥，想到自己接受良好教育且能說一口流利法文就有罪惡感。如今面對這些自知感染不治之疾的病患，知道他們的病情接下來數天會更為嚴重，他卻束手無策，只能言不由衷說些假話聊表慰問，心中的罪惡感油然而生。

努里醫師和伊利亞醫師接著前往哈米德醫院訪視，發現那裡的情況與前一間醫院相同。看到伊利亞醫師將悲傷和恐懼拋諸腦後，專注於為病患逐一診察，認真聽他們講述症狀，努里醫師大為驚訝。

「我再幫忙也幫不了多久。」伊利亞醫師在只剩他們兩人在場時說道：「他們會把我也殺了。請您千萬別忘了，蘇丹陛下要我盡快回到伊斯坦堡！」

之後兩名醫師坐上裝甲馬車，帶著少校和總督的部屬一起前往尼基弗羅斯的藥房，途中兩人要車夫放慢車速，想要評估街上的氣氛。令人不安的是，生活方式洋溢歐洲風情的旅館周圍一帶和通往港口的數條街道似乎運行如常。看著這些明格里亞人一派悠閒，或在咖啡廳和小餐館休憩，或端坐於理髮椅上，或互相打趣笑鬧，或談論起下次投資新生意或一起釣魚的計畫，兩人心中只覺得怪異。在瓦伏拉區，通往海邊的荒寂街道塵土飛揚，努里醫師看到小孩子赤著腳在街上開心奔跑，彷彿瞬間回到遠方某個炎熱的東方城市。

兩人抵達藥房後，尼基弗羅斯立刻告訴他們，他和邦考斯基帕夏獲得皇家特許權之後合夥做生意，絕無虧欠邦考斯基帕夏一分錢——願他安息。

「你認為誰有可能覺得殺害邦考斯基帕夏可以獲得好處呢？」努里醫師再次單刀直入發問。

「殺人不見得都是為了獲得某種好處。有些人殺人是覺得飽受不公不義，或者走投無路逼不得已。有時候一個人下一刻就成了殺人凶手，可能完全事出偶然，根本沒有什麼預謀。大家都知道，在『朝聖船事件』之後，總督沙密帕夏圍捕和囚禁的奇夫特勒村和奈比勒村村民和泰卡普契教團信徒都很痛恨醫師和檢疫官員。其中可能有人出門販賣雞蛋之類的農產品時，剛好看到邦考斯基帕夏在瓦伏拉區閒逛，當下那一刻就決定要把他拖到暗處殺害。我確實向我親愛的老友暗示過，要去葛梅區和瓦伏拉區的話，最好評估一下那裡的情況。凶手當然知道這一點，才會將屍體運到這一區，想要讓我看起來很有嫌疑。」

「你確實有嫌疑！」努里醫師說。

「但這是凶手的陰謀。」藥師說，轉向伊利亞醫師。

「我警告過邦考斯基帕夏不要獨自進入那些區，會有危險。」伊利亞醫師說：「但是每次我們到某個地區首府調查新發生的疫情，他要是不滿意當地總督或檢疫局長提供的資訊，總是會找藉口溜出去獨自探索。」

「為什麼？」

「沒有人想要實行檢疫，總督不想，市長不想，生意人不想，有錢人也不想。沒有人會想接受原本過慣的舒適日子忽然中斷，更別說還有可能染病身亡。他們會對任何擾亂生活常軌的證據視而不見，否認有人死亡，甚至憎恨死者。當他們看到知名的公衛總督察邦考斯基帕夏和他的助手出現在眼前，他們會意識到就連伊斯坦堡當局都認為情況非同小可。但島上沒有發生這種情況，政府不讓我們見到任何檢疫官員。」

「是蘇丹陛下為了防患未然親自下令。」努里醫師說。

「最重要的是，五天前邦考斯基帕夏從『阿濟茲號』下船趁半夜祕密登島，他就為了這件事而苦惱。」

藥師尼基弗羅斯說：「當島上的人會把死者遺體藏起來，還否認有疫情爆發，要讓整座島準備好實行檢疫是很浩大的工程。我們還必須想辦法對抗島上想要除掉檢疫醫師的各方勢力。大家還是小心為上，當心有人再下殺手。」

「別擔心！」努里醫師說。對於藥師尼基弗羅斯和伊利亞醫師的恐懼之情，他感到擔憂，甚至有些愧疚。他剛剛才想通，面前的兩個希臘人對於最近的事件比穆斯林更加驚惶不安，是因為他們是基督教徒。由於撰寫本書畢竟是要為歷史留下紀錄，我們認為並無理由要避免在此提及後來的事。待讀者諸君讀到本書最末，將會知道努里醫師的直覺很遺憾地相當準確，藥師尼基弗羅斯、伊斯坦堡的畫家和伊利亞醫師都將因政治因素遭到殺害。

藥師尼基弗羅斯邊拿了好幾樣商品放入禮物籃，邊向努里醫師介紹它們的特色，還指給他看「明格里亞玫瑰」和「黎凡特玫瑰」瓶子上的圖案，接著做了他盤算許久要做的，將話題帶到邦考斯基帕夏年輕時結識的朋友、亞美尼亞畫家歐斯根．卡勒奇彥，以及總督沒收的那塊布。

「總督帕夏以為這是一面旗幟，他誤會這塊布的涵義了！」他說。

兩位醫師當天從藥局回到總督辦公室討論時，總督沙密帕夏很乾脆地表示，只要防疫委員會順利成會，他就會將沒收的布還給尼基弗羅斯。由於總督接到一名市政府官吏猝逝的消息，三人的討論倉卒結束。

當天晚上，邦考斯基帕夏的葬禮在小而雅緻的聖安道教堂舉行。儘管伊斯坦堡媒體刊登了蘇丹發出的電報和頌讚邦考斯基帕夏的悼辭，島上的希臘記者並未出現，只有寥寥數人出席葬禮。由於島上有疫情，遇害的公衛總督察的家屬也無法前來。除了當地數名年長的天主教徒，教堂裡其他追悼者只有一名前波蘭軍官的兒子；此名軍官離開波蘭後投效鄂圖曼帝國軍隊，其子現居明格里亞。現場最傷心絕望的莫過於伊利亞醫師，他佇立於教堂墓園擺放了玫瑰花的新墓穴旁淚流滿面。

第十五章

走筆至此，回顧三年前的「朝聖船叛變」事件應該會對講述故事和歷史有所助益，這次風波不僅讓總督個人受盡煎熬，在政治上也帶給他諸多麻煩。

一八九〇年代，為了防堵源自印度的霍亂大流行，避免疫情隨著朝聖船隻經由聖地麥加和麥地那擴散至全世界，西方強權採取的預防措施之一，是強制所有自伊斯蘭教聖地返回的船隻實行十天檢疫。尤其在穆斯林國家擁有殖民地的帝國，特別堅持要對回程船隻進行第二次檢疫。例如法國並不信任鄂圖曼帝國政府於漢志省進行的檢疫措施，規定搭乘法蘭西火輪船公司「波塞波利斯號」航班返回法屬阿爾及利亞的乘客皆須再次進行檢疫，待檢疫期結束，才讓乘客下船回到各自居住的城鎮村莊。

鄂圖曼帝國當局自知漢志省防疫檢疫局在西方國家眼中仍有不足之處，認為也有必要採行同樣的檢疫程序。首都伊斯坦堡的防疫委員會很快就通令全國各地，載運朝聖者返國船隻不論是否掛起黃色旗幟，或通報載有生病乘客，一律實行「預防性檢疫」。

朝聖旅程本身艱辛無比、苦不堪言，許多人在途中死去（來自孟買和喀拉蚩的朝聖者有五分之一在旅途中喪命算是稀鬆平常），歷經千辛萬苦平安回到家鄉的朝聖者，很反對又要熬過十天檢疫期才能回家的作法。有時必須出動士兵，很多地方的檢疫醫師甚至必須請來警察和憲兵協助。在帝國邊陲的港口和明格里亞這樣的小島，可能缺乏檢疫所需物資，或者現有檢疫所空間太小，不足以容納朝聖回來的村民，當局倉卒之下只能以低廉價格租用數艘老舊輪船和駁船，充當隔離用的臨時檢疫所。有時候在希俄斯島、庫沙達瑟和塞薩洛尼基等地方，待檢疫船隻會被拖曳到某個偏遠的小海灣或空地附近，空地上會以借來的軍用帳篷搭建出營地。

從聖地返回的朝聖者渴望趕快回家，對於還須進行第二次檢疫多半極為惱怒。有些人好不容易平安回到家鄉，卻挨不過最後十天而過世。朝聖者和前來問診檢查的希臘、亞美尼亞和猶太醫師之間，屢屢發生紛爭和肢體衝突。當局除了強制朝聖者接受檢疫，也會向他們收取一筆檢疫稅——這種作法更令朝聖者沮喪受挫。有些比較富裕、腦筋動得快的朝聖者於是賄賂醫師，就能直接免除檢疫，在其他朝聖者中引發公憤。

三年前，在一連串疏忽失誤之下引發了一起事件，雖然類似情況在帝國各地層出不窮，但這起事件異常嚴重，引發反對檢疫措施的民眾空前強烈的怒火。起因是一封來自伊斯坦堡的電報，電報中要求英國籍船隻「波斯號」自漢志省返回後不得靠近亞卡茲的港口。明格里亞檢疫局長尼寇斯醫師於是找來一艘年久失修的駁船權充檢疫所，派人將「波斯號」上四十七名朝聖者送上老舊駁船後，將駁船拖往島嶼北方其中一處小海灣下錨停放。這處偏遠的海灣周圍環繞著遍布岩石的坡丘和懸崖峭壁，可說是天然的牢籠，很適合當成檢疫區。但也由於周圍崖壁陡峭且多岩石，以致難以為朝聖者運送食物、飲水和藥物。

當局原本規畫設置可供醫師為朝聖者問診檢查、陪同醫師的士兵駐紮以及存放醫療物資的營地，但因暴風雨來襲而延誤。暴風雨肆虐整整五天五夜，回到家鄉的明格里亞朝聖者只能忍受乾渴飢餓的折磨。風雨過後，他們又得忍受炙人的酷熱。朝聖者大都是中年的大鬍子村民，平常照料自家的小農場和橄欖園，除了前往聖地朝覲，不曾去過明格里亞島以外的其他地方。其中也有一些蓄鬍的虔誠年輕人，他們是為了陪伴父親或祖父而一同前往朝聖。他們大都來自島嶼北方的山村如奇夫特勒村和奈比勒村。

三天後，擁擠的駁船上愈來愈多人感染霍亂。體力耗盡的朝聖者一個接一個死去。他們自聖地歸來已經精疲力竭，再也沒有體力對抗病魔。但即使每天都有人病逝，下令將朝聖者送到此處海灣的檢疫官員和醫師依舊不見人影，後來就連年長的朝聖者也開始焦躁不安。

兩名希臘醫師騎馬翻山越嶺，歷經三天旅程才抵達檢疫營地，他們不慌不忙，並不打算趕快划船登上滿是病菌和憤怒朝聖者的駁船檢查。他們感覺得出來駁船上骯髒不已，而且疾病蔓延。有些朝聖者並不明白為什麼他們被關在這裡，但心知肚明大家就快要死了。這批朝聖歸來的老人氣力耗盡、命在旦夕，在這時候最不樂意的，就是讓某個蓄著山羊鬍、戴古怪眼鏡的基督教醫師朝自己亂噴來舒消毒液和其他消毒液體。無論如何，醫師騎馬翻山越嶺帶來的消毒溶液噴瓶在他們抵達第一天就壞了。朝聖者團體內部也爆發紛爭。有些人提出「我們應該把死者丟進海裡」，反對者則認為「他們都是家人，是殉道者，我們應該把他們送回村裡安葬！」，雙方爭執起來，將僅存的丁點精力也消耗殆盡。

第一週結束時，傳染病依舊猖獗，被丟入海裡的死者遺體不僅無人前去打撈安葬，更遭鳥禽和魚類啃食，駁船上發生暴動。

憤怒的朝聖者群起反抗，兩名奉派前來看守的士兵寡不敵眾，被推入海裡。其中一名士兵就和朝聖者一樣（確實也跟鄂圖曼帝國大多數穆斯林一樣）不諳水性，溺死在海中，總督沙密帕夏和明格里亞駐軍指揮官以此為由，施行了有違比例原則的嚴厲報復。

同時，年輕一點的朝聖者想辦法拉起船錨，但破舊不堪的駁船並未在岩石上擱淺，反而被風吹得漂離岸邊更遠，像醉漢般在海面上搖搖晃晃。隨著海浪漂蕩半日之後，載滿朝聖者的駁船終於在東邊稍遠處遍布岩石的小灣觸礁。由於駁船已經停止不動且開始進水，疲憊的朝聖者很難立刻就帶著自己的行李和伴手禮品逃回各自居住的村莊。要是他們這麼做，即使先前造成一名士兵落海溺斃，也許整起事件仍然可以船過水無痕。但他們只是一起待在駁船上，忍受著遺體愈來愈難聞的氣味和拍擊船身的海浪，守著看似無法捨棄的行囊、伴手禮品和已遭霍亂疫病汙染的瓶裝神聖滲滲泉水，無法逃離船難現場。

總督沙密帕夏派來追蹤駁船的憲兵隊到場，在岩石後方不遠處和最近的懸崖上就位，指揮官喊話要朝聖者投降，遵守檢疫規定，並且待在船上，切勿自行上岸。

至今我們仍無法確定，船上的朝聖者究竟是否聽到了上述警告。朝聖者似乎完全陷入恐懼：他們知道自己又要被迫接受隔離檢疫，也知道自己這次必死無疑。在他們的認知中，檢疫措施是歐洲人的邪惡發明，專門用來懲罰健康的朝聖者，奪走他們的金錢和性命。

最後，其中數名還殘留一點力氣和維生所需物資的朝聖者意識到，如果被困在駁船上就只有等死一途，於是他們決定想辦法突圍。

朝聖者在岩石間奔逃，試圖爬上山羊群攀爬的徑道，士兵陷入恐慌，紛紛開槍射擊。攻勢瘋狂猛烈，彷彿在對抗入侵明格里亞的敵軍，有些士兵心中想著被扔進海裡而罹難的同袍。士兵開槍猛射了至少十分鐘，才冷靜下來，放下武器。有許多朝聖者遭到射殺，有些人是背部中彈，但其他人是正面衝向來到自己島上朝自己開槍的鄂圖曼士兵，像是忠勇愛國的士兵衝向機關槍口。

總督沙密帕夏向所有報社下了封口令，甚至禁止報導中間接提及相關事件，因此當天究竟有幾名朝聖者遭到射殺，又有多少人最後平安返回自己的村莊，至今我們仍無從得知確切資訊。

由於在此次事件中扮演的角色，總督此後一直未能擺脫隨之而來的譴責、蔑視和殘酷惡名。總督原本預期蘇丹阿卜杜勒哈米德會以某種方式對他施行懲處，但後來僅有年長的駐軍指揮官和手下士兵受到流放的懲處。沙密帕夏好幾次夢到一名蓄白鬍子的人想跟他說話——問他：「威武的總督帕夏，您的良心何在？」——但對方在夢中始終不曾開口。遇到有人當面批評時，總督會出言反駁，表示派軍隊前去圍堵朝聖者以避免霍亂疫情傳開是正確的決定，並補充說自己的良心沒有餘裕去同情劫持公家船隻並殺害一名士兵的暴徒，且每次都不忘指出，他並沒有下令射殺朝聖者，士兵對著朝聖者開槍是錯誤的，而這起變故可歸因於在場士兵經驗不足。

總督沙密帕夏很快做出結論，為自己辯護最好的方式，就是等待整起事件被世人遺忘。因此他特別戒慎小心，確保沒有一家報社走漏消息，事件發生後有一段時間，他的作法算是奏效。在這段期間，總督時常向人宣揚闡述應將朝覲途中逝世的朝聖者奉為「殉道者」的想法，此點確實如伊斯蘭教法所規定，而成為殉道者也是教徒所能獲得最崇高的榮耀。當死去朝聖者的家屬前來亞卡茲請領補償金，總督會在辦公室接見他們，談及「天堂裡為曾體驗殉道之美妙者保留的特別位子」，並向家屬保證，為了避免整起事件引發更多騷動，只要他們三緘其口，不要接受任何希臘記者訪問，他會盡一切所能確保他們的要求都獲得滿足。

等到眾人逐漸淡忘這起事件，總督暗中展開計畫的第二階段：派出憲兵隊前往各村莊，逮捕他認為在該起叛亂事件中帶頭的十名朝聖者，將他們關入城堡地牢，並擺出無比冷酷專橫的態度，告訴他們將因溺死士兵和劫持駁船而被處以死刑。此外，總督也退回死去朝聖者的家屬提出的申請，拒絕核發補償金。

大多數朝聖者來自奇夫特勒村和奈比勒村，相關事件在兩個村子中引發民怨，變相為反抗總督的教團勢力添柴加薪。兩個村莊的村民和泰卡普契教團都支持梅靡跟他率領的游擊隊，梅靡過去兩年來在明格里亞島北方的希臘村莊持續散播恐怖情緒的種子。很多人懷疑泰卡普契教團背後的主導者，就是島上最有權勢的哈黎菲耶教派首領：赫姆杜拉謝赫本人。

更令總督煩惱的是，整起事件不僅造成穆斯林政府與島上人民之間關係破裂，也成為支持希臘民族主義運動的記者不時挑起的把柄。例如總督原本與希臘語報社《新島報》關係友好，某次接受報社記者訪問時，提到有些朝聖者出資在自己的村莊設立公共飲水台，但因為在訪問中稱這些朝聖者為「貧窮的哈吉」而遭到嚴詞抨擊。一般來說，不會有人特別留意這種稱呼方式。但是希臘記者曼諾黎斯後來為自家報社寫了一篇言辭尖銳的文章，爭辯說朝聖者一點都不窮，他們反而是島上最有錢的穆斯林，只是依循時興的風潮，變賣所有家產籌措旅費前往朝覲，但很多在旅途中就病倒甚至病逝。記者還指出，有鑑於島上的穆斯林群體相對於東正教社群教育程度偏低，鄉下的穆斯林家族若能合力出資成立一所供穆斯林子弟念書的中學，或至少捐錢修復社區內清真寺破舊的宣禮塔，或許都比到遙遠沙漠和英國船隻上浪擲千金更為明智。

總督沙密帕夏贊同辦學優先於修復清真寺的原則，但即使如此，他讀到該篇文章時仍不禁怒氣攻心。部分原因是曼諾黎斯提到穆斯林社群時帶著優越感的語氣，但總督會勃然大怒，主要是因為他耐心等候眾人遺忘「朝聖船叛變」事件，這名希臘記者卻又換個方式重提舊事。

第十六章

防疫委員會預計召開會議當天一大早，駙馬努里醫師來到哈米德醫院，發現有一名穆斯林病患和其家屬正在大門口和他認識的一位總督辦公室人員爭執，在駙馬介入之下，總算在過度擁擠的病房裡找到一張剛空出來的病床，讓職業是蹄鐵匠的病患順利住院。

過去三天，前往醫院求助的病患人數翻倍。先前醫師多半在病重不治患者的「死因」欄位寫上「白喉」或「百日咳」，如今已改為寫下「瘟疫」。

兩週前向軍營借用並擺放於醫院二樓的病床也幾乎全滿。伊利亞醫師和島上唯一的穆斯林醫師費里貝伊在病床之間奔走，忙著替病患抽除腫包膿液和清理傷口。

有一名年輕人認得努里醫師，他請醫師到病床旁看看生病的母親。病床上的老婦人發著高燒、渾身是汗，已經語無倫次，甚至未曾意識到有醫師在場。就如大多數照料瘟疫病患的醫師會做的，努里醫師打開最近的一扇窗戶，但他不由得揣想這麼做是否真的有任何助益。醫師皆是努力為病人減輕痛楚的英雄，但在診治過程中有時會和病人非常靠近。

每間病房中都有一個角落擺放著消毒溶液，醫師會固定過去消毒手掌和十指，也會聚在這個角落交談。有一回，費里醫師就指著裝滿醋的容器，帶著一絲苦笑對努里醫師說：「我知道沒效，但我還是會用！」費里醫師接著說來自塞薩洛尼基的亞歷桑德羅醫師前一天晚上開始發燒且渾身顫抖，他只好送亞歷桑德羅回家，叮囑他要是早上還是高燒不退，就別再進醫院。

努里醫師在賽歐多洛普洛斯醫院曾見過年輕的亞歷桑德羅醫師，看到他為病患無私奉獻，也看到他無所畏懼，在診治時和病患離得非常近。「醫師和工友知道爆發霍亂時該怎麼做，但換成瘟疫，他們不知道該怎麼保護自己。」伊利亞醫師說：「瘟疫病人隨時有可能對著你的臉咳嗽，你就會被傳染。我們有必要給予所有醫生嚴格的相關指示。」

由於還不到防疫委員會預定召開會議的時間，努里醫師和伊利亞醫師搭乘裝甲馬車前往位在歐拉區的賽歐多洛普洛斯醫院，途中兩人不發一語，但都心知肚明，從街上那些滿臉驚恐茫然、原地徘徊的人群，和周圍所有人臉上憂心忡忡的表情看來，城裡一定還有更多人染疫，甚至後街小巷中早已有更多人喪命。整個城市逐漸籠罩在對死亡的恐懼之中，但似乎還未陷入兩名醫師先前在疫情真正嚴重時見到過的那種全面恐慌。以杏仁果餅乾和玫瑰口味糕點著稱的佐菲里烘焙坊裡空無一人，但在另一處，餐廳老闆照樣坐在理髮師潘納尤提斯的柳條理髮椅上，他早上固定要修鬍理容。

哈米德大道和廣場上，餐館、店鋪和咖啡店似乎全都照常開門營業。前往廣場途中，他們看到一名黑髮小男孩在旁邊巷弄裡的庭園中獨自啜泣，再前進一小段路之後，有一群前往喪家弔唁的婦女手挽著手坐在一起。

看到擠在賽歐多洛普洛斯醫院門口的大批民眾，兩名醫師都十分擔憂。他們很清楚，疫情散播的程度比他們以為的還要嚴重，更不妙的是，邦考斯基帕夏遇害以及蘇丹立刻派人前來負責防疫行動，表示目前對於這場疫病的共識是確為瘟疫無誤。

努里醫師也注意到，醫院病房混亂無序，有很多新入住的病患。他兩天前看到的那些病患，包括整天昏睡的老人和在碼頭工作的疲憊搬運工，都已經過世下葬。一名剛住院的希臘婦女由另外兩名婦女和一名男子陪伴。

「我們不能再讓病患家屬和訪客進醫院了！」努里醫師說。

米海黎斯院長要所有醫師到地下室一個空房間中集合，努里醫師在此向大家說明，中國有許多醫師之所以染病過世，是因為病患會在無預警之下做出一些動作，像是在醫生為他們診察或抽除膿液時忽然打噴嚏、嘔吐或噴吐唾液。

他也轉述了威尼斯研討會上一名英國醫師所分享在孟買的經歷：一名垂死的瘟疫病患被誤診為白喉，在臨終前的「譫妄」階段開始咳嗽，他的唾液飛沫濺到附近一名護理師的雙眼。護理師立刻以大量白喉抗毒素清洗雙眼，但在三十小時內依舊病倒，四天後也在類似的譫妄發作中逝世。

醫師們開始爭論那三十小時的重要性：可以說自微生物入侵人體那一刻起，大約三十小時這麼長的時間之後，就會開始出現疲倦、顫抖、頭痛、發燒和嘔吐等症狀嗎？伊利亞醫師指出在士麥那，發病前這段時間的長短因人而異，而傳染者和被傳染者都不會意識到，因此疫情會在大家不知不覺間以驚人的速度持續擴大。很快全城的人都會陸續死去，就像之前那些老鼠。

「不幸的是，這就是我們現在所處的情況！」尼寇斯醫師說。

檢疫局長又要抱怨島上對傳染病的反應遲緩了，努里醫師心想，只不過尼寇斯這次不只將矛頭指向總督，也指向伊斯坦堡當局和其他醫師同行。

「這時候一定要讓所有場所停止營業──市場、店鋪，全都要關門。」伊利亞醫師說。

「現在無論引入施行任何隔離措施，都完全適用。」努里醫師說：「但是致病微生物已經傳播開來，所以即使民眾立刻就遵守隔離規定，還是會發病後死在家裡。等到發生的時候，他們會吵著說隔離禁令根本沒用。」

「這番預測非常悲觀。」伊利亞醫師說。

在場眾人七嘴八舌、議論紛紛。讀者若閱覽帕琦瑟公主的書信就會得知，防疫行動就於那天早上在希臘人的賽歐多洛普洛斯醫院地下室如火如荼展開。所有醫師都同意，必須報請伊斯坦堡提供物資補給和援助——當然要派醫師前來支援。

此時眾人清楚疫情已經擴散開來，其中一些街區傳染情況特別嚴重，尤其在瓦伏拉區和葛梅區，已經很難減緩疫情擴散。考慮到眼前的情況，一名醫師詢問伊利亞醫師，要是邦考斯基帕夏還在世，他會怎麼做。

「邦考斯基帕夏堅信保持距離、隔離和檢疫措施的重要性。」伊利亞醫師說：「捕殺老鼠還不夠。但他也知道，如果有些地方連噴灑消毒溶液都效果不彰，最理想的作法是派軍隊進入該區撤離所有人員，之後放火將該區燒成平地。七年前在烏斯庫達區和伊茲密特爆發霍亂疫情時，蘇丹陛下親自關注情勢發展，最後是將受到疫病汙染最嚴重的房屋清空之後放火焚燬，甚至要將數個社區的房舍全都燒成灰燼，才完全杜絕疫情。」

眾人一聽到蘇丹阿卜杜勒哈米德之名，都不想要承擔被蘇丹眼線告發的風險，於是一股熟悉的靜默籠罩全室，會議宣告結束。

第十七章

明格里亞省中央郵局於二十年前啟用，盛大的開幕典禮令人難忘，那一年凱米爾少校十一歲（典禮進行時，有一名希臘教師落海溺斃）。在中央郵局落成之前，電報室是設在舊總督府裡一個神祕的小房間，從房間會持續傳出規律的滴滴答答聲，而主要處理包裹的郵局則位在海關辦公室旁一棟搖搖欲墜的老舊建築中。無論電報室或舊郵局，小凱米爾都從未進去過。

然而，中央郵局開幕後，凱米爾常常拜託父親帶他去或至少路過，這樣就能欣賞建築物的華美大門。郵局裡的裱框郵資一覽表、已蓋郵資印的不同顏色信封、空白明信片、本國和外國系列郵票、數個公告欄，以及一幅可供查詢以確定適用郵資的鄂圖曼帝國地圖。遺憾的是地圖不再符合帝國疆土最新現況，郵局職員和顧客還一度因此發生口角，職員欲以寄往國外的郵資計算，但顧客堅持採用寄往國內的郵資。

鄂圖曼帝國郵政部早在三十年前就與電報部門合併，最早的幾間中央郵局是由蘇丹阿卜杜勒阿濟茲（據說他並不喜歡明格里亞島）於一八七〇年代下令興建，但當時帝國疆域遠比此時更為遼闊，而明格里亞島一直等到阿卜杜勒哈米德即位後才獲准設立中央郵局。若說明格里亞人愛戴阿卜杜勒哈米德，絕非誇飾，在這位蘇丹的庇蔭之下，島上陸續興建了醫院、警察局、橋梁，以及位在首府亞卡茲的軍校。

即使時至今日，凱米爾少校每次遠遠瞥見中央郵局和其宏偉大門，或拾級而上進入大門時，心中仍會油然而生與幼時同樣的驚奇和感動。凱米爾還小的時候，一週中最熱鬧的一刻，莫過於從來自塞薩洛尼基或士麥那的渡船卸下的一袋袋郵件運抵郵局的時刻。等待收信的顯赫紳士、等著接收預訂商品箱盒包裹的店鋪老闆、僕役、女傭、農場工人、職員和被派來「看看有沒有新信件」的市政府官吏都聚集在郵局門口。理論上，任何掛號信件都應由郵差依照信封上指示的地址遞送給收件人，但實務上，掛號信郵資昂貴，而個別遞送又很費時，因此民眾偏好派家中僕侍直接到郵局去領取信件（以前的人寫地址時常常即興發揮，有些人可能會在底下加上一句祝禱詞，以確保信件能順利送抵目的地）。

圍觀群眾中還有其他人，通常是孩童和好奇的路人。有些人會盯著郵袋和包裹從後門送進來，由海關官員檢查後放行，預備遞送給各個收件人的過程，看得目不轉睛。有些包裹姍姍來遲，還在從港口出發努力爬坡的馬車上，一群小孩子就跟在馬車後笑鬧跑跳。在大理石出口生意最昌旺的時期，有一艘名為「蒙特貝羅號」的義大利郵輪在往返明格里亞途中，會於的里雅斯特港和其他數座島嶼停靠。凱米爾少校小時候熱愛這艘船，它有專屬的系列郵票、以不同顏色標示的郵資一覽表，還有遞送郵件至島上各個偏遠村莊的郵政馬車。

郵局的年長希臘職員常會走到懸掛著蘇丹阿卜杜勒哈米德徽記的門廊，呼喊收件人姓名並將信件和包裹交給他們，有一回他手上剩下最後數封信件還無人領取，他抬高音量重複喊了幾次收件人姓名之後，就要圍觀群眾「告訴這些人有他們的信，應該派人來領取」，然後告訴那些兩手空空什麼都沒領到的人：「今天沒有你們的郵件，等週四早上從塞薩洛尼基的渡船到了再過來。」接著他就回到郵局裡。

自從疫情擴大，就有一名侍者守在郵局門口，負責朝來人身上噴灑來舒消毒液。那天少校一走進中央郵局，立刻被牆上那座仍掛在原位的巨大西塔牌壁鐘吸引，看得目不轉睛。

他聽著自己的腳步聲在寬闊幽深的大廳中迴盪，視線在收發文件、信件和包裹的櫃台之間逡巡。在高個子顧客可以靠放手肘的高桌桌面上，有人放置了數碗醋，大廳裡此時飄散著醋的好聞氣味。少校曾聽努里駙馬說過，這是一種防止霍亂傳染的常見作法。醋似乎是郵局裡唯一備妥的重要必備物資（在此我們希望向讀者指出，少校思索這件事時，剛好站在邦考斯基帕夏在溜出後門消失無蹤之前站著的位置）。

亞卡茲市的人都知道凱米爾少校是搭「阿濟茲號」來的，郵局局長狄米崔阿凡提也不例外，他對前任蘇丹穆拉德五世的三個女兒新婚的事也知之甚詳。他為那封沉甸甸的封緘信件秤重時特別小心，因為從信封上的筆跡就能推斷，裡面必定裝著某位公主寫給另一位公主的書信。

少校時常從歐洲各個港口城市寄信到伊斯坦堡。寄送一般信件到另一個港口，只需在信封上貼一張面額二十帕拉[21]的郵票。在比較偏遠的省分（如阿索斯、韋里亞和埃拉索納），火車站內位於一間小室裡的小郵局可能沒有二十帕拉的郵票，而職員會盡責地將面額一庫魯許的郵票從中間剪開，將半張郵票貼在信封上替代二十帕拉的郵票。狄米崔阿凡提查詢了郵資表，計算帕琦瑟公主這封信的郵資之後，詢問少校在一般郵資之外，是否要加付一庫魯許的回執附掛號費。

少校由衷相信很快就能控制住疫情，而且他們很快就會回到「阿濟茲號」上繼續航向中國。後來他也告知帕琦瑟公主自己的想法，解釋說是因此才決定不要加付回執附掛號費。任何有幸閱覽公主書信的人都會明白，這名年輕軍官的坦承不諱，證明了他在那一刻，渾然不知自己很快就會在歷史的推力下扮演決定性的要角。

凱米爾少校拿起擱在一碗黏膠裡的刷子，抓著手把上靠近刷毛部分的位置，將數張面額一庫魯許的郵票刷上黏膠貼在信封上——每張郵票都飾有由繁複藍色刻花及星月標誌構成的蘇丹阿卜杜勒哈米德徽記。等狄米崔阿凡提在信封上蓋了兩次明格里亞的郵戳，少校就轉過身去，望著牆上的壁鐘。

走向巨大的西塔牌壁鐘途中，他在心底默認，郵局裡最吸引他的始終是這座壁鐘，每當他身處某個遙遠城市，憶起明格里亞的種種，最先想到的總是這座壁鐘。即便他自己也不明所以。凱米爾第一次走進郵局是二十年前跟著父親來的，父親滿懷敬意地要他看看懸掛在門口的阿卜杜勒哈米德徽記，接著帶他細看那座西塔牌壁鐘，帶著類似的感恩景仰之情告訴他，壁鐘也是蘇丹送給明格里亞的禮物，還要留意鐘面上就跟鄂圖曼帝國郵票一樣，既有阿拉伯數字，也有歐洲人用的羅馬數字。那天父親向他解釋，歐洲人不像穆斯林，不會以「十二點」指稱日出和日落時刻，他們的時鐘走到數字十二時是正午，太陽升到最高點的時候。其實小凱米爾聽教堂鐘聲再看時鐘就知道這一點，但他並未意識到自己知道這件事，或許這就是為什麼這番領悟，會在他心中引發某種我們可稱為「形而上的憂慮」。兩座不同的時鐘可以用不同的數字標示同一個時刻嗎？蘇丹即位後下令在鄂圖曼帝國每一省的首府建造鐘塔，如果他這麼做是希望分布各地的時鐘都能顯示同樣的時間，那麼為什麼鐘面上既有阿拉伯數字也有羅馬數字呢？

當他每年夏天回到明格里亞島，心煩意亂地翻閱那本有關法國大革命與自由的邊緣磨損的鬆脫書頁，童年時曾出現的形而上煩惱再次油然而生。在從郵局前往總督府參加防疫委員會會議的路上，凱米爾少校經過為紀念蘇丹登基二十五週年而修建但始終未完工的鐘塔，他在附近的街道上信步遊逛，彷彿迷失於周遭環境，不知道自己要往何方行去。

21 帕拉（para）：此段中提及的「帕拉」和「庫魯許」皆為鄂圖曼帝國的貨幣單位，一百庫魯許等於一鄂圖曼里拉，或等於四十帕拉，另參見第五章譯注。

第十八章

明格里亞防疫委員會首次會議於五月第一天的下午兩點召開，出席者為主席及十九名委員。由於島上二十五年皆未發生任何嚴重傳染病，因此委員會之前徒有其名，直到此時才第一次正式開會。蓄著濃密落腮鬍的君士坦提諾斯．拉涅拉斯是聖特里亞達牧首暨希臘正教會眾領袖，與總是喘不過氣來的聖尤格斯主教史塔弗勒基阿凡提皆出席會議，兩人頭戴法冠，身著最華麗的法衣，披戴著聖帶和偌大的十字架聖像。與會眾人之中除了伊利亞醫師和努里醫師，其他人都因為曾參與處理島上事務而相識。在不同群體為了某家女孩的婚事發生紛爭時，總督會召集各個群體的代表到場，聽各方代表分別陳述事情經過，略微訓誡之後親和圓融地解決問題，毋需將任何人逮捕下獄。島上靠內陸的村莊需要新鋪設電報線時，如果總督覺得有必要讓全島一起出資購置所需木料，他也會召集各個群體的代表齊聚會議室，以效忠蘇丹為題慷慨陳詞，對圍坐古老木桌的一眾代表曉以大義。

當天的出席者，無論各個宗教團體領袖、藥師、領事、駐軍軍官、總督或其他委員，都相信疫情已經在港口以西坡丘上的穆斯林社區擴散開來，明白表示為了防止疫病更快擴散，應該在葛梅區、齊堤區和卡迪勒許區拉起封鎖線。這幾區的每日死亡人數已經攀升至五到六人，然而有可能已遭感染的居民還是能在市內隨意走動。

委員們在會議開始前低聲談論的另一個話題是邦考斯基帕夏遇害一事，眾人的交談內容無疑暗示了大家普遍認同邦考斯基帕夏是政治謀殺案的受害者，但無人公開指控任何一個團體。唯一例外的是法國領事安東．漢佩里先生，他在其他領事、總督部屬和幾位宗教團體領袖仍在等候會議開始時分享他的看法，指出凶手一定是仇視科學、醫學和西方世界的狂熱分子。心直口快的法國領事還補充說，總督追緝凶手和幕後主使者的動作一定要快，否則任何耽擱延誤都可能被歐洲各國解讀為對他們的直接挑戰。

鄂圖曼帝國公共衛生部先前已連夜發送一封電報給明格里亞防疫委員會，傳來一份簡述應採行防疫措施的清單。這份不斷更新的清單（每天都會增列新的措施），則是由國際檢疫總署直接發電報傳給伊斯坦堡的中央政府。明格里亞防疫委員會的任務，就是討論防疫措施應如何根據島上的特殊情況有所變通，並正式發布公告和付諸實行。

委員們一致同意，所有學校都應停課，這項措施甚至不須進行正反意見辯論。無論如何，大多數家長已經不再讓孩子去上學。如今只有失能破碎家庭的頑劣孩童，才會在操場和校園裡遊蕩。至於政府各個機關單位，就由單位主管各自決定是照常運作或減少上班人數。會議中進一步決定，自會議結束兩天後的早上開始，所有來自亞歷山卓、非洲北部沿岸、蘇伊士運河、鄰近島嶼和東方的船隻皆須進行檢疫。當局將視這些船隻為「完全受到汙染」，所有乘客在進入明格里亞之前皆須隔離檢疫五天。委員會也通過決議，所有船隻在駛離明格里亞島前也須先隔離檢疫五天。

委員會接著擬訂全島及所有店鋪禁售物品的清單，並對每種物品品項投票表決，花了很長時間。「這些禁令真的是無所不用其極了，總督帕夏，」向來沉默寡言的德國領事弗朗古里說：「感覺好像我們真的相信，禁止的事項愈多，疫情就能愈快結束。」

總督聽到這句評論之後挑了挑眉毛，他內心深處其實在揣測，委員會成員就如他這輩子遇過的大多數官僚和公務人員，對於頒布禁令樂在其中。「放心吧，弗朗古里阿凡提！」他說：「等我們將這份清單製作成公告在全市張貼，民眾看了會怕得要命，我們甚至不需要派出士兵或憲兵確保民眾配合防疫。」

委員們對於其中一條防疫規定有些意見不合，該項規定要求所有病逝者的遺體一律以石灰消毒，且下葬過程應有市府人員在旁監督。年長的希臘醫師塔索斯貝伊指出，要在比較貧困且格外虔誠的穆斯林區執行此項規定尤其困難，勢必會引發紛爭，而穆斯林醫師冒險進入這類區域時，比較明智的作法是派遣駐軍士兵護送醫師，而非只派檢疫單位雇用的一般保鑣隨行。就是在這樣的情況下，會議中第一次討論到派兵保護醫師的可能性。總督個人認為，政府如果連消毒遭汙染的房舍都做不到，或是無法行使公權力消毒死者遺體，那防疫也絕不可能成功，所以並未表示反對。

一如伊斯坦堡發來的電報中的指示，委員會接著決議，染疫病故者的個人物品應立即消毒。消毒劑將使用具腐蝕性的升汞溶液，其價格將由市府訂定，嚴禁任何黑市交易。其他規定還包括，禁止接觸、取走、使用或販賣病患的個人物品；若未事先取得公衛官員許可，禁止拜訪未經消毒的染疫亡故者房舍；所有舊貨商店應進行消毒並停止營業。

疲憊的領事和醫師心中仍有疑慮，偶爾會提出問題如：「我們的消防員、公務員人力，還有來舒消毒液和其他消毒劑存量足以應付這一切嗎？」但此時總督多少已經無心理睬反對聲浪，只是交代部屬將每項規定皆列入正式紀錄。委員會通過的防疫命令諸如：鼓勵民眾捕殺老鼠；將從士麥那、塞薩洛尼基和伊斯坦堡運來捕鼠器和老鼠藥；將死老鼠交給市府的民眾可獲頒獎金，一隻死鼠可獲得六庫魯許。

駙馬努里醫師注意到一些委員臉上露出疑惑的神色，於是開口提醒：「防堵疫情的首要任務就是阻絕老鼠四竄。」他詳細說明在印度，疫情從沿海朝內陸傳播的速度，不是依據民眾逃離疫區的快慢，而是取決於大群老鼠湧入下一個村莊的速度。在有鐵路通過的地區，老鼠和牠們身上的跳蚤會隨著火車移動，將疫病傳播到更遠的地方。但是當大眾特別採取防鼠措施，並配合政府當局驅趕老鼠，船隻也在確認排除鼠患後才准予靠岸，就可以發現瘟疫傳播的速度逐漸減緩，直到最後疫情完全平息。

努里醫師接著提醒大家一件眾人皆知的事：雖然已經發現是何種微生物引發瘟疫，但目前還未發明有效的疫苗。同年在孟買，有數家醫院為病患注射不同的瘟疫血清，但病況並未因此出現顯著改善。換言之，遭到致病微生物感染的病患可能活下來（有些人甚至沒有任何症狀），也可能在五天內病逝，結果完全要看個人體質是否強健。他觀察後也發現，即使沒有老鼠，瘟疫在一些情況下也可能經由患者的唾液、痰和血液傳染其他人。由於瘟疫傳播的現象難以解釋且令人不安，加上並無有效的治療方法，即使想法最開明先進、知識最廣博的檢疫醫師也不得不轉而採行威尼斯人四百年前發明的老方法，設置檢疫站或鄂圖曼人所謂「收容站」等檢疫場所實行檢疫隔離，將發病者送進隔離病房，以及施行古老的民俗療法。因此，即使倫敦的英國官方宣布隔離病患和拉封鎖線等作法「毫無意義」，孟買的殖民政府仍然借助軍方力量強制實行類似措施。

努里醫師講到這裡，看得出來在場眾人聽得一頭霧水，認為最好還是提供一些視覺輔助。不久前總督才點燃煙燻棒，以古老的煙燻消毒法將部屬自郵局送來的一封信件消毒。會議桌旁的眾人輪流傳看這個煙燻消毒用具，努里醫師接到後向大家說明它的用法。多年前在巴黎著名的科爾貝拱廊街，他曾購買了一根樣式相同但外表更光滑的煙燻消毒棒。

「各位可以看到，我跟大家一樣，有時也會點煙燻棒來燻我收到的郵件、買回家的報紙或口袋裡的零錢。」他說：「然而在最近一次於威尼斯召開的檢疫研討會，大家都認同如果是紙張、信件和書籍，就算取自受汙染的來源，也不需要消毒。即使如此，各位絕不會聽到我跟聚集在醫院走廊裡的那些渴求一絲希望的瘟疫病患和可憐民眾說煙燻消毒沒有用。先生們，希望各位也不要這樣跟民眾說！免得他們從此懶得再做任何消毒措施。」（「反正這些人也只相信禱詞單跟護身符！」有人用法語喃喃說道。）

為了說明醫護團隊對於瘟疫的一知半解有多麼令人驚駭，努里醫師講述在香港發生的一則驚人軼事：在香港的東華醫院有一名華人醫師宣稱醫院「完全乾淨」，他堅信只有老鼠和跳蚤會傳染瘟疫，而且在瘟疫病患所住的病房睡了一晚以證明這一點，儘管醫院內並沒有老鼠出沒的跡象，該名醫師還是在三天後死於瘟疫。

努里醫師注意到，在場眾人聽完這則軼事之後都陷入恐懼絕望。「我不相信用稀釋的醋清洗硬幣會有什麼消毒效果。」他接著說：「但是我聽說香港有些醫生還是會在替下一位病人把脈之前，將十指伸進醋裡浸一下。這些預防措施不是完全無效，實際上也能為醫生和病患帶來希望。如果完全失去希望，就算派出再多士兵，也不可能讓民眾遵守防疫規定。要是沒辦法說服民眾遵守規定會有用，就別想順利推行任何防疫措施。檢疫防疫是一門教育大眾的藝術，教育大眾勉為其難遵守規定，以及如何保護自己。」

「閣下的意思是說，也有可能完全不出動士兵嗎？」德國領事語帶譏諷。「您真的認為沒有士兵在場，民眾會願意遵守規定？」

「要不是害怕軍隊，這些人絕不可能守規矩。」法國領事說：「別管什麼封鎖線還規定了；任何基督徒醫生只要踏進齊堤、葛梅和卡迪勒許區被人看見，都有可能遭到攻擊，除非醫生記得先把他的出診藥箱藏起來。總督您把拉米茲關進地牢真的是做對了，千萬別放他出來。」

總督懇請與會的顯赫人士，切莫對任何團體、教派或個人懷有先入為主的偏見（他講「先入為主」時特地用法語），向他們保證政府將採行所有必要預防措施，毋需驚惶失措。

「那麼我們必須立刻封鎖卡迪勒許、齊堤和葛梅三區，禁止任何人進出。」法國領事說：「那裡還是有人會進到死者家裡，穿了死者的衣服走出來，到哈米德大道上來來回回閒逛，甚至進出市集、店鋪、碼頭跟任何有人群聚集的地方。我們如果不立刻拉起封鎖線阻止這些人，一週以內島上所有人都有可能接觸會傳染瘟疫的微生物。」

「或許我們全都已經染疫。」史塔弗勒基主教說，接著拿出一個十字架開始禱告。

「目前可以確定的是，赫姆杜拉謝赫並未發放護身符和祝聖過的禱詞單，他也不是那種會在走投無路的病人手掌和胸口塗畫符咒的神棍。」總督帕夏說。

聽到總督親口承認他派人暗中監視赫姆杜拉謝赫，領事們一時間稍感寬心。「各位很快就能看到，明天正式宣布防疫措施之後，島上人民將會樂意遵從。」總督在委員們再次爭執之前發言。「昨天有六人死亡，五人是穆斯林，另一名是希臘人。但我們的政策會有助於降低死亡人數，在士麥那也是如此。」

「要是民眾不願遵守禁令，您會怎麼做，總督帕夏？您的士兵會像對待朝聖者一樣對他們開槍嗎？」法國領事問道。

總督沙密帕夏以緩慢刻意的動作煙燻完剛剛送到他手裡的一張字條，雖然他寧可隱瞞其中令人難受的內容，但仍然沉痛地告訴在場眾人：

「各位先生，我不得不通知大家這個令人悲慟的消息，來自塞薩洛尼基的醫師亞歷桑德羅貝伊已經病逝，死因是——」

「瘟疫，那還用說。」檢疫局長尼寇斯插嘴道。

「如果您一開始就願意承認我們要面對的是瘟疫，或許您現在哀悼的亞歷桑德羅醫師還能保住性命。」法國領事說。

「讓我們把話說清楚，各位先生，發生瘟疫不是政府的錯！」總督說。

委員們再次爭執不休，總督認為在大家心情平靜下來之前最好先暫停開會，於是宣布「考量目前情況」，休會至隔天早上，接著立刻起身離席，踩著特有的短促步伐走出會議室正門。

第十九章

總督走出會議廳後，立刻將注意力轉向隔壁房間的動靜。由於預期會議可能會一直開到深夜，市府的侍者點亮了煤氣燈，正擺出嬌小如梨子並刻了花葉圖案裝飾的西瓜，並準備送上駐軍指揮官吩咐軍營廚房製作的橄欖百里香麵包。在內側中庭的階梯底端，聚集了一眾政府人員、憲兵、領事館職員、守衛、記者、士兵和年輕教士。有些人坐在靠牆設置的椅子和長凳上，大多數的人都站著，他們身上全都散發著一股濃重的氣味，是一隊過分熱心的消防員朝他們身上恣意噴灑的四氯化碳溶液。

總督坐在辦公室中展讀部屬在辦公桌上留下的字條，很快得知島上比較富裕的穆斯林和基督徒居民希望自己替他們在預定駛離亞卡茲的船班上保留位子。他想到船票肯定已經搶購一空，島上即將出現逃離的人潮，心中有些驚惶。中庭裡有一群侍者、僕從、門房和其他請託關說者都等在辦公室門外，他們全是奉有錢雇主之命前來拜託總督幫忙購買船票。

總督看了一下桌上的電報，不需要找市府的解碼員就能猜出其中內容：是妻子傳來的訊息，通知說她即將啟程前來島上。或許邦考斯基帕夏遇刺和島上有傳染病的消息還未傳到烏斯庫達區的家裡？或者他無私的妻子只是想讓他知道，她絕不會在丈夫有難時拋下他？總督腦海中閃現妻子溫柔寬容的表情。

沙密帕夏是在五年前獲指派擔任明格里亞總督。他出生於一個阿爾巴尼亞家庭，年輕時因緣際會在埃及落腳，在統治埃及的「赫迪夫」官署擔任過書記員、副官和翻譯員（他會法文），因表現優異而嶄露頭角，官職扶搖直上，之後更前往首都伊斯坦堡，直接進入帝國政府擔任地區首長，曾任阿勒坡、史高比耶、貝魯特等多個邊疆地區的總督。由於結識了賽普勒斯的卡米勒帕夏，十五年前在卡米勒帕夏首度擔任大維齊爾期間，他還曾擔任部會大臣，但後來基於某些他始終未能明白的原因，他被調離中央政府，派往帝國偏遠省分擔任總督。沙密帕夏相信無論自己犯下什麼過錯以致遭到貶謫，蘇丹阿卜杜勒哈米德終究會忘掉，很快就會將他召回伊斯坦堡並授予更顯赫的要職，每次他接獲命令要再次卸任並轉往另一地赴任時，他和帝國其他多位頻繁調職的總督一樣，會解讀為蘇丹陛下並未忘記自己，調職絕不是表示蘇丹對自己在原本職位上的表現有什麼不滿。

沙密帕夏獲派擔任明格里亞總督時，妻子艾絲瑪並未隨他赴任。由於沙密帕夏頻頻調職，夫妻近年來的生活格外辛苦，每次調職都必須耗費大量人力和財力舉家搬遷至新的工作地點，好不容易安頓下來，不久後卻又接到要調往另一地的通知。頻繁收拾家當搬遷和裝潢新家的折騰，加上必須住在居民幾乎不講土耳其語的偏遠城鎮，而且往往舉目無親，艾絲瑪夫人終於覺得疲憊不堪，在沙密帕夏要前往明格里亞時決定留在伊斯坦堡，心想：「反正等我們搬到那裡，上頭很可能又決定派他去其他地方。」但沙密帕夏在明格里亞一待五年，任期之長前所未有。夫妻之間逐漸疏遠，總督發現自己難耐寂寞，與在希臘高中教歷史的寡婦瑪莉卡發展出一段「地下」戀情（少不了引發島上居民的揣測和閒言閒語）。

總督交代屬下發一封加密電報給他的妻子和兩個已出嫁的女兒，告訴妻女他非常想念她們，但請她們無論如何絕對不要前來島上。他等了一陣子，直到外頭的天色完全暗下來。港口區擠滿了想要買票離開明格里亞島的民眾。總督一直到總督府廣場上的人群散去，等候載客的出租馬車也全都離開之後，才步出官邸後門。街道飄著一股新鮮馬糞的氣味（是總督和大多數當地人相當喜歡的味道）。拜不可靠程度令人安心的市府員工所賜，主要道路上的油燈還未點亮，不過即使他們將燈點亮，周圍還是暗到不會有人認出他來。

總督看著婦女趕著孩子回家，乞丐在市集廣場上向路人乞討，來來往往的人們嘴裡喃喃自語，陷入悲愴的老人淚流滿面。達夫尼商場外面掛著一個牌子，上面寫著士麥那製造的捕鼠器已經到貨，但商場那天並未營業。看到一個又一個店鋪漆黑一片、店門深鎖，總督一點都不驚訝，他已經接獲線人通報，市內最精明的屠夫和菜販也學著地毯商和製被店把商品藏在其他地方，趕在檢疫官員出現前將店內清空。有數家小餐館還開著，從店內飄出燉肉和用橄欖油煎炸的氣味，城市內一些老人和失業者聚集在港口附近看著人群來來去去。民眾照舊起居作息，彷彿一切如常。或者他們其實擔憂害怕，只是總督沒有注意到。最後他瞥見侍衛跟在他身後，知道一定是有人認出他了。總督一直很喜歡微服出訪，在市內各處閒逛，甚至往往不等入夜，天色稍微變暗就大膽外出。

希索波里堤薩廣場的陰暗角落停著一輛平凡無奇的輕便敞篷馬車，市府的年長車夫澤克里亞正在等候總督。可恨的尼基弗羅斯的藥房沒開。總督確定廣場上某處一定有一名便衣警察駐守，但他會在哪裡呢？情報監控局長馬札爾阿凡提是一名忠心能幹的官員，手下所有的間諜和警官都訓練有素。總督心知，他和瑪莉卡之間那些不尋常的關係還沒有引發政治爭議或成為外交事件，都要歸功於馬札爾阿凡提費了工夫讓膽敢講閒話的人閉嘴。他有時仍會想像馬札爾阿凡提發送電報向宮廷通報此事，但不知是否直接向蘇丹陛下報告。

沙密帕夏在小廣場角落坐上馬車。他要去的地方其實一點都不遠，不太需要搭馬車。但是先前冬季時只要下雨，街道就滿是泥濘，他不覺得自己能走路走得靴子沾滿汙泥在寡居的歷史教師家門口現身，於是養成搭馬車前去私會的習慣，就連入夏之後也還是一樣。馬車照例在富裕的希臘望族米密雅諾斯家族別墅對面拐彎，蜿蜒穿梭於佩塔利斯區的後巷，但總督這次並未如常在有歐洲七葉樹遮蔽的幽暗處下車，而是到了一處有數家可眺望海景的酒館的廣場才下馬車。

他注意到廣場上的羅曼蒂卡跟另外兩家酒館當天晚上都很安靜，而彼佐奇餐廳的顧客在進門前必須先噴灑來舒消毒液。他邁步朝情人瑪莉卡的家走去，無視那些認出他並朝他盯著看的人們。

嚴峻的瘟疫疫情加上死亡近在咫尺，讓總督忽然意識到既然這段「地下情」似乎已經人盡皆知，根本沒有必要像小偷一樣偷偷摸摸，甚至委屈忍辱般見不得人。他照例穿過後院柵門，感覺雞舍裡的母雞全都盯著他看，牠們原本以為他是狐狸，嚇得咯咯大叫一番後又靜了下來。瑪莉卡家是平房，他移步靠近後側的廚房，看見廚房的門如先前一般悄無聲息地開了。廚房的潮溼霉味和潮溼石頭的氣味直直鑽入總督的鼻孔，是他每次走進來都會聞到的味道。其實這是糅雜愛和罪惡的氣味。

兩人深情相擁，摸黑進了廚房隔壁的房間，開始做愛。總督覺得在和瑪莉卡歡愛時，自己偏好毫無保留沉溺其中的作法或許不太合宜，通常會試著像個認真盡責的政治人物，不時放慢動作，以表現一切都在自己的掌控之中。但這一天他就像個在人群中跟丟母親之後又找到她的孩子，緊緊抱著瑪莉卡不放。經歷了充滿壞消息的一天，比起袒裎相對，他更害怕的是孤單一人。當晚他與瑪莉卡全無顧忌，一次又一次翻雲覆雨。

稍晚兩人坐下來用餐，沙密帕夏開口說道：「山上的歐拉區、弗利茨沃區和其他區好幾個家族都在打包準備離開。安吉洛家原本每年春天都會回來，納濟帕夏家的小夥子從士麥那過來玩，原本已經交代他們家的管家整理上圖倫契拉的房子，但都發電報說要取消行程。他們現在都來拜託我幫他們家的子姪買船票。石材商薩巴哈丁也想走，在想有什麼辦法能弄到船票。」

瑪莉卡告訴他卡爾卡維薩家媳婦的事，來自塞薩洛尼基的卡爾卡維薩家族經營採石業致富，附近相隔兩個街區處有一棟他們家的房子。卡爾卡維薩家的媳婦先前的習慣是每年復活節前來到島上，住進家族特別為她打點妥當的豪華大宅，她會和姊妹帶著管家去她最愛的老市集採買辛香料，逛逛知名的阿里夫草藥鋪，再去佐菲里烘焙坊買麵包。但她經過一家禽肉店時，瞄見老闆昏昏沉沉地躺在店裡，脖子上還有個明顯的腫包，於是她立刻回到自己住的那一區，吩咐下人用木板封住房子門窗，當天早上就搭第一班渡船返回塞薩洛尼基。

「她沒走成。」總督說：「他們弄不到洛伊德公司的船票，也買不到法蘭西火輪船公司不定期船班的票，所以他們來找我，看我能不能幫忙。真是怪了，這些家族跟領事們的交情比我還好。」

兩人靜默半晌。瑪莉卡為總督送上一盤她親自準備的菜餚，解釋說雞跟李子都是自家院子裡的，而用的麵粉是十天前跟駐軍烘焙坊買的。「駐軍烘焙坊烤的小圓麵包最好吃了。」她說：「您覺得瘟疫能經由食物傳染嗎，帕夏？」

「我不知道。」總督回答。「但是我真心希望你沒有宰了那隻雞！」他補了一句，似乎暗示他當天已經見到太多血腥之事。他對於自己的坦白也頗感意外，接著向情人講起自己剛剛構思出的計畫。

「再過幾天，島上就會開始實行檢疫。就算沒有正式實行，英國人跟法國人也一定會要求所有進出港口船隻的乘客和貨物全都進行五天檢疫。到時候要離開島上，不僅船票會很貴，程序也會比較複雜。最重要的是，一旦開始實行檢疫，船公司就會減少船班。有些人跟我一樣預先想到這一點，已經湧入旅行社把剩下的船票全都搶光了。法蘭西火輪船公司明天有一班船開往塞薩洛尼基，我幫你、你弟弟跟你姪子在船上預訂了三個位子。」

其實這三張船票並不是總督特地為他們預訂的，他只是知道船公司保留了數張船票供他使用。

「帕夏，您的意思是？」

「瑪莉卡，如果你覺得明天還來不及準備好，我想實行檢疫前的最後一班船應該是在後天啟程。你想要的話，要買到往潘塔里翁那班船的船票也不難。」

「那帕夏您呢？您什麼時候會離開？」

「說這什麼話！身為這片土地的總督帕夏，我會待在這裡直到瘟疫帶來的禍害結束。」

接下來一陣靜默，總督想看看情人的表情，但屋內光線昏暗，他始終無法看清她的臉。

「我要待在您身邊。」

「事情很嚴重！」總督帕夏說：「他們已經殺了邦考斯基帕夏──**邦考斯基帕夏！**」

「您覺得凶手是誰？」

「當然，也可能只是陰錯陽差之下才發生不幸。但很顯然，除掉邦考斯基帕夏的那批人希望瘟疫擴散開來，如此一來，他們就能挑撥穆斯林跟基督徒，加深雙方對立和衝突之後再從中得利，他們也威脅要對伊利亞醫師不利。可憐的醫師連待在賓館裡都擔驚受怕。」

「有帕夏您在我身邊，我不怕。」

「你應該要害怕！」總督說，伸手按住情人的膝頭。「領事、商人跟我們自己的聖者，會讓我們要實行的每一項措施窒礙難行。疫情會持續擴散，我已經能預見這一點。我們得一邊跟這些人周旋，一邊閃避來行刺的敵人。」

「您不該淨想著這些憂鬱灰暗的念頭，我的帕夏。我一定會聽從您的指示，吃東西也會很小心。我會把門鎖好，不讓任何人進來，一切都會沒事的。」

「那麼送麵包和水來給你的人呢？還有你弟弟和姪子呢？要是有人經過，向你兜售李子或櫻桃，或者不是這些人，而是你很同情的鄰居小孩──你也不會讓他們進門嗎？你也不讓**我**進門嗎？我可能就是那個把瘟疫帶進你家裡的人。」

「無論您染上什麼病，我願意跟您得同樣的病，我的帕夏。我寧可死，也不願意在您最需要我的時候將您趕走。」

「到了最後，島上可能會像是最後審判日到來。」總督仍不死心地勸說。「《古蘭經》說到了審判日那天，母親會拋下兒子，女兒會拋下父親，妻子會拋下丈夫……」

「您如果再講下去，我會將您堅持要我走的這番話解讀成瞧不起我。」

「我就知道你會這麼說。」總督說。

「那您又為何堅持要傷我的心呢？」

總督聽出瑪莉卡講這些話並不是真的動怒，只是兩人調情時偶爾當成前戲的打情罵俏，覺得鬆了一口氣。要是瑪莉卡改信伊斯蘭教，也許他可以跟其他總督一樣，不需要通知在伊斯坦堡的元配，就娶瑪莉卡當第二個妻子。但是沙密帕夏在鄂圖曼帝國官僚體系之中地位顯赫，更重要的是，近年來眾多外國領事和大使開始宣稱有基督徒是「受到威逼脅迫」才改信伊斯蘭教，類似的抗議聲浪愈演愈烈，已經成為讓鄂圖曼政府窘迫頭疼的政治問題，沙密帕夏因此打消要瑪莉卡改信的主意。

「噢親愛的帕夏！接下來會怎麼樣？我們是做了什麼才受到這種報應？我們現在該怎麼做？」

「照我說的話做，照著政府的指示做，遵守規定。別聽信謠言，一切都在政府當局的掌控中。」

「真希望您知道外頭的人都說了些什麼！」瑪莉卡喊道。

「無論如何，就說出來聽聽！」總督正色說道。

「他們說是邦考斯基帕夏先將瘟疫帶到島上的，既然他現在被人殺死，瘟疫就像迷路的孤兒一樣在街頭橫行。他們還說其他人也會死掉。」

「還說了什麼？」

「很遺憾，還是有人說根本沒有瘟疫，甚至有些希臘人也這麼說。」

「我想再過不久就不會有人這麼說了，」總督說：「還有呢？」

「有些人說瘟疫是跟著『阿濟茲號』來的！是爬上划艇的老鼠帶來的。」

「還說了些什麼？」

「他們說老蘇丹的女兒很漂亮！」瑪莉卡說：「是真的嗎？」

「我無從得知！」總督說，彷彿剛剛的問題是要他洩漏國家機密。「但無論如何，沒有人比你更漂亮。」

第二十章

翌日早上防疫委員會再次召開會議，總督沙密帕夏領著委員們進入自己辦公室隔壁的小房間，室內已依照前一天的討論內容布置妥當。小房間內掛著一幅地圖，依據流行病學研究的要求，任何已知遭受汙染或有病患染疫亡故的房舍都要在地圖上標示出來，並以相關標示為基礎，決定要在哪些街道和社區拉起封鎖線。

藥師尼基弗羅斯很客氣地詢問總督，是否終於可以將他的宣傳旗幟還給他。「畢竟我已經照您的意思，出席了委員會的會議並且投票。」他說。

「你竟然成了這麼固執的人，尼基弗羅斯阿凡提。」總督說，邊打開小房間內唯一的櫥櫃。「各位請看！」他在取出布旗時說，並向其他委員展示旗幟。

駙馬努里醫師、凱米爾少校、情報監控局長、牧首、主教和其他人都仔細察看這面粉紅色旗幟，和上面繡工精緻的明格里亞玫瑰圖案。總督密切留意眾人的反應。

「看來你的宣傳旗幟很受歡迎，尼基弗羅斯阿凡提。」總督說。

「是邦考斯基帕夏想到的點子。」藥師回答。

「你當然可以拿回你的旗幟，但我們的清單裡確實留下了相關紀錄。我可能沒辦法現在就將旗幟還給你，但等到疫情結束，大家慶祝抗疫成功的時候，我會當著所有市民的面將旗幟交還給你。就請在場的可敬學者、牧首閣下和軍官們替我做個見證。」

「悉聽尊便，帕夏。」尼基弗羅斯回答。

「旗幟當然是你的……但是明格里亞玫瑰屬於整個國族。」

對於總督沙密帕夏所說「整個國族」時指涉的，究竟只是島上的人民，或是指整個鄂圖曼帝國，後來的歷史學家各執一詞，難有定論。

將旗幟放回櫥櫃裡之後，總督沙密帕夏在會議桌旁平常坐的位子坐下，快速檢視他與努里醫師和伊利亞醫師稍早共同擬定的防疫規定清單，將規定逐條交由委員會投票決定。規定中包括將城堡的部分區域改為隔離場所，主要是其中一處最寬闊的中庭和城堡內一座偌大的建築物，以及在市區之外尋找新的墳場，並決定撤離居民後的空屋在安全防護上所需的物資種類。諸如此類的決定在短時間內就拍板定案，這些決定後來將形塑明格里亞島的歷史進程，更讓亞卡茲的某些區從此改頭換面。在當天決議實行的所有禁令之中，禁止集會活動以及「超過兩人以上之群聚」的規定後來在公布時引發了最大民怨。

「週五的聚禮和比較受歡迎的傳道人公開講道的活動也禁止嗎？」俄國領事米海洛夫發問。

「我們有權禁止這些活動，但暫時還不會禁止。」總督說：「無論如何，假如有信徒獨自前往清真寺行淨禮之後祈禱，過程中完全沒有接觸或打擾其他人，又有哪位醫師能以什麼藉口阻止他這麼做呢？」

「那些地毯老舊又骯髒，可能是各種疾病孳生的溫床。」有委員指出，語氣中半是氣憤，半是不屑。

「希臘正教會的主日彌撒可以暫停舉行。」領導希臘正教會的牧首君士坦提諾斯阿凡提開口說道。「我們的教眾會理解的。」

自從疫情爆發，教堂變得比較沉寂。然而清真寺的人潮似乎比往常更洶湧，尤其殯禮儀式更是吸引大批民眾參加。

「如果疫情是發生在老遠的岩石突堤那一頭克里特島移民居住的小屋裡，為什麼我們艾克里瑪這一區的製被匠得關起門來不做生意？」法國領事安東先生問道。

「因為你們就在駐軍旁邊！」有人回答，但其他人並未再說任何話回應。

在防疫委員會的會議進行時，領事們也會定時聽取職員報告市內商貿活動和疫情發展的最新消息。於是當天早上委員會開會討論到的大小事很快就不脛而走，先傳到當地商人耳裡，再由商人傳到全市各個角落，而傳播的消息不僅夾雜著誤會、憤恨和空穴來風的謠言，更混入了各種控訴和陳年舊帳。

委員會當天主要爭論的，是關於實際死亡人數超過官方接獲回報的數字一說，以及有些民眾，尤其是窮人、穆斯林和克里特島移民，會將染疫亡故的親屬遺體藏起來，因為他們害怕檢疫官員下令封住他們的房屋，或是沒收甚至放火燒燬他們店鋪裡的貨物。

「如各位所知，穆斯林對於辦理死者後事有一定的規矩，他們在殯禮儀式方面絕不會妥協。」總督如此回應上述指控。「島上的民眾怎麼可能既不幫亡者遺體沐浴清洗，也不舉行適當的殯禮儀式，就在半夜偷偷摸摸將親人下葬，這種說法讓人難以置信。」

「或許總督帕夏可以命人備妥裝甲馬車，讓我現在就帶您去陸軍幼校附近的老岩石突堤看看！」法國領事說。

「我們確實注意到了，」總督回應，「昨晚你跟希臘副領事雷歐尼狄一起出現在那一帶。但那裡沒有當地人，只有移民。」

「告訴我們，你們有沒有看到克里特人半夜提著一籃死老鼠跑來跑去傳播瘟疫？」英國領事喬治先生說道，他向來以從不放過任何挖苦打趣的機會著稱（比較特別的是，他其實是英國人，也是真正的領事）。

「有太多人相信這種事，連我都忍不住要信以為真了。」

「我們知道有所謂散播瘟疫的惡魔，倒是不知道他來自克里特島！」

「久遠以前，」努里醫師開口說道：「佛羅倫斯和馬賽發生瘟疫的時候，當地的大公、總督或政府當局沒有足夠的設備和物資來應付這種情況，當地的民眾會自立自強，不分老少組成義勇軍，挨家挨戶搜索疫病是從哪裡爆發。在這座島上也有這樣的英雄，他們準備好要犧牲奉獻，不只是為了自救，也是為了拯救整個城市。」

「你的意思是，像是來自塞薩洛尼基的亞歷桑德羅醫師嗎？」

「確實可能會有人為了全島民眾著想，願意冒著生命危險，但現在大家彼此之間敵意很深，沒有人會願意站出來。」

「無論總督怎麼說，現在已經很難找到一個願意為基督徒犧牲的穆斯林，或是一個願意為穆斯林犧牲的基督徒。那些造成島上民眾分歧對立的人，真的應該反省自己的所作所為。」

「去穆斯林區的義勇軍就找年輕穆斯林，去希臘區的就找希臘年輕人。」英國領事出聲回應。

「另一種變通方法是採用英國人現在在印度的作法，這個作法也很成功。」

「我不得不說，這是我第一次聽說英國人在印度對抗瘟疫有任何進展可言。」

「那裡不會有人想當義勇軍，也不會有人明白為什麼需要當義勇軍……」

「……派軍隊出來，他們就會乖乖當義勇軍！」

「未必如此。」努里醫師微笑著回應俄國領事米海洛夫。「如果已經派出軍隊，那就不需要什麼義勇軍，派士兵挨家挨戶檢查就行了。」

室內陷入短暫的靜默。「島上的阿拉伯士兵沒辦法進到所有人家裡檢查。」俄國領事說。

在發生朝聖船事件之後，蘇丹阿卜杜勒哈米德下令將島上的四個師連同指揮官轉調至其他地區，改將原本隸屬第五軍團並駐紮於大馬士革的兩個師調至明格里亞島，兩師的士兵全是不會講土耳其語的阿拉伯人。駐軍指揮官受到上級嚴格約束，不得介入島上的政治和防疫事務，只須專心追捕山區的希臘游擊隊。

「大家別那麼悲觀！」總督說：「不需要讓士兵真的走進民眾家裡。士兵需要做的是在街道上把守，防範任何鬥毆事件，不過我們還是會讓他們出勤時配備武器彈藥！」

「這些士兵只會講阿拉伯語，要是他們突然又朝民眾開槍怎麼辦？」法國領事問。

「蘇丹陛下已經派了凱米爾少校遠從伊斯坦堡前來，確保明格里亞省自行招募的防疫義勇軍一定會遵守軍方編制的嚴格標準。」總督說，同時朝著少校的方向比手勢示意。「這位英勇的年輕軍官就在現場！」

凱米爾少校原本與市府人員和數名士兵一起坐在靠牆放置的成排椅子上，此時很快站起來向防疫委員會行禮致意，雙頰因困窘而泛紅（片刻間他想著自己已經有點年紀，卻沒能升到相應的官階）。等到他再次落座，他已經成為將於明格里亞省招募成立以強制執行防疫措施的特別小組指揮官。由於事態緊急，委員會也決議特別小組應立即開始招募成員。

「伊斯坦堡方面已經撥發支付義勇軍薪水用的經費。」總督又撒了一個謊。

「你明知道我們永遠收不到那筆錢！」英國領事喬治大著膽子回應。某方面來說，他的評論將席間所有人的共同感想形諸言語。雖然沒有人明言，但他們都感覺得出來，伊斯坦堡當局，很遺憾地還有蘇丹本人，都以自身利益為優先考量，明格里亞島的利益只是次要。面對在座眾人的灰心喪志和騷動不安的情緒，總督絞盡腦汁擠出一段也許能夠鎮住場面的話語。「我們必須記住，我們全島都肩負道德義務，有責任試著阻止那些很快會搭上船公司郵輪或不定期渡船逃離明格里亞的人，不讓他們將疫病帶到伊斯坦堡，帶到鄂圖曼帝國各地甚至全歐洲。」他說。

即使在說這句話的當下，總督幾乎可以聽見在座眾人無聲的反對情緒。他們的擔憂疑慮也悄悄滲進總督心底。伊斯坦堡所要求實行的防疫規定，其主要目的顯然是要保護全國不受疫病侵擾，而非保護明格里亞人。

眾人暗自對伊斯坦堡當局憤怒不滿，這下子將怒氣全都發洩在總督沙密帕夏身上。對於是否嚴格封鎖穆斯林區和疫情最嚴重的克里特島移民聚居街道，儘管眾領事和醫師一再堅持，防疫委員會在第二次會議中仍舊無法做成決議。正如防疫委員會眾委員憑直覺所猜想，原因在於總督已經將赫姆杜拉謝赫的兄弟拉米茲逮捕關押，擔心謝赫會因此大怒並阻撓即將實行的防疫措施。

伊斯坦堡當局建議採行的另一項措施是，若有汙染太過嚴重、進行正常消毒也無效的房舍，應逕行放火燒燬。為了公正評估民眾房舍和財物受毀損應獲得的補償金額，將成立專責的委員會，並由總督提名七位群體領袖及明格里亞財政官員出任委員。每戶應獲補償金數目經委員會決定後，就無法再更改。

「當然這一切要成立，前提是公庫裡還有足夠的錢能付給這些失去家園的可憐人！」德國領事說。

「如果政府膽小到連封鎖一個區都做不到，卻膽敢放火燒掉哪個穆斯林家的豪宅，那我真的會大吃一驚。」法國領事接著道。

「如我們敬愛的那位已故的邦考斯基帕夏的助手伊利亞醫師昨天早上所說明：蘇丹很清楚，七年前烏斯庫達區和埃迪爾內爆發霍亂時，唯一能壓制疫情的作法，就是將全區皆受汙染的疫病發源區燒成平地。」

「你確實說過，是蘇丹陛下偏好放火燒燬受汙染的地區，而且陛下還親口告訴邦考斯基帕夏他的想法！」尼寇斯醫師望著伊利亞醫師說道。

「我不是這樣說的！」伊利亞醫師回答。

「你明明說過，現在又不承認了。你在怕什麼？」

「這不是膽子大不大的問題，而是考量如何取得平衡。」努里醫師出聲為伊利亞醫師解圍。「現今要控制孟買周圍村莊的疫情，可能只要放火燒掉廢棄雜物堆、垃圾坑和病患的屋子就夠了。但向西不過十公里，在孟買市中心貧民聚居的大型公寓，那裡的疫情最為嚴重，壓制疫情的唯一方法就是封鎖整條街和整區。」

努里醫師停頓片刻，他打量著委員們的表情，藉以觀察自己剛剛那番話對他們帶來什麼影響，接著又開口，「每種防疫措施都和實行的背景脈絡有關。在阿拉伯半島和漢志省，還是很常放火燒掉亡故病患的個人物品和其他遭受汙染的東西，現在在中國和印度也會採用這種作法。而在某些爆發霍亂疫情的案例中，將衛生條件惡劣的貧民區燒成平地，可以當成是整頓碼頭和市中心區域、驅趕流浪漢和一些遊手好閒或為非作歹者的機會，也可以趁機進行小規模的都市計畫——在市內開闢現代化的新區域，以及打造有益全民身心健康的公園。」

「在我們島上絕不贊成這種作法！」總督說。

「但是這次疫情或許不像過去幾次小規模的霍亂疫情，等到夏天結束時就自己平息。」檢疫局長尼寇斯說。

「閣下，您覺得印度的情況為什麼會演變成英國人與當地人的正面衝突呢？當地人是真的當街屠殺英國軍官和醫師嗎？」

「很遺憾地，當地的官民衝突要歸咎於英國殖民政府的強硬態度。他們派了騎兵部隊到村子裡搜尋病患，而蒙昧的村民對於微生物和瘟疫一無所知，很不幸的是，他們並未尊重當地宗教重視的女子端莊和貞潔。他們拆散當地人的家庭，將身上可能帶有致病微生物的民眾隔離，將病人送去醫院，卻懶得向家屬解釋為什麼將病人送走，又是送到什麼地方。於是當地人開始懷疑醫院會給人下毒，而瘟疫只是要將他們開腸剖肚的藉口。」

「但我們當然不能忘記，當地人愚昧無知、落後原始，而且對英國人懷抱敵意，當然什麼都會想去**惡意破壞**。」檢疫局長說道：「您難道沒聽過那裡的人說的一些話嗎？什麼『清真寺就是我們的醫院！』」

「您會不計較這樣的言論嗎？」俄國領事米海洛夫問道：「面對蒙昧無知、抗拒科學的民眾時，醫師應該放棄遵循醫學準則嗎？」

「印度人曾一度陷入暴怒，在街上見到歐洲人或白人就殺，不管對方是不是醫師。於是英國人決定放寬防疫規定，總算平息暴動，卻加速疫情擴散。最後，英國人為了避免再次引發動亂，開始循著以下的思路思考：如果當地人不願遵守防疫規定，或許我們也可以袖手旁觀，不要有任何作為，等他們自己來找我們幫忙……但放手不管卻讓某些地方瘟疫的疫情更為嚴重，像是加爾各答。」

「請容我說幾句話。」希臘正教會眾領袖暨聖特里亞達牧首君士坦提諾斯阿凡提開口道。牧首在過去兩天的會議中不常發言，在座其他人此時全都滿懷敬意、全神貫注地聆聽。牧首照著預先準備好的講稿開始演說。「諸位男士，我們的明格里亞不是印度！如此比較有誤導人之嫌。我們島上的善良人民，不論是正教徒或穆斯林，都是受教化的文明人，而在面臨危機的時刻，他們必將維持紀律，遵守由蘇丹陛下頒布並由總督帕夏堅定且強力執行的規定。」

「此言極是！」

「若有人因恐懼而猶豫不決，不知該不該遵行醫師的指示，狂熱分子將會反抗，暴力將接踵而至，此時必將有災禍降臨。」牧首接著說道：「島上的希臘人已經開始逃離，疫病讓我們驚惶失措。各位甚至會聽到一些人聲稱：『發生瘟疫的事全是杜撰的，目的是要趕走島上的希臘人，讓希臘人變成少數，明格里亞島就沒辦法要求獨立。』」

「各位，我們明格里亞島既不是鄂圖曼帝國的殖民地，也不是任何人的自治領地。」總督說：「明格里亞島是鄂圖曼帝國不可或缺的一部分，島上的百姓有超過一半是穆斯林，但無論信仰基督教或伊斯蘭教，百姓都會永遠效忠他們最敬愛的蘇丹陛下。」

但是在座眾人彷彿把總督這番話當成耳邊風，仍然就明格里亞是不是「跟印度一樣」的問題辯論了好一陣子，而努里醫師也插話指出，三年前孟買受瘟疫疫情所苦時，將近一百萬名居民中，有整整三分之一的人口逃離孟買，到其他地方尋求庇護。

「除非你們封鎖葛梅區和卡迪勒許區受汙染的道堂，不然希臘人也會開始逃離這個島——甚至可能不再回來。」牧首說：「很遺憾的是，島上的希臘人已經開始大批出走了。」

第二十一章

隨著防疫委員會的會議接近尾聲，市府人員將消息透露給外頭的人，伊斯坦堡街和港口附近的旅行社人員於是得知，從週日半夜開始，凡是要搭船離開明格里亞島的乘客都必須接受五天檢疫。在此項規定生效之前，班表上預計要離開明格里亞島的船班僅有兩班。但在週日半夜之前還有三天半的時間，會有非常多人試圖搭船離開明格里亞島。

島上的旅行社立刻四處尋覓可租借的船隻，並且發送電報至外地要求派出更多船隻。岸邊開始有人群聚集，其中有些人想買船票，有些家庭一聽到風聲就用木板封住自家門窗，有些人寧可親自到碼頭去見證目前情勢，還有一些人（人數頗為可觀）雖然決心留在島上，但出於好奇，還是跑到港口一探究竟。那些已經收拾好行李並將屋宅門窗關閉封妥，似乎只是比平常再早一點結束假期離開的，大都是島上比較富裕的希臘家族，例如在明格里亞島大理石貿易全盛時期致富的艾多尼家，近年崛起的橄欖油大亨赫里斯托家族，以及從塞薩洛尼基進口精選刺繡床罩、襯裙和十字繡掛毯的達夫尼百貨商店老闆托瑪狄斯阿凡提（托瑪狄斯阿凡提為了避免商品遭噴灑消毒液而毀損，已經連夜用木板封住店鋪門窗，將所有貨品偷偷運到城外的自家宅邸）。

島上少數有名望的穆斯林家族的子孫也來到港口，像是盲眼穆罕默德帕夏的後代、在海關擔任書記員的費希姆阿凡提，以及費里特之子傑拉勒，他平常住在伊斯坦堡，剛好為了老家宅邸的修繕工程回來島上監工。開始擾攘不安時，島上大多數穆斯林仍不受影響。我們不會如東方主義歷史學者常做的，暗指穆斯林面對疫病的態度是一種伊斯蘭教「宿命論」的產物。與明格里亞島的基督徒族群相比，當地的穆斯林經濟條件較差，教育程度較低，與島上以外的世界沒有太多連結。

防疫委員會散會時剛好下起一場大雷雨，準備離開的委員們全都淋得渾身溼透。低垂的烏雲擦過城堡塔樓的尖頂，一聲又一聲的雷鳴宛如在預言死亡將臨。一道青綠閃電劃過，落在阿拉伯燈塔外的海面，看在城堡垛牆後的囚犯眼裡，彷彿再現遠久記憶中的某個畫面。隨後降下的一陣傾盆大雨，成為某些人記憶中的「大洪水」，他們也為這場大雨賦予某種象徵意義。

雷雨帶來的雨水或流經下水道，或自牆面流下，流入街道正下方的汙水道，再蜿蜒流向港口，同時市政府人員正忙著將詳列防疫規定的公告草稿分別送去一家土耳其文報社和一家希臘文報社排字製版。公告是以平常印刷報紙用的印刷機印出，張貼在市內每面牆上，中央印著「瘟疫」和「防疫規定」幾個大字。還有一張插圖精美的海報，發布的是政府懸賞鼓勵捕殺老鼠的消息，抓一隻死老鼠的報酬為六枚「庫魯許」銀幣。

檢疫局長和總督接獲線報，許多店鋪老闆為了避免貨品在消毒時受到毀損，紛紛將貨品藏匿起來，老市集裡將近一半的店家已經搬空。努里醫師派出最魁梧幹練、意志堅決的噴藥人員，前往老市集的鞍匠門附近兩家舊貨商店噴灑消毒溶液。舊貨商店後方有以火燒清出的空地，可能當作垃圾場，或者舊貨商會將收來的舊貨堆放在此，他們什麼都賣，包括染疫死者的老懷錶、聖像、菸嘴跟其他各式各樣的個人物品，還有死者的正式服裝、長褲、床單，以及受疫病汙染的床墊和羊毛織品。店內販售的一些廉價商品全是由小偷供應的贓物，他們會將無人的房舍洗劫一空，再將得手的衣物、地毯、棉被和羊毛織品轉賣給舊貨商，讓這些受汙染且足以致命的商品在市場流通。總督從以前就一直認為，由腦筋靈活、長袖善舞的克里特島希臘人經營的舊貨商店是疾病和髒亂汙穢的溫床，而他先前之所以沒有強制他們關門停業，是因為他一直擔心可能引發反彈。

一組戴著面罩和手套的檢疫官員到場，很快清空兩家舊貨商店以及相距數條街另外數間較小的舊貨鋪，將所有沒收的衣服物品都裝上一輛四輪馬車。他們駕著馬車沿著溪邊前行，慢慢爬上迪基利丘，政府當局已經派人在坡丘上挖好兩個大坑，所有沒收的骯髒受汙染衣物、羊毛織品和亞麻布品，以及任何其他帶有瘟疫致病微生物的物品，都會送到這裡焚化並撒上石灰消毒。

政府這番作法令人聯想起過去傳染病肆虐的年代，卻有其合理之處。島上的石炭酸和來舒消毒液存量有限，與其耗費人力和物力辛苦地將擔驚受怕的家屬交出的死者遺物消毒，由檢疫官員將這些受汙染物品集中銷毀，更能節省人力和消毒用品。

面對吝嗇小氣的店鋪老闆聲淚俱下求情，島上的檢疫官員大都不為所動，不過現今我們從遺留下來的多封陳情信件，可知當時有些商人獲得了優惠待遇。有些店主人即使店裡貨物全被搬走並撒上石灰消毒，卻完全不打算求情或阻攔，因為市府「損害補償委員會」派來隨同消毒作業的財政人員可能會判定發給店家一筆優渥得出人意料的補償金。但其他地方的反抗力道就比較強，例如舊橋附近的鞋匠和皮革商聚集區，不過這些商人除了大聲抱怨，其實也無可奈何。於是各地都流傳著如下的論調：「這個防疫措施是用來折磨島上的基督徒，明明是去朝聖的穆斯林最先將疫病帶來島上。」

清消小隊隊員戴著偌大的面罩，身披防水油布製成的斗篷，以背帶將盛裝消毒溶液的藥水箱背在背上，陣仗令人一看就驚惶難安。一開始招募到的九名隊員其實只是普通消防員，接受過特訓學會如何操作噴槍噴灑消毒溶液，但他們注定在往後多年成為當地孩童的怪夢和噩夢中固定出場的人物。可噴灑的消毒溶液是在多年前初次引進島上，必須搭配適合的噴槍並由懂得使用噴槍的人員操作，民眾暱稱為「水管人」的明格里亞消防隊員顯然是最現成的人選，於是只要有清消任務要執行，或是有任何需要噴灑消毒溶液的差事，他們就成了第一批被召喚到場的人員。自從科學家發現細菌，或者說一般人所謂「微生物」的存在，各地開始流行到處噴灑消毒液，以及發明各式各樣的時髦「噴灑器」。專賣奢侈品的「明島廣場」老闆基里亞科斯阿凡提早已向塞薩洛尼基訂了兩種不同樣式的消毒噴槍，預備在自家使用。

自從疫情爆發，市府就派出人員守在公家機關門口，朝空氣中噴灑石炭酸、來舒消毒液或其他配製好的消毒溶液，而輝煌殿堂飯店和黎凡特飯店也一樣派出侍者在門口噴灑消毒液。我們現今已經知道這些初期的防疫措施基本上沒有效用，而這些措施雖然能提醒民眾要保持警覺、隨時注意衛生，另一方面卻也讓那些一直彼此安慰「別擔心，大家都會沒事！」的民眾產生一種錯覺，以為傳染病不會構成很大威脅，只要像噴香水一樣用噴槍朝空中噴幾下消毒溶液就能成功防堵。

在亞卡茲的情況也類似，每年夏天下痢開始大流行時，尤其在葛梅區、齊堤區和港口附近窮人居住的簡陋小屋區，大家已經習慣看到一名上了年紀的「水管人」拖著沉重步伐在社區間走動，朝著廁所和孳生蚊蟲的骯髒水坑噴灑一種深綠色液體進行消毒。獲派前來消毒抑制下痢疫情的老人親切討喜，孩童不但不怕他，還會跟著他在街道上穿梭往來。如果老人請求某戶人家或某家店鋪開門，或是帶他去看某個隱密的地點或坑洞，當地居民和店家會二話不說照做，所有人都很樂意協助他的消毒任務。

但現在似乎沒有人想要靠近拿著噴槍消毒的消防員。大眾的意向會出現這樣的轉變，是因為消防員的黑色新面罩比較巨大，或者油布制服在夕陽餘暉下的反光太刺眼，又或者是因為他們無論到市內任何地區出勤都有至少五人成群結隊？到了這時候，沒有孩童會想找戴著面罩的人員玩耍，反而一見他們就嚇得四散奔逃，好像親眼見到傳說中傳播瘟疫、將疫病帶到每座飲水器和每家每戶門把的獨眼巨人。但市內的雜貨商、肉販、點心小販、雪酪店老闆和咖啡店店主甚至完全不考慮要配合清消，滿腦子只想著要怎麼妥善保護自己的店鋪和貨品。

但不是每個人都那麼「精明狡詐」。市集裡一名水果攤商以為只要對著脖子上的十字架發誓，說攤子上陳列的萵苣和小黃瓜全是直接從自家院子裡採收的，就能逃過一劫不用消毒。但他只能眼睜睜看著兩名身穿黑色油布制服的消防員朝攤子上所有蔬果噴灑消毒溶液，盛怒之下當場昏厥（後來傳出消息，該名攤商經過嚴刑拷問，招供說自己與希臘民族主義分子有往來）。亞卡茲最受歡迎、孩童心目中無比崇高的雪酪攤的老闆是親切的寇堤斯阿凡提，他也以為或許表現出誠信可靠的樣子就夠了。穿戴深黑面罩的檢疫人員和醫師造訪他開的知名雪酪店時，老闆寇堤斯以誇張姿態倒了玫瑰水、柑橘、苦橙和酸櫻桃四杯不同口味和顏色的水果雪酪，然後一杯接一杯喝掉，好像在宣告：「我賣的雪酪很衛生！」只是片刻之間，檢疫人員和消防員就將貨架上每一桶雪酪全部倒光，並在店內噴灑石炭酸徹底消毒。第二隊人馬隨後進店噴灑石灰水，將店門關上後釘上木板封住，並宣布雪酪店在疫情結束前不得開店營業。

「你們倒掉的所有雪酪就當我請客好了！但誰來告訴我，現在我們要怎麼賺錢養家，叫我們要怎麼活下去？」雪酪店老闆寇堤斯說。

總督坐鎮辦公室追蹤推動防疫的各項進度（如同蘇丹坐鎮耶爾德茲宮統治整個帝國），聽說了雪酪店老闆的心聲，立刻發了一封電報到伊斯坦堡請求援助。由於總督發出的所有電報大都是用同樣的語氣和說詞在講同樣的數件事，他手下數名編碼員已經記熟特定詞語對應的數字，幾乎不用查詢編碼本就能直接編碼訊息。總督在這些發送到伊斯坦堡的電報中最常使用的詞語包括：「消毒溶液」、「帳篷」、「高溫消毒箱」、「錢」、「醫生」和「義勇軍」。

從過去在其他城市對抗疫病的經驗，駙馬努里醫師知道，清消小組很快就會從原本遵循伊斯坦堡「水管人」傳統的細心體貼變成粗暴無情。有些消防員噴灑消毒溶液時動作輕柔優雅，彷彿在幫一株花澆水。

有些人在走向各家店鋪主人時一臉歉意。當商販懇求著「別的地方都可以，只求先生看在神的份上別噴那裡！」，即使是最資深的消防員也可能因此心軟，在商販求情之下轉移目標。但情況也可能完全相反。努里醫師站在老市集側邊的入口，看著一名檢疫員和當地商販爭執不休：檢疫員見商販扯起嗓門嚷嚷，也拉高音量比大聲，抬高手中噴槍的動作像是舉起槍管，他報復般地對著一排排經過拔毛火燒後皮呈粉紅或黃色的雞和鵪鶉、一堆堆雞腿、零碎的內臟雜雜和血跡斑斑的砧板噴灑消毒劑，也朝著肉販本人和學徒身上噴灑。過去在阿拉伯半島各個城市，努里醫師時常需要調解鄂圖曼士兵、阿拉伯雜貨商和駱駝夫之間的糾紛，他知道要成功控制疫情並挽救全城，勢必要在類似紛爭轉趨嚴重之前想辦法化解。

沙密總督對於赫姆杜拉謝赫教團道堂的消毒格外重視，他預先要求手下密探事先畫出道堂配置圖。接著總督的部屬向消毒人員進行簡報，說明赫姆杜拉謝赫本人的臥室和宣講地點所在（這兩處在消毒時都要費心避開），以及客房、羊毛梳理室、教團收放珍貴羊毛的房間、廚房、院子裡的廁所、苦修僧小室等等的位置。

「不要問對方能不能進入，」總督指示，「只要向他們出示防疫措施通知，然後立刻朝目標前進並開始進行清消作業。要是有任何人拉住你們或想對你們動粗，不要反擊，立刻撤退到院子裡。無論發生什麼事，絕不要跟對方在言語上爭執或吵起來。」

在總督府後方的中庭，第五軍團的十二名魁梧步兵將步槍靠在肩上，立定待命。他們身上的制服老舊褪色，但很乾淨。島上能講幾個土耳其語字詞的士兵寥寥可數，而這十二人是特別挑選出來，帶隊的軍官錫諾普則和手下這些士兵一樣不識字。

防疫清消隊伍就由一隊彪悍的武裝士兵、戴著面罩的消毒人員，以及一群拎著市政府出資新訂製的十個捕鼠器的政府人員組成，在街上巡邏時陣仗驚人。凱米爾少校緊跟在隊伍後方，他是奉努里醫師之命隨同觀察。由於少校回來後向努里醫師報告，努里醫師又再向帕琦瑟公主轉述，因此現今我們得以知悉那一天教團道堂中發生之事的諸多細節：

清消隊伍彷彿突襲一般，衝進教團道堂。站在道堂院子裡的守門人、苦修僧和在道堂各處的教團信眾來不及弄清楚發生什麼事，操作噴槍的人員已經抵達精密計畫中的第一批目標，羊毛梳理室、廚房和通往苦修僧小室的中庭入口一下子全都瀰漫著消毒液濃重刺鼻的氣味。

清消隊伍轉向道堂堂區內最古老的建築群，預備朝小清真寺和苦修僧小室前進時，雙方陷入混戰。負責保護道堂的警衛和守門人將一名年長的消防員推倒在地，拿出預先削製備妥的木棒朝他痛毆。呼喊聲和尖叫聲此起彼落，信眾急忙跳起身來，苦修僧走出小室，所有人直奔院子加入戰局——有些人還打著赤膊，有些人沒戴帽子，有些人拿著途中順手取來的鶴嘴鋤。

率領阿拉伯士兵的指揮官眼看雙方人馬即將在道堂院子裡正面衝突，不顧行前總督耳提面命一再警告，而是依循身為軍人的本能，下令手下士兵迎戰。

就在此刻，赫姆杜拉謝赫開口說話了，在場所有人都聽見他的聲音。「歡迎，歡迎，很高興能歡迎各位到來！」他說道。他的信徒原本認為謝赫身體不適已經安睡，一聽到他說話就立刻停止打鬥。謝赫接著用阿拉伯語對第五軍團的士兵說了一些話。他在背誦《古蘭經》〈寢室章〉中講述「信士們皆為教胞」[22]的經文，雖然一開始沒人聽懂他的話，但由於他講的是阿拉伯語，加上語調熱切真摯，周圍的人立刻被他勸服，認為所有打鬥衝突都是不必要的。

---

22 「信士們皆為教胞」：此句出自馬堅譯，《古蘭經》〈寢室章〉第十節。本書中引用的《古蘭經》經文皆出自馬堅譯本；如提及經文內容但非逐字引用，則依照該段落文意參考馬堅譯本的用語翻譯。

但同時，一隊勤奮的消防員仍繼續朝道堂各間小室中噴灑消毒液。有些人認為赫姆杜拉謝赫動怒的主因，不是繼兄弟拉米茲被視為邦考斯基帕夏命案的嫌犯並遭逮捕入獄（據說謝赫全心相信拉米茲能夠洗脫汙名），而是那一天儘管道堂中所有人都在聽到他的調停話語之後罷手，操作噴槍的人員卻大剌剌地闖入道堂珍藏羊毛（聖訓中所謂「幽玄的寶藏」）的房間，並且毫不留情地朝教團奉為祕寶的羊毛噴灑難聞的消毒液。

在「幽玄的寶藏」上噴灑消毒液對教團來說是褻瀆不敬之舉，島上一些長輩聽說時也皺起眉頭，好像聽到誹謗他人的離譜謊言，口口聲聲說絕不可能發生這種事。總督擔心局勢可能惡化，也一再重申同樣的說法。但其他人深信那一天在教團道堂曾發生衝突，而神聖的道堂已經遭到消毒液褻瀆。有些愛閒言閒語的人（尤其是希臘記者）和外國領事則堅持完全相反的說法，他們認為總督給予教團道堂特殊待遇，其實應該要求人員多噴一點消毒液。曾在現場的一名年長消防員的陳述，為上述說法提出了佐證。

據該消防員回報，他在消毒過程中瞥見兩名染疫的信徒躺在一間小室裡，病人脖子的淋巴腺腫大，看來像是發高燒，表情呆滯且神志不清，兩人的病因不言自明。數名外國領事於是利用這件事，發送電報至伊斯坦堡大作文章之外，也向總督施壓要求封鎖特定區域，不只要封鎖教團道堂周圍，要連同道堂所在的區也一併封鎖。然而總督預料這麼做勢必會惹怒赫姆杜拉謝赫，決定最好的作法還是耐心觀察，以拖待變，並如同先前處理朝聖船事件一般，確保沒有人造謠生事。這次事件帶來的另一個影響則是，各方一致同意，不論是會講土耳其語或明格里亞語，大馬士革第五軍團的阿拉伯士兵皆不宜被派去執行防疫任務。

於是總督和努里醫師告訴少校，必須加緊訓練新招募的人員，成為新的武裝力量以支援防疫任務——或許可以說是自成一支小型軍隊。過去三天以來，儘管面對複雜的情勢，少校仍然奮力完成一般需費時兩週的工作，成功招募十四名「士兵」加入由防疫委員會授權他指揮的防疫部隊。經過決議，這支部隊的總部應設立在駐軍烘焙坊附近當成倉庫使用的一座小型建築物中，而清理整頓該棟建築的作業就在同一天早上展開。碼頭旁有一棟小型建築物是明格里亞募兵辦公室所在地，辦公室入口處的主要房室空間也暫時移交給防疫部隊使用。室內其中一張辦公桌專門分配給少校，有意加入防疫部隊的志願者將在此登記。檢疫局長尼寇斯指出，島上人民很喜歡這棟迷人的威尼斯時期建築，不論是希臘人或穆斯林，只要支付薪餉而且准許志願者晚上各自回家不需留營，一定會有很多人加入義勇軍的行列。

「既然防疫部隊總部設在駐軍區範圍內，在兵員招募上就必須依照鄂圖曼軍隊的慣例，只開放島上的穆斯林加入部隊。」總督宣告。「蘇丹陛下已經兌現他對法國、英國和其他強國的承諾，引進種種改革。現今鄂圖曼帝國各地的基督徒族群，在財富、教育程度和工藝技術方面都勝過穆斯林族群，明格里亞島也不例外，而蘇丹陛下跟他的叔父和祖父一樣很有魄力，積極想要消除基督徒和穆斯林臣民之間的不平等。對於西方列強的要求，他唯一不能讓步的事，就是准許基督徒從軍。今天我們在此會商，並非正式開會，而是要討論研擬出執行防疫措施最有效的方法，現在也不是在和外國領事打交道，不需要再為了這件事爭執。」

第二十二章

由於《阿卡迪亞人報》編輯遭囚禁於城堡監獄，總督於是傳召島上另一家希臘文報社《新島報》的記者，一字一句指示應如何撰寫赫姆杜拉謝赫教團道堂消毒一事的報導。《新島報》記者年輕有理想，過去曾遭逮捕入獄，《新島報》也曾數次遭到總督勒令停刊。總督招待他喝咖啡，並奉上一盤無花果乾和核桃，虛情假意且多此一舉地聲稱所有東西都「只有用高溫消毒箱消毒」，彷彿要對付的只是霍亂疫情。稍晚送記者離開時，總督說起眼下災劫苦難的影響之大，以及伊斯坦堡和世界各國都在關注事態發展，他皮笑肉不笑，語帶威嚇地解釋說報社有義務支持政府，請對方最好不要讓報導中出現不該有的內容，以免惹禍上身。

翌日，書記長帶來一份最新發刊的《新島報》。市府的翻譯員慎重地將專欄報導內容從希臘文譯為土耳其文，再將內容念給總督聽。

報導中明白指出，總督沙密帕夏告訴記者「無論如何」絕不能寫出某些內容，並以誇大言詞向全島讀者講述持消毒噴槍的人員和道堂的苦修僧如何大打出手，木棒拳頭齊飛，以及道堂中珍藏的羊毛如何遭到褻瀆汙染，湮沒於有毒的煙霧之中。總督知道這則報導衍生的謠言很快就會傳遍整個穆斯林社群。不論是招搖撞騙發護身符的謝赫，相信謝赫能顯神通的鄉下村民，或忿恨不平的年輕克里特島移民，島上所有穆斯林，包括最「文明開化」的穆斯林，聽了傳言都會對防疫措施反感並痛恨總督。

總督和撰寫報導的記者曼諾黎斯過去曾為了一些事鬧得不愉快。三、四年前曾有一段時期，曼諾黎斯想要透過勇於報導市府的種種弊端、城市街道髒亂不已、官吏貪汙腐敗的傳聞，以及當地政府人員怠惰無知等問題，來削弱總督和帝國官僚體系的威信。總督其實早已失去耐性，但他不願遭人批評心胸狹窄，有段時間仍容忍曼諾黎斯的抨擊，後來終於派了中間人去報社傳話，通知報社若不改變立場，將遭官方勒令停業，而曼諾黎斯也一度減緩批判力道。

但過了一陣子之後，《新島報》又開始「有計畫且有系統地」抨擊總督和檢疫機關，刊出一系列報導譴責他們是造成朝聖船事件的元凶，因此總督不得不藉故將曼諾黎斯逮捕入獄，不過後來礙於英國和法國領事關說，加上持續收到宮廷傳來的電報，在各方施壓之下才被迫釋放曼諾黎斯。

最讓總督心痛的，莫過於發現自己釋放曼諾黎斯，見面時還殷勤款待對方，到頭來卻是徒勞無功！某天兩人在輝煌殿堂飯店不期而遇，總督誇讚曼諾黎斯寫的馬車夫和搬運工之爭的報導，佩服他消息靈通，提議由政府撥發現金給他當作預付稿酬，請他將該篇報導和之後要寫的兩篇專欄文章發表於官方的土文報紙《亞卡茲公報》。另一天晚上，他們剛好都到品賞餐廳用餐，總督在其他顧客面前對待曼諾黎斯相當友善，不僅邀請記者與他同桌共餐，招待對方喝洋蔥烏魚湯，公開稱讚《新島報》是黎凡特地區最優良的報紙，說這句話時還刻意抬高音量讓在場的人都能聽見。

回想兩人過去幾次往來，總督如今下定決心，要讓不知感恩的曼諾黎斯再去坐牢，教他重新體驗一下牢獄潮溼冰冷的滋味，並且要調查他是經過什麼人授意，才寫出最近一篇報導以及之前數篇關於朝聖船事件的報導。便衣警察奉命前去逮捕曼諾黎斯，他們在報社辦公室沒找到人，於是沒收最近一份報紙的庫存，接著到曼諾黎斯在霍拉區的住處又撲了空，最後在他叔叔家逮到人。警察找到曼諾黎斯時，他正在院子裡看書（霍布斯所著之《利維坦》），他們將人帶走，直接關進監獄。由於總督在最後關頭感到一陣良心不安，曼諾黎斯最後是被送進環境比較舒適的監獄西翼，這一區與監獄中疫情最嚴重的區域距離也比較遠。

總督當天晚上去找瑪莉卡，雖然沒有什麼欲望，但出於習慣仍然雲雨一番，完事後聽瑪莉卡講述坊間最新的流言蜚語。瑪莉卡這次以最荒唐離譜的謠言開場：

「外面的人說，有一群希臘和穆斯林孤兒晚上到處敲善心老實人家的家門。如果他們來敲門，就應該給他們食物，因為有人說只要在孤兒敲門乞討時給他們食物，就不會死於瘟疫。」

「這個故事我以前聽過，倒是沒聽過敲門這一段！」總督說。

「據說這些孩子不受瘟疫影響，就算他們縮著身體睡在死去的父母親旁邊，也不會生病。」

「那你之前說透過窗戶看到的那個晚上會提著一袋死老鼠走來走去到處扔的男人，有其他人看過他嗎？」

「我是真的看到那個惡魔，帕夏，但聽了您的建議，我就不再相信有惡魔存在。無論如何，戴面罩的消毒人員出現之後，最近比較少人提到這個男人了。」

「我知道是怎麼回事：一定是我們的消防員把惡魔趕走了！」

「我知道您聽了一定會不高興，但是現在愈來愈多人相信，瘟疫是那艘送老蘇丹的女兒來島上的船帶來的。」

「而你選擇相信這種離譜的謊言，就為了傷我的心。」沙密帕夏說，心中冒出壓抑許久的怨怒，連他自己都有些吃驚。

「一個人要是知道有些事情不是真的，還可以騙自己去相信那些事嗎？」

「所以你是在說你相信這件事是真的？」

「所有人都相信！」

「他們是因為懷抱怨恨才會相信。」總督說：「蘇丹這艘私人郵輪本來要前往中國，他下令要船回頭，將他最重視的檢疫醫師送來島上拯救人民的性命，而那些希臘民族主義者的反應卻是大言不慚說這艘船帶來瘟疫，根本是侮辱蘇丹陛下和鄂圖曼帝國。你絕不能這樣任他們擺布！」

「原諒我，帕夏……還有人說，是那些作亂的朝聖者不遵守檢疫規定，才會帶來瘟疫。」

「三年前那些朝聖者感染的是霍亂，不是瘟疫！」總督回應。

「似乎有些總督府人員一直告訴店家『只要五枚里拉金幣』，就能替他們開立一張開店營業許可證。」

「那些混蛋！」

「科豐亞區有幾個小孩看到有人霸占無人的房屋。小孩的父親向當局報告，但是沒人來察看，政府沒有派人來，也沒有憲兵或衛兵。」

「胡說八道，他們為什麼不去察看？」

「有謠言說，公務員和憲兵怕有生命危險，工作都不做了，聽說還有人違抗上級命令。」

「還有什麼傳聞？」

「據說有好幾艘船準備要來島上接走那些想離開的人，但是您不會准許他們離開。」

「我為什麼會不准呢？」

「為了讓疫情進一步擴散，這樣就能逼走所有希臘人……我已經第二次聽到有人說，英國和法國士兵在北部的凱菲利附近登陸。」

「他們可以直接過來，何必去北邊的凱菲利。」

「您這話是什麼意思呢，帕夏？」

「今天死了七個人！」總督說。

「帕夏，我弟弟的生意夥伴沒辦法買到『巴格達號』的船票，下一班船『波塞波利斯號』的票也買不到。他非常尊敬您，是真的打從心底景仰您。他不是一個會輕易低頭的人，若不是到了緊要關頭，他絕不會來拜託我。」

「我在想，潘塔里翁公司那艘有紅煙囪的渡船會開過來嗎？這些旅行社貪心得很，一個座位賣三次，就算是這樣，我也不曾對他們講過什麼重話。」

「還有一則到處流傳的謠言，但我不想講，怕您聽了會發脾氣。或許真的只是謠言。」

「什麼謠言？」

「他們說去赫姆杜拉謝赫道堂消毒的人員和苦修僧打了起來。外面謠傳穆斯林教團不會遵守防疫規定，而疫情再怎麼樣都無法控制，有些希臘人似乎準備出走。但是帕夏，島上不能沒有希臘人——就跟島上不能沒有穆斯林一樣！」

「當然了。」總督說：「但是你別擔心，我們很快就會讓那位謝赫知道自己沒那麼重要。雖然坦白說，他是很溫和的人。」

翌日早上，總督與努里醫師和伊利亞醫師一同商討，他們在地圖上標出前一天七名死者的住家位置，以及可能接觸致病微生物而感染的地點，接著總督毫不猶豫單刀直入。「伊斯坦堡方面繼續護著赫姆杜拉謝赫，凡事都縱容他，我們就很難在島上嚴格執行防疫措施，或確保穆斯林群體遵守防疫規定。」他開口道。「基督徒看到穆斯林違反防疫規定，也沒辦法再尊重他們，接下來數年島上就會像印度一樣，肆虐的瘟疫繼續帶走更多人命，將我們消耗殆盡。親愛的醫師，形勢變得這麼不利，所有的人跟事忽然間都好像在跟我們作對，你要怎麼解釋呢？」

努里醫師指出，實行防疫措施的第一天其實算是相對成功。唯一不妙的事件，是為全島馬車夫供應草料的大型乾草棚主人遭到逮捕，雖然整起事件令人遺憾，但這名乾草商人讓有關當局別無選擇。乾草商人有一名年輕學徒感染瘟疫，痛苦哀嚎多日之後病逝，而眼見學徒亡故的眾人深陷悲痛之際，檢疫醫師判定只是將乾草堆消毒還不夠，必須放火焚燬。預備將沒收的乾草載走的馬車抵達時，乾草商人還沒有什麼異狀，但片刻間他陷入狂怒，縱身撲在受汙染的物品和一捆捆乾草上，試圖引火自焚——差一點就順利點火。他後來遭到逮捕，罪名是攻擊防疫人員以及試圖讓防疫人員感染疫病。

但總督認為真正的問題在於如何讓民眾「遵從」防疫措施。赫姆杜拉謝赫的繼兄弟拉米茲將於同一天下午受審。「當拉米茲和兩名凶殺案同謀被吊在總督府廣場，就算是最桀驁不馴的人也會明白，島上握有權力的究竟是誰。」

「各位先生，我們在場的人都不是領事，不用去爭論政府對待所有臣民是否一視同仁，或基督徒和穆斯林的地位是否平等！」檢疫局長尼寇斯說：「但是在我們迷人的明格里亞島上，從來沒有過像歐洲人那樣，將人吊在總督府廣場上以儆效尤的前例。所以我雖然確定這樣可以有效嚇阻一些調皮搗蛋的孩子，但我不太確定對於防疫任務會有任何助益。」

「這樣一點幫助都沒有，帕夏。」伊利亞醫師對總督說：「邦考斯基帕夏以前總是說，不管是將人吊起來、毒打或關進牢裡，既不可能讓防疫工作成功，也不是推動國家西化和現代化之道。」

「你怕得幾乎連一步都不敢走出駐軍區，現在卻在這裡幫那些威脅你的狂熱分子講話。」

「啊，帕夏！要是我能確定他們是威脅我的人就好了！」伊利亞醫師說。

「我確定。我也確定要是我們之中任何人出了什麼事，絕對是拉米茲和他那幫人下的手。」

「如果民眾覺得您沒有證據就任意指控，或是行事並不公正，只會逼得他們抗命不從甚至造反！」檢疫局長說。

「這個下流無恥的盜匪，只因為哥哥是謝赫，就能獲得這麼多人的支持，我還真是大開眼界。」總督邊說邊朝凱米爾少校瞥了一眼。

但是少校不發一語。一小時後，駙馬努里醫師前往總督辦公室，發現只有總督一人時，他立刻說出讓他憂心不已的事。

「如您所知，蘇丹陛下派我來島上，除了要我執行防疫任務，還要我查出殺死邦考斯基帕夏的凶手。」

「沒錯。」

「我跟帶領的調查委員會沒有掌握任何拉米茲有罪的證據。從邦考斯基帕夏走出郵局後門那一刻，到有人在希索波里堤薩廣場發現他的遺體的那段時間，有不只一名證人看見拉米茲出現在漁人碼頭後面的公園，之後去了理髮師潘納尤提斯那裡，在那裡刮了鬍子，稍晚又和數名友人出現在黎凡特飯店俱樂部的庭園裡。」

「如果您停下來想想看，像拉米茲這樣平常行蹤避人耳目的人，卻如此大費周章選在邦考斯基遇害的時間點前後，在市內最著名、人潮最多的地點招搖過市，您就不會這麼急著下定論了。」總督露出嘲諷的笑容。「您看著吧，等總督府廣場上立起絞刑架，就沒有人敢再忽視我們的防疫規定！」

第二十三章

凱米爾少校在總督提及拉米茲時一直仔細聆聽，但從頭到尾不發一語，以免洩漏內心的情感。由於他每次回到家都會聽母親講起哲妮璞的事，他也受到影響，開始對拉米茲的前未婚妻哲妮璞很有興趣。少校母親說了哲妮璞不少好話，但少校印象最深刻的，是哲妮璞年少時似乎十分堅強，而且決定解除與拉米茲的婚約。

哲妮璞的獄卒父親先前為女兒和拉米茲訂下婚約後，很快就將收到的部分聘金分給兩個兒子，並開始籌辦婚宴及其他婚禮相關的大小事，但他忽然死於瘟疫，而哲妮璞在父親亡故兩天內就解除婚約。如今這件事有可能引發衝突，因為拉米茲與赫姆杜拉謝赫是繼兄弟（即使不是親兄弟），而謝赫領導的是島上最有勢力的教團。

少校的母親曾說過，哲妮璞為了擺脫可能的痲煩，也許會很快另嫁別人之後離開明格里亞島。少校回到家鄉時，儘管身為軍官且樣貌英俊，卻顯得無比孤單沮喪，而他的母親一見到他，就想到哲妮璞可能在尋找丈夫人選，覺得有機會撮合兩人。

在此我們同樣要以數頁篇幅，敘述明格里亞歷史上引發最多爭議，因此也是讓大眾印象最深刻，而且最常有人渲染美化以訛傳訛的浪漫愛情故事。在講述凱米爾少校與哲妮璞的愛情時，我們也會努力區分史實和浪漫細節。因為一段對於過去事件的記述愈是浪漫，通常正確度就愈低，而不幸的是——正確度愈高的就愈不浪漫。

對於這段愛情的解讀眾說紛紜，主要的歧異在於哲妮璞決定解除與拉米茲的婚約背後可能的理由。少校從母親那裡聽到的說法，是哲妮璞在婚禮前最後一刻發現，拉米茲在島嶼北部的奈比勒村已經娶了一個妻子（有人甚至說他有兩個妻子），因此決定取消婚約。少校很想相信這個說法，但也有一些好辯之人聲稱，哲妮璞打從一開始就知道這名妻子的存在，只是因為畏懼父親和兄弟，不敢反對這門婚事。她只是在父親過世後，以自己早就知道的消息為藉口解除婚約。她這麼做真正的原因，是她父親將嫁女兒的聘金分給雙胞胎兒子哈迪和梅奇，但兩個哥哥卻連一毛錢都沒有分給哲妮璞。年輕的哲妮璞十分憤怒，她一心一意只想遠走高飛，前往伊斯坦堡（她從未去過的地方）。我們理應在這個節骨眼指出，在一九〇一年，一名十七歲的鄉下穆斯林女孩對外頭的世界有著莫大憧憬，意味著她格外大膽莽撞，而這一點卻讓她在少校眼中具有無比的魅力。

另一方面，幫拉米茲說話的人則聲稱，拉米茲和哲妮璞陷入熱戀，是總督沙密帕夏為了政治考量強迫拆散這對愛侶。總督的目的是要羞辱拉米茲，讓赫姆杜拉謝赫看看究竟是誰說了算，而就如一位男性歷史學者所形容，總督利用少校的「個人魅力和權威」來鞏固他個人的政治地位。

哲妮璞的母親艾敏妮太太和少校的母親莎蒂耶太太住在不同區，但兩人是相識五年的朋友。莎蒂耶太太最早知道艾敏妮太太有個漂亮的女兒時，哲妮璞才十二歲。儘管哲妮璞少女時就已經相當貌美，但少校會喜歡她嗎，而她又會對少校感興趣嗎？畢竟兩人那時候根本不曾見過彼此。

但是哲妮璞和家人仍在哀悼，雖然瘟疫散播的情況還不明朗，但市民都有可能受到感染，或許還不是最適合討論婚配對象和親事的時候。於是莎蒂耶太太決定，最好的作法是讓兒子前往拜訪痛失至親的哲妮璞一家，當作遲來的弔唁慰問。艾敏妮太太則相信，女兒如果不想要自己和家人蒙羞，只有逃離明格里亞島一途。甚至早在哲妮璞自己想到之前，她的母親就想到，蘇丹會將在與希臘的戰事中戰功赫赫的軍官派到島上，哲妮璞可以找一名英俊軍官成婚，或許就能想辦法前往伊斯坦堡，而也是她在女兒心中播下種子，讓哲妮璞開始質疑一些事情，並思索離開明格里亞島的可能性。

但拉米茲確實對哲妮璞一往情深，少校也知道這一點，因此他身著鄂圖曼軍官制服前往哲妮璞家時，覺得有一點不自在。少校已經不是第一次聽從母親建議前去拜訪適婚少女。打從凱米爾自哈畢耶軍事學院畢業，莎蒂耶太太就替兒子安排了一場相親，少女家是她所謂「島上的親戚」，住在維法區一座搖搖欲墜的木屋。少女的容貌並不美麗。少女家其中一面牆上掛著一幅裱框海景畫，而凱米爾在伊斯坦堡其他人家從未見過，因此過了許多年依然印象深刻。

哲妮璞家住在坡耶勒什區西邊的穆斯林墓園再過去一點的地方。凱米爾少校小時候，他住的阿帕拉區的小孩會跟坡耶勒什區的小孩搶地盤。他們會用彈弓朝彼此射石頭和還沒熟的無花果，有時會撿了樹枝像士兵在壕溝裡一樣近身打鬥。有時兩個區的小孩會聯合起來組成穆斯林聯盟，從高處衝下來襲擊亞卡茲溪另一邊東正教徒居住的霍拉區和聖特里亞達區，到敵方院子偷摘李子和櫻桃。入冬後比較難橫渡溪水，所有小孩又會撤回自家所在的區和街道。

少校看著一列送葬隊伍從坡耶勒什區朝著墓園行進。隊伍由十五到二十個男人組成，全都默默邁步。有半數的人戴著菲斯帽，剩下一半全是孩童，還有一隻狗尾隨在後。隊伍靠近某戶人家的院子入口時，一名孩童默默掉起眼淚，看起來一臉羞慚。少校瞥見居民滿懷戒心自院子圍牆後方向外頭街道窺看，眼神充滿恐懼。但是想到要娶一名美貌少女為妻，他就似乎不受居民的恐懼侵擾。

凱米爾少校和母親想出一個簡單的計畫，而他此時正依計而行，聽到聖特里亞達教堂的尖細鐘聲於中午敲響時，就開始爬上山丘。

同一時刻，莎蒂耶太太——她當時已經身在哲妮璞家的客廳——會說「實在太熱了」，打開小小的凸窗，想個說詞要哲妮璞和她母親到窗邊，讓她們看見自己的兒子從窗下的街道走過。此時，她甚至有可能開口叫住兒子要他到樓上來。

少校很自豪地相信，即使遭到拒絕，他也不會容許自己黯然神傷。他身上穿的是總能讓女人另眼相看的軍服，鈕釦擦得晶亮，掛滿勳章和徽章。但當他爬上山丘，卻發現自己竟然心跳加速。他的母親就站在陽光照亮的窗口旁。莎蒂耶太太看見兒子，轉頭跟屋內的人說話。少校放慢腳步。

此時屋子的前門打開了，少校滿懷希望地朝內探看，心想自己即將見到美麗的哲妮璞。

但出來的是一名小男孩，他帶少校走進屋裡。少校走上樓後，發現母親莎蒂耶太太和哲妮璞的母親艾敏妮太太一起坐在沙發上。艾敏妮太太哭泣了一下又停住。她心情平復之後，告訴少校說軍官制服很適合他，願真主保佑他。他們聊了一會兒鼠患的事。十天前的早上，艾敏妮太太起床之後發現，通往山丘下的街道遍地死老鼠，根本無法通行。她接著轉述坊間所流傳一些關於瘟疫的謠言，說得煞有其事，都是些少校和莎蒂耶太太（在兒子影響之下）完全不信的謠言。諸如瘟疫是一名雙眼充滿血絲、蓄著山羊鬍、身披黑斗篷的教士帶來的，他每天晚上帶著裝滿死老鼠的布袋從基督徒聚居區跑出來，潛入穆斯林區將死老鼠撒在街道和各家院子裡，還把會傳播瘟疫的漿泥抹在泉水、牆壁和門把上。有一名卡迪勒許區的孩童某天晚上撞見這名教士，發現他其實是獨眼巨人，嚇得他之後兩天講話都結結巴巴。艾敏妮太太告訴來作客的母子說，如果能拿到赫姆杜拉謝赫祝聖過的護身符，舉高對著獨眼的瘟疫惡魔，惡魔就不會從袋子裡掏出死老鼠，並且立刻退下。

少校母親先前極力描述的美麗少女不在客廳裡。少校就像聽大人聊天聽得不耐煩的孩子，將視線轉向窗外，凝望亞卡茲市最外緣的零星屋舍、疏落的幾叢橄欖樹和湛藍的海面。他緊張到只覺得口乾舌燥，像是沙漠中某間醫院的病患。

少校的母親不知怎麼的察覺到他很口渴。「你下樓去，貝西會給你水喝。」她告訴兒子。

少校走下樓梯來到鋪滿碎石的院子，走進與穀倉相連的廚房，裡頭沒有任何燈火。

他才在想他在黑暗中絕對找不到水罐和杓子時，一盞煤氣燈忽然亮了一下，復又熄滅。他在霎時的光亮中看見一名女子的身影，對方用明格里亞語低聲說：「Akva nukaru!」——「水在這裡！」

但取水罐倒水並用杓子盛水給少校喝的是貝西。少校喝了水（嘗起來有灰土味）後回到樓上，他注意到母親臉上的怪異神色，才明白自己剛剛在廚房看到的少女一定是哲妮璞。不久之後，他開始想著哲妮璞真的很美。哲妮璞並沒有上樓來和他相見。

關於少校與哲妮璞兩人的第一次相遇，帕琦瑟公主的書信告訴我們的就只有這樣。我們相信這個版本真確可信。有個版本是兩人那天用明格里亞語講了很久的話，這是少校本人自己宣揚並希望大家相信的傳說。這些穿鑿附會之說，是一九三〇年代在希特勒和墨索里尼的政策影響下，經由官方歷史、學校課本和極端民族主義右派媒體傳誦才普遍流傳。然而事實上，明格里亞語的發展在一九〇一年還不夠成熟，兩人當時絕不可能像後來傳聞的那樣，用明格里亞語進行複雜深刻的對話，例如：「我們原本有可能更早就相遇！」或「讓我們用小時候的語言為一切事物重新命名！」

在此也必須指出，在一九〇一年，一名來自首都以外地區的鄂圖曼軍官如果想要博取一名少女的好感，他不太可能講當地的語言，比較有可能講自己賴以功成名就的土耳其語。對哲妮璞來說，情況相同。她會講出兩個明格里亞語字詞（akva nukaru）並不是有什麼預謀，只是無意間脫口而出。「akva」（意為「水」）是明格里亞語中最古老也最優美的單字，從明格里亞語再傳到以拉丁文為首的南歐所有語言。

第二十四章

無論在鄂圖曼帝國任何地區，只要是涉及外國公民的官司，都會交由外國領事處理，明格里亞也不例外。島上的默迪特書店老闆馬賽爾阿凡提與英國領事喬治先生為了財務紛爭打官司時，由於原告馬賽爾是法國公民，官司就由法國領事主持。當事人有外國人也有鄂圖曼公民時，案件由鄂圖曼帝國的法院審理，但外國領事可以出庭擔任通譯，並視情況需要介入。明格里亞總督唯一能夠合法介入，並發揮影響力確保判決結果合宜的案件，是穆斯林之間有關債務或房產土地的糾紛，以及情節輕微的傷害案件，但沙密總督熱愛行使自己握有的權力，樂於隨時與法官分享他的看法。

受害者是鄂圖曼人的凶殺案、綁架案和私奔案，案情通常比較複雜，無可避免會吸引伊斯坦堡媒體的注意，而阿卜杜勒哈米德向來積極掌控一切，因此這類案件通常會由蘇丹親自下令移交首都的法院審理。三年前盜匪納迪爾遭指控綁架一名希臘少女，並在過程中謀殺兩人的案件審判，就在當地領事和駐伊斯坦堡的外國大使宣傳之下，引起外界密切關注。有些人主張鄂圖曼帝國表面上聲稱推動各項改革，但只是紙上談兵，實際上仍然走專制政權的老路，這個案子對他們來說就是現成的證據。最後，總督還來不及介入審判，犯人納迪爾就被押送至伊斯坦堡，在塞利姆軍營的陰暗監獄中遭政府以絞刑祕密處決。前一年還有一個案子也引起伊斯坦堡方面的注意，並移交到首都的法院審理：傲慢頑劣的男子拉莫斯．泰札契斯遭到考古學家賽里姆．薩希舉發，試圖走私一尊維納斯雕像，而且自稱是領事館職員並偽造身分文件，但他其實是鄂圖曼人（最後阿卜杜勒哈米德不僅赦免這名走私犯，還賞賜黃金並頒授邁吉德三等勳章，因為蘇丹習慣招攬與他為敵者，認為可以收編他們成為自己的眼線）。

雖然伊斯坦堡各家報社大幅報導邦考斯基帕夏遇害一事，但阿卜杜勒哈米德並未下令要將此案移至首都審理。總督猜想蘇丹一定是考慮到檢疫規定，也擔心瘟疫會傳到軍艦上。他揣測蘇丹的意思，是要不聲不響讓罪犯伏法，而且希望整件事盡快落幕，於是傳召法院院長到他的辦公室，告知蘇丹下令不需等候調查委員會提出報告，要直接進行審判並判處三名被告死刑。

當天下午，一輛裝甲馬車駛出駐軍營地，將拉米茲和他的兩名同夥載運到總督府地下室的拘留室。在惡臭幽暗的拘留室關了兩小時後，三名囚犯被帶上法庭。儘管遭到酷刑逼供，拉米茲始終沒有認罪（相當罕見的情況），而他出庭時仍保持尊嚴和氣度，讓兩個月前甫從伊斯坦堡來到島上的審判長既感敬佩又有一絲惱怒。拉米茲高大英俊，有著一雙綠眼眸，即使遭到刑求，也不像大多數囚犯一樣狼狽不堪。

情報監控局派出間諜並雇用偵探，調查拉米茲多年來以下犯上、違逆總督、背叛帝國之舉，有多項指控拉米茲的罪名皆是依據相關紀錄羅織而成。案件卷宗中指證歷歷，稱拉米茲與朝聖船事件中的憤怒村民有往來，曾和憲兵對抗，支持屢次率人洗劫希臘村莊的盜匪梅摩（總督本人也祕密為梅摩提供支援），再再證明觀諸拉米茲的本性和作風，他就是邦考斯基帕夏遭謀殺一案的幕後主使者，而他在凶案發生當下的行蹤則無法證明他的清白。起訴書中指出，拉米茲的手下一直埋伏在教團所在的區域一帶，等待知名的御用化學家出現，該區域也是祝聖過的禱詞單流通最普遍的地方。拉米茲策畫這場謀殺案的動機，是要阻撓防疫工作，讓全島陷入動盪不安。如此一來，西方列強就有了藉口，可以比照先前在克里特島的作法介入，讓明格里亞脫離鄂圖曼帝國的統治。拉米茲是為了完全相反的理由才支持島上那些洗劫希臘村莊的盜匪——他甚至不屑回應這些指控。法官問他最後有沒有什麼話要在法庭上陳述時，他說：

「不管是這些捏造的罪狀，或是我受到的折磨逼供，都和政治無關。我會被陷害是因為一個女人，是因為愛情跟引來別人的妒火。」

「他一定是在講哲妮璞！」帕琦瑟公主聽到丈夫轉述拉米茲的話時說道。「少校在場嗎？」

努里醫師告訴妻子，少校在事先討論應做出何種判決時還在場，但開庭審判過程中卻不見人影。只有公主對少校戀慕哲妮璞一事很感興趣。但拉米茲的口才讓駙馬和公主兩人都吃了一驚，因為他們聽到大多數的人講到拉米茲時，都說他不過是個惡棍無賴。

公主夫婦坐在賓館客房裡，討論追查邦考斯基帕夏一案凶手的最新進展。調查委員會在總督施壓之下，全力調查拉米茲的手下、泰卡普契以及哈黎菲耶兩個教團的信眾，以及經常出入兩個教團道堂的商人，但目前為止並未發現任何確鑿的證據。

努里醫師認為，總督基於政治因素而有先入為主的想法，無法考慮其他可能性，而他對事實和細節毫無興趣——換句話說，他處理此案的方法有誤。根據總督只考慮政治因素的辦案邏輯，其實同樣可以輕易認定邦考斯基帕夏遇刺案的幕後主使者，就是希望疫情持續擴散的希臘領事雷歐尼狄！或者也可能是另一名領事主使，因為大家都假定最後必然會由拉米茲這種人來背黑鍋。

在這段時期，帕琦瑟公主效法叔父最愛的偵探小說裡的角色，和丈夫一起推敲邦考斯基帕夏遭殺害一案中的疑點。但她有時候也會因為難以壓抑對叔父的怒氣，擺出小說中的夏洛克．福爾摩斯絕對無法贊同的態度，任憑情緒凌駕理智判斷，在衝動之下忽然斷言，一定是可惡的叔父阿卜杜勒哈米德派人殺死邦考斯基帕夏。公主有一次在和丈夫討論時，甚至不小心說出真心話，說她覺得丈夫不願相信蘇丹與凶殺案有任何牽連，以及願意代表蘇丹在島上東奔西跑調查案件，不僅愚蠢，而且自貶身分。

「我必須老實說，這件事顯然是他指使的，而他現在只是在找人頂罪，他當初派人暗殺米塔帕夏之後就是這麼做，你竟然完全看不出來，真的讓我很吃驚。」公主說：「你實在太天真了。」

努里醫師結婚後第一次聽到妻子如此傷人的話，難過地匆匆離開房間。每次沉浸在自己的思緒裡時，他都喜歡在市區漫無目的地亂走，諦聽街道上不可思議的寂靜，想要親眼看看染疫病人的症狀、疫情散播的徵兆，以及民眾想出來的種種民俗療法。如今情況再明顯不過，全市陷入驚惶恐懼，在輕風中窸窣抖顫的樹木枝葉彷彿也感染了那股驚恐。有些人家的大門似乎緊閉且用木板封住，但瞥一眼二樓窗戶卻可以看見屋內還有人影。街道上像是被一股沉滯凝重的氣氛籠罩，疫癘之氣中似乎攙雜著犯罪氣息。有些人家將鍋碗瓢盆、行李箱和陶瓷器皿全都堆在院子裡，努里醫師還看到一對愁眉苦臉的父子在庭院裡匆忙地敲敲打打做木工。或許他們為了防範疫情擴大在預作準備，打算在家門內築起欄柵。努里醫師看著晾曬在院子裡的打水用桔槔、門把、門鎖、煤氣燈、基里姆毯等種種日常用品，希望能從中獲知一些與瘟疫和疫情有關、其實再明顯不過但以前卻未曾有人注意到的事。

他很希望能向總督解釋，查案緝凶與防治疫情頗有異曲同工之妙。但是當他晚上再次前往總督辦公室時，他唯一能做的，只有就當天審判最不公平公正之處質問總督。

「帕夏，拉米茲真的是凶手嗎？或者只是被刑求才不得不『認罪』？」

「宮廷裡直接發給您的電報，以及我收到的蘇丹陛下敕令，都明確表示蘇丹陛下最希望的就是盡早將凶手繩之以法！」總督說：「當然，這就是為什麼您會被派來島上。如果在帝國某一省發生凶殺案，而情況嚴重失控，伊斯坦堡當局和蘇丹陛下覺得有必要介入，當地的總督就沒有什麼能做的了。以前要是我站出來說已經在查了，但還沒找到凶手，上面就會把這番話解讀成是我無能，而且表示我根本無力掌控自己管轄的省分，他們會立刻將我撤職。先前的幾位老蘇丹甚至有可能解讀成我招認自己圖謀不軌，勾結外敵來挑戰蘇丹的權威，下令將我斬首！」

「但現在時代不同了。歷經坦志麥特時期的種種改革，不會再有所有人連坐受罰，而是個別公民要為自己的行為負責。所以蘇丹陛下才會派我來島上。」

「事關重大的時候，應該由政府決定什麼人該為什麼事負責。」總督回答。「否則那些掌控島上次要事務和壟斷商業活動的少數基督徒，必定會想辦法占盡好處。無論如何，我們已經逮捕殺人凶手，他也明確坦承犯行。」

「蘇丹不會希望用這種方式找出殺死邦考斯基帕夏的凶手。」

「您講這句話，似乎表示您特別了解蘇丹陛下，知道他想要什麼或想要如何達成。」

「沒錯。」駙馬努里醫師說：「陛下希望我們像夏洛克・福爾摩斯一樣查案，找出殺害邦考斯基帕夏的真凶——也就是說，檢視案件細節，根據證據推導案情，不是靠刑求逼供。」

「夏洛克・福爾摩斯是誰？」

「他是英國偵探，他會先蒐集證據，然後回家進行邏輯推理，藉由分析線索來解開謎團。蘇丹陛下想要我們像歐洲人那樣辦案，循著線索來找出凶手。」

「我們的蘇丹陛下或許承認英國人成就非凡，但他對那些成就可沒什麼好感。您應該將這一點也納入您的思考邏輯。」

在此我們要指出（就當賣個關子），總督這天晚上講的最後幾句話可說頗具先見之明。

第二十五章

蘇丹阿卜杜勒哈米德說的「就像夏洛克·福爾摩斯」究竟是什麼意思？努里醫師是在結婚前不久第一次聽到這句話，而且是親耳聽見蘇丹本人這麼說。為了讓讀者更容易看懂，在此我們要記得述及所有專門研究十九世紀後半葉鄂圖曼帝國歷史的學者都知道的一件事：帝國最後一任蘇丹阿卜杜勒哈米德熱愛凶案推理故事。阿卜杜勒哈米德不敢離開耶爾德茲宮，他訂閱了世界各大報和雜誌，希望跟上最新的思想潮流和新書出版進展。他在宮內設立了翻譯局，局內人員會應蘇丹要求，翻譯政治論述以及關於科學、科技、工程和醫學領域最新發展的報紙文章和書籍內文。例如他們新近翻譯了三本法文書：一本講俄國軍事，一本是凱撒傳記，還有一本是探討傳染病的專書。但翻譯局人員大部分時間都忙於翻譯偵探小說。

蘇丹有時新認識一名作家（例如歐仁·貝托—葛懷維、愛倫·坡或莫里士·盧布朗）就會想讀他的所有著作，或者派駐巴黎的大使穆尼帕夏（他在回憶錄中述及自己的職責也包括替蘇丹到樂蓬馬歇百貨公司購買貼身衣物）向蘇丹報告說，某位他認識且喜愛的法國作家（例如加伯黎奧或彭松·杜泰拉伊）出了新書，只要新書以快捷郵遞方式送抵伊斯坦堡，宮內的翻譯員就會著手翻譯。當時，帕琦瑟公主最常通信的長姊哈緹絲公主已經訂婚，未婚夫是宮內的書記員，有時也會協助翻譯急件，翻譯員趕工是為了確保蘇丹當晚就能讀到想讀的小說。蘇丹宮內也有將英文譯為土文的翻譯員。英國《岸濱雜誌》中的一篇文章曾提到阿卜杜勒哈米德（形容他是「血腥蘇丹」和暴君），而翻譯員在將此篇文章譯為土文時突發奇想，也翻譯了印在同一頁背面的夏洛克・福爾摩斯探案（〈工程師拇指案〉），蘇丹讀完之後非常喜歡，成了柯南・道爾的書迷。

宮內的翻譯員應接不暇無法很快完成譯文時，翻譯局還會請伊斯坦堡的數家知名書商出面雇用專業譯者。因此在那個年代，許多青年土耳其黨人、革命志士、自由派人士和記者都在不知情的狀況下，替他們鄙視的蘇丹阿卜杜勒哈米德翻譯小說。反對者稱蘇丹是只會頒布禁令和關押人民的專制暴君，講法文的希臘和亞美尼亞醫學生稱他為「血腥蘇丹」，但他們都曾為蘇丹提供翻譯服務，雖然有些譯者可能對實情略知一二，但大多數譯者都以為只是在為卡拉貝這家亞美尼亞書商工作。蘇丹有時也會要求屬下翻譯經典名著如《三劍客》和《基度山恩仇記》的全文，並在晚間要人念給他聽，要是覺得書中有任何內容並不合宜，他會親自審查全部或部分內容。這些譯本在土耳其共和國建國之後以「阿卜杜勒哈米德委託名著譯本」的名義重新發行，而且是蘇丹親自審查後刪除部分文字的刪節本。

阿卜杜勒哈米德二世在位期間，正好是世界上最早幾部凶案推理故事和偵探小說在法國出版，繼而在英格蘭廣受讀者青睞，之後又翻譯成不同語言版本在全世界蔚為風行的時期，而蘇丹蒐集的五百本譯本現藏於伊斯坦堡大學，稱得上是收藏早期偵探及犯罪小說的小圖書館。

一百餘年後，土耳其共和國政界視阿卜杜勒哈米德為偶像，以其名為醫院命名，並稱頌他身為獨裁者但也有好的一面，而且熱愛自己的國家，是受到百姓愛戴的虔誠領袖，而歷史學者在此時期得以研究這位在位三十三年的鄂圖曼帝國末代蘇丹蒐羅的小說，進而探討他對於偵探及犯罪小說的獨特品味。阿卜杜勒哈米德不怎麼欣賞某些小說（例如歐仁・蘇所著之《巴黎之謎》）裡誇張濫情的巧合，也不喜歡俗氣的愛情戲，認為會干擾主線故事，反而讓邏輯推理居於次要地位（例如薩維耶・德・蒙特潘的作品）。他最喜歡的故事類型，是有聰明偵探與政府和警方合作無間，仔細閱讀收到的所有報告，再發揮高人一等的才智破解謎題並找出犯人。

阿卜杜勒哈米德不是自己讀小說，而是由旁人念給他聽。晚上會有一名宮內人員坐在蘇丹床鋪附近的屏風後方朗讀，通常是贏得蘇丹信任且嗓音悅耳的資深侍臣。蘇丹的尚衣官一度獲選成為朗讀者，而他的主要工作是為蘇丹打理衣帽服飾，後來則由其他忠心的帕夏負責朗讀。阿卜杜勒哈米德聽累了時會喊一聲「念到這裡就好」，之後很快沉沉入睡。有時若注意到蘇丹陛下已經好一陣子沒有發出任何聲音，可靠的御用朗讀者會推測陛下已經睡著，躡手躡腳從屏風後方退下。每次讀完一本小說，朗讀者會在最後一頁標注「閱」，有點像是中國皇帝在喜歡的風景畫上加蓋御印。阿卜杜勒哈米德就如同所有愛記仇的偏執狂，記憶力好得驚人，有一次一名朗讀者不小心念了蘇丹七年前聽過的小說給他聽，蘇丹立刻將他驅逐出宮，之後更將他流放到大馬士革。

努里醫師前往耶爾德茲宮第一次覲見蘇丹時，就已經讀過上述大多數的偵探故事。在他等候蘇丹召見時，再次聽到哈緹絲公主的未婚夫提到，正如他所料想，邦考斯基教授以及在皇家醫學院教書的法國學者尼科勒教授和尚特梅斯教授都對自己讚譽有加，而他正是因此才獲得蘇丹的認可，獲准進入後宮為前任蘇丹穆拉德五世年長且痼疾纏身的妻子看診，並因此遇見帕琦瑟公主。蘇丹在詳細調查了他的身家背景之後，同意安排他成為帕琦瑟公主的夫婿，而且樂意大力促成這樁婚事。蘇丹在過程中的每個階段都親自要求屬下呈上鉅細靡遺的報告，對於努里醫師在微生物學和實驗操作方面的專業留下深刻印象。

努里醫師進宮接受蘇丹「面試」這天，哈緹絲公主的未婚夫前來招呼努里醫師，他慎重地向努里醫師解釋，蘇丹陛下並不如外界傳聞經常接見臣下和使節，即使是大維齊爾、陸軍元帥，甚至地位崇隆的外國大使，都可能要在宮門外枯等數小時，要努里醫師將陛下抽空召見他一事視為至高的榮耀。即使如此，努里醫師還是在宮殿內的一個房間裡等候了半日。在這段時間，他一度接到通知說會有人護送他前往皇家賓館，因為蘇丹要到翌日才會接見他，他當晚在宮中過夜會比較方便。努里醫師腦中幾乎只想著帕琦瑟公主，和自己有可能迎娶前任蘇丹的女兒，但他同時也憂心自己有可能隨時會被逮捕，就如同在他之前多位被傳召入宮接受面試並枯等許久的年輕醫師的下場。確實，如果他進宮又幻想自己能夠迎娶前任蘇丹的女兒，最後卻遭逮捕並鋃鐺入獄，無論他的母親、親戚或醫師友人，沒有任何人會覺得驚訝。

但稍晚有一名駝背的宮廷書記員現身，通知努里醫師說蘇丹陛下召見。努里醫師跟著駝背書記員走上有一點坡度的小徑，進入宮殿裡一棟平房建築。裡頭聚集了眾多侍衛、書記員和太監。努里醫師被帶進一個房間裡覲見蘇丹，裡頭除了他和蘇丹之外，只有宮廷書記長塔辛帕夏。

年輕的醫師發現望著蘇丹久了不僅會疲憊乏力，甚至令他心生畏懼。他反覆想著「此時此刻，他就在尊貴偉大、所向無敵的蘇丹阿卜杜勒哈米德跟前」，腦中幾乎完全被這個念頭盤據，無法思考其他事情。他躬身及地向蘇丹行禮後，上前親吻蘇丹的手，蘇丹的手不大，骨感明顯但很暖熱。室內懸掛鋪設了深紅棕色的厚重簾幕和地毯，顯得相當昏暗。蘇丹開口說話時，努里醫師全神專注地聆聽，什麼都不去想，只是一直提醒自己絕不能犯錯。

阿卜杜勒哈米德表示很高興得知兄長穆拉德生病的妻子和孫女都已康復，更令他高興的是，兩人能夠痊癒是仰賴尼尚塔石區的皇家細菌學院傳授的知識和提供的資源，尤其因為需要醫師入宮看診，反而促成一樁意料之外的好事。日後，帕琪瑟公主時常要丈夫複述當時蘇丹說的這段話。從公主的角度看來，這段話證明了阿卜杜勒哈米德認為，只要幫與兄長穆拉德五世同遭軟禁的三女兒也安排婚事，就不用再覺得良心有愧——這一點恰好指出，他對於將兄長一家人關在小宮殿裡長達二十五年，根本不感到愧疚或罪惡。

蘇丹洋洋得意講起已為三位公主置備好嫁妝（當時陳列於宮中展示），並將婚禮相關事宜安排得井井有條，接著話鋒一轉，談起自己最關注的話題，開始向努里醫師提出一連串關於漢志省防疫檢疫局運作的尖銳問題。努里醫師已有五年防治疫病的經歷，很坦率地講述自己的經驗。蘇丹刻意擺出的態度是要鼓勵臣下直言不諱。他一臉倦容，表情平和，但一直認真專注地聆聽。原本很緊張的努里醫師慢慢放鬆下來，他的心跳還是很快，但已經不再害怕。他不加思索地向蘇丹說起載運朝聖者至印度的英國渡船上船長的惡形惡狀。他發現根本管不住自己的嘴，接著又鉅細靡遺講起防疫檢疫局人員試圖埋葬霍亂病患遺體時遇到的困難，並指出管理聖地麥加的謝里夫[23]及其氏族提供給朝聖者的宿舍是傳播疫病的溫床。努里醫師一度想到，自己先前認為蘇丹就是造成上述災難的罪魁禍首，但現在卻向同一個人陳情，彷彿對方是全世界唯一有可能撥亂反正的人。但他正要提到另外兩個迫切需要解決的問題時，蘇丹開口打斷他。

「我聽過不少人對你的評價，說你為人正直、品德高尚。」有「世界之柱」之稱的蘇丹說。先前提到關於疫病的可怕細節之所以顯得重要，彷彿只是讓蘇丹有機會誇獎眼前的年輕醫師。「現在告訴我，你對微生物的了解有多少。」

醫師回答：「所有疾病都是由微生物引起的。」他知道蘇丹重金禮聘檢疫專家和霍亂專家前來伊斯坦堡，對於在尼尚塔石區成立的皇家細菌學院也相當自豪，因此刻意推崇這所學院在世界各地的科學實驗室中居於領先地位，僅次於巴黎的研究機構。蘇丹的反應是滿意地揚起嘴角。努里醫師補充說，能夠請到尼科勒和尚特梅斯兩位法國學者前來教學，鄂圖曼帝國的醫師和醫學生皆「獲益良多」。最後，由於得悉蘇丹三天前聽人朗讀了一本關於傳染病的法文書譯本，還要求朗讀者反覆重念其中數個段落，而且蘇丹一直對於科學和所有最新科學和醫學發現有興趣，努里醫師說道：「陛下，對抗霍亂、黃熱病和瘋瘋病的祕密，就在於微生物和細菌。然而只靠細菌學這門科學——」努里醫師講到「細菌學」時特別模仿想像中法國人的發音，「已經不足以防控疫情爆發，英國人也已經發展出所謂『流行病學』，是一門研究傳染病的

23　謝里夫（Sharif of Mecca）：意為「高貴」，指稱守護伊斯蘭聖地麥加、麥地那和漢志地區的先知穆罕默德後裔氏族領袖。

科學，很新而且很重要。」

蘇丹看起來很專注地在聽他說明，而塔辛帕夏的表情也讓他確信自己沒有做出任何不該做的事，於是他繼續講述四十五年前倫敦一場霍亂疫情如何成為英國發展流行病學的開端。該場霍亂爆發時，所有醫師忙著到每條街道上檢查，努力封鎖有病患的屋舍，並放火燒燬病故者的私人物品，但有一名醫師的作法與眾不同：他開始在偌大的倫敦市地圖標記出所有來自倫敦的資訊。「這名醫師在地圖標上綠點表示家戶中有人染病，他們觀察綠點的分布，很快就發現住在市內主要飲水井附近的居民比較容易感染霍亂。」在仔細觀察地圖上的資訊後，有了新發現：「其中一條街上所有人家似乎都染疫，但隔壁街啤酒工廠的工人卻安然無恙。醫師們開始調查可能的原因，發現啤酒工廠的工人不會去公共飲水井汲取飲水，而是喝工廠所提供煮沸過的乾淨飲水。他們因此明白造成霍亂傳染的源頭，不像他們先前以為的，是城市裡某一區骯髒潮溼的瘴氣，或是下水道，甚至某些人家的私人水井，而是城市公共飲水井的水源本身就受到汙染。」未來的駙馬努里醫師以一句話作結：「上述這些是要表明，陛下，流行病學家不用逐一診察每個病患，只要坐在辦公室裡研究地圖，就能解開疫病大流行的謎團！」

「就跟福爾摩斯一樣！」寸步不離所居宮殿的蘇丹說道。

蘇丹這句話對於我們的故事非常重要，而他之所以這麼說，當然是受到他那陣子最喜歡聽人朗讀的偵探小說所影響。他的意思是即使是最棘手的問題，不需要親自前往現場，即使與事發現場相距遙遠，只要坐在書桌前靠著邏輯推理的力量就能解決。

蘇丹說完這句話之後，宮廷書記長塔辛帕夏走上前跟蘇丹說話，同時另一名侍從過來告知努里醫師說面試結束。於是蘇丹這句話就有了全新的意義。努里醫師面朝著蘇丹向後退出房間，同時不停彎腰躬身向蘇丹行禮。覲見蘇丹的這段經歷，將會為努里醫師的人生帶來深遠的影響。

阿卜杜勒哈米德說「就跟福爾摩斯一樣！」這句話時，究竟要表達什麼意思？之後努里醫師和帕琦瑟公主為了婚事忙碌，無暇深思和細究蘇丹這句話的重要性。或許蘇丹講這句話只是想打趣，因為他知道宮內其中一名協助翻譯偵探小說的書記員是哈緹絲公主的未婚夫，而這名書記員和帕琦瑟公主的未來夫婿很快就會成為連襟。

但自從奉命前往亞卡茲，負責防治瘟疫以及查出御用化學家命案的凶手，努里醫師就時常想起「跟福爾摩斯一樣」這句話。他反覆思索後得到的結論是，蘇丹希望他們採用和福爾摩斯一樣的方法，查出是誰殺害了他倚重的邦考斯基帕夏。

然而努里醫師也注意到，自己不得不和總督爭論「跟福爾摩斯一樣」這句話的意義，包括句意以及這句話和邦考斯基帕夏命案之間的關聯——換言之，他和總督對這句話的解讀在概念和實務應用層面都相左。兩人爭執不下，癥結在於總督追查凶手的作法以及他採用的「方法」有問題。總督試圖藉由嚴刑拷打，逼迫一個和拉米茲一起遭到逮捕的嫌犯認罪。在遭到棍棒毆打、鉗夾折磨、剝奪睡眠等酷刑之後，已經半死不活的嫌犯做了大多數人在這種情況下會做的事：招認有罪，偽稱自己受到拉米茲的指使，希望認罪之後能夠獲得總督赦免。但即使該名嫌犯不抱任何總督會法外施恩的希望（事實上，總督對於刑求者聲稱認罪會獲得總督赦免一事並不知情），也已經被折磨得不成人形，不管被指控什麼罪名，就算有人指控他半夜在市區內遊走，將瘟疫散播到清真寺中庭、飲水井、城牆邊和每家每戶門把，他也會認罪。

帕琦瑟公主在早期寫給姊姊的書信中，時常以嘲弄語氣評論總督，說他很愛擺架子和發號施令，但她們夫妻也很尊敬總督的勤奮認真以及負責任的官員風範。但努里醫師很快就開始擔心，總督可能會一意孤行，不先和伊斯坦堡當局確認，就下令處決拉米茲和其他共犯，而此舉可能會造成總督跟赫姆杜拉謝赫結下不共戴天之仇，謝赫也可能因此強力阻撓防疫。

鄂圖曼帝國在歐洲列強的影響下逐步西化，司法機關於一九〇一年宣布，帝國內每件死刑判決皆須由伊斯坦堡的高等法院批准。但實務上可能因為發生戰爭、叛亂、通訊問題或時間不足，而出現非常多例外。在帝國的東西南北，軍隊在前線忙於抗敵平亂，為了打壓分離主義運動而將叛亂分子處以絞刑，帝國各省總督幾乎理所當然地不待首都批准，就將人犯速速處決以儆效尤。若遇到可能會遭伊斯坦堡高等法院駁回的死刑案，各省總督有時還會擅自在半夜祕密執行，讓高等法院被迫追認死刑判決，以免讓民眾留下政府自相矛盾的印象。由於有許多希臘、塞爾維亞、亞美尼亞和保加利亞分離主義分子（之後還會有阿拉伯人和庫德族）以及無政府主義者和強盜劫匪遭到處決，但死刑判決皆未獲得首都批准，英國和法國使節於是滔滔不絕對蘇丹大談弱勢族群、人權、自由思想和司法改革等議題，指出這些總督未獲蘇丹批准就擅自執行殘酷的死刑，要求蘇丹務必立刻將主事的總督撤職，阿卜杜勒哈米德只能極力安撫對方。然而事實上，蘇丹更希望地方首長不要向自己或伊斯坦堡的朝廷通報，就直接處死人犯。

在帝國的偏遠省分，公務人員和士兵的人數向來少於當地人，死刑一般會在監獄中庭或軍營囚室裡祕密執行，而地方上有頭有臉的人士和市井小民是在事後才會得知有人犯遭到處決。但或許因為島上的穆斯林人口占多數，總督沙密帕夏洋洋得意之下，開始公開談論要在總督府廣場中央立起三座絞刑架的事。已有許多評論者指出，總督計畫在島上首次公開執行死刑，而待處決的第一批人犯全是穆斯林。努里醫師每次聽到總督高談闊論，宣稱要打造特製露台讓領事們觀賞公開行刑現場時，他就會找理由向總督重提舊事，力勸他處死人犯會鑄成大錯。

「真是怪了。」總督聽了可能會語帶譏諷地回應。「全城都知道我們抓到殺死邦考斯基帕夏的凶手了。我想知道，要是我們照著這位英國偵探夏洛克．福爾摩斯的方法，把凶手放走，那我們要怎麼期待民眾再認真看待我這個總督和政府公布的防疫規定？」

第二十六章

船隻檢疫措施開始實行前一天晚上，港口周圍湧入大量民眾，伊斯坦堡街上的店鋪直到半夜才關門打烊。有些歷史學者主張，「明格里亞身分認同」最早就是由這天晚上聚集的群眾提出，但這種說法言過其實。根據帕琦瑟公主的記述，當晚碼頭上人群心頭湧現的不是什麼「民族意識」，而是驚恐不安的情緒。當時島上的希臘人和教育程度比較高的穆斯林都深刻意識到，某種恐怖的災難迫在眉睫。

但也有一些人想像力不夠發達，還不懂得要害怕。帕琦瑟公主自己曾有二十一年的人生都在想像外頭的世界，她形容這些人的資質相對魯鈍，無法在腦中勾勒自己的未來並因此感到欣喜或失望。公主和駙馬在思索人生哲學的問題時會望向窗外，看著聚集在港口的人群。通往海岸和碼頭的街道上也擠滿了人，人數遠比準備搭船離開的還多。感覺到生活即將面臨天翻地覆的改變，民眾在家裡根本待不住。

「看看這些人！」總督在辦公室裡再次見到努里醫師時高喊。「我現在無比確定，想要讓這群人乖乖聽話，把人吊死的老招最有效！」

那天晚上，島上人民分成兩群：要逃走的人和要留下的人。不論希臘人或穆斯林，留下來的才是**真正的**島民。其他人都是不顧家園安危、放棄抵抗的逃兵。

總督要努里醫師在凱米爾少校的護衛下，陪同他搭乘裝甲馬車到市區各處巡視。他們一開始是打算觀察和評估聚集在港口的人群，希望能理解焦躁不安的群眾。

島上歐拉區和希索波里堤薩區是希臘望族聚居區，其中最有財有勢的經營石材貿易致富的艾多尼家族，以及在島嶼北部擁有自家村莊，時常捐款贊助醫院、學校和其他慈善活動的米密雅諾斯家族，兩個家族的人都已經搭船離開（他們的屋宅百葉窗緊閉）。裝甲馬車和跟在後面的衛兵沿著哈米德大道池邐而行，朝著海關所在建築前進。船公司辦公室旁排著長長的人龍，通往辦公室的街道和碼頭上亂烘烘的，但在擠滿人的飯店陽台上和歐風咖啡館裡，還是有人坐著讀舊報紙。亞卡茲三間藥房之中最大的佩拉葛斯藥房由於供貨不足，老闆密索斯不想跟憤怒的顧客爭執，已經停止營業。在輝煌殿堂飯店和黎凡特飯店門口，工作人員朝著下巴剃得光潔、戴著西式男帽的男士和頭戴菲斯帽的名人顯要噴灑消毒劑。他們看到價格昂貴的伊斯坦堡餐廳門口也有人員在噴灑消毒劑，販售自士麥那進口並由馬賽來的渡船載運的香菸、巧克力和家具的明島廣場也採取同樣作法。比較偏僻的數個區情況相同。有些店家甚至不開門營業，也有些人家將屋子門窗釘上木板封住之後逃離。

有些家庭打算躲在家裡，或前往人煙稀少的地方避難，他們開始囤積脆餅乾、麵粉、鷹嘴豆和小扁豆等豆子以及任何買得到的物資，因此島上的食品雜貨商和穀物商對於疫情毫無怨言。總督先前已接獲線報，有些店家和麵包店開始囤積物資，也有店家哄抬價格。店家提高賣價並沒有犯法，但是裝甲馬車上的總督、努里醫師和少校都同意，很快就會出現黑市買賣。真正讓街道上瀰漫著一股大難臨頭氣氛的，是全市學校停課。總督也已經聽說，由於爆發疫情，有愈來愈多穆斯林孩童成了無人看顧照管的孤兒。裝甲馬車在車夫澤克里亞駕駛下緩緩爬上一座陡坡，他們聽到有人在彈奏蕭邦的曲子；車窗外的景色飛掠而過，他們乍然瞥見盛綻的明格里亞玫瑰、仙客來，和散發類似松樹氣味和霉味的常春藤。

總督統治亞卡茲市五年期間，從未看過市區如此蕭瑟淒涼。往年春季時柑橘樹花朵盛綻，街道上飄散忍冬、椴樹和玫瑰的優雅香氣，鳥禽、蜜蜂和其他昆蟲忽然現身，海鷗在屋頂上熱情交配，處處生機盎然、熱鬧歡欣，如今卻悄無聲息，瀰漫著不安的氣氛。從前某些街角總有流浪漢或遊手好閒者騷擾路人，路邊的咖啡館會有衣著考究的男士坐著閒聊說笑，在人行道上或總督闢建的歐洲風格哈米德公園和黎凡特公園裡，會看到希臘家庭主婦和僕人帶著穿水手服的孩童出來散步，此時各處卻連半個人影也看不到。馬車緩緩穿越市區，車上三名乘客也持續討論如何遏止黑市交易、如何保護城市新的檢疫隔離場所等問題。還有無人看顧的孤兒需要照料，有盜賊闖入空屋洗劫財物，少校的防疫部隊還需要招募志願者，而了解法國領事究竟為何大怒也很重要。必須派出人力挨家挨戶搜索；防疫規定海報遭人塗寫土耳其語和希臘語粗話，必須想辦法遮蓋；所有死老鼠必須立刻送往總督府後方的空地進行處置；凡是週五前往清真寺禮拜或參加其他集體儀式活動者，應於進入清真寺時就進行消毒，不是進到中庭才消毒；有些消毒人員執行消毒作業時態度不佳，遭到停職後抱怨連連，還是不予復職，讓他們繼續抱怨較為明智。

但最危險的還是民眾為了搶在實行檢疫前，擠上最後數艘船班而發生的極端情況。現今我們可以說，那天晚上擠在港口等待的群眾驚慌之下的狂亂舉動完全合乎情理：當時是一九〇一年，還沒有發明抗生素，任何人面對瘟疫肆虐，最明智的作法就是想辦法逃命。但在旅行社不擇手段超賣船票之下，原本合理的求生衝動衍生出一股怪異的情緒，群眾於是處在一種可以用一句話總結的心境：「各人自求多福！」

各大船公司的代理人由於身兼領事，因此皆為防疫委員會的委員，他們在開會時以人道考量為由，成功協商讓檢疫晚一天開始實行，爭取到寶貴的數小時，得以多排幾班船並多賺一筆。無論法蘭西火輪船公司、洛伊德公司、哈迪維公司、俄羅斯汽船航運公司或其他任何一間在島上開業的船公司，都發電報給附近所有港口要求加派船班來接走所有想離開的人，有不少船公司甚至不等回覆確認能否加派船班，就開始販售船票。事實上，沒有任何船公司願意讓旗下船隻在瘟疫肆虐的島上接受檢疫隔離，或讓公司名稱出現在相關報導，與瘟疫有所牽連。

有些家庭已經買好船票，決定先在家裡等待。也有些家庭決定露宿港口等候，說什麼也不願改變主意。兩個希臘正教家庭分別住在弗利茨沃區和歐拉區，他們確信買到的船票能讓他們到塞薩洛尼基投靠親戚，因此將房子門窗封住，把所有夏天需要用到的家當家具，以及毯墊布簾和好幾大袋核桃裝上推車後前往碼頭，等到得知要搭的那班渡船「延誤」，他們決定不要回去已經封起來的房子，而是到總督先前於海關旁新設置的公園等待。

接駁乘客登上大船的划艇船夫設立了等候亭，拎著行李箱的民眾大排長龍。搬運工和划艇船夫為了多賺小費，以各種花言巧語哄騙候船乘客，向他們保證要載運大家離開的渡船已經朝島上駛來，隨時會來到城堡後方的海面上，卻讓他們更加惶惑不安。有些人在碼頭旁的成排咖啡館裡等候，有些人一直想著即將離家遠去，不時派女僕回去取來忘記打包的茶壺或其他東西。在一片混亂中，仍有一些人傻傻地問遍每家旅行社想買到船票。另外有些人為了保險起見，索性向各家船公司都買了船票。

但是除了受過教育的富裕希臘人，島上絕大部分的人口並不打算離開。大多數穆斯林都要留下來——即使只有極少數的人知道瘟疫的傳染力有多強。現今回顧一百一十六年前的事件，若認為他們留在島上的決定，是受到貧窮、欠缺機會、漠不關心、魯莽疏忽、宿命論、宗教、文化等因素影響，這樣的解讀公正嗎？本書的目的不是要「解讀」這個不尋常的現象，但我們必須指出，當時離開的穆斯林人數極少，而他們剛好都在伊斯坦堡和士麥那有工作、住所和親族。有如此多島民決定留下來的主因之一，是他們並未預料，甚至無法想像，接下來將會面對何等恐怖的災難，而我們將在本書中如實記述這場災難。由於他們無法預知將要面臨的災難，反而讓災難的發生無可避免，也促成了歷史轉捩點的出現。

馬車穿過老市集的狹窄巷弄，車上的乘客看到舊貨商和水果攤商已經拆卸收起各自的攤位。在塔勒蘇區，傍晚時仍有孩童在外玩耍；在拜克塔什教團道堂後方的巷子裡，椴樹香氣中糅雜著腐敗屍臭；街道上已經有人員在巡邏，他們是奉總督的特別指示前來防止盜賊洗劫空屋；馬車朝碼頭的方向駛去，行經希臘中學時，少校向總督報告說他已經開始讓防疫部隊攜帶武器。雖然還有很多事要做，但總督覺得自己無論如何應該前往駐軍所在地，親自檢視少校招募兵員的成果之餘，也能表現自己對於新成立部隊的全心支持。

在這個時候，一個人還是有可能說服自己，事情再壞也不過如此，而眼前的瘟疫疫情也會像之前其他疫情一樣，最終會平息下來，只要到僻靜無人的地方躲藏一陣子，暫時避免外出，就能全身而退。

從數部記錄這個時期的已出版回憶錄中，我們得知有些人從亞卡茲逃到鄉下，但沒有地方可住，也沒有親友或認識的人可以投靠，很快就被當地人趕走；當地人譴責他們帶來瘟疫，他們跟另外一些原本就不打算到鄉下村子避難的人，最後只好躲到山上的森林裡生活，有一點像流落荒島的魯賓遜。

那天晚上預定抵達的船班中，只有「巴格達號」如時抵達，載走一千兩百五十名乘客——剛好是載客量五百人的二點五倍。先前宣布的五艘船班都沒有在預定時間出現，雖然它們應該正朝島上駛來。同時，有一艘不明船隻駛近港口，在與海岸相隔一段距離處下錨停泊。總督吩咐車夫將馬車駛上哈米德大道，在廣場角落處停下。他從小小的車窗向外窺看，想要看清碼頭上的動靜。一艘滿載乘客和行李的划艇，正迅速駛近下錨停泊的大船。岸上的群眾大聲叫嚷表示不滿。船夫們不理會岸上傳來的抗議聲，在划艇駛過阿拉伯燈塔之後放慢速度，讓划艇隨著海浪飄蕩，在此處等著接人。不久之後，一輛馬車自城堡方向朝著港口疾馳而來，車上滿載箱篋行李，以及戴著西式帽子的希臘正教徒父母和他們膝下的眾多兒女和僕從，一大家子下馬車時全都從容愜意，看到他們的人可能會懷疑他們是不是剛剛才得知島上有瘟疫。一名消毒人員走近，開始朝他們身上噴灑消毒劑。雙方很快就吵了起來，車夫和搬運工也加入戰局。

「伊利亞醫師一直很堅持要搭船離開。」總督說，雙眼仍盯著透過車窗能看到的人事物。「我們要面對的疫情已經不是買到船票或檢疫隔離能應付的，但他似乎沒辦法接受。蘇丹陛下當然想要他留下，但是伊利亞醫師嚇得根本不敢踏出軍營半步。明天早上就是防疫部隊的宣誓就職典禮，我們一定要想辦法鼓舞他振作。」

「我們的人數和裝備目前還是有點不足，如果帕夏要來視察，我們的準備可能還不夠充分。」少校怯怯地說。舉辦宣誓就職典禮是少校自己的主意，他認為防疫部隊成員經驗不足，典禮可能有助提振士氣，還邀請總督前往觀禮。

「我昨天不是派哈姆迪．巴巴中士找你報到嗎？」總督回應。「他一個人抵得上整支部隊。」

馬車朝市內幾乎空蕩無人的偏僻街道駛去，蜿蜒穿行在有坡度的狹窄巷弄中。其中數條街上不見任何人影，他們在另外兩條街上瞄見兩具剛死不久的老鼠屍體，一隻在庭院圍牆角落，一隻就在遍布塵土的馬路中間。有一群孩童很勤奮地收集吃了毒餌死掉的老鼠屍體，交給市政府換取獎賞，他們怎麼會漏看這兩隻呢？

「您會怎麼解釋這種情況？」總督詢問努里醫師。

「如果老鼠和瘟疫捲土重來，誰知道還會發生什麼事！」

馬車駛過空蕩無人的街道，一行人回到總督府。港口的喧囂擾攘一直持續到半夜。每次只要有划艇自岸邊出發，朝著最後一批船班中的某艘渡船駛去，就會爆發人群爭搶吵鬧的聲音，伴隨著船夫的呼喊和咒罵，努里醫師和帕琦瑟公主從賓館就能清楚聽到喧鬧聲，總督從他的辦公室也聽得很清楚。洛伊德船公司安排的渡船並未出現，一群買了船票的民眾氣憤地衝到公司辦公室，對著員工大吼大叫，要求他們出面說明。洛伊德公司一名員工遭到民眾痛揍，他在塞薩洛尼基的艾賽爾商店新配的眼鏡也被打破，憲兵隊此時終於出來維持秩序。

在法蘭西火輪船公司的售票處也發生騷動，這家公司往返明格里亞島的渡船班次最多，紅橘兩色的售票處牆上掛滿遙遠異地的黑白照片。公司老闆安東先生是企圖心很強的生意人，出身亞卡茲的古老希臘家族，也身兼明格里亞的法國領事，他抵達現場後大著膽子向氣憤躁動的群眾發言。他用法語告訴民眾的話大致是以下意思：「我們的船正朝島上駛來，是總督辦公室不讓船靠岸！」

有些家庭過去兩天都在計畫要帶著行李逃往克里特島、塞薩洛尼基、士麥那或伊斯坦堡，那天晚上簡直瀕臨崩潰，在此很難將他們的激憤情緒形諸文字。他們前一天才將自家門窗全都鎖上並釘上木板封住，沒有人想要大半夜回去。情況更不妙的是，他們以為能夠搭船離開，不像其他留下來的人做了準備，例如在廚房、衣物櫃和其他能防止老鼠入侵的儲藏空間囤積餅乾、晾乾麵條、義大利麵、煙燻鱈魚和鹽醃沙丁魚。

對於島上不識字的窮人來說，這段日子其實相對平靜，他們可能對外界發生的事渾然不覺，或者還沒感受到很強烈的恐懼或死亡帶來的威脅。因此要請讀者見諒，本書並非刻意著墨家境較富裕、擁有島上大部分土地和房產的家庭（許多家庭通常將明格里亞的房子交給管家照料，一年裡大部分時間都住在伊斯坦堡或士麥那）。經過那天晚上在港口的騷動混亂之後，有幾家人不得不在清晨憂傷地回到自家，其中席菲洛普盧家族和能言善辯的潘吉里斯家族已經因瘟疫失去大多數成員，來自賽普勒斯的法羅斯家族也有多人染疫身亡。

那天夜裡，民眾聽說是總督不讓已售票的增開船班進港，開始以訛傳訛，之後就有人謠傳檢疫措施實行將暫緩一日，讓延誤的船班能夠靠岸。差不多在同一時候，一名安靜不起眼的男子原本獨自站在一旁，他手上沒有船票，也未攜帶行李，身上衣著也不像要搭船遠行的乘客。他在海關和馬車等候載客區之間的地面坐了下來，當他因為頭痛而幾乎昏厥，引起了小小的一陣騷動。由於只有燈籠照明，光線昏暗之下，很難看清楚發生什麼事。消毒人員原本混雜在人群中，見狀便趕忙上前協助這名身體不適的男子，人群暫時散了開來。有些民眾以為，一定是抓到了傳聞中半夜亂扔死老鼠、將瘟疫帶到市內的男人，衝過來想看群眾對男人動用私刑。

有一小群人聚集在伊斯坦堡街上的南方咖啡館，他們準備起草一份請願書，要求政府在最後數班船抵達之前暫緩實行檢疫措施，後續則打算連夜請島上數個最重要家族的大家長、各家旅行社老闆、領事以及所有想要搭船離開的民眾參與連署，最後遊行至總督官邸向總督本人甚至駙馬努里醫師遞交請願書。總督接獲消息之後，就派遣一隊消毒人員前往咖啡館噴灑氣味刺鼻的消毒液驅散聚集的人群。請願活動的發起者是一名積極進取的年輕人，他和他的叔父一起遭到逮捕，兩人都被關進城堡監獄。

港口一帶當晚喧囂不斷，加上請願活動發起者遭到逮捕，民心更是躁動不安，到了晚上十一點左右，所有人忽然精神為之一振：「波塞波利斯號」出現在城堡附近的海面，是法蘭西火輪船公司獲官方批准靠岸的最後一班渡船。從港口沒辦法清楚看到「波塞波利斯號」，但是仔細看還是可以分辨船上閃爍的燈光。所有人都趕忙集合全家大小並拎起箱篋家當。不久之後，工頭拉札帶領的划艇載滿乘客和行李，率先出發朝著大船駛近。其他想離開的人於是衝向第二艘划艇，其中一群人特別不屈不撓，而且會大聲叫囂，與在場的海關官員、警察和消毒人員之間爆發激烈的推擠衝突。但工頭拉札的第二艘划艇很快也漸行漸遠，隱沒在黑暗之中。

那一刻的孤寂失落讓岸上眾人呆愣許久。碼頭上的民眾——我們估計總共約有五百人——清楚意識到，最後一班渡船很快就會駛離，他們被遺棄在瘟疫之地。有些家庭開始相信自己編給自己聽的謊話，認為等到天亮還會有其他船班。有些人繼續在碼頭等待，是因為他們覺得半夜回家太過辛苦。但大多數人將行李搬上馬車後默默返家，如果沒有馬車可搭，他們就步行（奇怪的是，那天晚上似乎沒有人遇見那個帶著整袋死老鼠四處傳播瘟疫的男人）。已經是五月初，但那天晚上相當寒冷。冷風呼嘯吹掃過市內一間間空屋。

第二十七章

午夜過後，法蘭西火輪船公司駛離明格里亞島的「波塞波利斯號」拉響兩次汽笛，低沉悲傷的汽笛聲在島上的岩峰之間迴盪。當時總督還在辦公室，與典獄長和情報監控局長詳細討論應如何執行絞刑將三名凶手處決。他對於執行死刑仍然有些猶豫，因為不等伊斯坦堡明令批准就處死拉米茲，很可能引發更大的政治風波。典獄長和情報監控局長提醒總督，同意負責執行三次絞刑的劊子手是圖茲拉區的慣竊薩契，而此人不太可靠，老是喝得醉醺醺，很可能時間到了還沒出現，甚至要求預先支付報酬。

「那明天就叫他來城堡，天黑前先把他關起來！」總督說：「等午夜過後再給他喝他的葡萄酒。他都是去哪家店買酒？」三人討論到此，就聽見「波塞波利斯號」的汽笛聲，於是走到可俯瞰港口的大面窗戶旁。雖然只能藉由渡輪上的隱約燈光依稀辨認，但他們可以看到船正在駛離，感覺到那一刻的意義無比重大。

「現在只剩我們跟瘟疫了！」總督沙密帕夏說：「還是等明天早上再繼續討論吧。」

對於在場的另外兩人來說，總督忽然決定要等次日再繼續討論並不出人意料，所以他們很快就將問題暫時拋諸腦後，因為他們知道總督會希望他們這麼做。總督在走出辦公室並將門鎖上之前，特地確認過煤氣燈還留在室內。在遭逢危機時，總督覺得如果總督府和自己的辦公室裡整夜都有燈光，就能讓望向總督府窗口的民眾留下政府從不休息的印象，如果有刺客打算暗殺總督，也無法找到總督本人。

那天晚上，帕琦瑟公主和努里醫師和島上許多沒有去港口的人也聽見「波塞波利斯號」的汽笛聲，夫妻倆走到賓館臥室的窗口朝外望去。雖然望著同樣一片夜景的其他人感覺遭到遺棄，心中更湧現某種莫名的悔恨和對死亡的恐懼，公主和駙馬卻沉浸於浪漫的氣氛。一片黑暗之中，只看得清城堡的輪廓。對公主來說，看著「波塞波利斯號」的燈光逐漸隱沒在如絲絨般柔軟的黑夜裡，讓她第一次有一種與丈夫相依為命的感覺。努里醫師並不認為自己有可能「感染」，因為他和其他醫師一樣經常用消毒劑清洗雙手、脖子和雙臂。而我們以歷史學者力求精確的眼光，在此指出公主夫妻那天晚上享受了雲雨之歡。

努里醫師在天亮之前就醒來。他邊穿衣服邊看著睡得正香甜的妻子，同時腦中不停想著傳聞一定是真的，沙密總督肯定打算採用一般總督在緊急情況下的作法，不等伊斯坦堡的高等法院批准就處決拉米茲和他的兩名手下。

他在夜班守衛滿懷敬意的目光中走下樓梯，接著不假思索走進內側中庭；很多人犯都是在政府機關建築的內側中庭遭到處決。但中庭裡空無一人。平常會有一隻牽繩繫在廚房窗口欄杆上的過胖牧羊犬，每晚都不停吠叫，但牠自從瘟疫爆發後就消失無蹤。

周圍一片黑暗，半個人影也沒有。努里醫師從圓頂走廊的列柱旁走過，感覺自己宛若幽靈。他慢慢繞著廣場走了一圈，不停在想隨時都可能碰見某個人，但夜晚如同一個黑漆漆的平面房間，無論他走了幾步，都走不出這個黑色方形，只有偶爾一道樹影或一抹消褪的色彩從他身旁無聲掠過。他走過檢疫規定公告和門窗緊閉的商家，轉進一條巷子裡，在瘟疫肆虐的城市裡無止無盡的街道上摸黑走了許久。

每踏入一區，他都會聽到不同狗群在他接近牠們的地盤中心時狂亂吠叫，但是沒有一隻狗敢靠近，所以他沒聽到牠們的呼哧喘氣聲和低沉咆哮。有時當他走進一條狹窄街道，或沿著一條斜坡路走下去，他會聞到自岸邊飄來的海草味，聽見海鷗的嘎嘎叫聲，接著直覺地向右轉，就能走上另一座斜坡，同時有玫瑰花香撲鼻而來。他聽見一個庭院裡傳來男人和女人用希臘語低聲說笑的聲音，他聆聽貓頭鷹對著看不見的雲朵呼嗚呼嗚直叫，接著他發現自己甚至不再聽到自己的腳步聲。這條地面遍布沙子的街道是什麼街？他走下一道階梯，經過明格飯店，然後再度迷失。眼前出現一棟顏色深暗、窗戶封起的石頭房子，他才意識到自己不是走在街上，而是走進了某戶人家的庭院。他循著遠處傳來彷彿水瀑波紋的嘓嘓蛙鳴走去，青蛙在他走近時一隻接一隻跳入水中，只是周圍一片黑暗，他根本無從辨認池子的粼粼波光或沁涼水氣。

他一度以為自己聽見盜賊闖空門的聲音，便退到角落處，但在如同被濃重黑霧圍裹的夜裡，他看不見任何人。他爬上一座丘坡，以為再往前走就能回到總督府廣場，但很快發現自己愈走愈遠，因此花了比預期還長的時間才回到妻子身邊。

終於等到天亮，努里醫師告訴妻子自己擔心處決人犯的事，所以凌晨去了一趟總督府廣場。

「如果我叔父將與他為敵的人流放，他比較喜歡讓忠心耿耿而且辦事牢靠的各地總督自己決定處死這些人。他絕不會親自下令將人處死，尤其不會處死穆斯林；他很狡猾又謹慎小心，絕不會那麼做。」

帕琦瑟公主聽丈夫敘述他在亞卡茲黑漆漆的街道上迷失的玄奇經驗，同一天稍晚，她在書桌前坐下，開始在一張全新的信紙上一字一句寫下她聽到的內容，標題即是「大疫之夜」。稍早他們才講到，沒辦法將接下來寫的信很快寄到伊斯坦堡給姊姊哈緹絲，因為最後一班船已經駛離。「我也說不出是為了什麼，但是我非常希望能將發生的事情鉅細靡遺記錄下來。」帕琦瑟公主說：「所以，請將你看到的一切全都告訴我！」

稍晚，一名職員用綠筆在流行病學地圖上標記出前一天八名染疫者亡故的地點，同時總督告訴努里醫師當天早上的會議只有他們兩人出席，因為伊利亞醫師和少校會在駐軍營地參加宣誓就職典禮。總督對少校的勤奮認真、優秀能力和紀律大為讚賞，並補充說如果少校和哲妮璞結婚，對明格里亞島來說是莫大的好事。

前一天亡故的八名病患，總督全都認識。開始出現瘟疫疫情之後，一名慈善信託局的人員就告訴大家說自己要回老家的村莊，但他其實哪裡都沒去，而是帶著家人一起關在齊堤區的別墅裡。自從前一日發現有兩人在該棟別墅中亡故，別墅已經清空並進行消毒。一名住在採石場區的蹄鐵匠，和圖倫契拉區健談又受歡迎的理髮師札伊姆，都來不及送醫就在自家病逝。總督也接到了其他死訊，前一天有一名被送到哈米德醫院的老農病逝，一位老母親自己病逝前仍在哀悼她的子女，一名死者早上被人發現時倒在賽歐多洛普洛斯醫院的庭園裡，還有一名在佩塔利斯餐廳工作的希臘服務生也染疫身亡。服務生的死訊傳開後，島上醫師群開始爭論瘟疫會不會透過食物傳染。在霍亂疫情期間，政府為了保險起見，通常會暫停販售西瓜、哈密瓜以及其他蔬果。

「伊利亞醫師跟已離我們而去的邦考斯基帕夏一樣，總是說瘟疫不會經由食物傳染。」努里醫師說：「稍晚在駐軍營地見到他，我們可以再問他一次。」

「您會怎麼評估島上目前的疫情？」總督問道。

「現在要看防疫規定的成效還太早。」

「防疫規定最好有效！」總督說：「不然我們就得承認這些規定一點用都沒有。」

「帕夏，認為防疫規定沒效的人通常也會拒絕遵守規定，而最後染疫身亡的也是同一批人。」

「很有道理！」總督聽了彷彿受到啟發。「但是我們不會死！我一直聽人說少校帶領的防疫部隊能力很強又有決心，是一股不可小覷的力量。」

總督和努里醫師坐上馬車後，總督吩咐車夫澤克里亞不要走經過科豐亞那條比較陡的路，改走沿海那邊比較遠的路。他們行經聖安道教堂，瑪莉卡家後院和雞舍（看到她家百葉窗敞開的感覺真是美好！）鄰接的圍牆，以悠閒步調朝著岸邊蜿蜒行去。周遭靜悄悄的，只有卡答卡答的馬蹄聲、車輪轉動時的尖銳吱嘎聲，以及澤克里亞拉住韁繩以免馬車朝下坡衝太快時發出的呼喝聲。總督發現他們甚至聽不到海鷗和烏鴉的叫聲。從路旁濱海飯店和酒館的間隙不時可以瞥見海面，寂靜甚至讓大海的顏色似乎也有些黯淡。

「所有人都搭上法蘭西火輪船公司最後一班船離開了，現在到處都沒人了！」此時的總督睜大雙眼、一臉天真，像孩子一樣傷心難過。努里醫師覺得總督的表情很令人憐愛。

從成排飯店和餐廳前面駛過後，馬車繼續沿著陡崖邊靠右前進。下方的海浪看起來近在咫尺，而浪花是如此潔白！這條歐拉區的濱海道路向北一路屈折盤旋，忽而下坡、忽而上坡又忽而下坡，是總督最喜愛的其中一條路線。道路兩旁棗椰樹夾道，沿著多處小海灣蜿蜒延伸，總督每次行經這條路都覺得祥和平靜。他喜歡富裕人家花園裡飄出的玫瑰花香，喜歡新穎的海水浴場與裡頭的小木屋和藍白條紋遮陽傘，喜歡小小的碼頭，也喜歡玫瑰農場。最近島上新近發跡致富的家族陸續搬入這一區，而總督密切關注他們新家宅邸的建造進度。

「我初次到這一區時，就一直跟島上最古老的穆斯林望族和所有住在哈米德廣場一帶的富裕穆斯林說：『學學希臘人，就從卡迪勒許區開始，朝北蓋別墅、蓋宮殿、蓋豪華大宅，讓整個家族都搬過去，亞卡茲市未來會沿著兩道海岸線朝北邊發展！』或許是因為我叫他們『學學希臘人』，所以他們決定把我的話當成耳邊風。結果這些望族大家長，這些一天祈禱五次、連走路都走不穩的老人家，只想要住在盲眼穆罕默德帕夏清真寺或其他歷史悠久的清真寺附近！所以岩石突堤、採石商辦公室、採石工人宿舍周圍的區域還是空蕩蕩的，有一段時間空得只有流浪漢跟蜘蛛。然後克里特島的移民來了，就在那裡落腳安頓。我得承認，一開始我偏好讓窮困難民跟一些遊手好閒的青年去住那裡——事實上我還想辦法推動。希望他們不只在那裡找到棲身之處，也能為那一區帶來新的活力。但是他們只是無所事事、為非作歹，盤算著怎麼報復希臘人。要是我們現在以疫情為藉口，把他們全部驅離，那就表示要把整區都放火燒掉。但我們甚至沒辦法這麼做，因為採石商辦公室全是用最好的明格里亞石材築造的，就算放火，石頭也不會燒起來。但是我說啊，講到放火燒東西！我又想到一開始想跟您講的，其實是島上這條優美宜人的濱海道路……」

行經空蕩蕩的海灘之後，前方再次出現陡峭上坡。馬車左側是富裕希臘人聚居的弗利茨沃區，總督每次經過總是對這一區華美講究的宅邸投以欽佩甚至豔羡的眼光。這些宅邸面向黎凡特地區空曠無垠的汪洋，設有突懸屋頂、尖塔結構和觀景視野絕佳的客廳（全都受到城堡建築風格的影響），從屋內就能觀賞朝陽自海面升起的壯麗景色。總督和其中數個西化的富裕希臘家庭私下有些交情，偶爾會受邀到這些富麗堂皇的宅邸中參加聚會。總督也幫忙希臘有錢人成立了會員限定的「黎凡特交際圈」俱樂部，成員裡沒有任何穆斯林（特別受邀者例外）。總督原本對於俱樂部裡的賭博行為睜一隻眼、閉一隻眼，但他發現俱樂部在聖誕節期間舉辦特博拉彩券和抽獎活動，其實是為了募款資助以打劫穆斯林村莊聞名的流亡人士帕弗洛，以及關押在城堡監獄裡的希臘民族主義分子。主辦募款活動的浪蕩公子哥是明島廣場老闆的兒子，總督於是以明島廣場販售違禁品為藉口，下令逮捕這名希臘富家少爺，將他關進環境最差的牢房數天，再故意利用其他犯人受折磨時的慘叫聲加以恫嚇。從此「黎凡特交際圈」俱樂部不再透過特博拉彩券募款支持無政府主義叛亂分子——不需要強制關閉俱樂部，甚至不需要發送任何外交電報。在不引發任何政治醜聞的情況下讓惹事分子閉嘴，正是情報監控局長馬札爾貝伊的拿手好戲。

馬車沿著優雅的丹特拉區遍布小灣的海岸線蜿蜒前行途中，總督抬頭望向上坡駐軍營地的方向，注視著丘坡上一棟矗立於田野間的白色小房子。等到卸下所有職位——意思是遭蘇丹削去官職之後——總督並不打算回到伊斯坦堡，他想在丘坡上住下來，以後的日子就栽種明格里亞玫瑰，跟在下方海灣捕魚的希臘漁夫交個朋友。

從車窗向外望去，海面上霧氣籠罩，已經看不見地平線，總督覺得整座島彷彿從世界抹消了，在蒼穹之中孤獨孑然。陽光之下萬籟俱寂，予人一種孤寂又渺小的古怪感受。馬車右側的窗戶是開著的，但努里醫師將皮革材質的窗簾放下來遮陽，一隻暴躁吵鬧的蜜蜂飛進車廂裡，迎頭撞上對側關起的窗戶之後更是怒氣沖沖，車廂裡的兩人慌忙躲閃。蜜蜂終於從一開始進來的窗口飛了出去，但車廂內一時之間的慌亂喧鬧驚動了車夫，他擔心之下便將馬車減速。

「一隻討人厭的蜜蜂而已，澤克里亞，牠已經飛走了；送我們去駐軍營地吧！」總督開口道。

馬車駛上從圓石灣通往駐軍營地的鋪石窄巷，開始緩緩爬坡。馬蹄鐵和車輪輾壓過粗削明格里亞大理石鋪成的礫石路面，沿途咔噠吱嘎作響。從海岸通向駐軍營地的上坡道路是在六十年前修築，當時政府聲稱是為了鎮壓所謂圖謀起事叛變的民族主義游擊隊，需要將首都送來的軍需物資不經城堡直接運抵軍營，但道路完工後六十年了還不曾用來運送軍需品。丘坡上草木蓊鬱，坐落著多座奢華宅邸和古老的莊園大宅。總督和努里醫師望著自庭園越界外伸的翠綠枝葉，看見嬌小的蜥蜴沿著枝梢奔上竄下，看見古怪的尖形多刺葉片，仔細聆聽鸚鵡粗魯放肆的鳴叫和很少聽見的害羞小鳥甜美啁啾。他們在涼爽的丘坡綠蔭下大口深呼吸，讓清新溼潤的空氣充滿肺部。

「停車，車夫，停車！」總督從車窗望見一座綠樹成蔭、草木蔥蘢的庭園時高喊。

馬車在上坡路停住後微微向後滑動。總督照例在車廂內坐定等候。坐在車夫旁邊的衛兵下車替總督開門，所有人都朝總督指著的方向看去，看見兩個深色頭髮、身著褪色衣服的孩子，正從低垂的柳樹枝葉下方朝他們窺看。

其中一個孩子朝他們扔出一顆石頭，另一個孩子想要阻止他，姿勢動作好像在說：「不要這樣！」下一刻，兩個孩子已經逃得不見人影。孩子出沒時悄無聲息，彷彿來自夢境，或者全是總督他們的幻覺。

總督吩咐衛兵去追這兩個孩子。「那棟房子一定是在主人離開之後遭到洗劫！」他回到馬車上之後對努里醫師說道：「您也明白，這些人很快就會從外圍跟鄉村進到市內。老實說，周圍有太多歹徒和底層階級，根本不可能一直監控跟約束所有人！」

「要是伊利亞醫師在場，他就能告訴我們邦考斯基帕夏會怎麼評判這件事。」

「您不覺得伊利亞醫師有點膽小過頭嗎？」

駐軍指揮官穆罕默德帕夏為出席觀禮的貴賓安排了簡單的歡迎儀式。自第五軍團遴選的四十名阿拉伯士兵組成隊伍接受總督閱兵，在行經總督面前時向他敬禮。接著總督與指揮炮兵隊的薩迪里中士交談，炮兵隊曾在前一年慶祝蘇丹阿卜杜勒哈米德登基二十五週年的活動中發射二十五發空包彈。「我們的火藥庫存充足，要射一百多發也不成問題！」中士向總督誇口。之後是駐軍指揮官特別籌備的餐會，人員分別就座。桌上除了有最新一期的官方報刊《亞卡茲公報》，還有持續發刊的《島嶼之星報》、《新島報》和《阿卡迪亞人報》。伊利亞醫師也在場，他穿著一件靛綠色的雙排釦長禮服。

「早上我們研究了一下地圖上的病例分布，可惜沒能聽到您怎麼分析！」總督對伊利亞醫師說道。「死亡率變高了，所有穆斯林區和半數希臘人區都出現疫情。吃這些東西安全嗎？」

伊利亞醫師的視線盯著一名士兵端來的一大碗黑色果實，是從營地裡一棵參天老桑樹摘下來的桑椹。桑椹旁擺著一盤剛烤好出爐、明格里亞著名的核桃玫瑰小圓麵包。

「相信我，帕夏，沒什麼好擔心的。」伊利亞醫師興高采烈地回答。「我幫您先試吃看看。我不知道桑椹怎麼樣，但小圓麵包可是現烤出爐的。」

忽然一陣喧鬧。同時一匹脫韁失控的棗色馬從眾人身旁疾馳而過。兩名原本在準備宣誓就職典禮的士兵追著馬匹，在看到餐桌旁的總督和其他達官顯要之後大為困窘，停下腳步生澀地行了個禮。天氣炎熱，總督愈坐愈不耐煩，於是站起身來看看這匹馬跑去哪裡。他瞥見由少校新近招募成立的防疫部隊正在附近為典禮做準備，覺得精神一振，不等咖啡送來就朝他們走去。數名衛兵、市府人員和前來觀禮的官員也跟在他身後。

少校在過去兩天為防疫部隊新招募了十七名成員。他在招募過程中主要諮詢意見的「顧問」是哈姆迪．巴巴。哈姆迪．巴巴蓄著落腮鬍加八字鬍，沒有人知道他的真實年齡。他服完義務役之後決定留在軍中，雖然幾乎不識幾個大字，還是在帝國軍隊升上中階軍官，曾參與多場戰事。他的老家在明格里亞，後來順利調回島上常駐。不論阿拉伯人、希臘人、講明格里亞語的原住島民或講土耳其語的家族和公務員，哈姆迪．巴巴熟知如何和各個族群打交道，擅長半哄半拐讓所有人聽他的話做事。

總督一臉肅穆，看著哈姆迪．巴巴帶領手下士兵演練繁複動作，並發號施令要他們排成四排。哈姆迪．巴巴替防疫部隊找來的第一批「志願者」是他認識的同鄉，他們都來自坡耶勒什和古勒朗什區一帶，他預付薪餉給這群和他有交情、他也信得過的人。據許多研究明格里亞歷史的學者指出，這一點表示防疫部隊成員實際上來自在家講明格里亞語的族群。但大眾對這一點有所誤解，以為是少校最初做的決定，實則不然。

過去三天以來，少校每天下午都到駐軍營地「訓練」新兵。但他不只是加強軍事方面的訓練，也教導新兵如何理性和平應對事件、遵守防疫規定、落實穿戴防護裝備、隨時消毒保持衛生、聽從醫師指示，當然最終還是以服從指揮官的命令為要務。努里醫師也曾參加過一次新兵訓練，在和防疫部隊成員互相認識之後，就與少校和防疫部隊一同前往卡迪勒許區和上圖倫契拉區探查。該趟探查中，有兩家人違反新頒布的防疫規定，且無視封鎖線逕自出入，他們發現之後成功阻攔。他們也發現一名年輕人堅持要和病故的孕妻同葬，在社區內引起小規模暴動，他們勸說威逼、軟硬兼施之下總算安撫民眾，約束民眾遵從「蘇丹的命令」。

總督認為少校展現優異的專業能力，成功募得「防疫部隊」兵員，而且全員在短短幾天內就獲得良好訓練。這些新兵熟悉市內疫情最嚴重的數條街道情況，也知道各區居民之中，哪些人有可能對他們懷有敵意，或比較有可能遵守或違反防疫規定。過去兩天島上已經有一些穆斯林（但不可否認還是相當少數），尤其是不識字的穆斯林，開始遵守防疫規定，最大功臣就是努力說服這些穆斯林的防疫部隊成員。只要監控各區的防疫官員或無所不在的政府線人報告說某一區出現新案例，哈姆迪．巴巴總是第一個趕到現場。民眾面對一個身穿軍服但跟自己一樣蓄著大鬍子，也跟自己講同一種語言的人時，就比較願意遵守規定。

見到少校在五天內就將防疫部隊和宣誓就職典禮統籌規畫得當，總督大受感動之下對士兵致詞。他說鄂圖曼帝國軍隊是「伊斯蘭之劍」，但這把劍不會用於斬殺異教徒，而是有了更神聖人道的用途，要將散播瘟疫的惡魔斬成碎片。

澄藍的天空中飄著一團團白雲。總督正在提醒士兵務必小心留意自身健康避免染病，並表示他們很幸運能有一位優秀的指揮官時，情報監控局長忽然走到他身旁，逕自附耳低聲說了些話。在場眾人立刻明白，一定是發生了什麼必須打斷總督致詞的重大事件，於是全都屏住呼吸。

馬札爾阿凡提在總督耳邊悄聲說的是：「伊利亞醫師病倒了，帕夏。」

假如駐軍營地也發生疫情，那就再也不可能控制住局面。總督想要講完最後的致詞內容，但腦中幾乎只想著這個最新情況會衍生的複雜後果。伊利亞醫師可能是在市區裡的醫院被傳染之後，又將瘟疫帶到軍營裡；當初不該將他安置在駐軍營地。但總督也想到，可能是他自己搭乘馬車進入軍營時帶來了瘟疫，心裡同時浮現一絲古怪的罪惡感。無論如何，他還是繼續致詞，向一臉殷切望著他的新兵解釋，為何加入「世界之柱」蘇丹陛下的軍隊是人生中莫大的福氣和喜樂。但同時他不停地思索：「伊利亞醫師不會死於瘟疫吧，會嗎？他剛剛不是還在這裡，就站在我後面嗎？」

第二十八章

不久前，伊利亞醫師還站在總督身後三三兩兩的人群裡一起觀禮，他覺得待在軍營裡很有安全感，臉上掛著和藹可親的笑容。同時他小口咬著先前偷偷塞進口袋裡、還有餘溫的明格里亞小圓麵包。之後，他躺倒在相距一百公尺的軍營招待所客房裡，痛苦得不停扭動身體。由於腹中一股尖銳的刺痛感，他覺得自己快要昏倒了，但他必須保持清醒。先前還在典禮現場時，他起初使盡渾身力氣壓抑反胃想吐的感覺，因為他很期待總督閱兵的場面，但最後還是掙扎著回到招待所的客房，一躺倒在行軍床上，他就開始拚命嘔吐。他吐到覺得自己不再是自己，彷彿是另一個人在吐個不停。他將那天早餐吃下去的東西全都吐了出來，只見遍地一坨坨黃黃白白。

接著他腹痛如絞，開始出現下痢症狀。他從挑高的走廊走出去找廁所。回到客房途中，他痛得頭昏眼花，幾乎跌倒在地。一名士兵看到他，扶他回房。很快就有一小群人聚集在他住的房間門口。伊利亞醫師雖然還不確定自己生了什麼病，但他心裡想著，大家這下子會覺得自己是混在人群裡帶來瘟疫的惡魔。

開始渾身抖顫時，伊利亞醫師開始想像自己正墜入一口深井。駐軍醫師試著替他解開襯衫鈕釦，動作謹慎小心，只敢碰觸他的衣服邊緣。駙馬努里醫師此時也趕到招待所，他注意到伊利亞醫師臉色發青，揣想著可能不是感染瘟疫，而是完全不同的病症。病人不停發抖和嘔吐，似乎快要陷入譫妄狀態，但如果是瘟疫病患，通常要到發病後期才會出現這些症狀。努里醫師檢查病人的脖子和腋窩有無淋巴腺腫大。由於病人仍一直嘔吐，他沒辦法檢查病人散發臭味的口腔。瘟疫很可能經由懸浮在空氣中的粒子傳染更多人。

病人想要開口說話，但似乎沒辦法講出清楚的字句，只是發出一連串怪聲。努里醫師盯著他飽含恐懼的雙眼，鼓勵他講話。接著病人從口袋裡拿出一塊小圓麵包，一切忽然明朗起來。

努里醫師拔腿奔出房間，朝著專為典禮餐會擺設的餐桌跑去。

軍官、政府人員和駐軍指揮官正準備回到餐桌旁的座位上。此時，總督已經明快決定要封鎖駐軍營地發生疫情的消息，以最堅定的語氣命令所有人不要貿然行事，先回到各人先前的座位。同時，少校領著手下士兵離開。總督帶頭在餐桌旁坐了下來。其他人有些驚惶失措，但也跟著坐下。其中一名在廚房工作的資深士兵取來一只銅製尖嘴咖啡壺，依序在總督和其他賓客的杯子裡斟滿香醇的咖啡，而駐軍指揮官的副官則拿起一個核桃玫瑰小圓麵包咬了一口。

「不要吃！有毒！」說時遲，哪時快，努里醫師大喊出聲。「什麼都別吃，什麼都別喝。咖啡跟麵包裡有毒！」他上氣不接下氣地說道。

後來的檢測結果顯示，咖啡是用最上等的葉門咖啡豆，以取自亞卡茲北方的清泉泉水沖泡，確定安全無虞。

至於核桃玫瑰小圓麵包，眾人當下就斷定裡頭肯定攙了常用來毒老鼠的砒霜。當時是一九〇一年，在明格里亞這樣的鄂圖曼帝國偏遠省分，當然沒有實驗室能夠檢測病人血液或胃液確認是否為砒霜中毒，但過去五十年來島上有許多人因為食老鼠藥而死，因此對於一些用來檢測砒霜中毒的古老方法，一般民眾可說相當熟悉而且記憶猶新。

在招待所旁的一棵橡樹下拴著一隻暴躁的牧羊犬，駐軍指揮官穆罕默德帕夏的副官當著情報監控局長與尼寇斯醫師的面，將一塊麵包丟給狗吃，狗在數分鐘之內就暴斃。

駐軍指揮官穆罕默德帕夏其實早就想要處理掉那隻吵鬧又不聽話的牧羊犬，此時他對死亡充滿恐懼，同時心底湧現一股莫名的怒氣。在狗死掉之後，他又拿了一塊麵包，去餵稍早那匹引發混亂且差點造成一名士兵死亡的棗紅馬。但是當馬的前腿一曲，轟然跪倒，臨死前在地上痛苦地扭動抽搐，穆罕默德帕夏覺得無法忍受眼前的畫面，匆忙離開現場。在此我們要向讀者澄清，駐軍指揮官的舉動並非出於任何對動物的敵意（雖然也不能說他對動物很友善），他只是需要衡量下毒毒殺整個明格里亞領導階層一事的嚴重性。製作核桃玫瑰小圓麵包用的麵粉有一半被掉包，換成了砒霜。砒霜的外觀確實很像麵粉，有些草藥鋪也會用類似麵粉袋的袋子包裝砒霜並販售，而且砒霜聞起來沒有特殊氣味，用嘗的也很難發現有異——就跟麵粉一樣。

而在十九世紀鄂圖曼帝國所有砒霜中毒案例中，沒有任何一案的情節與明格里亞駐軍營地中毒事件同樣嚴重（即案子中使用的毒藥分量足以立刻致人於死），也沒有任何一案是如此膽大妄為且具有強烈政治意涵的攻擊事件。整個明格里亞島的領導階層，包括總督、檢疫局長、駙馬努里醫師和駐軍指揮官在內，全都是凶手毒殺的目標。他們也毫不留情地反擊。

駐軍伙房的八名伙房兵以及負責指揮的中士立刻遭到逮捕。接著平常服侍軍官及當天負責擺設餐桌的五名二等兵，以及駐軍伙食長和兩名助手也遭到逮捕。總督下令將位階較高的嫌犯送到城堡監獄，伙房員工則分別關進軍營南隅的單人囚室，即通常用於拷問刑求人犯的地方。為了確保新招募的防疫部隊不會發現任何異狀，穆罕默德帕夏在安排運送囚犯時，下令以駐軍載送麵包糕點的貨車替代囚車。由於送麵包的貨車在任務結束後必須進行消毒，加上奉命前來的兩名操作噴槍的消毒人員全副武裝的模樣很嚇人，眾人於是誤認伙房兵遭到逮捕是因為他們將瘟疫帶到軍營裡。當時的瘟疫病患經常被當成罪犯對待，而染疫病患被送進城堡監獄區隔離場所就與犯人坐牢無異，更加深了大家錯誤的印象。

明格里亞島的每一寸土地理所當然該在總督的統治控管之下，但伊斯坦堡的達官顯要來到島上卻被當成手無寸鐵的活靶，這起明目張膽謀反大逆的毒殺案不僅衝著鄂圖曼帝國和防疫規定而來，也明顯衝著總督本人而來。但總督沙密帕夏決定不採取大動作反擊，首要之務是不讓島上民眾得知伊利亞醫師其實是遭人毒殺。他指示檢疫局長，有必要的話，應在下一封發送到伊斯坦堡的電報中將伊利亞醫師也計入染疫死亡的病例數。此外，伊利亞醫師還未氣絕身亡，但他偶爾會神智不清，語無倫次講著伊斯坦堡的妻子，接著又會像瘟疫病患一樣渾身抖顫，精疲力竭之下再次陷入靜默。

待帕琦瑟公主的書信出版，歷史學家將會發現，那一天總督和努里醫師在一小時後於總督府開會時爭辯的方法問題，涉及哲學和政治學上的著名悖論。對於研究現有的證據歸結出結論的方法（歸納推理）——兩人在阿卜杜勒哈米德的影響下稱之為「福爾摩斯方法」——以及從一開始就根據徹底全面的政治邏輯分析罪犯身分，並據此找出相關證據的方法（演繹推理），總督和努里醫師再次比較兩者之間孰優孰劣。

「他們就站在伙房裡，厚顏無恥地將砒霜攙進要用來製作麵包的麵粉裡。下手的人是誰，再明顯不過——不管是伊斯坦堡的蘇丹陛下或我本人都不需要福爾摩斯的幫忙，就能推敲出是誰為凶手提供砒霜。檢察官和他的部屬今天下午會審問關在軍營囚室裡的伙房員工。您看著好了，情報監控局和檢察官很快就會讓那些希臘民族主義游擊隊員坦白招認。」

「帕夏，我相信凶手只有一個人。」努里醫師說：「我們只有要抓一個人，真的需要對十五個人用刑嗎？」

「我們確實不需要。」總督說：「只要讓他們想到可能會遭受酷刑，他們就嚇得開口全招了；其實連我們沒問的，他們都會一五一十招供。請問您的福爾摩斯能這麼快就辦到嗎？」

在明格里亞，竊盜或組織犯罪嫌疑人通常會在城堡監獄接受審問，會有人用棍棒擊打他們的腳板，連在城堡的南翼都聽得見嫌犯遭受刑求時的淒厲尖喊。試圖偷襲鄂圖曼軍隊的希臘民族主義武裝分子和游擊隊員如果被俘，則會被送往駐軍營地以同樣的方式刑求。總督知道士兵通常比獄卒或檢察官的手下仁慈一些，於是派了情報監控局長加入負責在駐軍營地調查案情的團隊。情報監控局長擅長問案，尤其精通設計讓腳板遭擊打後難以保持清醒的囚犯更加昏頭轉向的問題，挑出他們的供詞中前後不一之處，直到他們坦白招認一切。總督交代局長，在確定伙食長和助手之中哪一人是罪魁禍首之前，不得離開軍營。

但儘管遭到拷打甚至鉗子拔指甲等酷刑，依舊沒有任何伙房員工能講出有足夠說服力的供詞。沒有任何一名囚犯能夠言之鑿鑿指認凶手：「沒錯，我看到是誰幹的：是禿頭拉辛把老鼠藥攙在核桃跟有玫瑰香味的麵粉裡！」因為他們都知道不管自己說什麼，審問他們的軍官聽了之後都會帶他們到伙房，要求他們演示一遍所目擊的事發過程。換句話說，即使順口扯謊，也逃不過腳板挨打的酷刑。目前也還沒有證據能證明麵粉裡攙入的就是毒老鼠用的砒霜。調查案情的團隊已經對關入軍營囚室的伙房員工嚴刑拷問，卻未得到任何滿意的結果，總督對此相當苦惱，但他仍舊保持樂觀。有毒的小圓麵包是在當天早上於軍營伙房內製作和烘焙。伙食長先前曾奉命前往城堡監獄，另外還有數名年長的送餐僕役，其中必定有一人涉案。

總督於是決定再次前往城堡監獄進行例行夜訪，並派人通知典獄長薩迪廷阿凡提。他也再發了一封電報給伊斯坦堡當局，請求首都派船載運更多醫師前來支援並運送物資補給。總督的辦公桌上還有一封某戶人家經過層層遞交終於呈上的陳情書，這一家的成員共有四人，是在宣誓就職典禮結束後由防疫部隊送入城堡的隔離所。總督決定不予理會。

接下來的一段時間，總督忙於處理與疫情無關的日常事務：他瀏覽並回覆一份情報監控局長送來的報告，報告內容是關於線人舉報經營洛伊德船公司的領事的副手安排將數箱所謂「個人食用」的櫻桃和草莓不經海關檢查，直接送到自己位在海邊的住處，而裝水果的條板箱裡藏了二十五把左輪手槍；伊斯坦堡方面要求（很可能是由宮廷提出）捕捉一對身上有綠色斑點、擅長學舌的明格里亞原生種鸚鵡送到宮裡；北部的瑪維亞卡橋在大雨後受損，需要撥發經費加以修復。另外還有一個問題過去就有線人三番兩次舉報，最近數個月的情況更為急迫，即市府附設廚房遭指控屢屢出現不當行為。先前為了防止市府職員於午餐時間交流散布謠言，總督要求各個局處單位自行提供人員午餐。因此書記部門、慈善信託局和檔案局等單位的主管和部屬都待在各自的辦公室吃午飯，而市政府則會發放伙食津貼和食材物資給每個單位。但是據報有些單位主管會將發放的物資私自帶回家，尤其是在首都未準時發放薪資的時候，而像情報監控局長馬札爾阿凡提等人，更是大剌剌地假公濟私，將市府倉庫的豆子和小扁豆帶回自家廚房囤積。英國領事喬治先生有意解決此類中飽私囊的問題，曾提議改為供應分量固定的套餐（伊斯坦堡某些軍事基地已採用此方式），但目前引入新方式並不明智，因為必定會加速疫病傳播，並引發各個單位主管反彈。有些公家機關人員，尤其是背後有靠山的人員，進辦公室就是專門來吃午餐的。

總督也在思索稍晚的夜訪監獄之行。情報監控局長馬札爾阿凡提從駐軍營地回來後，總督告訴他自己大致的計畫。當晚將會立起一排共三個絞刑架，預備用於處決邦考斯基命案中以拉米茲為首的三名凶手，以收殺雞儆猴之效。三名凶手都是膽小的懦夫，由劊子手薩契一人來執行死刑可說遊刃有餘，但只有一名劊子手也會碰到另一個問題：由於無法同時執行三名人犯的死刑，分別行刑的時間可能會拖得很長。

第二十九章

天色暗下來之後不久，總督向窗外望去，看到總督府廣場上已立起三座絞刑架，他心中湧起一股莫名的衝動，邁步朝瑪莉卡家走去。見到瑪莉卡的深色眼眸和優雅纖細的鼻子，他如往常一般滿心喜悅，暫時忘卻令人煩心的政務。瑪莉卡晚上轉述的第一則至關重要的傳聞，是民間謠傳伊利亞醫師是在駐軍營地裡感染瘟疫，而民眾認為這是另一項證明瘟疫最初是由邦考斯基帕夏帶到島上的證據。

「伊利亞醫師是害怕遭遇不測才會躲在軍營裡，跟瘟疫無關。」總督說。

瑪莉卡也聽到謠傳，說蘇丹陛下不顧外國領事施壓，仍會出面干預，暫緩處決拉米茲。

「真是怪了！」總督說：「不知道他們是從哪裡聽來的消息。」

「但是不管是希臘人還是穆斯林，都覺得雖然拉米茲被關進牢裡，但哲妮璞會等他出獄。帕夏，聽說公主的侍衛愛上哲妮璞，是真的嗎？」

「是真的！」總督說。

寧靜柔和的夜裡，總督沒有馬車可搭，也沒有衛兵跟隨，獨自走回總督府，途中還被一開始沒認出他的守夜人攔下。他再次望向夜色中豎立的絞刑架。

當天晚上市府收到三封電報，一名祕書在交由市府解碼員解譯內文後，將電報放在總督的辦公桌上。第一封電報要求暫緩執行邦考斯基命案嫌犯，等待伊斯坦堡方面批准。第二封電報則是回覆總督當天早上發出的電報：運送物資補給的「蘇罕旦號」已經啟程。第三封電報表示凶手若認罪懺悔，有機會獲得蘇丹陛下特赦，前提是要有赦罪的理由，且凶手願意提供相關情報。三封電報的內容皆在總督意料之中。他在辦公桌前坐定良久，凝望遠處城堡內的燈火。

總督想要恫嚇反對者和記者，逼迫他們屈服噤聲時，會採取棍擊毆打、關押入獄、單獨囚禁等手段，但也會網開一面，透過市府人員或雙方都認識的人居中斡旋，提供贈禮或合作機會，保留一些空隙讓這些狡猾的蛇鼠之輩可以照著老樣子過活（總督喜歡將這套兩面手法想成是某種向阿卜杜勒哈米德學來的「仁慈的權術」）。他特別熱中在半夜祕密前往監獄探訪囚犯，向對方提議結盟合作。面對這樣的大好機會，再怎麼沮喪絕望的囚犯也會心動。凡是首都施壓要求釋放特定人犯時，總督通常就會趁夜走訪監獄。

典獄長先前已抵達總督府報告工作事項。兩人一同搭乘裝甲馬車前往城堡，途中討論起作為監獄使用的城堡側翼建築狀態。對於那個時期的政治人物和知識分子來說，亞卡茲城堡監獄也稱為「明格里亞地牢」，是鄂圖曼帝國其中一處最令人聞之色變的監獄設施，駭人程度僅次於費贊、錫諾普和羅德島等地城堡的監獄。亞卡茲城堡監獄的環境比鄂圖曼帝國境內其他監獄更加惡劣。小偷小盜、說謊成性的騙子、心狠手辣的殺人犯和遭奸人誹謗構陷的不幸受害者全都關在一起，多人囚室可說是貨真價實的犯罪學院，即使是最清白無辜的囚犯也能快速學會各種作奸犯科的招數，渴望有機會實地演練新習得的技能。

如同許多有志改革的鄂圖曼政治人物，總督對獄政事務格外熱中。現任獄政總督察的退伍准將胡賽因帕夏曾經造訪明格里亞，當時總督曾和他就「監獄改革」的議題多次深談。對於囚犯違規鬧事、多人囚室內不守秩序的亂象以及過度縱容人犯的獄卒，要如何確保能夠及時發現和處理？囚室門上的窗口是否應該改高一點，多人囚室是否應全部改為單人囚室？

另一個讓主政者困窘的問題，是監獄人員普遍瀆職濫權。有些獄卒會將新入獄沒經驗囚犯的財物納為己有；有些獄卒會定期向特定囚犯索取「保護費」，甚至以有可能赦免罪行或換到比較好的囚室為條件，換得囚犯進獻的「禮物」。有些有錢有勢的囚犯會賄賂獄卒、衛兵和多人囚室裡的老大，平常就能從早到晚都住在自己家裡，只有偶爾到監獄露個面。沙密總督不時指出，有些囚犯只是因為偷了一片麵包就鋃鐺入獄，在陰溼地牢裡吃盡苦頭，而罪行更重的地方名人卻在大街上遊逛，自然會讓民眾很難再相信所謂的公平正義。每次到了這種時候，市政府書記長法伊克貝伊會認為，即使總督清楚人生的現實面，自己還是要盡到提醒長官的義務，他會向總督報告說獄卒們已經五個月沒有領薪水，而受刑期間大都待在自家的艾魯拉長老不僅在財務上資助不只一名獄卒，也出資在面向港口的多人囚室裝設玻璃窗，每次回監獄時，還會分發自家村莊生產的橄欖油、無花果乾和雞蛋，甚至出錢出力派手下重新修築監獄大門旁坍塌的圍牆。

「他至少可以避免在哈米德大道人來人往時帶著手下逛大街吧！」總督會如此回答。「大家都知道他去坐牢了！」

午夜過後，載著總督和典獄長的馬車沿下坡路段朝海邊行駛，途中巧遇一個安靜低調的希臘人家庭。雖然周遭一片漆黑，背著家當的男主人仍然從總督的聲音認出他來。他帶著有點古怪的哀戚情緒，用簡單的土耳其語慢慢告訴他們有一名染疫病患到過自己家裡。總督聽懂男人在說他其中一個孩子也發燒病倒了。但孩子感染了瘟疫嗎，或者是患了其他病症？男人的妻子哭了出來。這家人的身影隱沒在黑暗中，而馬車繼續往下坡駛去。馬車行經狹窄曲折的街道，這些街道上從前店鋪商家林立，全是為耶尼切里軍團提供服務的店鋪、皮革商、鞍具商、馬具五金匠師作坊和餐飲小吃店。進入城堡大門時，總督心中湧現一股悸動，彷彿獲准進入一個無邊無際、古老神祕的疆域，是他和其他所有人每次進入城堡時共同的感受。

城堡中庭已當成可能染疫者的隔離場所，總督決定在造訪監獄前先到中庭視察。城堡的圍牆、塔樓和各式各樣的結構錯綜複雜，是數百年來多次修築增建而成，而半露天的隔離場所位在廣大建築群朝向港口的東北角。從海灣對面的市區眺望，就能看見隔離場所裡的民眾。隔離場所南側比鄰盲眼穆罕默德帕夏時期興建的耶尼切里軍團營房，與位在建築群東南角、數百年來皆當成監獄使用的威尼斯時期和拜占庭帝國時期建築物，及以陰暗潮溼囚室著稱的威尼斯塔樓之間相隔甚遠。在總督府辦公室時，總督坐在辦公桌前就能眺望海灣對面的城堡，看見這座城堡中最優雅建築物的一扇扇窗戶，看著隔離的民眾精疲力竭、百無聊賴地坐在海邊岩石上等待。如今在深夜裡，他發現自己來到海灣對面的制高點，從近處望向同一個地方。

目前隔離中的民眾有半數來自市內的穆斯林區。他們會被送來隔離場所，是因為家中有人病逝，而他們也有可能感染。對於從自家被強行帶走，被迫與親人分離，大多數人氣憤不已。但他們也努力跟自己講道理，接受進行隔離檢疫有其必要。開始實行防疫規定的頭五天，共有三十七人被送入隔離場所。典獄長告訴總督，這些「嫌疑人」起初對於被困在這裡大感憤怒，但後來總算冷靜下來。隔離者只能跟城堡監獄囚犯吃一樣的餐食，而典獄長還是忍不住向總督請求發放額外的餐食津貼。

兩人上到營房二樓，經過一處空蕩蕩的樓梯平台，此時總督清楚感受到港口以及漆黑冰冷的大海近在咫尺。只要在城堡待久了，免不了會得風溼病。知名的口吃詩人錫諾普的賽伊姆由於寫了頌歌諷刺蘇丹阿卜杜勒邁吉德，遭囚禁於威尼斯塔樓兩個月，被風溼痛折磨得幾乎發狂。典獄長指出由於床鋪不夠，因此大多數遭隔離者必須共用床墊。自十五天前獄卒貝拉姆被發現死在獄中之後，總督和典獄長就非常擔心瘟疫可能傳播至城堡全區，並採取各種措施嚴密防範。

城堡裡每個角落皆裝設了捕鼠器。典獄長認真盡心地向總督報告，死在捕鼠器裡的老鼠全都是用夾子拎起後，送到市府相關單位。然而目前為止，城堡裡並未發現任何死老鼠是像市區裡感染瘟疫的死老鼠一樣口鼻流血。某個囚室中一名上了手銬腳鐐的殺人犯開始發燒且神智不清，偶爾會嘔吐，但是同室另一名囚犯似乎完全沒有染病的跡象。總督強烈懷疑那名犯下殺人罪的惡棍根本沒有染疫，只不過是裝病。他認為典獄長應該也很清楚，對付這種人唯一的方法，就是給他的兩腳一頓好打，打到犯人承認自己裝病為止，只是典獄長或許很擔心自己的手下有可能在懲罰犯人時被傳染。總督也忽然想到，如果這名惡徒真的染疫身亡，那麼一定要趕在獄中爆發瘟疫的消息走漏之前，祕密處理掉他的屍體，最好是半夜神不知鬼不覺將屍體丟進海裡。他不禁揣想：如果鯊魚吃掉病患屍體，也會感染瘟疫而死嗎？

兩人走過十字軍所修築第一道城牆與威尼斯人所築第二道城牆之間的空曠中庭，在從側城門進入監獄之前聽著迴盪的腳步聲。

總督率先走向第二間多人囚室的門口，此處關押幫派分子和重罪犯，其中包括朝聖船事件中涉案的一對父子，他們自從被判刑後就關押於此。總督透過囚室門上的窗口朝內窺看，視線彷彿能夠穿透黑暗，之後邁步走開。他之前就想找個藉口提早釋放這對父子，因為他擔心他們坐牢期間可能發生不測。

偶爾典獄長會不停抱怨某個特別桀驁不馴的囚室老大，失去耐性的總督會吩咐他施以懲戒以儆效尤，而該名囚室老大之後就會遭到獄卒痛打一頓。要讓帝國事務順利運作的重點在於，絕不能讓囚犯知道懲戒的命令是由誰下達。多人囚室在十字軍、威尼斯和拜占庭統治時期可能曾作為食堂、軍械庫或宿舍使用，囚犯在挨打之後，會從這間囚室移送到與城堡西南隅城牆相連、沿著岩石峭壁修築的一座塔樓中面海的寒冷囚室。這座高聳的塔樓建築也稱為威尼斯塔樓，最初是有著厚實牆壁的瞭望塔樓，但在落成後一百七十年即當成監獄使用，而四百年過去，這座囚禁人犯的塔樓在鄂圖曼帝國統治下，擴張成如今更大型的城堡監獄。關在這座塔樓中的犯人，尤其是關在低樓層較小囚室中的犯人，健康者很快就會得病，而年紀較大、體弱多病者在一、兩年內就會衰弱死亡。塔樓中唯一一間環境相對比較舒適的囚室面對一處狹窄的中庭。在這座囚室裡的犯人，從早到晚都要忍受老鼠、蟑螂和蚊子的折磨，周圍還有許多人跟他一樣正緩緩步向死亡，他若在夕陽西下時刻望向中庭，會看見其他囚犯像槳帆船上鐐銬加身的奴隸一般，拖著沉重的步伐在中庭來回走動，他會體認到自己有可能身處更惡劣的環境，受到觸動進而反省自己的罪行。

總督沙密帕夏踏上一處陰暗的鋪石樓梯平台，旁邊就是關押《新島報》記者曼諾黎斯的囚室。一名獄吏已經在那裡恭候總督，他向總督報告說審問還未結束，但嫌犯已經累到睡著。曼諾黎斯寫的報導中重提朝聖船叛變事件，總督先前的指示是無論如何要問出是誰指使。總督相信，這名幕後指使者一定也是邦考斯基帕夏命案的主謀。但他覺得他無法告訴努里醫師自己的看法，因為努里醫師的想法很天馬行空，認為一些毫無關聯的線索最終會指引他們找到真凶。總督也不希望任何人知道他下令對希臘記者嚴刑拷問。對於帝國的最高層統治階級支使屬下去做見不得人的差事，卻又裝作毫不知情，總督深惡痛絕，可說不亞於他對表面上西化、骨子裡卻守舊的人的痛恨。那些聽從神祕高層的指示去做見不得人差事的人，往往會全心全意地極力否認下達命令的就是帝國的最高權威。米塔帕夏是帝國官僚中最有才華也最西化的大臣及總督，其行動造成穆拉德遭到推翻，而阿卜杜勒哈米德得以登基為蘇丹，而米塔帕夏先是遭囚禁於漢志省的塔伊夫監獄，之後在獄中遭人勒死，其實全是蘇丹阿卜杜勒哈米德一手主導，但蘇丹的手段隱密，無人能夠得知米塔帕夏之死究竟是誰在背後策畫。沙密總督碰到過許多天真單純的帝國官吏，他們很尊敬和懷念支持改革和內閣制的米塔帕夏，但無論如何都不相信是蘇丹阿卜杜勒哈米德下令將他暗殺。

總督通常會將暫時不想施以拷打的希臘游擊隊、嫌疑犯和記者關入塔樓，而塔樓內除了曼諾黎斯之外，還關押了另一名囚犯。典獄長提醒總督，記者帕夫利貝伊也關在此地。總督以帕夫利貝伊撰寫市內發生瘟疫的不實報導為由，下令將他囚禁於威尼斯塔樓，但他後來就遺忘此事。或許總督並未完全遺忘帕夫利貝伊，但一切發生得太快，總督不太確定該怎麼處置他。

鐵門在吱嘎聲中打開，兩名守衛舉著燈火進入囚室。

「啊，帕夏……」帕夫利貝伊從乾草床鋪上坐了起來。「所以是真的有瘟疫爆發！」
「是的，帕夫利貝伊，所以我們會在這裡。你是對的，我們已經開始實行防疫措施。」
「太遲了，帕夏！」帕夫利貝伊說：「瘟疫已經傳到監獄裡，不久後我們全都會死。」
「你不該絕望！」總督說：「國家會解決問題。」
「我報導說有瘟疫，卻被你關進牢裡……」帕夫利貝伊回答。「現在愈來愈多人死掉，就是這次瘟疫害的！」
總督提醒對方，將他關押入獄不是因為他在報導中揭露真相，而是因為他並未遵守總督的指示。
「不要以為你報導有瘟疫的事沒錯，我就會放你出獄！」總督語氣嚴肅。「他們可能會以叛國罪審判你。我可以阻止他們，只要你為情報監控局長馬札爾阿凡提提供協助。」
「我們永遠是市府和蘇丹陛下最堅定的支持者，希望國家長治久安。」帕夫利貝伊說。
「以梅諾亞灣和德夫特羅山脈為根據地的反賊哈勒朗伯，我們知道亞卡茲有人在資助他，也知道是什麼人。」總督說：「我就把話講清楚好了，你不能再跟那些人來往！」
「他們都在山上，我跟他們一點關係都沒有……」
「他們在亞卡茲有朋友，有落腳的地方，也有人在幫他們。這些我們一清二楚，帕夫利貝伊。據我所知，哈勒朗伯有時候會來亞卡茲，來的時候就是待在霍拉區。」
「我什麼都不知道，帕夏。」帕夫利貝伊說，而他臉上的表情似乎在告訴總督，他就算知道些什麼也不會說。
總督怒氣沖沖走出囚室，交代部屬隔天通知監獄將「這傢伙」和曼諾黎斯都放了。接著他跟著典獄長朝關押拉米茲和其手下的監獄區走去。

他們邁步踏過石板地，在迴盪的腳步聲中走上階梯，總督從周遭的一片寂靜判斷，囚犯都聽到了城堡大門、通往中庭以及監獄出入口的門在半夜打開又關閉的聲音，而他們滿心期待，想知道為何忽然有人到訪——或許是有犯人將在城堡內側中庭遭到處決，也或許是要搜查多人囚室，而之後就會有人腳板挨打。跟在總督身後的部屬舉著燈火，總督喜歡看著燈火在監獄牆面和石頭地板投下的暗影。

同一天下午，獄方已經得知總督即將來訪，獄方將拉米茲帶到監獄辦公區其中一個房間裡，給他吃一盤填入蔬菜的烏魚和麵包，告訴他要是表現良好並博取總督的信任，就有可能獲得減刑，也讓他知道不用等伊斯坦堡方面批准，總督府廣場上已經立起絞刑架，最後將他帶進一間比較舒適的囚室。

總督依循平常夜訪監獄的慣例，大踏步走進關押拉米茲的囚室，冷靜地講出一段預先想好的說詞。

「我和司法單位一致認定你有罪，但面對瘟疫帶來的災禍，我們不想要引發更多衝突，必須實踐寬恕和服從之道。所以說，如果你老老實實回答我的問題，招認你的罪行，並提供一份書面聲明表示真心誠意悔過，伊斯坦堡當局或許會下令將你釋放，條件就是從此不再回到亞卡茲。」

過去三天經過斷斷續續的刑求折磨，加上在寒冷且極為潮溼的囚室中幾乎難以成眠，拉米茲此刻已精疲力竭，但總督看到他的眼中閃現一絲光芒。是義憤難平，或是對於朝中的高官朋友很有信心？總督向拉米茲提出一連串問題，仔細詢問哈勒朗伯、希臘領事，以及用來偷渡武器到島上的潘塔里翁公司渡船的細節。他甚至暗示，朝聖船叛變可能是英國人在背後煽動。但他也補充說，伊斯坦堡方面會確保這些蘇丹的敵人都受到應得的懲罰。他警告拉米茲不要因為帝國派出軍隊圍剿北部村莊的希臘游擊隊就得意忘形，並要求他放棄獄卒的女兒哲妮璞。哲妮璞嫁給少校對全島都好，總督如此說道，並且明白指出，無論如何「那姑娘」已經愛上少校了。

「如果這是真的，那我寧可一死！」拉米茲望著地板說。他確實比少校更為英俊。

總督佯裝對他這句話大為氣憤失望，轉身離開囚室。翌日早上，一艘軍用划艇載著拉米茲和手下，在航行半天後抵達島嶼北部其中一座小海灣，他們在該處遭到釋放。沒有外國領事為拉米茲提供庇護，因此總督判斷可用這種方式將他釋放。拉米茲被迫在一張有半頁寫了潦草字句的紙上簽名，作為認罪悔改的證明。拉米茲獲釋的條件是承諾從此不再踏足亞卡茲，但他和總督雙方心知肚明，拉米茲絕不會遵守諾言。

第三十章

努里醫師、尼寇斯醫師和兩名希臘醫師想辦法尋找解藥，並讓中毒的伊利亞醫師嘔出毒藥，但全都徒勞無功。伊利亞醫師在吐血之後陷入昏迷，最後在吃下核桃玫瑰小圓麵包一天之後，於賽歐多洛普洛斯醫院氣絕身亡。為了避免影響防疫，官方對於伊利亞醫師的真正死因祕而不宣，並將伊利亞醫師的遺體與瘟疫病患的遺體一起埋葬，僅有數名醫師知道他其實是中毒身亡。

公主在這段時期寫下的信件中，有不少篇幅對於這起毒殺案多所著墨，或如帕琦瑟公主自己形容的「詳加闡述」。公主在某些方面也採取類似叔父阿卜杜勒哈米德所推崇「像福爾摩斯一樣」的邏輯推理方法，在寫字桌前與丈夫一起推敲討論，記錄和案情相關的種種謎團並試圖解答。

最初聽丈夫講述伊利亞醫師如何因為吃小圓麵包中毒，以及狗和棗色馬吃了同樣的麵包皆被毒死，帕琦瑟公主就明白表示：「一切問題又再次回到我叔父和繼承順位上。」公主夫婦之間的話題最常繞著阿卜杜勒哈米德打轉，其次就是宮廷裡眾多懶散的王子王孫。在此請容我們以些許篇幅檢視這個現象背後的成因，懇請讀者千萬不要認為是與故事無關的嚴重岔題。

任何男人只要與蘇丹的女兒結婚成為駙馬，很快就會發現由於成為帝國王室的一員，他將無可避免過起和鄂圖曼帝國歷朝歷代王子們同樣遊手好閒、無所事事的人生。努里醫師雖然身為駙馬，但他並不想放棄自己的專業，不過他還是忍不住覺得，無論多麼努力抗拒，最終還是會和那些王子一樣，被迫過著空虛無聊的日子。

對於搬離父親所居宮殿的三位公主，阿卜杜勒哈米德替她們找好結婚對象，頒賜「帕夏」的頭銜給三名駙馬，並且贈送她們每人一棟位在博斯普魯斯海峽旁的豪華宅邸，以及發給優渥的生活津貼。帕琦瑟公主夫婦獲贈的濱海宅邸，和公主的兩個姊姊以及蘇丹的女兒們各自的濱海宅邸皆位在奧塔科伊。她的兩名姊夫原本皆在宮殿中任職，在成為駙馬後已經減少工作，他們很快就會完全卸下職務。由於他們在宮廷內的地位與從前不同，無論對他們發號施令、交辦事務或指派工作都有失妥當。這種令人為難的怪異處境，當然是鄂圖曼帝國歷史數百年來的演變所造成。

在鄂圖曼帝國甫立國的五百年，王子們主要可從三個管道接受培育和歷練：宮內學校、軍隊和地方政府。但隨著學校體系和軍事訓練逐漸西化，地方政府的古老體制有所革新，各種職務慢慢由受過專業訓練並支領薪酬的軍官和官吏接手，而帝國的王子們不再能進入軍隊或地方政府發展職涯。在鄂圖曼帝國早期，蘇丹之位理論上是由父親傳給長子。但在有些分封至特拉比松或馬格尼西亞等領地的王子，可能會搶在其他兄弟之前，率軍進入伊斯坦堡爭奪蘇丹之位。將王子分封至外地的傳統時常引發內戰，最後改為讓所有王子王孫都留在伊斯坦堡。但這樣的作法反而引發一些後來咸認遺臭萬年的事件，其中最為人所知者，即蘇丹穆罕默德三世在登基當天即下令將十九個弟弟勒死，最後鄂圖曼帝國決定將王位繼承順序從原本的父傳長子改為兄終弟及。但是大多數蘇丹都像阿卜杜勒哈米德一樣生性多疑，不只想要提防繼承順位第一和第二的弟弟們，甚至是提防所有弟弟和姪子們與反對黨勾結發動政變，於是將可能繼承王位的對手軟禁於宮殿裡所謂的「王子居所」，一切手段都是為了將他們與宮廷、伊斯坦堡以及全世界之間的聯繫完全切斷。

鄂圖曼帝國歷史上遭到軟禁的無數王子中，其中一位最著名的就是帕琦瑟公主的兄長：四十歲的穆罕默德．賽拉赫廷阿凡提。穆罕默德．賽拉赫廷阿凡提年僅十五歲時，即歡喜慶賀其父穆拉德五世登基，但三個月之後，就跟遭到罷黜的父親一起遭到軟禁。其後二十五年的人生，他都困居於同一座宮殿。他與父親和妹妹們一樣會彈鋼琴。在一本又一本日記中，他寫下許多妙語格言、回憶片段和劇本。他不像其他王子一樣懶散怠惰、不學無術。他偶爾會看書，和他敬愛的父親穆拉德一樣喜歡閱讀。他對帕琦瑟公主十分和藹，是疼愛妹妹的兄長。帕琦瑟公主知道兄長不像其他王子懶惰驕縱，有時候見到兄長在妹妹、其他公主和僕從環繞下露出的表情，她看得出兄長有多麼孤寂，心裡暗暗為他難過。在當作監獄的宮殿裡，王子有自己的後宮（超過四十名地位高低不同、頭銜各異的美女，全都努力博取王子青睞），膝下已有七名兒女。

帕琦瑟公主尤其擔心的是，「絕對」不能讓丈夫變得和那些與世隔絕、懶散無知的王子一樣。原因之一是她對於丈夫在檢疫防疫領域的成就引以為榮，即使不是遠近馳名，在國際醫學社群中仍小有名氣。敵視帕琦瑟公主的人也指出，她的外貌不如兩個姊姊出色，出於現實考量，已經做好心理準備，要在婚後過著平凡簡樸的生活。還有一個原因，是公主從姊姊們口中聽說了帝國歷代多位王子的故事。

她的姊姊哈緹絲和費希玫都比她早離開父母親，搬往耶爾德茲宮的後宮，結識宮內未婚的堂姊妹們，並在保持一段距離的情況下間接認識王子們。不論是王子們，或是帕夏或宰相家的公子，到了適婚年齡的公主和其他貴族女子都會對他們品頭論足。隨著帝國於名義上廢除奴隸制，以及宮廷風俗習慣和後宮生活逐漸西化，大多數王子以及未來的蘇丹之位繼承人不再熱中依循數百年來的傳統，將來自偏遠省分如切爾克斯或烏克蘭的女奴納為姬妾，他們期盼未來的妻子是在後宮接受過歐化教育、會講法語和閱讀小說的女子。但另一方面，這些世故優雅、教養良好、接受過西化教育的年輕女子，卻覺得王子們個個嬌生慣養、粗野不文而且遲鈍蠢笨（確實在那個時期，只有極少數蘇丹的女兒與帝國的王子結為連理）。教導王子的任務無比艱巨：當年輕的學生是有朝一日可能成為鄂圖曼帝國蘇丹、成為四億穆斯林的哈里發，為師者根本不可能施行體罰，而鄂圖曼人當時才剛開始了解如何以體罰以外的方式管教學生。

帕琦瑟公主的姊姊們在聊到王子們時經常大笑出聲，偶爾也會義憤填膺，這些王子和她們一樣一輩子都困在宮殿裡，而且因為懼怕阿卜杜勒哈米德（姊妹們如此相信），所以不敢向她們求婚。例如第七順位繼承人奧斯曼．闕拉雷廷阿凡提，他將自己關在尼尚塔石區的宅邸中，二十三年的人生都在努力思索如何「做自己」，他認為弄清楚這件事比奪取權位更加重要，最後因此發瘋。又如另一位王子馬哈茂德．賽菲汀阿凡提的繼承順位也排在很前面，他活到二十八歲還不曾踏出位在徹拉安宮的居所，因此當他人生中第一次在王宮中庭看到一頭綿羊，他大喊「惡魔！」並立刻傳喚衛兵（關於公主們的兄長穆罕默德．賽拉赫廷，在後宮中也流傳著類似的故事）。還有虛榮的艾哈邁德．尼薩梅廷王子，即使不可能繼承蘇丹之位，仍四處向人借貸大筆款項並承諾很快就能付利息，到最後債台高築並屢遭債主投訴，因而遭到蘇丹斥責。但是王子中最可恨又最令人恐懼的，莫過於布哈尼廷阿凡提，阿卜杜勒哈米德的第四個兒子。他七歲時創作出的曲子就由官方採用作為《海軍進行曲》，曾是蘇丹最寵愛的兒子，在蘇丹每週五搭乘馬車參加聚禮的公開行程中總是坐在蘇丹身旁。帕琦瑟公主的姊姊們比布哈尼廷年長許多，她們最怕這名驕縱小堂弟的惡作劇和冷酷無禮的行為，懷疑是叔父刻意指使。還有溫順怯懦的穆罕默德．瓦德廷阿凡提，他為了獲得賞金、土地和房產，曾經寫信給蘇丹阿卜杜勒哈米德打其他王子（他的親兄弟和堂兄弟）的小報告（他在十七年之後登基成為蘇丹）。還有內向敏感的尼吉．凱瑪雷廷阿凡提，他醉心於藝術，對於男女情愛興趣缺缺。最後還有穆罕默德．哈姆迪、艾哈邁德．雷希特等人，他們的繼承順位近乎墊底，能夠在伊斯坦堡自由來去，但還是很快就覺得憤憤不平，聲稱蘇丹派人監視他們的一舉一動。即使是心知自己絕對沒有機會繼位的王子們，也堅稱現任蘇丹仍有可能派人毒殺他們，盡可能避免在耶爾德茲宮藥房購物。

「你去過那間藥房嗎？」努里醫師問道。

「婚禮之前我在耶爾德茲宮住了一個月，很少離開居住處。」帕琦瑟公主回答。「無論如何，宮內還有一家藥房，只為我們和我叔父供應藥品。你知道嗎，我叔父跟那些王子們一樣害怕被人毒殺。當然了，講到毒藥，這個沒有人比邦考斯基帕夏——願他安息——更清楚，因為這間私人藥房是由他經營，而我叔父有時候會稱這間藥房為實驗室。」

「關於這間藥房，或許藥師尼基弗羅斯也知道一些事！」她丈夫說。

直到同一天將近中午時，努里醫師才有機會和邦考斯基帕夏的老友尼基弗羅斯討論宮內藥房的事。其實努里醫師當天上午就在賽歐多洛普洛斯醫院見到藥師，當時他們和其他醫師、藥師都在伊利亞醫師的病床旁。伊利亞醫師不時從枕頭上抬起頭，高喊在伊斯坦堡的妻子名字：「黛絲皮娜！」他已經服下一劑由醫師和藥師群合作調配出的解毒劑。醫師們診治後的共識是，解毒劑似乎讓他比較舒緩。

努里醫師於是和尼基弗羅斯約定，五分鐘後到距離賽歐多洛普洛斯醫院僅咫尺之遙的尼基弗羅斯藥房碰面。

「您曾經告訴我，很久以前，邦考斯基帕夏交給我們敬愛的蘇丹陛下一份報告，內容是關於可以種植在耶爾德茲宮庭園內並用於製造毒藥的藥草植物！」努里醫師開門見山切入正題。

「我得知伊利亞醫師是中毒時，也想到這一點。」尼基弗羅斯說：「蘇丹最害怕的一直是毒鼠藥，下毒時可以在很長一段時間以很小的劑量分次攙入食物裡，受害者甚至不會發現自己吃下的食物有毒。英國的報紙上常出現類似的報導。但這些人用砒霜毒殺可憐的伊利亞醫師的作法剛好相反。」

「您怎麼知道是砒霜？」

「好問題，總督帕夏聽到你這麼問會特別高興，因為這樣我就有重大嫌疑。那麼請容我一五一十回答您，也許可以打消您心中可能對我懷有的猜疑。」

「我向您提問的用意並不在此。」

「我一定要請您見諒，因為接下來的詳盡說明可能會包含太多不必要的細節，但如您所知，我們藥師總是一開口就滔滔不絕。但即使是我們說的話，也必須由您自己評判衡量。歐洲屢屢發生砒霜毒殺案，不僅引發大眾各種猜測和臆想，也有檢察官和地方或國家層級的調查委員會進行調查，相較之下，明格里亞島過去的確不曾發生過任何類似案件。但我在島上經營藥房這段期間，當地人也得知了用毒鼠藥就能神不知鬼不覺慢慢將人毒殺。二十二年前，富有的希臘家族艾多尼家長子的第一任妻子過世，兩人並未生下一子半女，於是艾多尼家耗費心力和財力尋尋覓覓，想找一個漂亮的明格里亞女孩當他們家長子的第二任妻子，最後選中塔納西斯家的女兒，塔納西斯是歐拉區海邊一家酒館的老闆。他們結婚後不久，新郎就來找我，抱怨說他肚子痛，還會嘔吐，要我幫他開藥。醫師們似乎診斷不出他得了什麼病。他的臉部和雙手皮膚顏色愈來愈深，手臂和手指上開始長瘡。但除非有人會讀法國的小說，否則不會有人能夠加以聯想並得出任何結論。還不到一年，我就看著這個四十歲的男人逐漸衰弱，最後死去。我去參加了他的葬禮，他年輕守寡的妻子比任何人哭得還傷心，絕不會有人想到其中可能牽涉什麼無良惡行。但是等到這名年輕寡婦在葬禮的三個月後，就將繼承到的財物房產全部轉賣，跟年輕的情人一起私奔到士麥那，大家議論紛紛說：『是他們合謀殺了他。』最初是藥師密索斯（大家都知道他愛看法國小說的希臘文譯本）告訴我，艾多尼家的長子可能是砒霜中毒。但是他的妻子早就遠走高飛，為時已晚。我們都是鄂圖曼帝國子民。別說二十年前了，就算是現在，帝國法院還是設備不足，沒辦法像歐洲法院一樣，採用科學方法調查這類謀殺案，揭發下毒殺人案的真相。現在我們的報紙會翻譯並連載歐洲的熱門偵探小說，也難怪大家讀了以後，對裡頭的醫師角色印象深刻（而且眼紅嫉妒）。從以前到現在，去任何一家草藥鋪都能買到毒鼠藥或所謂

「白砒」。當時島上的報紙並未報導這起毒殺案，不過我們的希臘語和土耳其語報紙有時會刊登類似的毒殺案新聞，而且報導的語氣似乎總是在說：『看看歐洲這些可怕的事件』。

「島上還有一件惡名昭彰的下毒殺人案也未曾經過妥善調查，涉案者是一名半瘋癲的十六歲美麗少女，她來自貧困的圖茲拉區，據我估算，被她下過毒的受害者至少有四十人。她的父母想要把女兒嫁出去賺取大筆聘金，招待了好些婆婆媽媽、媒人和可能的結婚對象，還廣發消息給介紹人、親戚和消息靈通的熟人，想讓他們替自己的女兒估個好價錢。少女在端給每個客人喝的咖啡裡，都加入不足以致命且令人難以察覺的少許劑量毒鼠藥。沒人發現。無論如何，當時的總督在案發後對所有報社下了封口令，不讓任何跟毒鼠藥謀殺案有關的消息見報。讓民眾知道只要每天用一點點這種很像麵粉的白砒就能慢慢將人毒殺，會成為社會的隱患，不過知道的人在島上還不多。伙房學徒也許是從某個人那裡拿到一包毒藥，或者他肯定是從某處聽說了這種方法。我們也確實試過禁止島上的傳統草藥鋪販售毒鼠藥，我們以前在伊斯坦堡是透過藥師公會要求大家。」

「您為什麼覺得沒辦法成功？」

「請再給我一點時間向您解釋，帕夏……現在的總督上任後不久，就解除禁令，不再禁止報社刊登受詛咒的美麗女孩偷藏砒霜給客人下藥的報導。他的用意是要讓民眾覺得『前任總督很無能』。各家報社很快就開始報導這則陳年舊事，尤其是希臘報社，他們用這則故事來嘲笑那些代表好色男人到處尋覓適婚女孩的中間人，並暗示穆斯林一直很落後，似乎不找媒人就辦不成任何婚事。如我先前所說，島上沒有人知道砒霜可以用來毒殺別人，因為島上沒有人會讀法國小說。有時候會有一些失戀的人，在傷心過度之下吞服大量毒鼠藥，家屬會把人送來我這裡，我從這些案例得知，吃下毒鼠藥的人的嘔吐物裡會出現狀似泥土的白色小顆粒。服毒自殺的人臨終前，通常會萬分後悔，說出自己是吞了什麼毒藥。我剛剛說的確實是其中一種常見症狀……他們死前都痛苦無比。」兩人都靜默無語。接著，「在著名的法國小說裡，傷風敗俗、精神不穩的主角包法利夫人就是吃砒霜自盡。」邦考斯基帕夏見聞廣博的老友說道，暗自猜想努里醫師不會知道包法利夫人是誰，而他猜對了。

兩人之間有一座玻璃櫥櫃，從兩人坐的地方可以看到櫥櫃裡有些藥罐、外盒五彩繽紛的進口藥品、各式各樣的藥包，以及形狀和大小各異、大都裝著深色藥膏和配製藥劑的瓶瓶罐罐。隔壁房間裡存放著煤氣燈、蒸餾器、剪刀、刷子和研缽。有三名顧客走進藥房，他們仔細研究陳列的藥品，對於要買些什麼遲疑不決，彷彿市內從未發生疫情。

「二十二年前，蘇丹陛下委託邦考斯基帕夏撰寫一份如何從宮殿庭園內的植物萃取有毒成分的論文。」

「沒錯！」尼基弗羅斯回答。「我知道您一定記得而且會來問我這件事，所以我一直努力回想，在記憶中搜索相關片段。我的結論是，基本上這是現代西式藥房在伊斯坦堡和明格里亞島發展的故事。」

一方是受過西式教育的年輕藥師，例如邦考斯基和尼基弗羅斯，他們前往巴黎和柏林留學，回國後堅決致力推廣「科學的藥理學」，支持者中包括一群憤怒的「激進分子」，他們要求禁止販售有毒（或有害）物質以及未有醫師處方就開藥給病人的作法。另一方是集中的伊斯坦堡貝尤魯區和巴耶濟德區的大藥房，他們販售各式各樣本土和進口藥品，藥房經營者和另一陣營的年輕藥師一樣多為基督徒。伊斯坦堡人最常光顧的兩家藥房，是勒布爾家的藥房或英國人經營的「康祖」。這些藥房除了販售草藥鋪中常見的藥品，也會販售各種不斷翻新的歐洲進口成藥、盒裝或精緻瓶裝藥膏、糖漿、乳霜，以及歐洲進口巧克力、罐頭食物等多種奢侈品。

蘇丹阿卜杜勒哈米德從間諜和線人提供的情報得悉，有數名王子擔心在宮內藥房購買藥品可能會遭人暗中下毒，於是改去貝尤魯區這些大藥房買藥。蘇丹了解即使是那些繼承順位排在最後的王子，其中也有人對自己百般提防，覺得去貝尤魯區購買藥品比較安全，另外也有一些王子單純是為了炫富，但他真正想得知的是，王子們是否向藥房購買過任何可用於製作毒藥的物質。而各位讀者也將從帕琦瑟公主的書信內容推知，蘇丹曾要求邦考斯基帕夏就相關課題撰寫一份詳盡的報告。

除了確認涉及毒藥買賣的細節，蘇丹也想知道醫師們在伊斯坦堡加拉塔區的艾佩里藥房見面時的談話內容（他在這方面相當成功）。伊斯坦堡各大藥房內，皆設有醫師診間和候診室。但艾佩里將自家藥房裡的候診室改建得很像閱讀室。室內除了擺放他訂閱的多本歐洲醫學期刊，還有最新出版的教科書。伊斯坦堡的醫師不分希臘人或穆斯林，都時常造訪這間閱讀室，不只是為了翻閱期刊，也能順利與同行見面交流。

蘇丹特別保護哈姆迪藥鋪、伊斯堤卡梅（店名意為「正道」）、艾德罕・佩特夫藥房等由穆斯林經營的藥房和在當地生產的商品，希望這些藥房也能加入邦考斯基貝伊推動成立的藥師公會。但他亟欲支持和規範的最大族群其實是家族經營的草藥鋪，這種店鋪多半會同時販售散劑、藥品、毒鼠藥和肉桂，也會販售自製藥丸和軟膏。這些老派草藥鋪的經營者大都是穆斯林，而蘇丹既想要支持這些穆斯林，又想要禁止他們販賣毒藥，但他也知道兩個目標相互矛盾。

「我的印象是任何會讓蘇丹陛下高度關注的事情，必定也讓他感到五味雜陳。」尼基弗羅斯告訴努里醫師。「二十年前，陛下以『改革進步』為名，一下子對穆斯林藥房推崇備至，一下子又對他們處處為難，頒布多道禁令並要求他們引入歐洲的現代化作法，這些要求已經超出穆斯林藥師的能力範圍。但每次只要陛下在歐洲列強堅持和施壓之下，即使自己不認同也勉強採用某些新規定，最後卻發現對國內的穆斯林子民有害無益，他就不會貫徹實行。他之前曾解散議會，不就出於完全相同的正當理由嗎——事實證明這些新權利對帝國的穆斯林族群不利？」

努里醫師不禁揣想，尼基弗羅斯輕鬆大方發表如此爭議性的言論，是不是因為他事前就預演過，他一回到賓館，就告訴帕琦瑟公主自己的想法。由於公主的真知灼見，兩人很快就想通了，藥師尼基弗羅斯這天的言論聽起來，就像與蘇丹阿卜杜勒哈米德有什麼祕密往來，他有可能是獲得蘇丹發給特別密碼本的特殊人士。

五十天前，在冠蓋雲集、馬車和僕從往來川流不息的婚禮上，趁著一個安靜的空檔，哈緹絲公主年長許多的丈夫轉向努里醫師說道：「小心那些膽敢公開詆毀蘇丹陛下的人！他們全是**密探**。你要是附和他們，他們就會立刻向陛下舉報。你一定要問自己：『這個人怎麼敢在這裡當著你的面，講一些大多數人連想都不敢想的話？』答案是他們是陛下安插的眼線，所以什麼都不怕。」

第三十一章

「個性」在歷史中扮演何種角色？對一些人來說，這個問題無關緊要。他們認為歷史如同巨輪，而個人極為渺小。然而有些歷史學家會探究某個時期的歷史要角和關鍵人物的個性，希望從中尋找解答。我們也相信，歷史人物的個性氣質有時候會影響歷史發展的方向。但是這些個人特質，也會反過來受到歷史本身的形塑。

蘇丹阿卜杜勒哈米德確實生性多疑，歐洲人形容他「偏執狂」可說是有憑有據。但他之所以如此猜忌多疑，卻緣於他的所見所聞和經驗——也就是歷史本身。換句話說，阿卜杜勒哈米德的焦慮多疑完全正當合理。

時間回到一八七六年，阿卜杜勒哈米德王子時年三十四歲，是第二順位繼承人，他並不特別出色，但值得尊敬（為人節儉、認真且虔誠）。當時在位的蘇丹是他的叔父阿卜杜勒阿濟茲。同年，米塔帕夏和鄂圖曼軍隊總司令侯賽因．阿甫尼帕夏將軍聯手發動政變，推翻阿卜杜勒阿濟茲，扶持阿卜杜勒阿濟茲的姪子、阿卜杜勒哈米德的兄長穆拉德五世登基。阿卜杜勒阿濟茲不久後就一命嗚呼，可能是遭到暗殺或被逼自盡。政變過程中，第五軍團的阿拉伯士兵圍攻濱海的多爾瑪巴切宮，遭逼宮的阿卜杜勒阿濟茲被人挾持並以划艇載走，其遺體於四天後在同一道海岸僅相隔數座宮殿之處被人發現，雙手手腕有多處刀傷，可能是發狂之下自殺，也可能是遭人殺害。而阿卜杜勒哈米德則成為第一順位繼承人，此後更是陷入驚恐，只能困坐在居所內，試圖理解在周遭房室宮殿中發生的一連串事件。他一直無法接受叔父就這麼死去——想到即使到了現代，蘇丹還是有可能遭到罷黜甚至暗殺，簡直駭人聽聞！僅僅三個月後，發動政變的米塔帕夏和其他將領再次合謀，推翻他們新擁立的穆拉德五世（即帕琦瑟公主的父親）。穆拉德五世也因為叔父之死而大受打擊（事實上，他因此精神失常），他如今同樣遭到罷黜。因此，短短四個月內，阿卜杜勒哈米德就從第二順位繼承人搖身一變成為蘇丹，期間他有機會觀察米塔帕夏和其他共謀的帕夏如何大權在握，明白他們隨時可以像推翻前幾任蘇丹一樣對付他。

然而，其實早在登基之前，阿卜杜勒哈米德就已經體驗過這種恐懼。如果說鄂圖曼王子們在一九〇一年時害怕遭到蘇丹阿卜杜勒哈米德毒殺，在三十年前，阿卜杜勒哈米德本人和他的兄長穆拉德同樣害怕遭到他們的叔父阿卜杜勒阿濟茲下毒謀害。原因在於，無論鄂圖曼帝國對於王位繼承的規定為何，蘇丹阿卜杜勒阿濟茲決心要讓自己的兒子優素夫．伊澤廷阿凡提繼位（他在兒子十四歲時就封他為將軍，並讓他擔任軍隊指揮官）。

一八六七年夏天，阿卜杜勒阿濟茲帶著兒子優素夫．伊澤廷和兩名姪子（穆拉德和阿卜杜勒哈米德兄弟）一同前往歐洲，叔姪之間的關係在該趟行程中更形緊繃。為了避免關係緊張的局面，當時身為王儲的穆拉德盡可能保持距離，平常多半待在自己的庫巴勒德雷府邸，而非貝西塔什宮（現今稱為多爾瑪巴切宮）中指定的王儲居所。根據帕琦瑟公主其中一封在父親穆拉德逝世多年後寫給姊姊的信中，以及她和兄姊從父親那裡親耳聽聞，叔姪在歐洲行第一次發生重大衝突是在巴黎愛麗舍宮的一場舞會：一群衣著暴露的法國貴族仕女受到王儲穆拉德吸引而圍在他身邊，他用法語與她們交談，並和其中一位仕女跳了一支方舞，因此遭到蘇丹叔父的斥責。

根據穆拉德和其弟的說法，維多利亞女王和蠢笨的王儲愛德華王子（女王並未讓他知悉任何國家機密）於倫敦白金漢宮設宴招待時，對待鄂圖曼帝國的年輕王儲穆拉德和其弟阿卜杜勒哈米德王子十分親切，此事也引起他們的蘇丹叔父「嫉恨」。當晚他們住在白金漢宮的客房，阿卜杜勒阿濟茲的副官於隔天將一盤葡萄送到穆拉德住的房間，表示要傳達「蘇丹陛下的親切問候」。穆拉德立刻吃起葡萄，但沒過多久就感覺到胃部痙攣抽搐，他有所警覺，立刻大喊著奔往弟弟所住的隔壁房間。年輕的阿卜杜勒哈米德（當時二十五歲）無論去什麼地方，都隨身攜帶一顆可解毒的糞石，他用糞石磨出一些粉末混進水裡讓兄長喝下，並派人找醫師前來醫治，救了王儲一命。維多利亞女王聽聞來龍去脈之後，派愛德華王子前去轉告王儲穆拉德和阿卜杜勒哈米德兄弟，如果他們**確信**有人**預謀**下毒行凶，他們可以繼續留在英國，待繼承蘇丹之位那天到來時再返回伊斯坦堡（愛德華王子和穆拉德在數年後皆成為共濟會成員——穆拉德加入伊斯坦堡的分會——並曾互相通信；愛德華王子則於一九〇一年，即與本書故事發生同一年，登基為英王愛德華七世）。穆拉德兄弟皆是未來蘇丹的人選，他們知道整起事件或許不如他們以為的那樣充滿惡意，卻可能引發政治上的嚴重後果，也能想像媒體會如何大肆渲染這起事件（鄂圖曼帝國王室成員於白金漢宮內相互毒殺！），因此在消息傳到叔父耳裡之前，兩人決定當作一切都沒發生過，認為去懷疑那盤葡萄有毒只是毫無根據的揣測。

但蘇丹阿卜杜勒阿濟茲仍然得知此事，等一行人回到伊斯坦堡後怒斥王儲穆拉德「讓我們所有人蒙羞」，一度將他逐出多爾瑪巴切宮。

後來土耳其共和國成立之後，國內報紙上刊登的歷史專欄文章，則呈現截然不同甚至完全錯誤的版本，聲稱在穆拉德和阿卜杜勒哈米德於倫敦停留並等待繼承蘇丹之位期間，據說維多利亞女王曾提議要讓他們兄弟娶英國公主為妻。無論對方的身分地位為何，英國公主絕不會嫁給一個已經娶了四個妻子、後宮有無數姬妾任憑欺凌的男人，女王也絕不會考慮讓任何英國王室成員與可能下毒謀害親族且完全不會英語的男人結婚。凡是稍有常識的人，都知道這些事實不言自明，而且可能會跟我們一樣，難以理解為什麼對於土語報紙上這些內容捕風捉影、每隔三年就要換個新標題（「維多利亞女王有意招阿卜杜勒哈米德為婿」）重複刊登的專欄文章，忠實讀者仍然堅信不疑，而且一讀再讀樂此不疲。

阿卜杜勒哈米德在這趟歐洲行的九年後登基（在他的叔父遭暗殺和兄長精神失常之後），他在這九年間必定已經想通，從科學角度來看，歷史上（尤其是東方）許多國王和統治者隨身攜帶的軟質糞石，在倫敦那天有可能根本沒有發揮任何解毒功效。在成為蘇丹之後，他曾吩咐邦考斯基撰寫數份報告，最早數份報告的題目即關於如何運用「科學方式」自耶爾德茲宮庭園內栽種的植物萃取有毒成分、還未發現解藥的新毒物，以及致人於死卻不留下任何跡證的毒藥。

蘇丹第一次得知邦考斯基貝伊，是因為邦考斯基與藥師尼基弗羅斯合作創立的君士坦丁堡藥師公會（也稱為首都藥師公會）開始活躍。他們新創立的公會組織與其他藥師公會水火不容，並提出一項倡議希望獲得帝國政府支持。他們倡議的核心訴求，是禁止主要販賣辛香料、散劑膏藥和各種植物及根部的草藥鋪販售毒藥和其他危險物質。他們主張制定相關規範，將砒霜、苦艾、石炭酸、可待因、斑蝥素、乙醚、碘仿、沙巴達子、煤焦油（或木餾油）、鴉片和嗎啡等將近一百種物質列為處方用藥，規定僅有現代化、歐洲化的藥房得以販售並定期稽查，一般草藥鋪則不得販售這些品項。

阿卜杜勒哈米德必定從他最近才開始讀的偵探懸疑小說得知，用來滅鼠的砒霜也可以用來下毒，不著痕跡之下奪人性命。蘇丹對於提及如何下毒和避免留下任何跡證的段落格外留心，甚至會要朗讀者將某些段落再念一遍。至於蘇丹對於在宮殿庭園裡種植有毒植物的興趣，我們的讀者應該如此看待：蘇丹就如同其他現代東方國家的帝王，將宮殿庭園視為這個世界具體而微的版本。所以蘇丹向年輕的邦考斯基貝伊提出的問題其實很簡單：哪些植物可以用來製作有效的毒藥？

在邦考斯基貝伊就此課題為蘇丹撰寫報告期間，也奉蘇丹之命執掌耶爾德茲宮宮內的私人藥房（有時稱為化學實驗室）。他在同一時期也忙於推動藥師公會會務，並對抗傳統草藥商，在與蘇丹的對話中必然會提到毒藥，還有毒藥極易取得一事。

蘇丹知道大多數曾被用來謀害其祖先的毒藥，在全伊斯坦堡數百間草藥鋪中任何一間仍然可以買到——例如四百二十年前讓征服者穆罕默德不知不覺中逐漸衰弱最終喪命的那種毒藥。從耶爾德茲宮檔案庫的資料中，我們得知宮廷特別派遣特使到新市集區、巴耶濟德區、大市集區和法提赫區的店鋪，蒐羅了形形色色的毒藥帶回宮中的實驗室研究，也得知搜集到的毒藥種類。

努里醫師中午與尼基弗羅斯見面相談後回到總督府，之後總督立刻派人相邀。

「為了防止任何跟下毒有關的謠言傳開，我下令將伊利亞醫師和瘟疫死者埋在一起，並在遺體上撒石灰。」總督先開口說道：「如果我們承認伊利亞醫師跟邦考斯基帕夏一樣遭奸人暗殺而死，就等同承認鄂圖曼帝國政府在明格里亞島上完全失能——我或首都方面絕不允許這種事發生。要是蘇丹陛下發現邦考斯基帕夏的助手也遭到殺害，而駙馬您跟我都還沒有揪出罪魁禍首，陛下甚至可能認定我們是有意拖延。」

「您認為下毒者跟殺害邦考斯基帕夏的凶手是同一批人嗎？」努里醫師問。

「如您所知，目前仍在調查！」總督回答。「不過，當初要是伊斯坦堡方面堅持，我們就會做該做的事，總能讓某個人招認是他在小圓麵包裡攙了毒鼠藥。但現在這個重責大任落在您肩上了，既然您要以福爾摩斯的方法調查，就不會有什麼刑求拷問或打腳板了。您只要盤問草藥商和藥師就能找出凶手，就像蘇丹陛下最喜歡的那位偵探會做的。祝您好運。草藥商都知道您要去調查，早就做好必要的防備！讓我們聽聽看他們這次的說詞。」

軍營伙房的廚子、助手和目前為止曾遭刑求審問的其他嫌犯，分別被帶到數家主要的草藥鋪讓老闆、伙計和跑腿的男孩指認，但是他們都不記得有任何一名嫌犯或其他人曾前來購買毒鼠藥。

努里醫師首先前往艾克里瑪區的一間小店。店鋪讓他想到伊斯坦堡馬哈茂德帕夏區那些猶太人經營、充滿好聞氣味的店鋪。堆放在櫃台前方的布袋裡裝著五顏六色的粉末和辛香料，店內陳列的瓶瓶罐罐中盛裝丸狀物、水果和藥物。自天花板垂掛著一串串以繩線綁束的藥草植物、成捆草束，和各種形似海綿的古怪東西。伊斯坦堡的藥草鋪通常會有醫生在店裡等病人上門求診，但這家店的醫生不在，店裡只有老闆瓦席爾阿凡提，他先前就接到總督府人員示警，準備好接受努里醫師問話。

一見到貴為駙馬的醫師，瓦席爾阿凡提就深深一鞠躬致意，嘴裡不停念著自己向官方報告過的說詞。伙房廚子沒來過店裡，助手也沒來過，毒鼠藥最近根本沒什麼人在買，畢竟大家家裡還有街上的老鼠都比以前少了。而且，市府還在街上到處撒毒鼠藥，哪需要用錢買。瓦席爾阿凡提用不太流利的土耳其語向努里醫師解釋，現在比以前更容易向政府取得大量毒鼠藥。只要努里醫師察看或嗅聞店鋪架上任何粉末、藥草、盒子、測量儀器、裝著色彩繽紛辛香料的錫罐，或是任何存放袋裝、瓶裝或罐裝、香氣甜美的植物根部的玻璃容器，滔滔不絕的瓦席爾阿凡提就會忽然停住，轉而介紹起店內這些品項：芥末子、茉莉、大黃、指甲花、古柯葉、薄荷腦、除蝨草、肉桂和圓葉櫻桃核磨成的香料。他也讓努里醫師看店內存毒鼠藥的袋子，並表示自己對於有毒物質非常謹慎，絕不隨便讓閒雜人等靠近，而且無論店內照著處方抓藥或製作藥膏的時候，自己都一直在店裡。他講起士麥那一名草藥商的故事，說他人在家裡，交代店裡的學徒替病人抓一帖藥，但學徒原本該拿櫃台左邊那袋藥粉，卻誤拿到右邊那袋，不小心放錯約三迪拉姆[24]的白色藥粉，結果病人因吃錯藥而送命。他是從跟那名草藥商合作的商人那裡聽說的，而這個商人的店鋪跟士麥

24 迪拉姆（dirham）：重量單位；鄂圖曼帝國晚期時，一迪拉姆約為三點二公克。

那草藥商的店鋪在同一條街上，會透過法蘭西火輪船公司的海運服務運送加了辛香料的香腸給瓦席爾。島上只有瓦席爾阿凡提的店買得到士麥那的香腸。

草藥商接著開始為努里醫師調配一帖特製草藥。他將八顆雪松種子和一塊薑片磨碎後混合在一起，再加入杜松焦油和乾鷹嘴豆磨成的粉末，還自豪地要努里醫師聞聞看存放這些原料的袋子，然後將所有材料壓搗成膏狀。他拿了一個模具當成挖勺，開始舀起混合物並塑形成圓圓的丸劑。「您要是拉肚子，就空腹吃一顆，保證馬上就好。」他很滿意地表示。

在接下來造訪的另外兩家草藥鋪，努里醫師看到同樣裝成一袋袋的染料、咖啡豆、砂糖和辛香料。瓦席爾在店門口擺了一顆鴕鳥蛋，讓拿了處方想抓藥但不識字的人也能知道這間店是草藥鋪。老市集裡另一家草藥鋪在門口擺了一個小小的阿拉伯燈塔模型，而瓦伏拉區的草藥鋪門口的招牌則掛著一把巨大剪刀。另外兩間店鋪大同小異，最常有人詢問購買的商品包括輕瀉劑、痔瘡藥、止咳丸、外傷和痠痛藥膏以及治胃痛的藥物。努里醫師發現，藥師尼基弗羅斯特別跟他說在伊斯坦堡藥師強力倡議之下，已禁止草藥鋪販售的藥物或成分如苦杏仁油、黑杜松、沙巴達子和曼陀羅，在這幾家草藥鋪中全都買得到。他也特別注意到，洋甘菊、茴香和黑種草全是草藥鋪常用來配製胃痛藥方的成分，希望在追查謀害檢疫醫師的真凶時，類似細節或許最後能派上用場。在門前掛著巨大剪刀的草藥商告訴努里醫師，他們最常為那些發放禱詞單和護身符的謝赫們調配一種軟膏，其中成分包括硫、蜂蠟、玫瑰花瓣和橄欖油，還取出一瓶送給他。

努里醫師回到賓館後，帕琦瑟公主跟他開玩笑，說要試用看看獲贈的丸劑和軟膏，但努里醫師立刻阻止妻子。兩人鬥嘴、生悶氣又嬉鬧調情一番，才將帶回的瓶罐擱置。但努里醫師堅持不懈，仍陸續拜訪了亞卡茲其他家草藥鋪。

第三十二章

在檢疫措施正式實行之前啟程駛往雅典的「歐狄提斯號」上，有一名乘客在航程中過世。希臘各大報紙立刻刊登相關新聞，而歐洲各家報紙也開始報導鄂圖曼帝國無法有效防控起源於中國和印度、再經由漢志省和蘇伊士運河傳到西方的傳染病，歐洲國家必須出手干預。鄂圖曼帝國過去就常被巴黎的《小日報》、《小巴黎人報》和倫敦的《每日電訊報》稱為「歐洲病夫」，這個比喻也再次出現在瘟疫相關的報導中。西歐各個港口開始將所有來自亞卡茲的船隻都視為掛起黃色旗幟，並要求乘客在前往目的地之前必須隔離檢疫至少十天。

隔離檢疫措施也帶有某種懲罰性質。西方列強向蘇丹阿卜杜勒哈米德發出怨言，指出明格里亞總督在實施防疫規定上似乎辦事不力，並依循之前漢志省發生霍亂疫情時的作法向鄂圖曼帝國發出警告。他們表示除非明格里亞總督對離港船隻嚴格實施檢疫，否則他們只能派出戰艦強行介入並代勞，並由派駐高門的大使通知說他們的艦隊已經在地中海待命。

蘇丹宮廷和高門皆會將事情進展通知沙密總督，總督會和努里醫師討論，努里醫師會將情況告訴公主，最後公主則在寫給姊姊的信中報告她所知的一切。

「目前沒有任何郵輪進港，表示你寄出的信一定都堆在郵局某個地方的籃子裡！」努里醫師如此說道。「我在想，暫時留著這些信件不寄，會不會是比較謹慎的作法？」

「我一定要寫好一封寄出去，才能接著寫下一封！」帕琦瑟公主回答。「你覺得可以請少校再幫我找來二十張這種明信片嗎？」

她手中拿著七張在伊斯坦堡印製而成的黑白明信片（並非手繪明信片）。帕琦瑟公主有時會像背誦詩篇一般，念出明信片上標注的法文地名自娛：「明格里亞城堡」、「輝煌殿堂飯店」、「海灣全景」、「亞卡茲燈塔及港口」、「自城堡所觀景象」、「哈米德宮殿與市集」、「聖安道教堂及海灣」。

帕琦瑟公主以前常用法文念書給父親聽，也會讀傳奇故事打發時間。透過丈夫的敘述，她把少校的故事當成小說來讀，在寫給姊姊的信中記述她聽到的經過。雖然她的祖父、父親和叔父——全是前任或現任蘇丹——各擁五、六位妻子和數不清的後宮姬妾，帕琦瑟公主並不贊同一夫多妻，她的兩個姊姊和其他多位公主的想法也跟她相同。部分原因可能是她們都在後宮接受了西式教育，但主要原因在於，王室的規定是任何人只要迎娶蘇丹的女兒或具有王室血統的公主，就不得再娶其他女子為妻。

少校的準新娘哲妮璞得知父親選中的追求者在老家已有妻子之後就解除婚約，公主得知此事後對她萬分敬佩，不認為哲妮璞此舉可能還有其他考量。公主在兩天後從丈夫那裡聽說，凱米爾少校和哲妮璞見到面了，而兩人之間彷彿有一股神祕的吸引力。讀過帕琦瑟公主書信的讀者將會發現，明格里亞人民非常珍視這段充滿諸多小小巧合的愛情故事。

在從郵局回總督府的路上，少校刻意繞遠路越過溪流，在居民多為穆斯林的數個區閒逛。在通往坡耶勒什區一條安靜街道的一處綠樹成蔭的庭園裡，他看見一棵橄欖樹下有三個男孩，其中一個男孩抽抽答答地啜泣，另外兩個男孩則默默落淚。再走過兩座庭園，他聽見一些戴頭巾的中年女士在爭吵對罵：「是你把疫病帶進來的。」「才怪，明明是你！」到了圖茲拉區，他看到一名碼頭工人告訴一群婦女該怎麼做才能預防疫病傳染，卻沒能說服對方。在同一條路上，他發現一名薩伊姆教派的聖者在發送對抗疾病的護身符，也得知如果靜靜站在他的庭園裡，將雙臂在胸前交叉並鞠躬三次，同時口中重複念誦「我前來向聖者致敬」，就能獲准進入他的道堂。

他在某條街道上感受到死亡和恐懼籠罩下的靜寂無聲，以及醫師和政府人員絕望無助的情緒，但等他走到下一條街和下一座庭園，卻發現自己又回到童年時塵土飛揚、帶著慵懶氣息的巷弄，心中的恐懼也消減幾分。

他沿著一條中間有汙水溝淙淙流動的街道行走，忽然瞥見哲妮璞和大約八或十名或老或少的女子一起，正從右邊稍遠處走向他所在的街道。這群女性全都戴著白色頭巾且身著五顏六色的衣裝，沒有人注意到少校盯著她們看。少校試圖尾隨她們，但只跟到一小段路。

哲妮璞和同行女子忽然消失無蹤。少校為了找尋她們的身影，走入空蕩無人、雜草叢生的庭園，穿過長得很高的草叢，從數面滿覆爬藤植物的圍牆旁走過。他看到一名戴頭巾的婦女正在自家後院晾曬衣物，旁邊兩個赤著腳的小男孩扭打成一團，彷彿這是天底下再平常不過的一日。

少校轉進一條蕭瑟破敗的偏僻街道，覺得自己小時候曾經來過。他彷彿置身夢中，抽離出來看著自己。但他一回神就發現已經跟丟哲妮璞，於是決定返回總督府。

同一天下午少校見到母親，知道已經無法再隱藏自己對哲妮璞的愛意。而他母親的態度，似乎暗示這就是當前最重要的話題。「我聽說你跟在哲妮璞後面，」她說：「她很開心。」

少校沒有料到消息這麼快就傳到母親耳裡，驚奇之餘也相當欣喜，要不是擔心表現得太急躁會讓母親不知所措，可能當下就會要母親「開始安排婚事」。

無論如何，少校的母親只是看著兒子的表情，就明白他的心意。「她是很特別的女孩。」她的語氣平淡。「每朵玫瑰花都有刺，但這種機會一輩子只會出現一次，而你能把握住也表示你還算頭腦清楚。你準備好為她付出一切了嗎？」

「什麼意思？」

「經歷了這麼多風波，那女孩會想去伊斯坦堡，從此以後永遠擺脫拉米茲。她的哥哥們確實沒有將父親收到的聘金退還拉米茲，或至少沒有全數退還。所以無恥的拉米茲還是會糾纏不休，因為他知道他哥哥赫姆杜拉謝赫會幫他撐腰。」

「我不怕拉米茲，但根據目前實行的防疫規定，我們還沒辦法去伊斯坦堡。告訴她我會先帶她陪著公主去中國！」少校說。

「如果你告訴她『我會帶你去伊斯坦堡』，她會覺得比較可信，比講什麼要去中國的話還有說服力！」少校的母親回答。「你的勒米怎麼說？」

少校母親口中所稱「你的勒米」的男人，是少校的兒時好友，對全市的小道消息瞭若指掌。少校漫步在陽光照射下飄著玫瑰香氣的街道，又在開花的椴樹和木蘭綠蔭下走了一段路才抵達輝煌殿堂飯店。他和勒米在飯店露台上一張桌子旁的柳條椅坐下，上方有橘白雙色條紋的遮陽篷遮蔭，從他們的位子可以望見碼頭，空氣中瀰漫著玫瑰、百里香和來舒消毒液的氣味。勒米臉部瘦削，他的父親是穆斯林，母親則是東正教徒。勒米的父親過世後，父系親戚就搬離明格里亞島，所以他是在希臘家族中長大。他如今擔任輝煌殿堂飯店的經理，身上穿著紅褐兩色的亞麻制服。從十年前在島上經營採石場的義大利商人、富有的希臘人、鄂圖曼政府官員、招搖炫富且或多或少有影響力的穆斯林仕紳、公家機關人員，到穿便服的士兵，都是飯店寬敞大廳和露台的常客，甚至總督本人偶爾也會光臨，因此凡是島上的大事，在這裡必然可以聽到有人討論。

勒米知道是哲妮璞解除婚約，提醒少校要小心拉米茲可能會利用其兄的謝赫地位伺機報復。拉米茲的胡作非為人盡皆知，所幸總督已將他關押入獄。得知拉米茲已經在伊斯坦堡的授意之下以承諾不再踏足亞卡茲的條件獲釋後，勒米說：「總督應該立刻再將他打入大牢！」不過他也承認很難做到。

「為什麼很難？」

「總督不喜歡赫姆杜拉謝赫，但他也知道沒有謝赫支持，在疫情防治上會面臨困難。」

有些歷史學家認為，像沙密總督這樣位高權重的帝國官員，竟然如此忌憚赫姆杜拉謝赫，做任何事都害怕會觸怒對方，表示這是總督的莫名「懦弱」，因為他是貴為一省總督的帕夏，所轄省分內還有駐軍駐紮，沒有道理對一名謝赫誠惶誠恐。明格里亞的帕夏所掌握的權力一直大於謝赫，在不久後即將建國的土耳其共和國也是如此，而現代的土耳其和明格里亞的世俗主義也確實奠基於此。但現今再看沙密總督努力說服民眾遵循防疫規定的作法，我們或許可以認為他基於政治考量，採取了更有彈性、更加務實的權宜之策。

「你也知道，全島的男人都想追求哲妮璞。」勒米說：「你想娶她為妻可是困難重重。」

「我知道。我愛上她了。」

「她有兩個哥哥：哈迪和梅奇。」勒米說：「他們是雙胞胎，以前開了家雙子烘焙坊，但現在收掉不做了。你應該找他們當志願軍加入你的防疫部隊……他們不怎麼聰明，但是人很老實。供應給輝煌殿堂飯店廚房的麵包裡，雙子烘焙坊的麵包品質最好。」

「我好愛她，我相信她的哥哥們絕不可能做什麼錯事！」少校表明。

兩人聊到最後，開始計畫要如何讓少校、哲妮璞和她的兩個哥哥在市區碰面。三天過後，他們終於在伊斯坦堡街上輝煌殿堂飯店的半露天露台上齊聚。在該次見面之後，少校向努里醫師坦露心跡，訴說自己前往飯店見到哲妮璞時的興奮激動之情。

哈迪和梅奇兩兄弟修翦理容，身穿乾淨襯衫，努力讓自己看起來比較有城市人的樣子，但從他們頭上戴的菲斯帽和手足無措的表現，明顯可以看出兩人待在飯店裡很不自在。他們的母親和少校的母親已經談妥聘金價碼，以及男女雙方要準備的聘禮、嫁妝和首飾，因此這次見面並未談及相關話題。在冷清的飯店附近餐廳牆上張貼的防疫規定公告已經破爛褪色，這種細節在瘟疫仍舊肆虐的時期更是怵目驚心。

「我們是冒著風險來這裡見面……」少校開口說道：「防疫規定中禁止兩人以上群聚。」

「真主會看顧我們！」梅奇說：「你不需擔心；我們的命運早已注定，未來會發生的事不需要我們煩惱。」

「如果你們能遵守防疫規定，志願參加防疫部隊，就更不需要煩惱了。從昨天到今天早上又有十一人染疫身亡，某些民眾家裡有人病故，卻還隱匿不報。」

「相信我，凱米爾少校，」哲妮璞說：「比起年紀輕輕就染疫死去，我更害怕在島上老死，卻根本沒有好好活過。」

「知道自己真正想要的是什麼，這樣的特質令人欽佩。」少校說。

少校和哲妮璞隔著桌子對坐，兩人的臉靠得好近，相望時對上眼神就得急忙別開視線。面對這名有著深色眼眸的女孩，少校心知對她的愛戀會令人幾乎發狂，想到如果無法順利成婚，以後派駐遙遠的邊疆基地，就只能在寂寞的夜裡飽受思念渴求的煎熬，他知道自己除了娶她為妻已別無所求。

少校的母親莎蒂耶太太早已和哲妮璞的母親和哥哥們商量起婚事，討論婚宴和其他事宜，之後很快就拍板定案開始籌備。少校也獲得總督應允，無論任何人想阻礙婚禮進行，都將提供支援。拉米茲的手下一直在散播謠言，說赫姆杜拉謝赫對於弟弟的遭遇大為氣憤不滿。大家都深信拉米茲一定會回亞卡茲鬧事。總督主張事關少校本人的榮譽，少校應該要能娶他選中的女孩為妻，並以他想要的方式慶祝，無須懼怕任何人。至於兩人婚後應該住什麼地方，眾人一致同意，一名鄂圖曼帝國軍官新婚後最安全妥適的住處就是輝煌殿堂飯店。因此少校在和未來的妻子商量過後，決定像某些歐洲富紳一樣，入住飯店頂樓其中一間客房。

沙密總督密切關注少校婚禮的大小事，建議他在婚禮前去夾竹桃丘山腳下，找明格里亞最著名的理髮師潘納尤提斯理髮修鬍。少校在五月十四日週二中午去找潘納尤提斯，理髮師一見到少校就開始吹噓，說過去二十年來，每個在亞卡茲結婚的男人，不管是基督徒或穆斯林，都是找他打理儀容，他問少校說：「您看起來有點擔心，長官，我注意到您打量在下的小店和工具，您心裡是不是在想：『在店裡會不會被傳染？』」他接著又說：「我照著檢疫醫師的建議，所有剪刀、剃刀和燙捲鉗都用沸水煮過。我自己是不怕，但像您這樣比較注重衛生的客人會希望我這麼做，所以我還是照做。」

「你為什麼不怕？」

「聖母瑪利亞和耶穌基督會保護我們！」理髮師說，同時朝店內角落瞟了一眼。

少校並未看到任何讓理髮師信心滿滿的聖像，但是瞥見各式各樣的刷具、碗皿、研缽、刀具、剃刀、壺罐和磨刀石。理髮師邊替少校修刮臉頰上的鬍鬚，邊說自己認識前來島上對抗疫情的醫師駙馬，也知道少校的任務是保護公主夫婦。接著他講起明格里亞人對蘇丹陛下是如何忠心耿耿。將近四十年來，每年冬天和春天，鄂圖曼帝國所轄的黎凡特地區島嶼都會有人起事，謀畫起事者是島上的希臘人，他們希望跟克里特島一樣脫離帝國統治，回歸希臘。每年夏天，鄂圖曼帝國新配備火炮的海軍戰艦「梅蘇德號」、「奧斯曼號」或「奧罕號」，就會根據地方首長和當地情報單位蒐集的情資，駛往發生叛亂的島嶼炮轟希臘村落。有時候，駐紮在當地的帝國部隊會對這些村落發動攻擊，將所有有謀反嫌疑的民眾逮捕入獄。炮轟這些島嶼上的希臘城鎮、村落和港口，實質上算是一種懲罰。但是過去二十年來，「奧罕號」不曾來過亞卡茲，不曾以嶄新火炮朝著明格里亞的希臘村落開火！

「這是為什麼呢？因為蘇丹陛下知道，島上不管是基督徒或移民，對他都忠貞不貳。因為十五年前，明格里亞是整個黎凡特地區最有錢的一座島，而島上有將近一半的人口是穆斯林。」潘納尤提斯接著說道：「長官您看看這個，就算走遍伊斯坦堡，也只能在一、兩家理髮店找到這種鬍油和鳥嘴狀燙捲鉗。這罐鬍油是從柏林運過來的，都十年以前的事囉，我教過明格里亞每位大人和男士如何使用，不分希臘人和穆斯林。那時候大家都想弄得跟德皇威廉一樣，側邊又直又厚、兩端尖尖的八字鬍造型，以為只要把中間修短，兩邊再弄得稀疏捲翹就行了。但是用燙捲鉗把八字鬍燙出造型的時候，還有一點很重要，就是要抹一點這種蜂蠟製成的鬍蠟，要手很穩地慢慢按摩鬍鬚讓它完全吸收。」

理髮師在講述步驟的同時也認真付諸實行。最關鍵的一點：絕不能用兩頰和顴骨上的鬚髮去撐起八字鬍造型。這種作法粗俗不雅，但遺憾的是在柏林和伊斯坦堡仍然有些理髮師會這麼做。有經驗且跟得上現代潮流的理髮師都知道，在修整鬍鬚之前必須刮兩次將臉上的毛髮刮除乾淨。德皇威廉能維持末端翹挺尖銳的特殊八字鬍造型，就是拜這種法國公司生產含蜂蠟的鬍蠟所賜，他們開在柏林的分店還有在賣這種鬍蠟，公司嚴格看管鬍蠟配方，好像守著什麼仙丹妙藥。從德國取得的鬍蠟用盡之後，潘納尤提斯自行配製出效果相同的鬍蠟：將新鮮橡實和明格里亞松樹樹脂放入研缽中磨碎，加入使用和化學家邦考斯基在蘇丹特許下首次引進島上的同一種玫瑰製成的玫瑰水混合，再混入一些向草藥商瓦席爾購買的乾燥鷹嘴豆粉末。理髮師也向少校提議，可以幫忙將他的八字鬍尖端打理得更挺更尖，不過最後還是作罷，因為少校不想嚇到敏感又任性的準新娘。

少校頂著德皇威廉風格的尖翹八字鬍返回總督府，行經幾乎空無一人的伊斯坦堡街途中，遇到一名被瘟疫逼得發狂的瘋子。他記得小時候亞卡茲就一直有數名精神失常者，大部分的人也能容忍他們的存在。

少校自己還滿喜歡其中幾個瘋子。孩童會捉弄他們，希臘女士和長者會同情他們並施捨財物。大家都知道希臘瘋子狄米崔歐總是穿著女裝，而鎖鏈賽維會在人來人往的購物街上忽然大吼大叫。兩人在市場、橋上或碼頭旁相遇時，會用各種希臘語、明格里亞語和土耳其語粗言穢語對罵，最後大打出手。無論大人或小孩，都覺得他們的怪異行為相當滑稽。但在瘟疫爆發之後，這些存在已久的瘋子突然消失不見，取而代之的是一群被瘟疫逼瘋的人，他們更加瘋狂偏執，多半令人難以同情，甚至引起民眾的憎惡和恐懼。

這群新出現的瘋子在市內各區遊蕩，其中最出名的就是艾林區的艾克雷。據說艾克雷從前在伊斯坦堡一所宗教機構接受教育，曾在慈善信託局任職，娶了兩個妻子並過著幸福的日子，在疫情爆發之前的生活平凡無奇，唯一比較特別之處就是熱愛書籍。但在他的兩個愛妻都忽然亡故之後，他狂熱地讀起《古蘭經》並立刻得出結論：人類的「末日」已經降臨。

看見身著軍服並佩戴勳獎章的少校，艾克雷阿凡提習慣性直接在路中停下腳步，邊比出一連串浮誇手勢，邊開始背誦《古蘭經》中描述最後審判日的〈復活章〉。他的聲音低沉，偶爾帶一點濃重喉音，聽起來很真誠，令人動容。少校站在這名身穿深色雙排釦長禮服、戴紫色菲斯帽的高個子男人前面，很有禮貌地聽他背誦經文。當艾克雷念到該章第六節的問句「他問復活日在什麼時候？」（Yasalu ayyana yawmu al-qiyamah?），對少校露出威嚇般的表情。「當眼目昏花，月亮昏暗，日月相合的時候」，就是最後審判日！接著艾克雷伸長手臂，指著天空中某一處。少校看不出來艾克雷要他看的那一處有什麼不尋常，只看見晴朗的明格里亞天空。但他假裝看到了，因為他不想跟對方起爭執。

發瘋的艾克雷接著又背誦了數句經文，大意是末日時唯有真主阿拉那裡是庇護之所。每次有疫情擴散較為嚴重時，講道者和聖者就無可避免會背誦同樣數段經文，因此所有穆斯林醫師和檢疫官員也對這幾段經文耳熟能詳，不但滿懷敬意、全神貫注地聆聽誦經，也會向他們遇到的病患傳達經文的教誨。

老艾克雷有一次在引用經文之後公開批評防疫措施，總督得知後一度考慮要將他關入獄中，但最後還是作罷。少校聽完後走開，準備回到總督府，再次想到自己是何等幸福，而且無比幸運。在此我們記述少校沉浸於幸福之中，因為我們想要講的故事是關於一個很小的國家，而個人的情感和決定往往會改變歷史的進程。

少校的婚禮場地原本選在輝煌殿堂飯店，但基於安全考量（尤其該區有拉米茲的手下出沒），改為在總督府的會議廳舉行。賓客因換了場地而躁動不安，他們先在總督府一樓灑滿來舒消毒液的走廊裡等候了好一陣子，之後又被催著前往二樓會議廳觀禮。現場喜氣洋洋，賓客個個打扮得高雅潔淨。哲妮璞身穿明格里亞的紅色傳統新娘禮服，她的兩個哥哥換上雙排釦長禮服和靴子。少校看著婚禮現場，有一種抽離感，覺得自己好像在作夢。盲眼穆罕默德帕夏清真寺的伊瑪目[25]努列廷阿凡提忙著注記新人的姓名，新郎和新娘遠遠地彼此互望。

少校首先回答伊瑪目的問題。他依照習俗聲明自己在婚後將會奉獻的金額（不包括聘金和購地置產），也表明如果兩人離異，他會給女方多少贍養費。過程中他不停朝著身穿紅色喜服的新娘望去，驚嘆之餘更是滿心渴慕，不敢相信多年來的孤寂單身之苦終於有結束的一天。兩名見證人是少校的朋友勒米和情報監控局長馬札爾阿凡提——總督希望能密切監控整場活動，堅持要馬札爾擔任見證人。總督本人出於不明原因，在最後一刻回到自己的辦公室，直到婚禮結束都一直待在裡頭。結婚儀式進行到一半時，會議廳朝向碼頭那一端有一扇小門開啟，帕琦瑟公主和駙馬努里醫師從小門進入婚禮會場。公主夫婦站得很遠，與戴著菲斯帽並盛裝打扮的雙方家屬、親戚、鄰居和孩童隔了一大段距離，但老蘇丹的女兒親自出席觀禮，讓觀禮的賓客興奮不已。

伊瑪目開始念誦很長的禱祠，此時在場所有人都知道婚姻已經正式生效。少校將母親給他的一只黃金手鐲獻給新婚妻子，之後去跟兩名見證人和其中一些賓客握手。但因為害怕傳播疫病，大家不敢好好地互相擁抱道賀，大多數人只希望能趕快回家。

類似場合中通常會有的鞠躬行禮和親吻手背，在這場婚禮中已不復見，婚禮很快就告一段落，興奮難抑的新郎和新娘坐上總督的馬車，由澤克里亞駕車將他們送往輝煌殿堂飯店。辦公室裡的總督則煩躁不已，憂心拉米茲和他的手下隨時可能發動攻擊。帕琦瑟公主在標注一九〇一年五月十四日的信中，寫了許多真情至性的體己話，她在這一天目送新婚的少校夫婦離開總督府，特別提到「儘管周遭的氣氛是災禍將臨，這對夫妻依然滿臉幸福洋溢，嘴角更是掩藏不住溫柔的笑意」。

25 伊瑪目（imam）：於清真寺帶領禮拜、宣講伊斯蘭教義、主持婚禮和喪禮的教長。

第三十三章

看著幸福美滿的少校和哲妮璞，帕琦瑟公主想到自己和姊姊們在伊斯坦堡的婚禮，旁人的輕蔑眼光和冷嘲熱諷，還有難以釋懷的怨恨。

「他們不去想想我們所受到不公平的對待，像籠中鳥一樣被困在後宮，竟然還敢嘲笑我們對外面的世界一無所知！」帕琦瑟公主在其中一封信如此哀嘆。「但或許這些人全都將他們的快樂建立在我們的痛苦上，編造各種荒誕誇張的故事取笑我們！」她在同一段中接著寫道（為了讓蘇丹叔父安排結婚對象，公主們當時離開父親居住的宮殿，搭乘馬車前往叔父的耶爾德茲宮，而帕琦瑟公主的姊姊們看到拉車馬匹的臀部竟然如此骯髒醜陋，嚇得花容失色）。

「對於那些嘲笑奚落我們的人，我只想說一件事。」帕琦瑟公主在另一封信中寫著。「我們的高曾祖父穆罕默德三世（與莎士比亞同時代），為避免家族子弟為了爭奪蘇丹之位內戰，將他的弟弟們全部處決——總共十九名無辜的王子全都不幸喪命，其中五人還是小孩子。但正如我們親愛的父親所指出，穆罕默德三世並未傷害任何一位公主（他一定也有十幾個姊妹），不僅如此，他還替前任蘇丹塞利姆二世的女兒們置辦少許嫁妝，安排她們下嫁宮殿內位階較低的侍臣，就如同叔父對我們的安排。父親也說了，御用傳記作者穆罕默德．蘇雷亞的《鄂圖曼人物名錄》裡甚至不會記載公主的名字，換句話說，也許正因為公主們即使是**蘇丹**的女兒，對鄂圖曼王朝來說也不值一提，我們才得以保住性命。蘇丹的女兒們也會生兒育女，她們的女兒也是有王室血脈的公主，但由於王室為公主們精心挑選了配得上她們的夫婿，公主們的血脈得以延續，也能過著相對平靜的生活。如果駙馬也很優秀傑出，這些為人妻的公主會帶著她們的女兒，隨駙馬至各個省分地區落腳，最後藉由這種方式了解自己『家國』裡那些一直被視為『邊緣』的偏遠地帶。這就是為什麼我們的叔父對待賽妮葉和費麗黛兩位公主不像對待自己的孫女，反而給予等同蘇丹馬木德二世女兒的優厚待遇，不僅非常尊重她們，邀請她們參加耶爾德茲宮的聚會，賜予位在阿爾納烏特柯伊的濱海宅邸，考量兩人年紀之下將她們視同任何一位蘇丹的女兒。我們這些公主最後多半嫁給廷臣或帕夏，所以我們對外面的世界一無所知這件事，可說既沒有意義也無關緊要。但是當一位王子有望繼承鄂圖曼帝國蘇丹之位，並統治疆域廣大到連地圖都畫不下的帝國之內的多個民族、地區、島嶼和山脈時，而這位王子受到多疑的蘇丹阿卜杜勒哈米德限制，活動範圍只侷限在有衛兵看守和眼線環繞的數座宮殿裡，從未見過或去過宮殿以外的任何事物或地方，因此當他有一天從後宮窗戶往外看，生平第一次看到一頭綿羊時，就誤以為是怪物並立刻傳喚衛兵，那麼考量到鄂圖曼帝國國祚延續因此岌岌可危，王子的處境理所當然比我們鄂圖曼公主的處境更為急迫？」

帕琪瑟公主的姊姊哈緹絲和費希玫較早搬入耶爾德茲宮。蘇丹阿卜杜勒哈米德善待兩名姪女，將她們當成自己的女兒，在她們入宮後這段時期邀請她們參加宮廷裡許多或重要、或次要的典禮和集會，不只是為了、也是要確保她們能在家有未婚子弟的年長女眷前露臉並獲得青睞，從而找到可能的結婚對象。哈緹絲和費希玫待在耶爾德茲宮的兩年間，參加無數聚會和宴席場合，結識了許多夫人太太。不幸的是，對於身分特殊的兩位公主，似乎沒有任何男子表露追求的興趣。真相是，任何適婚男子和他們的家庭都極度畏懼蘇丹。兩位公主是現任蘇丹的姪女，而她們父親的一舉一動都受蘇丹監視，情勢如此複雜微妙，即使公主再怎麼才貌雙全，所有富有帕夏的兒子仍然會卻步。兩姊妹或許能夠理解，但還是大為沮喪。

一想到可能追求她們的王子或帕夏家的子弟，帕琦瑟公主三姊妹就如此義憤填膺，無疑也是因為其中有許多人粗魯不文、膚淺無知或風流放蕩。在此我們鉅細靡遺記述，是因為後續發展令人遺憾：當時三十歲、容貌絕美的哈緹絲公主原本滿心盼望，搬入耶爾德茲宮之後能夠覓得如意郎君，最後還是希望落空。由於沒有任何男子有意追求兩位公主，就由蘇丹親自為她們挑選最理想且適合的丈夫。

阿卜杜勒哈米德一開始是從宮中最得他賞識、聰穎有才幹又對他唯命是從的侍臣中挑人。大約同一時期，也傳出軟禁穆拉德五世的徹拉安宮建築群的某座別宮陸續有人病倒的消息。由於蘇丹先前曾聽人對一位檢疫醫師讚譽有加，說該名醫師在勘查該座別宮的衛生條件時表現傑出，便決定派這名醫師前去替病人診治（該座別宮是一棟石砌建築，在土耳其共和國成立多年後，仍作為貝席塔許女子高級中學的校舍）。但有很多人聲稱阿卜杜勒哈米德是故意派努里醫師前往那座別宮，讓醫師有機會見到三姊妹中年紀最小、寧可不結婚也要待在徹拉安宮陪伴父親的帕琦瑟公主。有些人甚至聲稱，穆拉德五世由衷希望三女兒也能找到適合的對象，因此透過密探居中傳遞消息，同意「小弟」阿卜杜勒哈米德如此安排。

穆拉德五世當時六十歲，他在被罷黜後數年曾經異想天開，以為或許還有可能再次發動政變或逃出宮殿奪回蘇丹之位，但後來就將這些瘋狂念頭擱下，慢慢接受「或許一切注定如此」。他的兒子賽拉赫廷王子和他相差二十歲，也是他最好的朋友，他平常下午就與兒子和四個女兒（其中一個女兒後來死於癆病）談天說地、讀書、彈鋼琴和作曲，到了晚上就喝酒喝得很凶。穆拉德五世父子都愛喝酒。

每天早上，穆拉德五世會去向母親薛珂芙薩（她是蘇丹的母后，因此獲賜「皇太后」的尊號）的宮室向她問安，薛珂芙薩的宮室入口就在兒子穆拉德居所通往中間樓層的入口對面。來自切爾克斯的薛珂芙薩很有野心，一心期待兒子奪回蘇丹之位，最初數年還會替他出謀畫策（例如讓穆拉德男扮女裝後偷渡到歐洲，或密謀運用宮殿的供水系統），母子倆會支開僕侍，私下熱切討論各種計策。薛珂芙薩過世之後，她的宮室中有些房間空了出來，有些比較受寵的後宮姬妾就搬了進去，她們覺得宮殿一樓擁擠不堪，也因為原本的房間太靠海而飽受風溼病所苦。

有四十五名職權有高有低的宮女住在宮殿一樓，她們負責服侍穆拉德五世以及當時四十歲的賽拉赫廷王子（他育有六女二子）全家。一八七八年，政治活躍分子阿里．蘇維發動叛亂，領著一群人衝入徹拉安宮，想要救出穆拉德五世並擁護他復辟，阿卜杜勒哈米德派出親信將領穆罕默德帕夏前去平亂，而穆罕默德帕夏帶兵進宮卻誤闖「宮女」住處，發現眼前是近四十名或有些年紀、或青春年少的美貌女子，她們因為夏季炎熱全都衣衫半褪，穆罕默德帕夏本人當場看得目瞪口呆，得以寶劍拄地才能站穩，此事後來廣為流傳。穆拉德五世的姬妾中最得寵的是菲莉絲泰，她陪伴穆拉德度過二十八年的軟禁生活，見證末代鄂圖曼後宮中的種種面向，並以無與倫比的真摯坦率在她的回憶錄中一一記述（由大眾歷史學家齊亞．薩其敘彙編整理），其中提到誤闖事件發生後多年，後宮女子仍會模仿穆罕默德帕夏當年有如木雕泥塑般的姿勢並引為笑談。

努里醫師前往別宮診治病人那一次，就是被人帶著經過眾多老少宮女住的房室之後前往上方樓層，但他途中「並未遇見任何人」。他來到宮殿中間樓層的居所，在其中一間面海的房間內為一名年長宮女和穆拉德五世的孫女齊莉蕾公主看診，她們身上都出現不明紅疹。醫師看診時，門忽然打開，他於是和帕琦瑟公主打了個照面。此時一名老宮女稟報帕琦瑟公主說她的父親不在這裡，公主就走開了。但就如同早期穆斯林小說中會出現的描述，年輕的帕琦瑟公主和努里醫師當時「對望良久」。兩天後帕琦瑟公主被問到是否願意嫁給這名英俊的醫師，她不僅同意這樁婚事，也願意跟姊姊們一樣搬入蘇丹的耶爾德茲宮。

穆拉德五世的三個女兒全都迷人又有主見，蘇丹為她們挑選的丈夫卻都謙遜平凡、毫不起眼，宮廷內外對此議論紛紛（大眾討論時主要關注帕琦瑟的兩個姊姊和她們的駙馬）。後來許多報紙和歷史專欄文章中，常提及蘇丹挑選的駙馬只是宮廷書記員（並非富貴人家子弟），年紀偏大，相貌也不是特別出眾。即使是擔任過宮廷書記長助手的傑出土耳其小說家哈伊德．齊亞．烏沙奇吉，也在回憶錄《四十年》裡評論了兩名駙馬的年紀，甚至指出兩人是在為孤兒設立的慈善學校接受教育，主要就是在暗示兩人其實相當貧困。最不妙的是伊斯坦堡民間盛傳哈緹絲公主非常厭惡新婚丈夫，以至於在婚禮後就不准丈夫進入她的臥室。在土耳其共和國成立之後數年，報刊媒體多有不實報導，聲稱三位公主發表過類似「我們的叔父替自己的醜陋女兒挑了富有英俊的丈夫，與我們的待遇大相逕庭云云」的言論。但根據我們目前持有的書信，穆拉德五世的三個女兒從不曾形容堂姊妹奈玫公主「醜陋」。畢竟她們受過良好教養，絕不會口不擇言。

我們希望讀者留意上述細節，目的是要間接帶出先前提過的另一件事：即帕琦瑟公主究竟是否和姊姊們一樣「貌美」，或者無論如何比較，她在外貌上**確實**略遜一籌。由於在伊斯坦堡宮廷裡，眾人普遍認為年紀最小的帕琦瑟公主相貌平庸，在尖酸刻薄說長道短時就會忽略她的存在。他們都相信既然蘇丹沒能在宮內替姪女覓得丈夫人選，毫無野心且其貌不揚的帕琦瑟公主到了最後關頭，一定會接受「位階」比宮廷書記員更低的醫師，因此很快就將帕琦瑟公主完全遺忘，反而無意間保護她免受帝國末年最惡毒的流言蜚語傷害。

在三位公主的婚禮當天，往來耶爾德茲宮和伊斯坦堡其他宮殿及達官貴人宅邸的馬車川流不息，載著珠光寶氣的觀禮賓客前往位在奧塔科伊和庫魯切什梅之間、由蘇丹賞賜給三名姪女的濱海宅邸。蘇丹已在稍早把握機會，於耶爾德茲宮正殿舉行盛大的國宴招待王子和外國使節。為了省去任何不必要的支出，蘇丹並未撥出太多經費支應當天的慶祝活動，也不像兩年前女兒奈玫公主的婚禮，在眾多女婿和廷臣簇擁之下，於寬大的階梯底端歡迎抵達的賓客。

不久前蘇丹才不惜投入重金籌辦自己登基二十五週年的慶祝活動，某方面也是想仿效維多利亞女王登基六十週年的慶典，但也因為不像在位初期仍有充裕的時間和財力舉辦官方典禮、接待會和歡慶聚會。儘管蘇丹對姪女們很大方，表面上把她們當成親生女兒一樣看待，但他很晚才賜給她們身為公主應配得的兩馬馬車。也許是蘇丹過於吝嗇，也或許是宮內負責分配馬車的書記員故意苛待兩名駙馬，帕琦瑟公主在信中提及，她的兩個姊姊對於很晚才分配到的兩馬馬車十分不滿。帕琦瑟公主在三姊妹中最謙遜隨和，沒有太多要求，凡事也不抱很高的期望，婚後不久就啟程前往中國，稍後又前往明格里亞，因此沒有機會評判她和駙馬分配到的馬車是否令人滿意。

公主在書信中確實曾數次嘲諷四名王子，他們在三位公主的婚禮當天，出現在耶爾德茲宮和奧塔科伊的宅邸的賓客群中。其中一人是阿卜杜勒哈米德的兒子穆罕默德．阿卜杜勒卡迪爾阿凡提，他的行為不得體人盡皆知，不管出席什麼場合都會拉小提琴製造噪音，公主形容他「愚蠢」；另外一人則是被公主形容為「傻瓜」的阿比德阿凡提。阿卜杜勒哈米德的另一個兒子賽菲汀阿凡提，蘇丹曾經想安排他迎娶阿卜杜勒阿濟茲的小女兒愛敏公主，但他是帕琦瑟公主筆下的「風流公子」，這也解釋了為何愛敏公主會拒絕這門婚事。至於「矮胖的小王子布哈尼廷阿凡提」，也就是「阿濟茲號」乘客於明格里亞下船時聽到的《海軍進行曲》作曲者（他在七歲時創作此曲），帕琦瑟公主覺得他是「被寵壞的小子」。

從寫給姊姊的第七封信開始，帕琦瑟公主會在將信紙裝入信封封起之前念給丈夫聽。如此一來，她不僅能像福爾摩斯一樣參與丈夫的凶殺案調查，也能間接讓丈夫認識她這輩子唯一熟悉的宮廷生活。

第三十四章

努里醫師專心聆聽妻子所寫書信的內容，聽她描述她參加過的慶典儀式、親眼見識的陰謀詭計，以及那些感到憤怒或憂傷渴盼的時刻，但他沒有發表任何評論，而是講述自己過去防治疫情那些令人心驚的經歷來回應，他也向妻子描述自己每天在亞卡茲各家醫院裡照顧病患時見到的場景。

他經常往返住處和醫院之間，除了替病人看診之外，凡是防疫措施實行上有什麼問題，他都會前去關心，了解原因並試著提供協助。接獲通知要從家中撤出的民眾多半會想反抗，與政府人員爭執甚至大打出手，很難找到妥當合理又能面面俱到的解決方法。有些人會要求再給他們最後一天的時間陪伴家人；有些人會把自己反鎖在家裡；有些人在妻女過世後不到三天就精神失常；有些人會裝瘋賣傻，攻擊要來將他們押送至城堡的衛兵和防疫部隊士兵。隨著疫情逐漸嚴峻，每天的死亡數都超過十五人，民眾愈發疏離封閉，或者即使沒有變成好戰分子，脾氣也愈來愈火爆。傳聞和謠言滿天飛，加上一列又一列數之不盡的送葬隊伍，讓所有人的理性消耗殆盡，再也難以保持冷靜。由於市府懸賞五鄂圖曼里拉，鼓勵民眾舉發有人生病卻隱匿不報的家戶，三天來有愈來愈多民眾前來告發他人換取獎勵。但官方調查後卻發現，平均每五個案件中就有三件與瘟疫完全無關。但即使如此，穆斯林族群裡大多數人面對瘟疫傳播，不是保持衛生以求自保，而是恐懼和怨怪他人。

事態發展到這個地步，似乎只有一件事獲得所有市民一致認同：無論大家相信疫病是經由老鼠傳播或是人傳人，除非必要，否則沒有人想要外出。無論如何，城市東半部各區和港口幾乎空蕩無人，因為大部分希臘人都已離開。其他民眾彷彿要防範外來者群起入侵，囤積了大量脆餅乾、麵粉、葡萄乾和葡萄熬煮成的糖蜜，將這些食材食品裝進袋子、籃子、桶子和空的橄欖油罐存放於家中和庭院，再將房子裡裡外外每個鎖頭的鎖孔堵死，等待疫情平息。但是老鼠和外來者身上的跳蚤照樣從牆角鑽進所有人家裡。

空蕩蕩的街道顯得陰森詭異，但從圍牆上方探頭一看只見一群人都待在庭院裡的景象又更加駭人。凡是出現這種景象，就表示一定有人病故，而另一頭的門後可能停放著另一具遺體。檢疫人員隨時可能會上門並要求所有人撤離該棟房子，而擠在屋內的死者家屬很快就會為了「要現在就告訴他們還是再等等」吵得不可開交。有些人會深陷恐懼之中，幻想各種不太可能實現的逃命場景，並向任何願意洗耳恭聽的人細述他們的計畫，還有一些人則剛好相反，他們拒絕面對現實，沉默地聽天由命。

大多數把自己關在家裡的男人很快就開始覺得無聊，他們煩躁不安又滿懷好奇，索性將凸窗半開，窺看周圍環境之餘，對著看到的任何人事物大聲呼喚。也有些人像基督徒家庭一樣，盡可能將窗戶大開，從早到晚盯著剛好經過自家窗口的行人。平日下午以及並未帶著防疫部隊行動的時候，少校會遵照帕琪瑟公主的指示，隨侍在努里醫師身側。從窗口望向街上的市民看到身穿軍服的少校走過，往往會留下深刻的印象，覺得他是可以信任的對象。「不好意思，阿兵哥！」某天早上在艾克里瑪區高低起伏、花香撲鼻的街道上，某間裝了百葉窗的屋子裡有個老頭——他是希臘人，分不清楚軍階高低——在少校陪同努里醫師經過時出聲呼喚。「你能不能告訴我，法蘭西火輪船公司的渡船到了沒？」

過去這段期間，努里醫師已然目睹他在過去任何一場霍亂疫情中從未見過或聽聞之事。小偷結夥闖入只有年長者居住的屋子裡，將所有帶得走的財物洗劫一空。有時他們會闖入看似已人去樓空的屋子，卻在屋內意外發現染疫病故者的遺體，他們想將屍體藏起來以免檢疫人員上門，卻因此感染瘟疫，等到最後被送入醫院，才向努里醫師坦白招認。也有其他幫派趁著社會陷入混亂失序、綱紀廢弛，闖入他人房屋占為己用。在市郊希臘人聚居的丹特拉區和科豐亞區，由於防疫部隊和警力無法天天巡查，類似事件更是層出不窮。

某一天，努里醫師在一名年紀較輕的希臘醫師協助下，在賽歐多洛普洛斯醫院花了將近兩小時照料病患。他開了有止痛和強身健體效果的藥丸讓病人服用，替病人包紮傷口，並想辦法劃開淋巴腺腫大處讓病人覺得比較舒服。他苦口婆心再三叮嚀要保持窗戶敞開，確保室內通風良好。

回到總督府的賓館後，努里醫師看到妻子正在寫信。客房內還留有一封短信，通知他已收到一份寄給他的加密「王室敕令」（意即由蘇丹阿卜杜勒哈米德本人直接發出的命令）。

努里醫師大為振奮，觀察敏銳的公主立刻意會過來，和她相擁的丈夫是在揣想電報裡可能寫了什麼，於是忍不住開口。「你就去吧。」她說，眼神中滿是責備之意。「去看電報裡寫了什麼！」

「我很難過，你對我的專情遠遠比不上你對蘇丹陛下的忠心。」帕琦瑟公主說。

「這兩種忠貞不二的情感完全不同。一種發自內心，」努里醫師天真地回答，但自己也立刻覺得太過天真，「另一種是湧動於血液中的情感牽繫。」

「我想發自內心的應該是你對我的情感。但是你效忠蘇丹跟血液有什麼關係？蘇丹是我叔父，不是你叔父。」

「我效忠的不僅僅是你叔父、帝國至高無上的統治者蘇丹陛下阿卜杜勒哈米德，也效忠他的顯赫地位所代表的一切：國家、鄂圖曼王朝、高門、整個民族，當然還有防疫檢疫局。」

「我很訝異，你竟然相信除了阿卜杜勒哈米德，還有高門、政府和民族。」公主說：「你口中那個由帕夏和官吏組成的『國家』只是聽命於我叔父，而**他的**正義，就是凡事都應該一點不差照著他的意思。如果還存在另外的正義，他們怎麼能讓我跟我的父親、哥哥和姊姊們像籠中鳥一樣，二十四年來都囚禁在徹拉安宮？如果真的還有一個『民族』在國家之上、在正義之上，甚至在每個帕夏之上沉默地監看他們的一言一行，他們怎麼可能那麼輕鬆隨意就說我父親發瘋並將他罷黜呢？話說回來，你說的『民族』到底是什麼？」

「你這個問題是認真的嗎？」

「我很認真，是的，請你說給我聽。」

「你跟我說過的那些堂兄弟和愚蠢的王子們，當他們從宮殿窗戶向外觀看，所看到那些從卡巴塔斯走到貝西塔什的人群？——就是『民族』。」

「說得很對。你現在可以去讀你的電報了。」帕琦瑟公主惱怒地說。努里醫師在公主臉上目睹某種他從未看過的奇特表情，他的妻子剛剛一直想擺出高高在上的姿態。

努里醫師不太確定該如何反應。「在我們完全掌握疫情的擴散程度，還有弄清楚是如何以及在哪裡傳播之前，你千萬不能出門。」他聲明，單純只是為了說些聽起來很嚴肅的話。

「別擔心，我很習慣不能出門的生活！」公主傲然回答。

努里醫師帶著他的密碼本躲到賓館中某個角落，開始破解這封專送電報的內容。最後他解譯出內文，他先前曾發出電報給宮廷，請求加速派船運送所需物資補給到島上，而內文只是回覆確認已收到前述電報。

第三十五章

最後一班渡船是在五月六日週一午夜駛離島嶼，十天後，即五月十六日週四這一天，有十九人病故。翌日總督和少校在流行病學地圖上標記新增的死亡人數分布地點，他們的結論是防疫措施「並無效用」，並在當天早上的會議中表達他們的疑問。

努里醫師則沒有那麼悲觀。他認為也很有可能到了隔天早上，防疫措施就突然發揮作用，有效減緩疫情擴散。是否有效只是程度高低的差異。他力勸大家不該在恐慌之下誤判並做出錯誤決策，而是密切觀察事態發展，並且思考目前防疫上可能面對的阻撓。

目前如有檢疫醫師要前往不久之前有人病故的穆斯林家庭訪查，沒收病故者的個人物品，以及安排在新墓園以石灰消毒遺體時，一律由防疫部隊陪同。努里醫師認為，這是防疫工作中較為成功的環節。但市內各區的防疫督導人員也不斷提醒他們，即使是拉起封鎖線管制出入這麼簡單的措施，也有些民眾並未認真看待。在圖倫契拉區和齊堤區，居民態度冷淡，不把防疫相關禁令放在眼裡，有時更表現得憤怒反感。名叫塔辛的十歲男孩將這種情緒表達得最為清楚，他聲稱他的父親絕不會被傳染，因為他們父子「都拿到這個」——他得意地拿出一張經過祝聖、寫滿小字的禱詞單給尼寇斯醫師看。尼寇斯醫師的反應是沒收發黃的厚紙，但男孩嚎啕大哭，尼寇斯只好呼喚其他醫師和防疫人員前來現場。

「塔辛事件」於是成了總督和多位防疫委員的現成理由（傳統、宗教、謝赫和無知民眾！），用來解釋何以同樣的防疫措施在士麥那實行的效果極佳，但在明格里亞島就似乎難見成效。之所以會得出如此過度簡化的解釋，阿卜杜勒哈米德的泛伊斯蘭主義，對於非洲和亞洲穆斯林揭竿起義反抗歐洲殖民者的擔憂，以及許多自有其歷史淵源的成見，都扮演了推波助瀾的角色。然而，抱持這種觀點的不只有島上的領事和希臘醫師，總督沙密帕夏、師從歐洲醫師接受醫學訓練的努里醫師，以及在後宮接受西化「理性」教育的帕琦瑟公主多少也有類似的想法。

總督派人檢查檢疫局長沒收的禱詞單，得知是瓦伏拉區里法伊教團的謝赫發放的。這些祈福保平安的小東西往往能夠撫慰人心，但是對疫情的防治可能造成什麼危害呢？

在漢志省對抗霍亂疫情期間，努里醫師時常與他碰到的阿拉伯謝赫和英國醫師爭論這個問題。祝聖禱詞單和護身符當然不具有任何「科學價值」，但在時局特別動盪不安時，卻可以讓民眾不至於陷入沮喪絕望，甚至帶給他們力量。檢疫醫師如果一味反對教團發放禱詞單，只會與民眾更加疏離，加深他們對防疫措施的敵意和反感。但從另一方面來看，市井小民和店家愈是相信這些祈福物品有效，就愈能全心全意接受「一切都會沒事」的想法，然後開始覺得只要加入特定教團或跟隨某位謝赫，自己就能超越醫學的法則並獲得超凡的力量。

「我可以隨時派人逮捕那個領導里法伊教團的庸醫，好好嚇唬他一下，在他家、他的教團道堂和還沒跑光的每個追隨者身上灑滿消毒液，但我敢說，這麼做的後果不堪設想！」總督曾如此表示。努里醫師記得，總督先前提到赫姆杜拉謝赫時也講過類似的話。「馬上就會有人去跟蘇丹打小報告，投訴我們騷擾教團。隔天我們就會收到伊斯坦堡發來的電報，要我們釋放謝赫。」

翌日早上，努里醫師帶著檢疫局長尼寇斯沒收的禱詞單出門，要把這張用來抵抗瘟疫惡魔的禱詞單還給塔辛。塔辛一家人殷勤地招呼努里醫師，他在他們家並未看到有人染疫的跡象。屋內亮著奇異的白色光芒，在靜謐的氛圍中洋溢著對真主和天意的信任。男孩的父親在通往碼頭的一條斜坡路上販賣李子、榲桲和核桃。努里醫師注意到，塔辛知道他娶了老蘇丹穆拉德五世的女兒，他的妻子是童話故事裡才會出現的公主。

在這段時間，尼寇斯醫師針對疫情爆發提出一項大膽推論，而防疫委員會和防疫團隊在總督府浪費了好幾天進行討論。尼寇斯醫師是在某天早上察看掛在疫情指揮室裡的流行病學地圖時，忽然有所發現：從亞歷山卓帶來疫病的老鼠，還有被牠們感染的當地老鼠，目前還只在市區西半部出沒。

「在基督徒聚居區也有不少綠點！」總督指出。

「他們大都是去港口時感染的，他們後來在家中病故，我們才假設他們居住的區也有疫病傳播。」

「我在佩塔利斯區親眼看到，來自塞薩洛尼基的卡卡維薩家族那棟豪華宅邸跟森林一樣大的庭園裡有死老鼠。」

總督和尼寇斯醫師花了很長時間討論仍無法達成共識，而讀者想必對此大惑不解。努里醫師能夠理解如此大膽的推論從何而來，雖然不贊同，但也未表示反對。同時，儘管總督堅稱在該市的基督徒聚居區還是有發現死老鼠，而且同一天就有希臘孩童帶著死老鼠到總督府領賞，尼寇斯醫師（比起瘟疫疫情，他對霍亂疫情比較有經驗）還是堅持相信自己的新發現。一名市府人員和兩名年輕希臘醫師菲利波斯和史凡諾斯奉命，前去調查在亞卡茲溪另一岸基督徒聚居區的疫情擴散情形，他們訪查了三天，但未能做出任何定論。

另一方面，據知確實有些窮困的希臘孩童會去穆斯林區收集死老鼠後，再送交市府換取獎金，尤其是由三個男孩組成的小團體，他們都是在父母病故後逃家。他們是疫情中最早出現的少年幫派之一。總督也接到消息，有穆斯林孩童和基督徒孩童在霍拉區為了搶奪死老鼠而發生衝突。聖特里亞達牧首甚至考慮重新開放兩所教會附設學校，恢復正常上課，避免希臘孩童上街打架和接觸會傳染疫病的微生物。

牧首的計畫並未實現（教師和校工中有三分之一已經逃離明格里亞島），而這段期間其他人發揮創意想到的解決方法也未付諸實行，但我們仍然記述如下，一方面是為了呈現當時充斥於總督府內絕望無助的感覺，另一方面也呈現島上一些最為見多識廣的傑出人士的心境。在那個年代，一般人相信科學發現可以讓生活大幅改變，並贊成進行殖民擴張為歐洲賺進大筆財富，民眾也認為受過良好教育的上層階級有責任發明巧妙的裝置來解決世界上的問題——例如薩繆爾．摩斯發明電報系統，或湯瑪斯．愛迪生發明燈泡——或者像福爾摩斯一樣對案情抽絲剝繭後靈光一閃揪出殺人凶手。明格里亞許多德高望重的長老滿懷希望和願景，開始每天用煮沸醋的蒸氣、線香、向藥師尼基弗羅斯購入的鹽酸，和島上草藥鋪供售的各種粉末做實驗，想要調配出自製的瘟疫藥方。

第一種有效且可靠的瘟疫疫苗是在僅僅四十年後問世。二十世紀時的孟買和香港醫師在對瘟疫束手無策之下，即採用類似上述的實驗性作法，為病患注射帶有瘟疫致病微生物的血清。然而島上長老們這些毫無章法的實驗全都以失敗告終，讓總督和民眾都大為氣餒，更重創了成功實行防疫措施不可或缺的堅定意志和樂觀態度。

尼寇斯醫師的流行病學推論終究無濟於事，而利用最新的歐洲調查方法破案、找出邦考斯基帕夏和伊利亞醫師命案真凶的希望也益發渺茫。「歐洲的作法在鄂圖曼的土地上未必適用！」總督曾在某次不相關的談話中表示。努里醫師察覺總督話中有話，但他雖然知道要像福爾摩斯一樣破案並非易事，還是常常到市區裡的草藥鋪問話尋找線索。

兩天後，總督接到一封妻子發送的電報。艾絲瑪夫人看到愈來愈多關於島上爆發瘟疫的報導，焦慮難安之下發了電報告知丈夫，她要搭乘第一艘提供援助的船隻前來亞卡茲。總督根據島上收到的多封電報，已經猜到伊斯坦堡可能準備派出援助船隻，但過去有太多類似的救援計畫最後不了了之，因此很快就將相關消息拋諸腦後。想到妻子已有五年未曾來到島上，這下子卻要帶著她的兄弟一同前來，總督一時之間困惑不已。他的第一個念頭是：與妻子分隔兩地的五年來，自己已經變得很不一樣，而且並不想變回原來的樣子。即使伊斯坦堡的政局有所變化，賽普勒斯的卡米勒帕夏成為大維齊爾並再次邀他擔任部會首長，他也許還是想留在明格里亞，不想回到伊斯坦堡。

還有一件事也讓總督的心情大受影響，他和伊斯坦堡當局最近再次意見不合。自從正式實行防疫規定開始，所有船隻都必須在檢疫隔離期滿之後才能啟航（這項規定在總督強力執行下得以落實）。但每次他夜間去探望情人瑪莉卡，到了下馬車的地點，只要望向附近一處小海灣和稍遠的海灣和海灘，都能看到船夫忙著用划艇載運乘客和他們的家當登上停在港口外的大船。每天晚上都有人趁著夜色掩護違反防疫規定。從實行防疫規定的第一天開始，所有的渡船公司就這樣陽奉陰違。

基於政治上的理由，潘塔里翁公司在接下來數天仍持續開放並未完成檢疫隔離的乘客登船，較小間的船公司如弗萊希納公司也採取同樣作法。夜裡海風強勁，海面波濤洶湧，希臘船夫在黑暗中不畏艱辛划著小艇朝大船駛去。總督後來透過眼線得知，工頭柯茲瑪的團隊，和義大利領事庇護的工頭薩卡里亞迪團隊，都藉由私運乘客大發利市，至於受總督庇護的工頭賽伊德則完全不碰這門生意。

由於比較晚才發現船夫們目無法紀的行為，總督自然開始擔心，高門和蘇丹陛下即使不把他當成共犯，也可能會認為是他怠忽職守。他覺得自己已經完全迷失方向，似乎無法做出正確的決定。有一段時間，他幻想著要發一封電報給伊斯坦堡，請他們派戰艦「馬木德號」過來炮轟這些偷渡者。畢竟如今偷偷將乘客載運離開的船夫，和兩個月前將親希臘的分離主義游擊隊載送到明格里亞北部海岸的船夫正是同一批人。他甚至考慮過，要將最大間到最小間船公司的高層全部集合起來，宣布以違反檢疫規定和破壞國際旅行協定為由，當場將所有人逮捕，但這樣做就太過火了。總督苦思許久，始終拿不定主意。

無論如何，任何搭船離開明格里亞的乘客，只要一抵達目的國家、城市或島嶼（例如克里特島、塞薩洛尼基、士麥那、馬賽和拉古薩），照規定都必須先前往偏遠僻靜海灣的臨時檢疫場所隔離，讀者想必會憶起本書開頭講述的朝聖者叛亂事件中也採行過同樣措施。明格里亞的防疫不力，讓鄂圖曼帝國的外交官、政府官僚甚至蘇丹本人在國際上顏面無光。

有時候總督會覺得，瘟疫彷彿一波無形無色、勢不可擋的巨大浪潮，而自己置身其中也只能隨波逐流，但也慶幸自己能夠重拾從容和信心並且隨遇而安，也佩服努里醫師跟其他檢疫醫師面對逆境的勇氣和堅忍不拔。但有時他也會鑽牛角尖，執意為了一些瑣事與領事們爭執不休，推動一些對於疫情防控毫無益處的外交和政治方案，關注沒有讀者會看的報紙刊登的語焉不詳報導和社論，甚至將時間和精力耗費在先前並未留意的矛盾謬論，絞盡腦汁要揭穿領事們的兩面手法。

例如安東·漢佩里一直為自己代理的法蘭西火輪船公司爭取特許權和特殊待遇，抱怨防疫規定讓船公司無法載送想離開的乘客，損害他們的利益，但私底下又在其他地方聲稱：「法國政府規定，任何人一律要先完成檢疫隔離始得登船！」漢佩里也明白兩種立場相互扞格，他絕不會同時提出兩種說法，在見到總督時則露出慚愧的苦笑。總督本人就常使出這種說一套做一套的手段，熟知政治有多麼複雜微妙。「如今鄂圖曼帝國的人民一律平等，在法律之前再也沒有所謂的異教徒！」他積極擁護帝國最近引入的種種西化改革，每天都將這些話掛在嘴上；但同時他只要有機會就會偏袒穆斯林，或至少一心一意相信自己應該這麼做，未做到時還會有罪惡感。

儘管如此，總督還是無法忍受領事們的兩面手法。法蘭西火輪船公司的代表漢佩里和他的兩名祕書皆為經過書面登記的領事館職員，因此總督不能動他們分毫。但某天早上，總督派人突襲船公司辦公室，將所有員工關進監獄，並查封店面和售票櫃台。船公司辦公室裡滿滿的全是超賣船票的票根和其他罪證。希臘划艇的工頭拉札阿凡提也遭到關押，總督憶起自己剛來島上任職時，會出於本能想要偏袒穆斯林船夫。在鄂圖曼帝國，只有抓人關進監獄才能解決問題。

然而隔天，在以法國駐伊斯坦堡大使德慕斯傑侯爵為首的人士堅持下，並在接連收到來自宮廷和高門的數封電報後，總督不得不釋放所有船公司職員。其中一名職員出獄後不久即因為在獄中感染瘟疫而病逝，總督於是重申他在那個時期常提出的論調：要不是因為首都方面發了這麼多電報，他原本在兩週內就能控制住疫情，不讓島上陷入無政府狀態。

伊斯坦堡發來的其中一封電報表示，宮廷方面清楚所有最新的醫學和細菌學研究結果，同時提醒檢疫局長尼寇斯貝伊，瘟疫不會經由禱詞單或護身符傳播，並指示檢疫局長避免採取任何可能造成民心惶惶、引發民眾對防疫規定反感的行動。由於這封電報是由宮廷而非公共衛生部發出，總督很快就確信蘇丹真正要傳達訊息的對象是自己。

伊斯坦堡不時以電報發號施令干涉行政，總督倦怠不已，很快就開始覺得想要公正實行防疫規定只是白忙一場。因此，伊斯坦堡為防民眾偷渡而指示實施的宵禁規定，也一直無法落實執行。當然，市內有些區域確實禁止晚上舉著燈火走動，也沒有任何人在夜間外出。但事實證明，宵禁反而讓竊賊更方便運送自空屋盜取的贓物。但這些贓物，不論是寫字桌、床墊或居家用品，難道不會助長瘟疫蔓延？

「總督其實不在意希臘人搭船離開躲避瘟疫！」有些希臘歷史學家如此主張。東正教族群和有財有勢的希臘望族比較不服管束，而留在明格里亞的希臘人減少，代表穆斯林將會成為島上的多數。但也有一些穆斯林學者認為，等到島上的穆斯林染疫身亡，人口大幅減少，逃離的希臘人就會全部回到島上，成為島上占多數的族群，他們首先會要求獨立，接著要求由希臘接管主權。然而，已有其他學者指出，事實是希臘人在島上一直是多數，根本不需要策動這種陰謀。

如果想要更了解關於這段歷史的記述，讀者必須察知而且身為小說撰寫者也必須試圖揭露某種隱藏其中的情感，那就是總督沙密帕夏對於蘇丹阿卜杜勒哈米德的失望之情。總督一直無法接受，比起挽救明格里亞人民的性命，蘇丹陛下竟然更關心如何防止瘟疫傳播至伊斯坦堡和歐洲。在傳統鄂圖曼文化背景脈絡中，可以將這種情感解讀為典型的孤臣孽子的悲涼心境，即臣子覺得自己被君父遺忘，又不得其他權威人士寵愛。明格里亞的穆斯林確實偶爾會覺得，伊斯坦堡的政府對他們不夠愛護。但是蘇丹阿卜杜勒邁吉德將明格里亞這個偏遠島嶼升格為一省，作為對抗歐洲的外交手段，顯然足以證明鄂圖曼宮廷對於明格里亞的喜愛和重視。

第三十六章

少校通常或忙於訓練防疫部隊，帶領部隊在市區巡邏，以及和有家屬染疫但拒絕遵守防疫規定的民眾周旋，或陪同努里醫師替病人看診或在市區走動，白天很少有機會在飯店停留。每當他努力找出空檔回到寬敞的客房陪伴新婚妻子哲妮璞，小倆口說說笑笑、纏綿恩愛，幾乎不曾踏出房門一步。激情過後，兩人相擁而眠，從中感受到未曾體驗過的平和寧靜。少校會聽著哲妮璞的呼吸聲，驚奇於妻子竟在自己的臂彎中如此自在安心地沉沉入睡。他們都有一點害羞，不曾打開客房兩面大窗的義式百葉窗。

哲妮璞這輩子第一次毫不保留地對所愛敞開心房，她在婚後三天就全心全意信任丈夫，跟他講話就像跟哥哥們講話一樣急（有時也一樣大聲），彷彿兩人已經相識二十年之久。目前為止，少校對妻子唯一不滿之處，就是她的大嗓門。哲妮璞喜歡高談闊論以後要搬到伊斯坦堡的事。

當下午的陽光穿過百葉窗縫隙在地板上投下格柵狀的陰影時，少校擁著嬌妻入懷，知道自己永遠不會忘記地上的陰影形狀，更不會忘記此時此刻的至福極樂。接下來五十年他們會幸福快樂，白頭偕老。有時他們只是躺在床上，安靜無話。少校會擁著妻子，輕撫她的梨形雙乳。有時哲妮璞會伸手握住丈夫的手，兩人就這樣靜靜躺著，在床上可以聽見從百葉窗縫隙傳來碼頭上、伊斯坦堡街和周圍巷道幽微窸窣的聲響。亞卡茲市比平常安靜，除了遠處碼頭的嘈雜喧鬧和馬車偶爾駛過的聲響，沒有其他聲音。當整個城市的一切都在瘟疫籠罩下陷入死寂，兩人仍然聽見了飯店後院松樹上的麻雀吱啾鳴叫。

對凱米爾少校來說，能夠如此幸福美滿，令他簡直不敢置信。但喜樂的感覺也讓小倆口記起，恐懼是何等沉重，而生命何其可貴。他們明白這一點，因為他們比其他人更幸福，有時候也會比其他人更害怕。

儘管心中充滿恐懼，新婚燕爾的兩人偶爾還是會忍不住「魯莽行事」。哲妮璞的母親多年來為女兒置備的嫁妝，以及少校家贈送給新娘家的禮物，都留在哲妮璞娘家。哲妮璞喜歡回娘家欣賞收到的結婚禮物和嫁妝，把玩那些手工刺繡桌布、義大利進口陶瓷咖啡杯盤組、燈具和（已經略微發黑）的銀製糖皿。有一天，少校陪妻子回娘家。在路途中，他們遇到一個被瘟疫逼瘋的人，瘋狂程度和艾林區的艾克雷不相上下。「男女不能走在一起，你們沒聽過嗎？」兩人從未見過的胖壯瘋子高喊。少校曾經想要禁止妻子在非必要時外出，但是哲妮璞不斷提醒他，說他才是每天在街上跑來跑去、在病患家裡進進出出的人。

「我不怎麼擔心。」哲妮璞曾說：「該來的就是會來。」

聽到妻子毫不避忌說出檢疫人員一直在對抗的宿命論調，少校十分驚訝，但他沉浸於婚後的幸福，並未和妻子爭論，很快就淡忘此事。他比較擔心的是，一旦渡船恢復營運，他要怎麼將妻子留在島上。

少校下意識明白，自己絕不會再離開明格里亞島。往來於總督府、各家醫院和病患住家之間的空檔，他會在亞卡茲的街道上遊逛。途中他會明顯感覺到市區的氣氛和自己的心境有著天壤之別，但他沉醉於幸福之中，一點都不覺得內疚。他成立的防疫部隊（有時他會稱他們為防疫士兵），總督如慈父般的溫暖關照，以及和努里醫師的友情，都讓少校充滿信心。少校想要告訴總督，不需要太擔心那些謝赫。明格里亞所有謝赫和所有穆斯林都清楚，要是穆斯林和基督徒之間真的發生殊死戰，唯一會保護穆斯林的武裝力量就是鄂圖曼軍隊，在鄂圖曼帝國任何一座島嶼皆是如此。

他每次身穿鄂圖曼軍服從醫院走向總督府途中，都會遇到民眾對他奚落嘲笑，或者先假裝必恭必敬再忽然譏笑他，他稍晚回到飯店後都會告訴妻子這些滑稽可笑的遭遇。

某天少校又在街上走逛，看到一處空蕩庭院裡的廁所有個陌生男人，對方驚慌地說：「不要跟別人說你在這裡看到我！」

還有一次，一個跟少校年齡相仿的男人從二樓窗戶探頭叫住他，「阿兵哥！」男人是穆斯林，說話帶著明格里亞當地口音，「你覺得接下來會怎樣？」

「一切如真主所意欲。」少校回答。「請你務必遵守防疫規定。」

「我們都有遵守規定，但是接下來呢？我們在這裡就像囚犯一樣！碼頭跟廣場那邊發生什麼事？」

「什麼事都沒發生！待在家裡就對了！」少校語氣嚴厲。由於想要責備民眾不該做出愚蠢無知的舉動，他最後常常拉高嗓門跟對方吵了起來。帕琦瑟公主在信中指出少校在奮力對抗的民眾情緒是「現代人的孤寂」，可說是明確的判斷。

也有幾次，少校瞥見有人趁著幾乎無人注意從樓上窗戶向底下的街道窺看，即使碰巧和他們視線交會，他也不發一語。長時間對望給人一種古怪的感覺，幾乎令人著迷。

「你看什麼看！」曾經有人朝他怒吼。

對死亡的恐懼，讓意志再怎麼堅定的穆斯林也很快陷入恐慌，恐懼更將人從既有的生活模式和個性抽離出來，形塑成不同的樣子。少校心想，大家其實沒那麼懦弱、愚笨和自私，是瘟疫讓他們變了樣。

在市中心周圍一帶設有陽台的房子全都大門緊閉，後門也上了門閂，彷彿此後不再開啟，但住在同一區的孩童和任何趕時間的人為了抄近路，仍然會越過封鎖線溜進鄰居家庭院，還告訴自己「就這麼一次」。時常有人以這種方式違反防疫規定，但努里醫師跟希臘檢疫醫師都一無所悉。他們也不知道有些人在被迫撤離自家之後又私下回去，或者趁夜划著划艇逃離城堡的隔離所。「這是因為他們不像我是在島上土生土長！」少校得出結論。如果檢疫醫師和士兵都在島上出生長大，疫情絕不會變得如此嚴峻。

每天早上前往駐軍營地之前，少校會盡職地前往掛著病例分布地圖的房間參加會議。疫情指揮室原本只是一處展示亞卡茲地圖的凹室空間，在努里醫師的努力之下成了指揮中心，所有關於疫情的資訊都在此匯集。過去二十五天以來，地圖上陸續標記了亞卡茲許多豪華宅邸、富裕人家房屋、空地、教團道堂、清真寺、東正教教堂、噴泉、橋梁、廣場、學校、醫院、警察局和店鋪。即使已有這麼多人棄城棄島逃離，死亡人數仍未下降。瘟疫無疑仍在持續傳播，民心惶惶，社會氣氛益加擾攘動盪。

瘟疫最早是由老岩石突堤傳入亞卡茲。檢疫局長尼寇斯根據地圖上的資料追溯致病微生物如何傳播，認為帶來瘟疫的船隻一定是來自亞歷山卓的希臘平底貨船「領航者號」（平底貨船可以直接駛入港口並在木造碼頭旁停靠）。瘟疫經由這艘船傳到島上之後，就以附近的穆斯林區為孳生溫床，尤其是瓦伏拉、卡迪勒許、葛梅和齊堤區。最早標示在地圖上的數起死亡案例就出現在這幾個區。目前仍未完工的哈米德醫院選址就在瓦伏拉區，可說是幸運的巧合。或許真是如此，但我們決定不對這個特殊巧合著墨太多，因為在那個時代，民眾傾向相信隨時隨地都可以看到各種預言、徵象和預兆。

然而，事態確實已經發展到這個地步：大家開始分析各種巧合和天空中的星辰排列，觀察雲的形狀和風向並尋找吉凶禍福的徵兆——而且是**所有人**都這麼做。即使是絕對奉行實證主義、相信科學的年輕醫師，甚至總督沙密帕夏和努里醫師，有時也會注意到這類細節，或許也相信真有其事。如果有人問起，他們會微笑著說：「我不相信其中有什麼涵義——不過確實很古怪。」而且他們對於採行科學和醫學上的必要措施毫不猶豫，但同時在心中的某個角落，他們會輕易接受所有無稽之談，例如日落時地平線上如果出現一朵紫色的雲，以及鸛鳥比往年更早開始遷徙（那一年確實如此），隔天的死亡案例數就會變少。

據知即使是最「開明」的人，在陷入絕望時也會專注於這些徵兆。帕琦瑟公主非常相信這些預兆，這一點讓現今的我們大為失望。在本書中我們以些許篇幅記述這些穿鑿附會的迷信之說，因為它們有時仍然有可能改變歷史。但我們也認為，民眾傾向觀察星象和咖啡渣以預言未來，甚至赫姆杜拉謝赫在先人著述和阿拉伯字母靈數手抄本中尋索關於瘟疫的答案和徵象，對於一般人對瘟疫的反應並沒有太大影響。對於明格里亞這場瘟疫疫情發展影響最大的，莫過於民族主義偏見。雖然在防疫會議上，每個人都會談及（有些人語帶戲謔）類似預言未來的占卜之術，但要弄清楚疫病是如何持續傳播以及如何抗疫求生時，他們最急於研究的還是地圖和所有標示其上的資訊。最先被搭乘「領航者號」來到島上的亞歷山卓老鼠傳染瘟疫的，是一名住在盲眼穆罕默德帕夏清真寺後方小木屋的搬運工。他病逝時沒有人想到會是瘟疫，因此幾乎無人注意，畢竟罹患白喉、肺炎和其他許多疾病，也會出現和瘟疫類似的症狀。

某天努里醫師藉由地圖向其他醫師和總督說明，瘟疫是如何以跟老鼠入侵一樣快的速度，從港口傳播到市區其他地方。從地圖上可以看到，瘟疫的傳播路徑中包含少校的母校陸軍幼校。陸軍幼校在正式實行防疫規定前兩天就已經暫時停課，因此防疫人員並未將學生送往隔離所。努里醫師猜測，有些受到感染的學生等到開始出現症狀後才會出面求診。伊斯坦堡的軍事指揮部也密切關注明格里亞的疫情，亞卡茲東北部駐軍原本有兩名受過教育的軍官奉派前往陸軍幼校擔任教官（兩人也可藉此多賺外快），但在亞卡茲宣布實行防疫規定之後，兩人就接獲立刻返回原部隊的命令。後來的解讀是認為這件事再次證明，儘管明格里亞疫情逐漸嚴峻，但考量先前發生的朝聖船叛變事件，蘇丹還是堅持不讓任何鄂圖曼官兵涉入明格里亞的疫情防控，而且仍然以鄂圖曼帝國的需求為優先，明格里亞和島上人民的性命只是次要。

五月二十八日週二在葛梅區發生的一起事件，充分說明了明格里亞防疫人員是如何因優柔寡斷而陷入癱瘓。事發地點是一名穆斯林農人的房子，他在葛梅區邊緣地帶種大麥。農人有一個十二歲的寶貝兒子，已在前一天病逝。那天早上，醫師群確認農人的大女兒也被傳染，判斷應將她送醫，而農人夫婦則要送往城堡的隔離所。防疫人員也在屋子附近發現兩隻剛死不久的老鼠屍體，牠們的口鼻處血跡斑斑。但是農人夫婦才剛失去兒子，捨不得心愛的女兒也被人帶走——女兒很可能也命不久矣。農婦嚎啕大哭，哭聲將全區居民都吵醒，如今他們早已習慣每天都有葬禮要參加。現場的防疫人員嚇不走一直來擋路的孩童，不得不問努里醫師該怎麼辦，而努里醫師也無法獲得總督的明確指令。原本應該是將有染疫者房屋迅速清空的防疫行動，最後卻讓葛梅區全區一整天都陷入哭啼吵鬧的難受氛圍。

法國領事安東先生立刻就接到消息，隨即向伊斯坦堡發出電報，並在內文中用了法文「昏庸無能」一詞。總督對此大為光火，但努里醫師認為，此事確實應該歸咎總督。

第三十七章

如今還有一個問題日趨嚴重：染疫者、有可能染疫者甚至已經病倒的人，尤其是年輕人，開始從家裡逃跑，躲避家人和防疫人員。有愈來愈多人逃跑的主因之一，是城堡隔離所的居住條件極為惡劣。隔離所是在城堡內特別劃定的區域，但送進去的人全都有去無回。所有最新的國際防疫規範都規定，瘟疫的隔離檢疫期應為五日，意即遭隔離者若經過五天仍未發病，就可以解除隔離。但根據我們的計算，在明格里亞開始實行防疫規定，且開始有民眾進行隔離檢疫的二十八天後，共有一百八十名可能染疫的民眾仍待在城堡的隔離所。其中超過半數的人雖無發病跡象，待在隔離所的時間卻已超過五天。

此時在島上的穆斯林眼中，若是遭醫師判定需要隔離並由警察送入城堡隔離所，就與被關入地牢終生監禁者無異。從前是由稱為「卡迪」的傳統法官判刑，將人從此打入陰溼的大牢不見天日；如今將人判刑的是醫師。唯一的差異是由不同的人宣判。更糟的是，隔離所位在城堡內朝向港口的僻靜區域，而一般囚犯則關在強風吹颳的威尼斯塔，以及鄂圖曼時期所興建、朝向南方大海的牢房。

還有一個待解決的問題，是隔離所內可能有人染疫但尚未診斷出來，要如何避免他們與其他預防性隔離的民眾相互接觸傳染。一開始曾有計畫要將位在不同中庭的隔離所劃分出不同區域和區塊，依據隔離天數和染疫的可能性高低將隔離者分組，但很快就發現類似監獄管理和區分囚室的作法在隔離所根本窒礙難行。即使要在隔離所後方劃出加強遮蔽的婦女隔離區都相當困難，因為男人會擔心妻兒，非得親眼看到心愛的家人才滿意。最後官方認定最利於管理的方式仍是開放全家人一起隔離，讓民眾自行聚在一起。如此尼寇斯醫師要監督多處中庭的防疫事務會比較方便，隔離者能和家人待在一起也比較開心。但這種方式無可避免會加速瘟疫傳播，隔離所內的染疫人數開始明顯增加，而起初用於防治疫情的城堡隔離所，慢慢變成了過度擁擠的疫情散播地。「人進去時好好的，一定是隔離時才被傳染」和其他乍聽合理的謠言在市內不脛而走，防疫規定和整體防疫工作都因此威信全失，城堡隔離所也很快成為民眾口中的「牢獄之城」。

總督和檢疫局長再發送了兩封電報到伊斯坦堡，要求派更多醫師到島上支援。出於對隔離等同坐牢的恐懼，民眾開始反抗，島上的醫師群和市府高層慢慢覺得，為了兼顧政治因素，只要在醫療上做好必要防範，權宜之計是先將隔離所內的人全部撤離。無論如何，囚室、床位、床墊、椅子或毯子都已經不足。有段時間，眼見情況緊急，駐軍還將部隊補給中的脆餅乾、蠶豆和麵包送給隔離所民眾食用。但是駐軍指揮官埃迪爾內的穆罕默德帕夏並不相信只有老鼠會傳播瘟疫，他拒絕派士兵和廚師前往總督府和醫院支援，找各種藉口避免市府調度伙房的糧食補給供應城堡隔離所，並嚴守蘇丹的政治方針不讓部隊「涉入防疫事務」。從隔著海灣與城堡相望的辦公室，總督可以看到城堡隔離所內愈來愈擁擠，他有時會坐著靜看隔離者排成一排在海邊釣魚打發時間。

最後，由於隔離所已人滿為患，在總督和駐軍指揮官堅持之下，隔離者「獲釋」的條件得以放寬。民眾解除隔離後與家人團聚，雖然有少數的幸運兒與家人的相處一如往常，但大多數的人回家後卻發現，還有各式各樣的問題要面對。在某些社區，有人發現自己被周遭的家人鄰居當成會傳染瘟疫的病人，而他們獲准離開，但其他被送去隔離所的人卻回不了家，也讓他們成為大家猜疑的對象，解除隔離反而成了他們已經接受招攬成為總督眼線的證據。最大的問題是有很多人隔離完返家後，發現家破人亡。許多人最初會被迫送去隔離所，就是因為家中有人染疫病發或身亡，他們直到回家後才得知家人大都已經病逝，也有人到家後發現人去樓空，親愛的家人已經遠走高飛。也有民眾發現自己離家期間，有陌生人搬進自家房屋。有人會和這些不速之客起衝突，也有人找到和解共存之道，或許甚至有點安心寬慰，覺得就像找到新的家人，不用害怕孤單一人、舉目無親。

在諸多令人遺憾的故事中，最令總督難過的莫過於聽說有六個人解除隔離後回家，發現家人都已經不在，也沒有好心親戚可以投靠，自己身無分文又無處可去，最後回到城堡要求再進到隔離所。

兩天後，地圖上已標記出最新的死亡案例分布，出席會議的眾人全都抑鬱消沉，他們注意到疫情不僅完全沒有減緩，反而已經傳播到市區內最僻靜的基督徒聚居區，雖然百般不願卻也不得不承認一項事實：他們如此勇敢無私投入疫情防控，但進行的速度太慢、力道太弱，根本難以應付勢不可擋的瘟疫疫情，甚至無法及時壓制染疫人數。市區內還有無數有人染疫的家戶未經訪查，甚至無人發現，而這樣的家戶數目每天都在增加。在訪查過的染疫家戶中，目前只有三分之一完成撤離。情況如此嚴峻可怖，以至於在當時沒有人有勇氣指出來，而現今我們在書中指出，也已是事發的一百一十六年後。感覺就像身為一個信徒，卻無法描繪神的形象，甚至連去想像祂的樣子都做不到。令人驚駭的真相，在疫情指揮室的地圖上清楚可見。但是一般人覺得一旦說破，可怕的事會變得更糟——就跟作噩夢一樣——所以他們沉默不語，或者騙自己說情況沒那麼嚴重。

如果一個人清楚意識到，疫情只會一天比一天更嚴重，繼續過日子就變得艱難無比，所以大家往往會在自欺欺人的謊言中尋找暫時的慰藉。尼寇斯醫師兩週前所提出只有穆斯林區出現死老鼠的理論，就屬於這類謊言，總督雖然不信，但還是有好幾天抱持希望。有幾天早上，他們注意到某個區的死亡人數減少，或是數字出現某種耐人尋味的模式，就會認為是某種暗示，可以再編一個先自欺再欺人的謊言。他們信以為真的另一個謊言，是伊斯坦堡派來提供支援的船隻據說已經啟程，至少首都持續發來的電報內容一直維持這樣的假象。每當有謊言被拆穿，大家一定會再想出其他說詞來圓謊，不讓自己失去希望。

努里醫師防治疫情的經驗豐富，知道在有疫情爆發而且情勢險峻危急時，即使是學識最淵博、思想最西化的人也會相信自己的想像並從中尋求安慰，而這些想像的本質未必與宗教有關。「真是怪了！我今天已經第三次看到那輛馬車經過。」總督有一天說道。在努里醫師看來，總督顯然相信其中有某種涵義，而且認為是好兆頭。

從日常生活中的謊言和對各種徵兆的解讀，人如果無法獲得足夠的安慰，很快就會完全陷入聽天由命的心態。努里醫師也曾和妻子討論過這種心態，認為是本質上類似「宿命論」的情緒想法。但我們認為這種心態絕不是宿命論，宿命論者可能認知眼前有危險，但不會做任何防範，而會尋求真主阿拉的庇護。然而，一個人如果「完全失去希望」，而且「逆來順受、消極放棄」，會表現得好像根本不知道自己身處險境，既不信任其他人，也不會尋求任何庇佑。有時在工作一整天之後，努里醫師看得出來總督心裡正想著：「我們已經無計可施」。也許還有其他事可以做，但是應該要做事的人已經氣空力盡，或者只是自暴自棄。到了這個地步，總督、少校和努里醫師都清楚，如今唯一合情合理的事，就是在昏暗燈光下躺在摯愛的人身邊，在對方懷中歇息並尋得片刻歡樂。

第三十八章

總督沙密帕夏每天從早到晚努力對抗瘟疫造成的災劫，同時捍衛鄂圖曼帝國和政府於島上的威信，而伊斯坦堡持續發來電報，語帶責難地質問為何不遵守首都的最新指示，總督開始覺得疲乏厭倦。他看得出來，自己代表政府行使的權力正逐漸減弱。總督府的書記員中，有許多人已經逃離亞卡茲，還有一些人則不再踏出家門，拒絕繼續工作。在防疫規定的執行上，總督甚至無法調動駐軍士兵前來支援。儘管如此，宮廷方面仍然期望總督會動用武力。

伊斯坦堡方面最關切的是，對於民眾違反防疫規定逕行離開島嶼（即未依規定檢疫隔離期滿後離開），總督採取的任何管控方法都宣告失敗。總督試圖在岩石突堤和碼頭附近加以管制，於搭載乘客偷渡的划艇可能出海的地點安排人數有限的憲兵和書記員監看。伊斯坦堡也通知總督，指出在島上更北邊的小海灣也有船夫進行偷渡活動，總督因此請求駐軍指揮官提供支援。指揮官的回應是北邊區域已經是他麾下士兵和游擊隊作戰的戰場，除非接到伊斯坦堡發來的電報給予明確指令，否則部隊不會介入防疫相關事務。

對於總督為何不採取強硬手段杜絕夜間偷渡，以安撫伊斯坦堡高層和歐洲國家，研究明格里亞歷史的學者們各自提出不同的解釋。我們認為，總督的作法是要表示：「不讓我調動駐軍的兵力，我就沒辦法驅趕北邊小海灣和岩岸的偷渡船隻。」但是帕琦瑟公主的書信也告訴我們，在此期間，島上的船夫派系為了爭奪利益和支配權起了衝突，而總督幾乎是立刻就捲入其中。總督先前曾以船公司超賣船票為由，派人突襲領事所代表船公司的辦公室，領事們都嚇得暫時不敢輕舉妄動。但如今在北邊小海灣偷偷載人離開島嶼的，正是我們在故事最開始就述及的這些船公司和船夫團隊。總督要求對他們起訴，罪名是違反護照使用和旅行相關規定。

有些富裕人家原本以為疫情不會那麼嚴重，防疫規定也不會那麼嚴格，因此從未下定決心要逃離，如今也終於決定離開明格里亞或許比較好（可能是因為家裡的廚子和僕從死的死、逃的逃）。總督接獲線報後得知，船夫團隊向這些有錢人索取天價。而這些絕望無助的乘客搭乘接駁的划艇上了等在開闊外海的大船，還必須再付一筆錢「購買船票」。載運偷渡者的船隻通常屬於希臘人或義大利人經營的小公司，偷渡者必須先透過伊斯坦堡街上的旅行社預付船票的一半票價當作訂金。總督得知後，開始覺得至少這次應該盡量幫忙穆斯林船夫。

總督想要協助穆斯林船夫，卻也因此企圖或確實違反他自己宣布的防疫規定，已是由明格里亞市府書記員正式記錄的事實，或許這也解釋了此事為何吸引許多熱愛研究文獻檔案的歷史學家注意。這段歷史之所以引起眾人關注，當然也是因為其中體現了鄂圖曼帝國官僚所面對的內在困境。總督身為鄂圖曼帝國官吏，最首要的考量應該是整個國家的福祉，而在這種情況下，他選擇與穆斯林站在同一陣營，優先考慮穆斯林的利益，那麼他就比較難去推動任何現代化改革，或是在治理所管理的省分時採用現代的方法和策略。但總督如果熱切擁護歐洲傳來的現代方法和改革，帝國的中產階級基督徒由於過得比較自由平等，而且能夠接觸新科技而不斷進步，就會享有比較多的優勢，得以把握任何新機會；國家的歐化程度愈深，國內的穆斯林族群就不再享有優勢。

隨著愈來愈多人趁夜搭船逃往西方和克里特島，歐洲各國擔心疫情可能蔓延，開始自己研擬解決辦法。最後，多國之中最為憂心而且曾處理過殖民地內大批穆斯林聚居區域疫情的法國和英國提出，與其取締每艘偷渡船隻並押送至偏遠地點隔離，派出艦隊圍住整座島更能有效防堵。在與高門研議此方案的階段，英法兩國就分別派出戰艦「喬治王子號」和鐵甲艦「伯丹上將號」前往黎凡特，光是兩艘戰艦出現在明格里亞周邊海域就達到威嚇之效。

此時英國駐伊斯坦堡大使提議，鄂圖曼帝國也應派一艘戰艦加入圍堵行列。從外交事務辦公室檔案和書信中，我們得知蘇丹一開始試圖拖延這項決議，並宣稱「疫情並不嚴重，無須大費周章」。但由於民眾違反防疫規定偷渡事件頻傳，船公司辦公室遭到突襲，再加上希臘船夫被逮捕，蘇丹最後在英法等國施壓之下就範。

鄂圖曼帝國海軍「馬木德號」將於六月六月週四啟航，加入強權戰艦封鎖明格里亞防止人民搭船逃離疫區的行列，而總督直到六月五日才從伊斯坦堡一些與他為友的官員處得知消息。總督雖然不敢置信，但仍舊深感羞愧。他們的防疫措施並未成功，無法遏阻疫情擴散，甚至無法制止民眾在向西逃離的同時將瘟疫傳播出去，如今鬧得天下大亂。讓國家成了「歐洲病夫」，總督覺得無比內疚。每次有人這麼說，他總是勃然大怒。但如今由於總督的無能，即使蘇丹也別無選擇，只能派出「馬木德號」與英法等國戰艦一起把炮口對著島上的鄂圖曼人民。

政治和軍事上的最新態勢令人難以招架，總督就好像面對瘟疫，不僅難以置信，更無法思考。同一天下午稍晚，總督看到一名法院執達官原本好端端走在一樓的走廊上，驀然倒地暴斃，彷彿死神輕拍了一下他的肩膀。之後總督回到辦公室在桌前坐下，很長一段時間他一動也不動，只是望著窗外。

但之後就有人來打擾，是總督的眼線呈上的最新線報。拉米茲一如預期在獲釋後並不安分，前往朝聖船叛變事件主謀居住的村莊裡尋求庇護。在朝聖船事件之後，帶頭起事的父子由於家鄉奈比勒村遭到軍隊不停找藉口懲罰全村，於是搬往隔壁的奇夫特勒村，希望能夠逃避不繳以新名目徵收的稅金。為了對抗希臘民族主義武裝分子，奇夫特勒村村民自行組織了義勇軍。村內民風傳統保守，村民在朝聖船事件後更趨嚴厲好戰，號召成立民兵團體對抗希臘游擊隊。希臘幫派會襲擊穆斯林村莊，而這些穆斯林村莊的民兵也會攻擊希臘人的聚落，有時甚至殺人越貨。總督認為在必要時可以動員穆斯林村莊的民兵組織對抗希臘游擊隊，因此大多數時候對他們的行為睜一隻眼閉一隻眼（就如同他容忍流亡人士梅摩）。但穆斯林民兵有時在心狠手辣的外來惡徒煽動之下做得太過頭，甚至放火焚燒希臘村莊，驚動首都發電報予以申斥，而總督就必須協調駐軍指揮官穆罕默德帕夏出兵保護希臘村莊。

總督早已得知，拉米茲過去兩年不時會在這些穆斯林村莊投宿，提供民兵金援，甚至協助在當地成立小型的教團道堂。曾有一天，總督發現拉米茲在來自穆斯林村莊的追隨者和其他想鬧事取樂的嘍囉陪同下，不僅在半夜回到亞卡茲，甚至肆無忌憚地帶著手下回到齊堤區老家，於是在情報監控局長鼓動下，安排在同一天晚上對拉米茲家發動突襲。突襲行動最後一無所獲。總督的部下來到空蕩蕩的拉米茲家，發現只有管家和僕人各一人負責打理屋子，他們照著總督的命令搜索全屋，將包括書報在內的可疑文件物品全部沒收。拉米茲的罪行與防疫工作無關，但防疫部隊也參與了此次突襲行動。

面對蘇丹的態度，再加上有關當局防控疫情失敗，防疫部隊和島上講明格里亞語的族群群情激憤，這股怒氣也助長了明格里亞民族主義的興起。島上的民族主義意識抬頭，總督和情報監控局長自我約束，僅能予以記錄和追蹤。鄂圖曼帝國官僚的主要敵人當然是奉行民族主義的基督徒族群（希臘人、塞爾維亞人、保加利亞人、亞美尼亞人），但當他們眼睜睜看著帝國分崩離析，也開始監控民族主義意識萌發的非鄂圖曼土耳其人穆斯林族群（例如阿拉伯人、庫德族和阿爾巴尼亞人）（在此要特別指出，當時「民族主義」一詞還不普遍，較常使用的詞語是「民族問題」）。總督認為最重要的是只有穆斯林能加入防疫部隊

（無論講土耳其語或明格里亞語），因為只有穆斯林比較能理解民眾的擔憂。努里醫師則沒有這麼樂觀，不過當他聽說少校招募的梅奇和哈迪兄弟在焚化坑非常賣力工作，也暗自認同總督的政策或許有其優點。

第三十九章

最初是邦考斯基帕夏建議要挖坑焚化死老鼠和任何受瘟疫致病微生物汙染的物品，他在抵達島上第一天就向總督提出這個想法。邦考斯基帕夏認為，其實在很久以前，就有將受汙染須銷毀的物品如羊毛、床架、床墊、亞麻衣物和柳編家飾品集中起來，當著所有人的面全部點火燒掉的習俗，不僅能引起民眾注意，也有助於教育民眾隔離和保持潔淨的重要性。他在交給蘇丹關於自東方所傳來瘟疫的報告中，也提到挖焚化坑的作法。

邦考斯基帕夏遇害後，挖掘焚化坑的防疫行動就有所延遲。但少校帶領的防疫部隊表現優良，成功勸服更多居民撤出自家，而遭沒收的床架、棉被、基里姆毯等受汙染物品也堆積成一座座小山。在木造房屋內點火焚燒受汙染的骯髒物品具有相當的風險，而市區的古老中庭廣場在疫情影響之下固然空蕩無人，但要在中庭廣場焚燒大量物品也很困難。民眾會希望只要用消毒液徹底消毒受汙染的家當後找地方存放（之後再物歸原主），但防疫部隊沒有足夠的時間和人力處理，也找不到任何可供存放的空間。任何受汙染的物品如果沒有立刻焚燬，很可能會流入舊貨市場。因此檢疫局長和總督聽從努里醫師的建議，交代防疫人員開始使用已挖掘好但尚未啟用的兩個焚化坑，坑洞就位在市區外圍、新墓園和上圖倫契拉區邊緣之間的平坦地帶。這個地點唯一的缺點，是必須走過一條蜿蜒曲折穿越老市集小巷和少校老家所在阿帕拉區的漫長上坡路才能抵達。

某天下午接近傍晚時，總督親自點火啟用焚化坑。當時是實行防疫規定的二十天後，大批民眾興致高昂前來圍觀。焚化坑內大火熊熊燃燒，赤紅燦亮的巨大火舌蔓延，一球球耀眼黃色火焰竄躍，將周遭染上一層紫色和深藍色澤，或許是因為坑內還淋了煤油，火一直燒到深夜仍未熄滅，熾烈火光從市區甚至島上其他地方都清晰可見。接下來數天，焚化坑定時用來燒燬受汙染的衣物、床架和其他物品，於疫情期間白天不停飄出的黑煙，於是成了令無數明格里亞人傷痛難過的景象。輕飄於空中的黑煙，讓他們覺得死神就在附近，他們只能祈求真主憐憫，甚至（無論出於何種理由）覺得孤單無助。如帕琦瑟公主在書信中所指出，民眾每次在源源不絕運上坡丘的待焚化汙染物中，只要看到死者遺物或任何因違反防疫規定而遭沒收並集中起來的物品，心中都會觸發類似的情緒。

在圖倫契拉區後方的穆斯林新墓園，哲妮璞的兩個哥哥梅奇和哈迪全力投入他們的新任務。防疫規定很重要的一條是瘟疫死者遺體下葬前須撒石灰消毒，但此項規定在明格里亞引起很大的反彈；即使在基督徒醫師和不朝覲僅旁觀的外國人都不得進入的麥加，也曾發生類似的問題。檢疫局長尼寇斯對此現象的解釋是，由於島上已有很長一段時間不曾發生傳染病大流行，因此很遺憾地，民眾仍未意識到防疫措施的重要性。即使是防疫部隊裡和藹可親、大受民眾歡迎的哈姆迪・巴巴中士，也無法說服民眾配合，而執行上碰到的種種悲慘細節，更讓他精疲力竭、心生厭倦。但是，當梅奇和哈迪兄弟在總督建議下開始前往新墓園值班之後，先前許多令人為難的狀況，包括在消毒女性遺體時遮住臉部，確保女性遺體私密部位或裸露部分不會暴露在外被旁人看見（或即使被看見也只有短暫片刻）等必須遵守的事項，以及「鏟起石灰撒落」的動作不宜太過粗魯隨便，確保消毒用的物質不會進入遺體仍張開的雙眼、嘴巴或鼻孔等建議細節，都能很快應對處理妥當，不至於失控並演變成嚴重的政治事件。

用來運送汙染物的馬車原本由駐軍提供，後來駐軍索性將這輛龐大老舊、外裹馬口鐵皮的馬車贈送給市府。滿載的馬車行駛在蜿蜒上坡路前往焚化坑途中，不僅時常遭到盜賊扒手搶劫，也會遇到無賴和蠢笨無知的人來找麻煩。這些人的目的大都只是想偷幾件舊基里姆毯、床墊、床單或衣物，可能想自用，也可能想要轉賣給還在偷偷做生意的舊貨商。疫情爆發之後比較少人前來打劫馬車，但還是有人不聽防疫檢疫局的多次警告，堅持繼續使用染疫死者的遺物。這種誤判情勢的不當行為之中，隱含一種對國家、對西化、對現代科學、對國際社會的挑戰，一股輕蔑叛逆，甚至是無知和蠻不講理。

有些人相信如此不理智的行為，是島上的謝赫和聖者享受太多關注和包容所導致。最後總督派了手下兩名最剽悍威猛的衛兵前去護送馬車。兩名冷酷的衛兵帶著鞭子，不讓任何人接近馬車，連孩童靠近也毫不留情驅離。每次馬車行經時都會響起的大呼小叫和粗鄙咒罵聲愈來愈微弱，取而代之的是一股全島在疫情期間逐漸習以為常的抑鬱死寂。馬車行駛在空蕩寂靜的道路上，有時甚至無人注意。當馬車在街道上緩緩前行，年長的路人看到會誤以為是舊貨商弗堤的馬車。但有時還是會有一群調皮搗蛋的頑童躲開鞭子爬上馬車胡鬧，想趁機偷點什麼東西。後來每當馬車行經坡耶勒什、卡迪勒許和葛梅區，當地居民會好像看到靈車一般畏懼退縮，有人會高聲嘲弄並嚷叫「走開」，孩童會朝馬車扔石頭，社區裡的狗吠聲會比平常還凶狠——牠們即使忙於左閃右跳躲避衛兵的鞭子，仍拚命吠叫以示抗議。

努里醫師最先注意到，民眾與揮舞鞭子的衛兵之間的摩擦，正慢慢演變成頑固反抗防疫規定的情緒，他並未先告知少校，而是立刻提醒總督也許不該讓馬車白天就出現在街上。

隨著疫情持續蔓延，馬車行駛的路線上開始出現無名屍。路上這些需要立即消毒焚化的遺體，通常是由占據空屋者搬過去的。他們擔心自己新找到的屋子可能會開始發臭，而檢疫人員有可能會前來進行全面消毒，並釘上木板封住出入口。當載運沒收物品的馬車前往焚化坑途中遇到遭棄置的無名屍，最明智的作法是將無名屍送往對面山丘的墓園，根據發現地點所在區判斷死者的宗教信仰可能為何，依照個別宗教的下葬習慣採行最簡約的儀式和禱告，以石灰消毒之後安葬死者。處理類似事件需要兼具機智、專業技巧和經驗。

總督一直密切關注馬車前往焚化坑路線上出現無名屍的問題，提議由梅奇和哈迪兩兄弟負責處理。負責管理馬車的少校有些猶豫，但總督堅持己見，並指出兩兄弟很受民眾喜歡甚至尊敬，尤其是在居民仍然會講古老明格里亞語的區域。梅奇和哈迪兄弟以純樸老實著稱，曾自己開店做生意，也有一些積蓄和土地，在地方上人緣很好，大家都認為像他們這樣在社會上有點地位的人士，不太適合去做為人收屍的工作。像拖動無名屍搬上馬車這樣的粗活，更適合來自克里特島的魯莽窮困年輕人和笨手笨腳的小混混，只要付的錢夠多，他們就會迫不及待接下這份工作。

儘管如此，梅奇和哈迪兄弟一開始還是答應接下工作，並召集人手來幫忙。或許他們覺得少校是自己的妹夫，一定會以禮物、金錢或其他方式回報。但民眾痛恨載運死者遺物去焚化坑的馬車，兩兄弟很快就成了民眾發洩怒氣的頭號目標。兩人並沒有跟之前的衛兵一樣帶著鞭子，他們試圖好言安撫，但即使講明格里亞語仍然無法讓民眾理解（另一個說法則是正因為他們講明格里亞語，民眾才無法理解）。總督預料到雙胞胎兄弟很快就會因為要護送馬車而精疲力竭，於是下達新的命令：即日起，所有自房屋、店鋪和穀倉沒收的受汙染物品皆應堆放於建築物前門或庭院，並由兩人站崗看守以免遭宵小盜取，等候梅奇和哈迪兄弟的馬車於傍晚前來搬走所有物品並趁夜載運至焚化坑。

夜間的市區更顯荒涼，街道陷入陰森死寂的黑暗，彷彿有一層怪異的青藍霧氣籠罩其上。過去那段比較美好快活的日子裡照亮碼頭和哈米德大道的煤氣燈，如今早已無人前去點亮。有些屋子裡仍然有人居住，但庭院裡沒有點起任何燈火，窗戶也沒有燈光透出或人影閃動。屋子裡可能有人，也可能空無一人。明格里亞以聰明暴躁著稱的貓頭鷹開始進駐，在房子屋頂和庭院樹上棲息。有些人會刻意在空房子門口點起一盞油燈，營造屋裡還有人居住的假象以避免宵小上門。

到了六月的第二個週五，梅奇和哈迪兄弟負責護送馬車已經一週，他們告訴妹妹說不想繼續做這份工作。面對兩位妻舅的抗議，凱米爾少校對於這部分的防疫工作更是拿不定主意。少校在新婚一週之內就無可救藥地迷戀妻子，確信兩人在一起一定會無比幸福快樂。只是哲妮璞每天都大聲嚷嚷，愈來愈堅持一有機會就要搬去伊斯坦堡，不停提醒丈夫他許下的承諾，彷彿島上不曾爆發瘟疫或有防疫規定要遵守。少校不知如何是好。當他聽到哲妮璞說兩個哥哥不想再護送馬車或在墓園工作，希望調去擔任坐辦公室的文員，他的反應是嚴正告訴妻子，在找到替代人選之前，要請她的哥哥們和助手繼續負責護送馬車。

至於搬去伊斯坦堡，少校曾兩度答應妻子「只要一有機會」就會出發。少校心中充滿濃重的不確定感，他感覺得出來其實真正的問題，是自己說的話似乎對妻子或兩位妻舅毫無影響力。他的母親時常讚揚的所謂婚姻，帶來了至少一個無法預期的後果：他會一直害怕，如果無法滿足妻子的要求，就會永遠失去妻子！

少校想通此點後的某一天，他和妻子坐在輝煌殿堂飯店的客房裡，望著窗外由城堡和湛藍的地中海構成的壯麗景觀，哲妮璞告訴丈夫說她剛從哥哥梅奇那裡得到消息，她刻意壓抑興奮之情，一字一句、有條有理地向丈夫轉述。據梅奇所說，工頭賽伊德的船夫團隊過去兩天都趁夜接駁乘客去搭停在外海的大船，由於目前掛著鄂圖曼國旗的船隻都會被直接押送至克里特島的甘尼亞港，他們可以再從那裡前往塞薩洛尼基或士麥那，安排妥當的話就能在兩天內抵達士麥那。這條路線是最近才安排好的，可能隨時中斷。哲妮璞說得趕緊安排。

在此要提醒讀者，如今也加入偷渡行列的工頭賽伊德，是受總督保護、與希臘船夫團隊搶生意的穆斯林工頭。少校猜想總督的眼線可能很快就會發現新的偷渡路線，但他感覺得出來哲妮璞快要失去耐心，於是同意讓妻子當天晚上就偷渡前往士麥那投靠親戚。

此事並未見諸明格里亞相關歷史記載，僅由帕琦瑟公主依據密切相關者的所見所述寫於信中。我們無從得知少校在那一刻的想法，但或許這就是我們最希望採取小說家筆法來呈現的時刻。如同在明格里亞全國眾所皆知，我們知道凱米爾少校從未夢想在明格里亞島以外的地方生活，也一心一意想奉獻自己為同胞效勞。因此我們能夠得出唯一合理的結論，就是少校其實不希望讓妻子偷渡離開島嶼。

「哥哥他們說，如果我們想走，今天晚上就有一班船要去克里特島，工頭賽伊德會送我們上船。」哲妮璞凝望丈夫的雙眼說道。

哲妮璞是在提議要少校跟她一起離開嗎？在一致同意哲妮璞應該先離開的那一刻，兩人都意識到在一起的日子有多麼幸福。甜蜜恩愛的新婚生活中，兩人初嘗幸福歡娛的滋味。他們深愛彼此，會一起孩子氣地傻笑嬉鬧，發明一種只有小倆口自己懂的童稚言語。他們並非如某些官方歷史學家和貪婪記者所指稱，發現「明格里亞語優美迷人、包羅萬象」云云。明格里亞語的歷史淵源確實可以追溯到古代明格里亞人，源自居住在鹹海以南隱祕山谷中的部族。但接連受到十字軍、威尼斯、拜占庭和鄂圖曼人的打壓之下，到了一九〇一年，明格里亞語族群的分布僅限於亞卡茲市內數個區和明格里亞島北部山區的村莊，沒有機會發展出適合當代世界、天主教、東正教和伊斯蘭教文化的語言所需含括的語彙、精神及概念上的深度和廣度。

哲妮璞在飯店房間整理行李時哭了出來。她從小就一直帶著一把握柄以珠母貝製成的髮梳，這把在明格里亞島製造的梳子是一位姑母送給她的，她發現梳子還放在娘家。她相信梳子能夠帶來好運，但自己可能很久都沒辦法拿到這把梳子。少校提議派一名平時在飯店門口站崗防備拉米茲手下的哨兵到岳父家去取梳子，但最後小倆口只是安靜相擁。他們擔心離別之後，可能要過很久才能相會。

夫妻倆再次纏綿恩愛，感受到的激情歡娛還不及心中的憂愁哀傷。看到妻子淚眼汪汪，堅定的少校也為之動搖。他該怎麼做才好？他試著告訴自己，讓妻子離開至少可以確保妻子健康平安，等疫情結束，他就可以去士麥那接回妻子，好處就是妻子能夠遠離瘟疫和瘋狂的拉米茲造成的威脅。但他知道哲妮璞一走，他就會再次陷入曾在漢志省和偏遠地帶經歷的孤寂，同時無比思念這些日子、這些時刻和她的眼神。他望著妻子，希望將她的花容倩影深深烙印在腦海中。然而，讀者若讀到公主在書信中的相關記述，或許會懷疑少校當時的心情或許不是全然真誠純摯。

入夜之後，少校換上便服，戴上向勒米借的帽子。負責安排接駁的梅奇跟工頭賽伊德都特別要求少校要戴帽子。哲妮璞將裝了所有重要家當的行李袋交給丈夫提著，兩人穿過輝煌殿堂飯店的現代化廚房從後門離開。疫情影響之下，不僅街道空無一人，夜裡的市區似乎也更加漆黑。兩人像幽魂般穿梭於荒寂黑暗的街道巷弄，耳邊傳來風吹過枝葉時的輕微窸窣聲。他們看到許多人家的庭院深鎖，沒有任何煤氣燈或蠟燭火光，周圍伸手不見五指。但是兩人最擔憂記掛的不是瘟疫，而是對於將要分別的恐懼。即使正趕往工頭賽伊德的划艇預定來接哲妮璞的地點，他們不知為何似乎都有預感，或許兩人終究不須分離。否則他們可能打從一開始就不會動身出發。

約定的地點是圓石灣邊緣一座自兩人童年時就存在的漁夫小屋，位在酒館林立的小海灣北方相隔三個海灣處。步行所需時間比原本預期的還長。半月照耀之下，他們只能依稀辨認出小屋後方的臨時碼頭。海浪輕輕拍擊岩石嘩啦嘩啦，樹葉被微風吹動沙沙作響，明明四下無人，卻讓他們覺得周圍似乎還有其他人在。兩人退到一處隱密的角落，靜靜相擁，開始漫長的等待。在他們下方的灘岸，海浪沖刷礫石激起的銀白浪花波光粼粼。

「我每天都會發電報到士麥那給你。」少校說。

哲妮璞默默落淚。眼前的大海彷彿一口暗黑的深井。梅奇和哈迪跟他們約好在海邊碰面，之後他們再一起走到臨時碼頭，賽伊德應該會親自駕著划艇來接走他們（不是派他手下的船夫），但兩人等待許久，周圍一點動靜都沒有。到了很晚，兩人才意識到不會有人前來，眼前的群山似乎有片刻散發出柔和的光芒。焚化遺物用的坑洞所在的山頭上，赤紅、橙黃和淺紅的火焰古怪地閃動。少校看見妻子的雙頰上有淚珠滾落。

「沒有人來，我們不會分開了！」少校說。

從彼此臉上的表情，他們看得出來對方和自己一樣如釋重負。經歷漫長的等待之後，他們避人耳目經由市區的偏僻街巷走回輝煌殿堂飯店。少校一路上牽著妻子的手，感覺她內心深處其實十分欣喜。

我們身為歷史學家，必須指出除了帕琦瑟公主信中的記述之外，文獻中找不到其他關於哲妮璞試圖偷渡一事的記載或證據。明格里亞奉行民族主義的歷史學家將此事件視為禁忌話題，自始至終避而不談。因為在那天晚上，那個所作所為即將改變全島命運的男人一度考慮要送走妻子，不讓自己的家眷和島上所有人民同島一命。

少校夫婦回到飯店不久後，勒米就來找他們。「戰艦把整個島都封鎖了。」他的語氣急促。他的震驚程度幾乎像是在宣布「蘇丹駕崩！」。「這下子全世界都攪和進來，一定能阻止疫情擴散。說真的，昨天才退房的羅伯特阿凡提又要回來住了，還指定他最喜歡的三十三號房。」

少校立刻明白，強權派出戰艦將他們團團包圍，表示明格里亞島如今只能自求多福。但是他假裝相信勒米比較正向的結論，哲妮璞也立刻就認同這番盲目樂觀的說法。但兩人之所以滿心歡喜，其實是因為終於不用分隔兩地，他們很快就可以回到樓上的客房，盡情沉浸於床笫之歡。

第四十章

歐洲強國與鄂圖曼政府決議共同封鎖明格里亞島——或無論如何終究成功施壓，讓鄂圖曼帝國同意派出戰艦。多年後，研究此時期外交函件檔案的學者會發現，當時英國駐伊斯坦堡大使菲利浦．柯瑞爵士提出，高門若不派出戰艦，封鎖行動將免不了被解讀為是針對鄂圖曼帝國全國。柯瑞爵士也聲稱，若有一艘鄂圖曼戰艦參與封鎖行動，那麼鄂圖曼帝國就能在國際上保全顏面，因為封鎖行動將會被視為特別針對治理無方的明格里亞總督和防疫檢疫局。由於「奧斯曼號」再次進廠維修，蘇丹阿卜杜勒哈米德聽從海軍大臣的建議派出「馬木德號」。

翌日早上，總督沙密帕夏和防疫檢疫局都接到電報，得知明格里亞周邊海域即將遭到封鎖。電報中指稱封鎖行動是明格里亞政府為了保護帝國其他人民不被傳染瘟疫，自行要求採行的封堵措施，總督據此推測首都方面必然已向國際媒體發表正式聲明。

及至中午，亞卡茲上上下下都知道，為了遏阻民眾違反防疫規定、隔離措施或醫師指示偷渡離開，明格里亞島已經被團團包圍，海面上除了英國、法國和俄羅斯戰艦，連掛著鄂圖曼星月圖案國旗的「馬木德號」也加入陣線。明格里亞人知道島嶼之名已經登上世界各國的報紙，但他們絲毫不覺得開心，因為關於明格里亞的報導內容全是壞消息。明格里亞不僅未能成功遏止瘟疫，如今還要將瘟疫傳到世界各地。

島上的當地報社很快跟進報導，逮著機會就鉅細靡遺介紹外國戰艦的細節（而且毫不掩飾對於明格里亞島能夠吸引國際關注的滿足之情），諸如法國的「伯丹上將號」於一八八三年下水啟用，全長一百公尺，而英國的「喬治王子號」於一八九五年下水啟用，配備精良火炮。至於德國則並未派出戰艦，德皇威廉擔心可能對兩國關係造成衝擊，破壞他和蘇丹的友好情誼。亞卡茲的民眾在市區內無法看到停在外海的戰艦，只有在風大晴朗的日子，從山區的村莊、修道院或突露的岩石海岬才能清楚看見。天氣霧濛濛時則完全無法看見戰艦，由於戰艦在海上時隱時現，民間開始謠傳戰艦已經駛離或根本沒來過。

市府遵照首都的指示擬妥一份解釋周邊海域為何遭到封鎖的公告，並比照先前宣布市內發生瘟疫並實行防疫規定的告示於全市各處張貼。公告中解釋，封鎖周邊海域並非針對明格里亞一般民眾，而是為了遏阻違法偷渡的犯罪集團。

明格里亞遭到封鎖，島上所有人大為痛心失望。對明格里亞人民來說，這項決定再次證明防疫措施宣告失敗，而全世界彷彿在對他們說：「自求多福，不要靠近我們！」信仰東正教的希臘人一直覺得歐洲其他國家和俄羅斯會保護自己，如今意識到歐洲國家最先顧及的永遠是自身的利益。島上的穆斯林也覺得蘇丹阿卜杜勒哈米德拋棄了他們。為了掩飾不能說出口的真相，民眾很快就開始編一些自欺欺人的故事。聽說由蘇丹的私人渡輪「舒逸號」改裝成的救難船，已經載著士兵和藥品物資前來明格里亞；染疫死亡的人其實愈來愈少；印度的英國殖民政府已經發明一種疫苗，跟狂犬病疫苗一樣只要打一針就能預防瘟疫，戰艦封鎖島嶼的真正目的，只是要在疫苗送來前多爭取一點時間。至於在家大都講明格里亞語、虔心相信教團道堂聖者的族群，則只對派戰艦封鎖島嶼的英國和法國感到憤怒。他們同情蘇丹，認為蘇丹陛下一定是被逼之下才派出「馬木德號」，並未因此對蘇丹反感。

但是穆斯林仍然敵視基督徒，這股敵意三不五時會演變為一股針對帝國官僚、總督和軍隊的怒氣。島上幾乎所有人都有一種共同的感受：五十年來為了討好歐洲強權——部分原因是受到外國施壓，部分原因則是真心相信能夠帶來進步——以追求國內基督徒和穆斯林族群的平等為名，進行各種改革、調整和重組，歐洲卻在明格里亞最需要援助時背棄這座島。許多民眾都有同樣的感受，也因此更不願遵守防疫規定，總督認為這比島上希臘人族群的問題更令人擔心。在商業和官僚體系之外，總督本人、島上的醫師群（大都是希臘人）和防疫檢疫局三方先前並無共同利益可言，如今三方卻必須合作防疫，可以說島上希臘知識分子和穆斯林知識分子的關係因為共同對抗瘟疫而更加緊密。由於希臘政府是真正關心島上希臘人族群的健康，總督並不認為各方關係趨於緊密的背後有什麼政治陰謀。

接連三天，大雨如注。每年春天的傾盆大雨不僅讓花草樹木欣欣向榮，一時之間四處可見大量蛞蝓和喜鵲，但也會引發洪水。那一年亞卡茲溪同樣暴漲決堤，溪水挾帶泥漿滾滾流入市區巷道，將碼頭周圍海域染成一片土黃，濃稠的質地彷彿小麥發酵製成的飲料「博薩」。總督坐在辦公室的凸窗前，看著城堡周圍藍中帶綠的海面以及阿拉伯燈塔旁更深湛的藍色海面，看著又一場突如其來的滂沱大雨掩去城堡的形影，打發時間的同時，或許是第一百次努力思索要如何解決眼前最重要的問題。

「如果派更多士兵上街，把更多人關進牢裡或送去隔離，很快就會有人造反。」某一天總督如此告訴努里醫師。「我們每天送進城堡的人數已經高達十五到二十人，其中有可能感染瘟疫的民眾，也有想方設法為非作歹、伺機違反防疫規定的盜賊宵小和流氓無賴！」

連日大雨過後，總督和努里醫師開始每天前往疫情最嚴重的齊堤、葛梅和卡迪勒許區徒步巡查。每次巡查約二十到二十五分鐘，總督的衛兵、少校和防疫部隊成員也會隨行，他們利用巡查的機會評估市內疫情的最新情況，並親自了解疫情最嚴重的區域所發生的爭議、麻煩和糾紛。

市區一片寂靜，充滿來舒消毒液的味道。部隊朝著樹幹、石牆、木牆和住家二樓噴灑石灰水，總督有時會覺得城市變得好陌生，空蕩蕩的街道更加深了這種陌異感。街上不再有人成雙成對或三五成群行走。每當總督從過去五年來每天至少行經兩、三次的哈米德橋上望向市集，看到半數店鋪都已關門停業，心中總是悚然一驚。

每當他看到碼頭附近或溪邊巨石上有人佇立著凝望水面，或遇到不得不停業的店鋪老闆，或瞥見有人枯坐在隱密的牆壁縫隙裡彷彿想要逃離這個世界，總督又更加焦慮難安。即使是完全不熟悉這座城市的人，也會發現大多數居民都躲進牆壁厚實、百葉窗緊閉的屋子裡，安心地待在塔樓中、凸窗後或中庭裡。春雨已過，六月十九日週三這一天的染疫死亡數為十七人，總督注意到許多關門的店鋪門窗已經用木板封住。有些店鋪是遭市府人員封起，主要是為了防止店鋪主人在消毒完畢後又回到店內，此外也可以阻擋宵小和致病微生物。但在開始實行防疫規定一個半月之後，許多最初積極採行的措施不再實行，每天都會出現新的挑戰和待處理的矛盾扞格。

在已具備微生物學和流行病學知識的年代，用木板封住空屋和店鋪或許並非必要，但類似措施仍有助於在短期內遏阻日益猖狂的盜賊宵小和非法占屋者。為了支付封住房屋門窗的木材成本和工錢，市府一度向屋主收取稅金。但這項不明智的規定後來遭到廢除，而政府人員也慢慢不再去封住建築物門窗。總督和努里醫師時常討論的話題之一，就是如何將部分防疫規定逐步放寬。少校大都靜靜在一旁聆聽兩人討論，對於他們規畫計算以及對「防疫強度」的評估留下深刻印象。閱覽過帕琪瑟公主書信的讀者會發現，總督對於伊斯坦堡方面誤判情勢卻持續發送電報指示放寬防疫規定一事特別有意見。

島嶼遭戰艦封鎖五天以來，共有八十二人死亡。有一點值得一提，儘管每天皆有多人亡故，但駐軍指揮官穆罕默德帕夏染疫死亡的消息傳出時，民眾仍大為驚駭。唯有詩人能夠描述六月中旬開始滲入全城的絕望感——小說家無能為力，遑論歷史學家。民眾陷入絕望無助，無法再謹慎行事、運用常識或採取任何必要的預防措施。那種感覺彷彿是在說「反正我們完蛋了」。島上的人或許目前還活著，但大家都覺得困在島上不管怎麼做，終究難逃一死。

不僅希臘人，就連許多穆斯林也開始後悔，沒有在實行防疫措施之前趕緊逃走。在各國聯合封鎖之下，正式航線全都暫停營運，但小貨船和大型漁船再次出現在島嶼周圍海域，島上的船夫團隊重操舊業，又開始趁夜協助民眾偷渡。船夫團隊的工頭從新一波的偷渡活動賺取了龐大利潤，很快就開始散布各種謠言，例如聲稱英國「喬治王子號」和法國「伯丹上將號」已經完全撤離，或是每晚都會回到克里特島的甘尼亞港，所以還是有可能成功偷渡。然而，確實有一名船夫駕著划艇順風順流航行，只花了兩天就將一家三口成功送到克里特島，不過消息始終沒有傳到明格里亞。如有讀者感興趣，想進一步了解這趟航程，不妨閱讀當年搭划艇渡海的孩子於一九六二年在雅典出版的回憶錄《順風划槳》。

新一波的偷渡起初是暗中進行、保密到家。但船夫們發現總督和防疫部隊並未插手干預後，覺得一切似乎可以如常進行，偷渡活動很快就變得更為頻繁。這段期間的某個夜裡，一艘載了太多乘客的划艇在浪濤洶湧的海上翻覆沉沒。沉船事件也可能有人蓄意謀畫——船上至少十五名明格里亞希臘人溺斃。

沉船事件最初被當成意外，但島上人民從一開始就感覺得出來，逃難船沉沒的事件中隱含一股「惡意」。明格里亞人意識到已經走投無路，只能聽天由命，開始尋找可以怪罪究責的對象。直到一九七〇年代，蘇聯歷史學家才發現一系列以「托皮寇斯」為標題的文件，證明那天晚上俄羅斯戰艦「伊凡諾夫號」發射的一枚炮彈擊中划艇，造成艇上十七人罹難。參與封鎖的國家眼看偷渡離開島嶼者有增無減，在英國鼓動之下，決定將一艘逃難船隻擊沉以儆效尤。原本的計畫是救起船難中落海的乘客並將他們送回島上，但後來發生變故。逃難船在半夜逕自駛近俄國戰艦；俄國外交部原本預計發出聲明，佯稱「伊凡諾夫號」是遭到「載了染疫者」的船隻攻擊才被迫開炮自衛，但在最後關頭退縮。這起船難事故讓明格里亞人內心受創極深，但其中許多環節的真相至今未明。往後的日子裡，罹難者遺體被海浪沖上海岸的景象，讓明格里亞人心中充滿一種與先前截然不同的恐懼，也免不了覺得自己根本就是鐐銬加身困於島上的囚犯。

第四十一章

直到六月二十二日週六（該日有二十一人死亡）為止，少校帶領的防疫部隊中受過訓練的現役兵員達到六十二名，其中超過半數來自圖倫契拉區、坡耶勒什區和阿帕拉區。他們從小到大在家或在街上和友伴玩耍時都講明格里亞語，其中一些人直到現今在家仍以明格里亞語為主要語言，但防疫部隊成員相信自己有幸獲得這份新工作與族群認同無關，而是基於童年友誼或街坊鄰居間的情分。大多數成員是三十多歲的壯年人，不過部隊裡也有一對父子，是少校從坡耶勒什區招募而來。在總督特別撥款支應下，防疫部隊全員得以收到第一筆預付薪餉。

每天早上，在疫情指揮室的地圖旁參加完會議後，少校就會搭乘總督的裝甲馬車前往駐軍營地，帶領防疫部隊進行一系列操練，並檢查每個人的制服是否整潔。有些新兵很愛惜他們的制服，幾乎捨不得脫下來，連在家跟在社區內走動都穿著制服（也可能只是為了炫耀）。晨間操練結束後，少校會依照諮詢努里醫師和尼寇斯醫師後的決定，分派士兵至各個地點執行當天的任務。哈姆迪．巴巴和他的兩名部屬的任務可能是前往岩石突堤一帶，安撫最近被迫撤離住家的多位居民；梅奇和哈迪兄弟如果不忙於護送馬車至焚化坑，可能會前往哈米德醫院庭院裡的帳篷診間暫時接替兩名搬運工的工作，原本的搬運工一人病故，一人逃跑；那對接受招募加入部隊的父子可能會奉派前去新鐘塔施工場址驅逐兩名闖入者（類似任務通常由憲兵執行，不過這次防疫部隊接手，是因為據知躲在鐘塔頂樓的兩名闖入者都已經染疫發燒）。

努里醫師認為防疫部隊目前無人感染瘟疫，就證明了瘟疫致病微生物主要是經由老鼠傳播給人類，而非直接人傳人。少校聽從努里醫師的建議，在駐軍營地安排一間防疫部隊專用宿舍，讓部隊成員盡量遠離疫病。防疫部隊中許多成員住家就位在疫情最嚴重的數個區，遭到感染的風險較高。但他們或與妻兒同住，或住在父母家，與其在營地裡的簡陋宿舍過夜，還是寧可晚上回去睡在家裡。少校雖然得知有人會半夜離營溜回家，但防疫部隊在其他方面表現優異，他決定不要介入以免影響士氣。

某天早上，在派出超過半數成員前往各區執行任務後，凱米爾少校召集二十名他最信任的士兵，取出駐軍指揮官提供的彈藥，發放給每人三顆子彈。接著少校指示士兵在步槍裡裝子彈。士兵們有點慌張，但他們聽命行事，七嘴八舌吵吵鬧鬧地完成裝彈。少校指派哈姆迪．巴巴帶隊。他另外指派由坡耶勒什區招募的穆斯塔法前去協助梅奇和哈迪，他在數天前才分派了新的文書工作給兩位妻舅。過去兩天，少校一直在為這支成員經過精挑細選的步槍隊即將執行的任務做準備，但他覺得出發前有必要多說幾句話，於是再次向士兵宣告，他們即將執行的任務有助於對抗可怕的瘟疫，他們不需要害怕，很可能完全不需要開槍，只是抵達郵局後可能會需要發射一、兩發子彈。在此之前，他已經和士兵們個別面談過，說明他們的目的是要保護郵局，而這次行動是防止疫情擴散的關鍵。臨行前最後一刻，少校複述每個人該做的事情時撒了謊，說這個計畫總督也知情。

少校領著防疫部隊直接走出駐軍營地大門（衛兵已經打開柵門，並在他們走過時行禮），一行人保持鬆散但仍有序的隊形，沿著陡峭的下坡路下山，這條山路在許多年後以「哈姆迪．巴巴山道」之名廣為人知。全隊靜悄無聲走進艾克里瑪區，經過草木蔥蘢的庭院時，只見紫紅色九重葛盛綻，忍冬芳香和來舒消毒液氣味撲鼻而來，耳邊還響起蜜蜂的嗡嗡聲。他們魚貫走入聖尤格斯教堂的後門，接著穿越中庭——他們曾多次到中庭進行消毒，熟悉的中庭此時散發扁桃仁和死亡的氣息——再緩緩朝海邊前進。教堂前經常擺滿棺材，還擠滿哭啼吵鬧的送葬家屬和墓園訪客，但那天只有兩名潦倒乞丐坐在階梯上，附近寥寥數個灰暗人影投向行進隊伍的目光中充滿恐懼。

隊伍沿著每天要走上好幾次、瀰漫消毒水味的街道前進，經過總督府廣場時絲毫未放慢腳步，來到哈米德大道上，兩分鐘內就抵達郵局。看到這隊士兵的民眾並不多，即使看到，也會以為士兵正要去處理防疫相關的糾紛。

依照計畫，梅奇和哈迪兄弟和另外三名士兵圍住郵局後門外的院子。包括少校在內的七人從郵局正門前的階梯拾級而上，來到最上方的平台。同時，另外八名士兵來到郵局外面的小廣場，此處是平時民眾在郵輪較不常來的期間聚集等待包裹的地點，士兵們背對郵局開始站崗，好奇的路人從士兵的動作姿態可知他們正為某項軍事行動把守警戒。郵局外頭原本尚無人群聚集，但哈米德大道上的行人都能看到防疫部隊進駐郵局，很快就有民眾圍過來想一探究竟。

少校步入郵局。時候還早，郵局裡只有五名顧客。有數名富裕人家派來的僕役，還有身穿雙排釦長禮服的紳士，他們都是來發送電報到伊斯坦堡、士麥那、雅典等地。少校先前來替帕琦瑟公主寄出信件時，就見過他們好幾次。他們發出的電報內容不外乎「我們很好」、「一切都糟透了，但我們從不出門」（一旦任何人家裡有家屬病故，同一戶裡其他人甚至來不及再去發電報，就會被防疫部隊送往隔離所）。少校意識到當天附近沒有任何穆斯林，他是最近才開始留意這些細節。

郵局裡有一名臉長得像青蛙的職員，少校因為常來替帕琦瑟公主寄信而與他熟識，他正想走向這名職員時，郵局局長從樓上走下來。局長原本在樓上的辦公室，他注意到樓下似乎有事發生。

「您又帶了公主要寄出的信件過來嗎？」局長露出親切的微笑。

少校先前不時造訪郵局，已經和局長狄米崔阿凡提成了朋友。狄米崔不是明格里亞人，他在十二年前從伊斯坦堡被調派到島上。他是來自塞薩洛尼基的希臘人，曾在鄂圖曼帝國最古老的幾間電報局工作，也曾在位於伊斯坦堡全貝利塔石區的帝國進階電報學院受訓，多年來練就一套編碼發送法文和土耳其文電報的精熟技巧。在疫情初期，趁著郵局職員為帕琦瑟公主的厚重信件秤重、計算郵資並挑出資費符合的郵票的時候，狄米崔局長常常會和少校聊起伊斯坦堡，講起自己從前所上那些電報工程師用法語教授的課程，描述伊斯坦堡從前的樣子，也會問少校首都現今的樣貌。

「我這次不是來寄信的！」少校回答。「我今天來是要接管郵局。」

「您這句話是什麼意思？」

「郵局即刻起停止營業。」

「您一定是弄錯了。」狄米崔阿凡提說。

局長說這句話時自信滿滿，好像只是在改正電報內文裡的字母數和符號數，或指出某個技術上的錯誤，少校聽了有些惱怒。

「不要反抗！」他說，好像在透露什麼祕密。

「請您解釋一下目前的情況……」

少校從櫃台旁退開——有人在櫃台放了四十年前很普遍、如今卻顯得格格不入的備用煙燻棒消毒組合——回到正門要哈姆迪·巴巴跟另外兩名守在門口的士兵跟他進來。他做每個動作時都刻意誇大，彷彿要讓狄米崔局長和郵局職員明白，在自己和手下的士兵面前最好聽命行事。職員每天都會在市區街道上遇見哈姆迪·巴巴和其他士兵，熟知他們暴躁好鬥，必要時甚至會舉起步槍開火。

過去數天以來，郵局內總是一團混亂，桌面堆滿雜物，郵袋、辦公桌和箱子上全是堆積如山的信件，少校已經煩躁到忍無可忍。少校記得小時候看到的郵局，就像裱框掛在牆上的明信片樣品一塵不染，整齊清潔一如勤奮主婦的廚房。如今郵局裡一片混亂，不太可能是防疫規定所導致，畢竟在最近一次國際公衛研討會召開後，各國不再消毒郵件報紙，也沒有任何措施可能妨礙郵件寄送。郵局的作業速度變慢，是因為郵輪來到島上的次數變少，而有些職員擔心會被傳染，索性曠職逃跑。少校派一名士兵站在樓梯口把守，不讓任何人上樓，郵局裡所有人見狀後才意會過來，這次的行動有所預謀。

同一時刻，有一名上了年紀的先生走向局長，老人身上穿著刺繡背心，表示他出身明格里亞的古老家族。老人一個月前以雙掛號寄出內含貴重物品的包裹到伊斯坦堡，該件包裹由法蘭西火輪船公司的「瓜達基維爾河號」載運，但他一直沒有收到回執單。老人先前已兩度前來詢問，局長也對他解釋過，如果真的想確認包裹是否送達，可以依照既定程序申請查詢。過去一週以來，老人每隔一天就跑來郵局和職員爭執，並亮出一份總督府新批准的文件，內容指示應打開所有遭退回的密封郵袋徹底搜查，直到找出該件貴重包裹並退還給寄件者。

局長和老人用希臘語對話，吵起來之後沒完沒了，少校覺得這是宣告自己此行用意的好機會。

「夠了，這場討論到此結束。」他用土耳其語說道：「郵局從即刻開始停止一切運作！」

他對著整間郵局宣布，音量大到讓所有人都能聽見。局長用希臘語跟身穿刺繡背心的老人說了些話，打發他離開。其他顧客因為看到士兵進入而有些不安，也開始朝門口移動。

「您說『一切運作』究竟是指什麼？」

「立刻停止所有收發往來的作業。從現在開始，停止收發任何電報。」少校說。

局長瞥向牆上張貼的公告。該份公告以土文、法文和希臘文寫成，是在正式實行防疫規定的一週後，郵局局長諮詢過檢疫局長並獲得總督批准後所擬定的民眾進入郵局應遵守的規定細則：每次只准許一人進入；禁止兩人並肩站立；不可碰觸郵局職員；職員獲授權使用煙燻棒進行消毒；如遇防疫人員噴灑消毒溶液，不得有任何異議。明格里亞人民，尤其是穆斯林人口，識字的比例不到十分之一，但即使如此，總督和檢疫局長還是堅持要在亞卡茲市多家店鋪、飯店、餐廳，甚至開放空間和特定建築物牆上張貼此份公告。

「也禁止收發電報嗎？」局長狄米崔問：「電報跟疫情有什麼關係？」

「不是禁止，是要列入管控審查。」

「要有總督帕夏的命令才能實行這種措施。你手邊有正式公文嗎？您年輕又聰明，前途更是一片大好，但做事還是要小心謹慎。」

「哈姆迪．巴巴！」少校高聲呼喚這名較年長、所有人都認得的防疫士兵。

哈姆迪．巴巴將毛瑟步槍從肩上放下。他打開保險，將子彈上膛，雖然知道所有人的目光都集中在自己身上，操作時仍然保持冷靜從容。聽見操作步槍的金屬碰撞聲，郵局裡的人嚇得噤聲。眾目睽睽之下，哈姆迪．巴巴舉起步槍抵著肩窩，緩慢小心地開始瞄準。

「夠了，我現在明白了。」狄米崔局長說。

哈姆迪．巴巴睜開剛剛為了瞄準而瞇起的一眼，朝少校瞥去，知道必須繼續照著原定計畫進行。

一名電報員原本站在槍管附近，向後退了幾步。一名戴著西式男帽的男子和一名祕書原本站得離門口很近，匆匆走了出去。

哈姆迪．巴巴扣下扳機。只聽見一聲爆炸巨響。好幾個人慌忙趴到地上，有些人急忙躲到桌子下面或辦公桌後面。

哈姆迪．巴巴又開了兩槍，彷彿片刻之間激動失控。

「停火！」少校說：「肩槍！」

第一、二發子彈擊中了瑞士製西塔牌壁鐘，玻璃鐘面應聲破碎。最後一發子彈擊破壁鐘的木頭鐘身之後落在鐘身內，郵局裡的目擊者都認為子彈神奇地消失無蹤。寬敞的郵局大廳此時瀰漫著一股火藥味。

「你的意思表達得很清楚了！」狄米崔局長說：「請不要再在郵局裡開槍。」

「很高興您能理解。」少校說：「我們有些提議，或許您會有意見。」

「面對政府的帶槍士兵，我絕不會有任何意見。」狄米崔局長說：「請到樓上的局長辦公室來，讓我們記下你發出的命令。」

少校覺得局長的語氣帶有一絲嘲弄。他指示哈姆迪．巴巴去應付聽到槍聲後聚集在郵局外的人群。梅奇和哈迪兄弟守在門口，告訴所有來探問的民眾說，郵局依少校指示暫停所有電報發送作業。雖然所有人似乎都不敢置信，郵局仍貼出一份以土文、希臘文和法文書寫的公告：如有郵輪抵達，信件和包裹的收發仍然維持正常；僅發送電報的服務暫停。不過當天稍晚，仍有不少想發電報的民眾前來郵局。

第四十二章

前述即為明格里亞歷史上的「電報局突襲事件」，但有一點名不副實，因為嚴格來說是郵局遭到突襲。史家和官方的共識是，「電報局突襲事件」，或稱「電報局事件」，可說是「民族意識覺醒」的開端。此後的一百一十六年來，明格里亞政府將六月二十二日定為「電報日」，各級學校和公家機關當天放假一天以資紀念。為了紀念「電報日」，年長電報員會在當天戴著扁平便帽，從駐軍營地步行下山抵達郵局，重現當年防疫部隊行進的情景。現今島上的人民是否真的已經遺忘，當年從駐軍營地下山的「隊伍」是由士兵組成，並非電報員？某些官方「歷史學家」主張，此事件之所以在今人記憶中成了充滿歡樂、值得慶祝的「現代性」實驗，而非有人開槍和使用武力的軍事行動，是因為明格里亞人天性不喜暴力。

少校確定郵局局長至少在之後一段時期內都會遵循他的命令後，回到輝煌殿堂飯店和妻子相聚。他在客房內待了整整兩小時。許久之後他會告訴記者，在那段時間裡，他感到無比歡欣喜樂。

下午一點，聖特里亞達教堂的鐘聲響起，少校經由廚房離開飯店，徒步前往總督府。未完工鐘塔所在的哈米德廣場，甚至哈米德橋一帶，通常熱鬧不已，擠滿無所事事的閒人、兜售商品的小販，和喬裝成賣花或賣栗子小販的便衣警察，如今卻空無一人。少校經過郵局時，看到自己派去守門的士兵仍在站崗。我們可以說少校在這趟路程中，比之前任何一刻都更靠近我們現今所謂的歷史。

少校滿懷信心和決心步入總督府。他覺得自己彷彿西洋棋手，為了剛剛下的一著高明又出人意料的棋而心滿意足。立刻有人引他前往總督辦公室，努里醫師也在那裡。

「請解釋一下為什麼要這麼做，想要達到什麼目的，還有打算怎麼補救。」總督怒氣沖沖。「現在忙著對抗瘟疫，我們卻跟外頭世界失去聯繫。」

「但是帕夏，是您自己一直說要是伊斯坦堡那邊休息幾天不要發電報，您就能很快解決防疫上碰到的阻礙。」

「現在可不是在開玩笑！」

努里醫師插話。「帕夏，如果您同意，我們可以派人立即恢復電報發送，半天內就能再次收到來自伊斯坦堡和宮廷的命令。或者我們也可以……別那麼趕時間，如此一來，可能會有幾天時間不會受到干擾——就如您所期望……」

「我們不會讓任何人插手。」總督沙密帕夏說。「你被捕了。」他轉向少校說道。

兩名衛兵進入室內，少校並未反抗。衛兵將少校押送至總督府二樓某個小房間囚禁時，總督向少校保證會安排梅奇和哈迪兄弟照顧哲妮璞。少校堅決從容的態度，讓總督印象深刻。

少校之所以信心滿滿，無疑是因為他自認突襲行動大獲成功。打從一開始，甚至在突襲事件獲得正式名稱之前，突襲行動就是全民希望所繫。無論歐洲人有所誤會而輕視的「宿命論者」，或是愚蠢遲鈍甚至麻木無情以至於嘲笑他人害怕瘟疫的人——所有人都已陷入恐懼。周邊海域遭各國封鎖，加上逃難船沉沒，讓所有人覺得自己跟疫病一起被囚困在島上，心理已經不堪負荷。以前當民眾打開報紙，讀到其他地方最近種種悲慘可怖事件的報導時，大家會心存感激，覺得神讓他們身處這個偏遠島嶼，得以遠離外頭的戰亂、災禍和全球的紛擾麻煩。但島嶼提供的隔絕感，忽然成了可怕的詛咒。

六月中旬的亞卡茲市天空有著獨特的天色，時而柔和淺黃，時而清透白茫——如今卻讓所有人覺得彷佛陷困於一個專為他們打造的地獄。瘟疫宛如籠罩天空的黃光，尾隨每個明格里亞人，隨意決定接下來要奪走哪個人的性命。

為數不少的一群人相信疫病是從「外頭」被帶到島上，他們也由衷相信偷偷將瘟疫傳到島上的外國勢力，正是如今恬不知恥派戰艦封鎖島嶼的數個國家。有些基督徒也抱持同樣看法。

總督比其他人更早察覺，市民全都被此種怪異的情緒所感染。他很快接到眼線的報告，得知遭囚禁於總督府的少校，在瓦伏拉區和卡迪勒許區穆斯林商販和憤而聚眾鬧事者心目中的聲望漸增，甚至在憎惡總督的希臘人族群中也頗孚眾望。

「現在沒人會插手了。」努里醫師這天與總督一同坐在流行病學地圖前時說道。

總督沙密帕夏的回應，是開始追憶一段美好往事，「記得我年輕時，跟過一位部門長官法赫廷帕夏（可敬的他已經過世，他以前曾住在我們隔壁的別墅），部門裡的同仁有時候一整天忙完，晚上會和馬路對面翻譯局的同仁聚會，大家會聊起對國家未來發展的願景。有一天晚上閒聊，我們的朋友、來自納濟利的尼傑米考大家一個問題：要是有一天成為大維齊爾，大權在握，**我們**會做什麼事保障國家的福祉？」

「您怎麼回答，帕夏？」

「大家都知道，在座一定有蘇丹陛下的眼線，回答不外乎先對阿卜杜勒阿濟茲陛下歌功頌德，恭祝陛下萬壽無疆，再隨口講一些陳腔濫調，我也不例外。我一直很後悔，自己那時的提議竟然那麼普通！我說：『我會重視科學和教育，關閉宗教學校，仿效歐洲各國設立大學。』之後很多年回想起來，我會想說自己還可以提出什麼不一樣的看法，也許回答可以更有趣，或更妥當……有時候會思索，是不是應該好好懲戒外面那些混蛋敗類！我有時候很氣那些毛拉，我們努力防疫，他們卻只會扯後腿，還有那些招搖撞騙的謝赫，發幾張禱詞單就想對抗瘟疫。島上領事也總是令人憤怒。但是您知道嗎，我最近開始覺得，現在對這座島最好的一件事，就是把基督徒全都趕走。」

「但是為什麼呢，帕夏？要是他們不想走，該怎麼辦？您會怎麼做——將他們全部處死？」

「當然不行！就算我想，也不能這麼做。大多數基督徒都是好人，聰明又勤奮能幹。但是眼睜睜看著許多人因為固執無知、拒絕服從、違法犯紀，就一個接一個死去，卻什麼都做不了，真的讓人非常痛苦。現在這些卑鄙的領事全都會跑來申訴施壓，編一些謊言藉口，要求重新開放郵局。也許該是時候讓他們知道分寸了。」

「千萬不能這麼做，帕夏。如此一來，他們出於報復心態，就會開始反對防疫規定。或許您可以說，電報室那裡出了點問題，我們和伊斯坦堡之間的線路斷了。您可以告訴領事們說已經下令拘捕少校，而您絕不可能支持如此荒唐的行動。」

「其實我們和伊斯坦堡之間的電報線路一切正常！」總督說：「郵局裡的電報機仍在滴答作響，我已經要求市府解碼員繼續解譯所有收到的訊息。」

總督已經看過最近兩封由伊斯坦堡發來的電報。其中一封通知救援船「蘇罕旦號」已經出發，要總督做好救援船駛抵時的必要安排。至於另一封電報的內容，總督決定當下就告知努里醫師。「伊斯坦堡防疫委員會要求，即日起在亞卡茲市到島上另外兩個城市札多斯和蒂賽利路上，針對往來旅客進行健康檢查時，都應以溫度計量測體溫。但是我們沒有那麼多溫度計，他們為什麼這樣要求？」

努里醫師解釋在印度鄉下地區、喀什米爾和孟買貧民區發生瘟疫疫情時，英國殖民政府也採取過類似措施。「首都唯一關心的，就是瘟疫會不會傳到島上其他地區。」兩人低聲互吐苦水。翌日，領事們怒氣沖沖前來抗議，總督告訴他們已經逮捕少校，但他並未派人恢復電報的正常發送。

第四十三章

六月二十四日週一早上，總督派一名市府書記員前往英國領事喬治貝伊位於歐拉區的住處——該棟屋宅向來以可眺望美景著稱——邀請領事前來辦公室會面。喬治貝伊是在總督有意安排之下進入防疫委員會，不過他當時對總督已有些不滿。

總督很欣賞喬治貝伊，對待他比起對其他領事更為友善。喬治貝伊來到島上並不是因為擔任船公司代表，也不是為了替英國謀取商業利益，純粹是因為喜愛明格里亞，由於他是英國人，因此是真正的領事，而非副領事。十五年前，喬治貝伊還是年輕的工程師，他前往英國保護國賽普勒斯參與公共基礎建設案，在那裡和一名信奉東正教的明格里亞女孩結婚，於九年前離開賽普勒斯並遷居明格里亞。有些在明格里亞土生土長的領事，會厚顏無恥地利用領事特權和免驗通關權牟利，但喬治貝伊不會這麼做。

還有一點也讓總督打從心底尊敬喬治貝伊，他認為妻子海倫與自己地位平等：兩人出雙入對，一起出外野餐和旅行，在島上遊山玩水飽覽美景，彼此之間時常分享心事。總督在遇見瑪莉卡之前，就透過喬治和海倫夫婦介紹，先認識了瑪莉卡的丈夫（他後來才過世）。總督早年時常到英國領事家作客，每當他坐在領事家欣賞美景，都會向喬治夫婦誇口，對於那些想從鄂圖曼帝國奪走「黎凡特明珠」明格里亞島的敵人，他發誓會寧死不屈，剩下最後一口氣也會跟那些懦夫對抗到底。總督感覺得出來，喬治夫婦覺得他的愛情觀、婚姻觀和人生觀有些粗野霸道，有時也懷疑（或許並無根據）他們私底下可能會取笑他，但他仍然很欣賞喬治貝伊的談吐並珍惜兩人之間的友誼。

令人遺憾的是，兩人先是為了書籍審查問題鬧得不愉快，還有一次為了言論自由起爭執，場面意外地陷入僵局。蘇丹阿卜杜勒哈米德二世在位期間，自國外郵寄到明格里亞的書籍都會從郵局先送到總督府，經審查確認「並無不妥」後才能遞送給收件者。喬治貝伊利用閒暇時間撰寫明格里亞的歷史，時常向倫敦和巴黎書店郵購專書和回憶錄，卻發現書籍內文有敏感危險文字而遭沒收，或者要等好幾個月才能收到。喬治貝伊無法順利從國外購書，是因為有一個由三人組成的進口書籍審查委員會居中審核管控（成員是剛好會一點法文的一般市府書記員）。喬治貝伊最後和素來交好的總督商量，看看總督可否代為說情，請書籍審查委員會加快處理放行的速度，之後有段時間確實奏效。但收到訂購書籍的時間不久後又逐漸拉長，喬治貝伊開始將收件地址改成「法蘭西郵政明格里亞辦事處」——即位在伊斯坦堡街上的法蘭西火輪船公司辦公室。

對總督來說，喬治貝伊的解決方法不僅帶有政治陰謀的意味，狡詐投機的作法也是對他個人的侮辱，他也憂心蘇丹一旦接獲島上眼線報告說有敏感危險的書籍在明格里亞大肆流通，後果將不堪設想。總督為此益發焦慮，於是在兩個月前試圖扣押一箱喬治貝伊新訂購的書籍。

為了此次扣押行動，總督動員大量人力投入調查。首先，總督的眼線回報，領事喬治先生向朋友誇稱說在等向歐洲新訂的一批書到貨，總督獲報後指示藏身碼頭和郵局的線人留意該箱貨物，以便循線追蹤至收件地址所列的法蘭西郵政辦事處。之後在該箱書籍轉運往喬治貝伊家途中，警方攔下送貨馬車，以穆斯林車夫是遭當局通緝的偷竊犯為由，將整箱書籍扣押。總督派人開箱確認其中是書籍後，將整批書籍送往設在總督府的審查委員會。總督採取的一連串行動，背後其實涉及總督和喬治貝伊兩人許久以來爭執不休的議題：「如何保護國家和民眾不受危險書籍的戕害」。總督一直很樂於就這個議題討論爭辯，但他開始後悔花了這麼長的時間與喬治貝伊辯論。

喬治貝伊走進辦公室的那一天，總督一看到對方的表情，就知道兩人再也不可能像從前一樣溫和地言語交鋒或友好地打趣說笑。兩人一直以來都用簡單的法語交談，喬治貝伊的態度含蓄，開口詢問郵局何時會恢復營業，還有電報收發服務何時恢復正常。

「設備出了問題。」總督說：「少校的行為踰矩，現在人在牢裡。」

「領事們都認為他是受了您的鼓動。」

「我們為何要這麼做，對我們又有什麼好處？」

「齊堤區和瓦伏拉區的居民都說少校是英雄，現在所有人都怕防疫部隊。您比我還清楚，很多人都相信是有人故意把瘟疫帶到島上，想要造成傷害，讓明格里亞跟克里特島一樣脫離鄂圖曼帝國統治……這些人看到少校帶兵突襲郵局都很高興。我們現在看到的，正是蘇丹最不希望在魯米利亞[26]和帝國其他島嶼看到的事：希臘人和穆斯林反目成仇。」

「真的非常不幸。」

「帕夏，看在我們之間的友誼，我一定要提醒您。」領事喬治先生說，每次心情激動時，他的法語就會變得流利。「眼看瘟疫就快傳播到歐洲邊界，英國和法國都不會繼續容忍。歐洲強國一直沒能成功壓制印度或中國的瘟疫疫情，因為距離太遠，鞭長莫及。在那裡要防堵疫情擴散可能會非常困難，畢竟當地人民無知又難以管控。但是島上的疫情一定要控制住，因為疫情愈來愈嚴重，已經開始對歐洲造成威脅了。如果我們自己不做，外國已經準備好派兵介入以控制疫情，必要時會強制將全島人民撤離。」

「蘇丹陛下絕不會允許！」總督情緒失控。「如果英國人派印度軍隊前來，我們絕對不會猶豫，一定會派出駐軍的阿拉伯士兵對抗，我們會戰到最後一兵一卒。我也會親上火線。」

「親愛的帕夏，您很清楚，蘇丹老早以前就準備好放棄這座島了，就跟賽普勒斯還有克里特島一樣。」

喬治先生微笑著說道。

總督惡狠狠地瞪了對方一眼。但他心知肚明，對方講的一點都沒錯。蘇丹阿卜杜勒哈米德在外國協助之下，取回鄂圖曼帝國因一八七七至一八七八年間戰事吞敗而遭俄羅斯奪占的部分巴爾幹半島領土，代價是讓英國實質上接管賽普勒斯，唯一的條件是賽普勒斯繼續懸掛鄂圖曼國旗。總督想起作家納米・凱末爾的名句：「國家絕不將城堡拱手讓人！」此句出自納米・凱末爾撰寫的劇本《祖國，或錫利斯特》，說話的劇中角色是天真善良的士兵伊斯拉貝伊。但鄂圖曼帝國已在過去一百五十年來節節敗退——每次將一座城堡、一座島嶼、一個民族和一個省分拱手讓人。

總督陡然生出一股連自己都無從解釋的自信和氣勢，他冷淡漠然、語帶譏諷地向喬治貝伊發問：「所以您建議我們怎麼做呢？」

「我昨天才和領導希臘正教會的牧首君士坦提諾斯阿凡提見面……」喬治貝伊說：「最妥當的作法，是號召島上分別領導穆斯林和基督徒的謝赫和牧首，發表聯合聲明說大家將盡釋前嫌，團結對抗眼前的瘟疫災劫。當然，電報發送也應該立刻恢復正常運作……」

「要是凡事都像心慈人善的你說得那麼容易就好了！」總督說：「讓車夫澤克里亞駕車載我們去疫情最嚴重、最惡臭難聞的地方走一趟，或許你會改變想法。」

「我們都知道，最近總算找到那具讓整個齊堤區瀰漫可怕屍臭的遺體了。」領事說：「是哪一方的疏失造成的呢？但是當然了，帕夏您邀請我一同搭乘馬車出去巡視，這是我莫大的榮幸。」

---

26 魯米利亞（Rumelia）：字面意思為「羅馬人的土地」，範圍大致涵蓋今巴爾幹地區，設省後數百年一直是鄂圖曼帝國內面積最大、地位最為重要的一省。

通常當喬治貝伊的措詞開始像外交人員一樣恭謹多禮，而非像朋友一樣和他對話時，總督就會開始疑心對方是不是有什麼陰謀詭計要對付自己，但這次他很高興能夠順利邀請對方同行。總督先與車夫大費周章討論許久，確認這次前往齊堤區要走什麼路線，之後請喬治貝伊不要坐到對面，而是與自己併肩而坐，並打開馬車車窗。

馬車朝新清真寺的方向駛去，冷清空蕩的街道讓總督感到無比陌生。即使沒有疫情，街上空無一人的景象仍舊令人沮喪。

他們看到溪邊大多數店鋪都已關門歇業。市集區有兩家理髮店還開著（只有數名相信「宿命論」的老人來刮鬍子；潘納尤提斯的理髮店當天早上則並未營業），還有數名鐵匠仍在工作，他們不工作的話很可能會餓死。防疫部隊已經以違反防疫規定和抵抗不從為由，滋擾了許多希臘人和穆斯林店鋪老闆，將多人送至城堡監獄關押，因此許多店鋪老闆索性關門歇業，也不再前來市集。總督一開始並不贊成防疫部隊這樣的執法方式，堅持應制定店鋪停業相關規定，但還來不及建立任何規章制度，市集區就已經冷清蕭條。

尼寇斯醫師與當地希臘社群合作，加上市府和憲兵隊的協助，在希臘中學成立了臨時市場，範圍從操場一直延伸到校舍二樓（各個角落都設置了捕鼠器）。臨時市場由檢疫醫師督導，有一隊噴藥人員定期前來噴灑消毒液，市場內販售雞蛋、核桃、石榴、無花果、葡萄乾、以香草植物調味的乳酪，以及其他類似由鄉村供應的「安全」食物。總督下令設立有防疫人員把關的市場，目的是要幫助不肯出門、無法取得食物而挨餓的民眾，他很希望讓喬治貝伊看看市場運作的成果和效用。但正如喬治貝伊所指出，他自己每天都會來市場，因為市場是最能清楚觀察時下民情的地方。勇敢的攤販來自北部山區，他們每週下山進城一次，在進城前會接受健康檢查確認並無發燒，他們會告訴喬治貝伊目前北部以及亞卡茲外圍村莊的最新局勢（生性多疑的總督聽到這裡，忍不住懷疑英軍已經準備在島嶼北部登陸，而領事正在祕密蒐集情資）。

第四十四章

裝甲馬車轉彎駛入伊斯坦堡街。這條坡道兩個月前還是島上最熱鬧繁華的地方，如今卻空蕩死寂。法蘭西火輪船公司、洛伊德公司、湯瑪斯．庫克、潘塔里翁、弗萊希納等船公司的辦公室、公證人賽諾普洛斯的辦公室，和瓦尼亞的照相館還開著，但無人上門光顧。馬車在街角轉彎，總督和喬治貝伊看見一對希臘人母子，小男孩牽著母親的手，盯著小販盧卡從前擺攤賣乾鷹嘴豆的地點——盧卡已染疫病逝。那位身著黑色衣袍、面黃肌瘦的母親（她的名字是加拉蒂亞）看見總督的馬車時忽然全身一僵，接著匆匆遮住兒子的雙眼，以免兒子盯著馬車看。小男孩名叫雅倪．基薩尼斯，當時十一歲，他會在四十二年後成為希臘的外交部長，之後遭控犯下叛國罪以及與納粹勾結，他會寫下回憶錄《我見我聞》，以憂傷坦率、帶著強烈情感的筆調記述童年時經歷一九〇一年瘟疫的可怖回憶。

人在瘟疫驅使之下，會出現種種怪異難解的想法和行為，當時總督和喬治貝伊早已司空見慣，因此並未多留意那位一身黑衣的母親的動作。儘管如此，不久之後有一名男子一見到馬車就飛身趴倒在滿布塵土的路面攔車，即使遭到衛兵棍擊仍不退卻，執意要向總督問明妻兒的下落，總督和喬治貝伊也不禁錯愕。總督非常堅持，任何人只要公然違抗醫師和防疫部隊的指示、故意抗命作對，都應受到懲處。凡是因為必須撤離住處、房屋消毒或以木板封住而示威抗議者，或者企圖攻擊或有意將疫病傳染給醫師者，總督認為絕不能心慈手軟。

陡然傳來震耳欲聾的巨響，總督和喬治貝伊吃了一驚。他們立刻猜想，一定是有人朝著馬車車頂扔擲大石頭或木塊。車夫澤克里亞經驗老到，立刻策馬加速前行，左轉駛入玫瑰噴泉路之後才停下。周遭一片寂靜，只聽見馬匹急促的鼻息聲。總督這次並未下車。數天前，總督的馬車行經瓦伏拉區的里法伊教團道堂附近時，有一群小孩朝著馬車扔石頭，在另一輛殿後馬車上的衛兵要抓他們時趕緊逃跑。總督就任五年以來第一次碰到這種事。

「您和那些謝赫跟聖者打好關係，最後卻是這種下場。」領事喬治貝伊話中有話。

馬車駛近哈米德醫院時，醫院庭院裡的醫師和病人瞥見總督的馬車和尾隨其後的衛兵，全都引頸期盼車隊停下，但車隊卻加速通過，彷彿要逃離全市情況最慘烈、汙染最嚴重的區域。到了葛梅區附近的岔路，澤克里亞選擇走比較寬的上坡路。

「我聽說西眺飯店的主廚佛亞第逃回鄉下老家之後就過世了。」喬治貝伊的語氣像是講到一位老朋友。總督聽聞之後十分感傷。主廚佛亞第的飯店餐廳位在採石場區過去的一處石崖上，總督和喬治貝伊從前每個月都有一天會在那裡共進午餐，席間談笑風生，是兩人面對島上紛紛擾擾抒發情緒的管道。從市區路燈的設置、多所受限且經常滿溢的汙水管線（可說是利等於弊）、碼頭發生的徇私舞弊行為、希臘領事雷歐尼狄巧取豪奪之舉，到明格里亞大理石貿易和栽種玫瑰的複雜細節，兩人無所不談。在這段時日，總督對喬治貝伊的欽佩景仰可說與日俱增。

那已經是三年前的往事。當時，島上寧靜和平，遠離任何戰爭、傳染病或民族主義衝突，因此現今我們連作夢都不敢想的友好關係和政治討論，在當時的明格里亞完全有可能實現。

在前往齊堤區路上，一名身穿哈黎菲耶教團門徒紫袍的年輕人看見馬車駛近時退到路旁，同時照著謝赫平日的指示，用食指和中指夾住掛在脖子上的護身符朝著馬車高舉。馬車駛過時，總督和領事看見年輕人雙唇翕動，知道他一定是在喃喃念誦什麼禱詞。

他們最初留意到那股氣味，是在馬車駛過穿紫袍的年輕人面前之際。是屍臭——亞卡茲市民即使到了疫情爆發九週後仍不習慣聞到的氣味。市區內並非隨時隨地都瀰漫屍臭。有時氣味可能惡臭刺鼻，甚至讓人感到喉頭灼熱；有時市民又只聞到玫瑰花的香氣。只有當有人在屋內、庭院裡或某個意想不到之處死去，遺體卻許久無人發現，才可能有屍臭在空氣中飄蕩，但屍臭會否飄散出來也要看當時的風向。醫師前來檢查因飄出臭味才被人發現的遺體時，有時會發現死者其實是在其他地方斷氣身亡後才遭搬移，甚至並非染疫亡故，而是遭人毆打或刺殺致死。有些人為了躲避瘟疫、逃離世界，找了難以察覺或追蹤的隱蔽地點，得意地獨占作為藏身之處，最後孤單死去，直到屍體發出惡臭才被人發現。也有些廚子、女僕、守門人或夫婦，闖進屋主逃離前釘上木板封起門窗的荒置屋舍占住，最後在屋內病死，數天後才被人發現。

馬車駛入齊堤區時，總督和喬治貝伊看到一個男孩痛哭失聲。他似乎對周遭的一切漠然無感，看到總督的馬車也無動於衷。眼前景象令人揪心，總督很想停下馬車，下車安撫孩子。喬治貝伊見了也無比感傷。在瑪麗安娜·賽歐多洛普洛斯女子中學後方有一棟空置的新古典主義建築物，島上的希臘人最近將其改建為孤兒院，收容了十七名父母雙亡的孩童（此為總督最近得知的數字）。在齊堤、葛梅和坡耶勒什等穆斯林聚居區，已有八十多名孩童失去父母。這些孩子通常投靠同住市區的叔伯阿姨或其他親戚，甚至由鄰居或父母認識的人收留。

但也有一些穆斯林兒童，在家人因確診或可能染疫而被送入城堡隔離所後，沒有任何親戚可以投靠，總督最後在希臘孤兒院安置了近二十名穆斯林孩童。一週後，總督接獲卡迪里教團道堂附近的線人報告，說教團門徒為了抗議穆斯林孩童在希臘學校會遭到「基督教化」而聯名請願，總督勃然大怒。請願書是由卡迪里教團的一名戴著眼鏡、有點古怪的年輕苦修僧起草，總督以違反防疫規定為由下令將他逮捕入獄。

但這名苦修僧此時忽然失蹤，而努里醫師聽了慈善信託局長的建議，提議將卡米烏努區小樹街上一棟威尼斯時期興建的古老建築改建為專門收容穆斯林孤兒的機構。總督因此更加拿不定主意，因為他就像帝國所有官僚，或者該說帝國所有地方首長，始終奉行一條「不容質疑的公理」，也就是政府在為人民提供服務和盡保護義務時開始區分基督徒和穆斯林的時候，也就是鄂圖曼帝國末日的開端。穆斯林孤兒院的籌備所需時間比預期的還要長，總督最後下令將更多穆斯林孩童送到希臘孤兒院。

疫情期間無人照顧的孩童為了活命，在空屋裡躲躲藏藏，吃偷來的核桃和摘檸檬和柑橘維生，求生歷程精采生動，卻也格外揪心。現今在明格里亞島出版的中小學教科書，通常會受某種浪漫民族主義思潮影響，在敘述「瘟疫孤兒」的動人冒險時加以理想化，雖然這些拉幫結派的孤兒最後大都在疫情期間喪命，現今傳述的故事卻彷彿他們從來不曾感染瘟疫。一九三〇年代的教科書會描述這些貧苦孩童的祖先於數千年前自鹹海一帶遷居島上，稱他們是繼承了古老明格里亞人純正血統的後裔。後來民間俗稱這群孩童為「長生之子」，其後明格里亞童軍協會採用此名作為協會名稱，在世界童軍運動組織要求下才改為「蓓蕾少年」。

孩童之所以攻擊馬車，是為了抗議其中一名同伴的遭遇：該名孩童沒有淋巴腺腫大的症狀，卻因為發燒而被送去隔離，最後反而在隔離所染疫。對孩子們來說，瘟疫讓他們最恐懼的，並不是會接連或同時奪走爸爸媽媽的性命，讓他們從此在世上孤苦伶仃。根據總督從穆斯林和基督徒區收到的線報，孩子最恐懼的，是看到慈愛溫柔的母親染疫後變得悲慘絕望、惡劣自私，甚至不再像人，許多孩子因此崩潰發狂。有些孩童像是中邪著魔，從此厭棄世界，只想逃得愈遠愈好。

馬車右轉進入圖倫契拉區，車夫學著防疫部隊士兵拿起一塊布掩住口鼻。總督關上車窗。該區過去三天瀰漫濃烈惡臭，有些居民實在受不了，舉家搬離投靠親友。惡臭味乘著西邊吹來那陣若有似無的微風飄送到全市，甚至直直鑽進市民鼻孔，連總督端坐辦公室裡時也聞得到（帕琦瑟公主忙著寫信時也能聞到），民眾更是怨怒不已。甚至有謠言流傳，說臭味是從某個隱祕的亂葬崗飄出來的，不過當然是子虛烏有。

馬車上有人注意到遠處聚集了一群市府官吏和防疫部隊士兵，車隊停了下來。努里醫師就在那群人之中，他看見其中一輛馬車有衛兵簇擁，推斷總督一定就在馬車上，他跳上馬車，發現一臉和藹、身材圓胖的英國領事也在車上時有些吃驚。

總督知道努里醫師和英國領事並非初次見面，但仍依慣例介紹兩人認識。他們聽努里醫師報告最新消息：剛剛搜索一棟老舊木屋，發現呈相擁姿勢的兩具遺體，死亡時間是至少二十天前，遺體卡在兩層樓之間的橫梁間，很難判斷兩人是夫妻、情侶或其他關係。很多人相信嗅聞或碰觸都可能被傳染瘟疫，因此搬動遺體的任務就落在防疫部隊裡勇敢的年輕新兵海利肩上。

空屋內發現兩具年輕人遺體的消息傳遍全城後，一直在尋找失蹤手足或兒子的民眾全都湧入圖倫契拉區。努里醫師領著總督前往屋子的後院。院內檸檬樹枝葉成蔭，藏於葉間的檸檬果皮起皺，加上空氣中飄蕩的臭味，讓人以為樹上的果實皆已腐壞。

「只消毒跟封鎖這區絕對不夠，帕夏，就算派守衛和士兵站崗也沒用。我們只能放火將這裡燒成平地！」努里醫師的焦急溢於言表。「消毒用的苯酚存量已經不夠了。看到房子目前的情況，不管裡外有沒有老鼠跳蚤，我都覺得瘟疫可能會從這裡傳播出去。」

「您說邦考斯基帕夏會被人殺害，就是因為他打算放火燒掉好幾條街。」

「我只是在揣測凶手可能的動機。」努里醫師說：「如果想要趕快清除這個汙染源，就只有放火一途。」

日後一些歷史學家認為，放火燒燬房舍即使不能說「完全無用」，也是「錯誤」的作法。然而，當孟買、印度各地同樣爆發瘟疫，尤其是鄉下地區，凡是疫病肆虐的貧民窟簡陋住所、破舊屋舍、搖搖欲墜的建築和垃圾場，有關當局卻沒有絲毫猶豫就放火燒個精光。為了防止疫情蔓延到比較大的城市，喀什米爾、新加坡和中國甘肅地區的官員會下令放火燒燬屋舍、整條街道甚至整座村莊。在這些地方，確實只要廣闊的平原和乾旱貧瘠的大地上，出現赤紅橙黃烈焰熊熊燃燒、黑煙冉冉上升的景象，往往就代表瘟疫災禍迫在眉睫。

總督去找檢疫局長尼寇斯，指示要將該棟木造房屋周圍清空後放火燒燬全屋，且放火時要謹慎行事。他們討論後認為執行任務最好的人選，是在焚化坑值班的英勇消防員和防疫部隊士兵，於是派人去山上傳召他們前來圖倫契拉區支援。兩人站得離裝甲馬車很近，比較能放心交談。愈來愈多民眾在街道另一頭聚集，有人瞥見總督的身影後試圖靠近。

總督回到馬車上，在領事喬治貝伊對面坐下。屍臭味也已滲入車廂之內，但兩具屍體散發的臭味不可能這麼濃烈。馬車正要再次啟程，門忽然打開。在總督和英國領事邀請之下，努里醫師也登上馬車同行。

裝甲馬車搖搖晃晃，緩緩駛向總督府，車廂內的三名乘客一時之間靜默無話。總督雙手交叉抱胸，垂眼看著自己的兩手，似乎表示當天見到的慘狀已經夠多了。領事直勾勾盯著窗外街道，凝結的表情似乎在大喊：「剛剛見到的災厄苦難規模之大，令人無法想像！」

當馬車行駛在里法伊教團道堂和新清真寺之間的路段，從右側車窗朝外看可以窺見街道屋舍之間空隙露出的海面，總督瞇起眼朝海面很快瞧了瞧，彷彿在看能不能瞥見其中一艘圍堵的戰艦。「您的意見對我們來說非常寶貴，喬治先生！」他說：「我們在島上要怎麼做，才能讓歐洲各國戰艦撤離並解除封鎖？」

「如我先前呈交到您辦公室的報告中所說，帕夏，」領事以謙遜外交官兼老友的語氣說道：「必須阻止瘟疫病患前往歐洲。」

「首都要求的防範措施，我們已經全部照辦，就連他們沒提到的，我們也做了。您應該告訴貴國人民，我們光明坦蕩、盡心盡力，能做的我們全都在做，但是死亡人數就是降不下來。」總督說。

「您若是考慮恢復電報收發服務，就能獲得需要的援助。但我還有一件事想說，齊堤區那名穿紫色衣袍的年輕人……他為什麼那麼敵視帕夏您，甚至敵視我們？我看得出來，要是他能為所欲為，他不僅會無視所有防疫規定，甚至會置我們於死地。」

「那是赫姆杜拉謝赫的年輕門徒，脾氣火爆的哈利爾！」總督說：「他們這個教團最是惡劣。所有人都在議論其他招搖撞騙的謝赫和根本沒有效用的禱詞單。為什麼沒有人站出來說背後主使者其實是赫姆杜拉謝赫？為什麼大家從來不敢公然講出他的名號？防疫部隊的士兵們很不滿，因為我把他們的指揮官關進牢裡！」這是明格里亞有史以來頭一遭有人如此使用「指揮官」一詞。「但是只有他們能夠讓謝赫和他的門徒順服，所以我現在得回去釋放少校出來，好讓他跟防疫部隊待在一起。」

「您肯定會聽說謝赫染疫的事！」喬治貝伊說道，他並未對釋放少校一事表示反對。

「什麼？」沙密帕夏問道：「赫姆杜拉謝赫感染瘟疫了？」

總督一回到總督府，立刻下令釋放少校並傳召他至辦公室會見，他勸戒少校不要因為獲得民眾擁戴就得意忘形，提醒他避免在公共場合現身，以及盡量和防疫部隊待在一起。

第四十五章

聽說赫姆杜拉謝赫染疫，總督有些訝異，甚至略微震驚。在總督剛上任的最初數年，他和謝赫逐漸友好，對謝赫的尊敬崇仰之情甚至遠超過謝赫身邊一班貧困的忠實信徒。或許總督私底下也相信赫姆杜拉謝赫智慧卓絕且超脫凡俗。總督四處打探進一步的消息，得悉謝赫據傳罹患某種疾病但拒絕接受治療，聲稱將性命「交給命運和真主意旨」，於是寫了一封信給謝赫。他在信中寫道自己聽說謝赫患病，而蘇丹陛下手下聲望最崇隆的瘟疫醫師正在城內，可以立即前去替他檢查診治。總督召來鄂圖曼帝國古老望族烏干濟札德家的長子泰菲克，請他擔任中間人傳話，泰菲克擁有一間船公司，在五年前總督與赫姆杜拉謝赫結識時經常一起相見聚會。

翌日早上，一名蓄著圓圓一大叢白鬍、頭戴毛氈高帽的年老苦修僧（他名叫尼梅圖拉阿凡提，但堅持要其他人稱他為「攝政」）自教團道堂來到山下的總督府，將謝赫的回信交給書記員。謝赫在回信中告知總督，他很樂意接受總督的建議，覺得讓駙馬努里醫師替他看診十分榮幸，當天總督很早就到辦公室，讀了字跡工整的回信之後大為振奮，彷彿在對抗瘟疫的戰役中終於在最後取得決定性的勝利。

但謝赫也在信中提出一個條件：防疫部隊士兵曾褻瀆哈黎菲耶教團視為神聖珍寶的羊毛，此後不得再踏入教團道堂。

總督接受了這個條件，並提出來與剛剛抵達的檢疫局長尼寇斯和努里醫師討論。

「謝赫這下子知道自己有可能染疫身亡，終於想通不讓醫師診治是多麼愚蠢的事。」總督說。

「染疫的人未必會喪命！」努里醫師回答。

「這樣的話，那他為何要回信給我們？」

「帕夏，我親眼見過各種各樣自稱是謝赫的人，只是為了博取名聲就惹是生非，讓地方的總督和首長頭疼。這些人會和當局作對，主動挑起事端，一點小事就大做文章，然後故作姿態妥協讓步，都是要向愚昧信徒展現自己地位重要、高人一等。地方上的謝赫、教團和道堂多不勝數，只有這麼做才能確保大家聽說過他們，知道他們的存在。」

僅僅在亞卡茲一地，就有二十八個穆斯林教團。就一座只有兩萬五千人且半數為基督徒的城市而言，這個數量算是相當多。在鄂圖曼人征服明格里亞島之後幾年，這些教團有助於推動基督徒改信伊斯蘭教，因此帝國官方幾乎對所有教團皆多少予以支持。

如今明格里亞有無數謝赫，或虔誠，或雅好閱讀，或陰沉嚴厲，有值得尊敬的學者，也有不折不扣的惡棍，各自穿著不同顏色的袍服。明格里亞人從軍後，若想在首都步步高升成為帕夏甚至高官，往往會將自己在帝國其他領地賺得的利潤用於贊助島上教團（例如出身明格里亞的馬哈茂德帕夏就曾這麼做，亞卡茲的新清真寺就是由他捐款興建）。有些人剛好深愛明格里亞島，又希冀在特定領域出類拔萃、發達致富，會從伊斯坦堡贈送禮物和黃金給最親近官方的島上教團謝赫，也可能將整座橄欖油磨坊或兩個希臘漁村的收入或在市區出租數間店鋪收到的租金，捐給教團當作資金，用於建造新道堂或將廢棄屋宅改建為苦修僧住所。但隨著鄂圖曼帝國在歐洲、巴爾幹半島和地中海一帶陸續失去土地，來自島嶼以外地產的收入也逐漸枯竭。島上的教團只能自行謀生，有些教團道堂因財務窘迫，很快成了遊民、窮人甚至小偷流氓的收容所，最後總督和慈善信託局長只好介入，確保道堂不會淪為年久失修的廢墟。

蘇丹阿卜杜勒哈米德深知遍布帝國各地的教團和苦修僧道堂的影響力，密切關注各教團的活動，即位後不久就賜給島上歷史最悠久、財力最雄厚也最有勢力的梅勒維教團一座西塔牌壁鐘，但不久之後卻與身在伊斯坦堡的梅勒維教團領袖決裂（蘇丹怪罪他與主張改革的米塔帕夏太過友好），又為此焦慮不安，轉而籠絡卡迪里和哈黎菲耶等島上其他教團。

哈黎菲耶教團的謝赫就是在蘇丹的支持下，發展出足夠的勢力並獲得民眾擁戴，能夠對防疫工作帶來正面或負面的影響。在努里醫師前去替謝赫診治之前，總督在辦公室召開了一場會議。少校經過突襲郵局一役並短暫入獄後顯得更有自信，熱切地講述自己小時候常造訪的哈黎菲耶教團道堂當年成立的緣由。他向努里醫師娓娓道來三十年前，自己曾坐在前代謝赫懷中拉扯他的一大叢白鬍子。

少校回憶往事時，一直望著窗外市景的總督指著遠方丘坡，說靠近新清真寺、拜克塔什教團道堂和其他道堂處飄出陣陣黑煙。所有人都聚集在窗邊，揣測究竟發生什麼事。一名書記員前來通報，說起火的是前一天發現有兩人陳屍，而總督決定要放火燒燬的那棟圖倫契拉區房屋。但濃煙密布的樣子不像只有一小棟建築物起火（即使是一棟木屋），更像是整區都陷入火海。由於木頭建材格外乾燥，火勢十分猛烈，不僅發出劈啪響聲，熊熊火舌更直竄天際，只見黑壓壓的濃煙不斷擴散，日後所有人都將之解讀為不祥噩兆。

明格里亞人已經習慣不時看到山坡上的焚化坑冒出一縷縷青藍色的輕煙，但這次看到西邊亮起黃橙色的火光，加上黑煙蔽天，令人覺得事態已經每況愈下。對於燒燬一棟房子冒出的黑煙竟然濃到足以遮天蔽日，總督覺得難以置信，推斷火勢一定已經向四周延燒，於是走出辦公室到了陽台眺望。他確信列強派來圍堵封鎖的戰艦上一定也有人看見濃煙。如今全世界肯定都在看他們，而且屈尊俯就懷抱著專門保留給鄂圖曼帝國其他地方的悲憫之情——這些明格里亞人真是可憐，回不了電報，擋不了疫情，連一把火都滅不了。

我們想從歷史學家的角度指出，總督沙密帕夏此時的直覺正確無誤：由於法國派來參與封鎖行動的「伯丹上將號」上有一名隨艦記者，後一週在巴黎發行的《小巴黎人報》於是刊出瘟疫肆虐、周邊海域遭到封鎖的明格里亞島驚傳陷入火海的消息，報導還配上充滿浪漫奇想的全頁插圖。

努里醫師抵達哈黎菲耶教團道堂時，戴毛氈帽的攝政等在門口迎接，領著他走進位在道堂區外圍的兩層樓木造建築。四周不見任何學者或信徒。木造建築的門打開了，一名身材矮壯的男子現身，看起來有些心神不寧。他似乎在努力回憶什麼事卻怎麼也想不起來，只能露出古怪的笑容。努里醫師知道眼前此人肯定是赫姆杜拉謝赫。謝赫臉色蒼白、面露疲態，但頸部並未出現腫塊。

「我應該親吻您蒙福的手致意，謝赫阿凡提，但依照防疫規定只能作罷。」

「全照規定行事！」謝赫說：「就如同您奉侍的公主殿下的曾祖父馬木德蘇丹陛下，我大力支持檢疫隔離之法。只要想到自己有可能將疫病傳染給任何人，我就擔驚受怕，更別說傳染給尊貴的駙馬您了。三天前我坐在這個房間裡——像這樣坐著，殿下——忽然就暈倒在地。我是很高興能在不省人事那段時間神遊天外，但我親愛的苦修僧們憂心忡忡，一想到他們的謝赫可能生病就煩惱焦慮，所以謠言滿天飛，大家都在說：『謝赫感染瘟疫了。』但我並未驚動醫師們。十天前我就開始獨自冥想修行，而且目前尚在修行期間，但我不得不說，總督帕夏堅持要您前來替我看診，真的讓我深受感動。我滿心感激地向全能的真主阿拉、神聖的先知穆罕默德、蘇丹陛下和我們的總督帕夏祝禱，感謝鄂圖曼帝國最有名的檢疫醫師——而且還是穆斯林！——來到我的門口。但我有個問題，還有個條件。」

「閣下請說。」

「就在您造訪道堂之前，您們表面上以防疫為由，把一棟跟道堂只隔了兩條街的房子當成火種一樣燒燬，冒出的濃煙還多到能遮蔽太陽，究竟是什麼意思呢？」

「純屬巧合。」

「放火燒掉房子的人，跟到這裡對著我們噴灑消毒液的，難道不是同一批由少校指揮的防疫部隊人員嗎？如果目的是要表達『你們也有人感染瘟疫，下一個就輪到你們了』，我相信總督帕夏派書記員通知一聲就能充分傳達。」

「當然不是這樣……總督帕夏對您無比敬仰。」

「就算是這樣好了，但在您替我檢查身體之前，我希望能向您說明本道堂的百年歷史，如此您或許就能理解，為何我們絕不會遭受這場可怕疫病的磨難，還有為何絕無理由放火將我們道堂燒成平地。」赫姆杜拉謝赫說：「明格里亞的哈黎菲耶教團道堂，是由我的祖父努魯拉阿凡提謝赫所創立，他最初是奉伊斯坦堡兵工廠區的卡迪里教團道堂之命前來島上。」赫姆杜拉謝赫如此起頭。最初邀請赫姆杜拉謝赫的祖父來到島上的人，原本希望他能接管卡迪勒許區的卡迪里教團苦修僧，並驅逐一些遵從里法伊教團儀式在身上插滿尖刺針叉並鄙視卡迪里教團教義的信徒。但里法伊教團有當時的總督當靠山，堅決維持原本的儀式，努魯拉阿凡提和教團內邀他前來明格里亞的異議分子決定出走，在附近的葛梅區另創新的教團。

赫姆杜拉謝赫接著述說自己的人生故事：他和他的父親一樣，是在這個道堂和周圍街道土生土長的當地人。他前往伊斯坦堡，進入魯米利亞穆罕默德帕夏清真寺的經學院就讀，發現自己對宗教、詩歌和歷史很感興趣。儘管他的謝赫父親頻頻催促，但他直到多年後才返回明格里亞。他在伊斯坦堡與出身魯米利亞窮困移民家庭的女子結婚，在一所小經學院教書，出版了詩集《曙光》，也曾在卡拉柯伊區的海關工作過一段時間。每逢週五會有蘇丹前往清真寺參加聚禮的車隊，赫姆杜拉甚至曾有一回遠遠望見阿卜杜勒哈米德本人在耶爾德茲宮的身影（赫姆杜拉講述到此忽然停下，吟誦了長長數段恭祝蘇丹陛下長命百歲的禱詞）。赫姆杜拉的父親於十七年前過世，他回到明格里亞處理遺產，回來的第一天晚上就領悟明格里亞是他的歸宿，於是請人將自己在伊斯坦堡的書籍和其他私人物品全都寄回島上，從此專心致志投入敬拜真主、冥想修行並接手主持道堂。

赫姆杜拉謝赫回憶往事時講得活靈活現，講完後顯得疲憊。「跟我來，讓我帶您看看我們的祕密珍寶！」他說。

努里醫師跟在謝赫身後——謝赫只能在信徒攙扶之下行走——來到外頭的庭院，此時天色因濃煙密布而微暗。走近道堂區內的主建築時，努里醫師發現全道堂的人，從最資淺的侍僧到年紀最大的苦修僧，都在密切觀察他來訪過程中的一舉一動，而且表現出與觀看相隔數條街那場大火時同樣的猜疑神色。謝赫帶領貴客參觀了位在起居室左邊的臥室（牆面應謝赫的要求漆成藍色），而起居室裡關著一隻教團奉為聖物、僅剩一側翅鞘的明格里亞甲蟲。即使不把門關上，這隻甲蟲也不會逃離，就像某些永遠無法離開明格里亞的島民。之後他們前往參觀隱修區。途中謝赫講起一名苦修僧作過的夢，說該名僧人在避居此處獨自隱修四十日的最後一晚，夢見一艘船沉於海底，但隔天卻又出現在阿拉伯燈塔外海，要載他前往中國為哈黎菲耶教團開創新的分支。

謝赫展示其祖父所用那把椰棗樹幹製成的手杖，形容看起來「就像神聖的先知手杖」，也介紹了其父所留下「堅硬如鋼鐵」、握柄鑲嵌珠母貝作為裝飾的手杖。

他們走過成排小房間，每間都有一名年輕苦修僧如衛兵站崗般立於門口，他們或童山濯濯，或唇色紅潤，或面容蒼白，或冷峻嚴肅，或溫和親切，努里醫師暗自思忖此地若有人感染瘟疫，必定會很快傳染開來。

他們從一棵約有四人高的核桃樹下方走過，進入道堂區最近落成的一棟建築物，空間中還飄蕩著木材和清漆的味道。謝赫打開房間角落的木箱，向努里醫師展示歷代謝赫的綠、紫或灰色祈禱帽（或稱「帽冠」），黃藍條紋的祭儀裙袍「塔努拉」，在島嶼北部獻祭山敲破取下並讓苦修僧和信徒掛在頸間當成徽記的「順服石」，以及每位謝赫都能繫上的打了十二個結的腰帶。這些是教團裡代代相傳的神聖珍寶，即使只是滴到一滴黑色的來舒消毒液或防疫用的消毒劑，都會毀滅消亡。而教團裡所有人，包括所有苦修僧和信徒，都會跟著殉身殞命。

謝赫在逐一介紹珍寶時經常誇大其辭或話中有話，即使他明顯並未動怒或有任何不滿，仍然刻意表現出氣憤不已的樣子。努里醫師看了感同身受，想到自己面對不曾受過教育甚至不知如何述說症狀的病患，時常有的無助和內疚。

他們接著走進一個滿是書籍、瀰漫著檸檬花香的房間，謝赫攤開手寫卷軸、古老泛黃的紙頁和數本小冊，講起他想討論的主要課題，並告訴努里醫師他正在創作一首由押韻對句構成的詩，希望藉由詩作提出關於瘟疫最常有的疑問，以及討論和解說處理瘟疫最適當的伊斯蘭教方法。

「在伊斯蘭傳統中，有兩種對於瘟疫和傳染病的看法，這兩種看法至今仍有嚴重扞格。」謝赫說道。「第一種看法假定瘟疫是真主阿拉帶來的，因此想要逃離只是白費力氣，想要逃避命運更是危險艱辛。我們的先知穆罕默德確實說過，阿拉伯字母靈數手抄本中也曾提及，『聲稱瘟疫會因接觸而傳染的人，和那些試圖在鳥獸蟲蛇行動軌跡中尋找預兆、發掘意義的人可說是半斤八兩。』瘟疫來襲時，最好的應對方法就是溫順躲避並靜候疫情結束，不要在他人面前現身，也不要讓自己的靈魂受到汙染。歐洲人會稱這些人為宿命論者是有所誤解。第二種看法接受瘟疫會因接觸而人傳人，認為如果想要活命，無論穆斯林或基督徒都應逃離瘟疫肆虐之處，逃離病人和受到疫病汙染的空氣。先知在聖訓中的教誨可以佐證這番結論：『躲避痲瘋病人應如躲避猛獅。』但我們之中若有人感染瘟疫，將門鎖上或想逃走都沒用。此時唯一要做的，就是尋求真主阿拉的恩慈庇佑。」

當時門口有六、七個人在聆聽他們的對話。努里醫師看得出來，或許一字不漏，或有部分訛傳，但謝赫剛剛說的字字句句很快就會傳遍大街小巷，在老市集、新市集、領事們、書記員和記者群之間廣為流傳，甚至也會出現在蘇丹眼線傳回伊斯坦堡的報告裡。

「現在來這個房間看看！」謝赫邊說邊推開另一扇門。

努里醫師看見三名年輕信徒坐在織布間，周圍是一束束顏色各異的羊毛紗線和數種不同的布疋。

「依循道堂創立者、我的祖父努魯拉謝赫指示，我們所有貼身衣物、上衣、外套、開襟毛衣和無邊帽，都是我們自己用羊毛紡紗織布製作而成，而我們所有的布料和織物都是照著祖輩傳下來的作法裁剪縫製，並用植物根部、明格里亞藥草植物和來自中國的色粉染色。」

一名聆聽他們對話的年輕信徒上前打開數座衣櫥和織物櫃，努里醫師看見各種顏色的上衣、外套、枕頭、布料和成堆未經加工的羊毛。謝赫氣喘吁吁地接著說道：

「現在我想請問您，像這樣進入道堂把消毒液噴在羊毛上，把我們最神聖的祖產變成一堆爛泥，贊成這麼做的人良知何在？」

努里醫師並未回話，因為他看得出來謝赫這些話的主要目的是安撫周圍的信徒，還有謝赫習慣半嚴肅、半打趣地責備身邊每個人。

「即使是伊斯蘭曆一二九三年那場戰爭，打來的莫斯科人也沒有卑鄙到用來舒消毒液對付我們！」謝赫動怒並開口斥責，接著忽然彎下腰喊著：「真主啊！」若不是兩名信徒立刻趕到他身旁攙扶，他可能已經摔倒在地。

「我沒事！」謝赫對挽住他手臂的信徒粗聲粗氣說道，他的語氣嚴厲，但努里醫師看出他顯然很習慣行走時有兩人一左一右陪侍。

一行人回到最早參觀的房間門前，努里醫師準備為謝赫檢查身體，謝赫立刻脫去長袍、上衣和貼身衣物等候。

「您在跌倒之前或之後曾經嘔吐嗎？」

「沒有，醫師。」

「有發燒嗎？」

「沒有。」

努里醫師從醫事包中取出艾德罕・佩特夫藥房的盒裝腫塊藥膏並除去外盒，又將手伸向他平時存放針筒的金屬罐。他拿出一個綠色小瓶，確認瓶內還有紫色的鴉片錠。他似乎毫無頭緒，先後取了一罐伊斯卡梅藥房的酊劑，和一盒他在法國購得、非常必要時才會使用的阿司匹靈（由拜耳藥廠於十年前推出）打開又關上，接著像是取出某種萬靈丹一般拿出紫色瓶子裝盛的濃縮來舒消毒液，慎重其事地用殺菌過的棉花球蘸取消毒液擦拭手指，最後才朝謝赫走近。

他看得出來赤裸身體躺著的謝赫很不自在。謝赫的臂膀光裸，胸膛瘦窄，脖頸纖細，皮膚顯得異常幼嫩白皙。

努里醫師為謝赫從頭到腳檢視一遍，好像把他當成無法自述身體病痛的老人。謝赫的舌頭呈現有光澤的粉紅色，並未出現瘟疫患者常見的舌頭變色症狀。醫師取了湯匙壓住動個不停的舌頭，為謝赫檢查扁桃腺（瘟疫總是首先以某種方式「攻擊」扁桃腺，許多醫師起初認不出是瘟疫症狀，往往會誤認病人感染白喉）。謝赫的雙眼並未充血泛紅。努里醫師兩度檢查謝赫的脈搏：一切正常。謝赫並未發燒，也沒有大量出汗或神智不清。努里醫師將聽診器貼在疲憊的謝赫胸口仔細聆聽：謝赫的心跳不規則，吸氣時能讓肺部充滿空氣。醫師也注意到，每次聽診器冰冷的金屬表面接觸到謝赫的蒼白肌膚，謝赫就會輕輕顫抖。

「請您深呼吸！」

細看過謝赫長滿耳毛的雙耳後，努里醫師用手指輕緩地按壓對方頸間腺體所在處，檢查會否疼痛和有無硬塊。醫師也以同樣方式檢查謝赫的腋窩，他小心翼翼地以指尖觸診，確定在腋窩並未發現任何腫大或硬塊。

醫師接著按壓戳抵謝赫裸露的鼠蹊處，檢查完畢後走到醫事包旁消毒雙手並說：「一切都很好，您沒有染疫。」

「Allahumma innee as'alukal-af wal'aafyata wal'aakhirati!（祈求今生來世永享真主阿拉的寬恕和賜福！）」謝赫口中喃喃念誦祈禱詞。「請您告訴總督帕夏和所有領事說我很健康，我們道堂也沒有遭到疫病侵襲。那些散播謠言說我疑似染疫的人，是想要挑撥我和總督帕夏，他們想要看我們道堂全部的人被隔離，想要看我們被抓去關進城堡中庭的隔離所，這些人只想傷害我們道堂。」

「總督帕夏絕不會想傷害您或您的道堂。」

「我相信您說的是真話！」

「但是有些人的行為成了旁人的話柄。有些比較小的教團的謝赫，他們到處發放騙人的禱詞單，聲稱揮舞禱詞單就能抵擋瘟疫惡魔……是這些事物削減大眾對防疫措施的信任，讓民眾不願意遵守防疫規定。」

「不是所有謝赫都聽命於我。」赫姆杜拉謝赫說：「我只認識其中幾位，至於其他大多數謝赫，他們恨不得我病倒。」

「謝赫閣下，我來這裡也代表總督帕夏為他傳遞訊息。總督希望邀請您和領導希臘正教會的牧首君士坦提諾斯阿凡提，一起在總督府陽台露面並發表談話，呼籲全島人民務必遵守防疫規定。對了，總督帕夏已經釋放拉米茲。」

「牧首君士坦提諾斯阿凡提跟我一樣是詩人。」謝赫說：「我之前答應過他，等《曙光》在明格里亞出版，就要送他一本。我很樂意接受總督帕夏的邀請，但我有個條件。」

「無論您提出什麼條件，我都會盡快轉告總督並請他務必接受。」努里醫師邊說邊提起醫事包。

「我這週五會到新清真寺宣講，慈善信託局長和伊斯坦堡當局都已批准。但要是防疫委員會擔心寺內人多擁擠而禁止集會，很多信徒會失望傷心，對主持防疫的官員反感。」

「我們最害怕的，莫過於您和您的支持者不支持防疫。」

「努里醫師，我最想看到的就是對抗疫情大獲成功，您知道為什麼嗎？」赫姆杜拉謝赫皺起眉頭問道。謝赫已經穿回貼身衣物、上衣和外套，也重新戴上專屬哈黎菲耶教團的無邊帽。「過去四百年來，歐洲基督徒由於施行防疫規定，得以不受疫病的荼毒。如果穆斯林一直抗拒防疫規定，拒絕採用現代的防疫方法，死去的穆斯林只會愈來愈多，最後在世界上孤立無援，穆斯林會變得比基督徒還少。」

第四十六章

聽聞赫姆杜拉謝赫答應和島上的穆斯林或基督徒族群領袖一起在總督府陽台對民眾發表談話，總督十分欣喜，立刻開始協商活動時間及其他細節。

協商過程中，代表赫姆杜拉謝赫出面的是戴高帽的苦修僧尼梅圖拉阿凡提。相關討論很激烈，總督注意到尼梅圖拉阿凡提甚至具有比領事們「更為高明的外交手腕」，而且確實「十分難纏」，因為尼梅圖拉不像領事們的動機純粹是貪婪或自私自利，而是一名「理想主義者」。另一方面，總督也為了郵局何時重開與領事們爭執不休，並忙著查探列強是不是真的打算以阻止疫情擴散為由派兵登島。

自從電報收發服務中斷之後，領事們的影響力和權威大減。日子一天天過去，總督逐漸察覺停止收發電報帶給他絕佳機會，讓他能夠妥善執行防疫規定，並多少維持市區的秩序。自突襲事件之後，反抗防疫部隊的民眾也慢慢減少。即使是習慣質疑政府每項決策的煽動滋事者，也閉上嘴巴等著看後續發展。

總督最後協商出各方都能接受的安排，預備在兩天後，即六月二十八日週五，於總督府共同發表公開談話，時間則在週五聚禮和赫姆杜拉謝赫宣講結束之後；謝赫的教團信眾會到總督府廣場集合，而謝赫本人會與總督和其他領袖於總督府陽台現身，一起呼籲民眾團結一致齊心抗疫並遵守防疫規定。在公開談話結束之後，還會在郵局舉行一場典禮並宣布重啟電報收發服務。

沙密帕夏就任總督五年以來，從來不曾在總督府陽台對群眾發表演說，但他在過去某些時刻確實曾嚮往這麼做。蘇丹阿卜杜勒哈米德並不贊同總督妄自尊大，以為自己居於蘇丹之下、萬民之上。官員對民眾發表公開談話，在鄂圖曼帝國官場相當罕見。總督指示負責接待的書記員製作活動宣傳公告，且格式和字體大小要與先前的防疫規定公告所用一致。當部屬正緊鑼密鼓籌畫細節，規畫週五總督在陽台演說時應該如何讓群眾聚集，而領事、記者和攝影師的位置和彼此間距應如何安排，亢奮不已的總督走出房間踏入陽台。

總督回到室內時，辦公桌上放了一封新收到的電報。市府解碼員已經解譯內文，知道內容無比重要，因此立刻將電報內文送到總督辦公桌上。

總督忍不住留意到電報是由宮廷發出。他的心跳加快。也許是壞消息。也許他根本不該看！但他終究不由自主地展讀已解譯的電報內文。

沙密帕夏獲知的第一件事，是他的明格里亞總督官職已遭免除。他屏住呼吸。如今他獲派新職，將調任為阿勒坡總督。總督胸口忽然一陣發疼。宮廷只給他十天時間直接前往阿勒坡赴任，不需回到伊斯坦堡。他重讀一遍電報內文，心跳更加急促。內文中暗示阿勒坡當地並不平靜。

總督讀到第三遍，才意識到自己遭到懲處。儘管阿勒坡是面積更大、人口更多的省分，總督管轄區域還包括烏爾法和馬拉什兩地，新職務的薪俸卻只有他目前薪俸的三分之二。

瑪莉卡怎麼辦？這個問題他想過不下千百次。即使瑪莉卡同意成為穆斯林並和他結婚，也會成為國際社會的醜聞，所有大使和領事都會抗議，認為實行坦志麥特改革之後，鄂圖曼帝國仍有高官在自己管轄的省分強迫美貌基督教婦女改信伊斯蘭教，並將之納為二房或三房妻子，讓她們從此以後只能困在深宮內院。無論如何，瑪莉卡絕不可能隨他前往那個遙遠又處處是蠍子的地方！

沙密帕夏（到此我們不確定是否還能稱他為「總督」）反覆閱讀電報內文，覺得愈來愈難以接受現實。首都方面肯定有什麼地方弄錯！無論如何，他不可能這麼快抵達阿勒坡，光是這點就證明調職（和免除現職）一事有誤。期望他十天內赴阿勒坡就任的人，難道不知道目前任何人都必須先完成五天檢疫才能離開這座島嗎？瑪莉卡怎麼辦？

他試著樂觀看待這項人事上的決定：沒錯，他被免除現職，但宮廷也同時派任新職。據他所知，蘇丹阿卜杜勒哈米德在惱怒猜忌最嚴重的情況下，為了給遭到免職的總督一個教訓，甚至會任憑他們好一陣子陷入賦閒在家無薪俸可領的困境，在免除原職許久之後才派任新的官職。目前並未發生這種情況。蘇丹固然暴虐專制，但他並未如此折磨沙密帕夏。沙密帕夏還記得當年在高門，所有人是如何嘲笑可憐的穆斯塔法．海黎帕夏，他等了許多年終於收到那封正式通知免除職務的電報，而他在收到電報的同一天猝逝。沙密帕夏心想，至少自己還沒淪落到這般境地。

沙密帕夏很快做出結論：最好的應對之策是接受調任新職的命令，但是延後執行。他想著總有一天，等那些人明白自己是如何英勇留守對抗疫情，他們會頒給他邁吉德一等勳章。他熟讀鄂圖曼土耳其文週刊《畫報》或法文的《外交監察》半月刊等刊物，這些刊物由郵輪從伊斯坦堡送到明格里亞島，會公開所有外交文書細節，知道有時候確實可能發生奇蹟，調任新職的人事命令可能會取消。如果有交情好的達官顯貴，或是有在宮廷內或蘇丹阿卜杜勒哈米德跟前的特殊人士出面，都有可能出力安排。有些新派任的總督在赴任後才發現，前任總督已經官復原職，根本不曾離開。幸運的話，或許他也能想辦法復職。

他沉吟許久，思索是否要請駙馬努里醫師發電報給蘇丹陛下或宮廷為他說情。但我們從帕琦瑟公主的書信中得知，沙密帕夏始終拉不下臉來，從未開口請託努里醫師。

沙密帕夏當下想通，要是自己這段時間假裝若無其事，那麼一切很可能照舊。島上唯有市府解碼員知道他遭到免職一事。要是該員看到帕夏不慌不忙、一派從容，或許會以為派任新職的命令已經撤銷。在週五到來之前的兩天，也許最好的方法就是假裝一切正常。但沙密帕夏隨即又改變主意，他傳喚解碼員前來辦公室，告訴對方已解譯的加密電報內容涉及國家機密，若是洩漏機密，首都和身為總督的他一定會給予最嚴厲的懲處。

當天沙密帕夏並未見到努里醫師或凱米爾少校。尼寇斯醫師曾前來會見，但沙密帕夏拒絕見客，關起門來獨自待在辦公室。他覺得只要誰都不見，就不會有人知道自己遭到免職的事。當初他的岳父巴哈廷帕夏很滿意女婿前途光明，送給他一只配有雙錶盤的懷錶當作結婚禮物，兩個錶盤分別顯示歐洲和鄂圖曼帝國的時標。每逢孤單寂寞或沮喪失意的時候，沙密帕夏都會將這只比利時製造的懷錶握在掌心裡，感覺這個世界不再那麼難以忍受。但這天他坐在辦公室裡，甚至提不起力氣握住懷錶。

讀畢電報內文那一刻，他就知道只有待在瑪莉卡身邊才能尋得平靜。車夫澤克里亞駕車穿越市區，車上的沙密帕夏望向車窗外陰暗蕭索的街道幾乎落淚，但努力打起精神，告訴自己要是一蹶不振就等同認輸。他下了馬車，以莊重的姿態大步走進瑪莉卡家後門。

沙密帕夏在瑪莉卡家和平常一樣冷靜明智，表現出美妙悅耳的法語所謂「氣派威嚴」的樣子。瑪莉卡是如此美麗，她不只人美，也很老實。沙密帕夏立刻將免職的事拋諸腦後。

街坊鄰里之間仍在議論先前在屋子裡相擁死去的兩個年輕人，以及放火燒燬該棟屋子時冒出的大量黑煙。「大家都說，屋裡一定還有其他屍體，才會冒出那麼多黑煙。」瑪莉卡說。

「民眾總是很快就開始捕風捉影亂編故事。」

「他們說火燒到屍體裡的脂肪就會冒黑煙。」

「說這麼恐怖的話真不適合你，我聽了也覺得難受。」沙密帕夏說。但見到瑪莉卡變得不太開心，帕夏想要向她賠不是，福至心靈想到一年前在《知識寶庫》雜誌中讀到一則經過翻譯的奇聞，於是講給瑪莉卡聽，「聽說在亞洲某些地方，民間相信從一個人死後火化冒出的煙氣顏色和濃密程度，可以判斷此人是善是惡，是否有罪在身。」

「您知道的真不少，帕夏。」

「但你知道的事更重要！還有什麼事要告訴我？」

「帕夏您一定也聽說了，拉米茲已經回到城裡。他發誓要報復那些拆散他和哲妮璞的人，他似乎愛她愛得發狂。但他不是向他的謝赫兄長發誓，而是去里夫基．梅魯謝赫的里法伊教團道堂。」

「里法伊道堂在這場瘟疫流行期間再度崛起，相當耐人尋味……但我猜想他們見面的消息已經不是祕密。」

「現在似乎只有拿著粉紅色禱詞單的人才獲准進入齊堤區，就是薩伊姆教團那個鬥雞眼的札伊姆薛克特謝赫發給大家對抗疫病的玫瑰粉色禱詞單。街上會有克里特島的年輕移民攔住你，問你有沒有禱詞單，如果你手上沒有，他們就不讓你踏進齊堤區。」

「聽起來很合情合理！」沙密帕夏說：「不過這種事只有在我們市府人員不在該區時才會發生。之前就發生過諸如此類違法犯紀的事件，但我們在事態擴大之前及早遏阻。我的線人和手下憲兵絕不會讓這些流氓無賴逍遙法外。」

「親愛的帕夏，我跟您講這些傳聞，請您別生我的氣。是別人先開始傳的，大多數傳聞我也不信。」

「但你確實信了其中一些傳聞！」

「我信了什麼，一定會坦白告訴您……有時候您自己也相信，只是您覺得不好意思，所以絕不會承認，但您還是信了。每次我向您報告這些傳聞，從您的表情就能看出哪些您信，哪些您不信。話說在圓石灣往北一點的海灣，又有船夫開始幫人偷渡到克里特島了。」

「這件事我覺得可信。我只是好奇，他們是怎麼躲過戰艦？」

「有些人說赫姆杜拉謝赫不會參加週五在總督府的活動，帕夏……」

「理由是什麼呢？」

「所有人都聽說謝赫感染瘟疫的傳言，也聽說駙馬從總督府前去探訪謝赫。」

「隨他們去吧……」

「還有其他傳聞。據說駙馬大老遠跑去拜訪赫姆杜拉謝赫，而謝赫很傲慢地告訴駙馬說：『瘟疫動不了我一根汗毛。』小孩子特別喜歡拿這段傳聞出來講，但大家私底下也覺得是真的。小孩子最愛少校跟『電報局突襲事件』。」

「瑪莉卡，你知道這些傳聞謠言都是怎麼來的嗎？因為希臘人不熟悉穆斯林，穆斯林也不熟悉希臘人，他們甚至不知道對方在清真寺或教堂裡都在做些什麼。如果我們所有人都同屬一個民族，就能終結這些謠言了。」

「駙馬去各家草藥鋪探訪也碰到同樣問題，他們都很怕駙馬，擔心他會叫情報監控局長來抓他們，他們就會跟廚子助手一樣被關進牢裡打腳板刑求，還以販賣毒藥的罪名被送上法庭。」

沙密帕夏很快察覺剛剛聽到的諸多謠言中，唯一讓他心靈大受震撼且腦海中揮之不去的，是赫姆杜拉謝赫曾說「瘟疫動不了我一根汗毛」的傳聞。他最開始是從領事喬治貝伊口中聽說謝赫感染瘟疫，立刻就相信真有其事。如今他懷疑自己是不是遭人設計陷害。他大為沮喪，想到努里醫師一定也對他有所隱瞞，是這樁陰謀中重要的共犯。赫姆杜拉謝赫和喬治貝伊設局陷害他，要是他可以報復他們，想辦法扳回一城，或許宮廷方面會撤銷將他免職的成命。

「我今天想要多想開心一點的事，瑪莉卡。我們別再講瘟疫了。」

「都聽您的，帕夏，只是外頭傳來傳去都是這些。」

「這場可惡的瘟疫總有一天會結束。等疫情過去，我會在美麗的明格里亞各地種樹，尤其要多種棗椰樹、笠松和相思樹。就算伊斯坦堡不給經費，我也要規畫蓋一座載客渡輪可以停泊的正式碼頭。我們一定要確保，不僅向希臘人募得必要的資金，也要向穆斯林募款。只要想辦法獲得賽歐多洛普洛斯和馬孚羅耶尼兩個家族的支持，那麼來自士麥那的庫瑪契札德家和泰菲克帕夏家的子弟也一定會答應贊助。」

「沒有人比您更熱愛這座島了，親愛的帕夏。」瑪莉卡說：「他們什麼都怪罪您，真的很令人難過。」

瑪莉卡真是人美心也美！沙密帕夏無法想像失去她的人生。她熱情且滿懷愛意的神情，完美反映她的心靈，聰慧伶俐的她身上沒有一絲欺瞞偽詐，這也是為何沙密帕夏愛她愛得如痴如狂。有時候沙密帕夏會假想瑪莉卡是穆斯林，並半開玩笑地告訴瑪莉卡自己的幻想，瑪莉卡也會玩鬧般地回應，假裝自己是帕夏的後宮姬妾，以豐滿胸脯和誘人胴體撩逗取悅帕夏。

如今知道自己只有在和瑪莉卡歡愛時，才能忘卻孤寂絕望的痛苦感受，沙密帕夏內心有些不安。瑪莉卡最不喜歡他的一點，就是時常欲火難耐。他平常會半惱怒、半諷刺地講些市府近來荒腔走板的事情逗樂瑪莉卡，但是當天晚上他覺得自己絲毫提不起勁。

在相對靜默良久之後，瑪莉卡也明白了，於是她微微一笑，率先走到床邊。沙密帕夏心中無限感激。兩人翻雲覆雨時，沙密帕夏時而由衷感謝，時而滿懷驚奇。但同時他也讓體內的那隻野獸為所欲為。他滴酒不沾，卻醺然欲醉。他一直對瑪莉卡的右乳特別著迷，此時更用嘴唇含住乳頭。瑪莉卡溫柔地撫摸情人的頭和逐漸稀疏的頭髮，沙密帕夏想起了母親，想起了孩提時光。他也喜歡瑪莉卡的柔軟雙乳摩挲自己的茂密鬍子。兩人激情纏綿良久，沙密帕夏大汗淋漓，直到完事都不曾注意到有一隻蚊子停在自己背上。

「您今天心裡有事，但我就不問您是什麼事了。」稍晚瑪莉卡說道：「其實，有件事我得跟您說。」

「跟我說吧。」

「他們今天在我家後院發現一隻身上有血跡的死老鼠。」瑪莉卡說：「那些鼠輩凶惡得很，昨天晚上還在我的床下亂竄。」

「這些該死的老鼠！」沙密帕夏應道。

為了在房間裡守護瑪莉卡，沙密帕夏一直逗留到天色微明。雖然會靠在扶手椅上打瞌睡或上床躺倒，但他總算成功保護瑪莉卡不受老鼠攻擊。翌日早上回到總督府後，沙密帕夏傳召市府部屬提供協助，派了兩名人員到瑪莉卡家設置捕鼠器並布設毒鼠藥。他完全沒想過，瑪莉卡甚至他本人都應接受隔離，或至少請醫師檢查。

第四十七章

在此時期，每天平均有二十到二十五人染疫亡故，但所有人都抱著同樣悲觀的想法，認為實際死亡人數一定更高。有些家屬為了不讓防疫部隊上門，會將死者遺體藏起來。若死者頸部並未出現明顯腫大，家屬會說服自己說一定有其他死因，絕對不是死於瘟疫。而在同一家裡又有第二或第三人病逝之前，這群家屬還會持續將瘟疫傳染給左鄰右舍。

為了趕走老鼠，沙密帕夏在瑪莉卡家整晚未睡卻心滿意足，他在隔天上午獲知，「蘇罕旦號」於士麥那停靠裝載藥物和帳篷後已啟程朝明格里亞駛來。發送給檢疫局長的一封電報中說明，「蘇罕旦號」將載送物資、士兵和志工前來，詳細數字則由帝國的登記人員依慣例鉅細靡遺羅列。而讀到電報內文最末，沙密帕夏看到了將他殘存希望摧毀殆盡的消息：獲指派的新任總督也搭乘「蘇罕旦號」前來明格里亞赴任。將接任總督一職者是易卜拉欣．哈克帕夏，沙密帕夏曾與哈克帕夏短暫往來，覺得對方單純愚鈍、資質平庸。易卜拉欣．哈克帕夏是在翻譯部門擔任書記員時與沙密帕夏結識，整天都忙著討好書記員的主管阿卜杜勒曼．費齊帕夏。他的官階很可能跟少將差不多高，是要怎麼對前來接管駐軍的新指揮官發號施令？顯然宮廷或高門裡的主事者已經沒有足夠的本領，無暇顧及身分地位和官階如此幽微巧妙的重要細節。或者他們這麼做，只是要惡意對付自己！

等理性戰勝怒氣和不安，沙密帕夏明白自己遭到免職的消息肯定已經傳開，首都方面也不會收回成命，他心中另生一計。

當天上午稍晚，照例在疫情指揮室地圖上標出代表死者位置的綠點之後，沙密帕夏向在場眾人宣布：「各位先生，很遺憾要告知各位一個消息，朝中一些官員認為我們的防疫工作並不成功，決定將我調到阿勒坡。」（事實上，總督一職一直是由蘇丹阿卜杜勒哈米德親自指派，這一點眾所周知。）「首都方面有可能收回成命。但即使調職命令不改動，在新任總督正式上任之前，我也會一如往常盡忠職守，另外我週五也仍會在總督府廣場發表談話。請大家不要忘記，救援船隻上所有人都必須完成五天隔離檢疫才能登上明格里亞島。」

「從北方和西方港口前來的船隻不需經過隔離檢疫。」尼寇斯醫師說。

尼寇斯醫師這句話究竟只是無心之言，或在暗示他不會再聽命於沙密帕夏？對於沙密帕夏遭免除總督一職的消息，檢疫局長的反應似乎相當冷淡。

「新來的醫師和新上任的總督完全不清楚島上的狀況，對島上的人民也完全不熟悉，他們會無視我們先前實行的措施，頒布各種新的規定和禁令。」沙密帕夏說：「這樣只會浪費更多時間，而且新的措施當然也不會有效。會有更多人，也許會有數百人，因此白白喪命。」

「有五天的隔離檢疫期，我們可以把握這段時間遵照蘇丹陛下的要求研擬新措施！」努里醫師說。

歷史學家普遍認同，對於沙密帕夏所提「蘇罕旦號」所有乘客必須隔離五天的提議，努里醫師在那一刻的表態支持，確確實實改變了明格里亞島的命運。有些學者主張，努里醫師必定是受到帕琦瑟公主對蘇丹的敵意，以及對蘇丹派來救援船隻抱持「猜疑」態度所影響。對醫療史特別感興趣的讀者會注意到，就落實隔離檢疫的角度而言，努里醫師的看法是正確的。

自從開始實行防疫規定，凡是自有疫情地區港口駛抵明格里亞、懸掛黃色旗幟的船隻，船上所有乘客無論是否發燒，皆須前往亞卡茲碼頭附近一座岩石小島上的少女塔隔離五天。但是來自亞歷山卓和其他南方港口的船隻如今已經相當稀少，進入少女塔隔離的民眾大都要在隔離後搭船離開明格里亞。每天早上和晚上，有一艘小船會從碼頭出發，載送警衛、醫師和負責監控疑似染疫的隔離者情況的檢疫人員前往小島上的隔離所。

沙密帕夏認為少女塔遠離亞卡茲，是隔離救援船隻「蘇罕旦號」人員並予以持續觀察的理想場所，於是傳召負責接駁這批人員的船夫工頭賽伊德，詳細交代到時候應如何行事。

「蘇罕旦號」比預定抵達時間晚了六小時。據知有些歷史學家比較多疑，不時公開指出「蘇罕旦號」抵達時間延後是某種跨國陰謀所造成。事實是「蘇罕旦號」年久失修，在羅德島附近遇上暴風雨，其中一具老舊不堪的引擎故障。丘坡上的上圖倫契拉區和科豐亞區有人望見「蘇罕旦號」蹤影的消息一傳開，民眾就湧往碼頭周圍等待船隻靠岸。港口一帶在一小時內就擠滿了懷抱期望又好奇的民眾，尤其哈米德橋、偉爵飯店跟海關周圍更是人潮洶湧。數名來自瓦伏拉區和圖倫契拉區的老人大感欣慰，覺得遠在伊斯坦堡的蘇丹陛下終於伸出援手。但這些人就是那種人云亦云、容易動搖，不管受了多大的苦痛磨難都會高喊「蘇丹陛下萬歲！」的百姓。如今島上一切災禍之所以會發生，都是當局的冷漠無能和未能苦民所苦而釀成，因此多數民眾對救援船隻甚至任何防疫措施都不抱太大期望。有些格外憤怒的民眾會前往碼頭，並不是因為覺得可能獲得援助，或想尋求一絲戰勝疫情的希望，而是想要鼓譟抗議：「怎麼這麼久才來！」沙密帕夏將手下所有憲兵都派往港口。防疫部隊的十六名士兵也奉少校之命，在哈姆迪・巴巴的率領下駐守在划艇停泊的碼頭。

救援船「蘇罕旦號」駛抵阿拉伯燈塔外海時，像過往歲月靜好時的載客渡船一樣鳴響汽笛，略帶憂傷的響亮汽笛聲在亞卡茲市周圍的嶙峋山嶺間兩度迴盪。工頭賽伊德聽了總督交代，一直守在海關附近等候，一聽到汽笛聲這個訊號就立刻駕著划艇朝「蘇罕旦號」駛去。在碼頭群眾眾目睽睽之下，賽伊德的划艇乘著起伏的波浪駛向「蘇罕旦號」——划艇上除了檢疫局長尼寇斯、年輕醫師菲利波斯和四名防疫部隊士兵，還載了一組噴藥消毒人員，他們背著裝滿來舒消毒液的槽箱。

「蘇罕旦號」來自安全無疫情侵襲的伊斯坦堡和士麥那，並未掛起黃色旗幟，不過義大利船長雷歐納多看到划艇上的人員後並未提出異議。船長知道瘟疫在明格里亞島上擴散的程度極為嚴重，每天至少有二十人死於瘟疫。他讓醫師和帶著噴槍的消毒人員一行人登船。

但是易卜拉欣．哈克帕夏略有微詞。「既然連德皇威廉都要接受隔離檢疫，實在輪不到我們抱怨！」他在檢疫局長尼寇斯到他的艙房拜訪時說道，不過在此應特別指出，他接著又表示蘇丹陛下絕不會希望新總督上任一事因隔離檢疫而有所延誤（由蘇丹指派的每一任總督和大使在赴任前，都會依慣例覲見蘇丹）。划艇上的一行人登船不久後就得知，新任總督也在船上。如今最適當的反應是認明即使新總督確實需要先前往少女塔隔離，但一切事務應交由新總督作主並因應行事，但事情並未如此發展。

在搭乘賽伊德划艇的一行人登上「蘇罕旦號」之後，船上發生不明騷動，連在碼頭旁圍觀的群眾都有所察覺。新總督易卜拉欣．哈克帕夏不願離開艙房，自然更不願接受隔離檢疫。他在伊斯坦堡接受任命時，得知島上發生「電報局事變」且前任總督平庸無能，但他從未想過——借用相信陰謀論的歷史學者所形容——「背後藏著更惡毒的陰謀詭計」。同時消毒人員已經開始在船上噴灑消毒液。甲板上寬敞通風，但船上艙室內還有很多密閉空間需要消毒。

在消毒過程中，檢疫局長尼寇斯注意到船上其中一名志工有身體不適的症狀。後來才釐清這名年輕志工亞尼仕．哈吉佩羅斯其實是感染白喉——他是皇家醫學院一年級學生，因為祖父是明格里亞人，自告奮勇前來幫忙。醫師們知道某些身上出現淋巴腺腫大但並未發高燒的瘟疫病患後來病癒康復，但也有一些病患雖然鼠蹊或腋窩處皆未出現腫塊，卻會忽然發高燒並在數天內死去。因此亞尼仕．哈吉佩羅斯的發燒症狀被認為是瘟疫，而「診斷結果」剛好成為另一個要求船上所有乘客應隔離五日後才能登島的藉口。

新總督並未和檢疫局長尼寇斯或朝他的艙房猛噴消毒液的士兵爭辯。他的副手哈狄後來撰寫了直白坦率的回憶錄《從群島到祖國》，在書中坦承當時船上忙著消毒鬧烘烘的，易卜拉欣．哈克帕夏在混亂中只關心一件事，就是如何將大包小包行李一個不漏全部搬上划艇。由於被宮廷發送的電報內容誤導，他當時以為前任總督沙密帕夏已經離開明格里亞前往阿勒坡赴任。

除了三名祖輩來自明格里亞的年輕希臘醫師，船上還有兩名甫自皇家醫學院畢業、不得不配合首都指派前來的年輕穆斯林醫師，以及數名富好奇心、熱愛冒險的志工，他們從「蘇罕旦號」放下的繩梯爬下來，坐上工頭賽伊德搖搖晃晃的划艇。他們在船上相互為伴，旅程大部分時間皆歡快吵鬧，好像要去度假而非對抗可怕的疫病，但還沒有離開「蘇罕旦號」，就被濃重的消毒水味和防疫部隊的粗暴動作嚇得噤聲瑟縮（坐上划艇的人員之中，兩名希臘醫師和一名穆斯林醫師前來明格里亞不到一個月就染疫病逝）。

確認行李箱簍全都裝載好之後，新總督易卜拉欣．哈克帕夏也坐上划艇。當他察覺船夫在工頭賽伊德指揮下並不是航向碼頭，而是朝著相反方向駛往少女塔所在的小島，易卜拉欣．哈克帕夏從座位上站起來抗議：如果「蘇罕旦號」乘客真的有必要進行隔離檢疫，難道不能將他們送去港口旁的海關或是市區裡其他地方？檢疫局長尼寇斯貝伊嚇唬他說亞卡茲市現在「情況危急」。有些評論者認為，新總督之所以同意搭乘划艇，是因為他以為會被載往市區，假如他知道自己在歷史上如此重大的時刻會被關入少女塔五天，就會先發電報到伊斯坦堡請求釐清。有些人將整起事件視為英國與其他西方國家共謀設局，或許希臘人也參與其中。還有一些人的看法也許是對的：新總督——他在多年前曾擔任明格里亞省札多斯市的市長——很可能對瘟疫過度恐懼。

相關的解讀天馬行空，卻不見得有助於生動勾勒當天事件的情景。但我們能夠確認的是，有許多人（包括不打算參加的民眾）都引頸期盼赫姆杜拉謝赫週五的講道，以及其後將於總督府陽台舉行的公開談話。

第四十八章

在明格里亞的虔誠賽伊姆帕夏清真寺和盲眼穆罕默德帕夏清真寺，週五講道數百年來皆由伊斯坦堡認可的駐寺教長宣講。但碰到重大特殊情況，島上領導各大教團的謝赫也會獲准在新清真寺講道，而在民生艱困的時候，會有大批民眾前來聽講。這些知名謝赫會給予聽眾各式各樣的忠告建言，並將阿拉伯語禱詞轉換成通俗易懂的日常用語，有些謝赫講述的寓言故事撼動人心，甚至能以高超的講道技巧讓信眾心生畏懼或激動落淚，他們可能因此獲邀前往伊斯坦堡規模最大也最著名的清真寺講道，於是一躍成為明格里亞的名人。

赫姆杜拉謝赫只有兩次在亞卡茲的清真寺講道的經驗，皆是多年以前的事。講道內容含括常見主題如信仰，以及如何抗拒肉體的誘惑和惡魔設下的陷阱。先前宣講時，他並未對島上時事發表任何看法，甚至隻字不提。換言之，謝赫先前的講道內容僅僅探究學理，由於並未觸及島上穆斯林日常的恐懼和苦難，並未讓信眾留下什麼深刻的印象。雖然過去十二年來，謝赫在島上的名望與日俱增，他仍然拒絕參與任何必須獲得慈善信託局和首都批准的講道活動，許久以來不曾再公開講道。也因此，對於謝赫即將就瘟疫一事宣講，不只是島上虔誠的穆斯林，就連領事和基督教會眾的領袖都十分好奇。

沙密帕夏派人暗地跟蹤赫姆杜拉謝赫。他擔心謝赫在講道結束之後，可能會找藉口不參加總督府的活動，而謝赫缺席可能會讓整場活動演變為對防疫措施的不滿示威——效果適得其反。

那一週的週四，全城最憤慨堅決的主角莫過於拉米茲。在一封來自伊斯坦堡的電報下令放人後，獲釋的拉米茲動身前往北部的奇夫特勒村和奈比勒村。關於拉米茲與因害怕瘟疫而逃離亞卡茲的市民發生衝突，以及如何向藥師尼基弗羅斯的長子敲詐金錢，在此不予細述。然而瑪莉卡向沙密帕夏發出的警訊無誤：拉米茲在奇夫特勒和奈比勒新招收了七名手下，帶著手下在一週前悄悄回到亞卡茲。他們一夥人帶了刀子和獵槍（據稱獵槍是要用來射殺老鼠）。同時拉米茲也到處放風聲，宣稱只要新總督上任並接管駐軍和派駐的阿拉伯士兵，西方強國就會撤離戰艦解除封鎖。

由於棺材數量不足，如今大多數遺體是不入殮就直接下葬。有些死者可能是因為沒有親屬在世，或者親屬都已逃離，無人出面辦理後事，而梅奇和哈迪兄弟不再出面協助處理，原本招募來接手的村民和來自克里特省的流氓無賴很快也棄守工作崗位，染疫病逝者的喪葬事宜成了嚴重問題。同時，因害怕染疫而擅離職守的市府人員愈來愈多，導致沙密帕夏的手下愈來愈難掌握拉米茲在市區的行蹤。

週四晚上，拉米茲搭乘工頭拉札的划艇偷偷前往少女塔——工頭拉札背後的靠山是法國領事安東．漢佩里。隨行的十名手下全都帶了武器，其中三人先前就曾在亞卡茲替拉米茲做事。拉米茲帶著手下悄悄登上少女塔的臨時碼頭。他們在碼頭上遭遇兩頭凶悍的看門狗攻擊，兩隻看門狗嚴加看守著這座岩石小島，比大多數守衛更加認真敬業，後來才有數名衛兵趕來。闖入的一行人亮出獵槍，並宣布有游擊隊圖謀於當天晚上綁架新總督，他們是在沙密帕夏和尼寇斯醫師授意之下前來保護新總督，之後就將前來的衛兵繳械並捆綁起來。

說服新總督易卜拉欣．哈克帕夏則不如想像中的容易。如哈克帕夏的副手於回憶錄《從群島到祖國》中的逗趣記述，新總督一開始見到拉米茲一行人的反應，活像被造反後要擁立新任鄂圖曼蘇丹的大膽叛賊嚇到躲進後宮裡的王儲（穆拉德五世也經歷過類似的驚嚇，當時發動政變推翻蘇丹阿卜杜勒阿濟茲的主謀比他預期的早了一天來接他前去登基）。易卜拉欣．哈克帕夏一度拒絕讓拉米茲進入自己在隔離所的房間。雖然他認為當局因為防疫相關規定強迫自己待在少女塔一事並不妥當，但在各方彼此猜忌加深的情況下，他感覺得出來背後可能藏著陰謀。他取出納甘左輪手槍並裝填子彈。

當時已是凌晨，在明白拉米茲的手下已經控制了少女塔，不會有援兵從市區前來，而自己等同成了拉米茲的俘虜之後，新總督舉著手槍步出房間。拉米茲宣稱，易卜拉欣．哈克帕夏身為真正的總督，完全有權持槍，在東拉西扯講許多話以示誠懇之後，他領著哈克帕夏前往少女塔入口處的廳室。在拉米茲指示之下，跟隨新總督哈克帕夏從伊斯坦堡前來的副手哈狄貝伊和書記員，以及搭乘救援船前來的志工和其他人，全都被帶進這間寬敞的廳室。志工們為了對抗島上的疫情，搭乘「蘇罕旦號」從伊斯坦堡遠道而來，對於強迫他們隔離的不合理作法相當不滿且失去耐性，如今深夜被帶到入口處的廳室，其中多數人正想著一定是有船要來載他們離開少女塔前往市區，此時拉米茲吩咐將室內的煤氣燈全部點亮，在確認所有人張望一番都能看見彼此之後，他向新總督易卜拉欣．哈克帕夏鞠躬行禮並上前親吻他的手，彷彿在向一名眾人匆忙擁立的新任蘇丹宣誓效忠。拉米茲接著宣布，遵照蘇丹陛下之命，他和手下奉易卜拉欣．哈克帕夏為明格里亞的新總督，將會在早上護送他進入總督府辦公室。

易卜拉欣．哈克帕夏的副手哈狄在回憶錄中清楚表明，哈克帕夏根本不相信這群暴徒講的話，但仍虛應故事以免激怒盜匪拉米茲。哈克帕夏真正的盤算是一有機會就逃走，想辦法找到沙密帕夏（他不久前才得知原來沙密帕夏還在島上）共同評估眼前局面。

另一方面，眼見夜闖少女塔大獲成功，拉米茲不禁有些飄飄然。週五破曉時分，新總督和隨扈就搭乘拉札的划艇抵達明格里亞島，從老岩石突堤進入市區。當清晨時出海的希臘漁民望向少女塔永遠神祕浪漫的剪影，看到工頭拉札的划艇慢慢駛近亞卡茲，他們悶悶不樂地斷言划艇上一定載了待下葬的遺體。疫情的傳播並未減緩，防疫措施並未發揮效用，原本健康的民眾反而是被困在隔離所時感染瘟疫。

將乘客送到老岩石突堤之後，划艇很快駛回海關前方的老位子停泊。沙密帕夏的眼線瞥見了拉札的划艇，但是等他們趕到老岩石突堤時，拉米茲和新總督一行人已經進入瓦伏拉區。即使有必要對抗沙密帕夏的眼線、守夜衛兵以及其他可能阻撓他們的守衛，拉米茲和新總督這一方能夠輕鬆取勝。但是一路上並未有人看到他們或試圖阻攔，他們的身影慢慢隱沒在瓦伏拉區的巷道之中。

第四十九章

赫姆杜拉謝赫週四整晚埋首於書堆，研究祖父和曾祖父從前在伊斯坦堡遭逢疫癘時會查考的書冊。這些文獻透過解讀各種徵兆、輔音音素文字所對應數字中隱藏的預言，以及為字母賦予神祕特質的蘇菲派阿拉伯字母靈數學，企圖解開與瘟疫有關的謎團。伊斯坦堡在九十年前曾經爆發瘟疫，百姓承受無盡苦難，即使是最虔誠的穆斯林也背棄現實世界，將僅存的希望寄託於神祕徵兆、護身符和經過祝聖的禱詞單。由於熱心鑽研類似的奧祕知識和阿拉伯字母的神祕特性，赫姆杜拉謝赫的先人不僅在古老文獻中找到某種撫慰，甚至自行創作了充滿典故指涉且意思模稜兩可的詩詞和文章。但如今是所有人講起微生物和來舒消毒液琅琅上口的新時代，謝赫知道這些古老書冊再也派不上用場，其中既沒有關於隔離檢疫的建議，也沒有提供任何靈藥解方。

週五中午的禮拜結束後就是講道時間，赫姆杜拉謝赫在踏上講道台的那一刻頓時想通，眼前萬頭攢動、沮喪抑鬱的群眾對他本人研究教義時碰到的難題或繁複細瑣的戒律一點都不感興趣，他們只想悲泣哀悼，並揮淚向真主阿拉尋求安慰。謝赫走了十二階登上講道台，忽然覺得自己高高在上，俯看聚集在下方驚恐焦慮、忐忑不安的芸芸信眾。平常在對信徒講話或開導那些迫切想要吐露心中憂煩的民眾時，謝赫通常喜歡近距離直直望進對方眼底。拉近距離讓他得以忘卻自身，設身處地與坐在對面的人同情共感。但如今即使站在講道台上居高臨下，謝赫還是感覺得到群眾最想要從他嘴裡聽到的不是什麼忠告，而是他們能夠全心接受的嶄新心境和念頭。他也憑直覺就知道，群眾期盼他能提供某種對抗恐懼和死亡的解方。而他先前在教團道堂中並未領悟這一點。如今無論告訴群眾一切凡事皆是命中注定，或是宣稱在神聖的《古蘭經》中就記載了防疫的規定，對他們來說都沒有任何不同。聚集在清真寺裡的信眾滿心憂慮、情緒緊繃，已經無法冷靜理性地辨別兩者之間的差異。當謝赫提到全能的真主阿拉是如何偉大且仁慈，群眾的注意力完全集中在謝赫身上，每次謝赫呼喚阿拉之名，群眾就彷彿獲得頓悟和撫慰般神采奕奕。謝赫很快意會過來，與其講什麼隔離或命運的道理，不如帶大家一起念誦祈禱詞。

「Rabbanaa wa laa tuhammilnaa maa laa taaqata lanaa bih!」他不假思索地高聲誦念《古蘭經》〈黃牛章〉裡的經文[27]。謝赫接著以簡單的土耳其語解釋這句經文的大意：「真主啊，求祢不要讓我們擔負根本無力忍受的重擔！」他接著和群眾分享自己當下對於忍受重擔的概念反思，一開頭就說：「忍受重擔的唯一方法，就是尋求真主阿拉的庇護。」既然無論發生任何事都是依照真主阿拉的意旨，那麼對信眾來說，只有真主阿拉能夠帶來慰藉。謝赫發言時滿懷自信，彷彿對某個主題做出最終定論，將所有人心中的疑雲一掃而空。群眾雖然依舊焦慮疲憊，但確實像是服了定心丸，深信謝赫的真誠話語中必然傳達了某種深奧訊息。

赫姆杜拉謝赫認識台下大多數蓄著大鬍子、一臉疲憊卻仍熱切聆聽的信眾。在瘟疫爆發初期，他曾見過他們或佇立清真寺中庭，或圍在靈柩旁，或努力尋找墓地空位。疫情剛開始的幾天，謝赫在一戶戶喪家和一場場葬禮之間奔走。遠處那名金髮男子如今在謝赫的話語中尋得慰藉，他在妻子和兩個女兒接連病逝之後很有可能發狂，但他的舉止卻依然莊重合宜。還有那邊的蹄鐵匠里薩，每次有鄰居喪命，他就失魂落魄彷彿自己也死了一回。台下還有一名克里特島的年輕移民，他對旁人的死亡已經習以為常，卻還無法面對自己也可能會死，雖然前來聆聽週五講道，其實只是想要逃離一切。或許這些人只是特例。當天前來清真寺的三百人之中，大都是想和其他人一樣，感覺更靠近真主，想要擺脫孤寂，想要跟一樣驚慌害怕的同伴聚在一起。講道的氛圍慢慢出現轉變，不再著重防疫問題，自然而然演變為推崇各個教團、聖者和謝赫。

疫情剛開始時，有些信眾眼見瘟疫肆虐，驚惶失措甚至開始對信仰產生質疑，赫姆杜拉謝赫在回到自己的小室閉關修行之前，曾應邀前去許多信眾家裡安撫他們——或許可以說是給他們一個活下去的理由。謝赫也多次出席病故者的沐浴洗淨和安葬儀式，安撫和開導因受不了打擊而半發瘋的遺屬。在造訪信眾住家、庭園、墓園、棺材鋪和清真寺中庭的數天裡，謝赫彷佛融入常民生活，和坦率老實的信眾打成一片。這些信眾在得知謝赫生病後陷入絕望，但當他們聽說謝赫顯然已經康復，而且因為某種緣故疫癘不侵，對相關傳言更是深信不疑。謝赫察覺信眾如今期盼他能揭露是如何獲得神祕力量，或至少帶領大家祈禱自己也能跟他一樣不受瘟疫傷害。他對信眾的悲慟和恐懼感同身受，一心盼望能為他們帶來些許慰藉。

最大的慰藉莫過於生為穆斯林，死亦為穆斯林。謝赫以阿拉伯語念誦〈婦女章〉經文提醒所有人，不信真主者即使在臨終前那一刻依歸真主也無法逃離火獄，真主既能使人死亡，也能讓人起死回生，甚至能使已死的大地復活。凡是畏懼死亡的人，應該藉由想著來世以克服恐懼。如果有罪過，那自然應當懼怕……如果沒有罪過，那麼太過畏懼死亡只會將人逼瘋。「你無比恐懼死亡，迫切想要逃離死亡，但死亡總有一天會找到你、會追上你。」謝赫說道：「你儘管躲進最堅固的城堡，但死亡還是找得到你。」

如法國領事後來指出，謝赫這番論調「顯然對推行防疫有害無利」。前總督沙密帕夏當時正在總督

27《古蘭經》〈黃牛章〉裡的經文：此句出自〈黃牛章〉第二八六節；馬堅譯本：「我們的主啊！求你不要使我們擔負我們所不能勝任的。」

府，等著在講道時間結束後舉行公開談話，他原本希望謝赫多少能批評一下疫情期間在民間流竄的禱詞單、護身符和胡亂杜撰的咒語，但是事與願違。赫姆杜拉謝赫宣講時反而講起如何解夢，如何解貓頭鷹雙翅投下的陰影，以及在同一天晚上看到兩顆流星有何涵義。但謝赫覺得自己形容圍在靈柩旁哀悼逝者的心中感受時，最能讓信眾心領神會。

有些區的居民過去數天來參加了一場又一場的葬禮。亞卡茲市民和其他還留在島上的人會後悔當初決定留下嗎？他們沒有跟著其他人一起躲到偏僻深山、村莊或山洞裡，是不是做了錯誤判斷？誰比較有資格求得真主的安慰——是那些冒著溺斃風險搭乘划艇逃走的人，或是前來清真寺尋求真主庇佑的人？

在場信眾覺得當天的講道內容涵義格外深遠，而謝赫極為博學且睿智。無論內容是關於對真主的敬畏或對瘟疫的恐懼，他們都洗耳恭聽謝赫的教誨，盼望從他的話語中尋求撫慰。謝赫感覺到信眾的殷切期盼，以阿拉伯語念誦起〈優素福章〉經文並帶領信眾複誦。「天地的創造者啊，」他念誦道：「求你使我作為順從者而死去，求你使我入於善人之列！」

漫長的講道過程不時被信眾呼喊的「阿們！」聲打斷，謝赫在最後引用〈眾先知章〉經文「凡有血氣者，都要嘗死的滋味」，熱切激昂的語氣讓一些信眾大哭了起來。他們知道大家全都面臨死亡，卻還來不及鍛鍊出團結一心對抗死亡的氣魄。謝赫從信眾表情就能看出來，這就是大家為何一開始會前來清真寺和教團道堂。他開始後悔過去數天都閉關修行，未能出面安慰這些受苦受難的信眾，甚至對此感到愧疚。

謝赫宣講時偶爾會停頓並和台下信眾對望。大多數的人眉頭深鎖、驚惶憂煩。但也有些年長的信徒平靜從容、渾然忘我，好像這只是平凡日子中再平常不過的一場週五講道；有些坐在台下的人環顧周遭一臉驚奇，似乎對於眼前的一切不敢置信；也有些人聽到謝赫講的每字每句，都樂觀地頻頻點頭表示贊同。謝赫自己也不停點頭，彷彿在說：「太不可思議了，不是嗎？」每當場面陷入短暫的靜默，有些人就會別開目光，避免和謝赫眼神交會。謝赫注意到沙密帕夏的眼線也混在人群中。打從一開始他就知道週五的講道必然會牽涉政治，也一直希望能將這件事拋諸腦後。

此時坐在較前排靠近謝赫處的一名認真年老車夫，因為情緒太過激動或身體強烈不適而頭暈腦脹躺倒在地，不久之後就開始發抖呻吟。車夫看起來很像因感染瘟疫而渾身痙攣，謝赫很快暫停講道，想跟其他信眾一起過去幫忙。

群眾本來就忐忑不安如驚弓之鳥，一下子全都跳了起來。有些人以為講道結束了。有些人起身之後隨即離開，並未注意到靠前排渾身發抖、神智不清的車夫，認定是平常那些滋事分子鬧場搗亂。沙密帕夏和領事們先前就憂心拉米茲可能會在兄長講道時現身鬧事，沙密帕夏也預作防範，派人把守新清真寺周圍區域和通往中庭的各個入口。

但情勢很快明朗，顯然不是有人惡意滋事。現場民眾大都認識或至少認得出這名患病的和藹老車夫，親眼看到這位人見人愛的老人飽受病痛折磨，讓所有人格外灰心挫敗。有些歷史學家分析當時緊湊的事態發展，指出如果該名老車夫並未在赫姆杜拉謝赫講道將要結束時昏倒在地並痛苦掙扎，明格里亞的歷史可能會完全改寫。

由於發生這起事件，加上其他因素影響，結果就是聽赫姆杜拉謝赫講道的群眾並未如沙密帕夏預期前往總督府廣場聚集。謝赫無法引導信眾前往廣場，甚至沒有提及後續即將在總督府廣場舉行重要活動。既然才剛向群眾宣告唯有在伊斯蘭教能夠尋得庇護，除此之外沒有其他任何可依歸之處，謝赫並不樂意在半小時後與領導基督徒會眾的牧首和主教連袂出席活動。原先預計在公開談話中宣布不得前往清真寺和教堂的禁令，會與謝赫不久前宣講的內容相互矛盾。雖然曾向沙密帕夏允諾會出席，但謝赫實在無法勉強自己前往總督府，兀自逗留在清真寺，並無視防疫規定伸手讓眾多信徒親吻，直到由沙密帕夏特別挑選並交代任務的一隊侍衛前來「拉人」。

沙密帕夏早已料想到，赫姆杜拉謝赫有可能在講道之後故意拖延，企圖在總督府陽台的公開談話缺席。他也預料到在謝赫從清真寺前往總督府的路上可能會有人攔阻或鬧事，因此預作因應，派出車夫澤克里亞和六名最忠心的侍衛待命。講道結束後，赫姆杜拉謝赫仍在接受信徒吻手致意，沙密帕夏安排的侍衛忽然現身，他們一左一右勾住謝赫的手臂，狀似輕鬆隨意地護送他走出清真寺側門、穿過中庭並坐上等在椴樹樹蔭下的裝甲馬車。沙密帕夏於侍衛行前曾吩咐，若是謝赫極力反抗，必要時就將人強行帶離清真寺並押上馬車，且無論如何不能讓信眾將人搶走。然而在現場，謝赫（和他周圍所有人）將喬裝改扮的侍衛誤認為自己人，不但並未反抗，甚至未跟其他人打聲招呼就快步離開清真寺，登上在外頭等著接走他的裝甲馬車。

同一天早上，拉米茲和手下偷偷帶著新總督、副手和祕書離開少女塔，一行人悄悄穿行於市區的偏僻街巷，躲進瓦伏拉區一棟荒廢空屋。他們在屋內一直待到中午的禮拜時間才離開。拉米茲一行人的躲藏之處是一棟古老的鄂圖曼建築風格宅邸，與陸軍幼校的中庭相望，附近就是更為高聳的盲眼穆罕默德帕夏清真寺。幼校學生都相信這間屋子受到詛咒而且鬧鬼，會在這裡舉行祕密聚會，也會在屋內偷偷喝酒和比賽摔角。瘟疫爆發之後，屋內曾被發現有大量死老鼠。過去兩週內先後有人在庭院發現屍體，兩次都是因為有屍臭飄到屋外才引起注意。其中一名死者是穆斯林男性，他在妻子和母親接連病逝之後發瘋，甚至還來不及安葬兩人就離家出走且行蹤不明。該名男子就住在附近，他家如今已成空屋，顯然男子沒走多遠就病發身亡。

另一名死者是來自弗利茨沃區的年輕人，他的死亡則有較多疑點。住在弗利茨沃區的富裕希臘人絕不會到瓦伏拉區來等死，兩名市府人員調查後指出死者的死因可能不單純，但當局並未深入調查。無論如何，防疫部隊比照在市區其他地點的處理方式，將該棟屋子連同庭院的出入口封住。就避開出入口遭封住的房舍這項防疫措施而言，大部分民眾其實相當配合，因此拉米茲和手下相信躲在這棟荒廢屋宅裡安全無虞。

新總督的副手哈狄後來在回憶錄中以幽默筆法敘說上述經過，指出拉米茲純粹因為遭人橫刀奪愛才一心想要報復，想要發掘他的行為背後有什麼更複雜的動機根本毫無意義。拉米茲只是單純相信，報復少校最好的方法，就是從他身邊搶回曾與他有婚約的哲妮璞，而前任總督沙密帕夏曾經幫忙促成少校和哲妮璞的婚事，報復沙密帕夏最好的方法就是盡快讓新總督上任取而代之。他認為在島上的各界領袖齊聚總督府陽台發表公開談話時，新總督當然也該在場。日後拉米茲受審時，將會不斷重申一切都是他自己的主意——與領事、他的兄長或其他任何人都無關。

最有資格作證拉米茲心中其實困惑徬徨的人，莫過於在總督府任職看門人的努斯雷，他時常向拉米茲透露消息情報，過去也曾效忠情報監控局長和沙密帕夏——然而努斯雷在週五稍晚遇害身亡。看門人努斯雷來自奇夫特勒村，拉米茲很依賴他提供市內情勢的最新消息。事實上努斯雷長期擔任雙面諜，這一頭向沙密帕夏密報襲擊希臘村莊的穆斯林游擊隊行蹤（當然只揭露他厭惡的那些人），轉頭又向拉米茲提供關於希臘游擊隊的寶貴情資。

在赫姆杜拉謝赫開始講道不久後，一輛馬車駛抵總督府，拉米茲的手下有半數都在車上。努斯雷幫忙他們喬裝成總督府的新進工作人員。這是第一批混入總督府的拉米茲手下，他們暫時躲在廚房對面的棚屋裡。

半小時後，同一輛馬車又載著拉米茲、新總督和另外三人來到總督府大門附近的側門。第二批人裡也有拉米茲的手下，他們身上明顯攜有武器，卻仍不費吹灰之力就混入總督府。努斯雷已在側門等著接應，他帶著第二批人穿過數條狹長走廊，從後側樓梯上樓。

赫姆杜拉謝赫開始講道的同時，努斯雷領著拉米茲和新總督等一行人上樓，經由已布置妥當的偌大會議廳旁邊的房間，悄無聲息潛入「疫情室」（即先前提到牆上掛著地圖的小辦公室，我們有時會稱為「疫情指揮室」），在帶人進去之後將門從外面鎖上。當時沙密帕夏和手下線人在新清真寺周圍嚴陣以待，無暇顧及總督府裡外的事，事後眾人才恍然大悟，總督府戒備鬆散其實是刻意安排。

在赫姆杜拉謝赫講道這段時間，領事、記者和其他受邀賓客陸續抵達總督府，準備參加沙密帕夏即將舉行的談話活動。賓客之間互相保持距離，寧可遠遠地打個招呼。領事們照常聚在一起自成一圈。記者和其他好奇的受邀來賓則在角落遊走，他們心中很可能想著沙密帕夏堅持要舉辦的這場活動毫無意義，只希望早點開始、早點結束，最好不要節外生枝，同時耐心等候活動開始。

第五十章

本章將從一個明格里亞歷史學家經常提出的問題開始：少校在週五這天的行動將會挑戰鄂圖曼帝國權威並因此留名青史，他在當天早上穿上軍服時，為何決定將四年前對抗希臘的戰役中獲授的勳章以及邁吉德三等勳章別在胸口？現在讓我們解開這道多年來困擾島上歷史學家的難題：對於這一天將會發生的事件和最終結果的意義，無論少校或是沙密帕夏都沒有任何頭緒。他們已經接獲情報，得知拉米茲從少女塔隔離所帶走新總督，對於拉米茲的作為大為憤怒。少校有預感，這位愛妻的前未婚夫可能會攻擊總督府，藉此干擾防疫工作及沙密帕夏精心籌辦的活動。他顯然認為，穿著軍裝並佩戴鄂圖曼帝國勳章或許有些嚇阻效果。

那天早上在輝煌殿堂飯店客房裡，哲妮璞告訴丈夫，他身上的勳章和整個人的神態都讓她心神不寧。「別擔心，我們會沒事的。」少校說：「相信我，島上所有人也都能獲得救贖！我還帶了這個。」他又說，並讓妻子看自己的納甘左輪手槍，但哲妮璞似乎興趣缺缺。她彷彿並不擔心可能發生械鬥或槍戰，而是擔心某種更為抽象無形的威脅。

根據沙密帕夏的指示，等赫姆杜拉謝赫被帶上馬車，會有一名衛兵朝著總督府和輝煌殿堂飯店揮動白旗示意，而裝甲馬車就會啟程朝總督府前進，途中會避開主要道路，改走起伏不定且陡峭的偏僻街巷。沙密帕夏預期持有武器的逃犯拉米茲找到機會就會鬧場滋事，也擔心他可能攔截馬車，在半途搗亂、企圖拉攏他的謝赫兄長或甚至劫持謝赫逃走。但若是安排馬車行經飯店並接少校上車，就能讓赫姆杜拉謝赫明白事情非同小可，知道要依照原定計畫行事。

少校看到搖動的白旗時，走向妻子將她緊擁。哲妮璞跟丈夫說很害怕拉米茲會傷害他，叮嚀他千萬要小心。兩人再次相擁。

飯店內空蕩冷清，少校慢慢走下樓梯。為防拉米茲前來襲擊，有四名防疫部隊的武裝士兵駐守在飯店大廳。少校朝自己在鏡框鍍金的大面鏡子中的倒影瞥了一眼，花了些時間聽取其中一名士兵報告齊堤區兩家穆斯林之間發生糾紛並對防疫造成不良影響，當他踏出飯店門口，裝甲馬車已經朝飯店駛近。後頭還跟著另一輛滿載的馬車，車上全是衛兵。

裝甲馬車在飯店前停下，此時拉車的馬匹已經疲憊不堪、渾身冒汗，少校注意到尼梅圖拉阿凡提也坐在車廂裡，此名戴高帽的苦修僧是赫姆杜拉謝赫最信任的副手。在此請容我們提醒各位讀者：尼梅圖拉阿凡提雖然看起來謙遜低調——或許也正因為如此——他日後將在明格里亞歷史上扮演舉足輕重的角色。

赫姆杜拉謝赫並不知道防疫部隊指揮官也會搭乘自己坐的這輛馬車。少校娶了他繼弟的未婚妻，他指揮的防疫部隊還進入教團道堂四處噴灑消毒液，欺凌自己教團的成員，可以理解謝赫對少校並無好感。但當謝赫看到身穿軍服、佩戴勳章且攜帶手槍的少校英姿煥發的樣子時，謝赫露出微笑，彷彿在接見一名崇拜者或新信徒。

「我聽人說你是個英雄。」他說：「但我沒想到你這麼年輕，那個勳章真的很適合你！」

少校在謝赫和尼梅圖拉阿凡提對面坐下，接著傾身向謝赫謙恭致謝。

「聖者謝赫剛剛的講道精采極了！」尼梅圖拉阿凡提說：「大家感動落淚，覺得安心多了，他們不肯讓謝赫離開，非得上前親吻謝赫的手。」車廂內陷入短暫的靜默，接著尼梅圖拉阿凡提又說：「所幸有謝赫向大家宣講，信眾現在都知道遵守防疫規定有多麼重要。」
我們的細心讀者會知道，尼梅圖拉阿凡提此言不實。但是少校本人並未聽到講道內容。
車夫澤克里亞駕著馬車緩慢穩定地穿過空蕩小巷和斜坡街道，朝著哈米德廣場駛去，馬車行經一座庭園時，只見一群人在向喪家致哀、一個小男孩坐在地上吃葡萄，而他旁邊還有個弟弟在嚎啕大哭，車上的三人一時之間有些驚愕。少校有些話想要對謝赫說，他決定把握這段七、八分鐘的短短路程中的最佳時機。
「謝赫大人，全島的人都對您無比尊敬，如果您從一開始就全力支持醫生和防疫人員，就不會有這麼多人死去，也不會有這麼多悲傷和苦難。」
「我們是真主阿拉和祂的先知的僕人，我們必須遵照真主阿拉的意志行事。我們不能只是『交給醫生』，卻背棄我們的宗教、我們的信仰和我們的過去。」
「我們是真主阿拉的僕人。」少校說：「但是一個民族的信仰和歷史，會比人民的生命和未來還重要嗎？」
「一個民族如果沒有宗教，沒有信仰，也沒有自己的歷史，就不會有生命或未來可言。無論如何，我們講的島上的『民族』究竟是指什麼呢？」
「來自島上的任何人，在明格里亞這個地方土生土長的人。」
馬車駛過哈米德橋，車輪開始發出與先前不同的吱軋聲，車廂裡所有人彷彿接收到某種訊號，不約而同默默轉頭望向窗外。在他們右手邊，只見城堡的淺粉紅城牆和港口的一片湛藍，左手邊則是舊橋以及成排的松樹和棗椰樹。
他們不久之後就看到沙密帕夏派駐於哈米德大道的憲兵，不過看起來零零落落。雖然市區各處都張貼了公告，多家報紙也特別刊登活動通知，加上市府人員大力宣傳，但市區大街上並未出現明顯人潮。「他們會來的！」尼梅圖拉阿凡提說道，他察覺大家心中想的是同一件事。「信徒們剛剛才從清真寺出來。」他將頭伸出窗外向後張望。但他並未看到前來參加活動的人群，只看到載了衛兵尾隨在後的另一輛馬車。對於防疫部隊士兵和憲兵在郵局門口站崗的景象，民眾早就習以為常。但總督府廣場周圍也嚴加戒備，廣場上已經聚集了一小群人，有旅行社職員、店鋪老闆和一些奉沙密帕夏之命前來的市府員工。沙密帕夏將窗戶打開一個小縫朝下方窺看廣場上的情況，他原本希望群眾會聚集在廣場正中央，但人群大都在廣場邊緣的成排扁桃樹和棗椰樹下等待。

裝甲馬車進入廣場並駛向總督府大門時，吸引了所有人的目光。等到渾身汗如雨下的拉車馬匹停下腳步，馬車周圍已經擠滿衛兵、憲兵和書記員。謝赫費了一番工夫才從馬車下來（踩在一塊門房快手快腳擺到他跟前供他墊腳的石頭上），好不容易從向他致意的大批支持者中脫身後進入總督府。

「我得前去淨手！」謝赫一走到室內陰暗處就告訴戴著高帽的尼梅圖拉阿凡提。

在主樓梯盡頭有一間提供自來水的歐洲風格洗手間，是為了西方國家賓客（尤其是領事們）特別設計。有些歷史學家主張，謝赫在洗手間裡待了相當久（我們估計他待了十分鐘）一事，最終左右了明格里亞歷史的走向，這個理論引發了各種聳動不實的解讀。

為了駁斥這些赤裸裸展現政治動機的誇大說法，在此提出我們的解釋：謝赫在「淨禮室」逗留許久的原因無他，單純是出於好奇。新的總督府建築於七年前落成之後，以《亞卡茲公報》為首的各家報社鉅細靡遺報導建築物裡的辦公室、賓館和陽台外觀如何新穎現代且呈現歐洲風格，就連島上教育程度較高的穆斯林族群也熱烈討論，尤其是在講到關於西化、基督教族群財力日漸雄厚，以及總督府裡自塞薩洛尼基店家史托霍仕所購入馬桶座的典型歐洲風格等話題的時候。

第五十一章

赫姆杜拉謝赫在洗手間裡不得閒時，凱米爾少校進入總督府，登上以泛粉紅的白色明格里亞大理石鋪築並聞名全島的寬闊樓梯。每次在軍服上佩戴徽記勳章四處走動時自豪又有些困窘的感覺再次襲來，少校努力保持低調，不想吸引旁人注意。但在當下的場地和時刻，根本不可能不引來注目。拾級而上時，少校感覺到看門人、書記員和其他人緊張擔憂的目光全都落在自己身上，於是假意專注瀏覽牆上的防疫規定公告，好像頭一次看到這些告示（有些公告是在兩個月前張貼），盡可能避免和其他人眼神交會。

少校抵達會議廳。廳內通常窗簾緊掩、光線昏暗，平常防疫委員會在此開會時也不例外，因此少校當天走進會議廳發現廳內光線充足、一片明亮時，一度懷疑自己是不是走錯地方。他看見努里醫師正和領事安東先生（其人令少校難以忍受）在陽台旁陽光灑落處交談，便朝通往疫情指揮室的綠門走去。

少校想要開門，卻發現門鎖住了；他正要回到陽台，卻聽見門後傳來騷動聲和說話聲。他心想或許還有一名書記員在室內，正在地圖上標記死者的分布地點。將門鎖住以防有人誤闖似乎很合理，無論是誰在裡頭，應該很快就會出來。

少校加入檢疫局長尼寇斯和年長的防疫委員塔索斯醫師的談話，他們在討論科豐亞區和艾克里瑪區的院子和巷弄又出現大量死老鼠。大部分老鼠疑似是在近日內死亡，也發現其中一些老鼠嘴邊有血跡。當天早上，希臘望族馬孚羅耶尼家魁梧健壯的兒子因出現譫妄症狀而送醫，他們家經營的男士服飾用品店一向生意興隆，如今也已暫停營業。

少校聆聽兩人交談的同時，也跟會議廳裡和陽台上其他人一樣，隨時留意從哈米德大道陸續來到總督府廣場的人群。已有大約五十到六十人聚集在廣場中央，等待各界領袖的公開談話正式開始。但不管再等多久，顯然絕不可能出現沙密帕夏原本期盼人數成百上千的大批群眾。

少校走向一名常待在總督辦公室和跟在沙密帕夏身邊的書記員，請他打開疫情室鎖住的門。「鑰匙在努斯雷阿凡提那裡。」這名唇上蓄著刷子鬍的書記員回答。「他在帕夏的辦公室。」他補充道，同時朝會議廳通往總督辦公室的門瞟了一眼。

就在此刻，門打開了，沙密帕夏、書記長和努斯雷阿凡提步入會議廳，三人的神情冷靜堅毅。

此時少校注意到會議廳另一端的主要入口處也有些動靜，心想赫姆杜拉謝赫肯定已經上樓來到會議廳。少校和刷子鬍書記員才剛走到疫情指揮室門外，就聽到室內有人鍥而不捨地拚命敲門。敲門聲愈來愈急促猛烈。

努斯雷彷彿已經預料到會發生什麼事，從沙密帕夏身旁走過來準備開門。但是門板在大力敲擊之下晃動得太厲害，努斯雷甚至沒辦法把鑰匙插進鎖孔。

「別開門！」法國領事高喊（可以想見他這聲呼喊將會被寫入歷史）。在場所有人似乎都預期會有人前來偷襲。

聚集在會議廳內和陽台上的賓客開始坐立難安。看見兩名跟著謝赫的衛兵帶著步槍走向前待命，少校速速走離門邊，跳上會議廳其中一面挑高窗戶的窗台尋找掩護。

此時，會議廳內所有人都察覺是某種陷阱，圖謀偷襲者被鎖在疫情指揮室裡。眾人努力想弄清楚究竟發生什麼事，以及這場偷襲的性質為何。是沙密帕夏一手策畫的嗎？鄂圖曼帝國偏遠領地的總督時常設下類似的陷阱，藉此嚇阻少數基督徒和搗亂鬧事之徒讓他們順服聽命。但是明格里亞是帝國正式的省分，現場還有記者將事情經過全都看在眼裡。

沙密帕夏的衛兵蜂擁而上圍住疫情指揮室，有些賓客趁機溜出會議室或逃到陽台，他們可以聽見疫情指揮室內傳來的吵鬧聲。有些認出拉米茲聲音的人聽見他大喊：「開門！」裡頭的人吵了起來，或是發生什麼扭打衝突嗎？

當眾人努力思索接下來該怎麼辦，疫情室的綠門終於打開，其中一名拉米茲的手下走了出來，是蓄著兩端翹起八字鬍的奈比勒村禿頭男子。他舉起獵槍對著會議廳內目瞪口呆的賓客，不過並沒有特別瞄準任何人。

明島廣場老闆基里亞科斯阿凡提和希臘記者跟其他知名人士一起躲到會議廳角落，他此時大喊：「請你冷靜！」希臘腔土耳其語裡充滿的是室內眾人無不感受到的激動情緒和恐懼。他們腦中只有一個念頭：「天啊別開槍！」但是大多數人也意會到這是不可能的。

又有人大喊：「不要開槍！」

拉米茲向前走到門口。他的臉色紅潤，神情一派冷靜從容。或許甚至可以說，他看起來散發一種莫名的自信。

「等新總督易卜拉欣．哈克帕夏上任，再來舉行這場典禮會更適合！」拉米茲開口道。

赫姆杜拉謝赫被他自己教團的人和新總督的隨從團團圍住，無論沙密帕夏或領事們都無法看到謝赫對於繼弟大膽的宣言有何反應。如後來某些人所主張，或許謝赫有機會的話，會教訓拉米茲要有自知之明。拉米茲只是個地痞無賴，既無一官半職或高人一等的條件，全靠繼兄是島上最大教團的謝赫才能在此混出名堂，卻自以為有資格擅自從隔離所帶走新總督，此刻甚至當著前任總督的面用這種狂妄自大的語氣說話。

對於究竟是誰開了第一槍，鄂圖曼帝國評論者、土耳其評論者、明格里亞民族主義歷史學家以及其他各方眾說紛紜。碰到類似情況，某些時候的確有可能指認出唯恐天下不亂而率先開槍的煽動者，或者因為嚇壞而第一個扣下扳機的蠢蛋。但那天中午在總督府會議廳的情況並非如此。所有持槍者似乎在同時朝彼此開火，彷彿在同一時間聽到了號令。他們先前就已伸出手指按在步槍或手機的扳機上。易卜拉欣・哈克帕夏的副手日後在回憶錄中記述，他在門打開的那一刻就預料到會發生衝突，所以當下立刻抽出腰際的納甘左輪手槍開火。

沙密帕夏的手下還另外開闢了「第二戰線」，他們是從另一扇連通後側走廊的門強行闖入疫情指揮室。沙密帕夏根據密探努斯雷於最後關頭傳來的線報，在總督府樓梯間和自己的辦公室周圍皆部署了武裝衛兵。槍戰開始時，會議廳門口裡裡外外共有十八名聽命於沙密帕夏的武裝衛兵。其中一些人是隸屬市府並可公開攜帶武器的衛兵，另外一些人則假扮書記員、僕役或店鋪老闆混入會議廳（例如跟少校以同一根柱子作為掩護的優瑟福，就是喬裝改扮後進入會議廳）。他們遵照沙密帕夏先前的指示，一聽到有槍聲響起，就立刻拿起武器朝敵人射擊。

沙密帕夏事先向召集到總督府和廣場的衛兵示警，表示有一群惡徒可能會想要「惡意破壞」當天別具意義的集會活動，甚至意圖行刺，要大家務必做好隨時朝反賊開槍的準備（換言之，沙密帕夏的手下在槍戰中開火是為了效忠蘇丹，並非為了明格里亞獨立建國）。

一開始得知拉米茲密謀發動突襲時，沙密帕夏想像也許能將拉米茲的手下分別活捉（或許是很天真的想法），在不影響活動安全的情況下將他們全數逮捕。於是他便計畫在疫情指揮室門口伏擊那些突襲者。但在我們看來，正是因為安排了門口伏擊這一步，才會造成有人率先開槍，導致後來陷入瘋狂失控的

「槍戰」。在場持槍者霎時全都朝著「敵人」開槍射擊，並以桌子、柱子、扶手椅和盆栽作為掩護。

在有人開了第一槍以後八到十秒間，戰況還不算特別激烈。會議廳裡的賓客和聚集在外頭要參加活動的民眾，都不太清楚發生了什麼事。他們的注意力集中在其他地方，因為聖者赫姆杜拉謝赫和沙密帕夏剛剛走進會議室，這或許解釋了為什麼第一聲槍響起初並未造成恐慌和混亂。但在第一聲槍響之後，接下來幾乎所有人都立刻舉槍射擊。陣陣槍聲在寬闊會議廳的厚重簾幕和牆面壁板之間迴盪，就連總督府外的群眾都能聽見裡頭不時傳出響亮怪異的喧鬧聲響。

短短數分鐘的槍戰感覺無止無休，在可怕槍聲籠罩之下，會議廳裡的賓客拚命忍耐到幾欲發狂。在那段短暫的時間裡，他們眼前見到和耳裡聽到的，甚至令人心驚膽戰的槍響，都讓他們永生難忘。比起士兵、書記員和歹徒中彈倒下的景象，震耳欲聾的槍聲可能更令他們心膽俱裂。

有些賓客爬到防疫委員會成員圍著舉行無數次會議的大木桌下方；有些賓客躲到櫥櫃、椅子或寫字桌後方；大多數賓客都趴倒在地。

現場大部分的人已經知道自己不是開槍者的目標——但在槍林彈雨的現場又有什麼差異？空氣中充斥著某種狂怒之氣；任何人都有可能成為受害者，所有人也都能理解這股狂怒從何而來。這些子彈彷彿是朝著瘟疫本身發射。根據目擊證人的陳述和歷史學家的調查，短短數分鐘內總共射出了將近一百五十發子彈。

沙密帕夏派出了十八名訓練有素的手下，而拉米茲則帶了十名手下，其中大多數的人並不想擊斃其他人，開槍主要是為了自保。

拉米茲的數名手下，甚至包括已經中彈受傷者，從一開始就努力反擊並就地尋找掩蔽。這群人堅毅不屈地反擊之下一度占得上風，射中了多名圍困他們的衛兵。但沒過多久，反擊的槍聲不再響起。沙密帕夏這一方槍彈齊發、攻勢連綿不斷，來自會議廳主要入口的火力尤其強大，拉米茲這一方遭到壓制，愈來愈多人中彈喪命。

拉米茲在狂妄發言完之後不久，手臂和肩膀就各中了一彈，不得不想辦法撤退。但他很快就發現，已經沒辦法從疫情室的後門逃走。後門也已經被沙密帕夏派來的三名衛兵圍住，這一頭同樣子彈連發毫不間斷。拉米茲明白無論朝哪個方向突圍都注定失敗，便回到綠門旁，開始朝著會議廳內對他開槍的衛兵射擊。短短數分鐘過去，疫情室只剩下拉米茲還在反擊。

「所有人原地待命！」前任總督沙密帕夏喊道。

全場寂靜無聲。兩隻海鷗從廣場上方飛過，彷彿爭吵般發出淒厲的鳴叫聲。雖然槍戰發生在總督府內，喧鬧聲卻響徹整個城市，在山間反覆迴盪。

現場隨之陷入更為詭異的寂靜。有些賓客悄悄從門口逃了出去，有些賓客待在原地不動，或躺倒在地或蜷縮在藏身處。在他們周圍，受傷者的哀嚎呻吟聲此起彼落。

以柱子為掩護的少校從柱子後方走了出來，踏進滿目瘡痍的疫情室。他立刻看到四名拉米茲的手下和身兼密探的看門人努斯雷都已經死亡。室內各處血跡斑斑，明格里亞大理石染上了不尋常的深紅色澤。拉米茲還活著，他倒在地上呻吟掙扎。

少校瞥見一名衛兵痛苦地扭動身體，心想至少他還有可能撿回一命。拉米茲的手下裡有一名臉龐白皙稚氣的年輕人，他全程參與槍戰卻毫髮無傷，少校從未看過這個人。年輕人嚇得不停發抖，但他意識到自己還活著的時候，因為大喜過望而容光煥發。當他看到少校持槍朝他走來，立刻高舉雙手投降。

與拉米茲同行者中有些人擠在疫情室另一道門的門口，承受的攻擊火力沒有那麼強大。新總督易卜拉欣・哈克帕夏頷頭中彈身亡。少校看到新總督的副手哈狄在新總督屍身旁咳聲嘆氣，看著數名還活著的拉米茲手下向衛兵投降。

有四顆子彈擊中疫情室內的地圖，總督沙密帕夏和努里醫師過去兩個月來，就是在這張地圖上以綠點標記瘟疫死者和受汙染房舍場所的分布地點。一座塗漆斑駁剝落的黑色大展示櫃玻璃門上留下一個彈孔，不過玻璃門其他部分仍然完好。

但旁邊核桃木櫥櫃的玻璃門在一片混亂中裂成碎片。少校看到沙密帕夏的手下和憲兵朝疫情室走來時，就搬出放在核桃木櫥櫃最下方隔層的箱子，撬開未上鎖的箱蓋，取出收在兩條摺疊起的基里姆毯下方那條繡有「黎凡特玫瑰」圖案的深紅和粉紅色布塊，布塊上還有明格里亞城堡獨特的尖塔、白山和明格里亞玫瑰等圖案，儼然一面旗幟。

在室內昏暗的光線下，繡上粉紅色玫瑰圖案的紅色布旗靈動欲揚，彷彿極力尋求一個能夠展現生命力的場所。會議廳內的賓客被迫經歷一場騷動之後仍舊驚魂未定，少校在他們的注視之下邁步走向陽台，他手中的布旗似乎終於能夠綻放失而復得的光輝，整個會議廳在下一刻滿映燦亮紅光。

無論明格里亞的報紙或日後的歷史書籍，都將活靈活現記述這一天會議廳內驚恐不已的賓客，是如何著迷於少校手中布旗散發的燦爛光芒。就從這一刻開始，民族主義狂熱造成歷史與文學、神話與現實，以及色彩與其象徵意義之間的界線混淆不清。因此接下來，我們要進一步審視前述事件並深刻省思。

第五十二章

至今已有多幅油畫描繪少校一手持著納甘左輪手槍、一手拿著紅色亞麻布旗，步出疫情室後穿越會議室走到陽台的場景。其中多幅是根據希臘畫家亞歷山德洛．薩索斯後來為《阿卡迪亞人報》所繪的「革命」週年紀念插畫繪製，亞歷山德洛．薩索斯是少校好友勒米母親娘家那邊的親戚。這張插畫則是受到名畫《自由領導人民》的影響，世界上所有愛好自由的革命志士對德拉克洛瓦這幅畫作多少都懷有某種浪漫憧憬。在我們書寫這段歷史之際，確實無法忽視在不遠之處，已經發生過與我們所記述之事類似的事件。直到一九三〇年代晚期，島上店鋪都持續販售各式各樣根據德拉克洛瓦和薩索斯的革命主題畫作製作的小飾品、燈具和其他紀念品。

凱米爾少校準備跨過門檻走上陽台時，努里醫師直覺想要阻止，他不假思索伸出手按住少校肩頭。努里醫師先前看到少校朝來襲者開槍，此時心中有一股想上前擁抱少校的衝動。但他沒辦法這麼做，因為少校仍然兩手分別拿著布旗和手槍。不過努里醫師確實發現少校本人或我們的讀者都未曾注意到的事。

「你受傷了？」

「我沒事！」少校回答。他接著低頭望向自己拿著布旗的手，才看到手腕附近有個被子彈打到的傷口在流血，雖然不覺得疼痛，但他確實遭子彈擊中，而且傷口還在大量出血。「我根本沒發現，帕夏。」他對剛朝他走來的沙密帕夏說道：「但是該為我們的人民做的，就算槍林彈雨也阻擋不了我們。」

少校確認了所有人都聽得見自己說話，在說話時更逐漸拉高音量。賓客已經聚在一起，他們專心聆聽少校的每字每句，等著看沙密帕夏如何反應。但是沙密帕夏遲疑不決，不發一語。

「帕夏，要是我們不一起走出去宣布要關閉清真寺和教堂，以後就別想再實行任何防疫規定了。尤其現在發生了這場伏擊事件，要是我們不馬上向人民說明，他們以後絕不會再聽從您或防疫部隊的命令。」

對沙密帕夏發言時竟然如此強硬，連少校自己都大感驚訝。從那一刻拍下的照片，可以看到少校當時舉槍對著沙密帕夏。沙密帕夏先前派了島上數名攝影師前往廣場，要他們拍攝自己於總督府陽台對民眾演說的照片，就能在活動之後提供照片給報社和雜誌社刊登。奉派前往會議廳拍攝的瓦尼亞，是明格里亞有史以來頭一位職業攝影師。畫家亞歷山德洛·薩索斯繪製的紀念插畫部分靈感來自德拉克洛瓦畫作，另有一些細節如少校所穿軍服和姿勢，則參考了瓦尼亞當時拍攝的第一張照片。

瓦尼亞拍攝的第二張照片中，在邊緣處可以看到赫姆杜拉謝赫站得直挺挺的，神情莊嚴肅穆。對於繼弟拉米茲在槍戰裡中彈受傷一事，我們並不知道謝赫是否知情（更不用說現場所有人都以為拉米茲已經死了）。但謝赫老於世故，知道若是考量政治因素，當下他們別無選擇，只能照著原本的安排進行。此時賓客們多少恢復平靜，大家也達成共識，認為拉米茲襲擊總督府是企圖阻撓當局宣布即將實行新的防疫規定。總督府裡的所有人，無論穆斯林或基督徒，都同意當務之急是繼續照計畫舉行公開談話，傳達團結一致對抗疫情的訊息，並告訴民眾將要關閉清真寺和教堂。

在這歷史性的一刻，所有人一致認同，最適合向民眾傳達當局立場的人選是凱米爾少校（而非因遭到免職而猶豫躊躇的沙密帕夏）。有些說法指出，在牧首、主教、各個族群的領袖和記者陸續步上陽台時，少校似乎顯得歡欣振奮。少校向沙密帕夏報告說易卜拉欣·哈克帕夏因頭部中彈身亡時，從沙密帕夏的表情看出他因為新總督的死訊而沮喪消沉。

「現在沒人會聽我們講話了！」沙密帕夏忽然說出真心話。

「剛好相反，帕夏。」少校開口說道，他的臨場回應很快成為民間流傳的名言，「如果我們現在向前走一步，發布革命宣言，明格里亞思想進步的人民不只會向前走一步，他們會跟著我們向前走兩步。」

對於研究鄂圖曼帝國和土耳其歷史的民族主義和保守派學者來說，很難理解一九〇一年在明格里亞島上的人，可能是在何種背景脈絡下使用「進步」和「革命」等字詞。他們無法接受明格里亞島可能因為鄂圖曼政府種種失職無能而想脫離帝國統治，由於確實存在所謂的明格里亞民族，他們也認為自己有責任把握每個機會影射暗示說一切之所以發生，一定有其他更不為人知的因素，可能有各種勢力在檯面下運作。這些人堅信宣布「革命」的那一刻，絕對不可能「如所述般」就這麼單純發生。在他們眼中，證據就是三十一歲的少校是位階相對較低的軍官，而且不久前因抗命行為遭到拘禁，絕不可能以如此威嚴的態度對身為有帕夏頭銜的資深官員、比自己年長至少二十歲的「老」總督說話。

無論任何革命，重要特徵之一當然就是接二連三發生了前所未見、出人意料，甚至眾人作夢都想不到的事。

少校別無所恃，唯一能憑藉的只有自己的經驗、良知，以及為島上人民奉獻的誠摯心意。由於他的天真和正直，儘管面對壓力和恐懼，儘管身上佩戴著鄂圖曼帝國的勳章，他仍然能夠採取行動。等賓客們開始依照沙密帕夏的安排在陽台上各自就位，少校再次轉向沙密帕夏慷慨陳詞，音量大到讓努里醫師和在場其他人都能聽見：

「帕夏，只要蘇丹陛下阿卜杜勒哈米德一日在位，您和我都將走投無路，再也別想平安返回伊斯坦堡或回歸從前的生活。」

少校再次放大音量，讓周圍所有人能夠聽清楚他的宣言——這番話在往後多年對帕琦瑟公主和駙馬來說宛如別具意義的「預言」——並接著高聲說出修辭更優美且更富詩意的語句：

「但您千萬不可為此灰心喪志，帕夏，因為我們仍有唯一的慰藉。我們並不孤單，明格里亞民族與我們同在。島上的每個人或整個明格里亞民族都明白，只要我們繼續接收電報聽命於阿卜杜勒哈米德，我們同樣會走投無路，大家永遠不可能擺脫瘟疫平安存活。」

這是明格里亞島歷史上頭一次有人公開說出「明格里亞民族」，並且公然反抗蘇丹阿卜杜勒哈米德的權威。單是這一點，就足以讓在場所有人心驚膽戰。

少校此時走到陽台欄杆旁。「只要我們不再等待伊斯坦堡發來的電報，開始自行治理事務，就不用繼續將人隔離，而疫情會逐漸平息，我們所有人都會得救。」他說，姿態儼然老練的政治人物。

接著少校面向廣場，使盡全力放聲大喊：「明格里亞萬歲！明格里亞人萬歲！明格里亞民族萬歲！」

廣場上終於開始變得擁擠，現場必定有一百四十或一百五十人。大多數人是稍早就聚集在廣場，在爆發槍戰之後四下竄逃，之後又禁不住好奇回來，想弄清楚發生了什麼事。同時，先前躲進店鋪裡、柱子後或廣場周圍綠樹下的車夫、守衛和小販，看見赫姆杜拉謝赫和牧首君士坦提諾斯阿凡提一起在陽台上現身並站在總督和駙馬身旁的景象，也被吸引而紛紛回到廣場。為了給群眾多一點時間聚集，少校再次轉向沙密帕夏——一如當年目擊者和帕琦瑟公主的書信所證實——說出以下這段具有重大歷史意義的話語：

「帕夏，如果沒有您以身作則並給予指引，我們絕不可能進展到這一步。您是島上最偉大的總督，願真主保佑您！但您已經不是蘇丹的總督了，您是人民的總督！我們委員會在此宣布，從這一刻開始，明格里亞獨立。從這一刻開始，我們的島自由了。明格里亞萬歲！明格里亞民族萬歲！自由萬歲！」

陽台下方的廣場有愈來愈多人聚集，攝影師拍下一張又一張照片。鏡頭捕捉了島上名人顯要並肩站立的一刻，這些充滿希望的畫面會刊登於數篇記錄一九〇一年六月二十八日大事的新聞，明格里亞島終於在這一天站上世界史的舞台。當天的照片登上五大洲共計數百家報紙版面，日後更由無數書刊、百科全書、郵票和歷史學專書轉載。

報紙刊登的第一批照片中有一張是由阿希斯貝伊拍攝，該幀照片是在法國領事和一艘載人偷渡離島的漁船協助下經由克里特島送往法國，於事發三天後，即一九〇一年七月一日週一，由法國右傾保守派大報《費加洛報》配上一篇文字報導作為日報的二版新聞：

明格里亞發生革命

位於東地中海、盛產大理石和玫瑰的鄂圖曼帝國小島明格里亞宣布獨立。島上八萬人口中基督徒和穆斯林各占半數，島上於九週前爆發瘟疫後即飽受疫情摧殘。島上的防疫檢疫局試圖壓制疫情未果，國際社會為了防止瘟疫傳播至歐洲，在鄂圖曼帝國政府支持下派出四艘戰艦封鎖小島。三年前由於隔離檢疫規定過於嚴苛，自漢志省返回小島的朝聖者反抗當局，有七名朝聖者和一名士兵於雙方後續衝突中喪命。據聞發生革命時，市區曾傳出槍響，亦有人目擊鄂圖曼帝國部隊於街道上行軍。

最後一句話多少有些誇大。在本書中我們並未以太多篇幅指正此類不實消息，也不會為了特定的錯誤資訊耗費時間心力，但要特別指出一點，即法國人在報導中提及這個細節，可能是有意塑造明格里亞島仍受鄂圖曼帝國控制的印象。

關於報導中的假消息，另有一種說法也相當耐人尋味，即認為該篇報導旨在矇騙高門甚至阿卜杜勒哈米德本人。鄂圖曼帝國政府遠在伊斯坦堡，並不清楚明格里亞究竟發生了什麼事。由於電報收發已經中斷，傳遞島上消息的唯一管道是偷渡船，而船夫大都是希臘人，組成綿密情報網的蘇丹眼線難以滲透，因此連伊斯坦堡方面都不確定明格里亞如今究竟由何人掌控。

阿希斯貝伊所拍攝眾人齊聚陽台的照片在《費加洛報》上占了四分之一版面，圖說寫著：「明格里亞於帝國總督府陽台宣布獨立的一刻」。一週後，法國週刊《畫報》刊出一幅根據該幀照片刻繪的雕版插畫，並附上類似的圖說文字。法國媒體當然不清楚照片裡所有人的身分為何。為了書寫這段歷史，我們在此列出照片中所有人：赫姆杜拉謝赫、領導東正教會眾的牧首君士坦提諾斯．拉涅拉斯、前總督沙密帕夏、駙馬努里醫師、所有領事、情報監控局長馬札爾阿凡提、五名市府衛兵，以及兩名我們至今仍無法確認身分的人士（新總督的副手哈狄與還活著的拉米茲及其手下，一同被關押在總督府地下室的囚室裡）。

隔天的《泰晤士報》刊出同一幀照片，附上的圖說文字此後廣為歷史學家援引，經過無數次引用複述，最後成了大眾想也不想就脫口而出的老套說詞：「明格里亞島的基督徒和穆斯林族群領袖齊聚帝國總督府，聯合發表明格里亞獨立宣言。」

待帝國派駐巴黎的大使穆尼帕夏及派駐倫敦的大使安索普洛斯帕夏發出電報，鉅細靡遺呈報外國報導內容，蘇丹阿卜杜勒哈米德和伊斯坦堡的帝國政府始得知明格里亞宣布獨立。各種傳聞甚囂塵上，其中一些謠言尤其惡意誇張，指稱阿卜杜勒哈米德難以置信，想要親眼看到《費加洛報》和《泰晤士報》的相關報導，特別派遣密探前往錫爾凱吉，此地港口是自歐洲送往伊斯坦堡郵件抵達的第一站。由於明格里亞不再回應任何電報，可想而知蘇丹和高門百官迫切想得知島上的民族主義起事行動如何開始，更重要的是可能由誰帶頭發起。

第五十三章

少校用土耳其語宣布明格里亞獨立自由之後，全場陷入短暫靜默。總督府裡年紀最大的看門人哈緒密從少校血跡斑斑的手上接過那面「旗幟」，他先前拿了一根重實棍杖當作自保用的武器，此時他動作輕巧地將布旗繫在棍杖上再交還給少校。

看門人哈緒密畢生從未離開過島嶼，幾乎完全不識字，因為這個舉動一度成為名垂青史的重要人物。多年以後，奉行民族主義的新政府於義大利占領期結束後掌權，為了紀念哈緒密，將他老家所在村莊新成立的一所小學命名為「旗手哈緒密小學」。許多畫家畫出年老看門人將旗幟繫在棍杖上的情景，當時的畫面從此永存不朽。然而後來教育部討論明格里亞紙鈔上的圖案時，決議採用兩名年輕女子將旗幟交給凱米爾司令的圖像，描繪年老看門人哈緒密的圖像愈來愈少見，及至一九七〇年代，哈緒密此人已經完全遭到遺忘。如今只有哈緒密老家的鄉親還記得他。

在見到哈緒密遞旗幟的「姿態」之後，少校進一步採取行動，而許多畫作也展現了看門人此舉的重大意義。少校放下手槍，不顧自己一手滿是血跡，雙手抓住旗杆向前平舉並揮動，讓全廣場的人都能看到旗幟。儘管傷口作痛，手中的旗杆十分沉重，但凱米爾仍然奮力將旗幟左右揮動三次。確定全場都看到旗幟的顏色和在半空中飛揚的樣子後，他心滿意足地將旗杆交給哈緒密，並用法語複述自己先前的宣言：

「Vive Minguère, vive Les Minguèriens! Liberté, égalité, fraternité!」

「明格里亞萬歲！明格里亞民族萬歲！自由、平等、博愛！」他用土耳其語再說了一遍。「明格里亞民族是個偉大的民族。」他接著說道：「明格里亞人會成功擊潰瘟疫，並在我們可敬的委員會和總督領導下，朝著自由、進步和文明的方向邁進。明格里亞萬歲！明格里亞民族萬歲！士兵萬歲，防疫人員萬歲，防疫部隊萬歲！」

聚集在陽台上的重要人士大都覺得少校的言行有失分寸。但他們相信肯定全是沙密帕夏安排的一場戲，只是還看不出這麼做有何目的，他們決定耐心等待最後收尾。現有相關文獻紀錄中最寶貴的，是由島上希臘人領袖牧首君士坦提諾斯阿凡提之女寫下的回憶錄《明格里亞的風》，該書於一九三二年在雅典出版。根據牧首的女兒所述，牧首在當天下午明確表示，他不僅不樂見明格里亞島就此脫離鄂圖曼帝國的管轄，更為此錯愕擔憂。牧首在陽台公開談話進行時，才得知總督沙密帕夏已在兩天前遭到免職，新總督易卜拉欣．哈克帕夏已經遇害，而其副手則在槍戰中受傷。他當天在家中反覆述說大難即將臨頭，島上發生如此荒唐的叛亂事件，蘇丹阿卜杜勒哈米德絕不會善罷干休。他深知每當其他島嶼發生類似的叛亂，不久之後就會有一艘鄂圖曼帝國海軍戰艦駛來，毫不留情炮擊島上城鎮、村莊和攻擊範圍內的一切。

但根據牧首的女兒回憶錄中所述，牧首想到還有多艘西方強國戰艦圍住明格里亞島時多少有些安心，由於明格里亞島上發生嚴重瘟疫，在處理島上相關事務方面，蘇丹和西方國家在檯面上仍有政治結盟關係，絕不敢單方面解除封鎖後派出「馬木德號」或「奧罕號」炮轟明格里亞島。牧首也曾表示，前任總督肯定深謀遠慮，評估過上述因素之後，才想出要發布明格里亞獨立和自由的宣言。換言之，如果要回答阿卜杜勒哈米德和首都方面所提出「這場叛變由誰主使和發起？」的疑問，牧首的答覆會是前任總督沙密帕夏。

島上的穆斯林族群對首都和總督沙密帕夏日益反感，而少校在「電報局突襲事件」及遭到拘禁之後在穆斯林族群中的聲望漸隆。甚至一向不關心穆斯林事務的富裕希臘家族，也聽說了凱米爾少校這號人物。此時，民眾認為這麼一位優秀軍官顯然前途大好，竟然會因為護送蘇丹女兒及不知成員是誰的代表團去開導中國穆斯林而碰巧來到島上，他們覺得不敢置信，絕望無助的他們慢慢開始相信，少校其實是為了執行其他祕密任務才來到島上。

少校的左側前臂在槍戰中受傷，手腕、手掌和指頭全都沾滿鮮血。往後多年裡，當天在陽台上的多位穆斯林名人、衛兵和市府書記員甚至基督徒，都不禁宣稱——或真心誠意，或虛情假意——看見少校的鮮血如何滲入他手中那面旗幟。一九三〇到四〇年代，「明格里亞民族屬性」的概念逐漸被認為「與血統有關」，此論調也獲得確立，而後人將少校手臂流血的細節視為島嶼「爭取自由的抗爭」中極具戲劇張力且值得紀念的一刻。有很多人主張，就是因為見到建國者灑下熱血，看著鮮血從他的手腕流到指頭後再流到旗幟上，最後滴落於下方的廣場和大地，明格里亞人才受到激勵並響應起義。

那是高貴明格里亞民族的鮮血，他們是在數千年前從鹹海以南遷移到島上，使用的語言十分特殊，難以模仿。少校的手掌和手腕全都被血染紅，在他放下旗杆的片刻間，努里醫師趁機上前捲起少校的衣袖檢視傷口。過去走訪帝國偏遠邊疆的戰地醫院時，努里醫師曾看過無數於前線負傷的官兵並幫他們包紮治療。醫師的動作輕巧，三兩下就找到仍在出血的傷口，判斷傷勢嚴重，必須緊急處理。

有說法指稱，努里醫師在那一刻有意制伏少校，阻止他繼續發言。此說法虛假不實。從醫療的角度來看，努里醫師必須介入，而且當下分秒必爭。因為我們在接下來數頁就會看到，少校受的槍傷確實有可能致命。努里醫師帶著失血過多的少校離開陽台，得以初步處理傷口並緊急止血，不過此舉卻讓少校無法參與隨後的事件發展。

少校回到室內時，聚集在外頭廣場上的一小群好奇民眾騷動起來。「少校萬歲！」數名頭戴菲斯帽的民眾高呼——是那種漫不經心、聽到槍聲也不以為意，以為一切都照著沙密帕夏策畫進行的愚民。但歷經槍戰響聲和隨後的寂靜，大多數人都察覺早在少校發表宣言和揮動旗幟之前，就發生了不得了的大事。看見展現光榮的旗幟飛揚在群眾頭上「豪氣又莊重優雅」，有些人因此大為感動。

時至今日，我們仍然無從得知，究竟是誰選在那一刻大喊：

「À bas Abdul Hamid!」——「阿卜杜勒哈米德下台！」

沙密帕夏和陽台上其他人都表示不贊同如此明顯大不敬的言詞。呼喊聲是從陽台下方、總督官邸入口附近某處傳來的，但周圍的穆斯林領袖、衛兵和憲兵假裝沒聽到，站在入口附近的領事館職員和記者則並未透露是誰喊出那句話。我們至今仍未找到關於此事的確切資訊，因此也忍不住揣想，當初是否真的有人講出這句挑釁話語。無論如何，這句話給了沙密帕夏和陽台上其他人一個機會，讓他們能夠對這種大逆不道之舉表示不滿，多少減輕了他們心中對於「蘇丹將會大發雷霆」的恐懼之情。沙密帕夏整個人的表情姿態似乎都在說：「誰來讓這傢伙閉嘴！」

陽台上眾人要向在場記者和蘇丹眼線傳達的訊息是：「我們在做的事並不是要反抗伊斯坦堡或蘇丹。」（並未維持很久。）其中大多數人還是相信，雖然有人意圖襲擊，且少校有些不妥的言行，但目前為止總督安排的公開談話活動算是順利進行。世界上那些重大革命、劇烈變革和大破大立的帶頭起事者，往往在付諸行動的同時，又懼怕自己的行動所造成的後果，於是說服自己相信初衷絕非如此，無奈事與願違。我們身為歷史學家，很清楚這種情況屢見不鮮。

自從少校離開陽台的那一刻起，沙密帕夏接下來的所作所為都受到這種心態主導。他對著眼前的群眾（人數不及他原本想像的十分之一）宣布，為了落實防疫規定，即日起暫時禁止大眾前往清真寺或教堂，宣禮和敲鐘儀式也暫時取消。當天稍早發生槍戰喋血事件之後，空氣中仍飄蕩著火藥味，四周仍有傷者不時嗚咽，沙密帕夏覺得氣氛不對，不太適合立刻發表預備好的那段詞藻華麗、咬文嚼字的演說。於是他接著補充道，修道院或教團道堂僅開放原本居住在內的人員進出。在發布詳細規定之後，總督府會派出書記員前往各個宗教場所確認住民的身分和人數並列入管制，其他民眾則不得再進出。他認為就關閉宗教場所的新禁令而言，造冊列管工作是最需要審慎處理的環節，因此特別關切相關事務，與書記長一起認真訂定管制細則供市府書記員遵循。沙密總督此時取出一張紙，大聲念出他極為重視的管制細則，接著才開始發表精心準備許久的演說。

然而由於沙密帕夏的聲音不夠大，加上所有人竊竊私語，努力想弄清楚發生什麼事，無論陽台上的賓客或聚集在廣場上的群眾，沒有一個人認真聆聽沙密帕夏講話。即使有些年紀較大的民眾和蘇丹的死忠支持者高喊「蘇丹萬歲！」，但在現場並不顯得矛盾衝突，因為沙密帕夏的談話內容經過精心設計，沒有任何字句會被解讀為在反抗蘇丹或伊斯坦堡。

沙密帕夏發表完談話之後，情報監控局長吩咐攝影師瓦尼亞拍下疫情室內的景象。綠門後面的空間相當小，受了槍傷奄奄一息的歹徒倒在地上，身軀四肢錯落交疊，斑斑血跡已難分辨是誰留下。室內的辦公桌、矮几、檯燈全都翻倒，玻璃裂成碎片，物品表面和牆面遍布彈孔，不過標示病例分布的流行病學地圖還掛在牆上，要說是射出的子彈將地圖加強固定在牆面上也絕不誇張。

三天後，雅典《新聞報》刊登這批以明格里亞地圖為背景、前景是堆滿渾身是血死傷者的照片，該篇報導標題為：「明格里亞的擁蘇丹派反革命分子潰敗！」

《衛城日報》也刊登了一張鮮血淋漓、屍橫遍地的照片，加注的圖說則為：「奉阿卜杜勒哈米德之命前去鎮壓明格里亞革命的新總督和游擊隊在劫難逃！」

新聞和照片在希臘和歐洲多國見報之後，意味著島上的獨立革命已經勢不可擋，而對蘇丹阿卜杜勒哈米德來說，局勢已經無可轉圜。島上的鄂圖曼國旗既已降下，掌權者也已換人，帝國政府即使用盡手段，也不可能重新控制明格里亞島。

有說法指出一定是沙密帕夏自己將照片交給希臘報社，目的就是要告訴島上的穆斯林和基督徒，不管對宣布獨立一事再怎麼戒慎恐懼或害怕遭到蘇丹嚴懲，這時候都已經沒有回頭路了。我們並不贊同這個說法。少校當天的行為並非受沙密帕夏指使，而沙密帕夏在過程中並未搧風點火，也一直努力想讓情勢恢復平靜。但沙密帕夏知道即使照片從未見報，蘇丹接獲新總督的死訊之後，仍會認為沙密帕夏應該負責，甚至會追究他接到免職命令卻抗命之罪。在陽台公開談話活動結束之前，沙密帕夏就已醒悟，自己不但再也回不了伊斯坦堡，在整個鄂圖曼帝國境內都再也找不到容身之處。

整場活動依照沙密帕夏的安排，最後由宗教界及其他各界團體領袖、官員和醫師一起禱告，並依照各自信仰向神祈禱防疫能夠成功見效，明格里亞的瘟疫能夠停息。攝影師拍下了當時的場景，但這些照片——象徵島上人民不分宗教團結一致的氛圍（也是我們一直以來主張的）——在日後卻很不幸地遭人錯誤詮釋為呈現「明格里亞的開國元勳祈禱國家長治久安，全國人民安居樂業」。

陽台公開談話活動結束後，賓客們驚魂未定又滿懷好奇地回到室內，不時駐足旁觀衛兵和守門人搬走槍戰死者的遺體。即使是希臘東正教會眾領袖牧首君士坦提諾斯阿凡提，在走向總督府大門途中都忍不住走進疫情室，他握著手中的十字架，望著額頭中彈、滿臉是血的新總督和其他死者的遺體許久，最後旁人不得不將牧首強行拉走。沙密帕夏送牧首、主教、謝赫和其他貴客到樓梯口，感謝他們支持防疫事務。他送別賓客時以樂觀開朗的語氣說了許多客套話，彷彿一切都按照計畫進行，不曾發生任何襲擊事件，也沒有任何人喪命。

當時努里醫師在總督辦公室門口，忙著替少校的傷口止血。塔索斯醫師在旁協助，這名喜歡說長道短的老醫師也是防疫委員會成員。

沙密帕夏回到會議廳，見到在廳內等待他的領事，忽然感到志得意滿。他感覺到一股熟悉的力量流貫全身，那股力量屬於從前那個總督沙密帕夏，那個永遠掌控周圍一切的男人。如今他就是島上唯一的統治者，從領事們的眼神就能清楚看出這一點。

「各位要知道：明格里亞任何事都跟以前不一樣了！」沙密帕夏擺出與平常截然不同的高傲姿態，以嚴厲的語氣向領事們宣告。「任何人若是心懷不軌，意圖危害明格里亞人的生命財產，都將遭到懲治。」他接著說道：「這些鼠輩顯然是利用領事特權，才能大大方方從前門進來。過去發給各位領事的總督府出入許可，即刻起一律撤銷，其他領事特權須經過後續審核。無論是哪國領事在幕後策動這次襲擊，我們絕對會予以制裁。進一步的細節將在適當時機由外交部長向各位報告。」

沒有人有機會要求釐清一切，但所有領事和記者都聽得清清楚楚，沙密帕夏宣布原本由祕書處理的公關聯絡事務將改由新的「外交部長」負責。顯然「總督」沙密帕夏也支持少校的獨立宣言，認同明格里亞獨立建國的想法。

「明格里亞屬於明格里亞人。」少校在此時開口說道。但他因為傷口劇痛且體力不支，沒辦法再說更多話，只是安靜下來，靠在旁人放置他身後的枕頭上。

看到少校口齒不清、講話吃力，好像滿懷怒氣在喃喃自語的樣子，周圍一些人不禁聯想到瘟疫病患。這些人都很現實，認為跟帝國政府作對只會惹來災禍。他們想要說服自己，少校肯定跟某些瘟疫病人發病時一樣「發瘋了」。

在努里醫師指揮之下，眾人合力半扶半抬，帶著凱米爾少校穿過人群來到會議廳。現存一幅描繪當時景象的油畫，由亞歷山德洛．薩索斯於一九二七年繪製。這幅傑出畫作現由一名酗酒的德州石油大亨收藏，很可惜島上人民對原畫並不熟悉，大都只看過報紙雜誌上翻印重製的黑白圖像。畫中的少校一手持槍，一手舉著旗幟，雙眼明顯緊閉，面容蒼白，仰躺的身形幾乎顯得脆弱陰柔——我們覺得如此呈現的明格里亞開國元勳和爭取自由的鬥士形象巧妙傳神，彷彿重現了那一刻的情景。但大多數明格里亞歷史學家的普遍共識，是凱米爾少校很快就起身繼續推動革命大業。

眾人朝門口走去時，沙密帕夏剛好與法國領事安東先生擦肩而過，於是刻意展現恢復自信的氣勢。

「以前您只要被我逮到濫用職權，就會發電報到貴國在伊斯坦堡的大使館告我一狀，這個習慣您得改一改了。不過我想拜我們的元帥所賜，您可能非得戒掉愛告狀的習慣不可。」（沙密帕夏指的是少校發動的電報局突襲事件，還特地瞥了一眼少校當時被人抬著經過的門口示意。）

這是沙密帕夏第二次用「元帥」一詞稱呼明格里亞的開國元勳，也就是讀者所知道的凱米爾少校，明格里亞人在往後一百一十六年間提到他時，都滿懷感激和喜悅尊稱他為「凱米爾元帥」。接下來的篇章中會改稱凱米爾為「元帥」，不過為了避免讀者忘記，我們偶爾也會稱他「少校」。

第五十四章

曾任大使的紈褲公子賽伊．內迪姆貝伊於退休後撰寫回憶錄《遍歷歐亞》，其中聲稱高門官員等讀到英國和法國報導才知道已失去明格里亞島，堪稱鄂圖曼帝國末年官僚昏庸無能的經典事例。我們不同意這樣的看法。當時島上停止收發電報，眼線傳遞情報又因瘟疫疫情和戰艦封鎖受阻，遠在伊斯坦堡的蘇丹和朝廷官員自然無法獲知島上的消息。由於領事們無法照常呈交報告，英國或法國派駐伊斯坦堡的大使也不了解情況。無論如何，在少校於總督府廣場發表自由獨立宣言（這兩個崇高的概念在之後提及時幾乎總是並列）之後，幾乎所有領事都匆忙逃離總督府，他們知道沙密帕夏會想辦法對付自己，決定暫時關閉原本經營的店鋪或旅行社，直接回家待著靜觀其變。

沙密帕夏此時已經想通，在目前的情況下，獨立是歷史上的必然，也是唯一可能的結果，並未像市府一些書記員和其他人員一樣陷入猶豫徬徨。然而也有一些歷史學家在討論帝國「失去」明格里亞的文章中指出，沙密帕夏心中或許還是希望能比照二十年前埃及和賽普勒斯的例子，雖然交給英國管理，但兩地還是掛著鄂圖曼國旗，表示鄂圖曼帝國的勢力仍未完全退出，還有可能收回兩地——結論就是沙密帕夏終究效忠蘇丹。

所有歷史學家都同意的一點，是凱米爾元帥當晚確實一度瀕臨死亡。關於明格里亞的開國元勳在建國史上意義重大的這一天受的傷，並沒有任何詳述傷勢的診斷書，因此日後莫衷一是，出現許多誇大不實的說法。我們認為其中最可信的，當屬帕琦瑟公主從駙馬那裡聽來的紀錄，故轉載於此：子彈擊中少校的左前臂，造成嚴重傷勢。當時少校已血流如注，努里醫師和塔索斯醫師趕緊上前急救止血，兩人立刻發現英勇的少校可能會因大量出血喪命。他們一人用手壓住傷口止血，另一人取了粗布條緊緊綁在少校的手肘上並打結固定。

血止住之後，眾人將半昏迷的少校抬離現場。努里醫師認為在總督府附設賓館裡治療傷口最近也最為妥當，他立刻收拾整理好一間房間。帕琦瑟公主用披肩蓋住頭，躲進靠內側的一個小房間。少校被抬到門口附近的歐式長椅上，蘇丹有時候就是坐在這種長椅上看小說。好事者正想湧入寬敞的賓館客房圍觀時，努里醫師將門關上。

躺臥在長椅上半昏迷的少校偶爾會睜開雙眼，看看周圍發生什麼事，甚至能開口問幾個問題（他先前已問起沙密帕夏）。但是努里醫師不讓他說話，也禁止旁人回答他的問題。少校（或元帥）閉著雙眼，面無血色。等到終於完全止血，兩位醫師才鬆了一口氣。

二十世紀最初二、三十年，是人類歷史上相對而言特別血腥殘酷的一段時期，期間人類互相征伐時射出的子彈數量之多堪稱空前絕後。起因則是這段期間適逢自動機槍發明和普及，以及愛國民族主義崛起，而支持者無不滿腔熱血親上火線。當天發生的事與那個時期醫療手冊上的諸多記載有很大的出入，但無論如何，即使凱米爾元帥僅遭流彈擊中左前臂，但一定是動脈受傷才會大量失血。

直到天黑，帕琦瑟公主才從藏身的小房間走出來查看情況。公主雖然對少校的建國大計毫無頭緒，看到身穿鄂圖曼軍服、佩戴勳章的明格里亞開國英雄臥在長椅上，身上血跡斑斑，旁邊還放著布旗，卻覺得有點浪漫。她也得知有數人在疫情室中彈身亡，總督府內四處都飄散著火藥味。她很感念這名英勇軍人先前守護他們夫婦，希望也能像丈夫如今悉心照顧少校一樣給予關懷，但不確定該怎麼做。公主於是提議通知少校的妻子哲妮璞和岳母，邀請她們前來總督府探望少校，這項提議也獲得同意。

哲妮璞抵達時，醫師正好在凱米爾元帥的左上臂重新綁上布條，先前是為了避免手掌長壞疽而暫時鬆開布條。哲妮璞看到躺在那裡的丈夫面無血色、意識不清，低聲哭喊後跪倒在他身旁，並伸出雙手抱住丈夫。其他人全都退開，站在約兩公尺外的帕琦瑟公主忽然能夠清楚看著兩人——她將那一刻的景象永遠銘記在心。

帕琦瑟公主從小在後宮長大，她認為要看男女是否深深相愛，最好的證明不是看到兩人甜蜜恩愛，還要看他們的感情是否誠摯深厚。公主覺得少校和哲妮璞之間就有如此深厚的情感牽繫。顯然在新婚的四十五天之中，哲妮璞發現自己的人生已經不能沒有凱米爾少校。對於明格里亞開國元勳與其妻相處的場景，帕琦瑟公主留下了完整描述——這篇文字總有一天會收錄於中小學課本——我們預計在出版本書以後將公主的書信全文公開，有興趣的讀者到時候不妨一讀。

帕琦瑟公主心情激動之下，或有心或無意說了幾句話，鼓勵那些努力讓明格里亞擺脫鄂圖曼帝國控制的鬥士：

「你表現得好極了，元帥！」她說：「你已經證明了這座島才是你的歸屬。」

「明格里亞島歸屬明格里亞人。」元帥吃力地回答。

之後凱米爾元帥被送上裝甲馬車，準備前往眾人認為最安全的駐軍營地時，帕琦瑟公主也在場。總督府書記員蜂擁而上圍住等在外頭的馬車。儘管目睹槍戰之後驚惶失措，但他們此時彷彿看到救贖，對未來滿懷希望，相信大家都有可能得救。

畫家塔傑汀後來畫下了發動革命及發表自由獨立宣言當天晚上的情景，描繪總督府的裝甲馬車於深夜穿行於空無一人的市區街道，該幅畫作如今在島上聲名遠播。這幅知名畫作中，馬車被描繪成車夫座位空無一人。原來明格里亞宣布獨立隔天，疫情傳播到車夫們平常聚集的區域，疫病很快就在車夫群中傳開。車夫澤克里亞那天不在場，僥倖逃過一劫，而在亞卡茲多名殷勤有禮的資深老車夫在同一天病逝之後，全市的人再也沒有馬車可搭。在車夫集體病故之後，島上人民於是想像那天晚上的馬車沒有車夫駕車，而塔傑汀的畫作捕捉了民間當時的氣氛。

自由獨立宣言發布當天，亞卡茲市有十六人死於瘟疫，比每日平均死亡人數略少。其中七名死者為科豐亞區或艾克里瑪區居民。裝甲馬車載著元帥前往駐軍營地途中，曾行經兩區交界處一條狹窄的下坡街道，馬車上的燈火彷彿照亮周邊社區，一群人在旁目送馬車駛過，他們正要前往一戶男主人和女兒皆病逝的人家弔唁。

一個個凡夫俗子，也許是病人、竊賊或在街上遊蕩心懷不軌的流浪漢，他們的影子投射在牆面上，拉長的黑影宛如幽靈。有些人聲稱在馬車上所懸掛旗幟散發的光芒照耀下，市區那些口吐鮮血傳播瘟疫的老鼠、邪靈，還有將不潔液體抹在飲水器水龍頭上散播瘟疫的男人全都瑟縮退散。明格里亞島宣布自由獨立的消息，為島上所有人帶來希望。

翌日，前任總督沙密帕夏回到辦公室，儘管面對排山倒海而來的壓力和沒完沒了的問題，他仍不願倉卒間做出重大決定。大部分時間他只是佇立於陽台，或叫人到隔壁會議廳收拾前一天槍戰後的殘局。

稍晚，沙密帕夏接見記者曼諾黎斯。「既然我們現在自由了，媒體應該也享有新聞自由吧！」記者大膽表態，但沙密帕夏並未正面回答。

「自由的明格里亞有新聞自由。」他說：「但現在是對國家來說非常重要的時期，我會建議你不要自作主張，在報導任何消息之前先跟我們確認。無論內容再怎麼正面，動機再怎麼純正，你的報導都很容易被我們的敵人、被那些暴徒和游擊隊利用，」他指了指疫情室後接著說道：「特別是用來阻撓我們追求自由和獨立。我們不久之後就會宣布要成立新政府，也會頒布新的防疫規定！」

拉米茲和其他受傷的襲擊者出院後，沙密帕夏親自派人將他們全數關押入獄。新總督帶來的數名人員當天只受輕傷並逃離現場，他們求見沙密帕夏，但沙密帕夏派手下將新總督的副手哈狄和其他人送上船載回少女塔的隔離所，在他們請求參加易卜拉欣．哈克帕夏的葬禮時，也為了避免麻煩而直接回絕。

革命後的第一天，沙密帕夏大部分時間皆忙著處理一個名為「黃金盛世」的小教團道堂（名稱由來是先知穆罕默德在世時的伊斯蘭「黃金時代」），教團信徒稱為「盛世者」。教團成員的生活與世隔絕，基本上一貧如洗，他們不涉入政治或商業，也不跟其他族群打交道。「盛世者」自主決定違抗禁止前往清真寺禮拜的規定，準備與當局抗爭到底。這群時常前往道堂的信徒人數不多，領導教團的謝赫是住在塔勒蘇區的薩吉阿凡提，人已經瘋癲失常。

儘管如此，沙密帕夏執意要好好教訓這群「盛世者」，藉機讓所有人見識新政權是如何雷厲風行。盛世者還來不及採取行動，他就派了一隊最信任的衛兵前往黃金盛世教團的道堂。沙密帕夏的手下以為教團信徒肯定溫馴平和，見到他們就會乖乖聽話，然而盛世者個個義憤填膺、頑強不屈，更找藉口不讓衛兵進入道堂。盛世者察覺一定有人暗中向沙密帕夏透露他們要前往清真寺禮拜的計畫，更加火冒三丈。凱米爾「元帥」宣布明格里亞成為自由國度還不到一天，就發生新政府與島上人民之間的第一起衝突：道堂的虔誠信徒和混混無賴抄起棍棒木柴，群起攻擊沙密帕夏的衛兵。

衛兵一度反擊，但很快就撤退。其中最勇猛強悍的「黑面」卡迪許眉頭遭到劃傷，另一名衛兵則幾乎遭對方擊昏。直到當天下午，沙密帕夏終於通知防疫部隊派出援兵，並再次圍攻道堂。有些歷史學家指出，從應對速度緩慢且缺乏兵力資源，皆可看出新成立的國家「當局」其實權力有限、左支右絀。

當天日落之前，沙密帕夏乘坐裝甲馬車抵達駐軍營地。凱米爾元帥在軍營招待所的客房，哲妮璞陪在一旁，元帥原本躺在長椅上，見到沙密帕夏立刻作勢起身，但一下子又不支躺倒。元帥已經多少恢復精神，臉上又有了血色，神情也比較平緩。他仍穿著軍服，但先前佩戴的鄂圖曼帝國的勳章和獎章皆已取下。一身軍裝讓他整個人看起來英俊瀟灑、氣宇不凡。在此要特別指出，我們的開國英雄在那一刻，就像所有即將踏上歷史舞台的人物一樣自帶光環。哲妮璞和她的兩個哥哥、醫師、書記員和周圍其他人全都走出房間，沙密帕夏將門關上。兩人屏退左右，在房間中共處將近三十分鐘（塔索斯醫師請沙密帕夏來探望時不要待超過半小時，以免有傷在身的元帥太過疲憊）。

常見的說法是在那三十分鐘內，元帥與鄂圖曼帝國任命的最後一任總督兩人會商，一同決定了明格里亞島未來五十年的走向。在兩人所剩不多的日子裡，無論凱米爾元帥或前任總督沙密帕夏，直到臨終都不曾向任何人吐露那天兩人在房間內的談話內容。儘管如此，現今已有無數篇探究兩人談話內容的文章。

沙密帕夏搭乘的馬車駛離軍營時，炮兵隊鳴放二十五發空包炮彈慶祝明格里亞島獨立，第一響由薩迪里中士鳴放。此時正逢太陽西沉。地平線上亮起一股顏色介於紫色和粉紅色的特殊霞光，一道紅色和一道橙色雲彩與上方的一大片晦暗烏雲慢慢混融。

在返回即將改名的總督官邸途中，聽著禮炮鳴放，沙密帕夏內心波瀾萬丈，知道唯一能夠尋回心靈平靜的方法就是向瑪莉卡抒發，但他已經決定至少到隔天都不會洩漏任何國家機密，終究打消了去找瑪莉卡的念頭。禮炮持續鳴放的同時，沙密帕夏回到總督府辦公室，他將視線投向窗外，努力想看清夜色籠罩下的市區。

隆隆炮聲低沉如雷，回音在岩壁間迴盪，好似駭人咆哮一聲大過一聲，令整個亞卡茲市為之抖顫。多年以後，小時候住在亞卡茲市且經歷過那場瘟疫的人被問到最怕什麼的時候，很多人都會想起那陣禮炮響聲，而且回憶時往往面帶微笑。因為幾乎所有人聽到炮聲第一個想到的，就是西方強國決定發動攻擊，是戰艦在朝島上開炮。

但炮聲每次只響一聲，而且兩聲之間固定有很長的間隔時間，民眾很快就發現一定另有原因。炮兵隊僅有一門火炮，將近兩小時才鳴放完二十五響禮炮。之後，市區和港口又回復自從清真寺和教堂關閉之後的異樣死寂，教堂鐘聲和宣禮呼拜聲不再響起。

翌日早上，沙密帕夏派去的裝甲馬車（駕車的澤克里亞身穿最帥氣的制服）將凱米爾元帥接回總督府廣場，大多數民眾才搞懂前一天晚上的禮炮聲是要向全世界宣告明格里亞獨立。凱米爾元帥——土生土長的明格里亞島之子、為明格里亞爭取獨立的鬥士——步下馬車時，駐軍的軍樂隊開始演奏他們最拿手的曲子：為了紀念蘇丹阿卜杜勒哈米德所譜寫的《哈米德進行曲》。憲兵和防疫部隊士兵在總督府大門門口立正站好。

「我們需要一首明格里亞人自己創作的新國歌！」沙密帕夏在辦公室裡只剩他跟少校時表示。

沙密帕夏細看少校的傷臂和軍服，對方的傷臂以繃帶包紮並用三角巾支托，軍服拿掉徽章和獎章之後反而更顯得樸素莊嚴。

「大家都到了……你一定要坐主位，但還是由我先進去吧！」

「我們一起進去吧，不需要什麼禮節儀式。」

凱米爾元帥邊說邊跟在沙密帕夏身後走進隔壁偌大的會議廳。會議桌周圍已有多人在座，包括數名重要的防疫人員、數名防疫委員會成員、各區代表、數名市府部門首長、努里醫師、尼寇斯醫師和其他數名醫師。大家都盡可能與坐在隔壁的人保持距離。

「我們很希望能邀請更多人出席會議……但是實行上有困難。」沙密帕夏開口道：「請各位切勿對著其他人咳嗽。目前為止我們所做的一切，都是為了讓疫情停止擴散，挽救明格里亞全民的性命，還有確保我們大家都能活下去。如各位所知，事到如今，我們已經別無選擇，只有宣布獨立一途。」

沙密帕夏發言的同時，在座眾人都明瞭他們即將接下重責大任，要為新成立的主權國家明格里亞國起草制定和通過憲法。兩名書記員坐在會議桌一側，準備在逐條朗讀憲法條文時加以謄錄。

「第一條：明格里亞人民生活在明格里亞島，生活在明格里亞國。」沙密帕夏開始念道：「第二條：明格里亞國屬於明格里亞人民。第三條：明格里亞國是自由的主權國家，由明格里亞共和國代表明格里亞人民治理。政府以明格里亞人民之名統治全國。第四條：明格里亞國為法治國家，國家的法律適用於所有明格里亞人民。後續將起草憲法細則。所有明格里亞公民一律平等。第五條：凡是與司法事務、產權契約、戶政事務、稅務、軍事、海關規定、郵政服務、港口出入管制、農業、商業及其他事務有關之決定，明格里亞人民具有完全管轄權，舊有鄂圖曼帝國政權的判決紀錄、發行之紙鈔硬幣、官職位階和頭銜獎勵，在替代條款頒布之前仍然有效，另行規定者除外。」在包含五項條文的文件謄寫完成，並交由沙密帕夏開始稱為「國會」的成員——共有四十人齊聚一堂，其中大多數是穆斯林——簽署完畢，沙密帕夏又談論起如何組成新政府及其他組織編制事務。

慈善信託部長由慈善信託局長出任，新成立的公共衛生部將由檢疫局長尼寇斯醫師擔任部長（另外特別任命努里醫師為新政府的檢疫局長），關稅總局局長由海關關務主管擔任，首任內政部長則由憲兵司令擔任。按照這樣的人事安排，總督府——此後改稱「部會總處」——甚至沒有人需要換地方辦公。無論如何，官銜職稱沒有那麼重要，當務之急是把事情做好，確保防疫規定在執行上周全落實。從今以後，明格里亞島要自己作主。

在座眾人聽了沙密帕夏長長一段話之後，都明白他如今自認是新政權的「總理」。沙密帕夏並未再花時間說明官銜和位階高低，畢竟少校站在陽台上當眾揮舞代表明格里亞的旗幟只是不到兩天前的事。宣布脫離鄂圖曼帝國獨立是最明智的決定，為防一些心生不滿的人士公然反對獨立，他決定說一些話先發制人。

「各位都知道，如今我們身處非常時期。」沙密帕夏說，準備發表結論。「偉大的明格里亞人民為了活命，努力對抗瘟疫。在領導這場對抗疫病之戰的同時，我們也出乎意料見證明格里亞人如何躋身文明國族之列。在奮鬥的過程中，凱米爾元帥一直帶領著我們。我在此提議，尊奉凱米爾元帥為大元帥，並尊稱他為帕夏，建議現在就投票表決。動議通過。我現在提名元帥凱米爾帕夏為明格里亞共和國總統，同意的人請舉手。元帥凱米爾帕夏獲推舉為首任明格里亞共和國總統，今天晚上將對全民發布消息並鳴放禮炮二十五響。」

所有人望向元帥。

「我要感謝我們最傑出的國會，您們代表了全體明格里亞人民的民意！」凱米爾元帥說。他站起身來，以大動作向在座眾人連連鞠躬致意，過程中始終面帶微笑。「我也想提議在憲法中增列一項條文，而且要列在最前面：『明格里亞國的語言是明格里亞語，其為明格里亞島的本土語言，亦為明格里亞人的語言。土耳其語和希臘語將暫時列為國家的官方語言。』」

會議廳內一陣靜默。元帥注意到沙密帕夏面露不滿。

希臘醫師塔索斯鼓掌說道：「太好了！」

由於希臘語並非鄂圖曼帝國的官方語言，在明格里亞憲法中納入此項條文，勢將有助於拉攏島上的希臘人，吸引他們支持新建立的明格里亞國。出席會議的眾人一直覺得自己彷彿置身某種幻境或夢境，但如今事態似乎在精心算計之下，忽然轉入了或可稱為「現實政治」的範疇。無論如何，為了促進明格里亞語的發展，希臘語跟土耳其語最後都有可能遭到貶抑打壓。當天齊聚開會是為了審慎處理防疫事務，以明格里亞語作為島上唯一通行語言的願景充滿濃厚民族主義色彩，而且似乎有些異想天開，眾人對於這項議題並未認真看待。至於在座的穆斯林成員則只顧為一件事氣惱，就是希臘語也成了官方語言。

凱米爾元帥察覺在座眾人的不滿情緒。「數百年來，我們就像親兄弟一樣生活在這座美麗的島嶼。」他說：「國家或防疫檢疫局自然凡事都要像父親一樣，平等對待每個孩子。如果要成功對抗瘟疫，首要之務就是將彼此當成親兄弟來對待。」

凱米爾元帥停頓了一下，彷彿要確定在座眾人知道接下來這句話將讓他們永生難忘。「我是明格里亞人！」他說：「我以身為明格里亞人自豪——或許可以說自傲。明格里亞人在國際社會上是一個光榮的民族，與其他民族平起平坐，我何其有幸身為明格里亞人。但我也深切期盼，有眾多民族的國際社會能夠對偉大的明格里亞、我的島國和我的語言給予肯定。將來我的兒子出生，他會跟島上所有人一樣在家講明格里亞語。為了讓我們的孩子以後長大去上學，不會為了自己在家使用明格里亞語感到羞恥，更不會故意遺忘這個語言，我們必須立刻採取行動，而即使全世界袖手旁觀，我們明格里亞民族也能在這場大疫中存活。」

時至今日，所有明格里亞公民和曾就讀島上學校的人都將這段宣言銘記在心，甚至能琅琅上口並為之感動落淚。島上大多數人都樂於表明「我是明格里亞人！」並引以為傲，尤其是在國外巧遇島上同胞的時候。這段宣言中有些明顯矛盾之處，但容不下一絲一毫的質疑；即使大家應該將彼此視為親兄弟，也絕不允許質疑為什麼土耳其語、希臘語甚至義大利語和阿拉伯語這些前人過去數百年來使用的語言，地位卻不如明格里亞語。一九〇一年時，島上出生的孩童以明格里亞語為母語者占了五分之一，不能說島上大部分孩童從小都講希臘語或土耳其語。凱米爾元帥的即席演說富含動人詩意，但很遺憾地遭到打斷，一名站在會議廳內的書記員再也忍不住劇痛，突然跌坐在椅子上大聲呻吟，開始出現眾人再熟悉不過的渾身發抖、發燒等瘟疫症狀。

第五十五章

會議廳內眾人繼續討論憲法草案的同時，沙密帕夏完成必要安排，正式成為總理，他因應新角色的需求調整態度和措辭，開始在會議廳隔壁的辦公室處理政務。

前一晚衛兵在防疫部隊增援下二度圍攻道堂，逮捕了七名「盛世者」，沙密帕夏的第一道命令，即是將這七人關押於城堡監獄，並將另一批約十多名信徒送進城堡的隔離所。同時據稱另一個小教團的謝赫——因鬚髮呈螺旋狀捲曲而有個外號「捲毛」——宣稱：「不去清真寺就不是真正的穆斯林，以防疫為藉口關閉清真寺是對於伊斯蘭教情操的無情侮辱」，沙密帕夏聽聞後下令將他囚禁，待他悔悟才准予釋放。捲毛謝赫表現出悔改之意後，沙密帕夏下令放人，並未將他送入城堡監獄。另外拉米茲和其他共犯即將受審，沙密帕夏在審判籌備階段派出手下突襲搜索石匠區和卡迪勒許區數戶人家，不過並未進入葛梅區，原因是顧忌葛梅區內的目標鄰近哈黎菲耶教團道堂。

沙密帕夏格外小心維持與哈黎菲耶教團之間的關係。他認為自己與教團之間並無太大的意見分歧，希望確保各項行動不至於引發誤會。拉米茲在襲擊事件中受了傷但保住性命，這是一件好事，不僅凱米爾元帥會因此更為氣憤警覺，他們還能利用拉米茲對付赫姆杜拉謝赫。在得知謝赫的弟弟帶頭襲擊總督府，引發血腥槍戰並造成多人死亡，如今受傷並遭拘禁，哈黎菲耶教團道堂一片混亂，信徒們大受打擊。總理沙密帕夏得知赫姆杜拉謝赫閉關隱修，但打探不出對方待在道堂內哪一棟建築物的哪一個房間。關於要如何對待哈黎菲耶教團信徒，他並未詢問元帥的意見，但他責令有關單位盡快審理拉米茲及其手下並做出判決，並將此事知會元帥。

「在明格里亞國，一定要公平公正！」凱米爾元帥如此回應。

身為前任總督暨新任總理，沙密帕夏很快就辨明哪些事項值得特別向元帥報告，並拿捏出最適宜的呈報方式。無論是政府書記員和職員的行政事務細節，或是官方的章程規定，元帥都不太感興趣。至於部會預算、財政、公家人員薪資、兵員數量，以及如何利用駐軍中的阿拉伯軍團執法和維持秩序，元帥則很快就掌握其中的微妙細節，並隨時關切各方面的進展。元帥也會定期舉出一些他個人特別關心的事務，交代相關單位處理。

其中一項為發行明格里亞建國紀念新郵票特輯的業務，元帥找來郵政總局局長狄米崔阿凡提親自交辦任務。但局長告知島上甚至士麥那或塞薩洛尼基都沒有這種印刷機，必須委託巴黎的印刷廠印製，元帥聽了大為不滿。他堅持要局長利用島上現有資源，想辦法解決技術上的問題，更交代要是所有印刷師傅都因害怕染疫而逃亡，就派內政部長去找人……沙密帕夏很快就弄懂，元帥（或總統）真正想看到的是，印有他本人頭像和明格里亞風景的郵票。

還有一件事元帥也特別關切，即向明格里亞政府和國會成員頒賜獎勵，類似蘇丹登基後對帝國文武百官論功行賞。元帥知道總督府財庫空虛，或者該說國庫空虛，於是想出一個解決困境的妙招。所有支持他的官員都將獲得一份經簽署的文件，載明贈與島上一塊相當大的土地，而這塊土地的農作物享有一切免稅優惠。在一百一十六年後的現今，任何人想要向地政機關查詢這些贈與「契約」和免稅優惠是否仍有效力，都必須先向法院提出一份詳細的申請書。

慶祝元帥成為明格里亞總統的禮炮鳴放時，民眾的反應比前一次聽到空包炮彈聲時熱烈。每天的染疫死亡人數並未減少，糧食逐漸匱乏，但亞卡茲的人民很喜歡這位年輕英勇的元帥，記得他發動「電報局突襲事件」以及在明格里亞島愛上一個女孩並娶她為妻的事蹟。由於總督府三天前才發生死傷衝突，於同樣場所再次舉行總統就職典禮的想法似乎太過異想天開，當局決定改成像先前張貼防疫規定告示一樣張貼公告。禮炮鳴放完畢後，亞卡茲的大街小巷都貼出公告，宣布元帥凱米爾帕夏就任自由主權國家明格里亞共和國的總統，並提醒全國人民應遵守防疫規定和新政府的指示。

「明格里亞革命」期間，只有半數總督府全職員工回到工作崗位。有人待在家裡閉門不出，有人逃回老家所在的村莊，也有些人已經亡故。大多數回「部會總處」（原總督府）上班的書記員只是為了吃頓免費午餐，還有確保自己的薪水不會落入他人口袋。政府的大量行政事務就落在少數幾名中高階官員肩上，他們來自伊斯坦堡，基於強烈使命感才堅守崗位。公告貼出後隔天，這群鄂圖曼帝國官員出門看見公告後大為錯愕，如果公告內容屬實，就等於是要他們選擇效忠首都伊斯坦堡的政府或是新的明格里亞國。此時他們全都得知首都方面已經免除沙密帕夏的總督官職，但蘇丹派來的新任總督卻已遇害。

假如在鄂圖曼帝國某個城市或某座外島發生了類似的叛亂，而年輕的沙密帕夏擔任當地市長、首長或中階官員，和島上這群鄂圖曼官員面臨同樣的處境，迫不得已要在外島和首都之間做出選擇，他理所當然會選擇首都。對年輕的沙密帕夏來說，任何官員只要做出不同決定，無論有什麼理由，他都會視對方為「叛徒」。所以他很能理解，為何島上一些官員希望立刻返回首都，例如新婚不久而妻子在伊斯坦堡的慈善信託局長尼薩米貝伊，或一直很不習慣島上生活也從來不喜歡明格里亞島的代理財政部長阿布杜拉貝伊。至於岳家是島上富裕家族的情報監控局長、市府解碼員穆罕默德・法濟貝伊等其他人員則一時之間無所適從，沙密帕夏特別指定他們加入憲法起草委員會，希望他們能留在島上並成為其他人的表率。

對於明格里亞宣布自由獨立一事，來自希臘或在島上土生土長的書記員並未強烈反彈，反而很高興有個藉口暫時不去擔心瘟疫跟隔離，甚至討論起彼此名義上的新官銜如部長、局長等等，並互相打趣調侃。首都政府會報復嗎？他們還是領得到薪水嗎？新簽訂的土地贈與契約會賦予他們什麼新頭銜？領得到沙密帕夏承諾的薪酬嗎？

另一方面，忠於首都政府和鄂圖曼帝國的書記員則完全沒有心情開玩笑，他們不把新官銜當回事，也幾乎沒去想薪水的問題，雖然覺得當前局勢微妙敏感，但並未將心中的疑慮說出口。這些焦慮不安的書記員個個忠心敬業，沙密帕夏認識他們每個人，也從他們的眼神和消沉抑鬱的樣子看出來，他們害怕阿卜杜勒哈米德日後降罪，也害怕以後無法和妻小團聚或再也回不了家鄉。

「明格里亞是公正慈悲的國家。」沙密帕夏會笑容滿面地告訴他們。「我們不打算強迫任何人留下，也不打算脅持任何人質。我們沒有找所有人過來，所以請各位回去轉告你們的同僚。如果有人不想和革命政府有任何牽扯，或甚至想要回到伊斯坦堡，我們都會隨時提供協助。明格里亞是鄂圖曼帝國的友邦，只要瘟疫能夠平息，一切都會很好。」

沙密帕夏的態度親切，好像只是在討論行政上的小差錯。

「再這樣下去，我們都會變成背叛祖國、背叛蘇丹，甚至背叛伊斯蘭教的叛徒。」蒂賽利市的市長拉密圖拉阿凡提說。

「這種推論毫無根據！」沙密帕夏回應。他和拉密圖拉阿凡提認識不深，只是聽從元帥的建議邀對方加入，如今他覺得這項建議很不明智，當初就該置之不理。他原本期望這場會議從頭到尾都不要有人提到「背叛」、「蘇丹陛下會怎麼想！」等字句。「其實我也不是在這座島土生土長……」沙密帕夏語帶遲疑。「但請各位不用擔心，畢竟我們要是對各位不利，他們就會以此為藉口侵略明格里亞島。」

「這座島本來就是鄂圖曼帝國跟蘇丹陛下的，怎麼能說是侵略！」拉密圖拉阿凡提說。

「如果讓你們和其他想回首都的人回去，他們會要你們當眼線蒐集情報對付我們。」

「帕夏，島上每天都有十五到二十人染疫死亡。疫情只要一天不平息，根本不會有人想侵略這座島，也不需要派什麼眼線。」

「各位只要堅守崗位盡責完成工作，很快就會收到先前帝國政府晚發的薪水，也會收到新政府支付的薪水。如果有人害怕被帝國當成叛徒決定辭職，要等其他人都領完薪水後才能支薪。」

或許有人覺得疑惑：「現在應該是討論薪水的時候嗎？」但他們並未說出內心話。窗外透出灰白光芒，翠綠的松樹也泛起一層鉛灰色。市區少了宣禮叫拜聲和教堂鐘聲，上空黑壓壓的雲層低垂，藍天灰濛黯淡，人心頹喪徬徨。

有些評論者相當中肯地指出，沙密帕夏在與政府人員的漫長討論中成功地挑撥離間，一方面分化希望立刻回到首都的人員，另一方面說服多數人員留在島上，並確保他們不得不跟他站在同一陣線對付希臘人。這些家裡都講土耳其語的人員認為最好保持低調，等瘟疫結束之後，或許鄂圖曼帝國的部隊和戰艦就能前來救援。多名想要回到首都的鄂圖曼官員之中，以拉密圖拉阿凡提市長、慈善信託局長尼薩米貝伊、代理財政部長阿布杜拉貝伊三人最為憤慨，也最勇於發聲。同一天晚上，沙密帕夏派出防疫部隊和一隊憲兵，強行將三人自他們家中帶走後送往少女塔隔離。接下來的日子裡，少女塔這座迷人白色塔樓所在的小島原本是當作隔離所，但愈來愈像明格里亞政府的大牢，專門用來關押多數講土耳其語且忠於蘇丹的鄂圖曼公民（遭關押者中僅有兩人講希臘語）。

當晚，沙密帕夏從部會總處裡的辦公室走上陽台，望著載了忠心鄂圖曼官員的小艇逐漸遠離岸邊，悄無聲息朝少女塔駛去。繼週五下午發生革命之後，他頭一次步上陽台。在亞卡茲溪兩岸和市區隱密角落，蛙叫蟬鳴此起彼落，沙密帕夏佇立於陽台，努力想聽清楚載走官員的划艇航行時激起的輕柔水聲。

第五十六章

在這段時期最幸福的一對，無疑是成為總統的凱米爾和他的嬌妻哲妮璞。塔索斯醫師在為凱米爾治療槍傷時瞥了一眼哲妮璞，告知眾人說哲妮璞已有孕在身，這對新婚夫婦的生活從此大為不同。

暫住軍營招待所期間，哲妮璞覺得自己好像囚犯，甚至沒辦法見母親一面。當時拉米茲和手下都遭到囚禁，已無須擔心他們前來尋仇。此外，軍營招待所並不適合作為國家元首的官邸，也不是適合總統理政辦公的地點。凱米爾夫婦決定要搬回輝煌殿堂飯店。

回到飯店之後，元帥立刻換上軍服，別上表明帕夏身分的肩章和領章（兩天內就備妥），準備回家探望母親。在當天拍下的照片裡，元帥的母親圍著頭巾，在兒子彎腰親吻她的手背時潸然淚下。這批照片出現在明格里亞中小學課本、鈔票和樂透彩券上，也是一九五〇年代開始蔚為風潮的母親節禮品經常採用的圖像，所有明格里亞國民都無比熟悉。另一件重要文物則是一本米贊澤．穆拉撰寫的《法國大革命與自由》（以採用阿拉伯字母的「老土耳其語」寫成），現今陳列於凱米爾少校故居改建成的博物館，有無數學童前來參觀並撰寫心得報告。

凱米爾總統安排防疫部隊進駐輝煌殿堂飯店一樓，飯店二樓則改為總統及副官辦公室（比沙密帕夏的辦公室小間，畢竟只是飯店裡的大房間），奉沙密帕夏之命進駐辦公室的除了副官暨情報監控局長馬札爾，另有一名升任共和國總統書記長的書記員。總統夫婦已經重新整理最頂樓的私人居所，還決定好擺放嬰兒床的位置。

為求將所有房間陳設布置得盡善盡美，當局徵用了富裕希臘望族馬孚羅耶尼家四層樓豪宅中所有家具，這棟豪宅甚至設有觀景塔樓可眺望弗利茨沃海灘。當局徵用私人家具之舉直至現今仍廣受批評，對希臘人族群來說，從此事件就能見微知著，知道新政權跟鄂圖曼人一樣會欺侮基督徒。

少校（畢竟我們沒辦法每次提到他都稱為共和國總統）已經打定主意，孩子一定要是男孩，並派人傳話給考古學家賽里姆・薩希，要對方提供一份古代明格里亞常用男孩名字的清單。他深信兒子將來一定會是傑出不凡的人物，當然孩子出生以後聽和說的語言一定要是明格里亞語。少校盡量抽空陪伴哲妮瑛，和妻子用明格里亞語交談，但仍然有些分身乏術，畢竟他身為新國家的總統，政務自然相當繁忙。

夫婦倆都知道此時外頭災禍不斷，他們則因為避居於輝煌殿堂飯店頂樓，得以保有隱私並享受幸福的婚姻生活。有時候他們會打開其中一扇窗戶，在窗邊相擁而立，側耳細聽外頭冷清死寂的無聲世界。有時候他們會望著自起火房舍飄出的大片黑煙，或海灣對面城堡中庭隔離所裡的幢幢人影，其中有病患、可能染疫者和其他不幸民眾。

兩人自創了在床上一起玩的性愛遊戲：定睛注視對方赤裸身體上的某一點（不包括最私密的部位），也許是肚臍、乳頭、耳朵、肩頭或其中一根手指，再想出一種可以比擬的水果、鳥禽動物或東西。他們多玩幾次之後就發現，遊戲讓他們對赤身露體、對親密性事，甚至對跟彼此相處，都更加熟悉自在。將眼鼻湊近對方身上各處的肌膚時，他們會注意到肌膚上蚊蟲叮咬留下的痕跡、抓撓痕跡、瘀青、痣斑等種種異狀。兩人時常被蚊子叮咬，頸部和雙腿出現多處紅腫。有時在對方身上發現紅疹和腫包，他們會忐忑不安。「這是什麼！」某天哲妮瑛嚇得大喊，她發現丈夫的腋窩和背部之間有一個小小的腫包。不過隨後確認腫起處會稍微發癢，而且腫包中央有個小孔，應該只是蚊子叮咬，而非疑似瘟疫引起的腫塊，兩人都鬆了一口氣。

來到島上兩個月以來，凱米爾少校親眼目睹對死亡的恐懼如何像邪靈一般，造成無數對夫妻和親子失和。在隨侍保護努里醫師期間，在賽歐多洛普洛斯醫院所見一對夫妻的遭遇令他大為憤慨，兩人同時染疫，再也無法照顧家中的孩子。在卡迪勒許區靠海邊的一棟房舍，防疫部隊發現一個頸部出現極大腫塊的男孩，但要等到男孩的父親也染疫，無力再與防疫部隊爭執，防疫部隊才有辦法強行帶走孩子送去醫院。只要家裡有任何一名成員出現淋巴腺腫大的瘟疫症狀，其他家人自然更加留意自己身上是否有紅腫、蚊蟲咬傷或腫塊。在過去那些時刻，少校在民眾的臉上看見了某種孤寂落寞，讓人一想到死亡就覺得難以承受。

從駐軍營地搬回輝煌殿堂飯店那一天，凱米爾總統伸手撫過手臂上紮了繃帶的槍傷處時，發現右側腋窩附近疑似有硬塊。他確定避開哲妮璞的視線後，取出一把手持鏡子照鏡檢查，看到相當大的一處紅腫。但紅腫處不像瘟疫病患的腫塊，碰觸時不會痛——只會有點癢癢的。他看過淋巴腺腫大的瘟疫病患會出現疲勞、發燒等症狀，但他也沒有這些症狀。話雖如此，過去兩天他偶爾會咳嗽。據知某些瘟疫病患的發病徵兆就是咳嗽。

萬一真的感染瘟疫，他能立刻辨認出症狀，並接受這些症狀代表的意思嗎？凱米爾總統最痛恨的，就是懦夫。

自從成為「總統大元帥」，年輕的鄂圖曼帝國軍官凱米爾發現，自己藏得最深也最私密的念頭、情感甚至夢想和從前不再相同。心境改變說不上痛苦，但他仍感到相當詫異。他現在比較「理想主義」，比較無私，也比從前更有決心要為這座島、他的兒子和明格里亞人民奉獻自己的人生。每次懷著滿腔熱情，他都深刻體會到成為更好的人帶來的莫大喜悅。

出乎意料升任明格里亞總統大元帥之後，凱米爾開始覺得一切在冥冥中早已注定。三天前只不過是低階軍官的他（但不能否認他曾在對抗希臘的戰爭中獲頒獎章），卻能回到他出生長大並深愛的島嶼成為一國元首，真的只是巧合嗎？在哈畢耶軍事學院念書的時候，他一直覺得自己很幸運，成績比其他明格里亞學生更加優異。但他如今明白一切並非偶然，也希望讓全天下的人都知道，等將來他的兒子長大，就會知道自己的父親年少和學生時期是什麼樣的人。

翌日早上，他接到考古學家賽里姆・薩希的回信，信中列出了他先前所問起古代明格里亞常用的男孩名字。在輝煌殿堂飯店二樓的辦公室中，他坐在桌前望向窗外的相思樹和松樹樹冠，想到港口碼頭和通往的斜坡路如今空蕩蕩的，不知有多麼蕭瑟蒼涼。

凱米爾總統看了考古學家手寫的來信——此信現今收藏於明格里亞總統府檔案文物館——之後煩惱不已，傳召副官及前任情報監控局長馬札爾前來，要馬札爾將信中內容一個字一個字大聲念出來。

「你聽過信裡任何一個名字嗎？」他問馬札爾阿凡提。

馬札爾阿凡提是在被派來島上之後，娶了當地女子並待了下來，但他小時候住在伊斯坦堡，雙親並非明格里亞人。他先帶著歉意向總統解釋了自己的背景，接著表明自己深愛明格里亞，而島上所有人，尤其是穆斯林，都為了獲得自由獨立而歡天喜地，最後坦承自己以前從未聽過那些古代明格里亞名字。

「我也沒聽過！」總統說，失望之情溢於言表。

他們召來書記長，要他也念一下那封回信。信中幾個法文字和列出的明格里亞語名字，書記長都無法念出正確發音。回信是以採用阿拉伯字母的鄂圖曼土耳其文寫成，列出的明格里亞語名字和恭賀讚頌的法文詞語則改用拉丁字母。書記長是在明格里亞土生土長，也許是因為緊張，一時想不出來該怎麼用明格里亞語念出那些名字。考古學家在信中還刻意用法文的「commandant」（司令官）一詞稱呼凱米爾，他覺得對方語帶嘲弄，不禁有些惱怒。

「考古學家賽里姆．薩希貝伊應該更認真研讀我們的歷史！」他說：「我們要擬定相關法規，就由你跟郵政總局局長、關稅總局局長負責草擬。」

總統很快就習慣了新的辦公室。他不再每天早上前往疫情室開會，改由部會總處一名書記員每天前來兩次，向他呈報最新的染疫死亡人數和其他消息。他也不再負責指揮防疫部隊，而是指派哈姆迪．巴巴中士接任指揮官，並在軍營中舉行簡單儀式，將明格里亞國首枚軍隊徽章頒授給哈姆迪．巴巴。

島上最優秀的裁縫師全是希臘人，幾乎都已搭乘最後數班船逃往士麥那或塞薩洛尼基，但總統還是派人找到裁縫師耶科米斯阿凡提的落腳處，向他訂製一套預備在冬季和疫情結束後的正式場合穿著的西裝，並要求先提供布料和剪裁版型讓總統挑選。當天稍晚，努里醫師前來拜會，要討論最新的死亡人數和地圖上死亡案例分布的最新趨勢。那幾天每日死亡人數為十二到十五人，死亡率大致維持穩定，但局勢變得比他們原本預想的更加艱難。不幸的是，民眾還是三不五時公然無視防疫規定，有些人是因為堅持要反抗到底，還有些人則是我行我素和好逞匹夫之勇。

面對不久前奉命保護的駙馬努里醫師，凱米爾總統講話時始終相當恭敬。「帕琦瑟公主殿下會受到新的明格里亞國保護。」他告訴努里醫師。努里醫師是搭乘沙密帕夏的裝甲馬車前來，他提議他們一起乘坐馬車前往市區巡視，如此總統也能掌握和評估當前局勢。

「我寧願走出去親眼見證，而不是坐在裝甲馬車裡隔著車窗看上幾眼！」凱米爾帕夏回答。

兩人慢慢走在街道上，從周圍民眾看向他的眼神和行為，還有主要是民眾在他走過時從窗口探頭高喊「萬歲！」（僅僅過去三天就曾發生過七、八次），凱米爾深刻感受到人民對他的愛戴。他想要讓愛戴他的全國人民永遠抱持希望和信心，而國民的希望和信心可以幫這座島抵擋瘟疫和其他災難。他相信這是真主賦予他的任務，要他保護島上這些在街上認出他時展露燦爛微笑的善良人民，確保大家能夠撐過疫情好好活下去。

總統大元帥要求屬下訂製兩百面明格里亞國旗（小面旗幟也無妨）並以公家經費付款，但島上大多數裁縫師、布商和縫紉材料商早已逃走，也不可能從國外進口亞麻布，要製作出所需數量絕非易事。島上因此並未四處掛上新國旗，這一點也許解釋了當時許多閉門不出躲避瘟疫的家庭並不知道已經改朝換代，但也有不少人單純只是漠不關心或沒收到消息……要掌控一個國家困難重重，但是凱米爾總統並未灰心喪志。他確信明格里亞國祚綿長，也許會延續數百年，比當時活在島上的任何人更加長壽。大家都說獨立建國為人民帶來希望，人民也因此相信疫情將會平息，他們的信心來自在路上看到意志堅定、滿懷熱忱的凱米爾總統。這位年輕元首最初為了保護帕琦瑟公主前來島上，在人民心中與伊斯坦堡、王室和蘇丹有些關聯，於「電報局突襲事件」採取行動又贏得人民的尊敬，而在他挺身而出揮舞旗幟與全世界對峙時，島上人民非常樂意追隨這位領袖。

有時候凱米爾會覺得，他能身為土生土長的明格里亞人是真主阿拉賜福。當他與望向窗外的民眾對上眼，會看到他們露出滿懷感激的笑容。民眾看到凱米爾總統時，會想到自己確實得蒙真主庇佑，生在明格里亞真是何其有幸。

島上比較窮困的一群人在爆發瘟疫時滿不在乎，並未先做任何準備，在疫情期間的生活愈發困苦，也開始因為糧食不足而挨餓。凱米爾總統覺得自己有責任要照顧他們。家裡沒有果園或農田土地、也沒有外地朋友接濟的民眾很快就找不到東西可吃。他們的困境可以歸咎於先前的鄂圖曼帝國政府，因為當局未能適時教導民眾認識疫情爆發的嚴重性。事實上，總督沙密帕夏最初還抗議說根本沒有疫情！沙密帕夏此人真的愚昧不智。

在左右兩名和身後數名衛兵簇擁之下，總統來到哈米德大道（所有舊的鄂圖曼時代路名也都需要更改）。他不畏危險走進聖特里亞達教堂和亞卡茲溪之間的巷弄，裡頭有非常多食品雜貨店。囤積麵粉和馬鈴薯等主食食材的店家一方面畏懼疫情，另一方面也害怕遭到當局罰款，又為了各項防疫規定焦頭爛額，其中有超過半數已經不再開門營業，改到店主自家或其他地方交易。無論橄欖、乳酪（找得到的話）、核桃或無花果乾（據說不安全）——所有食物的價格都漲成原本的三倍。即使是比較便宜且通常在市場攤位很容易買到的洋蔥、葉菜和馬鈴薯，在市面上也完全消失。烘焙坊製作的小圓麵包和其他麵包數量只有平常的一半。但總統不怎麼擔心，他曾聽沙密帕夏說過，駐軍營地還有因蘇丹堅持而囤藏的麵粉。肉販私下打開後門販賣畜肉和禽肉塊給顧客，索價是平常賣價的三或四倍。當局認為大多數禽肉販、魚販和內臟雜碎攤販衛生條件不佳，已要求他們停業，平常會在店面周圍徘徊的貓群也不再出現。

疫情爆發以來有許多人逃走或病故，島上人口持續減少，但市場跟店鋪的貨品遭到搶購一空的速度更快，愈來愈多人開始餓肚子。鄂圖曼帝國時期，當局在希臘中學校園成立的臨時市場發展相當蓬勃，沙密帕夏身為明格里亞總理，冀望臨時市場能為貧困人家供應食物，從而解決糧食短缺的問題。總統帶著隨從向左轉，穿行於巷弄之中朝臨時市場前進。但行走在狹窄巷弄中並不安全，因為上方有半懸空中的房屋凸窗，而大多數市民如今無事可做，只能整天枯坐窗邊打發時間。

要恢復商業活動並餵飽亞卡茲市民，唯一的方法是容許市民違反防疫規定。如今在城市外圍各處都有衛兵站崗，任務是阻止民眾任意遊蕩。民眾如果想要步行離開城市，必須向防疫部隊出示經過層層審核並蓋印簽署的許可文件，或照著多數人的作法，等到日落以後冒著強風吹襲，摸黑走過上圖倫契拉區和霍拉區外圍岩石遍布的空曠原野。如果能躲過野狗群、老鼠、盜匪、發瘋的瘟疫病患和瘟疫惡魔的魔掌，確實有機會趁半夜離開市區，逃往周圍的鄉村。但如果想要每週進城三次做生意，就需要找人保護並備妥特別的許可文件。目前為止，新政府並未針對類似問題有所作為。

當局決定讓希臘中學的臨時市場持續運作，努里醫師、沙密帕夏和凱米爾總統都擔心可能牴觸疫情防治原則，造成負面影響。為了成功控制疫情，無疑必須嚴格執行相關防疫規定。但要是過於嚴苛，那些滿懷希望微笑歡迎總統的民眾也會轉頭就背棄革命，背棄自由和獨立。

雖然市區內還沒有人餓死，但最窮困孤苦的一群已經開始沿街乞討，他們在疫情中不僅失去家人，也失去了一切。起初沙密帕夏派出憲兵和警察驅逐街上這些毫無經驗的老實行乞者，甚至以其中一些人犯下輕微罪行為由將他們關進城堡監獄，卻發現有許多落魄無助的可憐人其實寧可坐牢，覺得在牢裡喝湯免錢還勝過流落街頭挨餓等死，沙密帕夏認為還是交給防疫部隊來處理比較妥當。哈姆迪．巴巴和兩名部屬以執行防疫規定為由，只驅離逗留在主要道路的行乞者。該項措施其實在兩週前就開始實施，當時全島仍由鄂圖曼帝國統治，而新政府也沿用了同樣政策。

總統很快就習慣每天至少出門一次到亞卡茲市區徒步巡視，親眼看看市內的情況。民眾為了防疫規定和防疫部隊意見不合、發生爭執甚至衝突時，他會前來勸說民眾聽從當局指示。為了盡可能了解某個問題，他有時甚至會特地前去察訪，也可能邀請熟悉相關事務的人員和他同行。

例如七月六日週六當天，總統就帶著當過烘焙師傅的哈迪和梅奇兄弟前往亞卡茲溪沿岸新出現的「村民市集」，和兩兄弟討論應對市區糧食短缺的方法。一行人抵達目的地時，看見略帶稚氣的年輕村民在賣烏魚和鱒魚，還有包著頭巾的希臘老婦人在賣錦葵、蕁麻和其他可食用的植物。

錦葵這種古怪的植物生長在山區，可以生吃或煮湯，曾有兩名孩童失去親人後孤單害怕，發瘋逃出市區，回來之後告訴大家說他們在山區吃錦葵才活下來，此後極少數幾家仍在營業的店鋪，尤其是新出現的路邊攤，就開始販售錦葵。

在此要特別指出，即使到了這個時候，大多數明格里亞人仍然能想出辦法填飽肚子。總理沙密帕夏為了杜絕偷渡，一度下令禁止漁船出海，但他明白島上的人需要靠漁獲維生，後來便撤銷禁令。東正教會眾領袖牧首君士坦提諾斯阿凡提的女兒在回憶錄中，記述當年在疫情最嚴重的齊堤、葛梅、卡迪勒許等區，孩童會為了養活全家人遠征野地覓食。他們成群結隊，躡手躡腳穿越別人家的後院離開市區，橫越田野、偏僻祕徑和隱密通道，沿途採集黑莓、野草莓和錦葵，出發後不到兩小時就能抵達兩側岩壁聳立的德莫塔許溪谷，德莫塔許溪就是在此流入地中海。想像孩子們捲起長褲褲管站在清淺溪水中，用籃筐和綁在桿子上的網子抓魚，有些讀者讀到此或許覺得小說氣氛嚴肅沉重，令人難以承受，但我要請各位讀者安心，孩子們其實樂在其中。在前述君士坦提諾斯阿凡提之女的回憶錄中，作者帶著「懷舊」的心情描述這些孩子在溪谷中，耳邊傳來宣布「革命」和慶祝元帥就任總統的炮聲，同時褲管捲到膝蓋，手裡拿著網子，在溪流出海口踩著水走來走去要抓一身青綠鱗片的烏魚。

在此我也要指出，小時候我曾在某本常翻閱的明格里亞舊雜誌上看過一張圖片，每次想起都大為感動：圖中就有一群這樣的孩子，勇敢的他們拿著網具準備設陷阱捕捉體色青綠的鱒魚，而他們的家人和鄰居可說是吃他們捕到的魚才活了下來。要是我生在一百一十六年前，而且是男生，我也可能是這群孩子裡的一員。有鑑於此，且這部小說暨歷史即將進入尾聲，我想我應該揭曉自己的身分，我是小說中主要人物的直系後代。

霍拉區一所希臘小學裡也形成了新的市集，有人帶著烏魚、酸模、錦葵和其他可食植物來此販售。凱米爾總統在哈迪和梅奇兄弟陪同下，來到這個疫情前希臘孩子上學的場所，牆壁上仍然貼著舊的防疫規定公告，冷清蕭瑟的教室內還放了捕鼠器，空氣中仍飄著強烈的消毒液氣味，他們也看到有穆斯林攤販在販賣對抗瘟疫的祝聖禱詞單。將亞卡茲的穆斯林和基督徒分隔開來的界線，不論真實的或想像的，都因為瘟疫而模糊不清。

在小而迷人的小學校區內，許多攤販聚集在中庭內，還有一群還沒換下漁夫靴就來販賣漁獲的男孩，凱米爾總統與哈迪和梅奇兄弟站在人群中討論評估整體情況，此時其中一名賣魚男孩朝他們走近。

衛兵為防萬一正要阻擋，總統大元帥開口叫住他們。

「如今民生困苦，最值得我們尊敬的莫過於這些年輕勇士，他們捕的魚救了自由的明格里亞，讓大家免受飢餓之苦。」凱米爾元帥說：「不管這孩子有什麼事想陳情，讓他跟他的元帥說話！」

衛兵退到一旁後，戴著菲斯帽、可愛臉孔上已冒出青春痘和鬍髭的男孩——其實是十六歲的少年——上前幾步，從繫在腰上的寬腰帶內抽出一把手槍，對準元帥的胸膛和臉部射擊。

第五十七章

少年開槍射出的第一發子彈，在元帥軍服肩頭處留下一個彈孔，但子彈並未觸及皮肉，元帥毫髮未傷。

梅奇在少年開槍之前就起疑，覺得事情不太對勁，一看到少年拔槍就立刻上前。有些目擊證人描述梅奇如何試圖從少年雙手中奪槍，也有些人說梅奇一個箭步擋在元帥前面，用身體護住元帥。

第二發子彈擊中梅奇心口，第三發子彈正中他的脊椎。在子彈的衝擊力道之下，梅奇踉蹌後退，臉孔朝下倒地，當場斃命。

第四發子彈擊碎小學校舍其中一面以塞薩洛尼基進口玻璃製成的窗戶。少年——後來發現他名叫哈桑——和想奪槍的衛兵扭打成一團，同時再次扣下扳機，但已失了準頭。

還來不及射出第五發子彈，哈桑終於寡不敵眾遭到制伏，此後他就不發一語，而他保持沉默的原因始終神祕難解。眾人都對少年的沉默不語感到大惑不解，眼見年輕英俊健壯的梅奇當場慘死，震驚之餘更感到難以置信。畢竟會來這個不起眼小市集的只有孩童、好奇路人和無業民眾，大都只是來閒逛，不是特地前來購物，而市集位在人煙相對稀少的霍拉區，遠離危機四伏、充滿暴力氛圍的市中心、碼頭和城堡周圍一帶。

槍聲響起時，市集裡所有人四散奔逃，來做生意的村民和孩童許久都不敢回到自己的攤位或裝魚的籃筐旁。面對突如其來的行刺，元帥一直保持冷靜鎮定，他後來回憶自己當時腦中只想著死亡、愛妻、未出世的兒子和祖國。

衛兵將年僅十六歲的刺客哈桑雙手綁住，但不需要痛揍他，因為哈桑在被押上其中一輛很快駛抵現場的馬車時毫無反抗之意，他被送到原總督府（仍是沙密帕夏的勢力範圍），帶往位在最低樓層的走廊。走廊兩側分別是審訊室和三間空著的狹小囚室，哈桑被關進中間的囚室。

行刺明格里亞開國英雄凱米爾總統大元帥一案，大約發生在中午禮拜時間（不過當時已經停止宣禮叫拜）。凱米爾總統希望在當天收攤之前造訪市集，只有兩個人知道他會在那個時間點出現在市集：副官馬札爾，以及同樣在輝煌殿堂飯店二樓辦公的書記長。一切會如此湊巧嗎？畢竟邦考斯基帕夏也是偶然遇上凶手而遭殺害。

四小時後，一場會議在輝煌殿堂飯店二樓召開，出席者為總理沙密帕夏和總統副官馬札爾，當天即決議採行一系列「極端」措施並於晚間開始執行。民族主義歷史學家熱愛將並不引人注目的明格里亞革命和世界史上重大事件相互比較，認為革命後的時期類似法國大革命之後雅各賓派掌權下的「恐怖統治」時期。兩者之間確實有雷同之處，皆以司法審判和處決人犯確保人民俯首聽命，掌權者懷有堅定的政治意志，認定唯有以暴力對付政敵才能實現「革命理想」。

沙密帕夏並未邀請作風溫和的努里醫師參與總統府的會議，元帥也沒有邀請努里醫師或派人去接他前來（或許他們都認為努里醫師還是心向伊斯坦堡，而且與鄂圖曼政權太過親近）。由於檢疫局長努里醫師並未出席，造成此次會議中決議實行多項嚴刑峻法並將多人處以死刑，也導致帕琦瑟公主（還有我們）遭排除在外，無從接近事件核心獲得資訊。在撰寫明格里亞革命的「恐怖統治」時期相關篇章時，我們就比較少從帕琦瑟公主的書信取材，改為參考其他證人的記述。

沙密帕夏得知少年刺客受盡威逼拷問仍舊沉默不語，不過卻很快查出他是在三年前隨家人從克里特島搬到明格里亞島。哈桑一家在島嶼北部的奈比勒村落腳，在某座玫瑰園擔任雇工，拉米茲和手下藏身的村莊就在同一個地區。不久之後少年終究會招供，但無論如何，沙密帕夏已經認定拉米茲就是幕後主使者。

沙密帕夏告知努里醫師，如果他想遵照蘇丹阿卜杜勒哈米德的指示，「跟福爾摩斯一樣」尋找更多線索和證據，絕不會有人阻攔。但沙密帕夏主張，這次一定要伸張正義，絕不接受任何干預，畢竟他們前一週才親眼看到拉米茲持槍帶頭發動襲擊，造成六人喪命——死者包括拉米茲自己的手下、守門人兼密探努斯雷和首都派來的新總督。對於民眾來說，光是這點就足以將拉米茲和他的手下全數處以絞刑。再者，鄂圖曼帝國的公衛總督察邦考斯基帕夏遭到殺害，總統大元帥凱米爾的大舅子、優秀士兵梅奇阿凡提慘死槍下，拉米茲很可能就是主謀，而他的目的就是要阻撓防疫並消滅明格里亞民族。如此殺人成性的凶殘惡徒，鄂圖曼帝國政府卻未施以嚴懲，可見當局的軟弱無能。

「如果我們今天饒過這個不知悔改的惡徒，可能會造成更多人喪命，最後我們自己也可能賠上性命。」

總統副官馬札爾阿凡提建議，最好一拿到拉米茲和其手下的供詞就盡快進行總督府襲擊案的審判，待隔天一早立刻行刑。在輝煌殿堂飯店二樓舉行的會議中，所有與會者心知肚明，死刑犯不會只有拉米茲一人。大多數人並未說出口，但心中都希望能盡速將凶手正法。後來有消息指出，總統在這些艱難決議的推動上扮演要角，但不希望對外公開此事。

會議中也一致通過，將里法伊、薩伊姆在內的六個教團道堂改建為醫院，這些教團都曾與沙密帕夏、醫師和防疫部隊作對。當局將派防疫部隊和當地代表前往各個道堂，在建築物和堂區內設置收治瘟疫病患所需的設施，其中數間道堂可能需要全面清空。凡是妨礙防疫部隊執行公務或違反防疫規定者，將遭到更嚴厲的懲罰，在大量克里特島移民聚居的石匠區就有一棟房屋遭放火焚燬，原因是屋內有太多受瘟疫汙染的廢棄物，即使努力消毒也無濟於事。

齊堤區有兩條街疫情最為嚴重，死亡人數居高不下，沙密帕夏下令封鎖這兩條街。有些評論者認為，當天會議和之後通過嚴苛法令並由武裝士兵執法的作為，最終為島上帶來了更大的災難，某種程度上可說言之有理。例如單純以近日有人在市集行刺總統為由，查禁亞卡茲所有村民市集，確實考慮有欠周詳，是相當蠻橫粗暴的作法。市區內本來就因缺糧挨餓而民怨四起，此舉最後可說是火上澆油、引發眾怒。但我們也能理解為何島上的新政權開始覺得已經別無他法，最後手段就是訴諸殘忍專斷的國家暴力。

後人對於一個細節的意見相同，即總統夫人哲妮璞對於兄長梅奇之死哀痛不已，她必然給丈夫很大的壓力，要求他嚴懲曾和自己有婚約的拉米茲。

沙密帕夏即使在「朝聖船叛變」事件發生時都不曾實行高壓統治，在此時期卻展現強勢酷吏作風，其中一個考量是過去的鄂圖曼帝國即使是「歐洲病夫」，仍有能力確保明格里亞島的安全，而甫宣布獨立的明格里亞只是蕞爾小國。明格里亞或許成了自由獨立的主權國家，但如今勢單力孤……先別管英國或法國，只要隨便一艘海盜船在島嶼北部靠岸，兩百名武裝分子臨時組成的雜牌軍大舉登陸，經由山區長驅直入攻進亞卡茲市，而沙密帕夏手下只有一批訓練和經驗都不足的駐軍，即使人數占絕對優勢，面對這群海盜也無力抵擋，不久前才誕生的明格里亞會立刻亡國，還未滿月就在歷史上銷聲匿跡，此後再也不會有人記得曾經有個「明格里亞民族」。沙密帕夏相信如果控制不住疫情，瘟疫持續擴散，類似的事件可能很快就會發生。

在開始之前就已由當局定調的審判中，拉米茲宣稱他只是想要幫忙新總督就任，他相信只有這麼做才能拯救島上所有人——為了迎合島上的民族主義氛圍，他後來也開始使用「明格里亞人」一詞——也有助於讓大家遵守防疫規定，絕不是謝赫兄長或外國領事給了他任何指示，一切作為完全是基於個人信念。拉米茲也強調絕對無意為壓迫他們的鄂圖曼帝國效勞。以這些理由肆行殺戮，拉米茲和手下心安理得，從未覺得良心不安，尤其被殺的全是基督徒，畢竟他們在北部山區無數村莊燒殺擄掠，在他們手下喪命者早已不計其數。

對於襲擊總督府的主謀拉米茲及還活著的手下，法庭一律判處死刑，唯一例外是其中年紀最小的手下，他在槍戰告終時投降。本案主審法官（原為「卡迪」）原本應該是穆札費阿凡提，其人由首都派來全權審理謀殺、重傷害罪、綁架少女強娶為妻、不同團體之間械鬥等重大案件，判決結果不需轉呈首都的法院批准，但穆札費阿凡提人不在市區，他跟未全心支持革命的蒂賽利市長拉密圖拉阿凡提被送上同一艘小艇連夜送至少女塔關押。沙密帕夏透過法國領事結識了望族雅尼喬吉斯家年長的克里斯托斐阿凡提，克里斯托斐剛好是島上唯一曾到歐洲（尤其是待過巴黎）念法律的人，於是派了裝甲馬車將克里斯托斐接到現部會總處（原總督府），指示他要好心做出「歐洲式」的判決。就是這群殺人凶手謀害島上最英勇的醫師和防疫人員，目的就是為了掠奪島上的資源、珍貴礦物、漁獲和玫瑰精油，剝削島上人民，更策畫讓疫情加劇以便為外國勢力的介入鋪路。沙密帕夏特別吩咐，上述種種都應以法律用語寫在判決書中。克里斯托斐阿凡提原本以為當局找他去，一定是要他用法文撰寫判決書，但發現新政府已宣布暫時以希臘語和土耳其語為官方語言，於是運用在伊斯坦堡擔任律師為「外國人」處理商業糾紛多年學到的現代土耳其法律用語，修長的十指運筆如飛，以工整優美的字跡洋洋灑灑寫了一大篇判決文。

前總督、現任總理沙密帕夏派了一名書記員和一名使者將死刑令送往輝煌殿堂飯店，呈交給凱米爾總統簽核，但兩人在兩小時之後無功而返，帶回來的死刑令附了一張字條。字條上說明，根據目前草擬的明格里亞憲法，有權簽核死刑令者是總理而非總統。換言之，需要在死刑令上簽名的人是總理沙密帕夏，不是凱米爾總統。

對於總統為求自保，以高明手腕將執行死刑的最後責任轉移到總理身上，沙密帕夏並無怨言，反而能諒解為何有其必要。只有讓島上所有人持續愛戴年輕英勇的凱米爾，他們所有人才有可能安然無事度過災難。不過他還是憂心處決人犯可能引發怒氣和反彈，加上心中仍然存著一絲悲憫，沙密帕夏將其中三人的死刑改判無期徒刑，只簽核了拉米茲和其他兩名共犯的死刑令。赦免三人的絞刑死罪之後，沙密帕夏自認問心無愧，即刻安排處決事宜以便將拉米茲等三人正法。

拉米茲和手下都清楚，明格里亞如今是獨立國家，執行死刑不再需要獲得首都批准，他們隨時可能被送上絞刑台。他們心中有何感想？沙密帕夏有個嗜好，就是聽帝國各地監獄的獄卒回憶「死囚在人世間最後一晚」的故事。死囚在臨刑前一晚整夜難眠，盼望獲得蘇丹赦免，而許多犯人的死刑判決也確實獲改判為無期徒刑。

沙密帕夏一度克制不住內心衝動，想要乘馬車去城堡監獄夜訪拉米茲。但他也清楚要是自己恣意妄為，赦免了這個跋扈惡徒，此後沒有人會把新政府或防疫規定當回事，他不僅會因此得罪總統，還可能像之前遭蘇丹阿卜杜勒哈米德冷落一樣失去國家元首的寵信。

沙密帕夏徹夜未眠。當晚總統副官馬札爾急忙趕到他的辦公室。

「赫姆杜拉謝赫的攝政尼梅圖拉阿凡提，那個戴高帽的找上門了！」他說：「謝赫派他送來一封信，請求你法外開恩，赦免他弟弟的死罪！」

「你怎麼看？」

「總統也認同要是不除掉這些惡徒，我們永無寧日……但是尼梅圖拉阿凡提是能講道理的人……接見他會比較明智。」

「那麼那個戴高帽的現在人在哪裡？」

當時已是深夜，沙密帕夏離開辦公室步下寬闊階梯，在昏暗煤氣燈光下投射的影子長到顯得詭異，見到哈黎菲耶教團地位僅次於謝赫的尼梅圖拉頂著高帽坐在部會總處大門內側，他開口表示自己萬分遺憾但愛莫能助，畢竟在自由的明格里亞國，司法是獨立的。

「聖者謝赫沒有要為拉米茲的行為辯護……但是您應該知道，要是將拉米茲處決，愛戴謝赫的人就不會再愛戴您。」

「愛是發自內心……」沙密帕夏福至心靈般回應。「赫姆杜拉謝赫統治著無數人的心，他對這件事以及其他任何事的看法都非常正確。但請別忘了，即使是阿卜杜勒哈米德，都無法保住米塔帕夏的性命。您一定不會忘記，我和聖者謝赫不同，我的職責不是統治人民的心，而是在面對暴風雨時不讓國家這艘大船沉沒，引導全國安然度過。在時局艱困的時候，以嚴刑峻法立威可能比努力贏得民心更有用。」

沙密帕夏並不自恃總理身分，而是像個一般書記員，一路送尼梅圖拉阿凡提（和他的高帽）回到門口，並請對方代為問候赫姆杜拉謝赫。他正要步上樓梯時，馬札爾阿凡提前來稟告，載著死囚的馬車已經離開城堡，正在駛往總督府廣場的路上。劊子手薩契當天下午就已抵達，無奈地默默飲酒。沙密帕夏知道自己即使回到住所也不可能入睡，於是回到辦公室。要是去找瑪莉卡，至少可以在天亮前喝一點干邑白蘭地。

三名死囚已經慎重行過淨禮，並在城堡內的小清真寺做了最後一次禮拜。在總督府廣場的店鋪門口和行道樹下，聚集了數名由馬札爾阿凡提代表新政府派來的衛兵和憲兵，另外還有數名書記員奉沙密帕夏之命前來，負責擔任見證人並向民眾發布執行死刑的消息。劊子手綁住死囚的雙手，再替他們套上白色死刑服（由其母縫製），但動作太過緩慢笨拙，等到一切就緒時，天色已經漸亮，憲兵不得不出動封鎖通往廣場的道路。由於亞卡茲的車夫集體感染瘟疫，而且不再有人有急事要雇用馬車，附近已經不再有馬車駛過。亞卡茲上方烏雲低垂，氣氛陰鬱不祥，所有人似乎避之唯恐不及，無論是不是因為疫情，周圍街道空無一人。

馬札爾阿凡提事先交代過拉米茲「排第一」，但劊子手有些莫名的堅持，執意將拉米茲排在最後。當拉米茲終於明白自己不會獲得赦免，他高喊了「哲妮璞！」這個讓廣場上所有人永生難忘的名字，然後跌跌撞撞踩上凳子，搖搖晃晃地想要保持平衡，最後在半空中一盪。他扭動抽搐了一會兒，最後氣絕身亡，身軀終於不再擺盪。

第五十八章

絞刑架豎立於原總督府廣場中央（廣場現今已改為公園，園內種植許多不同顏色的明格里亞玫瑰，對明格里亞近代歷史感興趣的人大都不知道，公園曾是公開處決人犯並將屍首高掛示眾的刑場）。當年如果站在未完工鐘塔旁，或者遠一點的新清真寺或潘納尤提斯的理髮店門口，視線順著成排椴樹望向哈米德大道另一端，就會看到總督府廣場上方懸著三團白白的物體。

接下來三天，套著白衣的三具屍體就吊掛在廣場上。南風從城堡的方向吹來，吹拂過繫在屍首頸部、浸過油的粗麻繩圈，吹皺了白衣下黑色長褲的褲腳，屍首隨著風輕輕擺盪。民眾見到廣場上的景象，就如沙密帕夏預期中的驚慌恐懼，喃喃自語說以後絕對會認真遵守防疫規定。關於當年的駭人情景，我們目前只在雅倪．基薩尼斯的回憶錄《我見我聞》中找到相關記述。從書中描述可知，當時年幼的雅倪跟絞刑台離得很遠，其實看不到一團團白色的物體，卻在他的想像中變得更加巨大嚇人。回憶錄中許多資訊都很有幫助，不過令人遺憾的是，書中充滿反土耳其和反伊斯蘭教情緒，許多段落歸結起來都是在說島國新政府承襲了鄂圖曼壓迫者的作風，而鄂圖曼人唯一會做的事就是把人送上絞刑台。

碰到無風的日子，瀰漫全城的死亡氣息、屍臭味和忍冬花香全都變得更加濃烈，繼之而來的是瘟疫籠罩下的停滯死寂，到了深夜更讓人難以忽視。民眾躲在家中閉門不出，如今連在屋內交談都只敢悄聲說話。從前渡輪於海面來來往往，港口一帶此起彼落的汽笛聲和引擎聲，迴盪於嶙峋峰嶺間的回音，下錨起錨時水花潑濺的嘩啦聲，馬車鐺鎯行駛和馬蹄躂躂踩踏的聲音，都已成了絕響。從碼頭周圍、附近旅館、突堤到伊斯坦堡街，自許久以前就不再點亮燈火。偷渡船隻偏好在明格里亞遍布岩石的偏僻小海灣靠岸載客，就連島上的船夫和尋求刺激冒險的民眾都不常前往港口。教團成員住家於夜間遭到襲擊的事件頻傳，民眾聽得心驚膽戰，大多數人在天黑以後就不再外出。廂型馬車、輕便敞篷馬車和牛車過橋，或在陡斜坡道上拐彎時的悅耳聲響，傍晚市民回家休息後自家家戶戶門後傳來的興奮談笑聲，全都不復存在。時不時仍能聽到孩童的聲音，但連孩子的嬉鬧聲似乎都變得微弱。全城陷入如此深沉的寂靜，唯一可能的解釋，就是教堂鐘聲和宣禮叫拜聲都已不再響起。

如今天黑後會走在街上的人，只剩下獨來獨往的流氓混混、伺機打劫的盜匪、逃走的隔離者或醫院病患，以及發瘋或神智不清的民眾，站崗或巡邏的衛兵只要看到晚上還有人在街上走動，通常會逕行逮捕後拘留，有時甚至會毆打這些人，至少要等數天之後才會放人。

努里醫師不想嚇到公主，沒有告訴公主處決人犯的事，也沒有提到門外的絞刑架上掛著三具屍首。賓館的窗戶並未對著廣場，而是朝著城堡、港口和波光粼粼的蔚藍大海。即使如此，帕琦瑟公主還是察覺周圍氣氛一片死寂，猜想一定是發生了什麼大事。待在賓館客房時，她偶爾會聽見醉漢的嗚咽哀鳴劃破靜悄無聲的大疫之夜。某個輾轉難眠的夜晚，公主提筆記下附近那隻早晨會叫她起床的公雞似乎都不再啼叫。當時是執行死刑的兩天後。帕琦瑟公主注意到，即使是在最平靜無風的日子，仍然聽得見浪花沖刷海灘細沙的輕柔沙沙聲。夜裡也能聽見其他聲響，是狗群、烏鴉和海鷗的聲音。夜裡半睡半醒之間，公主和許多亞卡茲市民一樣，可以感覺到有蛇、刺蝟和青蛙在各家院子之間遊動奔竄。

從小開始困於後宮多年，帕琦瑟公主學會留心觀察周圍事物如植物、昆蟲、鳥禽和天上雲朵的重要性。居住在總督府賓館期間，她「格外留意」一隻會「定時」飛到客房窗口的烏鴉。她和兩個姊姊小時候會將人分成「烏鴉派」和「海鷗派」，她比較喜歡海鷗，覺得一身白羽的牠們身形優美，自由自在；不喜歡烏鴉，牠們或許比較聰明，但是粗魯聒噪還凶巴巴的。但公主很快就對這隻「莊嚴貴氣的生物」產生好感，這隻烏鴉時常在傍晚飛來窗口，公主喜歡坐在窗邊看牠停棲的樣子。烏鴉每天都會飛到公主住的客房窗口和她對望。

有時候，烏鴉碩大腦袋上的羽毛在陽光下會閃閃發光。牠從來不像其他烏鴉那樣啼叫起來粗野嚇人，大多數時候都安安靜靜。牠身上的羽毛漆黑與灰黑交雜，深粉色的腳爪十分醜陋，公主每次看到都覺得不太舒服。公主寫信時，烏鴉會頭一動也不動地站定，彷彿若有所思盯著她的筆尖，盯著一個一個墨水字滲入信紙，連接形成語句在紙上成形。也許帕琦瑟公主愛上了這隻黑漆漆的烏鴉，每次努里醫師走進房間時，這隻黑色大鳥就會飛走。

但是有一天烏鴉沒飛走，「幾乎像是」有意要駙馬看到自己。努里醫師注意到這隻頻頻朝妻子大獻殷勤「拋媚眼」的烏鴉，隨口說了聲：「是那隻老是飛進沙密帕夏窗口的烏鴉！」

「絕不會是同一隻烏鴉！」帕琦瑟公主的回應帶著濃濃醋意。

在此要向讀者說明，公主在許久以後寫下的一封信中，才向姊姊娓娓細訴這隻烏鴉後來的故事。因為這時的公主明白，即使丈夫貴為島國新政府的行政單位首長，她寫給姊姊的每封信仍有可能遭到他人攔截和過目。

賓館裡再次只剩她一人時，公主換好外出服並圍好頭巾，接著離開房間走下總督府的寬大階梯，沿著環繞內部中庭的二樓柱廊前行，她在一扇對著總督府廣場的窗戶前停下腳步朝外窺看，希望看見那隻會去找沙密帕夏的烏鴉。

但她並未如預期中看到那隻莊嚴貴氣的黑鳥，而是看到三座絞刑架上分別吊掛一具罩著白衣的屍首，雖然生平第一次看到這種景象，但她立刻就想到三名死者的身分。

一回到過去兩個半月深居簡出的賓館，公主忍不住開始嘔吐，她一度懷疑自己是不是有了身孕，但立刻就想到一定是看見死人才造成反胃，不是子宮裡有了胎兒，她坐下後大哭起來。後來她才想通，自己悲從中來不只是因為看到死囚屍首，也因為想到與身在遙遠伊斯坦堡的父親和姊姊們分離許久。

「太可恥了！」她在丈夫回到住所時痛斥。「門外發生了這麼可怕的事，你卻從頭到尾都瞞著我，就連我叔父都不會這麼過分。」

「您的叔父確實極少批准處決帝國境內的人犯，他甚至將米塔帕夏的死刑改判無期徒刑，奇怪的是，他後來倒是派人去塔伊夫監獄殺死了米塔帕夏。」

「我寧可待在伊斯坦堡，在我叔父的政權下過著擔驚受怕的生活，也好過在這裡接受一個總督的恐怖統治。」

「我了解你為什麼這麼想念伊斯坦堡，親愛的公主！」駙馬的語氣恭敬。「但就算疫情很快平息，不再需要隔離檢疫，我想伊斯坦堡也不是我們隨時想回去就回得去。當然我們一定要先請示以前負責保護您的少校，也就是我們的新總統，獲得他的許可。如今島上的掌權者不是你剛剛提到的總督，是哲妮璞的丈夫。」

「那我們一起逃離這個地方，你帶我離開這裡。」

「你知道我對這座島和島上人民都有很強的責任感。」努里醫師說道：「我知道你跟我一樣，你也喜歡住在島上的鄂圖曼土耳其人跟穆斯林，不只是他們，還有希臘人和其他人民，你跟我一樣希望能以某種方式幫忙他們。此外，即使對島上人民沒有任何人道上的義務，我們還是很難立刻回到伊斯坦堡。先不管我是否單純本著醫師救人濟世的精神，事實是我已經在跟這個脫離鄂圖曼帝國獨立的主權國家合作。我不認為你的情況會有什麼不同，等到事過境遷，我們必須先獲得你的蘇丹叔父寬恕，才有可能去想能不能回到伊斯坦堡。」

講到「叛國」議題和目前無依無助的艱難處境，帕琦瑟公主忍不住悲傷落淚。努里醫師抱住妻子，親吻她後頸的柔軟肌膚，嗅聞著妻子秀髮散發的甜美香氣。

公主這下更是放聲大哭。她在手提袋裡找出刺繡手帕抹了抹孩子氣的雙眼，又揩去圓潤臉龐上的淚水，手帕上面的精緻花卉圖案是她父親後宮中一名老婦人巧手繡成。

「我想我們都被囚禁在這裡了……」她說。

「你之前在伊斯坦堡也是被囚禁……」

「你究竟為什麼要涉入那些人的政治陰謀？我叔父派你來是要你防治瘟疫，不是要你來獨立建國。」

「那麼你叔父到底為什麼要派我們去中國？為什麼他要派你跟少校從亞歷山卓過來這座瘟疫肆虐的小島？」

這是夫婦倆發現要加入前往中國的代表團之後最熱烈討論的話題，如今舊事重提，兩人都努力克制不說傷人的話。努里醫師指出蘇丹派他前來島上的另一個原因是要查出殺害邦考斯基的凶手，公主回嘴：

「那個把人吊死的才是真正的凶手！」

努里醫師向妻子解釋下令將人處決的其實是以前保護她的少校，而拉米茲也不是什麼善良人士，還提醒公主她的叔父也曾批准過死刑，而他上任後之所以會下令處死一些人，是因為記者阿里．蘇維某天夜裡帶人衝進宮裡，想救出穆拉德五世並擁護他復辟，但最後宣告失敗。當時帕琦瑟公主還未出生。在同一年稍早，有一群共濟會成員計畫走地道潛入多爾瑪巴切宮救出穆拉德五世並奪回政權，但後來事跡敗露。阿里．蘇維在自己發行的報紙上明目張膽地宣告翌日將採取某種行動（他的一舉一動早已被阿卜杜勒哈米德的眼線掌握），隔天他帶了一百多名持棍棒武器的叛軍攻進徹拉安宮，想要衝進宮內面見穆拉德五世，當時穆拉德五世已經得知阿里·蘇維舉兵起事的計畫，甚至換好衣裝等待取回政權的那一刻到來。但最終阿卜杜勒哈米德的衛兵成功反擊，阿里·蘇維和大多數手下當場戰死。阿里·蘇維的屍體滿是彈孔，還曾遭到亂棒重擊。叛軍幾乎全是來自巴爾幹半島菲里貝（今普羅夫迪夫）的亡命之徒，他們在一八七七到一八七八年的俄鄂戰爭中流離失所，被迫逃往伊斯坦堡。假如穆拉德五世能夠奪回政權，鄂圖曼帝國就能再次對俄羅斯和歐洲宣戰，等到收復無能的阿卜杜勒哈米德任內失去的所有領土，如今充斥伊斯坦堡街上的巴爾幹半島穆斯林就能回到故鄉。

「可憐的父親對這件事毫不知情！」帕琪瑟公主說：「但是就因為這些叛軍，我們全家後來又被放逐到我出生的那座宅邸，生活中的各種限制也更為嚴苛，全是為了防止我親愛的父親和王子哥哥和外頭的人碰面。」

聽到丈夫提起鄂圖曼帝國時，用跟她講起阿卜杜勒哈米德時同樣的語氣嘲弄批評，帕琪瑟公主其實有點惱怒，她忽然有一股衝動想叫駙馬認清自己的地位，畢竟是同樣一群鄂圖曼王族允許他高攀娶蘇丹的女兒為妻。

「如果要回到伊斯坦堡真的那麼困難，那麼有沒有遵照叔父的命令查出害死邦考斯基帕夏和他的助手的真凶，我想也就無關緊要了，或許我們以後可以不要再學福爾摩斯那一套了！」公主終究還是將傷人的話說出口。

公主夫婦的漫長對話導致的結果中，至少有一件好事：身為明格里亞新任檢疫局長，努里醫師求見總理沙密帕夏，建議為了落實疫情防治，最好拆除總督府廣場上的絞刑架並移走屍首。

「所以這就是你的結論？」沙密帕夏問道。

前往哈黎菲耶教團道堂的人絡繹不絕，而且人數有增無減，全是為了弔唁赫姆杜拉謝赫的弟弟而來。這些虔誠信徒不怕染疫，他們會在道堂外排隊等上數小時，大多數的人頂多遠遠看一眼謝赫本人就回家了。將拉米茲等人的屍首高掛總督府廣場示眾是為了以儆效尤，但許多民眾拒絕前往圍觀，沙密帕夏疑心這些人是刻意不去廣場，改為前往赫姆杜拉謝赫的道堂致意。

「元帥凱米爾帕夏常提到明格里亞民族的光榮和尊嚴，還有值得世界上其他民族敬重，他的話很有道理。」努里醫師說：「但要是我們繼續向全天下的人展示死囚屍體，恐怕明格里亞人很快就會被視為迷戀絞刑的邪惡民族。」

「所以一百年前法國人把他們的國王、有錢人和剛好經過的路人送上斷頭台的時候，全世界都沒有意見，但換成我們處罰一些惡意阻撓防疫的殺人犯和分離主義叛徒的時候，全世界反倒開始責怪我們了……」沙密帕夏說。

過去兩個半月以來，沙密帕夏和努里醫師同心協力，這回雖然意見不合，但看在夥伴情誼上並未鬧翻。努里醫師解釋說烏鴉和海鷗會啄食死者屍體和死老鼠，牠們本身不會染疫，卻可能進一步散播瘟疫。沙密帕夏確實看過自己那隻烏鴉啄食死屍的眼珠鼻耳，但有一點他始終想不通，為何這些鳥會怕稻草人，卻一點都不怕死人。

第五十九章

在日間不同時段，總統大元帥凱米爾帕夏仍會在衛兵隨行下，到亞卡茲大街小巷徒步巡視。但巡訪行程之外，他不再離開輝煌殿堂飯店，也不再出席舊總督府的防疫會議。每天在疫情室開完閉門會議之後，努里醫師（同樣有衛兵隨行）會從部會總處走到飯店，和凱米爾總統討論所有最新進展。在宣布自由獨立之後已經過了兩週，染疫死亡人數仍未下降，或者該說是持續攀升。

努里醫師和總統仍照著先前鄂圖曼統治時期的作法，看著一張亞卡茲市地圖評估每日情勢。但這張地圖不是之前那一張，他們找來一張和疫情室地圖相同的地圖，在總統辦公室內的高雅核桃木辦公桌上平攤開來，桌上還擺了一座從飯店「俱樂部」取來的燭台。努里醫師會先簡單說明疫情最嚴重的地區，然後開始在地圖上標出新增的染疫亡故者住家。但由於每天都會有一名一臉憂鬱的書記員前來總統府兩次，報告持續增加的最新死亡人數，總統跟努里醫師開會時得知的其實全都是已知的消息，他也從來不針對疫情防治提出任何意見或建議。

領事和某些官吏皆保持距離並未涉入相關事務，他們認為總統不用沿襲沙密帕夏的作法，應該將防疫工作交給島上的醫師和防疫人員。後來努里醫師曾向公主透露，當他自己不大的手掌撫過地圖，指向葛梅區或哈米德大道示意時，總統似乎更陶醉於可以改成哪些新地名的幻想之中，而他對此很不以為然。總統起初想要將總督府廣場改稱「自由廣場」，但在拉米茲和共犯的屍首高掛於廣場任憑烏鴉啄食後，民眾不再前往廣場，總統一度想將名稱改為「獨立廣場」，最後拍板定案為「明格里亞廣場」。至於哈米德大道，總統想要重新命名為「明格里亞林蔭大道」。副官馬札爾阿凡提提議改成「凱米爾帕夏元帥大道」，但遭到否絕，總統說他想要永遠當個與人民平起平坐的平民，絕不會允許這種事發生──「在我活著的時候絕對不行……」

明格里亞國建國初期的官方正史中，誇稱共有兩百七十九處街道、廣場、大道和橋梁由凱米爾總統於大疫期間定名。總統也為各個小得不能再小的廣場和狹窄巷弄命名，這些地點在明格里亞島宣布自由獨立之前不曾有過名字。郵政總局局長狄米崔阿凡提一直到處宣傳，說能為這些無名地點命名實在是一項德政，寄送掛號郵件和信件包裹都更加方便，之前鄂圖曼帝國統治時期做不到的，改朝換代之後終於做到了。當狄米崔阿凡提的妻子和他本人先後因染疫被送往賽歐多洛普洛斯醫院，更改地名的業務被迫暫時停擺（有些原本採用希臘文名稱的街道也改名了），總統只得派人籌組新的委員會接手處理。狄米崔阿凡提病逝之後，總統指示將一張老局長的巨幅人像照懸掛在寬闊幽深的郵局大廳內，與他自己的肖像畫並列。這張由瓦尼亞拍攝的人像照在一百一十六年之後的現今，仍然留在郵局牆上最初掛上的位置，足以佐證明格里亞人對本國歷史和民族身分的強烈認同。

讀過帕琦瑟公主書信的讀者會注意到，後來的明格里亞正史學者非常強調凱米爾元帥在此時期抱持所謂「共和主義」，但如此主張大有問題。無論親身經歷的偉大革命，或看到自己為明格里亞帶來種種改變，凱米爾元帥都認為是為他自己帶來莫大喜悅。在後續依循現代化和民族主義精神重塑國家時，他會熱切甚至有點天真地告訴身邊所有人，他做的一切都是為了他的兒子（他確定胎兒會是男孩）。他要給兒子一個純粹、道地的明格里亞名字。為新生兒命名一事關係重大，因為即使自己日後不在人世，孩子的名字在明格里亞歷史上仍將占有舉足輕重的地位，成為引領民族主義情感的完美表率。

元帥三不五時會上樓探望哲妮璞，高談闊論自己的夢想和宏圖偉業，也會心急地詢問妻子跟肚子裡的孩子好不好。哲妮璞懷孕之後不再暴躁易怒，她的肌膚變得更有光澤，笑容更加燦爛，臉龐也更加嬌美動人。

在否絕考古學家賽里姆．薩希最初所提供清單上的傳統明格里亞名字之後，總統召集數人前來開會，與會者皆是據知長期愛好古老明格里亞語的人士。其中有數名凱米爾的老鄰居兼童年玩伴，還有副官馬札爾在擔任情報監控局長期間跟監過的人，他們以前是當局眼中的明格里亞分離主義分子，害怕被抓去坐牢而乖乖就範（情報監控局長馬札爾對待希臘分離主義分子更加殘酷無情）。這群人都是童心未泯的民俗文化愛好者，多年來熱心彙整古老明格里亞詞語和文物，他們很害怕遭到政府定罪和沒收蒐藏的文物，起初還有點膽怯畏縮，但很快就列出一長串字詞、人名和可採用的路名。總統也指派哈姆迪．巴巴前去協助，向防疫部隊成員蒐集意見，這也是為什麼明格里亞有史以來，首次有一條街是根據島民的姓名來命名——「哈姆迪．巴巴街」。

總統也陸續與島上的草藥商和基督徒藥師（包括尼基弗羅斯在內）、希臘漁夫、快餐店和餐廳老闆等各界人士會商，邀集眾人以書面記錄島上藥草、藥方、貽貝等海鮮和當地料理名稱以及駕船航海用語的明格里亞語說法。相關討論為日後的明格里亞語、明格里亞語土語雙語、明格里亞語希臘語雙語字典及《明格里亞百科全書》的編纂工作奠定基礎，其中明格里亞語字典是在三十年後出版，而《明格里亞百科全書》是專門介紹一座地中海島嶼文化的百科全書，既是世界上第一部，也是唯一的一部。

明格里亞語言、歷史和文化會議的地點選在「倫敦俱樂部」，這間房間位在輝煌殿堂飯店一樓，是領事和記者晚間小憩閒談的地方，從房間的豪華後門可通往種滿粉紅色明格里亞玫瑰的庭園。凱米爾總統在此時期想到的另一個方法，是透過防疫部隊尋找在家講明格里亞語的年輕人，引導他們和研究明格里亞語言文化的學者合作。致力於復興明格里亞語的人士大都知道，總統也派人去找疫情期間結成幫派的孤兒，以便研究他們使用的語言。總統確實打算派防疫部隊前去「營救」這些孤兒，將他們帶離位在難以通行的崇山峻嶺中隱密山谷的新家，為後代子孫保存這些孩子純淨未受汙染的語言，但在每日死亡人數遽增且原因不明之下，這些抱負遠大的計畫終究未能實現。

總理沙密帕夏與副官忙於對付教團道堂期間，總統交代已升任部長的書記長法伊克貝伊協助籌辦兩場詩歌創作比賽，他希望藉由比賽，從古老明格里亞傳說和童話故事中找出適合兒子的男孩名字，並責成總理預留七十鄂圖曼里拉作為獎金。第一場比賽是要以自由、獨立和明格里亞島為題創作一首詩，優勝者的作品將會譜寫成明格里亞國歌。第二場比賽優勝者的得獎作品，將於總統大元帥的兒子呱呱墮地當天的慶祝活動中由人公開朗誦。

年輕總統也與考古學家、明格里亞古代史專家賽里姆・薩希見面會談，但他對世家子弟和趨炎附勢者相當反感，因此會議氣氛很遺憾地不太融洽。賽里姆・薩希的妻子是法國人，夫婦倆是在兩年前移居明格里亞。他的父親和祖父皆是鄂圖曼帝國朝中高官，常把「先父和先祖父以前常說……」之類的話掛在嘴邊，曾前往法國研讀法律和藝術史，學成歸國後在伊斯坦堡的帝國博物館工作，也在伊斯坦堡的大學任教。他的已故父親在首都的友人近年來說服大維齊爾，交由賽里姆・薩希負責提升鄂圖曼帝國博物館的水準至「躋身一流國家博物館之列」。換言之，蘇丹阿卜杜勒哈米德和朝廷希望利用博物館，在國際社會中打造出一個更現代、更歐化的帝國形象，賽里姆・薩希就是當時獲延攬的其中一名新世代博物館經營顧問。阿卜杜勒哈米德起初並不了解散布帝國各地的古希臘羅馬文明遺址的價值，時常將遺址裡的岩塊石頭免費贈送給他的歐洲友人。後來在朝臣和學養豐富的世家子弟如賽里姆・薩希等人努力遊說之下，阿卜杜勒哈米德才相信這些石頭確實價值連城。

兩年前，賽里姆・薩希攜著一紙蘇丹簽署的正式許可，搭乘軍用貨船「美德號」來到明格里亞島，在位於亞卡茲市東北方一處小海灣及其周邊海域的考古遺址展開挖掘工作。他最早是透過明格里亞的友人指點，才得知這處遺址的地點。他想尋找的是一尊乳白色的女子雕像，據知雕像藏在一個潛入海中才能進入的偌大幽暗洞穴深處。他想要找出這尊雕像，運回伊斯坦堡的帝國博物館，並效法奧斯曼・哈姆迪貝伊為其大肆宣揚；帝國博物館館長奧斯曼・哈姆迪貝伊十五年前在錫頓一處古老洞穴發現多具石棺，立刻對外宣稱找到了亞歷山大大帝的陵墓（並非事實）。鄂圖曼帝國仍然認為自己是國際社會公認的世界強權，但是看到賽里姆・薩希挖掘雕像的計畫「落空」，我們或許可以認定「歐洲病夫」的國力早就不足以建造任何博物館。

也許是首都承諾的必要資金未能如期到位，也或許是蘇丹聽了旁人說的什麼話起了疑心，但無論原因為何，將雕像從水底洞穴運出所需的吊車機具和鐵路系統建置都大幅延宕，整個計畫很快就完全停擺。總督一直透過眾多眼線掌握考古工作進度，也希望和薩希貝伊打好關係，會出席薩希貝伊定期在租來別墅中舉行的宴會，其他宴會賓客還包括領事和島上的名門望族（沙密帕夏就是在薩希貝伊主辦的聚會中，第一次品嘗到明格里亞著名的香煎淡水烏魚）。這位考古學家每個月都能準時收到鄂圖曼銀行匯來的優渥薪酬，總督據此判定薩希貝伊一定是蘇丹派來島上監視他的眼線。

從沙密帕夏處打聽到賽里姆・薩希其人其事之後，凱米爾總統邀請沙密帕夏也出席他和賽里姆・薩希的會談。

「我們還沒能決定孩子的名字，但我很喜歡您這次建議的男孩名字，決定採用作為市區街道的新路名！」總統說道，語氣彷彿一位至高無上的君主很快領略到自己的部分權責正是獎賞下屬並大大稱讚鼓勵。「但很可惜，對於您撰寫的明格里亞民族史，我不得不說我們不怎麼滿意。」

「怎麼說呢?」

「您認為明格里亞民族的根源在亞洲,甚至最遠可能追溯到鹹海。但我小時候聽過的童話故事從來沒有提到鹹海這座湖泊,也沒聽過什麼亞洲人。現在時局艱難,明格里亞人被全世界拋棄,只能孤軍奮戰對抗瘟疫,我們已經無依無靠,唯一能依靠的就是自我價值。您至少可以改個說法,不要寫說我們可能是『從其他地方來到這座島』。」

「這不是我個人的主張!」薩希貝伊回答。「但我恐怕得說,這是法國和德國最負盛名的考古學家和古代語言專家的共識。」

「但現在明格里亞的人民不會想聽到有人說他們真正的家鄉是在遙遠的某處,或者有其他人比他們更早來到島上定居,尤其不想從您這樣的學者口中聽到類似的話。」

「我打從心底敬佩『司令官』您非凡卓絕的成就,但是再多的歷史學研究,都無法改變明格里亞人民來自何方的事實。」

「明格里亞的人民不是小孩子,他們現在喜歡稱我為『元帥』,這是我一輩子最光榮的事!但您在這裡故意用法文字『司令官』稱呼我,好像是有意嘲笑。」

從總統氣急敗壞訓斥考古學家、一副不肯善罷干休的樣子,沙密帕夏知道眼前的年輕人心中充滿莫大的憤怒,而他的這股憤怒正是民族主義熱情的源頭。

「您要知道,國王和蘇丹的時代已經過去了。」總統接著說道。「您為什麼會想挖出一尊屬於明格里亞民族的雕像,然後把它送到蘇丹在伊斯坦堡的博物館?」

「藏在水底的是巴坦族女王的雕像,巴坦族是其中一個最古老的明格里亞部族。將雕像送到伊斯坦堡展示,是向全世界介紹明格里亞文化的大好機會。」

「跟您說的剛好相反，雕像一送到伊斯坦堡，他們就會說它跟亞歷山大大帝或什麼其他帝國有關，還會挑一個法國人比較偏好的古文明。還有，一位明格里亞女王的雕像為什麼需要送到伊斯坦堡？由您來想辦法，利用島上現有的工具資源把雕像挖出來，然後放到鐘塔塔頂。給您一個月的時間。」

第六十章

凱米爾總統喜歡測試眾人（包括他的母親）集思廣益想到的名字，其中一種方法是對著哲妮璞腹中未出世的胎兒將名字輕聲念三遍。如果胎兒覺得聽到自己的名字，一定會踢一下腳或翻個筋斗。總統著迷般地盯著妻子的孕肚（雖然還很平坦）、渾圓雙乳和草莓粉色的乳尖，不停找藉口要幫她「檢查身體」。他會將鼻子靠在妻子散發甜美香氣的肌膚，也許是肚腹或其他部位，接著來回磨蹭嗅聞，活像一隻想用嘴喙挖出寶藏的鳥。哲妮璞也會說笑話或發明一些閨房遊戲，兩人像孩子般玩耍嬉鬧一番之後同享雲雨之歡。

兩日之後的下午，凱米爾總統上樓探望妻子。死亡人數居高不下，總統為此憂心忡忡。哲妮璞想要逗丈夫開心，於是拉著他朝床邊走去，總統順從地跟著上床。總統先吻了妻子幾下，然後一如往常開始「檢查」她的美妙胴體。在歡快地檢查完背部、頸部和腋窩之後，總統將視線移往她的腹部下方，注意到她的鼠蹊部有一處稍微硬實的可疑紅腫。過去在妻子富有光澤的健康肌膚上，他看過太多蚊蟲叮咬或其他不明原因出現的腫包，可能看到後過一晚就消了，心想這次很可能也不需要大驚小怪，但他看到紅腫那一刻，心頭怦怦重跳了兩下，彷彿看到什麼不該看的東西之後急著想別開目光。這處紅腫跟以前他在妻子身上看過的腫包完全不同。

但哲妮璞從未離開所住的客房，飯店裡也沒有老鼠出沒，總統暗想絕不可能是感染瘟疫。他伸出指尖碰觸了一下微硬的紅腫處，先是輕輕按壓，然後加重力道。看到哲妮璞沒有任何反應，他判斷一定是被蟲子咬了。如果按壓的是瘟疫造成的淋巴腺腫大處，病人會感到疼痛。總統有些擔憂，但不想影響妻子的心情，決定先忘了這回事。

英國領事喬治先生派人送來一封信，表示希望與總統大元帥和老友總理沙密帕夏會晤。其他領事全都躲了起來，只有英國領事率先出面，沙密帕夏解讀為情勢對新政府有利。英國人向來精明狡詐，很可能想要搶在其他國家前頭，向新成立的明格里亞國提出某種協議，但沙密帕夏猜不出可能會是什麼協議，他告訴總統自己的想法後，兩人花了不少時間研究所有可能和英國領事討論到的議題。

兩人嚴陣以待，而喬治領事帶來的消息出乎他們的意料，他其實是要來告訴他們，考古學家賽里姆・薩希心地善良、並無惡意，而且深愛這座島和明格里亞人民。喬治領事也告訴他們，比起被當成疑似染疫者送進城堡隔離，賽里姆・薩希夫婦其實更害怕被送去少女塔，跟那些選擇效忠鄂圖曼帝國的官吏一起「隔離」。賽里姆・薩希貝伊擔憂的是，這些忠於帝國而被關進少女塔的官吏絕不可能被遣返回伊斯坦堡，只可能被當成政治談判的籌碼。薩希貝伊認為在目前的情勢下，已經不可能挖出古明格里亞女王的雕像，他和妻子如今只希望能留在島上。

「是薩希貝伊要您來的嗎？」

「他告訴我您在研究古老的明格里亞名字，覺得也許我可以提供一些建議。」

「領事很熱愛明格里亞。」沙密帕夏插話。「他多年來都在蒐集內容與明格里亞有關的書籍，當成他自己寫書的參考資料。」

「既然您覺得我們的島這麼重要，值得為它寫一本書，請您告訴我們，」總統說：「您覺得明格里亞民族的家鄉就是這座島，還是其他地方？」

「明格里亞人是在這座島上成為明格里亞人。」

「您寫的明格里亞史一定比其他人寫的更好！」總統說。但總統未再多說，只是望著遠方海面上出現的奇怪光芒。室內一片靜默……

「明格里亞政府想要請教代表英國的您：我們該怎麼做，貴國才會解除封鎖？」沙密帕夏斗膽開口。

「對於目前情勢，我完全不清楚我國政府或駐伊斯坦堡英國大使的意向，但是只要疫情平息，我國就會解除封鎖。」

「不管我們做什麼，疫情都沒有趨緩！」沙密帕夏說。

「把教團當成敵人互鬥，只是讓事情變得更糟。」領事回應道。

「聽到像您這樣真正的朋友說出這種話，我真是傷透了心。那麼對於防止瘟疫持續散播，貴國政府有何高見？」

「電報不通，島嶼遭到封鎖，我們現在處於疫情隔離期間。就我的立場，我只能揣測我國政府可能提出什麼建議。」

「那麼您認為呢？」

「島上現在有一位貴客。」喬治貝伊巧妙地開啟話題。「帕琦瑟公主是鄂圖曼王室的重要成員，她是前任蘇丹的女兒，在外交上會有一點分量。」

「依照鄂圖曼帝國的傳統，公主的後代沒有蘇丹之位的繼承權，人民也絕不會認為鄂圖曼帝國的公主有繼承權。」

「元帥，因為有您，這座島不再屬於鄂圖曼帝國！」喬治貝伊斟酌著用詞。「島上的人民現在是新的民族了。」

沙密帕夏一直以來都很認真看待喬治先生的建言，總統從善如流。英國領事離開之後，總統決定要出席防疫會議，不只要關切教團道堂方面的情勢進展，也要了解首都亞卡茲市最偏遠地帶的各區代表呈報的種種問題。

弗利茨沃區代表范傑利斯阿凡提向他們報告，一名強占區內空屋的穆斯林「亡命之徒」兩天前死亡，屋子內的屍體開始散發惡臭。該空屋屬於來自塞薩洛尼基的賽菲里狄家，其實防疫部隊早在一週前即接獲有房屋空置的通報，他們從後門進入察看之後，在屋內四處噴灑消毒液並將門窗釘上木板封死，再從後門離開。如今屍臭飄散出來，才發現屋內有人陳屍，死者肯定是在防疫部隊入屋察看消毒之後才躲進空屋裡頭。部分民眾以躲避瘟疫為由擅闖空屋，甚至常常把空屋當成非法活動根據地和碰面地點，對政府公權力構成嚴重挑戰。

阿波斯托羅阿凡提則是自建國後第一次參加防疫會議，他代表的是遍布陡坡岩壁、風景秀麗的丹特拉區，提出的第一項請求是要新政府支付自鄂圖曼帝國統治時期就遲未撥付的薪水。他說從前希臘人聚居的丹特拉區偏遠幽靜，區內只剩下寥寥數人，並表示自己不想再擔任區代表。阿波斯托羅阿凡提也深受孤寂之苦，他告訴大家說，曾經在夜裡遇過瘟疫惡魔在各家空蕩蕩的院子裡遊蕩——不過沙密帕夏認為他看到的不是什麼瘟疫惡魔，而是要趁夜偷偷搭船離開的偷渡客和載運他們的船夫。許多警察和公務人員都已擅離職守，在比較小或比較偏僻的數個區，政府公權力幾乎蕩然無存。法紀不彰、治安敗壞的數個區剛好分布於多座有錢人家豪宅所在的希臘區周圍，於是亞卡茲溪另一側穆斯林區的潦倒遊民和投機歹徒紛紛湧入如今已半荒廢的希臘區，甚至有不法分子從島嶼北部南下到首都亞卡茲市劫掠財物。數個幫派各占地盤，犯罪活動日益猖獗，其中有個孤兒組成的幫派引起大家熱烈議論，但很少人真正看過他們。根據瘟疫期間逃亡孤兒組成幫派的生活經歷，明格里亞民族詩人薩黎．里薩寫下充滿浪漫情懷的兒少小說《媽媽在夜之森林》，而我就在十歲讀了這本小說以後，從此成為狂熱的明格里亞民族主義者。

也有區代表呈報了希索波里堤薩廣場的最新消息，指出過去兩天在廣場周圍一帶牆角和家戶庭院內發現了死老鼠。各區代表的主要職責原本是確保民眾遵守防疫規定，向當局報告哪家哪戶藏匿瘟疫病患並隱瞞不報，清點需要清空的房舍，以及為消毒小隊帶路前往待消毒的街道房舍，他們慢慢也開始扮演發聲管道，代為向政府傳達民眾對防疫措施的不滿。但是這一天，有一名不智且不負責任的「代表」遭到總統訓斥，該名代表抱怨科豐亞區一名蹄鐵匠明明沒有生病，卻被送到城堡的隔離所。「出錯的時候，你人在哪裡？」總統質問。「你的工作是確保民眾遵守防疫隔離的規定——不是來這裡大肆批評。」

民怨逐漸沸騰，但承擔民眾不滿和怒氣的並非各區代表，而是在島上土生土長、跟民眾熟識，也站在疫情防治第一線的防疫部隊。憤怒的民眾也因此傾向將矛頭指向防疫部隊。自從明格里亞獨立之後，防疫部隊的作風更加嚴厲，也引發民眾日益強烈的反彈。而每天的死亡人數並未減少，民間更是怨聲載道。「我們受盡恐嚇折磨，吃了這麼多苦頭，根本一點用都沒有。」在穆斯林區不時有人這麼說。

至於上圖倫契拉區的代表，則指出區內沒剩幾個人，也就沒什麼民怨可言。焚化坑附近的居民都因為受不了惡臭而搬離，住家位在可俯瞰穆斯林新墓園那一區的居民則焦躁難安，送葬隊伍行進時的嘈雜聲響似乎永遠沒有減弱的一天。除了川流不息進出墓園的人潮，更令當地居民擔心的是，夜裡會有野狗群到墓地裡亂扒亂挖。野狗之間時常打架，有時會用尖牙叼出人類或老鼠遺骸，帶往各處散播疫病。民間也開始謠傳，有一艘揚著紅帆的帆船會前來解救所有人。但除此之外，近期除了一名獨居棉被製匠病逝之外，區內並未發生什麼不尋常的事。

聽完瓦伏拉、葛梅和齊堤等區的代表報告完之後，新政府的防疫工作主事者甚至總統本人心下雪亮，最後一絲樂觀期待也已落空。瓦伏拉區死亡人數持續增加，包括陸軍幼校、哈米德醫院和盲眼穆罕默德帕夏清真寺周邊街道皆淪為疫情重災區，無論舊的鄂圖曼政府或新的明格里亞政府及其防疫措施，在人民心中都已毫無權威或公信力可言。在沙密帕夏力爭及醫師們支持之下，會議中決議為了在疫情最嚴重的數個區加強防治，將派出防疫部隊進入民宅後院巡邏，部分街道拉起封鎖線長期管控進出，而為數不多的空置房舍門窗將用最粗的釘子和木板封住，以防竊賊洗劫財物或遊民和瘟疫病患占用。新政府成立之初，就已決議要將遭疫病汙染太過嚴重的房屋和成堆廢棄物焚燬，但拖延了一週才得以執行，過程中引發疫情重災區居民的激烈反彈，如今沙密帕夏請求總統簽發更多道放火燒屋的命令。

會議廳內眾人仍在爭議不休，總統朝窗外望去，望向鱗次櫛比的屋頂之間半隱半露的輝煌殿堂飯店，只希望可以飛奔到孕妻身邊。只有他一個人知道妻子鼠蹊處出現紅腫。要是他能趕快回到妻子身邊，兩人就在床上相擁而臥，將一切拋諸腦後，或許他就能忘記妻子身上的紅腫有可能是瘟疫造成的淋巴腺腫大。

要是哲妮璞染疫，他很可能也無法幸免。即使他逃過一劫，還是必須與妻子分開，但他無論如何都做不到。他愈想愈覺得心煩意亂，再也無法認真聆聽身邊眾人爭論。對於碰到敵軍突襲就驚惶失措的士兵，或是面對瘟疫惶惶不安、貪生怕死而做出錯誤決定的人，他通常缺乏耐心，但他如今的行為跟這些人沒什麼兩樣。他必須保持冷靜。

儘管疫情轉趨嚴重，無論基督徒或穆斯林，還是有許多人在死亡迫近時保持鎮定從容，並未喪失心中的人情溫暖。雖然有些人只想著自保，但也有很多人願意冒著染疫風險，前去安慰失去摯愛家人的鄰居，或探望痛苦掙扎的瘟疫病患，甚至有些善心人努力想要安撫在市區街頭遊蕩、口中嚷嚷「世界怎麼會變成這樣？我們全都下地獄了！」的瘋子。大難當前，還是有許多人發揮同情心、同胞愛和同舟共濟的精神。

每天依然有二十到二十五人病逝，而這些民眾仍堅持要慰問喪家。他們成為市區內顯眼的一群。在實行防疫措施之後，他們已經減少外出次數，但出於與家人、鄰居及整個社群的深厚情誼——畢竟他們都很善良——他們即使本意良好，還是免不了在喪家屋內、清真寺中庭或送葬時群聚，也因此促進疫情的傳播。孟買或香港遭逢第三波瘟疫大流行時，市區街道幾乎空蕩荒涼，但明格里亞首都的街道在七月底時卻沒有這麼冷清。因為在市區內某條斜坡路段，必定有一群行色匆忙的穆斯林準備趕赴下一個喪家弔唁。

聽了相關報告，總統得知在齊堤區，政府和公務人員的威信已經蕩然無存。前一天在齊堤區有六人死亡，但該區代表報告中對病故者並未多所著墨，而是著重「通行證」的問題。齊堤區目前有許多克里特省年輕移民從石匠區過來落腳，這些無業移民為非作歹，原本的居民對這些外來者的敵意有增無減。當地居民大都是車夫、農民和生意人，窮困但相當虔誠，他們認定是這些胡作非為的年輕人將瘟疫帶來齊堤區，要求將這些不信真主的移民全都趕出齊堤區。

齊堤區之外的其他區也有同樣狀況，先前於鄂圖曼帝國統治時期，總督沙密帕夏為了因應前述問題，擬定了發放「通行證」的措施，規定在特定的街道和區域，僅限持有防疫檢疫局所核發之特殊通行證者出入。沙密帕夏希望藉由管制通行，一方面限制來自克里特島的無業遊民只能在同一區活動，另一方面也將這些移民列管——管制措施起初頗有成效。但後來有防疫人員和持有通行證者販賣通行證，於是造成沙密帕夏始料未及的後果。雖然有不肖人員和民眾從中牟利，但利用通行證管控地方人流在疫情防治上多少有些成效，沙密帕夏和努里醫師都不希望完全廢除通行證。然而由於通行證取得方便，反而造成更多人在市區移動。齊堤區代表報告說前一天才有兩名通行證持有者死於瘟疫，而他們的親屬立刻將通行證賣給老市集附近的一間店。理論上，如有民眾因為父母手足或其他家人染疫亡故，而必須撤出自家接受隔離，他們持有的通行證就應註銷，但實務上，他們可能會火速把通行證賣給其他人。雖然開會時腦袋愈來愈昏沉，但總統也聽清楚了最近新出現的問題，在新政府成立之後，有些財政人員會註銷舊通行證（或重新用印），另以新政府的名義重新核發並向民眾索取憑證稅。做生意很需要通行證，所以民眾願意繳稅，但仍有一些人表達不滿。齊堤區代表剛好是財政人員，他向總統報告，雖然轉賣也賺不了多少，但還是有民眾開始到處搜括通行證想發一筆小財。

第六十一章

元帥很快就發現自己無法思考其他事，腦海中全是妻子鼠蹊處那塊紅腫。他想到妻子孤單一人待在輝煌殿堂飯店樓上的房間裡，很可能已經開始頭痛發燒。

他沒辦法克制自己不去想像各種可怕的情景，索性在會議開到一半時離席，帶著衛兵從總督府趕回飯店。街上一片冷清蕭條。路上一名抱著包裹的婦女跟一個提著小籃子的害羞孩子都注意到元帥一行人，不過大多數路人並未認出元帥本人。只有一個淺褐色頭髮的男孩在元帥行經自家門口時從窗口看到他，便轉頭呼喚屋內的家人，男孩的父親趕忙來到窗邊，他的頭髮也是淺褐色的。「元帥萬歲！」男孩大喊。

元帥十分欣喜，他向男孩揮了揮手。他最想要的莫過於當男孩心目中的英勇元帥，保護他和他的家人安然度過可怕的瘟疫災禍。但哲妮璞要是生病，他就什麼都做不到了。如果哲妮璞鼠蹊處的紅腫確實是瘟疫造成的淋巴腺腫大，那他自己一定也免不了感染，但他目前身體完全沒有任何不適。

駐守在輝煌殿堂飯店大門的衛兵和防疫部隊士兵一看到元帥馬上立正。凱米爾元帥在上樓時下定決心，絕不會向哲妮璞提起她身上的紅腫。他打算先隔著一段距離觀察妻子，如果她染疫了，一定會發燒、頭痛或出現其他症狀。要是她沒染疫，提到紅腫處只會讓她沒來由地擔心。元帥見過太多人因為莫名恐懼和焦慮而大受打擊，他們會折磨自己，也連帶折磨身邊的人，最後才弄清楚自己根本就沒染疫。但是染疫初期的症狀通常會遭到忽視。大家都知道要是家中有人染疫，那麼同一個屋簷下的其他人有可能被傳染，至少也會被送去隔離，所以除非很確定病因，不然即使注意到身上有一點紅腫，或開始有點頭痛或發燒，大家都避免主動提起。

元帥走進房間時發現妻子正氣呼呼地走來走去，不禁如釋重負：妻子精神很好，不像虛弱無力的瘟疫患者，也許他應該告訴妻子自己為何煩心，或許還可以開個玩笑？

「媽拿給我那把以前姑母送我的梳子了，就是握柄鑲有珠母貝的梳子……」哲妮璞說：「這三天明明都放在這裡。」

「你媽三天前來過？」

「不是，是我回了娘家一趟。」哲妮璞回答。「當然有衛兵跟著我回去！」她瞥了丈夫一眼，露出犯了小錯後希望獲得原諒的討好笑容。

「如果連元帥的妻子都不遵守防疫規定，要怎麼期待民眾遵守？」凱米爾元帥說完後氣沖沖地走出房間。

對於妻子不聽他的話，元帥的震驚和憤怒之情甚至壓過對死亡的恐懼。他的第一任妻子阿伊莎不像哲妮璞，所以每當哲妮璞違背他的意思，他都不知該如何應對，通常只能離開房間等待怒氣消散。

在樓下的辦公室中，一名沙密帕夏派來的眼線正向馬札爾阿凡提報告關於赫姆杜拉謝赫的最新情報。過去三天，當局為了避免加深哈黎菲耶教團對政府的敵意，並未驅逐在拉米茲遭處決後前來道堂弔唁的群聚民眾。但是道堂大門口開始出現長長的人龍，沙密帕夏便以防疫為由，開始管控道堂所在街道的人流進出，但民眾又想辦法從道堂後院的數個入口溜進去。當局接著派來防疫部隊士兵在後院入口附近站崗，於是民眾開始爬比較低矮的院子圍牆，或是去鑽年輕信徒熟知的那些藏在荊棘叢或黑莓叢裡的祕道。大多數千方百計進入道堂的信眾，即使耐心排隊等待也沒有機會見到謝赫，他們會留下供奉用的食物或物品，在道堂內逗留一陣子之後再回家。道堂堂區內住了將近兩百人，但只有戴高帽的尼梅圖拉阿凡提等少數人知道謝赫究竟在哪一棟建築物裡閉關。沙密帕夏打算強行將謝赫帶離道堂，遣送至其他地方，馬札爾阿凡提手下的眼線則勤奮地打探謝赫的藏身之處。

元帥起初覺得沙密帕夏這麼做既無必要，又會對謝赫不敬，但聽了其中一名眼線報告說民眾違反防疫規定且同情拉米茲，他也同意應該將謝赫遣送他地。道堂堂區靠近齊堤區那一側有兩棟建築，周圍有椴樹和松樹環繞遮蔽，是信徒想要「靜一靜」或必須「反省悔過」時會去的地方，這兩棟建築通常沒有人，但過去數天卻有一隊凶猛魁梧的信徒守在外面，該名眼線無法確定謝赫究竟藏身哪個房間，但推測謝赫一定在其中一棟建築裡。

籌備許久的突襲計畫大獲成功。自防疫部隊選出的十名強悍勇猛且不信任何謝赫或聖者的精兵，加上總理派出的六名警察，組成兩個小隊，分別架了梯子翻牆而過後快速抵達兩棟建築。他們依據另一名眼線提供的情報闖進第一棟建築，進入一個空無一人的房間，看到一張長靠椅和三扇門。第一扇門後有一名負責守門的苦修僧，他在突襲小隊衝入時醒來，很快束手就擒。突襲小隊打開第二扇門，就發現赫姆杜拉謝赫躺在地鋪上，再打開第三扇門則並無任何發現。

一名政府人員依照先前安排偽裝成書記員，他身穿雙排釦長禮服，踩著達夫尼布店製作的昂貴鞋子，上前向謝赫致意並行吻手禮。謝赫身上披著一件寬鬆白袍，整個人如同鬼魅，他的鬚髮似乎比平常更白，看起來好像還沒有完全清醒。室內昏黃的燭光搖曳閃爍，投射在空白牆面上的謝赫影子彷彿一頭灰黑巨鷹，比謝赫本人的樣子更加恐怖駭人。

偽裝的書記員告訴努力想要醒過來（也可能只是假裝）的謝赫，近日很可能有人前來行刺謝赫，他們是奉總理辦公室的命令前來保護他的安全。謝赫已經看到眼前的書記員身後站滿了士兵，他在這一刻說出的話由眾人口耳相傳，並在許多年後成了對他不利的證據。

「發生什麼事了？這些人是陛下派來的嗎？有沒有蘇丹陛下的印記，或陛下簽字的敕令，拿給我看。」

經驗豐富的偽書記員以恭敬的口氣再三向謝赫保證，他們確實是官方派來的，告訴謝赫說由他們來護送他前往比較安全的地方，等到了那裡之後再向謝赫詳細說明。兩名防疫部隊士兵上前，一左一右抓住謝赫的臂膀，此時謝赫問說他能不能帶一些書和私人物品。謝赫拿了兩件無可取代的心愛睡袍、數件上衣和貼身衣物、向藥師尼基弗羅斯和其他人購買的藥品，和曾為伊斯坦堡謝赫的父祖輩留給他的幾本阿拉伯字母靈數學書籍。他也提議讓輔佐他的尼梅圖拉同行，但未獲同意。

離後院最近的門已被人悄悄打開，總理的車夫澤克里亞已經駕著裝甲馬車等在門外。謝赫全程配合並不反抗，但在登上馬車那一刻聞到皮革座椅的氣味時，他才想起原來他之前就搭過同一輛馬車。

最近這段期間入睡前，謝赫時常翻閱伊本．佐哈尼的著作，其中記載了瘟疫的成因和避免染疫的方法。過去數天，謝赫讀了伊本．佐哈尼翻譯的《玄奧之書》，並仔細研究佐哈尼所著《集解》中的關鍵段落。謝赫腦海中如今已被阿拉伯字母靈數學的奧祕所盤據，阿拉伯字母靈數學為每個字詞、數字，當然最重要的是每個阿拉伯字母，都賦予意義。如果你跟謝赫一樣讀了這麼多類似的書籍，你的腦中也會冒出跟這時的謝赫同樣的念頭，開始不自覺地在宇宙中尋找每個藏在角落的線索和字詞。

這個夏夜平靜無風，蟋蟀的唧唧鳴響聲不斷，高掛深藍夜空的點點星辰閃爍，謝赫更是全心全意沉浸於阿拉伯字母靈數的奧妙。生命和意義，徵兆和物體，黑暗和空缺，構成充滿線索的宇宙。光與靈魂，美與孤獨，力與幻象，譜出心之詩歌。是故，循著墨跡於星辰、枝梢與花香之間蜿蜒穿梭，浸淫於大疫之夜裡烏鴉和貓頭鷹的叫聲及刺蝟列隊奔竄的腳步聲，無處不是愛與真主的結合。馬車搖搖晃晃，緩緩行經卡迪里和里法伊教團道堂所在的街道，前者已幾乎全部清空，謝赫看到兩名衛兵舉著燈火站夜哨後大為震撼，認為這代表著新政府治國有方。

如果新政府真如謝赫所見的強大，他很可能會被送往島上某個地方軟禁，但當然不會有用，他的信徒、崇拜者和大批支持者終究會查出他的下落，他的藏身處門口也將再次人潮洶湧。謝赫心想，要是明格里亞島仍由鄂圖曼帝國統治，或者這群連話都不講清楚就綁架他的歹徒其實是鄂圖曼政府派來的，自己可能會被送到離明格里亞島很遠的地方，也許流放到阿拉伯半島、錫爾特或某個遙遠的地方。每次只要有教團領袖造成太大壓力、惹了太多麻煩，或野心勃勃想發揮個人的政治影響力，鄂圖曼帝國的悠久傳統就是強行將教團領袖與信眾分開，將他們流放到路程至少六個月的異鄉。赫姆杜拉謝赫年輕時，就曾見過一些謝赫因為得罪朝臣或政府官吏而遭放逐，他們被迫離開家鄉和教團道堂，只能在偏遠鄉間城鎮開課教《古蘭經》賺錢餬口。這些謝赫有時是得意忘形才觸怒首都政府，他們唯一的罪行就是他們的信仰。他們也可能是在向侍僧炫示自己的權力時，不小心踰越分際。赫姆杜拉謝赫行事一直很小心，希望能避開流放之災，在沙密帕夏掌權之後更是謹慎，但最終還是沒能成功。

馬車駛過一條街道，從街道上朝下坡的哈米德醫院俯望，可以看到醫院後院搭滿了帳篷和小屋。馬車接著左轉駛上另一座丘坡，行經佐菲里烘焙坊，在潘納尤提斯的理髮店所在轉角拐進哈米德大道。每條街道都幽暗空蕩。在流放之路上，謝赫看見自己生活十七年的城市，已然成了遭到廢棄遺忘的荒地。星光之下的城堡和淺粉色石屋，泛著某種奇異光澤。謝赫知道無論自己被遣送何處，都將永遠忘不了如此獨特的光澤。他不停在腦中勾勒某個寒冷蕭索的東方城市，街上沒有樹木，房屋沒有窗戶，像是他從來沒有去過的艾斯倫或凡城。如果被流放到像這樣沒有鐵路經過的地方，沒有人有辦法前去尋找謝赫，更別說還有應付疫情和防疫規定。尼梅圖拉阿凡提肯定會動員一些人四處尋找謝赫，但等到他每每獲得進展，都無可避免會遇上叛徒，就會學到人類在受挫時將變得多麼懦弱。

馬車駛過哈米德大道後過了橋，謝赫暗忖一定是要帶他去以前的總督府。但是到了原總督府、現部會總處前方的廣場後，馬車卻左彎右拐穿越站崗的士兵和警察，繼續朝希索波里堤薩廣場行去，經過賽歐多洛普洛斯醫院之後，朝弗利茨沃區的海灣前進。駛往海岸途中，海草和海水的氣味從馬車半開的車窗飄入車廂，謝赫深吸了幾口氣。

住在這座城市、這座島嶼上最美好的事，就是即使在時運最不濟、時局最艱困惡劣的時候，仍舊能望向大海，嗅聞附近傳來若隱若現的大海氣味，振作起精神，相信似乎還是值得活下去。謝赫開始擔憂可能被迫離開氣候溫和宜人的島嶼，流放到終年冰天雪地或乾旱不毛之地，從此只能和在洞穴中棲身的窮人為伍，等著信徒寄生活費給他。他會需要面對一個全然陌生的部族和社群，對方根本不知道他是聲望崇隆的謝赫，而他不得不以誦讀《古蘭經》和講道來維持生計。裝甲馬車沿著海岸行駛途中，赫姆杜拉謝赫不停想像很快就會有一艘划艇來接他，將他押送到在外海等待的「馬木德號」，而他的流亡歲月就此開始，或許在戰艦上還免不了遭到鄂圖曼帝國士兵虐待一番。馬車沿著硬實陡坡向下駛去，他聽著蹄鐵踏在地面上躂躂作響，沉迷於腦中連翩幻想的同時悔憾感嘆：要是能留在島上就好了……

然而走完下坡路段到了圓石灣之後，馬車仍未停下，而是繼續向北走。放眼望去，沒有任何蘇丹派來遣送他前往流亡處的划艇，謝赫暗自慶幸。森林冒出一股森冷寒氣，他聽到窸窸窣窣的聲響和鳥兒悲鳴般的叫聲。在車廂內朝右手邊看去，滾滾浪濤不斷沖刷沙灘，拍擊海岸和懸崖。謝赫斷定四下無人，也沒有任何動靜，偷渡船隻肯定也暫停活動。

與赫姆杜拉謝赫的可怖猜想剛好相反，沒有人要將他送往鄂圖曼帝國的某個荒涼角落。沙密帕夏已經找到亞卡茲東北方康斯坦仕飯店的老闆兼主廚，請他整理好這座無人知曉的老舊館舍作為謝赫的「流放處」。沙密帕夏和英國領事喬治先生在碰到西眺飯店每年休一整季長假，或是兩人想要換換環境時，有時會約在康斯坦仕飯店共進午餐。

康斯坦仕飯店所在的老舊建築搖搖欲墜，走進去只聽見到處吱呀作響，雖然趕走了占住的遊民和瘟疫病患，但趕不走據說會在飯店裡出沒的邪靈鬼怪，赫姆杜拉謝赫倒不覺得有什麼不自在。他發現不用離開島上之後如釋重負，在自己的小房間內行淨禮之後就開始祈禱，他雙眼泛淚，頻頻感謝真主阿拉聽到了他這個謙卑僕人的禱告，讓他留在明格里亞。他無比確信自己很快就能回到道堂，睡在最心愛的床鋪。

第六十二章

突襲赫姆杜拉謝赫道堂的行動結束之前，凱米爾元帥一直待在部會總處。等晚上接到使者傳來成功俘獲謝赫並送往康斯坦仕飯店途中的消息，元帥才帶著隨從徒步返回輝煌殿堂飯店。他邁開大步走在空蕩蕩的街道上，在沿斜坡向下走時聽著自己的腳步聲，因為再次注意到市區荒涼無人而心慌意亂。

自從發現妻子沒有先向他請示就擅自回娘家，而他大怒之下衝出房間並大力甩上門之後，他已經有將近半天時間沒見到妻子。他告訴自己是因為推動革命開花結果，終於能將長久以來的理想付諸實行，不能在此時讓自己的心智「被瘟疫帶來的憂懼荼毒」。但他也一直刻意避免回到居住的客房，他知道如果在回去那一刻發現妻子確實染疫，自己根本無法承受事實。此外，當天他多次派書記員帶口信給妻子。如果哲妮璞感染瘟疫，頭痛和其他初期症狀都會在這一天變嚴重，沒辦法再隱瞞病情，書記員一定會察覺有異並向他回報。

因此元帥半夜時是抱著樂觀心情步入飯店。但準備上樓時，他的信心又動搖了，他想到哲妮璞如絲綢般光滑的肌膚上冒出的紅腫：現在會變成什麼樣子？他下定決心，絕對不向妻子提起。

元帥夫婦房間門口有一名沙密帕夏派來的衛兵把守，但總理派人駐守的原因不明。元帥轉動鑰匙開門後走了進去，房間內一片漆黑，看不見妻子在哪裡。如果什麼事都沒發生，哲妮璞現在應該已經睡著了。但就著窗外透進的微弱光線，元帥看得出來妻子不在床上。

他哆嗦著雙手將附近的黃銅小燭台上的蠟燭點燃，舉高燭台四下張望，看見那把妻子在找的珠母貝握柄髮梳，接著發現妻子就坐在一旁，離窗邊只有數步之遙。

「哲妮璞。」他輕喚。

妻子並未回話，元帥開始焦慮不安，但他強自按捺。燭光搖曳，在牆上投出有如伊斯蘭蔓藤紋樣的交纏暗影。元帥朝妻子走近，燭光照亮了哲妮璞的臉，他注意到妻子面容蒼白、一臉淒楚。

「我們將赫姆杜拉謝赫帶離道堂，藏在市區某個地方……」元帥說，語氣幾乎帶著歉意。

但他看得出來，妻子對自己說的話一點都不感興趣。他抱怨妻子擅自外出，甩門離開之後又消失大半天，她是因此在生悶氣嗎？還是妻子發現可能染疫，一個人待著既孤單又害怕？

哲妮璞哭了起來，淚流滿面的她像個嚇壞的孩子，不知道該怎麼述說最深沉私密的悲傷。元帥努力想要安撫妻子，他抱住她輕輕拍撫，又將她攬入懷裡，在她耳畔柔聲勸慰。

兩人沒有換上睡衣就躺倒在床上。元帥以短暫婚姻生活中養成習慣的姿勢躺著，是他和哲妮璞都喜歡的睡姿：他從後面環抱哲妮璞，雙唇吻著她的頸背，雙臂緊貼環繞她的下腹和肚裡的孩子。過去曾有無數夜晚，小倆口都以這樣的姿勢入睡。

元帥輕觸妻子的身體、肚腹和手臂，但不敢將手靠近他疑心可能出現淋巴腺腫大的鼠蹊處附近。最重要的是哲妮璞沒有發燒，但她似乎不像平常一樣渴望性愛，元帥也意興闌珊。

哲妮璞又哭了起來，元帥實在提不起勇氣問她為什麼哭，只是一語不發，繼續默默抱著她。但是沉默不語不就表示他已經認命，接受有不好的事發生？

兩人此時睏倦欲眠，很快就沉沉入睡。許久以後，他們在半睡半醒之間聽見碼頭傳來喊叫聲。但他們那一晚噩夢連連，以為是混亂可怕的夢境中有人喊叫。

吵鬧聲逐漸減弱，元帥想著自己可能會心碎而死。經歷了多年的奔波操勞，輾轉駐守不同城市和前往一個又一個戰場廝殺，如今終於得到幸福，美好的日子卻只持續了兩個半月。真主啊！就這樣結束了嗎？如果妻子真的染疫，那一切真的完了。不僅保不住妻子和未出世孩子的性命，他自己也很可能會沒命，那表示明格里亞整個國家和民族也可能就此終結！外頭又開始喧囂吵鬧，但元帥腦中浮現的畫面太過悲慘可怕，根本無法去思考外面為何有吵鬧聲或做出任何聯想，很快又沉沉睡去。也或者他強迫自己相信，自己仍在睡夢中不曾醒來。

臂彎裡的哲妮璞開始渾身發抖時，元帥醒來了。他聽說過也看過，瘟疫病患剛開始發燒時，會出現劇烈顫抖。他使盡力氣抱緊妻子，彷彿抱緊一點就能讓她不要抖得那麼厲害。但如此一來，兩人又更難對彼此隱藏哲妮璞生病的事實。

雖然腦中一片混沌，但他在尋回片刻理智時不禁想對妻子發脾氣：他真不敢相信，妻子竟然在沒有急迫需求的情況下，離開房間甚至離開飯店回去娘家。

「你犧牲的不只是我們共同的幸福快樂，還有兒子的性命和國家的未來——就只因為你想出門一下！」元帥很想告訴哲妮璞。但元帥也知道，這句話要是說出口，等不及醫師趕到，夫妻倆就會吵得不可開交。過去的錯誤已經無法挽回，眼前最重要的是決定下一步該怎麼做。但事態嚴重，他甚至無法思考。

哲妮璞默默流淚，神色哀戚。元帥還是沒有勇氣問她任何問題。她兩度渾身發抖，不過身體並未變得異常暖熱。元帥不知所措，他不想下床，希望早晨不要到來，希望妻子的病情不要惡化，希望時間能夠停止在這一刻就好。但是天色如常亮起，奇異的黃色和粉紅晨光籠罩市區。碼頭傳來的喧鬧叫嚷愈來愈大聲……

在碼頭和突堤一帶聚集的人群大都是哈黎菲耶教團道堂的苦修僧，他們是為了謝赫遭到擄走一事憤怒集結。示威行動並無預謀，苦修僧是在半夜離開道堂想尋找謝赫，他們走過卡迪勒許區和瓦伏拉區的街道，一路走到碼頭。他們沒有口號標語，沒有共同決議，也沒有呼喊真主阿拉之名或向祂禱告，只是沉默地走向目的地。這群頑強不屈的信徒似乎做好準備要踏遍市區各處，不找到謝赫將他帶回道堂絕不罷休，所有信徒只知道跟在前一個人身後一直走。天亮時，約四十到五十名哈黎菲耶教團苦修僧已經從道堂直直走過瓦伏拉區來到老岩石突堤，再沿著月牙形的海灣沿岸經過港口區一直來到海關前，而此時在碼頭通往伊斯坦堡街的路口已經站了一排防疫部隊士兵，苦修僧在成排士兵前方停下腳步。

哈黎菲耶教團的苦修僧會自發集結，可能是出於群情激憤。然而眾人當天的行為，也意味著他們出於求生本能想要逃離瘟疫肆虐的亞卡茲市，如果新政府和新體制想要安撫民心，合理的應對之道是引導示威人群朝城門移動，任憑他們自由來去。但此時的亞卡茲市已經不問事實、毫無邏輯，當局猜忌多疑，與各界缺乏良好溝通，防疫部隊遵照部會總處的命令，在碼頭區攔住憤怒的哈黎菲耶教團信徒。

想要離開市區卻受阻，年輕苦修僧、虔誠信徒和滿腔怒火想鬧事者紛紛高聲抗議。我們認為，明格里亞革命就是在此時進入第二階段，而發起的這群人相信，民族國家的概念與道堂每天能供他們喝湯吃麵包息息相關。亞卡茲在這一天會陷入無政府動亂，哈黎菲耶教團苦修僧及在他們行進中加入示威行列的暴民要負最大責任。在輝煌殿堂飯店內的元帥望向窗外的同時，防疫部隊士兵朝空鳴槍數聲示警，轟隆隆的槍聲在市區中迴盪。

元帥從窗邊退開，轉身想回到床邊，注意到妻子又哭了起來。他朝妻子走近，哲妮璞鼓起勇氣，將裙襬向上拉高，讓丈夫看自己鼠蹊的腫起處。

不過一天之內，原本有點硬硬的紅腫處已經開始化膿，但還沒有發展成淋巴腺腫塊。元帥知道很快就會出現淋巴腺腫大症狀，而妻子不久之後就會飽受痛苦折磨，他已經能從妻子的眼神和臉上的表情預見一切。他知道哲妮璞很快就會因承受痛楚而神智不清，而他們在這間房間內共同度過的幸福日子已經到了盡頭。

過去這段日子多麼幸福美滿，現在全完了，全都完了！元帥眼看也將走到人生的盡頭，他對這一點無比確信，如今的他將一切想得清楚明白，不再像個懦夫想要欺騙自己，他甚至為此感到自傲。然而認清無情現實的一刻倏忽即逝。

元帥在妻子身旁坐下，伸手輕觸鼠蹊的化膿處。「會痛嗎？」他問。化膿處還未完全腫脹，觸碰時還不會覺得痛。但疼痛在一天之內就會加劇，這時候醫師就不得不刺破腫塊來緩解病人的痛苦。在隨著努里醫師前往市區各家醫院的日子裡，那時的凱米爾少校看過許多病情類似的病患，眼見病患痛苦地扭動翻滾，心中十分不忍。

哲妮璞躺了下來。元帥看出妻子一臉震驚絕望，心知她一定很愧疚，覺得會染疫全是她一個人的錯。

「應該送你去賽歐多洛普洛斯醫院！」元帥說：「還是趕快刺破腫塊引出膿液比較好。」

「我不想去醫院！」哲妮璞說：「也不想離開這個房間。」

元帥察覺妻子需要自己的擁抱，伸手將妻子擁入懷中。兩人躺在床上久久不發一語，只是緊緊抱住彼此。元帥聽著妻子的鼻息和怦怦作響的心跳，感覺指腹之下那副身軀的運作，想到成婚以來的兩個半月，想到妻子的任性，想到過去開心笑鬧的時光，只覺得心痛不已。

「聽我的，親愛的，我們去醫院！」他靜默許久之後開口。

「你現在不是這個地方的蘇丹了嗎？」哲妮璞回答。「把醫生請來這裡。」

元帥覺得妻子言之成理。他們現在住在飯店最大的一間客房，在房間裡治病不是問題，他也知道嚴格來說，刺破還未完全腫大的鼠蹊處腫塊不能算是治療。既然病患是總統大元帥的夫人，大家都會假裝成刺破腫塊引膿很有幫助，能夠救回病患的性命，但事實上，無論腫塊相對還很小且未完全變硬，或是已經明顯腫大突出，刺破腫塊都無法治癒瘟疫，唯一的用處是能夠多少減輕病患的痛苦。但即使這一點，也是未經證實的傳聞。他們從經驗中所學到有憑有據的事實，就是大多數出現淋巴腺腫大的瘟疫病患都沒能活下來。元帥以前經常聽到努里醫師用土耳其語夾雜法語，著急地和島上的希臘醫師爭辯這些事。

但事到如今，倘若他不想逼瘋自己，就必須忘掉自己從旁觀察或聽醫師討論時得知的一切，說服自己出現淋巴腺腫大的瘟疫病患仍有可能痊癒。然而無論他找哪一位醫師前來看診，對方一定會立刻提醒他要遵守防疫規定，並要求他和妻子分開。如果不想跟哲妮璞分開，唯一的方法就是夫妻倆一起隔離。

凱米爾元帥也已預料到，元帥也感染瘟疫、遭到隔離或閉門不出自主隔離的傳聞將會不脛而走，而這些傳聞將會傷害防疫部隊及新政府的威信。民眾不會在乎元帥夫人並未去醫院求診，但要是他們心目中威武全能的元帥也逃不過瘟疫侵襲，那他要怎麼拯救全國人民，又憑什麼教導他們早已為人遺忘的古老明格里亞名字甚至語言？

同時，他想要在妻子開始哭泣發抖、抽噎哀嚎之前，說服她離開飯店前往醫院。哲妮璞並不知道感染瘟疫的病人會經歷什麼樣的折磨，元帥覺得自己現在有責任一五一十告訴妻子。

但哲妮璞當下只想要丈夫抱著她安慰她說不會有事，就算只有一時半刻也好。每次丈夫抱住自己，哲妮璞都覺得丈夫一點都不怕被自己傳染——表示丈夫是真心愛著她。但她又會開始懼怕接下來的事，再次啜泣起來。

兩人就這樣在床上依偎相擁許久。晨光慢慢從百葉窗和窗簾透進室內，元帥看著灑落的光線下飄浮於半空中的微塵，側耳細聽妻子的呼吸聲，同時努力思索街上為何會傳來喧鬧聲。

赫姆杜拉謝赫遭擄走一事引發的民怨持續沸騰。其他教團的謝赫陸續發聲，表示支持「教團信眾起義」。這場起事沒人帶頭，背後也沒人策畫推動，完全是群眾自主發起。身為土生土長的明格里亞人，元帥很了解自己的同胞，即使他仍抱著妻子，努力不被憂傷悲痛的情緒擊倒，還是從窗外傳來的喧鬧聲猜出市區發生了什麼事：他一手訓練的英勇防疫部隊士兵正在街頭對抗暴動的「教團信眾」。當時還未演變成濺血場面，但士兵們已經在瓦伏拉區和碼頭一帶數次對空鳴槍示警——也有一些人聲稱是直接對著「教團信眾」開槍。示威民眾與士兵對峙的同時，元帥抱著愛妻躺在床上。

過了一陣子，馬札爾阿凡提敲了敲房門，他見元帥並未應門，便留下一張字條後離開。元帥於是得知外頭發生暴動，防疫部隊已出動鎮暴，他原本想要前往第一線帶領士兵，但他也知道只要他步出房間，就沒辦法再隱瞞妻子染疫的事實，兩人立刻就會被分開。再者，要是妻子染疫的消息傳開，他也可能無法直接指揮部隊。

將近中午時，哲妮璞連續吐了兩次，之後又精疲力竭躺倒在床上。她的心跳很快，渾身不停冒汗，覺得痛苦難熬。她堅信要是找醫生來，他們就會將她帶離丈夫身邊，所以只要丈夫朝門口走近，她就會開始啜泣。

下午時哲妮璞發起高燒，開始神智不清。「我再也去不成伊斯坦堡了！」她說，元帥聽在耳裡，心中無比難受。他一再向妻子保證，一定會帶她去伊斯坦堡。

「我們一起去貝西塔什宮，帕琦瑟公主以前被軟禁時就住在那裡，一起去看看有很多政府官員的高門，我還會帶你去尼尚塔石區的皇家細菌學院！」元帥說。哲妮璞又哭了起來——是的，元帥此時也雙眼泛淚。

八小時後，哲妮璞在輝煌殿堂飯店客房裡嚥下最後一口氣。比起獄卒父親貝拉姆阿凡提，哲妮璞從病發到死亡的時間更加短促，兩人先後遭瘟疫奪去性命的日子僅僅相隔九十五天。

第六十三章

在赫姆杜拉謝赫遭擄走之後，氣憤的哈黎菲耶教團信徒和不滿政府的其他教團支持者集結示威，但起初並未引起當局重視。有些示威者拿著棍棒，不過大多數人沒有帶任何武器，而且為了表示無意暴力相向，甚至沒有在行進途中撿拾樹枝。沙密帕夏認為他們只是沒有目標的烏合之眾，防疫部隊毫不費力就能輕鬆鎮壓。

另一方面，大多數歷史學家則同意，同一天晚上在城堡監獄發生的暴動，可說大幅改寫明格里亞歷史的走向。話雖如此，有些評論者認為，假如元帥沒有一直陪著染疫的愛妻，而是立刻出面指揮防疫部隊，事態發展將會截然不同，或許還能挽回之後喪失的許多條性命，但我們不贊同這種看法。原因在於城堡監獄的暴動一發不可收拾，在出人意料的情況下迅速延燒，等到情勢嚴重，必須由具有軍事才華和政治手段的元帥來應對時，卻是大勢已去，新政府的力量太過薄弱，已經難以鎮暴平亂。

由於承受獄卒的粗暴對待，加上瘟疫在獄中持續傳播，三號囚室（也稱為「新生囚室」）的囚犯就一直在等待發起暴動的時機。在赫姆杜拉謝赫遭擄走後，市區街頭瀰漫著一股「無政府主義」的氣氛，仇視當局的教團領袖、某些店家老闆和鬧事成性者受到激勵，開始反抗防疫部隊，監獄裡伺機而動的囚犯獲得啟發，也終於等到他們要的造反藉口。整個亞卡茲陷入混亂和災難，懷恨在心的囚犯覺得時機已經成熟。

但引爆囚犯怒火並引起暴動的導火線，是十天前三號囚室有人感染瘟疫之後的一連串事件。獄方唯一的應對方法是將囚室內所有人隔離，而禁止囚犯到室外放風只是火上澆油、引發眾怒。忽然出現淋巴腺腫大的囚犯會被送往哈米德醫院（醫院還未改名），但送醫的囚犯往往有去無回，所以沒有囚犯想要就醫求診。囚室的門每天都會打開，兩名消毒人員會在兩側獄卒掩護下走進去，朝著驚慌瑟縮的囚犯和囚室每個角落噴灑消毒液，但隔天早上，又會有兩個人發現身上出現腫塊，然後被送往哈米德醫院等死。

於是囚犯們在某次開門消毒的時候，由其中一名囚犯撲倒在床上假裝染疫發病、神智不清，其他囚犯趁著囚室內陷入混亂，合力壓制住一名獄卒並搶走鑰匙。一陣混戰之後，其他獄卒紛紛投降。事故猝不及防，典獄長還未接到暴動的消息，囚犯們已經占領整座監獄。囚犯得以發起暴動並輕鬆接管監獄，也可說是拜瘟疫所賜；基於害怕瘟疫、參加葬禮或其他林林總總的理由，每天來到工作崗位的獄卒和其他人員數量已大幅減少。早在開始傳聞獄中有人染疫時，有些獄卒就再也不曾來上班。

同一天晚上，暴動的囚犯占領城堡其他區域，過程中幾乎無人抵抗。這場暴動其實沒有任何縝密規畫，發生的一切都不在計畫中，囚犯們甚至連作夢都沒想過會成功。典獄長一看到自拜占庭時代就聳立於城堡最中央的主樓也遭囚犯占領，就指示威尼斯塔樓和行政區的部下全數撤退。有些人主張獄方過度謹慎，我們要指出以下事實：三號囚室的凶暴囚犯只要碰到任何可疑、看不順眼或試圖反抗的人，就會將對方痛打到癱軟在地等死。三名囚犯曾在監獄伙房內遭到刑求，腳板遭到鞭打，身上遭人以燒紅煤塊烙印，他們放火燒了伙房。當晚，亞卡茲市火光處處。典獄長棄守監獄的決定是正確的。

權力真空之下，有些意想不到的責任落在三號囚室積極進取的犯人肩上。如今他們占領了城堡，要放走其他囚犯嗎？不管是鄂圖曼帝國的總督或其他政府的首長，看到一大群越獄囚犯在街上亂竄，都會大為困擾，不知如何是好，而且附近似乎不見沙密帕夏手下衛兵的蹤影。暴動的囚犯之中，也有人聲稱要衝去醫院救出那些染疫的同夥。同時在那些仍然鎖住的囚室裡，一群群囚犯像發了瘋般拚命搖動鐵窗欄杆，吼叫著：「讓我們出去！」空氣中充斥著一股混合了鐵鏽味、煙塵味和霉味的陌異氣息。

到了早上，每間囚室都空空如也。城堡內各處空曠場地成了某種獲解放囚犯的遊樂場，有些人興高采烈地互相擁抱道賀，也有些人已經離開城堡，徒步前往市區。似乎沒人記得疫情仍未平息，隨時可能會碰上防疫部隊或警察。或許可以說，新政府在元帥夫人於輝煌殿堂飯店病逝時就已岌岌可危，此時更是徹底瓦解。

獄卒之女哲妮璞在臨終前——就像在她之前染疫亡故的父親——似乎回光返照，眾人忍不住抱著一絲希望。看見妻子雙頰恢復紅潤，元帥不顧旁人勸阻，執意坐在她身旁，輕撫她的肚腹感覺胎兒的動靜。元帥抱了抱妻子，告訴她一切都會沒事，防疫措施會有效的。他跟妻子說如果看看窗外的大海，和明格里亞才有的特別的藍色，就會知道人生多麼美好。

哲妮璞陷入彌留，痛苦的她時而昏迷，時而清醒，甚至開始胡言亂語，凱米爾一直守在她身旁。

最後的決定是不會為哲妮璞舉行任何追悼儀式，遺體將於隔天一早撒上石灰消毒後安葬。凱米爾元帥忍不住一直看著亡妻灰白面孔上驚愕的表情，心中萬分愧疚。元帥坐在妻子身邊一動也不動，只是握著她逐漸變冷的手，最後是哈迪硬是將元帥架走。

所有人一致同意，元帥夫人的真正死因不可對外公開。下葬時不會舉行任何宗教儀式，但會特別為她在穆斯林新墓園挖一個新的墓穴。除了運送遺體來的靈車、掘墓人及幾隻海鷗和烏鴉，下葬時只有元帥一人在場。為了避免引人注意，他裝扮成村民的樣子，穿寬鬆長褲和厚牛皮鞋，腰間繫上寬腰帶，還戴了一頂老派的菲斯帽。

我們或許可以做出定論，認為元帥在失去愛妻和未出世孩子的沉重打擊之下，在幻想中尋得安慰，他想像自己和哲妮璞化身明格里亞「鄉村」童話故事的男女主角，自己是典型的村民，而妻子是典型的鄉下少女。一九〇一年七月二十七日這一天，發生了無數重大事件，而元帥卻能在這一天將失去摯愛的傷痛，重新想像成一則明格里亞神話，這點直到現今仍讓我們無比驚奇和敬佩。

就在同一天，元帥本著同樣初衷良善的民族主義情懷，向兩名分別來自希臘語和土耳其語報社的記者講述關於哲妮璞的事蹟。這段「訪談」後來刊登於《新島報》和《亞卡茲公報》，其中追憶他和哲妮璞童年時期的第一次相遇（事實上，兩人的年紀相差十四歲）。哲妮璞小時候就聰明伶俐、個性堅毅，即使被老師們指正，她在學校上課或跟朋友聊天時還是堅持講傳統的明格里亞語。哲妮璞和凱米爾之間的深厚情感就是在那時候培養的。每次很想講明格里亞語的時候，他們就去找對方。兩人一開口講起明格里亞語，用字遣詞無不神祕詩意，盡展靈魂的繽紛色彩。在哲妮璞甜美的小臉蛋上，凱米爾第一次見識到明格里亞語真正的優美奧妙，他立刻開始思考要怎麼做，才能為明格里亞語爭取自由，抵禦法語、希臘語、阿拉伯語和鄂圖曼土耳其語的侵擾。

現今每個明格里亞國民都能將凱米爾元帥受訪內容倒背如流，相信他們心中最為景仰、視為血脈根源的民族偉人說出的這些語句，不僅最富詩意，也最能充分彰顯明格里亞民族主義和明格里亞革命精神，對此我們非常認同。元帥竟然能在經歷人生劇變的一日，在愛妻下葬之前，口述如此文采斐然的篇章，或許令人有些驚訝。有些人指出，副官馬札爾阿凡提和島上多位文壇人士想必曾捉刀暗助，以生花妙筆潤飾成最後呈現的訪談稿。六個月後公布的「國歌歌詞創作比賽」優勝者，在創作時也從這段開創先河的訪談文字中汲取靈感。

這篇訪談中，也省思了明格里亞語中「水」、「神」和「自我」三個字詞的發音如何相近，以及物體與意義之間的神祕連結造成的影響。著名畫家亞歷山德洛．薩索斯於七年後繪製了一幅油畫，畫中場景是元帥在穆斯林新墓園安葬妻子並獨自祈禱，這幅畫在明格里亞遠近馳名的程度與前述的優美訪談文字不相上下，畫技最為高明之處，就在於巧妙捕捉了元帥的內心糾結與為難。

畫作中將凱米爾元帥描繪成一名黯然神傷的英雄人物，他望向孕妻安息處的未乾墳土（背景有烏鴉群在遠處停棲），心知自己身負重責大任，只能拚盡每一點意志力，為了國家民族的未來保持堅毅頑強、冷靜從容。畫面主色調是霧濛濛的黃色，吸引所有觀者沉浸其中，城市和焚化坑上空冉冉飄起的幾縷青煙更增添了畫面的戲劇張力，但最撼動人心的，莫過於明格里亞的山丘、平原和崇山峻嶺連綿延伸至遠方的景象所召喚出的「家國鄉土」和歸屬感。

第六十四章

明格里亞國的主政者大都忙於處理宏大的課題，例如要如何在小學教授明格里亞語、本國歷史和明格里亞名字與童話。他們各自專注於自己關心之事，似乎已經和外界脫節，無法理解或掌握市區情況已經相當危急。之所以會如此還有一個原因，許多官吏、書記員、密探眼線和士兵索性曠職，或編造各種藉口不來工作。兩名防疫部隊士兵在圖倫契拉區巡邏時，遭到一群年輕「教團信眾」攻擊，其中一人好不容易逃走，但另一人卻遭到痛毆，被打傷的一隻眼睛視力可能永遠受損。防疫部隊在事發之後不僅提高警覺，也迫切想要還以顏色，因此沙密帕夏不太願意讓士兵隨意在市區走動。

真正改變歷史進程的那一刻，發生在囚犯攻占城堡後考慮了一下，決定打開隔離所金屬柵門的時候，那是當時城堡內唯一一個無法自由進出的區域。令人匪夷所思的監獄暴動事件演變到最後，有將近三百名瘟疫確診者或疑似確診者獲得自由。

隔離者全數離開時，越獄囚犯在想什麼？他們當下是否基於單純原始的無政府主義思維，認為既然放走其他人了，不妨「把這群人也放走」？或者他們是抱著「外面的人活該」的看好戲心態，知道要是放走疑似染疫者，整個城市的運作都會癱瘓，瘟疫的傳播會比之前更快？我們可能永遠無從得知（雖然在這方面已有相當多的理論）。或許囚犯跟那些心照不宣的防疫人員的想法沒什麼兩樣，都認為防疫措施很嚴格但沒有效率，甚至根本毫無成效（但無論如何，隔離所裡都是防疫部隊沒有正當理由就抓進來的人，將人放走是正義之舉！）。

暴動囚犯破壞了隔離所的門鎖，卻自始至終沒有跟裡頭的人說一聲：「你們自由了。」他們不敢冒著染疫的風險走進去，也沒人願意接下這個任務，所以裡頭的隔離者過了一陣子之後才發現可以自由離開。與囚室區相比，城堡隔離區裡的人在比較久以後才全數逃離。但隔離者逃走的消息比監獄暴動的消息更快流傳出去，半天之內就傳遍整個亞卡茲市。當然，要不是獄卒和防疫人員全都逃走，絕不會發生這種醜聞。

囚犯和隔離者全數逃離之後，整座城堡基本上已經空無一人，而市區的氣氛陡變。在市區內隨時會遇上逃亡的隔離者，或穿過護城河區，或正要回家。其他國民在路上遇見他們時，或許會像遇到越獄囚犯一樣祝他們平安，但心裡其實怕得要命。無論政府所轄的衛兵或防疫人員，都沒有採取任何追捕行動。

病懨懨的染疫者離開隔離所回家後的遭遇大都不太好，有些人發現摯愛家人離世、親屬流落各地、房子還被陌生人占住之後大受打擊。有些人與占住者或讓人占住房子的親戚爭吵起來，也有些人甚至被屋裡的人以可能傳染瘟疫為由拒於門外。如果有明智的長輩看到，或許會勸他們應該回去城堡，依照規定在裡頭待到隔離期滿。有些人料想到回家可能會落入類似處境，而待在隔離所至少每天還有湯和麵包可以填飽肚子，決定繼續待在隔離所，他們立刻搶占了其他人離開後留下的最佳床位和空間。不過說隔離者是為了一點湯和麵包留下來，也未必正確——過去一週以來，烘焙坊可用的麵粉量以及分配給全市和隔離所的麵包數量已經減為平常的一半。

如同某些評論者所指出，明格里亞在這段時期陷入國家棄守、當局失能的無政府混亂狀態，動盪不安的氛圍急速擴張。獨立建國後不到一個月，明格里亞街頭凶殘歹徒橫行，強暴和殺人案件頻傳。

在街上走動的還有染疫囚犯或「疑似」染疫者，但其中有些人是在無正當理由之下被送去隔離。據知確實有些民眾之所以被送去隔離，是因為對防疫部隊不敬、不聽從指示或公然無視防疫規定，並無醫師診斷作為應送隔離的依據。其實這些人比較適宜送往監獄，但是當局知道隔離所環境更嚴苛、懲戒效果更佳，而防疫部隊主張為了以儆效尤，必須嚴格對待無故忽視規定的刁民。但這群人現在一心一意要報復，認為防疫部隊的作法造成許多原本健康的民眾染疫。他們不只要和防疫部隊作對，也仇視防疫規定、醫師和任何隔離措施，最愛的論調就是宣稱瘟疫一開始是醫師、基督徒和防疫人員帶到島上。沙密帕夏心知肚明，這群人人多勢眾而且逐漸坐大，根本不可能將他們聚集起來強迫送回隔離所。

隔離者逃回市區之後，很快就發現亞卡茲出現了權力真空。民眾先前因畏懼瘟疫、革命和公開處決場景，只能深居簡出，如今看到越獄盜匪和從隔離所逃走的瘟疫病患滿街遊走，更是嚇得不敢出門。接到沙密帕夏示警之後，防疫部隊也不再出勤。

比較勇悍好鬥的隔離者卻獲得民眾一定程度的支持，原因之一是他們為店家和市民提供保護，對抗發起暴動和其他跟著越獄的囚犯。有些自城堡越獄的囚犯早已看中市區裡某些房屋，打算闖進去占住，或至少搶個後院或角落當成自己的地盤。他們見到沒有任何警察和士兵出來維持秩序，更是肆無忌憚、為所欲為。其中一群比較蠻橫無知又不擇手段的囚犯，從丘坡下來到碼頭區想找一艘小船逃往士麥那，在碼頭與防疫部隊士兵和一些逃出來的隔離者發生衝突。最早的一場嚴重衝突發生在夾竹桃丘，當事者是兩名越獄囚犯，和從鄉村運來無花果、核桃、乳酪和其他物資販售的雜貨店老闆。一名囚犯抓起店裡的無花果狼吞虎嚥，另一人則抓了一塊乳酪塞進自己的行囊，而雜貨店老闆和家人群起反擊，他們看得出來兩人只是普通犯人，不是逃出來的隔離者，所以並不畏懼。雜貨店老闆其中一名兄弟和朋友也加入對抗囚犯的行列，這些來幫忙的人全都在「無正當理由」的情況被認定染疫並隔離了五天，當時正一起慶祝重獲自由。棍棒齊飛五分鐘後，越獄囚犯和憤怒隔離者的衝突宣告結束，但「染疫者」會幫忙店家對抗惡霸罪犯的風聲很快傳開。

在待了五年的辦公室中，總理沙密帕夏仔細檢視所有情報。當天晚上，元帥副官馬札爾阿凡提和駙馬努里醫師來到總理辦公室開會。如今逃犯和滋事者橫行街頭，還有逃出來的隔離者和教團信眾伺機報復，但現有的士兵或警察人力已不足以守護國家。在發生一連串不幸的事故衝突之後，防疫部隊士兵紛紛返家，每天早上到駐軍營地報到者不到半數。他們已經聽說元帥夫人死於瘟疫，士氣遭受嚴重打擊。沙密帕夏手下只剩下衛兵和憲兵，兵力只夠守衛部會總處和廣場。有一群凶惡囚犯一度想闖入部會總處過夜，後來遭憲兵隊趕走。民間謠傳有些幫派分子占據了市區各處的房舍，還打算攻打政府機關。唯今之計是跟逃走的隔離者談和，說服他們不再與防疫部隊為敵，但當天晚上聚在沙密帕夏辦公室裡的三人卻想不出該怎麼做。

為了確保部會總處和位在輝煌殿堂飯店的元帥居所安全無虞，沙密帕夏請求駐軍調派一排可靠且聽得懂命令的阿拉伯士兵支援，但支援的士兵還未抵達。馬札爾阿凡提一直負責居中協調，他想要向元帥報告市區街頭的狀況，以及逃走隔離者的勢力逐漸壯大，希望尋求元帥的建議。元帥失去妻兒後悲痛萬分，一直將自己鎖在飯店頂樓客房內避不露面。此時在卡迪勒許區，一座房屋遭越獄囚犯放火焚燬，在市區各處都能望見飄向天空的黑煙。元帥理應會看到黑煙，理應憂心究竟發生什麼事並要求得知內情，他晚上一定也聽見了市區傳來的喧囂吵嚷和偶爾數聲槍響。

關於個人在歷史上扮演的角色，似乎很適合在此時刻評論一二。要是凱米爾元帥的妻子哲妮璞沒有感染瘟疫，後續造成的諸多事件仍然會發生嗎，抑或歷史會全然改寫？明格里亞島的一切發展是否已經注定，歷史無論如何都不會改變？這些問題太複雜，很難回答。但事實是，在全市陷入無政府的混亂失序狀態下，元帥卻只關心他的妻子和明格里亞語，只是造成全市混亂失序的情況更加嚴重，更重要的是，也導致新政府帶給人民的希望和樂觀正向心態迅速瓦解。

隔天早上，沙密帕夏等人再次聚在亞卡茲市地圖前開會，地圖上已標出了新增的三十二名死者所在位置。如今幾乎不可能再逐一安葬死者，但在較外圍的數區，死者親友仍會違反防疫規定組成送葬隊伍。對於稱霸街頭目無法紀的暴民來說，違反防疫規定已是天經地義。

沙密帕夏比其他人看得更透徹，他知道當局若想重拾威信，唯一的方法是元帥暫時擱下喪妻之痛，走出房間再次領導防疫部隊，除此之外他們無計可施，但再拖延下去，做什麼都為時已晚。翌日，沙密帕夏、馬札爾阿凡提和隨侍衛兵上到輝煌殿堂飯店三樓，敲了敲元帥房間的門。厚重的白色木門緊閉。一行人等了很久，又敲了一次門。門還是沒打開，他們取出一封事先準備好的信半塞進下方門縫，信上記述了近來的政局發展以及事態嚴重的程度。

他們在一小時後回來，看到信已被取走。馬札爾阿凡提發現門把似乎轉動過，他推測元帥一定醒了。但房門依舊深鎖。再次敲門並等候一陣子之後，眾人覺得面見元帥時最好還是有努里醫師在場，於是派了使者前往舊總督府。

半小時後，沙密帕夏輕輕將房門推開，努里醫師跟在他身後。房內沒有任何動靜，沙密帕夏、努里醫師和馬札爾阿凡提步入室內，發現凱米爾元帥坐在大片百葉窗旁的核桃木寫字桌前。元帥察覺有人進了房間，但仍一動也不動。努里醫師朝元帥走近，心想肯定有什麼不對勁。

元帥身著軍服，還穿上冬季時才需要穿的長筒靴。片刻間，努里醫師心想元帥一定是下定決心要親上前線帶領士兵，但事實和他所想的剛好相反：凱米爾元帥看起來連呼吸都很費力氣，遑論帶兵作戰。元帥額頭上滿是汗水，大口喘著粗氣。

努里醫師察覺元帥的視線一直跟著他和其他人，好像坐在理髮椅上無法轉頭。他的目光落在元帥頸部——在頸部右側出現了極為明顯的淋巴腺腫大。

在那個歷史上的重大時刻，走進房間的三人都明白，開國元勳、革命英雄凱米爾元帥感染了瘟疫。他們終於了解元帥之前為何行徑古怪，因為他沒有勇氣說出自己身體不適，或覺得不該說出來。沙密帕夏覺得元帥很像生悶氣的小孩，拒絕跟人交談，但努里醫師卻記起有些瘟疫病患的症狀包括語言能力受損，以及渾身發抖和講話結巴。

接下來會發生什麼事？三人看得出來元帥心中最牽掛的是國家和島嶼的命運，而他跟他們一樣不希望公開自己染疫的消息。但元帥最多只能預想自己走向生命盡頭之前的事，其他三人則為了在此之後可能發生的事焦頭爛額。

第六十五章

在讓島上最高領導階層另外三名成員很快看過頸部腫塊後，元帥凱米爾帕夏改變姿勢，從藤椅上慢慢站起身，搖搖晃晃地走到與愛妻共度兩個半月恩愛時光的床鋪旁邊倒下。

直至今日，在努力釐清當時的所有事件時，得知走進元帥房間裡的沙密帕夏、馬札爾阿凡提和努里醫師三人，竟然完全沒有想到要立刻奪門而出，回到部會總處想辦法拯救自己和家人的性命，我們依然感到大為驚奇。為了保住國家這艘大船不致沉沒，沙密帕夏和馬札爾阿凡提努力表現出彷彿有一排士兵跟在身後聽從他們指揮的樣子。

有些歷史學家指出，凱米爾元帥染疫是明格里亞「反革命」以及回歸舊秩序的開端。如果將「反革命」中的「革命」理解為獨立運動和推翻鄂圖曼帝國政府，那麼上述看法並不正確，因為在元帥感染瘟疫之後，明格里亞島依然走在獨立之路上。但要是將「革命」視為一股世俗主義和推動現代化的力量，那麼上述看法或許是正確的。我們絕對同意的一點是，事發後兩天內情勢已經相當清楚，無論醫師和政府人員再怎麼盡責，新政府已經很難保住統治權。沙密帕夏的眾多密探和眼線也相當沉寂，好像就連他們也還在試圖弄清楚目前的情況。城市陷入綱紀廢弛、混亂失序，西方國家或許會稱之為「混沌動盪」或「無政府狀態」。整個部會總處上上下下，沒有一個人清楚外頭發生了什麼事。

當天下午，努里醫師和尼寇斯醫師將元帥頸部的腫塊劃開引膿。他們幫元帥打了退燒針，盡可能幫他降溫，也安排一名男護士在他們監督下幫元帥輕輕擦拭全身，兩名醫師自己則和病弱的元帥保持一定距離。努里醫師後來告訴公主，在替元帥治療的第一天，元帥還像其他人一樣努力忍痛，但到了第二天，他就變得跟小孩子一樣。明格里亞課本告訴我們，元帥雖然生病，但他並不「害怕」，還是一直努力對抗疫情和建立現代化的防疫體系。元帥有時候會很長時間靜默不語，不再與外在世界有任何互動，只是拚盡力氣承受彷彿有錘子重擊額頭般的劇烈頭痛，與每次發作就持續許久的一陣陣抖顫。但也有些時候，他看起來好像已經退燒，一醒來就想要下床，好像急著趕往什麼地方。

在醫師們刺破頸部腫塊引膿一小時之後，元帥使出殘餘的氣力，起身走到可眺望市區和下方碼頭的大窗旁。海灣依舊壯美迷人，泛著獨特的藍、白和粉紅光澤。見到閃閃發光的海灣那一刻，元帥彷彿確認了他長久以來思索的某件事，並從上天獲得某種啟示，當下宣布明格里亞民族是全世界最高貴真誠的優秀民族，而且永遠如此。即使過去一直是妝點貪婪邪惡之人手指的飾品，珠寶仍然是珠寶，即使遭到義大利人、希臘人和鄂圖曼土耳其人剝削虐待，也無損珠寶的價值。明格里亞也一樣，自始至終都無比珍貴。最了解明格里亞，最能為明格里亞帶來進步的，莫過於明格里亞人自己。這就是為什麼明格里亞人要說明格里亞語，無論是誰，只要說「我是明格里亞人」，就是明格里亞人。數百年來，明格里亞人都不被允許說出「我是明格里亞人」，但從現在開始，每個人唯一需要做的，就是發自內心說出這句與祈禱詞一樣神聖的美妙宣言。

元帥說這句宣言不只是他們與世界上其他人之間同胞情誼的開端，也是萬事萬物的起頭。元帥的神情彷彿他正在街頭，在他的同胞中間行走。努里醫師後來向公主描述，當時「對國家民族的大愛和熱情彷彿從元帥體內迸發而出，澎湃洶湧遍布整個城市！」有朝一日，明格里亞民族將會成就偉大的功業，改寫全世界的歷史！遺憾的是，元帥在振臂高呼之後就氣空力盡、無法動彈，只能倒在床上，半睡半醒間時而滿口囈語。

馬札爾阿凡提派了一名年輕書記員守在病床旁，記錄元帥說過的每字每句。努里醫師告訴公主的經過，與書記員記下的內容大致吻合。元帥於臨終前陷入譫妄，不停說著看到了封鎖島嶼的戰艦，要妻子千萬不能離開他們住的房間，還有以後兒子上學認字一定要念明格里亞語學校。他一度指著天空中的一朵雲，說雲的形狀跟明格里亞國旗上的玫瑰一模一樣。這件事在明格里亞文化中具有非比尋常的意義，更收錄於中小學課本，學童上美勞課時就會讀到這則故事，而每年八月初的元帥逝世紀念日後一天，全島都會舉行「玫瑰雲朵節」紀念活動。

意識到情勢嚴峻，沙密帕夏和馬札爾阿凡提認為若能避免更多不必要的死傷犧牲，可以考慮和赫姆杜拉謝赫結盟。他們派了使者送信到康斯坦仕飯店，但並未收到謝赫的回覆。

發燒的元帥半夜醒來，跟守在房間裡的年輕書記員說了一則明格里亞狐狸四處尋找伴侶的故事，他說是小時候祖母告訴他的。稍晚，元帥又想起另一則祖母講過的古老明格里亞故事。在很久很久以前，連亞卡茲市都還不存在的年代，有一艘小船在海灣觸礁，從小船下來一群人，他們就是今日明格里亞人的祖先。他們喜歡這座遍布懸崖峭壁、泉水和森林的島嶼，很快就把島嶼和大海當成新家。當時的明格里亞島溪河中有渾身青綠的烏魚悠游，還有身上有紅點的螃蟹這種古老生物，森林裡有聒噪不休的鸚鵡和神出鬼沒的老虎，夏季時天空中常有大群遷往歐洲的粉紅色鸛鳥和藍色燕子飛過。島上有一個叫作哲妮瓔的明格里亞小女孩，她的父親是國王朝中的大臣，哲妮瓔幫每種動物在島上找了家，也許是樹上的窩巢，也許是可以棲身的洞穴，她是所有動物的好朋友。元帥交代書記員要找人寫一本給小學生看的兒童讀物，內容就是古代明格里亞的哲妮瓔與動物好朋友的故事，他接下來用土耳其語口述的內容日後成了《哲妮瓔之書》的第一章。元帥邊口述故事邊走向窗邊，他氣喘吁吁地要書記員將百葉窗打開，然後望向夜色下的亞卡茲，他彷彿看見老祖母講的童話故事人物在下方漆黑寂靜的街道上活了起來。此刻的元帥容光煥發、歡欣振奮，在他的腦海中，記憶與對未來的想望交雜，古老神話與當天發生的事相混。他在痛苦難當中癱倒在床之前的一刻頓悟，在過去裡看見現在，與想像未來其實是同一件事。

翌日早上，得知元帥病情惡化，而前一天死亡數已增加至四十八人，沙密帕夏高呼：「我們現在只能向真主祈求了！」

但在一小時內，馬札爾阿凡提建議由沙密帕夏前往少女塔，或許可以拉攏關在塔內的官員當成「最後手段」，沙密帕夏表示贊同。當天中午，一艘隸屬總督辦公室的小艇載著沙密帕夏駛往少女塔——讀者或許還有印象，這就是本書一開始，於某天早上將邦考斯基帕夏從「阿濟茲號」上接來島上的小艇。由於政局動盪不安，死亡人數不斷攀升，往返明格里亞島和其他地方的定期和不定期船班早已停駛，此時在少女塔內「隔離」的只剩下那群「忠於伊斯坦堡」的官吏。沙密帕夏對於要和他們商談仍有點遲疑，擔心對方言語間會暗指他犯下叛國之罪，因此只會見了哈狄，即還未上任就死於非命的新總督的副手。沙密帕夏先是表明自己如何用盡一切方法保護蘇丹子民的健康和安全，接著話鋒一轉帶到正題，說明目前島上情勢危殆，他考慮派船將哈狄和其他鄂圖曼官吏送走，讓他們取道克里特島返回伊斯坦堡。他小心翼翼地告知對方元帥所提出的條件：伊斯坦堡方面要同意解除封鎖，並派部隊前來島上協助防治疫情。

哈狄日後在回憶錄《從群島到祖國》中對此挖苦一番，嘲諷這次會談的雙方不太像兩名鄂圖曼官員，比較像人質跟擄人勒贖的海盜。無論如何，沙密帕夏的要求不切實際；即使真的找到一艘船願意將少女塔的一群人載到克里特島，也順利突破戰艦組成的封鎖線，伊斯坦堡的人也沒有道理聽命於一群來自明格里亞的可疑官吏。再者，從明格里亞回到伊斯坦堡的航程至少要一週。最後，沙密帕夏似乎也明白自己的提議相當荒謬，匆忙結束會談（他的樣子彷彿忽然想到有什麼事要忙），搭乘划艇回到港口。

划艇接近碼頭時，沙密帕夏發現亞卡茲的景象一片蕭索哀戚，令人不忍卒睹。四下空蕩無人，一絲動靜也無。當天是陰天，整個城市看起來灰濛濛的，全市似乎不再出現任何人或物活動的跡象。只有兩道青煙冉冉飄起——除此之外，死氣沉沉。船夫認命地搖著槳。大海看來幽暗可怖。疫情總有一天會結束，島上終究會恢復原本的熱鬧活潑、絢麗多彩，沙密帕夏心想，但在那之前，他寧可不再看亞卡茲一眼，也不想看見如今彷彿死城的模樣。

沙密帕夏還在划艇上時，明格里亞的開國元勳、元帥凱米爾帕夏在飯店頂樓客房內死於瘟疫，與其妻之死相隔不過四天。當時也在房間裡的只有那名記錄元帥言語的年輕書記員，努里醫師則在飯店的二樓待命。

根據書記員的報告，凱米爾元帥在臨終前兩小時的遺言中，共有兩千字是土耳其語，有一百二十九個字是明格里亞語。這些明格里亞語字詞後來列入元帥語錄，原文和土耳其語譯本皆廣為流傳，並大量應用於各種背景脈絡之中，包括公家機關掛在牆上的標語、公告、郵票、電報系統教學指南、字母讀本以及文學作品，世界上第一本明格里亞語詞典更特別以不同字體標記這一百二十九個字詞。直到現今在首都亞卡茲，仍然隨處可見這一百二十九個字詞，即使是從沒學過明格里亞語的遊客，可能不費吹灰之力，三天之內就能將這些字詞熟記於心。

元帥臨終前說出的字詞或展露他的文學天賦（火、夢、母親），或直指偉人的情感（黑暗、憂傷、鎖），或暗示他的神智仍然清楚，只是偶爾可能需要旁人提供實質協助（門、毛巾、窗戶）。

至於元帥也提及的靴子和戰艦，有些傳記作者、歷史學家和政治人物的解讀是，推動獨立建國的元帥臨終前幾乎沒有力氣說話，他是想召來最賞識的船夫，帶著防疫部隊出海對西方強國派來的戰艦發動攻擊。

沙密帕夏在老岩石突堤坐上車夫澤克里亞駕駛的馬車，回到辦公室後發現旗下官員全都六神無主，馬札爾阿凡提也在場，他在請託努里醫師照看元帥之後回到總理辦公室。接下來的消息有如青天霹靂：赫姆杜拉謝赫已在前一晚逃離康斯坦仕飯店。

也許謝赫是遭人綁架（細節尚待釐清），但無論如何，現場沒有掙扎扭打的痕跡。謝赫會不會只是出去散步？沙密帕夏認為不可能，他確信謝赫絕不會做這種事。他們目前為止只掌握到這些情報，還沒有人出面宣稱自己擄走了謝赫。但是擄人者也可以毆打虐待甚至輕易地殺死謝赫，就像對待邦考斯基帕夏一樣，如此一來，最後所有人恐怕會將矛頭對準總理沙密帕夏。

當局還有另一個問題要煩惱，逃走的隔離者拉幫結夥，以哈米德大道北側店鋪密集區為根據地成為新興幫派，在民間的威望愈來愈高。這群人大都四十多歲，他們選在聖特里亞達區落腳，聯合親朋好友和熟識店家，利用當地的廣大人脈網絡，一方面塑造身為「隔離受害者」的形象，另一方面幫忙店家對抗橫行市區的越獄囚犯。但他們也將瘟疫帶進了聖特里亞達區。他們看得出來防疫部隊的實力已經不足以跟他們抗衡，加上一心想要報復，因此想方設法要找士兵的麻煩。沙密帕夏的眼線也回報，這幫人在煽動大眾的反防疫（不只是反隔離）情緒，鼓動他們村子裡一名原本在海關後方開雜貨鋪的老闆重新開門營業，還慫恿他說想囤積或販賣什麼貨品都可以。

沙密帕夏仍在思考要將所有新消息告知努里醫師時，努里醫師本人在日落之前來到他的辦公室，帶來了凱米爾元帥的死訊。接獲元帥死訊，沙密帕夏並不驚訝，只是沒想到消息竟來得比他料想的更快。

聽說建國有功的元帥病逝，有些人忍不住悲泣落淚。沙密帕夏一度考慮要去飯店瞻仰元帥遺容，但擔心元帥死訊會傳開來，便又改變主意，他想著如今時局艱難，眾人必定期望由他接管新政府。此時的他心中五味雜陳，種種情感、渴望和夢想交相激盪，他知道自己當晚一定輾轉難眠，早已派人帶話給瑪莉卡。

他搭乘馬車到佩塔利斯區，下車後徒步前往瑪莉卡家，沿途經過的街道無不灰濛冷清。途中看到一家旅館門口掛著明格里亞國旗（雖然只是一面小旗幟），他有點訝異。

走進屋裡時，沙密帕夏有一種似曾相識的感覺，彷彿進入危機四伏的夢境。瑪莉卡家跟他最愛的那些夢境一樣是「禁地」。附近照亮街道、牆面和路樹枝葉的燈火忽然熄滅，所有暗影和快樂回憶跟著消失殆盡，徒留孤寂和恐懼，而整個世界隨之陷入空洞虛無。

瑪莉卡一見到沙密帕夏，就滔滔不絕講著瘟疫如何傳遍全市，而鄰居是如何藏匿病故家人的遺體。但她很快就察覺沙密帕夏一直站著，而且沒辦法專心聽自己講話。

「您看起來好像只剩半條命。」她說。

見到瑪莉卡察言觀色就知道自己此刻的心情，沙密帕夏十分感激。他坐下來休息了一會兒，與瑪莉卡激情歡愛，想要藉由沉浸於激烈性愛將一切拋諸腦後，但似乎無論如何都緩解不了因恐懼和絕望造成的胃部抽痛。

瑪莉卡仍然很認真看待新政府的公告。「您一定要撤銷關閉清真寺和教堂的命令！」她說：「不然的話，您會很麻煩，也沒辦法再實行防疫措施。如果沒辦法去清真寺或上教堂，人民會背棄您，民族會背棄您。」

「你說的民族究竟是什麼？我們是要為島上**每一個人**，為所有人的安全負責。」

「沒有了清真寺或教堂、沒有信仰的人民不再是一個民族，帕夏。」

「人民之所以是一個民族，不是因為會去清真寺或教堂，而是因為我們都住在這裡。我們是這座島上的民族。」

「但是帕夏，就算島上的希臘人群體接受這個民族的概念，穆斯林也接受嗎？教堂鐘聲不只提醒我們要禱告，耶穌基督會拯救我們，也帶給我們撫慰，因為鐘聲讓我們知道，城市各地還有很多人跟我們一樣，同樣害怕無助、受苦受難。沒有教堂鐘聲或宣禮叫拜聲的時候，我們只覺得死亡離得更近了，帕夏。」

總理沙密帕夏鬱悶地聽著。瑪莉卡接著講起所有最新的謠言。弗利茨沃區有一間鬧鬼的屋子，孩童幫派晚上會躲在那裡，有人在屋子裡發現一具無頭骸骨。柯濟亞藥房和老市集一些穆斯林店家，都在偷偷販賣救援船「蘇罕旦號」運來的藥品、罐頭、被套和床單。防疫部隊一名士兵收受賄賂，幫忙一對染疫的母子藏匿起來躲避檢疫醫師。

「外頭還有防疫部隊士兵在執勤，真是好消息！」沙密帕夏聽完之後，忽然決定要返回部會總處。

他在島上已經生活五年，而他五年來治理全島事務的辦公室所在建築物如今空蕩冷清。除了數名衛兵形單影隻在樓梯口和走廊上站崗，就沒有其他人了。大部分燈火都未點亮。沙密帕夏吩咐要增派衛兵把守，之後就前往位在建築物後側的官邸，半小時後他才回到臥室，鎖上兩道鎖之後又將門上閂，當晚他睡睡醒醒，直到天亮都睡不安穩。

第六十六章

翌日早晨，沙密帕夏、努里醫師和尼寇斯醫師一如往常聚在地圖前開會，發現前一天的死亡數超過四十人。由於擔心在路上遇到逃出城堡的隔離者或是憤怒的教團信眾，防疫部隊不再派員前往各區強力執行隔離和撤離等防疫規定，包括死亡人數快速增加的坡耶勒什區和圖茲拉區。同時，沙密帕夏的本能則是優先保護部會總處，他動員了所有新兵和沒有出任務的防疫部隊士兵，要求他們在他人在部會總處時隨侍在側。

文化史學家也注意到，即使在災禍臨頭、最絕望無助的時候，當局還是爭論了數小時之久才決定「國父」後事的各項細節。明格里亞國父的陵墓地點將選在圖倫契拉區地勢較高的一塊平地，就在穆斯林新墓園（染疫死者下葬處）和少校的故居之間。無論從城堡或市區任何一個地方，或是任何船隻從南方和東方駛近島嶼時，都可以清楚望見這個地點。年長的塔索斯醫師對文化研究和考古學略有涉獵，他這天剛好出席了會議，在他的建議之下，元帥的陵墓設計將會融入古羅馬、拜占庭、鄂圖曼和阿拉伯建築風格的元素，他的宏大願景直到三十二年後終於真正實現。

元帥的遺體仍在輝煌殿堂飯店的房間裡，沙密帕夏和手下書記員幾乎整天都忙著思考要用什麼方式，才能將遺體運往陵墓地點又掩人耳目，避免引起任何人注意或發現遺體身分，卻一籌莫展。市區到處都是幫派分子，他們習慣攔下所有行人盤查，從送葬隊伍、來賣東西的村民到越獄囚犯都不放過。但即使能避開這些流氓無賴，一定會有很多民眾猜測埋在丘坡上的死者身分。

馬札爾阿凡提帶來的一封信，更是令沙密帕夏和其他官員心煩意亂、大受挫折。此信由一名書記員代表逃走的隔離者撰寫，信中措辭恭敬有禮，表示有四十二人遭到防疫部隊無正當理由之下送去隔離，他們如今重獲自由，希望面見總理遞交列出多名部隊士兵的名字和脅迫、貪汙腐敗等不當行為的陳情書。馬札爾阿凡提指出，這群人還大膽提出了搜索部會總處的要求，理由是他們接到情報，有數名惡意虐待民眾的士兵現今藏匿於該地。

沙密帕夏很清楚，這群人只是在找藉口鬧事。他派馬札爾阿凡提前往駐軍，請求派出一支約四十到五十人的分遣隊守衛部會總處以防有人攻擊。沙密帕夏不時會望向窗外，從他佇立處可以看見輝煌殿堂飯店的較高樓層，他一想到明格里亞開國元勳的遺體仍然躺在房間內，就不禁哀傷落淚。如今他已經明白，在白天安葬元帥無論如何都會引人注意，此外還有和遍布市內的幫派起衝突的風險。在諮詢過公共衛生部部長尼寇斯醫師之後，他決定派人在午夜之後將元帥遺體從輝煌殿堂飯店運走，在夜色掩護之下依照防疫規定安葬元帥。

半小時後，總理沙密帕夏帶著一群書記員和衛兵前來求見帕琦瑟公主和駙馬。他獨自進入公主和駙馬的住所，神色凝重哀傷，告知站起身迎接他的努里醫師說，他們必須在午夜過後安葬元帥，而且不會請元帥的母親到場。他似乎有話要特別說給在房間另一頭的帕琦瑟公主聽。

「無論我們做了什麼，都是為了拯救蘇丹陛下的子民！」沙密帕夏說：「遺憾的是，就算我們全力以赴，還是說不上有什麼成效。但我要很高興地向兩位報告，關於蘇丹陛下交辦的另一件事，我們取得了小小的勝利，找出面面俱到又令人滿意的答案。我們已經找出殺死邦考斯基帕夏和他的助手伊利亞醫師的真凶了，資料全都在這裡——用了跟福爾摩斯一樣的方法，也用了鄂圖曼人的方法！」沙密帕夏邊說邊放下一份裝了大疊文件的卷宗。

「我派了更多衛兵過來守衛大門，但很遺憾，一直有人擅自逃離……要是越獄逃犯想要攻打這棟建築，我也不覺得驚訝，但他們不會得逞的。記得門的兩道鎖都要鎖上，務必拉上門閂。別忘了，兩位在這裡是受到國家保護的貴客，也許應該考慮請兩位移往其他地方暫住。」

「為什麼要這麼做，帕夏？」

「這樣他們才不會知道兩位在哪裡……」沙密帕夏回答。「目前或許還不是很危險，不過還是建議兩位不要外出。我也會派人守在房間門口。」他在走出房間時說道。

這是帕琦瑟公主和努里醫師最後一次見到沙密帕夏。當天晚上，兩人在島上度過最為驚惶憂傷的一夜。哲妮璞的死和少校即將下葬的事讓公主和駙馬大為震驚，他們也和身邊其他人一樣，意識到自己也可能會死。整座島上放了最多捕鼠器和毒鼠藥的地方大概就是部會總處，但就算是出席過無數場瘟疫和防疫國際研討會的努里醫師，這時也開始跟以前的人一樣，害怕瘟疫是經由他們吸進去的空氣傳染，就算沒有老鼠或跳蚤也能傳播。如今外頭還有叛亂分子和越獄囚犯，這些人也可能奪走他們的性命。

公主和駙馬吃了剩下的數顆核桃和剛醃好的鹹魚，配上一小塊由駐軍伙房送來的麵包。如今分配給全市人民的麵包變得比之前更少，也意味著只靠這些麵包維生的人可能會慢慢開始挨餓。上床就寢之前，他們將一座小櫥櫃推到門口抵住。帕琦瑟公主在信中記述了島上當天晚上的氣氛、她的所思所感、港口和大海飄來的潮溼霉味，和市區僅存仍在燃燒的燈火所散發的寥落燈光，讀來令人彷彿身歷其境。公主描述自己如何和丈夫在床上害怕得抱住彼此，豎耳細聽市區傳來的所有聲響和一波波海浪聲，整夜難以成眠，讀者讀到時想必可以想像，整晚邊哭邊擔心感染瘟疫、害怕得不敢入睡是什麼樣的感覺。

午夜過後不久，他們聽見廣場和大門處傳來槍聲。有數聲槍響聽起來離他們很近，槍聲的回音在廣場中迴盪。兩人惶惶不安，下床後只敢蹲伏在地用爬的，避免靠近窗邊。

叛亂分子和沙密帕夏手下衛兵之間的戰鬥從凌晨一直持續到早上。總理沙密帕夏勇敢堅守陣地到最後一刻，雙方分別有七名造反的「流氓」和兩名衛兵戰死。沙密帕夏帶著兩名手下從後門逃走，原總督府落入叛軍手中。

槍聲於早晨停息，戰事似乎告一段落，但隨即又有數聲槍響，之後終於完全停止。外頭陷入寂靜無聲，過了一陣子，努里醫師和帕琦瑟公主又聽到有人飛奔過廣場的腳步聲，也聽到室外有人在上下樓梯和說話。但還沒有人來到他們房間門外。兩人坐著等待，一直提不起勇氣打開門看看衛兵是否還在。

最後努里醫師換好衣服走出房間，發現守在門外的衛兵換了人。新來的衛兵笨拙地舉槍將槍口對著他們，兩人再次關上房門並拉上門閂，接著走到窗口旁張望，想知道外頭到底怎麼回事。

一小時後，敲門聲響起。登門拜訪者包括兩名努里醫師認得的祕書、數名書記員和一名裝扮像苦修僧的老人。

他們領著駙馬努里醫師前往同一層樓的一間大辦公室，正是本書一開始就向各位讀者提到的沙密帕夏辦公室。自從九十八天前初抵島上，努里醫師幾乎每天都會到這間辦公室隔壁的疫情室前，研究地圖上的染疫案例分布，每一次沙密帕夏都會陪同。但這一次，另一個人坐在沙密帕夏的辦公桌前。努里醫師立刻認出正從沙密帕夏的位子站起來的人，是戴著高帽的攝政尼梅圖拉阿凡提，不過他這天沒有戴高帽。在數句寒暄問候之後，攝政開口道：「發生了一場戰事，現在政府瓦解，沙密帕夏逃跑了。總理一職由不才在下接任，不過先前的部會首長都還在，會請他們留任。聖者謝赫已經回到道堂，有些倉卒但平安無事。大家都認為一定要解除隔離禁令！」

努里醫師接著得知，赫姆杜拉謝赫號召逃跑的隔離者、教團信眾、其他教團和痛恨防疫規定的店鋪老閪組成雜牌軍，擊敗了忠於沙密帕夏但寡不敵眾的衛兵，成功奪取政權。沙密帕夏在落敗後一定想辦法逃走了，但被捕只是遲早的事。如今實質上已有一個新政府成立。

清真寺和教堂將會恢復運作，教堂鐘聲和宣禮叫拜聲會再度響起，以石灰消毒染疫死者遺體的規定將會廢止。尼梅圖拉阿凡提也告訴他，將立即恢復安葬死者遺體前先送到清真寺洗淨的作法。然而當下明明有更急迫的事情要處理。

「但是閣下，如果您這麼做，會有太多遺體需要處理，很難找到足夠的人力。」努里醫師說：「情況會變得比現在更糟！」

新總理甚至不想多費唇舌回應。如今支持廢止防疫規定的民眾普遍認為，死亡人數持續增加，表示防疫措施根本沒用，而且民間還是有很多人相信，瘟疫從一開始就是防疫人員帶來的。

總理尼梅圖拉阿凡提提醒努里醫師，既已廢止所有防疫規定，現在也解除他的檢疫局長職務，請他可以自便，如果有意願，也可以去醫院看看能不能幫忙照顧病患。新總理也表明，任何濫用權勢的士兵、醫師和官員都將為自己的所作所為付出代價。他接著老練圓滑地說明，努里醫師和他的公主妻子仍是由明格里亞官方接待的賓客，會一直有衛兵保護他們的安全。努里醫師正要走出辦公室時，新總理開口問他知不知道沙密帕夏可能的下落，努里醫師的回答是他完全沒有頭緒。

回到賓館後，努里醫師一五一十告知帕琪瑟公主最近發生的一切，也跟她說現在的總理換成尼梅圖拉阿凡提，但對他們夫婦應該仍會以禮相待。

不久後，努里醫師實在坐立難安，急著親眼看看外頭的情況，心想或許可以冒險外出，但才到門口就被擋下，他才知道新政府甚至不想讓他去市區的醫院救治病患。其實兩人早就疑心，新政府很可能會將他們軟禁在賓館內。軟禁對帕琪瑟公主來說曾經是日常現實，如今也成為努里醫師的生活常態。

接下來的十六天，兩人足不出戶。關於苦修僧尼梅圖拉擔任總理的這段時期——有些歷史學家稱為「赫姆杜拉謝赫時期」——我們的記述主要參考帕琦瑟公主書信以外的文獻資料。

赫姆杜拉謝赫時期最大的特色，就是儘管瘟疫持續傳播，主政者仍准許清真寺、教堂、教團道堂和修道院重新對信眾開放。雖然主政者也開放店鋪、餐廳、理髮店甚至舊貨市場和舊貨商復業，但造成的傷害還是比不上開放清真寺和教堂。在比較無知冷漠的民眾眼中，政府不再禁止民眾進出宗教場所，充分證明了防疫措施完全無用。主政者的決定也造成虔誠信徒的宿命論和失敗主義思維再次抬頭，大眾不再尋求其他解決方法，而是向真主阿拉祈求庇佑。十九世紀上半葉在地中海區域多個城市曾爆發霍亂疫情，一般認為傳播霍亂的源頭包括藤編器具製匠、基里姆毯織匠、舊貨商和水果攤商，島上的這類型商販大都是希臘人，他們都贊成實行防疫措施。對於赫姆杜拉謝赫開放所有商業活動的政策，他們還是有所疑慮，遲遲不願開店。此外，規模較大的商店、市區內多家知名餐廳，以及飯店內的餐廳和「俱樂部」也持續停業。

恢復營業的理髮店、餐館等店家，大都位在偏僻巷弄和比較偏遠的數區。其實這些店家一直以來都仗恃不會被防疫人員發現，偷偷違反防疫規定，直接將倉庫裡的東西賣給常客，或是每天在預先約好的時段偷偷打開後門做生意。赫姆杜拉謝赫時期還未結束，這些餐館和雜貨店的老闆和學徒之中，就有超過半數染疫亡故。

然而，如此駭人聽聞的悲劇，卻幾乎無人留意。沒人建議採取預防措施避免更多學徒感染瘟疫，因為再也沒有任何人清楚目前的情勢。在防疫規定全數廢止之後，原先在公墓統計死亡人數的書記員、計算靈車趟次的人員，還有最重要的，彙整所有流行病學相關數字資料並在疫情室地圖上的街道建築以不同顏色標記的人員，全都遭到免職。換言之，島上已經沒有人知道任何一天總計有多少人死於瘟疫。也許當權者一點都不想知道。

戴高帽的尼梅圖拉阿凡提在當上總理的頭十天就發現，死亡人數增加速度之快令人難以置信，而聖者赫姆杜拉謝赫的種種要求與他周遭現實世界之間有著極大的矛盾扞格，他在震驚之餘左支右絀，覺得一切似乎窒礙難行。當局禁止以石灰消毒死者遺體，加上謝赫明確指示信眾應將親人遺體送到清真寺的停屍間洗淨，並鼓勵家屬遵循合宜的葬禮儀式以及為死者誦念經文，而民眾又頻繁進出新近重新開張的店家，再次開始到《古蘭經》讀經班上課，還有先前逃出城堡的隔離者紛紛回到市區家裡，再再造成瘟疫加速傳播。

防疫規定廢止後，街上的人群仍舊稀稀落落。在街頭走動的或許是一名不相信任何防疫規定、對疫情也不以為意的教團信徒，或許是數名鼓起勇氣下山到亞卡茲販賣農產的村民。但如帕琦瑟公主書信中所指出，在防疫禁令撤銷之後，依舊很少聽到馬車車廂掛的鈴鐺聲、馬蹄踢躂躂或車輪軋軋作響。如今不再有人需要隔離，教堂鐘聲和宣禮叫拜聲再次響起，但是港口、海灣和城市依舊瀰漫著沉沉死氣。每次教堂鐘聲和宣禮聲劃破市區的寂靜，只是讓所有人心中升起一股死亡迫近的不祥預感。

赫姆杜拉謝赫時期唯一的成就，就是眼看全城即將陷入饑荒，當局卻能每天發放六千條新鮮溫熱的麵包。當局之所以能做到，是因為沒收了駐軍儲備於營地倉房內的麵粉。麵包是在駐軍營地的伙房烤好，再由市府的馬車運送到各區廣場分發給民眾。

營地的大量麵粉、豆子和其他物資是之前由伊斯坦堡政府送來的，在發生朝聖船叛變事件之後，首都政府擔心會有叛亂分子圍攻或外國軍隊封鎖駐軍營地（事實上外國軍隊確實封鎖了島嶼），但這些救急的糧食物資理論上不會供作其他用途。過去多年來，謝赫不時假借機會造訪駐軍營地，他和支持哈黎菲耶教團且知道他的道堂的阿拉伯士兵攀交情，練習以寫成神聖《古蘭經》所用的阿拉伯語和他們交談，如此才從談話中得知駐軍祕密儲備麵粉等糧食的地方。

第六十七章

赫姆杜拉謝赫時期的另一個顯著特色，是全面利用審判、處決和關押入獄實行所謂「國家恐怖」。實行恐怖統治當然與政治權力有關，但也攙雜了私人因素。

在手下衛兵與叛軍一陣駁火之後，沙密帕夏明白自己是對方的主要目標，於是在午夜過後逃離部會總處，他先躲到瑪莉卡家（兩人享受了片刻激情），但數小時後又離開這個眾人皆知的地點，跟著手下穿過偏僻街巷離開市區。副官馬札爾的密探和眼線全都支持前總督，由教團領袖掌權的新政府可能永遠都找不到前總督（唯一的專長似乎是免費發放麵包）。

沙密帕夏躲在杜曼里村一間空置的木屋，他在擔任總督期間曾下令將電報線從亞卡茲牽到杜曼里村，比較富裕的村民一直都很愛戴沙密帕夏，包括他藏身處所在農場的主人阿里．泰利。農場四面有石牆環繞，還有數名阿里．泰利雇用的武裝警衛看守和巡邏，躲在這裡相當安全。瘟疫爆發期間，逃犯、逃亡隔離者、瘟疫病患、不法分子、流氓無賴和鬧事暴民時常在夜裡闖入無人空屋，甚至連有人住的房子也照闖不誤，但他們絕對沒辦法闖進農場。偏遠村落裡的警衛全是最近才來島上的克里特島移民，認不得前總督的臉。沙密帕夏心想他們很可能連明格里亞總督是誰都不知道。

比較安心之後，沙密帕夏大著膽子離開農場，到阿布羅斯山脈的高聳峰嶺健行散心。某一次健行途中，他碰到三名為了躲避瘟疫從亞卡茲逃到山區生活的中年人，其中一人認出眼前滿臉疲憊的人就是明格里亞總督。三名逃難者對於自由獨立宣言、明格里亞成立新政府的事一無所悉，也不知道掌權者先是換成元帥，之後又換成赫姆杜拉謝赫，他們怎麼也想不通總督為什麼會跑到山上。他們後來跟一些認識的人說起這段經過，兩天後他們又在另一條風景同樣優美的山徑上碰到沙密帕夏。

翌日，首都亞卡茲的一隊便衣警察奉尼梅圖拉政府之命前來木屋逮捕沙密帕夏，他們將沙密帕夏帶回亞卡茲的城堡監獄，還特別將他關進威尼斯塔樓朝向大海那一側最幽暗潮溼的囚室。阿里・泰利的手下並未出手阻攔。

沙密帕夏很熟悉這個宛如洞穴、還有螃蟹爬來爬去的囚室，他曾下令將一名男演員關進這裡並在隔天晚上前來探訪——該名大鬍子演員是一個希臘劇團的首席演員，隨劇團前來亞卡茲演出《伊底帕斯王》，但遭懷疑是奸細。囚室內陰森黑暗，沙密帕夏腦中的念頭也愈來愈悲觀負面，他為了所有禍事自責不已。接到免除明格里亞總督一職的命令後，他沒有聽命接受調派前往他省就任，反而像個被寵壞的任性小孩，厚顏無恥地戀棧權位，之後即使努力想讓一切回到正軌也徒勞無功。顯然拒絕接任新職就是他最大的錯誤。他怎麼會犯這種錯？在海水的湛藍波光映照下，囚室內慢慢變亮，而他左思右想似乎都只有唯一的答案：因為他熱愛明格里亞！片刻之後，他最愛的明格里亞彷彿在他心目中化身為瑪莉卡，畢竟他從來都沒辦法將這兩者分開。在他逃離亞卡茲的那一晚，瑪莉卡一直很勇敢堅定，願意為了她深愛的沙密帕夏冒險。

如今沙密帕夏已經想不出還能向哪個可以信賴的人求助。駙馬努里醫師會冒著生命危險想辦法救他出獄嗎？也許帕琦瑟公主會同情他。但政府如今被這些霸道猖狂的教團領袖把持，駙馬和公主不過是主政者手上的兩名人質，處境不會比不幸被關進少女塔的鄂圖曼官員好到哪裡去。沙密帕夏想到和他有多年交情的英國領事，心想喬治貝伊也許能夠對赫姆杜拉謝赫施壓要求釋放自己，他決定寫一封信給喬治貝伊。但首先必須找來紙筆。

在成為城堡內的囚徒之後，沙密帕夏還沒有機會向島上任何人求救，就被送上法庭受審。及至八月十二日週一，整座島都淪為瘟疫災區，所有人在危難中只求自保，對於周遭發生的其他事情漠不關心，我們或許可以認為，以赫姆杜拉謝赫為首、由尼梅圖拉主持政務的新政府至少順利進行了一場司法審判。

沙密帕夏知道赫姆杜拉謝赫會唆使法官編派完全不相干的罪名，也深信自己的下場必定會跟謝赫的弟弟一樣遭判處絞刑。他猜想會出來指控他有罪的，一定是那些在施行防疫規定時期，並非患者或疑似感染者卻被強行送去隔離的人，或者是因染疫而失去自家房舍的人，也許他會被指控為阿卜杜勒哈米德蒐集情報，或聽從阿卜杜勒哈米德指揮。他從未想過三年前的朝聖船叛變案件會重啟，而自己有可能因此案受審，因此當他坐在法庭內才剛上過漆的椅子上，看見遇害朝聖者的家屬和當時負責執勤的防疫人員齊聚一堂時，不禁大為驚愕。

在朝聖船叛變事件中涉案並與拉米茲和其手下串通者，是奈比勒和奇夫特勒兩村的村民，他們並不知道亞卡茲瘟疫疫情的嚴重程度（即使知道也不會在意），在赫姆杜拉謝赫與他的高帽攝政接掌政權的消息傳到村裡之後，他們歡欣雀躍，兩天之內就下山到亞卡茲向總理尼梅圖拉阿凡提陳情，指稱三年前為遭軍隊殺害的父兄申請賠償金遭拒，以當時的案子判決不公為由要求重審。

新政府的法官大可以朝聖船叛變事件發生在鄂圖曼帝國統治時期，當今政府不具有司法管轄權為由拒絕受理此案，但他與哈黎菲耶教團走得很近，同意重啟審判。當時向朝聖者開槍的軍隊早已調往鄂圖曼帝國其他地方，開庭時沙密帕夏成了唯一要對屠殺朝聖者一事負責的被告（法官很可能採納了赫姆杜拉謝赫的建議）。

過去數年來沙密帕夏揮之不去的可怕噩夢，如今在他眼前一一成真。遇害朝聖者的兒女聲淚俱下控訴一切都是他的錯。從馬札爾阿凡提（他也遭當局關押入獄）的辦公室搜出的資料中，有沙密帕夏擔任總督時發送給他的電報，其中示意不用對劫持船隻者手下留情，電報內文由人當庭朗讀。一名白鬍子老頭站起來悲憤高喊：「總督帕夏，您的良心何在？」奈比勒村的一對父子是叛變帶頭者，遭總督派人追捕後被關入獄中，已經獲釋的他們出庭，當面痛罵沙密帕夏是「冷血無情的總督」。另一名遭軍隊擊斃的朝聖者的兩子兩女和十二名孫子女無視疫情風險，全都來到法庭。最令沙密帕夏膽寒的是，這場審判的各個方面都經過縝密布局，他開始失去希望，甚至一度憂心那對父子可能會當場對他動粗。

預料到這場審判將會引起伊斯坦堡當局和歐洲各國注意，明格里亞國新上台的主政者有備而來，在法庭為法官準備了專屬的座椅和法檯，並設置了檢察官、律師、報社記者和旁聽民眾的座位席，甚至趕製了法官袍和律師袍，袍服顏色為代表伊斯蘭教的綠色，繡於其上的明格里亞玫瑰圖案顏色與國旗上的相同（令人遺憾的是在一百一十六年後，這種俗氣難看的袍服成為明格里亞司法體系的傳統特色，至今仍是明格里亞所有司法實務界人士會慎重披上並引以為傲的法袍，包括憲法法院和其他高等法院的成員）。

「對，我是當時的總督——可是……」沙密帕夏開口反駁對他的指控，解釋說並不是他親自下令對朝聖者開槍，而且他直到事發數天之後才得知士兵是如此使用武力，但法庭淹沒在一片厲聲控訴、怒罵吼叫和哭天喊地聲中，當天在場所有人對於沙密帕夏的陳述唯一記得的一句話是「我是當時的總督」，最重要的原因就是這句話可以解讀成「我有罪；責任在我」。

審判最後草草收場，在打從一開始就堅定反對防疫措施的政府（或者可以說幫派）主導的法庭上，根本不可能去爭辯檢疫隔離規定有其必要，沙密帕夏更是陷入絕望。他顧慮到這個難題，便宣稱他之所以將虛弱的朝聖者送去隔離，唯一的理由是為了保護明格里亞人民不會染疫，絕不是屈服於蠻橫提出要求的西方強國。儘管如此，島上四家報社和全國人民很快就達成共識，認定沙密帕夏殘忍殺害無辜朝聖者，是為了不給歐洲強國任何藉口打擾蘇丹的清靜，確保在耶爾德茲宮的暴君阿卜杜勒哈米德能夠高枕無憂。

經歷兩小時的審判，法官最後宣布判處沙密帕夏死刑。沙密帕夏心中雖然有個聲音很理性地說，對這個結果他早就心裡有數，但也有另一個聲音在說難以置信，無法接受自己聽到的判決結果。他忽然感覺到胃部右下方一股彷彿萬針戳刺的尖銳劇痛，一直蔓延擴散到全身上下。

沙密帕夏頓時明白，除非判決結果遭到推翻，否則這一刻起他再也難以入眠。他一度擔憂自己會不會落淚，但是連一滴眼淚都沒有，沒有任何人注意到。

眼前這個判處自己死刑的人，沙密帕夏還記得自己是在三年前六月某個陽光明媚的早上指定對方擔任「法官」。此人聲稱熟稔《古蘭經》和伊斯蘭教法，是在富裕且備受敬重、大力支持在島上布設電報線的哈吉．費赫米阿凡提關說之下獲得法官一職，總督當時覺得新法官常去哈黎菲耶教團道堂也是好事，表示此人一定是「敬畏神的可敬之人」。如今他想不通，那個樸素不起眼的平凡人是如何決定將自己處以死刑。他獲得法官召見，被押送至法官辦公室。

法官見到即將遭到處決的沙密帕夏一臉茫然望著自己，好像很難理解周遭發生了什麼事。「您被判處死刑了，閣下！」他的口氣像是在安慰對方。「以前執行死刑要交由伊斯坦堡的法院批准。多愁善感的蘇丹不忍將人處死，又擔心惹來外國大使批評，絕不會批准處以絞刑，而會改判流放或無期徒刑。但是我們明格里亞現在是主權國家了，對您的死刑判決不需要再交由伊斯坦堡批准，期待蘇丹赦免也不再合理。」

「你究竟想說什麼？」

「這可能是您在人世的最後一晚了，總督帕夏。」法官回答。「無論伊斯坦堡或西方強國，都無權左右明格里亞政府的決定。」

沙密帕夏頓時明白，當局會藉由將他處死來向全世界證明，明格里亞已經獨立，國內事務不容任何人干預，他不禁渾身悚慄。

打從心底不信任法官裁決的同時，他也意識到有一股寒意從彷彿萬針戳刺的胃部一直蔓延到背部，再向下蔓延到雙腿，他的心智和靈魂都已麻痺，再也無法仔細思考，他已經被恐懼淹沒，不僅看不清楚周遭的世界，甚至也聽不懂旁人的話語。接下來的遭遇更是重創他的自尊和鬥志，他被鎖在密閉無窗的囚車，像畜獸一般被運回囚室關押。最令他難以忍受的，是死刑宣判之後那些向他投來的目光，有些人一臉悲憫，還有人彷彿見到某種怪異生物般瞪著他看。雖然才剛宣判死刑，但沙密帕夏猜想眾人一定已經知情。

囚車通過城堡大門，慢慢朝威尼斯塔樓駛去，沙密帕夏透過通風孔向外窺看，看見朝西的鄂圖曼時期建築前方停放了好幾排遺體，城堡內的這棟建築是最大間也享有最多資源的多人囚室所在處，也是監獄暴動的起事地點。他數完得知有二十六具屍體卻漠然無感，接著看到一處火堆熊熊燃燒，燒的是隔離者和病死囚犯用過的床墊、毯子和其他私人物品，城堡中庭裡瀰漫著嗆鼻難聞的濃密青煙。在赫姆杜拉謝赫及其追隨者廢止所有防疫規定之後，焚化坑的人員和士兵也全數遭到免職，如果有人想要燒掉受汙染的物品，看來就只能像獄方人員一樣自行處理。

在排得很整齊、等待當晚由馬車運走的一排排遺體處再過去一點，還躺著七、八名奄奄一息的垂死病患。沙密帕夏看到這些痛苦難當、不時嘔吐哀號的病患蜷縮在床墊或被單上，或直接倒在城堡的石板地上。所有人最害怕的事終於成真，瘟疫已經侵襲整個監獄區和城堡內的每棟建築。沙密帕夏已有相當經驗，知道獄方一定是趁天還亮的時候先將垂死病人搬到中庭，等運屍馬車天黑後過來，就能將他們連同其他死者遺體一併運走。

他看到城堡監獄入口有數名效忠赫姆杜拉謝赫的書記員和衛兵把守，但中庭內沒有任何穿制服的獄卒在巡視，顯然已經全都逃走了。

囚車因前路受阻而停下的片刻間，占領中庭的兩名囚犯就站在距離沙密帕夏不過咫尺的地方爭執，但兩人講的是他聽不懂的語言。囚車再次上路後，沙密帕夏心中暗想，島上現在情況如此嚴峻，剛剛這兩個流氓距離近到他幾乎可以聞到他們的體味和粗重氣息，要是他們發現前總督就在他們身旁，肯定會把他從囚車裡抓出來，不用等謝赫的人來行刑就親手把他絞死。囚車慢慢駛近威尼斯塔樓，沙密帕夏又看到地上擺著另外四排病死者遺體——總計有十六排了——排列同樣整齊畫一到令人驚嘆，想到自己對於眼前景象已經完全無感，心中不免悵然。

死刑讓他成了無比自私的人。看到其他人喪命卻不再過度哀傷，或許是因為來世反而因此顯得真實，前往來世的路上不會孤單。現在他腦中唯一的念頭、自私心態的根源就是：活下去！回到囚室途中，他打定主意一定要找來紙筆寫信給領事喬治貝伊。

但一進到海水波光映照下泛著奇異色澤的囚室，沙密帕夏就開始抽噎啜泣，身體也跟著劇烈晃動。他不希望有人看到自己現在的樣子。之後他在角落的乾草堆躺下，竟奇蹟般地熟睡了十分鐘。他夢見自己跟母親在姨母艾蒂耶家的後院散步，他看到院子裡散發一股柔和金光，還看到雛菊和一口水井。夢中的他牽著母親溫暖的手，母親伸手指著井上的轆轤。轆轤上有一隻巨大的蜥蜴發出很吵的叫聲，但似乎很友善，一點都不可怕。

他醒轉時才發現，會聽到咔嗒作響是因為有隻大螃蟹在囚室壁面旁的礁岩縫隙間遊走，他想著也許是某種徵兆，覺得心裡好過一點，不斷安慰自己說一定很快就會被釋放，不會真的被吊死，也想著如果他們真的要處死他，宣判後就可以直接把他從總督府送去刑場，又何必多費力氣把他押送回囚室。

根據主要條文由沙密帕夏親自草擬的明格里亞憲法，所有死刑令應經過總理簽核才能執行，目前任職總理的尼梅圖拉阿凡提當然會照著赫姆杜拉謝赫的意思辦事。他和赫姆杜拉謝赫是老友了，兩人在他初到島上時曾經多次談詩論藝，他相信赫姆杜拉謝赫一定已經怒氣盡消，會不計前嫌赦免他的死罪，允許自己離開城堡平安悠哉回到住處。他不會急著趕回市區的住所，尼梅圖拉阿凡提會登門拜訪，他會表達對謝赫赦免自己死罪的感激之情，而且一定要記得提起謝赫寫的詩集《曙光》。倘若他們真的要將他處死，就不用把人押回囚室，這隻若有所思的迷人螃蟹也不會大老遠從海裡過來探望他。

想起遠在伊斯坦堡的妻子和兩個女兒，沙密帕夏的心情為之一振。他還是對妻子以「我會搭下一班渡輪」或「我父親身體微恙」等藉口拖延，讓他過去五年孤單一人待在島上感到惱怒，也很氣妻子仗著父親是帕夏就能驕縱任性，但腦海中不知為何，還是不斷浮現在伊斯坦堡的妻子帶著兩個女兒，於烏斯庫達區的海灘悠閒曬太陽的情景。他腦中勾勒的場景裡，似乎也有瑪莉卡在場。

等赫姆杜拉謝赫赦免他的死罪，沙密帕夏會和從前的敵人言歸於好，與島上領事們恢復友好關係，不再插手任何麻煩事，他要和瑪莉卡結婚，兩人一起搬到歐拉區一棟白色房子過著平凡恬靜的生活，房子所在的那條路蜿蜒通向海邊，每轉一個彎都是令人驚嘆的美景，或者也可以考慮搬到再遠一點的丹特拉區。為什麼他之前不這麼做呢？他心中充滿愧疚，很後悔沒有對瑪莉卡好一點。曾有一天晚上，喝了幾杯干邑白蘭地以後，他召來車夫澤克里亞，要他駕著裝甲馬車帶他和瑪莉卡來一趟月下夜遊，當時瑪莉卡興高采烈，陶醉不已。但之後即使瑪莉卡央求每個月滿月時都再搭馬車出門，他還是擔憂會被人指指點點，之後不曾再一起出遊，如今他很氣自己為何要拒絕瑪莉卡。

囚室的門冷不防打開。沙密帕夏從幻想中驚醒，正想著要迎接赫姆杜拉謝赫，卻發現眼前的數張面孔再熟悉不過，都是他認識多年的監獄人員，他頓時了然於心。

「我想要禱告。」語氣平靜得連他自己都有些訝異。「我需要小淨。」

城堡內附設的清真寺和監獄區的禮拜室在疫情期間都已關閉。他等候獄方替他準備小淨用水和禮拜毯，找好祈禱的位置，喃喃誦念只記得住一半的經文，當下他幾乎忘掉一切痛苦，但或許只是因為暫時有事分心。

黃昏時他被押上囚車，同一輛囚車現在又要載著他離開威尼斯塔樓。囚車顛簸行進間，沙密帕夏窺見陰森的深色運屍馬車已經駛抵城堡中庭，有人正在將一具具屍體搬上馬車，他先前看到的死者遺體仍舊排列整齊，但已赤裸精光，身上衣物全都遭剝除準備焚燬。中庭的栗樹上停棲著數百隻烏鴉，牠們開始瘋狂地嘎嘎亂叫。在先前作為耶尼切里軍團營房的建築前，橫七豎八堆著多具遺體。空氣中沒有死亡的氣息，只飄蕩著濡溼草地的氣味。典獄長指揮手下將死者的床單、床墊和毯被全都燒掉，照理說防疫規定已全數廢止，所以焚燬染疫死者用品的作法不再稱為「防疫措施」，改稱「清潔作業」。隔天早上太陽升起時，在中庭裡走來走去交談、休息、搬運遺體的四、五個幸運兒還會活著，還能抬頭看向同一片天空——但那時沙密帕夏卻已不在人世。

沙密帕夏用拳頭猛搥囚車車廂的木頭壁面，使盡全身力氣吼叫，但是沒人注意到囚車裡有人。他的指頭發疼，只覺得憤怒又無助，沒有力氣再去搥車廂，接著癱倒下來啜泣了一會兒，之後他又勉力起身，再次將一眼湊近通風孔想看看他治理五年且打從心底熱愛的亞卡茲市的街道。但外頭一片漆黑，什麼都看不到。

空氣中的泥土、青草和海草味撲鼻而來，沙密帕夏認出了專屬明格里亞島的氣味，再次頹然坐倒於囚車內，淚流滿面祈求真主阿拉救他。如今他悔恨交加。他不再憤怒，不再自以為是，也不再懷著救國救民的英雄夢，只後悔自己竟是無比愚昧。哪一件錯事最讓他後悔莫及呢？前總督、前總理沙密帕夏再次深切自責，不該花那麼多時間在拉米茲身上，也不該太認真把事情攬在自己身上，當初接到調職命令就應該認命前往另一省赴任。與先前截然不同的囚車車輪聲響起，他知道囚車一定駛上了哈米德橋，他趕忙爬起來湊近通風孔，盯著他不久前離開而現在被神祕光暈籠罩的城堡，明白這是自己最後一次看到這座雄偉華美的建築。

讀歷史書時，我們對於多不勝數的出場人物，通常說不上有什麼好感或惡感。但讀小說時，我們卻傾向對其中的角色產生好惡情緒。有些讀者也許開始喜歡沙密帕夏（無論這樣的讀者是不是屈指可數），為了避免讓這些讀者難受，我們就不再詳述沙密帕夏接下來待在總督府內囚室盼望獲得赫姆杜拉謝赫或尼梅圖拉阿凡提赦免，聽到伊瑪目的安慰話語時是如何痛心疾首，以及悲傷之中如何胡思亂想和畏懼死亡。

直到最後一刻，沙密帕夏仍舊抱著希望，天真地相信赫姆杜拉謝赫會赦免他的死罪。即使在看到劊子手時，他仍然努力說服自己說他們會赦免他的，肯定只是派人做做樣子再嚇唬他一下。

沙密帕夏很厭惡劊子手薩契，因為他是會偷東西的醉鬼，可以為了錢來當行刑者。想到自己的性命就要了結在薩契這種人的手上，他憤怒激動得快要喘不過氣。他的雙手被綁在身前，於是舉起雙臂痛擊劊子手的背部。接著他死命掙扎想要逃跑，但是薩契很快就掐著他的脖子把他抓回來。

「您一定很強壯，帕夏。」他說：「這裡很適合您。」

沙密帕夏感覺到那些卑鄙惡徒已經在現場等著看他被處決，但他們全都藏身暗處並未現身。他告訴自己，這些懦夫怎麼看待死前的自己根本就不重要，人生和全世界比較重要。他努力鎮定下來，恢復從容。但走近絞刑台時，他還是雙膝一軟跪倒在地，滿口酒氣的薩契對他說話，語氣出人意料地溫柔。「撐著點，帕夏！」他說：「再走幾步就好——很快就到了！」

他聽起來像是在哄小孩。於是，身穿白色死刑服、頸部繫著繩圈的沙密帕夏勇敢地躍入半空，口中高呼著：「母親，我來了！」在氣絕之前，他眼前的最後一個畫面，是一隻巨大的黑色烏鴉伸展雙翅飛掠而過。

第六十八章

風吹過重新命名的明格里亞廣場，罩著白衣的沙密帕夏屍體在肅殺氣氛中輕輕擺盪，前來圍觀的民眾為數不多：有無懼死亡也不怕染疫的孩童、逃家的年輕人、沙密帕夏生前的敵人、希臘或明格里亞民族主義者，和數名曾遭他關押入獄的記者。與拉米茲有親戚關係的奈比勒村民圍在絞刑台旁，一心想報復的他們洋洋得意地感謝真主阿拉，遭到一旁的警察訓斥。塔克西阿凡提宣稱吊在廣場上的屍首不是沙密帕夏，想要上前確認卻被周圍的衛兵驅離；他因涉嫌將歷史文物偷渡至國外，在沙密帕夏主政時入獄服刑四年，偷渡文物是事實，但該案並無確鑿罪證。

一直支持沙密帕夏的人，包括瑪莉卡和亞卡茲一些有名望的希臘人和穆斯林，好像全都嚇壞了，只能守在家裡等待接下來發生的事。同時，瘟疫很可能會經由空氣傳染的說法也不脛而走。

但歷史學家所謂「國家恐怖」的步調並未因此減緩。兩天後，絞刑架上的沙密帕夏屍首被搬了下來，安葬於納勒墓園一片明格里亞玫瑰花叢之中。隔天清晨，天還未亮，就在沙密帕夏遭處決的同一位置，邦考斯基帕夏的老朋友尼基弗羅斯藥師也被處以絞刑。

劊子手薩契對待尼基弗羅斯更為粗暴惡劣，不像對待沙密帕夏時還保有一點同情心，在年老藥師的雙腿因恐懼而動彈不得時破口大罵，在藥師苦苦哀求時冷血無情地回答：「現在求饒也來不及了」、「你早就應該想到的」。不過薩契的行為和他以前曾在尼基弗羅斯的藥房偷東西時被趕出來無關（當然不會有人敢報警捉拿劊子手），也和他前一晚不得不喝得酩酊大醉無關，而是我們先前所提到「國家恐怖」慢慢演變成一波打壓島上希臘人的運動而導致的後果。赫姆杜拉謝赫和尼梅圖拉阿凡提主持的政府跟先前所有主政者一樣，很快就開始利用疫情威逼甚至趕走希臘人，他們阻撓已經逃走的希臘人回到島上，目的就是要讓穆斯林成為島上的多數。有些希臘人認為這才是電報收發遲遲沒有恢復的真正原因；如果渡輪船班復駛，希臘人的人數很快就會再度超越穆斯林。

然而除了改變島上人口的族群比例，赫姆杜拉謝赫和政府官員之所以欺壓希臘人，另一個原因是他們打從心底對基督徒和其他不信真主者懷有一種根深柢固的恐懼。當時教堂和修道院跟清真寺和教團道堂一樣恢復為宗教場所，許多道堂堂區內設置的「臨時醫院」大都已撤除，但修道院內的「臨時醫院」仍在運作，一直有原本安置於道堂的瘟疫病患連人帶床被轉送到修道院草木扶疏的寬敞庭園。赫姆杜拉謝赫甚至一度考慮安排交換人口，將明格里亞島上的希臘人與克里特島和羅德島的穆斯林互換。如今只有穆斯林能夠進入公家機關工作（雖然國庫空虛，早已發不出薪水），並非明格里亞本地的鄂圖曼土耳其人有時也可能受到欺壓，不過處境最糟的仍是島上的希臘人。歐拉、弗利茨沃、丹特拉等富裕希臘人聚居區有許多空屋遭人侵入和非法占居，而謝赫的新政府一點都不急於將他們驅離。

但前述種種顯然都無法解釋希臘藥師尼基弗羅斯為何遭判處絞刑，或當局為何迅速執行死刑。法庭判處尼基弗羅斯絞刑，其實是根據以打腳掌等傳統方法刑求其他嫌犯問出的供詞。沙密帕夏逃離總督府的那個晚上，曾將案件相關資料留給帕琦瑟公主和努里醫師，兩人已經讀完資料中的所有證詞。由於不得離開賓館客房，公主和駙馬有很多時間可以利用，他們並不清楚城市內發生的可怕災禍，只是從早到晚玩遊戲般天馬行空地猜測推想。

在伊利亞醫師於防疫部隊宣誓就職典禮當日遭到毒殺後，當局逮捕了八名伙房兵和負責指揮的中士並施以打腳掌的酷刑，但即使被拷打得傷痕纍纍、鮮血淋漓，還是沒有問出任何口供，於是當局迅速將負責擺設餐桌的五名士兵，以及來自克里特省的駐軍伙食長和他的兩名助手全都抓來拷問。

在努里醫師採用福爾摩斯會深以為榮的方法，勤於走訪各家藥房和草藥鋪，鉅細靡遺打聽毒鼠藥販售情況和其他可疑活動時，官方負責調查和刑求的人員也在情報監控局長堅持之下，照著與先前同樣的順序再次以打腳掌的酷刑刑求同一批嫌犯。在鮮血四濺的刑求室中，第一批的八人之中看起來最天真無邪的一名娃娃臉伙房兵在輪到受刑時害怕再挨打，忽然大哭認罪，將一切如實招來。他為了取信於白鬍子檢察官和他手下蓄八字鬍的書記員，讓他們相信是他在麵包裡下毒而且句句實話，還現場示範自己是如何利用週五其他人都去做禮拜的時候，偷偷潛入伙房將帶去的一包毒鼠藥攙進麵粉裡。其他在伙房工作的人腳掌挨打之後，雙腳有時會被浸入整桶鹽水裡，目的是止血和避免流出的鮮血弄髒地面。他們的腳板被打得皮開肉綻，傷口還來不及癒合，如果又遭受一輪拷打折磨，可能會因傷口再次裂開的痛楚而昏厥或永久傷殘，他們聽到同袍認罪後不禁如釋重負，很高興不會再次被綁住雙腳刑求。

對於這名一臉天真、友善溫和的十六歲綠眼少年招供，情報監控局長和總督沙密帕夏顯然很滿意。但除非他們查出少年的那袋毒鼠藥從何而來以及下毒的動機，其他檢疫醫師仍然可能有生命危險。但是每次下手力道最重的刑求者在黑暗中將蠟燭拿近少年面前盤問時，這名認罪的少年若不是放聲大哭，就是盯著燭火不發一語。

情報監控局長經驗老到，知道如果為了查出毒鼠藥究竟是在哪一家藥局或草藥鋪購買這個關鍵，再次對少年嚴刑拷打，少年不僅有可能撒謊，還可能在刑求之下重傷殘廢或喪命，因此他指示刑求者暫停審問，先會同總督沙密帕夏評估情勢。兩人於是決定，先等少年腳掌的撕裂傷完全癒合，再來刑求拷問逼他說出如何取得毒鼠藥。同時他們會派人追查這名愚昧叛徒的每個家人，找出所有和他有交情的人，有需要的話也不排除以同樣的酷刑刑求拷問。

仔細閱讀沙密帕夏留下的資料之後，帕琦瑟公主覺得能夠想像總督的心境，很愉快地和丈夫討論了起來，「沙密帕夏一定很得意，他比你更早查到可憐的伊利亞醫師是誰殺死的，而且是用他的那一套方法。」

「要是他們沒有中途耽擱，而是繼續審問追查，也許能早點圍捕那幫不知悔改的凶手，梅奇就不會被他們殺死了！」努里醫師說。

「但是沙密帕夏一點都不急，我叔父也不急。總督知道你去各家藥局和草藥鋪察訪，猜想你沒辦法做出任何定論，認為他可以藉機教你一課。我叔父把僕人每晚念給他聽的謀殺推理小說奉為圭臬，沙密帕夏想要你跟我叔父都看清楚，福爾摩斯的方法在東方或鄂圖曼帝國的任何地方一點用都沒有。總督這樣逼我叔父認清自己的錯誤，我想叔父絕對會在心裡記上一筆。」

「你也相信沙密帕夏對蘇丹陛下忠心耿耿。」

「這一點我毫不懷疑。」帕琦瑟公主說：「這就是為什麼我們住在這裡，跟總督官邸之間只隔了四個房間，而我一直都覺得不安心。別忘了，你原本也可能吃到那些毒死伊利亞醫師的麵包。」

「但是那些小圓麵包本來是要給總督吃的。」

「但他一口也沒吃。」帕琦瑟公主說，直直望向丈夫的目光專注無比。

細讀沙密帕夏留下資料的公主夫妻，就跟蘇丹阿卜杜勒哈米德閱讀偵探懸疑小說一樣陶醉，他們將福爾摩斯的邏輯推理方法，應用於分析情報監控局長的手下以打腳掌或其他方式刑求逼問出的證據，感覺已經愈來愈接近真相。

兩人熱切討論案情的這段日子，沙密帕夏一直躲在杜曼里村阿里．泰利的農場。帕琦瑟公主和努里醫師很擔心這位前總督，談話中不時提到他。沙密帕夏逃離亞卡茲時已經十分匆忙，為何還特地來找他們，將關於嫌犯供詞、證詞和調查報告等大量機敏資料留給他們？

「因為沙密帕夏認為我們在幫蘇丹刺探情報，他想要我們去跟我叔父報告說：『陛下的總督沙密帕夏非常優秀，他遵照陛下的命令查出這幫真凶，將他們一網打盡！』他覺得我叔父還是有可能原諒他。」

「他是蘇丹陛下的忠實僕人，只是想要陛下知道他已經將命案查得清清楚楚、水落石出。」努里醫師說。

「你覺得總督已經找出所有凶手並順利破案了嗎？」

「我是這麼認為。」努里醫師坦承。「我們看到的資料，再加上給沙密帕夏審閱的報告，我覺得已經很有說服力。」

「我同意……」

兩人靜默半晌。

「遺憾的是，這表示福爾摩斯的方法無效。」努里醫師說。

「也許我叔父不是真的那麼認真看待什麼福爾摩斯的推理方法，就像他雖然在歐洲各國的施壓下推動政治改革，但其實從未認真看待。如果一位蘇丹是真心想要效法歐洲人，那麼他的人民一定也會遵奉蘇丹的旨意，願意全心投入改革。所以我建議你，不用再為了學福爾摩斯查案的事煩惱了。」

「容我重申，蘇丹陛下是真的非常認真看待福爾摩斯那套方法，他出於直覺察知要在個人和群體之間做出選擇。陛下興建的每座大醫院、學校、法院、軍事基地、火車站和廣場，都是想要將個人與群體分離開來，他就能直接去接觸個人，教人民學會該敬畏的是國家和司法，不是跟他們住在同一條路上的鄰居。」

「或者我叔父是真的對福爾摩斯很著迷。」帕琦瑟公主露出一抹淘氣的微笑。

沙密帕夏留給他們的文件資料中，有很大一部分是偵查法官的調查報告，但最冗長的部分是多名遭刑求嫌犯的供詞（「總督怎麼可能全部讀完！」公主和駙馬都有同樣的想法，但是頁面邊緣空白處卻留有沙密帕夏用鉛筆親手寫下的詳細批注）。另有一名地位介於偵查法官和情報監控局長的官員，每天都為總督提供審問（以及毆打和打腳掌刑求）的進度報告，從報告中可以清楚看到誰是真的有罪，誰又是在政治考量下遭到指控有罪。

等待那名天真伙房兵的腳掌傷口癒合期間，情報監控局長的手下開始調查這名少年的家人朋友。他們發現少年家在焚化坑後方山丘的無主之地，那一區近三年來在總督默許下搭建了無數破爛小屋，少年全家就住在其中一間。與少年有往來的人除了數名克里特島移民，還有一些狂熱偏激的年輕人、遊手好閒的無業人士，和勤上清真寺的虔誠穆斯林。少年也認識石匠區一些血氣方剛的叛逆青年，他的父親得知兒子被送去城堡隔離，誤以為他是在軍營伙房裡感染瘟疫，因此不疑有他，告訴調查人員說他一直想要叫兒子遠離那些在碼頭認識的混混朋友，接著將曾上山找他兒子的朋友名字全都講了出來。

在革命發生之前的疫情期間，少年的多名友人陸續遭到追捕入獄。其中一些人含冤莫白，無故遭受打腳掌酷刑，也有人被查出確實與拉米茲的手下以及到亞卡茲阻撓防疫事務的奈比勒村民串通勾結。調查歷時一個多月，終於將所有證據蒐集齊全。在這段期間，情報監控局長一方面拷打嫌犯逼他們招供，另一方面突襲嫌犯住家查獲了書信、電報和手寫字條等證物，供詞和證物鐵證如山，不僅證明奈比勒村民和朝聖船叛變事件涉案暴民之間的關聯，也證明拉米茲一直在幕後策畫指揮。總督沙密帕夏和馬札爾阿凡提鉅細靡遺審視案件的每個面向，彷彿預期他們的作法日後可以成為教導學生「如何查案」的完美示範，或許他們認為相關案件資料可以向蘇丹和朝廷證明他們是優秀傑出的官員。

在手下眼線確認拉米茲陣營每一名狂熱分子及激憤虔誠青年，以及朝聖船事件所有義憤填膺、矢志報復的暴民身分名字之後，情報監控局長派出密探分別跟監，差點就成功逮捕所有人，但仍有一些漏網之魚（這個失誤後來讓梅奇賠上性命）。沙密帕夏當時仍是總督，想到將許多教團信徒逮捕入獄，很可能引發民眾對防疫措施的強烈反彈，想必會打退堂鼓。

如某些讀者可能料想到的，沙密帕夏留下的卷宗資料也清楚顯示，邦考斯基帕夏遭擄走殺害一案牽涉了許多偶然和巧合。但也必須指出當時的亞卡茲市內，確實有不少人對強制推行防疫措施的基督徒和總督沙密帕夏強烈不滿，甚至不惜奪走他們的性命。凶手最初的計畫是在小圓麵包裡下毒，一舉除掉邦考斯基帕夏和助手伊利亞醫師。奈比勒村一名泰卡普契教團道堂信徒是三年前朝聖船事件的倖存者，後來搬到亞卡茲居住，他在街上意外遇見邦考斯基帕夏，從外表儀態認出這位知名的御用化學家，於是他突發奇想，扯謊騙邦考斯基帕夏說家裡有病患，藉機把對方直接帶去見自己的同夥。這群冷血凶手不僅折磨邦考斯基帕夏，最後更殘忍無情地將他勒死，並將屍體棄置於希索波里提薩廣場，情報監控局長手下的人員和眼線奮力追查出每一個虐殺邦考斯基帕夏的凶手。

「但是馬札爾阿凡提最後並未將他們一網打盡，因為他知道其中一些人參與拉米茲趁總督府活動時發動偷襲的計畫，一直奉總督之命暗中監控他們的行動，總督就是這樣才能設下陷阱，將拉米茲和他的手下當場逮個正著並很快送上法庭。你應該還記得，沙密帕夏原本打算在他們從疫情室後門衝出來時，就神不知鬼不覺將他們全都抓起來……」

「夫人真是冰雪聰明。」努里醫師表示贊同妻子的分析。「說真的，蘇丹陛下不該派我學著福爾摩斯當偵探，應該派你才對。」

「但他確實這麼做了！」機靈的帕琦瑟公主得意地回答。「現在我們終於知道，為什麼我叔父要我也搭上『阿濟茲號』跟你一起來明格里亞了：他知道一定要有跟我父親一樣讀過偵探推理小說的人從旁幫忙，你才有可能解開謎團——那個人就是我。」

「看來你還是很欣賞蘇丹陛下的才智……」

「但你可別忘了，你努力想查的這些命案，最終的幕後主使者就是我叔父。」

「你真的這麼認為嗎？」努里醫師問道。「如果你真的認為蘇丹陛下就如你所說的那麼邪惡，那你應該也同意，我們再也不可能回到伊斯坦堡。」

話題帶到伊斯坦堡時，兩人有時會走到窗邊望向海平線，彷彿看見有一艘從首都駛來的渡輪。地中海一如往常充滿活力，但亞卡茲猶如墓園沉靜死寂。

第六十九章

「如果蘇丹陛下真的想要暗殺邦考斯基帕夏，趁他人還在伊斯坦堡的時候下手明明比較容易。但蘇丹陛下卻派他來島上對抗瘟疫，島嶼偏遠又與世隔絕，什麼事都隨時有可能出錯失控。」

「是這樣沒錯！」帕琦瑟公主回應。「但這正是我叔父想要的。每次他只要想暗殺某個人，就會讓命案發生在他沒辦法完全掌控的地方，如此一來就不會有人懷疑是他暗中操縱。你還記不記得最有才幹、最接受歐洲思維的鄂圖曼大臣米塔帕夏，他被視為領導政變推翻蘇丹阿卜杜勒阿濟茲並將蘇丹害死的主謀，遭耶爾德茲宮法庭判處死刑，我叔父只要簽核死刑令，米塔帕夏就會在伊斯坦堡遭到絞刑處決。但狡猾『心軟』的阿卜杜勒哈米德一如往常，假裝出於人道考量，大發慈悲將死刑改判為無期徒刑，並將米塔帕夏移送至戒備森嚴的塔伊夫監獄，據說那裡的環境比明格里亞任何一座地牢還可怕。不久之後，他就派人去塔伊夫監獄暗殺米塔帕夏，但是殺人的手法很隱密，大多數的人甚至完全不會想到是阿卜杜勒哈米德主使。我叔父也是用同樣的手法對付邦考斯基帕夏。」

「但是米塔帕夏跟他的同黨曾經逼迫你父親退位，擁護你叔父阿卜杜勒哈米德繼位為蘇丹。你有任何確切證據能證明是你叔父下令暗殺米塔帕夏嗎？」

「我叔父絕不會留下任何證據讓大偵探福爾摩斯發現，這就是為什麼他愛讀那些福爾摩斯小說。我相信他跟全世界其他讀者一樣，讀這些謀殺推理故事，就是要學習怎麼奪人性命卻不留一絲痕跡，還有學習歐洲最新的殺人手法。雖然沒有任何證據可以證明我叔父就是多起命案的主使者，但我認為他不只是有嫌疑而已。」

「米塔帕夏很有個人魅力而且備受民眾愛戴，蘇丹陛下一定是忌憚他會在政治上威脅自己的地位。」

「我要糾正你一點，米塔帕夏並不像你說的那樣廣受大眾愛戴。」

「但像邦考斯基帕夏不僅深受蘇丹陛下寵信，也忠心耿耿為陛下效命多年，不會構成什麼威脅，他的情況跟米塔帕夏完全不同。」

「邦考斯基帕夏是毒物專家，光是這點就足夠引起殺機。你之前曾提醒我，他二十年前奉我叔父之命研究耶爾德茲宮庭院裡的有毒植物以及可以殺人於無形的毒藥，並寫成一篇論文。只要有個密探故意誤導蘇丹，打小報告說『邦考斯基帕夏打算毒殺陛下』就夠了。」

「換句話說，你也只是懷疑，還是沒有任何證據可以證明，蘇丹陛下派邦考斯基帕夏來明格里亞，就是為了在島上暗殺他。」

「這個問題我們已經爭論好幾天了！」帕琦瑟公主耐著性子回答。「目前我們唯一想到最合理的解釋，就是我叔父基於某個我們無從得知的理由，決定要擺脫邦考斯基帕夏——甚至殺人滅口。他在宮廷裡的親信書記官討論過後，認為最好的方法就是借助藥師尼基弗羅斯。宮裡的人，也許是書記長塔辛帕夏，一定記得尼基弗羅斯和邦考斯基是認識多年的老友，也一起創立藥師公會，他們會提醒蘇丹這件事，還會提到蘇丹多年前授予他們的特許經營權，造成尼基弗羅斯一直覺得愧對邦考斯基。這些宮廷書記官的職責，就是適時向蘇丹報告臣民的弱點和害怕的事。我們在沙密帕夏留下的卷宗裡都看到那些加密電報了，有些是首都發送給尼基弗羅斯的，也有一些是從首都和士麥那發給邦考斯基帕夏的。也許尼基弗羅斯覺得在獨立革命之後，他可以利用討論明格里亞本土語言及植物、藥草和藥物的明格里亞語名稱的機會，去親近凱米爾元帥並想辦法將元帥納入蘇丹的勢力範圍。」

「我還是不怎麼相信，不過這似乎是馬札爾阿凡提的理論。」

「卷宗裡所有內容都是馬札爾阿凡提的理論。」

翻閱卷宗資料時，公主和駙馬逐漸對馬札爾阿凡提此人留下深刻印象，他的報告內容鉅細靡遺，事件紀錄經過仔細分類且附有詳實的交互參照標注，字跡如同蕾絲圖案般精細工整。勤奮認真的馬札爾阿凡提還撰寫了一系列其他事務的報告，不過這些事務和命案無關，卻可能引起明格里亞國政府的興趣。沙密帕夏為何要將這些資料也放入卷宗？

馬札爾阿凡提的報告中有某個事件的詳細調查結果，而公主或駙馬先前對該事件完全不知情。在「電報局突襲事件」中，凱米爾少校（後來的明格里亞國元帥）為何命令哈姆迪．巴巴朝郵局牆上的西塔牌壁鐘開槍？壁鐘是「西塔牌」這一點有任何特殊的意義嗎？少校特別針對西塔牌壁鐘，是因為「西塔」（Θ）是希臘字母，或者他心中有某個別具意義的字詞是以「西塔」這個字母開頭？另一份文件分析少校將帕琦瑟公主要寄的信帶到郵局時的行為，特別指出他會細讀牆上的標語，而且似乎對西塔牌壁鐘特別感興趣。

帕琦瑟公主和努里醫師認真討論沙密帕夏所留卷宗資料裡諸多問題的同時，亞卡茲市每天約有四十人死於瘟疫。這段時期無疑是明格里亞島和明格里亞民族有史以來，最為苦痛困頓、淒楚悲慘的歷程。國家威信蕩然無存，民眾甚至一反常態，不再本能地想追隨某個救世英雄以忘記苦難。帕琦瑟公主和努里醫師接到沙密帕夏遭到逮捕和處決的消息之後，也明白外頭的世界已經完全脫序失控。有很長一段時間，沙密帕夏吊在絞刑台上的畫面在兩人腦海中縈繞不去。兩人有好一陣子忘記了如何歡笑，也一度絕望得整日沉默寡言，甚至不再進食。努里醫師迫切想要出去看看外頭的情況，了解防疫措施廢止之後民眾的生活。兩天後，同一隻代表不祥之兆的巨大烏鴉又來輕敲他們的窗戶，他們立刻驚恐地想到，這次被新總理送上絞刑架的一定是藥師尼基弗羅斯。

「我們一定要趕快回伊斯坦堡，任何代價都在所不惜！」帕琦瑟公主跟丈夫說。她淚流滿面，緊緊抱著丈夫不放。「我不知道你想清楚了沒有，但我相信下一次就輪到我們了。」

「和你想的剛好相反，他們到目前為止已經殘殺這麼多人，一定會開始擔心別國會有什麼反應……」努里醫師很有自信。「不需要驚慌害怕，他們不會對我們不利，反而會更加禮遇！因為他們很快就別無選擇，只能恢復實行防疫措施。」努里醫師的語氣輕鬆隨意，好像在用善意的謊言哄妻子安心。「別擔心，我會問那些書記員，查出藥師尼基弗羅斯為什麼被處死。」他又說道。

從已故沙密帕夏所留的卷宗中，兩人也得知島上的祕密警察調查出的種種隱情，解答了他們不曾起疑，或是曾經起疑但很快就遺忘的問題。例如，根據情報監控局長收到多個不同來源的報告，傳說疫情期間逃家的希臘和鄂圖曼土耳其孤兒組成了神祕的幫派，在山區靠著採果實、吃植物和到溪水中捕魚維生，這個幫派確實存在，但是沒人知道他們究竟躲在哪個山洞，或是闖進哪裡的荒置農場占居。

另外，拉米茲手下有數名單身漢住在上圖倫契拉區的某棟房舍，在某次搜索該房舍的行動中，發現了邦考斯基帕夏最初從哲妮璞的父親貝拉姆阿凡提屍首取下的護身符，這項確鑿證據足以將殺死公衛總督察邦考斯基帕夏的凶手全數定罪（我們知道在赫姆杜拉謝赫時期，這幫人之中有的獲釋出獄，有的則在當局默許之下逃走）。

卷宗裡的資料也指出，藥師尼基弗羅斯一直在為蘇丹阿卜杜勒哈米德刺探情報。蘇丹賜給尼基弗羅斯一冊密碼本（情報監控局長也獲賜一冊密碼本），尼基弗羅斯因此遭指控聽命於蘇丹在伊斯坦堡的臣下。如果島嶼仍由鄂圖曼帝國統治，這件事可能是榮耀，但在明格里亞宣布自由獨立之後，這件事本身即使並非卑劣可恥，也可以被操弄成將人定罪的藉口。公主和努里醫師得以根據資料斷定，雖然下毒的伙房兵使用的毒鼠藥不是來自尼基弗羅斯的藥房，但他就是隱藏真實身分、暗中「指導」少年如何從其他店家和草藥鋪取得毒鼠藥的幕後黑手。帕琦瑟公主深信，一定是蘇丹阿卜杜勒哈米德提示尼基弗羅斯可以下毒（但尼基弗羅斯在被處決前的刑求過程中究竟招認了多少事，公主他們或現今的我們都無從得知）。

還有出人意表的轉折，尼基弗羅斯的另一罪名是侮辱明格里亞國旗，這項犯行更是讓他罪上加罪。凱米爾少校在總督府陽台上宣布明格里亞獨立時，揮舞了由尼基弗羅斯參與設計的布旗，尼基弗羅斯對此大為得意。獨立革命之後，尼基弗羅斯就在藥房櫥窗放置一些與那塊布旗造型相似的自製宣傳品，炫耀意味濃厚。他的用意再明顯不過，但絕不是——如某些眼線所誤認——嘲諷他自己設計的旗幟圖案，其實他更可能深以這面旗幟為榮，因為他全心支持明格里亞獨立，而成為明格里亞國旗的布旗圖案設計也彰顯了這一點。但當時正值每天四十五到五十人死於瘟疫的時期，只有島上少數希臘人願意不辭辛勞出面表態，抗議當局對尼基弗羅斯的指控毫無根據，將他判處死刑更是冷血無情、不公不義。島上希臘人也再次後悔沒有在最早宣布要實行防疫措施時就舉家逃走，如今他們徹底灰心，只能將家門關得更加嚴實。

情報監控局長馬札爾阿凡提終於釐清多起命案的作案模式和凶手思維，但當時元帥已經病逝，還來不及採取任何行動，政權已經落入赫姆杜拉謝赫之手，而馬札爾阿凡提本人也遭逮捕入獄。馬札爾阿凡提認為，反對防疫措施和不滿總督沙密帕夏的鬧事暴民（即拉米茲和其手下）的計謀，是在總督、駐軍指揮官、檢疫醫師和島上名人顯要前往駐軍營地時，暗中在小圓麵包裡下毒，將前述眾人一舉殲滅（他們一度考慮要改成在咖啡裡下毒）。關於如此膽大包天的計畫，沒有任何證據指出蘇丹阿卜杜勒哈米德事先知情或同意，要如此主張也很難找到合理的解釋，但事實是蘇丹偶爾會發電報給藥師尼基弗羅斯，而尼基弗羅斯是島上最清楚哪些地方或店鋪可以買到毒鼠藥的人。

改變事態發展甚至改寫明格里亞歷史，造成明格里亞脫離帝國走向獨立的事件，是邦考斯基帕夏那天一時任性自行走出郵局後門的決定，卻因此無意間打亂了所有人的計畫，他躲過隨侍保護他的市府衛兵和便衣警察，不久之後就落入一群仇視希臘人和防疫規定的滋事惡徒手中，這群人來到亞卡茲就是為了伺機報復總督沙密帕夏。如果蘇丹阿卜杜勒哈米德的目的，真的是要在旁人無法追查到自己的情況下除掉他的御用化學家，那麼他的目的已經達到。凶手根本就不用等到總督前來駐軍營地時，大費周章施行在麵包裡下毒的計謀！然而即使邦考斯基帕夏已死，在麵包裡下毒這個大膽甚至不擇手段的計謀仍然付諸實行，而伊利亞醫師因此中毒喪命。

明格里亞革命發生的前一週，在麵粉裡下毒的娃娃臉伙房兵腳掌結的痂終於脫落，其他傷口也全部癒合，情報監控局長和檢察官決定要繼續審問。伙房兵很快就想通自己絕對熬不過下一次刑求，決定老實招供。攙在麵粉裡的一大包毒鼠藥不是別人給的，是他自己去亞卡茲各家店鋪分次一小批一小批付錢買的。他有多少錢，去了哪些店鋪買毒鼠藥？什麼店鋪都去——去了傳統草藥鋪，也去了新式藥房！如果他們帶他到其中一些店家請老闆指認，他們認得出他是來買過毒鼠藥的顧客嗎？也許認得出來，也許認不出來，因為他每到一間店都只購買少量毒鼠藥，店家可能不會特別留意那筆交易或顧客的樣子，也可能很快就忘了。分別去不同店鋪購買少量毒鼠藥，而非直接在某一家店大量購買，以確保自己事發後不會被店家認出來，這種作法很聰明，是誰教的？

「你覺得這個伙房兵有可能讀過夏洛克．福爾摩斯的故事或法文的偵探小說嗎？」

「也許是島上其他人讀過之後指點他的，像藥師尼基弗羅斯就很有可能讀過偵探小說！」

「我叔父是首都甚至整個鄂圖曼帝國裡第一個讀偵探推理小說的人！」帕琦瑟公主以這一句結束對話，不容質疑的語氣中帶著身為鄂圖曼帝國一分子的奇特傲氣。

官方的調查人員為了問清楚伙房兵究竟如何取得大量毒鼠藥，決定要再次施以打腳掌的酷刑。但在明格里亞獨立建國之初，接二連三發生了總督府襲擊事件、拉米茲出庭受審，以及調查暗殺元帥未遂（及梅奇中槍身亡）的案件，所有書記員和調查人員已是分身乏術。眼看有人圖謀行刺元帥，而梅奇更為了保護元帥而送命，沙密帕夏下定決心要處死拉米茲，便督促調查和刑求人員加緊審問，但朝元帥開槍的少年被嚴刑拷問到重傷時才開口吐實，調查進度延宕許久，最後才查出少年的父親就是其中一名在朝聖船叛變事件遇害的奈比勒村民，而少年因此對所有基督徒和與防疫措施有關的人事物抱著深仇大恨。

當帕琦瑟公主和努里醫師竭力討論完沙密帕夏所留卷宗裡所有的問題，全市已淪入法律秩序崩潰的「疫災亂世」，每日死亡人數急速攀升，市內雖然有四輛馬車從清早開始載運遺體，到了晚上仍然無法載運完畢，甚至要繼續加班出勤到日出前的晨禮時間。這段期間每天，尤其是到了傍晚，哈黎菲耶、里法伊或卡迪里和其他所有教團道堂的庭院都像城堡監獄的中庭一樣，地上整整齊齊擺放著一排又一排的屍體。

第七十章

夜裡只要聽到運屍馬車駛過街道時車輪軋軋作響，車夫嘴裡喃喃咒罵（有時是用明格里亞語），帕琦瑟公主和努里醫師跟亞卡茲很多人一樣，覺得深陷泥淖無路可逃，只能倒在床上恐懼地緊緊相擁（兩天前，馬車也從部會總處運走了一具遺體）。在沙密帕夏被送上絞刑台，而藥師尼基弗羅斯幾乎是沒過多久就步上他的後塵，因牽涉政治而喪命的可能性似乎一下子比染疫病逝的可能性高出許多（對於努里醫師尤其如此，但他一直告訴妻子不用擔心）。

一九〇一年八月十六日週五，有五十一人在這個風雨交加的日子病逝。帕琦瑟公主正在寫字桌前寫信給姊姊，忽然聽到有人敲門，心想一定是新政府派來服侍他們的看門人或女僕，她並未起身，努里醫師前去應門。但她聽到丈夫刻意壓低聲音與來人對話，忍不住站起來朝門口走去。

「他們要我作證！」努里醫師看起來有些困窘。「我要下樓向檢察官陳述證詞。」

努里醫師接著向妻子解釋，有許多人到法院狀告某些防疫部隊士兵，指控他們敲詐和蓄意將健康的民眾送去隔離。據說還有其他更嚴重的指控，例如強暴和強擄婦女、非法侵占財物和預謀殺人，不過檢察官只有要求努里醫師擔任某個特定事件的證人。其中一名遭指控的士兵聲稱，他會清空某棟房子是遵照努里醫師的指示。而努里醫師並不是以檢疫醫師的身分出面為自己的行為辯護，而是單純以明格里亞國之友的身分。

「你一定要去作證，但千萬不要說會激怒那些惡徒的話，他們如果想傷害你，毫不費力就能做到。求你別滔滔不絕跟他們講解什麼科學、醫學還是防疫措施的大道理，卻讓我在房間痴痴地等，那些人根本就沒興趣，甚至根本不想聽。你一定要記住，只要你晚個一時半刻回來，我就成了全天下最傷心絕望的女人。」

「親愛的公主，我絕對無法想像自己讓你傷心難過……」努里醫師說。他近來與妻子熱切討論近期事態發展，每每折服於妻子的聰明機智，又看到妻子寫信時的熱情認真，對妻子的敬愛與日俱增。「我一定早點回來！」

但是努里醫師直到天黑仍未歸來。帕琦瑟公主於傍晚坐到寫字桌前，卻發現自己一個字都寫不出來。彷彿有一枝混合了好奇、痛苦和恐懼的詛咒之箭牢牢插在她心肺之間的空隙，她覺得快要無法呼吸。她凝神細聽周圍每一聲雜音，聽見每一個腳步聲、呼喊聲，甚至部會總處牆壁之間最微弱的吱呀回音，卻怎麼也等不到最親密熟悉的丈夫腳步聲響起。夜幕降臨，公主的淚水不停滑落在眼前的紙上。

公主深信要是自己不等丈夫回來就從寫字桌前起身，丈夫就**再也回不來**了，她一直枯坐到半夜。她趴在桌上小睡片刻，但她知道只有等丈夫平安無事回到身邊，才能放下心來休息。在晨禮時間到來之前——最近數次執行死刑的時間——她打開門走出房間。門口依然有人把守，是一名來自大馬士革、完全不懂土耳其語的士兵。士兵原本坐在椅子上打瞌睡，忽然驚醒後立刻舉起步槍對著帕琦瑟公主，一臉驚惶失措，帕琦瑟公主退回房間將門鎖上，她坐回寫字桌前，直到破曉時分都怔怔地一動也不動。

最後公主走到床邊躺下，她拚命說服自己總督府廣場上並沒有立起絞刑架，如果有的話，那隻邪惡不祥的烏鴉一定已經飛來她的窗口停棲。

翌日又是漫長的等待，公主在惴慄不安中睡睡醒醒，睡時噩夢連連，醒時淚流不止。趴在桌上或躺在床上睡著時，公主都很常夢見努里醫師。半夢半醒之間，她幻想丈夫坐在「阿濟茲號」船頭正航向中國，而她在伊斯坦堡陪伴父親，等待丈夫回來團聚。

數個輾轉反側、噩夢不斷的日子過去，公主以淚洗面，努里醫師遲遲未歸。在這段期間，公主曾數度試圖離開賓館客房，想前往以前的總督辦公室，她對著守在門口的衛兵尖聲叫罵，希望聲音能傳遍整個部會總處。所幸那隻不祥的烏鴉仍不見蹤影。

努里醫師離開房間五天後，一名書記員前來通知公主，要她在一小時後前往總理辦公室，公主努力要自己冷靜下來，認為這表示丈夫一定還活著。想到要去見的是利用宗教取得政權的一群人，公主盡可能穿上最樸素的衣裝，圍上能遮住頸部和下巴的披肩，再用圍巾包住頭臉。

平常有一名女僕每天會送少許麵包、核桃、鹹魚和無花果乾到房間，此時則擔任帕琦瑟公主的「年長女伴」隨侍在側。總理辦公室即沙密帕夏以前的辦公室，和賓館客房位在同一層樓。公主還來不及為已故的沙密帕夏默哀，就見到坐在舊總督座椅上的總理尼梅圖拉站起來，以手勢邀請她坐在旁邊的一張大沙發，但公主不願就座。她與旁人保持距離，對室內所有人怒目而視。在辦公室一隅，坐著兩名年輕書記員。

總理開口了，他先告訴帕琦瑟公主說她是明格里亞政府的貴客，歷史上唯一一位踏出伊斯坦堡的鄂圖曼王室公主第一次出遠門就來到明格里亞，全島人民對此都感到無比榮幸。他接著說明格里亞人在暴君阿卜杜勒哈米德的統治之下受盡迫害，因此「特別」愛戴公主和她的父親穆拉德五世，為前蘇丹穆拉德五世遭到罷黜一事打抱不平。但令人遺憾的是，明格里亞對駙馬努里醫師的看法就不是那麼正面。殘忍的蘇丹對待帕琦瑟公主與對待她兩個姊姊的手段如出一轍，他強迫公主與父親分開，安排她們嫁給自己的宮中親信，這些駙馬就成了替蘇丹蒐集情報的眼線。駙馬努里醫師假借施行防疫規定的名義，在島上搧風點火、挑撥離間，甚至教唆部隊士兵對付島上人民。努里醫師已被送上法庭，法官即將宣布對他的判決。

帕琦瑟公主渾身發抖。

總理尼梅圖拉話鋒一轉，表示或許還有個辦法，畢竟明格里亞政府當前局勢艱困、勢單力孤，不希望與阿卜杜勒哈米德再起任何衝突。因此，政府與所有熱愛明格里亞島的人民思考良久，希望找出一個盡釋前嫌、言歸於好的方法，同時吸引國際社會的關注，甚至獲得外國提供某種方式的保護。如果帕琦瑟公主願意接受以下提議的方法，就能為水深火熱亟需援助的明格里亞人民提供莫大的幫助。

「如果你們期望我做的事在我能力範圍之內，只要能夠幫助島上人民，我很願意貢獻自己的一點心力。」

「公主您的生活不會有什麼變化，依舊能每天安全地待在賓館客房裡，您想寫信的話也可以寫。只要拍完照片，駙馬也可以立刻返回賓館——當然就看您覺得是否妥當。」

尼梅圖拉阿凡提接著簡述他們想到的解決方法。如果公主同意，他們計畫安排一場公主和赫姆杜拉謝赫的「政治聯姻」，並拍攝兩人的結婚照。計畫的目的是要向全世界宣告，前鄂圖曼帝國蘇丹暨哈里發的女兒嫁入了明格里亞國。鄂圖曼公主與明格里亞總統赫姆杜拉謝赫聯姻，必將有助於明格里亞這個新國家揚名國際，對於伊斯蘭教和哈里發制度的發揚光大，以及每年愈來愈多從世界各地前往漢志省朝聖的穆斯林，都將大有裨益。赫姆杜拉謝赫本人顯然並不期望這場婚姻包含真正的夫妻關係，他已明確表示，希望努里醫師之後能盡快回到賓館陪在妻子身邊。

「努里醫師怎麼說？」

雖然只是權宜之下的政治聯姻，公主還是必須先和努里醫師離婚，才能再嫁給謝赫。離婚有兩種方式：可以由駙馬親口對公主說三次「我要離婚！」，或者在駙馬坐牢超過四年後，由公主向明格里亞的法院訴請離婚。

「我現在才知道努里醫師已經被關進牢裡了。」

「法庭正準備將他判刑，但他很快就會獲得聖者謝赫赦免，還會獲頒明格里亞一等勳章。」

「我需要聽聽努里醫師的建議，如果沒有他寫信告訴我怎麼做最適當，我很難自己做決定。」

當天稍晚，帕琦瑟公主就收到努里醫師寫的信，信中說他在城堡監獄裡過得還算舒適（他已要求獄方提供乾淨貼身衣物、羊毛襪和兩件乾淨上衣），並告訴妻子不希望影響她的想法，希望公主獨自做出重大決定。帕琦瑟公主很感謝丈夫並不打算用任何方式逼她妥協，更沒有用性命要脅自己。

但努里醫師在囚室裡其實既不舒適，也不安全。帕琦瑟公主知道瘟疫已經蔓延至城堡每個角落，時間非常緊迫，雖然想要就婚禮和拍照細節進一步與當局談判，但終究沒能如願。

「誰會將我交給新郎？」她最後鼓起勇氣問了這件事。「『我願意』這句話，由我自己來說！」

帕琦瑟公主也堅持自己挑選新娘禮服。赫姆杜拉謝赫的屬下希望公主穿戴和前一場婚禮相同的白色禮服和珠寶，也就是五個月前在耶爾德茲宮那一場蘇丹阿卜杜勒哈米德也出席的婚禮，但公主堅持要穿具有明格里亞地方風格的傳統紅色禮服，她在少校婚禮上曾看過新娘哲妮璞穿著類似的禮服，這項要求後來獲得同意。

八月二十二日週四，在行完晌禮半小時後，裝甲馬車載著明格里亞總統赫姆杜拉謝赫抵達舊稱總督府廣場的明格里亞廣場。從哈黎菲耶教團道堂到部會總處一路上，都有總理尼梅圖拉阿凡提部署的衛兵站崗，部會總處內也有多名衛兵鎮守。建築內從樓梯下到每處牆角，每個角落都放了捕鼠器。

帕琦瑟公主已經換上簡單高雅的紅色新娘禮服等候，在接到謝赫抵達的通知後步出房間，她的頭紗將頭臉完全遮住。協助公主著裝的女僕也換了一身乾淨衣裝，跟在公主身後走出房間。

根據明格里亞最風趣討喜的大眾歷史學家雷席・艾克朗・阿德古的記述，帕琦瑟公主從走到樓下、舉行婚禮、拍照到返回賓館房間，前後總共費時九分鐘。在寫給姊姊的信中，帕琦瑟公主只花了一頁講述這九分鐘之內發生的事，似乎對事件本身或周圍的豪華排場都不怎麼在意。公主禮貌地向證婚人、謝赫以及前來主持婚禮的盲眼穆罕默德帕夏清真寺伊瑪目點頭致意，接下來整場婚禮過程中，她都像害羞少女般低垂雙眼，只在最必要的時刻開口說話。

整件事最怪異可憎令人反感的一點，是新郎赫姆杜拉謝赫已經高齡七十二歲，與年輕的新娘相差五十歲。新娘本人則認為謝赫是個投機分子，為了自己的政治目的濫用伊斯蘭教的習性令人不齒（很像她的蘇丹叔父的某些行為）。帕琦瑟公主對謝赫深惡痛絕，她知道謝赫只為了鞏固權力和對人民散播恐懼，就將沙密帕夏、藥師尼基弗羅斯等多人送上絞刑台。

但見到謝赫本人時，她還是有些訝異，竟然比她想像的更蒼老虛弱，也更「平凡無奇」。謝赫想要和公主對上目光朝她微笑，但公主別開視線。他們照著婚禮指定攝影師瓦尼亞和另一名《亞卡茲公報》派來的攝影師指示坐定，兩人之間稍微隔著一點距離，擺出的姿勢像是一對疲憊但開心的新婚夫婦。

兩人將手放在擺設於他們跟前的一對雅緻茶几上。兩人之間仍有一點距離，在兩名攝影師興高采烈力勸之下，赫姆杜拉謝赫朝公主挪近了一點。接著在攝影師催促之下，謝赫伸手蓋住公主的手，但一下子又將手縮了回去。在後來寫給姊姊哈緹絲的信中，帕琦瑟公主形容謝赫的動作令她作嘔。

第七十一章

明格里亞的官方公報和另外三家報社皆專門發行了特刊，並將婚禮照片刊登於特刊頭版。帕琦瑟公主覺得十分難堪，甚至無法看那些照片一眼。婚禮結束後，公主在房間內無聲落淚，她絕望無助又滿腔憤怒，因為努里醫師仍未獲釋，她心想自己一定是被耍了，丈夫可能根本不知道發生了什麼事。她不想要任何人看見她落淚，連提筆寫信都變得艱難無比。最令公主悲傷難過的，是想到父親穆拉德五世可能會在報紙上看到那些照片。

翌日早晨是晴朗的一天，公主滿心喜悅迎接努里醫師歸來，他終於獲得謝赫的赦免。努里醫師和公主說笑打趣，彷彿什麼事都沒發生過。公主喜極而泣，兩人相擁良久。努里醫師面色有些蒼白，體重也減輕了，但他在監獄裡盡量待在自己的囚室，跟其他人保持距離，總算躲過在城堡肆虐的瘟疫。

兩人拉起百葉窗，換上睡衣，躺在床上緊抱住彼此。激動、恐懼和喜出望外的情緒交加，努里醫師渾身不停顫抖。兩人直到晚上都沒有下床，第一次開始計畫要逃離明格里亞。如今防疫規定已廢止，島上不再需要努里醫師。更重要的是，現在不會再有人想到他們，甚至不會注意到他們的存在。政府內部已經大亂，部會總處裡只剩下戴著高帽的尼梅圖拉阿凡提和寥寥數名謝赫的死忠信徒。這五、六個人完全沒有主政治國的經驗，但還是勇敢地想要挽救國家這艘在下沉的大船。

隔天，送食物的女僕並未出現。先前女僕會定時將一小條麵包和兩塊鹹魚送到他們房門外的小桌上，但兩人只吃這些根本就吃不飽，開始覺得身體愈來愈虛弱無力。到了下午，一名書記員前來門口傳話，總理尼梅圖拉於辦公室召見努里醫師，兩人覺得或許是好消息，心中燃起一絲希望。公主又開始提筆寫信給姊姊，她擔心遺忘細節，急切地在信中寫下丈夫坐牢的經歷，藉由寫信多少掃除心中陰霾。

努里醫師離開後不到半小時就回來了，說赫姆杜拉謝赫感染瘟疫，他必須去替謝赫診治。

「他已經出現淋巴腺腫大的症狀了嗎？」公主問道，看到丈夫的表情，她知道答案是肯定的。「不要去，你現在去也救不了他。你自己還有可能被傳染！」公主說。

「就因為這群愚昧的人，這麼多人全都白白受苦枉死，我實在看不下去。」

「我求求你不要去。那個愚蠢又可惡的謝赫既然這麼希望瘟疫到處傳播，那就讓他在痛苦中掙扎到死好了。」

「別這麼說，因為你說的很可能會成真，之後你心裡就會過意不去。我發過誓，身為醫師，我有義務在病人需要我的時候前去照顧。」

「是他把總督送上絞刑台，藥師尼基弗羅斯也是被他下令處死的。」

「沙密帕夏處死了他弟弟拉米茲！」努里醫師語畢就走出房間。

努里醫師預備徒步前往哈黎菲耶教團道堂，因此帶了兩名衛兵隨行，他沿著哈米德大道（還未改名）往前走的途中，發現其實已經不需要有人保護：即使在先前亞卡茲疫情最嚴重的時候，走在這條主要道路上，沿途少說也會遇見八到十個人，但這一天，整條哈米德大道上半個人影也沒有。郵局門口前沒有警察站崗，他看到通往希臘中學地勢較低入口處的階梯上橫著數具屍體。心想這一區空蕩蕩的，也許是因為先前處決了很多人。走在哈米德橋上時，他忽然停下，將手肘靠在護欄上眺望整座城市。所有飯店全都關門歇業，包括輝煌殿堂飯店、偉爵飯店和黎凡特飯店。街上連一輛馬車都看不到，海上也不見任何船隻航行，水面靜止如鏡。努里醫師先前已經從新任典獄長那裡聽說，理髮師潘納尤提斯一家子在三天內全數染疫身亡。路過潘納尤提斯的理髮店看到店門緊閉時，他想起了這件事。他從夾竹桃丘山腳向上方張望，看見約有十人的送葬隊伍正緩緩爬向丘頂。

「駙馬，駙馬！」坐在附近一名虛弱無力的白髮希臘老婦人喚道，她的土耳其語帶著口音但很流利。「蘇丹陛下的女兒怎麼看我們呢？」

「蘇丹陛下的女兒會寫信給她姊姊……」

「讓她寫，讓親愛的公主寫信吧！讓她告訴全世界我們的苦難。」老婦人又用帶著濃重腔調的土耳其語說道。「我也是從伊斯坦堡來的！」她朝著努里醫師逐漸遠去的背影大喊。

即使平常市內最繁忙的區域，如今也被一股憂傷蕭瑟的氛圍籠罩，彷彿夏季季末或秋收季節人潮散盡的遺棄小鎮。城裡的貓最早感受到這股蕭條氣氛，牠們在努里醫師經過時，從屋內一路小跑步到大門或庭院柵門前朝著他喵喵直叫。一公一母兩隻流浪狗尾隨他一段路之後終於放棄，走開時還不停彼此嗅聞，身影逐漸隱沒在佐菲里烘焙坊隔壁宏偉屋宅草木扶疏的庭院。

走近盲眼穆罕默德帕夏清真寺時，努里醫師覺得似乎全市的人都聚集在這裡了。當局要求穆斯林務必落實伊斯蘭教的葬禮儀式，要求民眾將死去親人的遺體先送往清真寺清洗，取得經簽署用印的證明書之後才能將死者下葬。在清真寺中庭和停屍間等候的喪家圍起一圈又一圈等待的人龍，有些民眾害怕排隊群聚可能染疫，索性將親人遺體擺在路旁等運屍馬車晚上來運走，或是只要找得到地方就草草下葬。

每日死亡人數持續攀升，連島上最保守魯莽的穆斯林都開始自主遵守部分防疫規定，只在必要時外出和避免群聚。只有一些年長穆斯林仍然每天進行五次禮拜，而參加週五禮拜的人數已經不到平常的一半。新政府的「反防疫」政策僅僅實行兩週，所造成瘟疫擴散的災情就比先前嚴重兩、三倍，眼看死亡人數激增，即使赫姆杜拉謝赫最忠實的支持者也不再支持謝赫反防疫的立場。

哈米德醫院的院子擠得水泄不通，整個院子裡一直到圍牆邊都擺滿病床（病床之間相隔四到五公尺），與醫院僅有一牆之隔的里法伊教團道堂後院同樣擠滿了人。有時候床架和床墊數量不足支應，病患只能躺在床單、基里姆毯和乾草墊上。行經道堂時，努里醫師朝圍牆內探看，發現不管走到哪裡都上演同樣的景象。最死心塌地相信赫姆杜拉謝赫的一群人，卻也是失去最多、承受最多苦痛的一群。

努里醫師快要抵達哈黎菲耶教團道堂時，附近一棟民宅二樓的窗戶忽然打開。

「所以醫師大人覺得怎麼樣？對你的傑作滿意嗎？」一名額頭低窄的男子問道。

努里醫師不確定對方指的是已公告廢止的防疫規定，或是在明格里亞實行防疫規定未見成效。大肆批評的低額頭男子瞄見他身後的衛兵。「沒有這些衛兵跟著，我不信你們醫師敢走在街上！」男子粗聲粗氣道。

努里醫師接下來獲得的對待卻大相逕庭：兩名年輕苦修僧在哈黎菲耶教團道堂門口等候努里醫師，以一長串咬文嚼字的問候語恭迎他蒞臨。他在兩個月前曾經造訪道堂，當時的道堂可說是安全的避難所，如今卻成了人間地獄，道堂裡的生活已經崩潰瓦解。道堂堂區內各棟建築、宿舍和單人小室外面的屍體堆積成小山，準備由運屍馬車載往清真寺停屍間。努里醫師垂著頭走過，彷彿周圍的苦難是一場令人不忍卒睹的浩劫，但他仍然瞥見堂區中庭已經擺滿病床，數量不會少於其他道堂。

庭院圍牆附近一間小舍的門開了，努里醫師探頭一瞧，看見赫姆杜拉謝赫躺在地鋪上，已呈現半昏迷狀態。他立刻就看出謝赫的病情危急，已經不可能康復。

努里醫師將謝赫頸部完全變硬的巨大腫塊刺破，將膿液引出。猶記得兩個月前的謝赫還談笑風生、妙語如珠，努里醫師此時甚至不確定眼前的謝赫是否察覺自己在他身旁。上一次來到道堂時，努里醫師覺得好像整個道堂上上下下每雙眼睛都緊盯著他，但這次他雖然是來為「總統」看病，卻似乎沒有任何人投以關切的眼神。道堂裡還是相當繁忙，有人慢步行經，有人飛奔而過，甚至有人停下來看一眼，但任何患難與共的情誼彷彿都是過眼雲煙，所有人各顧各的，只求自保。

「我答應過您，要念我的詩集《曙光》裡的作品，我沒忘記。」赫姆杜拉謝赫恍惚之間察覺了努里醫師在他跟前。躺著的謝赫忽然一陣狂咳，渾身顫抖抽搐、不停冒汗。為防遭到傳染，努里醫師後退了幾步。謝赫休息一下之後再次開口說話，但他並沒有念出任何詩句，而是跟那段期間所有人一樣，開始喃喃誦念《古蘭經》中的〈復活章〉直到再次昏迷。

努里醫師回程是搭乘當局派來的裝甲馬車。他透過車窗望著亞卡茲城堡，在低垂的鉛灰烏雲籠罩下的城堡顯得蕭瑟蒼涼，他絞盡腦汁思考要如何才能帶妻子從島上逃走。努里醫師前往總理辦公室，去見不知何故並未與他同行的尼梅圖拉阿凡提，很坦白地告知謝赫已經回天乏術。總理雙掌向上攤開，說了一句簡短的禱詞。

翌日，帕琦瑟公主和努里醫師從早到晚都待在房間裡。兩人一致認為最明智的作法，就是找個藉口登上裝甲馬車逃往島嶼北部，他們可以先找個地方躲一陣子，再想辦法找一艘偷渡船載他們去克里特島。

第七十二章

八月二十六日週一早上，歷經長時間發燒、譫妄和如遭陣陣重擊的劇烈頭痛，赫姆杜拉謝赫終於沉沉入睡。也有可能，謝赫是因疼痛和精疲力竭而昏迷。年輕信徒和其他謝赫圍在病床旁淚如雨下，毫不擔心可能感染瘟疫，而他們對大多數事件向來不假思索正面解讀，因此相信謝赫只是在休息。確實，當謝赫在晌禮時間之前醒轉，整個人似乎精神抖擻。他看起來心情愉悅、精力充沛，說了好幾句珠璣妙語開示眾人，順口背了一首忽然想到的短詩，開玩笑講起自己頸部引膿後已結痂的腫塊，還問起封鎖島嶼的戰艦是不是仍停在外海。

但疼痛沒過多久就復發，謝赫在痛楚中陷入昏迷，不久之後就病逝。希臘醫師塔索斯與教團素有交情，他趨前確認謝赫亡故，然後用消毒液仔細消毒雙手，聚集在室內的一群人哀哭流淚。赫姆杜拉謝赫早在三年前就已經做出決定並說服眾人，在他「歸真」之後，將由最親近忠實的攝政繼承教團道堂領袖之位，也就是新近由他指定成為總理的「高帽」尼梅圖拉阿凡提。

當天下午，尼寇斯醫師登門拜訪帕琦瑟公主和努里醫師，帶來了赫姆杜拉謝赫的死訊。公共衛生部長尼寇斯醫師看起來欲言又止，似乎知道許多其他內情又不敢說溜嘴，或許這就是為什麼他將話帶到之後就匆忙離開。不久之後，一名書記員前來傳話，總理尼梅圖拉希望會見公主和駙馬，並要求到他們的住所會面。

帕琦瑟公主和努里醫師面面相覷，暗想不知道會發生什麼事。由兩人前往總理的辦公室會面自然較為妥當，而非由他們在目前住的賓館客房會見總理。帕琦瑟公主換了衣服並將頭臉包起。兩人走進曾經屬於總督、如今成為總理辦公室的房間內，不約而同想到眼前的人是多麼可恨，利用自己的權勢處決了總督沙密帕夏。

總理尼梅圖拉感受得出帕琦瑟公主和努里醫師對他的憎惡反感，卻故意無視。他請兩人在室內最舒適的座椅就座，態度忽然變得極為恭敬，開門見山告訴他們謝赫已經染疫病逝。他接著表示雖然是政治聯姻，但謝赫名義上是公主的丈夫，因此要向公主表達哀悼慰問之意，不過他輕描淡寫很快帶過。由於亞卡茲市甚至明格里亞全國社會的情況岌岌可危，當局一直對市民、記者和外國隱瞞所有不幸消息，而全島眾望所歸也實質上成為一國元首的人如今卻撒手人寰。諸如此類的噩耗會造成統治權的傳承中斷，進而導致人民恐慌絕望、社會動盪不安甚至爆發動亂，為了以防萬一，當局必須設想應變計畫。

因此在宣布噩耗之前，明格里亞的社會賢達已經共同會商，討論接下來要如何引導全島人民安然度過災難，並且擘畫藍圖，為國家社會做出一些重大決定。總理表示他謹代表明格里亞人民，向公主和駙馬轉告上述決定，希望徵求他們的意見。

總理尼梅圖拉阿凡提不忘先說明，參與會商的「明格里亞的社會賢達」除他本人之外還包括哪些人：領導希臘正教會的牧首君士坦提諾斯阿凡提、目前遭軟禁在家的前情報監控局長、尼寇斯貝伊、分別來自希臘人和穆斯林族群的數名年長仕紳、兩名年長記者（其中一位是希臘人）、數名醫師，以及包括英國領事喬治貝伊在內的三位領事。

「所有人一致同意，停止實行防疫措施一事為明格里亞帶來了莫大災難。」總理尼梅圖拉阿凡提直接挑明重點。「如果一直無法控制災情，我們都無法幸免於難……戰艦會一直封鎖島嶼，直到全島連一個活口都不剩，從此以後再也沒有什麼明格里亞民族。明格里亞的社會賢達懇切希望努里醫師能夠出面主持疫情防治，徹底解決疫情肆虐的問題。」

此外，防疫部隊將交由哈姆迪・巴巴指揮，宵禁、戒嚴法等嚴格規定都需要強力執行，最熟悉這些法規的莫過於努里醫師！

「現在已經太遲了。」努里醫師說：「而且，您自己直到昨天的態度仍是反對防疫。」

「如今全島有難，國家民族的命運岌岌可危，不太適合討論你我個人的立場。」總理尼梅圖拉阿凡提說：「我對過去的謬誤感到抱歉，將會辭去總理一職並返回道堂。」

他指了指已故總督沙密帕夏從前的辦公桌椅。「這位子是您的了！請您接任總理一職。明格里亞人民的未來，對抗疫情要怎麼做最有效，都由您來決定。官方統計昨天有四十八人染疫死亡，我向您保證，全島無論希臘人、穆斯林、醫生或商人都期待您來領導大家。」

努里醫師和帕琦瑟公主終於聽懂了對方的提議，但起初仍不敢置信，於是又追問和確認所有相關細節。

尼梅圖拉阿凡提表示他是因為身為謝赫的攝政，為了輔佐謝赫才進入「地方政府」任官——他一直如此指稱總理職位。若蒙駙馬努里醫師首肯，尼梅圖拉阿凡提將會辭去總理一職，由努里醫師接任。由於赫姆杜拉謝赫歸真後，元首之位空懸，明格里亞社會賢達由衷希望帕琦瑟公主——民間已經開始稱她為「女王」——能夠擔任象徵性的國家元首。

「明格里亞各界人士都希望能夠再次實行最嚴格的防疫措施，」尼梅圖拉阿凡提說：「他們也一致認同，有必要讓全世界都知道帕琦瑟公主是真正的女王。」

尼梅圖拉阿凡提接著說明，如果帕琦瑟公主正式登基為女王，將能吸引國際社會關注明格里亞，而歐洲各國也會希望能為島上動亂找到最好的解決之道。阿卜杜勒哈米德如果看到明格里亞有英明果決的女王領導，或許會召回目前與外國戰艦合力封鎖島嶼的「馬木德號」，其他國家也可能很快就會解除封鎖。

帕琦瑟公主和努里醫師起初相當震驚，但心情慢慢平復，提出的問題也都獲得正面回應。赫姆杜拉謝赫病逝之後，不會有人再強迫他們留在島上，他們想走的話，隨時可以去找一艘偷渡船載他們離開。自從赫姆杜拉謝赫掌權之後，帕琦瑟公主和努里醫師已遭軟禁二十四天之久。

尼梅圖拉阿凡提注意到公主面露遲疑，想要強調女王之位只是象徵性質，便開口補充：「您可以一直待在賓館，完全不需要出門，全看您的意思！」

帕琦瑟公主當下的回應令人難忘：「和您想的剛好相反，閣下，我答應成為女王，以後就沒有人可以再把我關在房間裡，我隨時都可以出門走在馬路上。」

「我也很樂意進駐總理辦公室！」努里醫師說。

二十五天前，努里醫師還曾每天前往沙密帕夏的辦公室開會，雖然攝政尼梅圖拉入主後並未改動任何裝潢擺設，只搬來了一些箱子和信封袋，但在努里醫師眼中，已故總督的辦公室已經和從前截然不同。

尼梅圖拉阿凡提在離去前，將數枚官印和數串以金鍊和銀鍊串起的鑰匙交給努里醫師，這些用品都是已故的鄂圖曼總督沙密帕夏在成為明格里亞首任總理時興高采烈訂製的。最後，將要卸任的尼梅圖拉阿凡提以彷彿鄂圖曼官員的莊嚴神情，開始交代對國家事務影響最大的數件事，首先是大多數政府人員已不再回到工作崗位。我們認為其中最為急迫的是亞卡茲的糧食供應問題，全城可能很快就會陷入饑荒，但前總理和新總理兩人卻花了更多時間討論赫姆杜拉謝赫的葬禮、哈黎菲耶教團和道堂的未來，以及女王專屬的徽章樣式。

在辦理交接的過程中，前總理尼梅圖拉似乎很有自信在場眾人都會洗耳恭聽，向所有人宣布他是在一週前作夢時獲得啟示，因此「突然」決定要辭去明格里亞總理如此顯赫的職位。他之所以講述自己的夢境，真正的目的是要讓聽者認為他是自主決定要辭去總理一職。但我們認為島上面臨疫災人禍，加上尼梅圖拉阿凡提主政時期政府失能、荒腔走板，他很難繼續把持國政。赫姆杜拉謝赫及尼梅圖拉阿凡提一派奪取政權，是為了廢止所有防疫規定，但如今島上所有人都明白，現在唯一能做的就是恢復先前的防疫措施。

交接儀式從頭到尾不到十分鐘，最後新總理努里醫師同意，哈黎菲耶教團道堂將在尼梅圖拉阿凡提領導之下持續運作，並獲得政府撥款補助，但對於為赫姆杜拉謝赫舉行國葬並在盲眼穆罕默德帕夏清真寺誦經祈禱的請求，努里醫師堅定拒絕。

第七十三章

卸任的尼梅圖拉阿凡提離開後，努里醫師立刻傳令要裝甲馬車和隨行衛兵所搭的馬車準備就緒。努里醫師和帕琦瑟公主遭軟禁於賓館期間，對於外界發生的事所知極為有限，僅能接收到零碎片段的消息，如今他們終於得以親自去看看城市裡發生的一切。

總理努里醫師陪同公主坐上馬車，吩咐車夫澤克里亞前往希索波里堤薩區。兩人往右手邊看去，注意到沙密帕夏興建的黎凡特公園後側一塊有著松樹和棗椰樹遮蔭的坡地，一些人圍坐在鋪於地上的毯被和基里姆毯旁，似乎在等待什麼。這群人全都身穿紅色和藍色衣裝，他們在聖安道教堂旁邊紅棕色塵土飛揚的斜坡路附近又看到穿著打扮相似的一群人。在灰撲撲道路兩側的松樹下，也有數名男子和數家人坐著等待。努里醫師猜出這群人跟先前待在黎凡特公園那群人一樣，一定是剛從鄉間來到亞卡茲的村民。

在防疫規定廢止，進出亞卡茲市的管制禁令解除之後，島嶼北部山區許多靠著牧羊維生的村民決定下山前來亞卡茲。有些人是因為受不了村落發生疫情之後的種種混亂失序才逃出來，有些人是因為挨餓又找不到工作而出走，也有一些人帶了核桃、乳酪、無花果乾和松樹蜜來高價販售。已故的沙密帕夏擔任總理期間，就曾號召北部的村民前來亞卡茲，尼梅圖拉阿凡提擔任總理時也延續該項措施，目的是要為人員大量流失的政府和有許多學徒逃跑的老市集工匠作坊招收新血。遠道跋涉前來亞卡茲的單身男子或家庭，如果有當地親友可以投靠，通常抵達市區數天內就能找到地方落腳，尤其是在希臘人聚居區有人脈者，因此努里醫師和帕琦瑟公主認為，他們這天看到的民眾一定還在尋找棲身之地。

緊閉的門扉、歪曲半坍的圍牆、蔥翠蓊鬱的綠樹、姹紫嫣紅的花朵、平坦的黃土原野，帕琦瑟公主盡收眼底，一切是如此美麗迷人，令她陶醉不已。她看見只剩半截的煙囪，看見院子裡有個小孩從母親身邊跑開，看見一名婦女以頭巾邊角拭淚，心想她要將一切都寫在給姊姊的信裡，用自己的話一五一十描述所見所聞。有一名穿深色衣服、戴西式男帽的男子刻意邁開大步踽踽獨行，一隻黑貓和一隻虎斑貓懶洋洋地窩在街角打瞌睡，狹窄巷道中有一名大鬍子老爺爺帶著小孫子盤腿坐在地上（公主聽了丈夫說明才知道他們在乞討），還有一個老人躺在吊床上睡覺。公主也看到無數張面孔透過窗框脫落的凸窗向外窺看，他們全都好奇地盯著行經門前的裝甲馬車。

裝甲馬車緩緩向上坡駛去，公主和努里醫師朝車窗外望去，看到空地、燒燬的房舍廢墟，以及明格里亞島上以花木扶疏、綠意盎然聞名的庭園。他們看到路上有人像醉鬼般走路東倒西歪，婦女用希臘語彼此呼喚，還有一對夫婦似乎為了尋找遺失的東西在爭吵。行經聖尤格斯教堂後門時，他們看到戴面罩的男人從後門走出來，但推敲不出這三人的身分。一名駝背男子氣沖沖地猛敲某戶人家的門，該戶樓上則有人同樣氣沖沖地朝樓下大吼。馬車駛入霍拉區和科豐亞區丘坡山腳的巷道，公主望向數戶人家開著的窗戶，看到聚在屋內全家大小的生活，看到男人在角落的躺椅上小睡，看著家家戶戶屋內的桌子、檯燈、花瓶、鏡子和小飾品，暗自希望接下來的行程都能在這樣的巷道裡穿梭。

行經希臘中學與舊橋之間的空地時，他們看到該處已經形成了小市集，在亞卡茲市解除進出城管制之後三週以來，在市內多區都形成了類似的臨時市集。努里醫師注意到妻子望向窗外時好奇的眼神，便要澤克里亞停下車。待後頭隨行的衛兵跟上之後，努里醫師和公主下了馬車，對於眼前的市集景象大為著迷。市集共有十一個攤位，擺攤的小販都是男性，全都身著鄉間的傳統服飾，其中有一對父子。來自村莊的小販將箱子或倒扣的籃筐當成臨時的擺攤桌，將商品陳列其上。進入市集採訪的公主和駙馬一行人看到攤位上擺了乳酪、核桃、無花果乾、一壺壺橄欖油，以及一籃籃的新鮮草莓、李子和櫻桃。有一攤擺出來要賣的是生鏽檯燈、花瓶和陶瓷小狗各一只。另一個小販在公主一行人經過時朝他們露出笑容，他的攤子上擺著故障的座鐘、一把長柄鉗、兩個漏斗（一大一小）和滿滿一罐淺紅和橙色水果乾。市集裡人人小心戒慎，與其他人保持一定的距離。

裝甲馬車接著沿亞卡茲溪的溪邊行駛，公主他們看到住在溪邊的居民從自家窗口輕甩釣魚竿將釣魚線投入水中。明格里亞人從疫情期間拉幫結夥的孤兒事蹟獲得靈感，發現可以自己從溪裡釣魚來吃。馬車在駛抵舊橋之前向左拐彎，行經成排以厚實矮牆圍起的庭院。此時，一名打赤腳的孩童忽然像猴子一樣從樹叢中跳了出來，躍上馬車的擋泥板，將臉直接貼在公主那一側的車窗上。帕琦瑟公主驚呼一聲。但不等衛兵趕來，孩童已經像蝴蝶般飛竄得無影無蹤。這一區的民眾認出眼前這輛馬車是已故總督沙密帕夏的裝甲馬車。馬車穿行於狹窄偏僻的街巷之中，車上的公主和努里醫師聞到了民宅庭院飄出的玫瑰和椴樹香氣，而無論馬車行駛至何處，哀戚哭聲不絕於耳。

哈米德大道上一片寂靜，這條道路地位特殊，是全市最歐化也最富有鄂圖曼帝國風情的地方。努里醫師要車夫在哈米德橋上停車，他想讓妻子下車欣賞亞卡茲市最美的景致。帕琦瑟公主——翌日將有禮炮鳴響慶祝她登基為女王——下了馬車，與丈夫一同觀賞眼前美景；許多年後《衛城日報》將會製作瘟疫爆發四十週年專題報導，而明島廣場老闆基里亞科斯阿凡提的兒子將會在接受報社訪問時描述這一刻。那段時間，基里亞科斯阿凡提的兒子每兩天會出門一次送餐，他會帶著一小籃母親準備的食物從丹特拉區出發，來到夾竹桃丘的祖父家後將食物放在一樓窗台，他的祖父堅持住在丘坡上的小屋不肯搬離。

馬車逐漸接近通往盲眼穆罕默德帕夏清真寺的巷道，公主和努里醫師看到路上有愈來愈多民眾。「疫情爆發後一個月內，這一帶幾乎每三家就有一家有人染疫，現在情況會變得多糟？」努里醫師心想。

努里醫師告訴公主，清真寺中庭裡的民眾都在排隊等待，要遵循伊斯蘭教禮儀清洗病逝親人的遺體。但這項禮俗明顯加快疫情的傳播速度，他為此相當煩心。

馬車接著駛入陸軍幼校和老岩石突堤之間的貧困穆斯林區，當地民眾認出了總督帕夏的裝甲馬車，對於好一陣子不曾造訪該區的馬車忽然出現感到困惑不解。有些民眾在馬車行經時高聲咒罵，但同樣住在這區的克里特島移民知道，在裝甲馬車後面還跟著一輛載滿衛兵的馬車。瓦伏拉區、石匠區和老岩石突堤一帶很可能每一戶都有人染疫。這個區域每天約有十五人染疫亡故，但仍有很多人三三兩兩走在街上，公主和努里醫師看到後有些驚訝。

努里醫師先前有八天遭囚禁於城堡監獄，還有十六天與公主一同待在賓館內足不出戶，在馬車行經瓦伏拉區時，他才驚覺亞卡茲市多個他已經很有感情的區域完全變了樣。有些變化很容易就能看出來：防疫措施廢止，在街頭徘徊的人變多，外頭完全看不到小孩，許多躲在屋裡的人透過窗口朝外窺看，市民的眼神盡是擔憂驚惶。

亞卡茲市如今陷入哀傷和絕望的幽暗深淵，全城瀰漫著蒼涼死寂的氣氛。疫情爆發初期，由於當局太晚實行防疫措施，市內有名望的穆斯林和富裕希臘人的反應是怒氣沖沖、嗤之以鼻甚至漠不關心。如已故總督沙密帕夏常言，這些市民將瘟疫「直接」歸咎於總督和鄂圖曼帝國的無能。在政府頒布防疫規定之後，民眾不只想逃離瘟疫，更想逃離「專制愚昧」的總督。怒氣不僅帶給他們希望，更帶來計畫逃跑和努力求生的力量。但如今努里醫師卻看到，就連最後一點希望的火苗，也已經在瘟疫毫不留情的摧殘之下熄滅殆盡。人情溫暖盡失，友情岌岌可危，就連想要知道發生什麼事、在聽到新的傳聞之後群情激憤的動力都愈趨疲弱。每個人都承受太多的恐懼、痛苦和掙扎煎熬，無暇他顧，甚至不再注意到隔壁鄰居是不是又有人病逝。

在卡迪里教團道堂的後院，公主和努里醫師看到晾起待曬乾的白色衣物。有一名男子躺在角落，上半身赤裸，但他們乍看之下難以判斷他是不是病患。在樹下或其他隱密角落，坐著一些或獨自禱告或冥想的苦修僧。一名身穿睡衣的男子躺在室外鋪得很整齊的地鋪上，彷彿做夢般一臉迷茫望著天空，公主和努里醫師直到看見許多人圍在他身旁哀哭，才明白男子已然亡故。

馬車駛入瘟疫肆虐的齊堤區，看到街道荒涼殘破，木造房屋歪曲變形搖搖欲墜，滿地盡是屋瓦、煙囪和窗框碎片，還有許多身為母親的婦女淚流滿面，帕琪瑟公主不禁動容。進入坡耶勒什區後，馬車駛上一條很陡的狹窄街道，卻看到前方有一輛車廂四壁密不透風且有衛兵看守的馬車擋在路中間，他們不得不停車回轉。公主和努里醫師完全不清楚情況，車夫澤克里亞告訴他們這就是「麵包車」，也就是赫姆杜拉謝赫政府最成功的政績。赫姆杜拉謝赫政權麻木不仁、倒行逆施，但民眾之所以從未反抗，主因就在於這輛麵包車：駐軍伙房每天會烤好六千條麵包，所有現烤麵包就在衛兵保護下由這輛馬車載送前往各區發放。

古勒朗什區的拜克塔什教團道堂先前已改建為臨時醫院，如今卻一片蕭瑟破敗。教團長老在凱米爾元帥主政時期已全數撤離道堂，有些年輕苦修僧留下來看顧道堂，也會幫忙照料安置於此的病患。而在赫姆杜拉謝赫時期，教團之間的明爭暗鬥不斷，改建為醫院的拜克塔什教團道堂居於弱勢，資源遭到強勢教團假借各種名義剝奪，獲得的援助、物資和醫師人力比其他地方更少。

馬車駛近拜克塔什教團道堂爬滿常春藤的外牆末端，帕琪瑟公主望向牆內綠意盎然的寬敞庭院，不禁浮想聯翩。翠綠的背景上，彷彿散落著一群群有大有小、衣服顏色各異的小人物，就像她從前在王宮裡找到的一本舊書裡頭的印度細密畫。年紀最輕、數量也最多的好幾群人身穿白衣，年紀比較大的數群人身穿紫衣或褐衣，那些身穿紅衣的人又是誰呢？放眼望去，最遠處的房舍和一路擺到庭院裡的病床顯得好小，感覺怪異又不真實，公主再次聯想到古代的細密畫。

馬車並未放慢速度，公主和駙馬（或女王和總理）還來不及探究道堂裡到底發生什麼事，馬車已經駛入綠樹成蔭的坡耶勒什區。兩人望向各家各戶的後院，看見婦女相擁悲泣，在她們周圍有小孩和狗跑來跑去，看見院子裡的地上放著染疫死者的遺體，看見居民晾曬衣物，也看見床鋪、桌子和一個個盛水的大壺罐。公主看到某家院子裡有一叢粉紅色和紫色的盛綻野花。有戶人家的木桌、金色壁鐘和作工講究的白色衣櫥全都擺到院子裡。另一家的院子裡，有些愁容滿面的居民三三兩兩佇立，數扇拆下的黃色和貝殼白色門板斜靠在樹幹上，但公主和駙馬還來不及多看一眼，馬車就已駛離。

馬車行經柴姆勒教團道堂，駛上通往採石場區坑坑巴巴、遍布石塊的上坡路，途中車輪每次轉動都晃動顛簸。車廂裡的兩人望向窗外，看到一道紫色欄杆上停滿整群烏鴉時大為訝異，接著他們看到枝梢上長出了紅色的櫻桃。馬車蜿蜒穿行於寂靜慵懶的上圖倫契拉區，半路上遇到一輛運屍馬車。

赫姆杜拉謝赫時期沿襲凱米爾元帥主政末期所制定的載運遺體措施，運屍馬車僅於天黑之後至各地載運遺體，白天則停止作業以免打擊民眾士氣。凱米爾元帥主政時原本僅有一輛運屍馬車，但駐軍營地的木匠協助打造了三輛新馬車。每輛運屍馬車除了車夫外，還搭配一組三人的收屍小隊，但隨著每日死亡人數不斷攀升，車夫和收屍人員或染疫病故、或曠職逃跑，必須不斷遞補新的人員，即使有四輛馬車出勤也難以應付龐大的工作量。也有許多人刻意藏匿病故者遺體，可能是因為親屬想要隱瞞自家有人染疫的事實，也可能是出於懶惰怕事或仇恨惡意。馬車駛上其中一條通往上圖倫契拉區的坡道時，公主和努里醫師瞥見遠處一小片樹林和房舍後方冒出火光，還有一縷黑煙飄起，等到馬匹氣喘吁吁、大汗淋漓地將車廂拉到丘頂時，他們終於看清起火的是一座穀倉和一座小型雞舍。在起火處所在田野的另一端，兩名身穿白色長袍的穆斯林和一名頭戴菲斯帽、身穿雙排釦長禮服的男人爭執不休，顯然沒注意到附近逐漸猛烈的火勢或根本漠不關心。公主和努里醫師都注意到情況有異，公主問丈夫能不能請車夫澤克里亞高聲呼叫提醒三名男子。但他們也注意到遠處的三名男子似乎完全沒注意到他們的馬車，也不打算理會他們。在那一刻，敏感纖細的公主一陣揪心，遭到遺棄的感覺鋪天蓋地襲來。

隨後馬車駛入阿帕拉區的曲折街道，行經凱米爾元帥的母親莎蒂耶太太居住的屋子後方，還有一名由政府公費聘雇的管家也住在屋內（該棟房子目前已改建為博物館）。馬車來到夾竹桃丘丘頂，居高臨下的壯美風景映入車窗，帕琦瑟公主（或「女王」）明白了她心中的孤寂和被遺棄感，是來自亞卡茲市、明格里亞的城堡以及東地中海的海水。如今城市和瘟疫令她膽戰心驚，她只想趕快回到寫字桌前，提筆向姊姊哈緹絲一五一十細述她的見聞。馬車立刻返回部會總處。在加冕登基前夕，帕琦瑟公主又寫了一封信給姊姊。

第七十四章

赫姆杜拉謝赫的遺體於賽歐多洛普洛斯醫院徹底消毒後，在清晨於道堂堂區內的小墓園倉卒下葬。墓穴是在前一天夜裡悄悄挖好，位置是在墓園內的普通人和窮人區裡一棵參天老椴樹的樹蔭下，而非安葬過去歷任謝赫的那一區。赫姆杜拉謝赫時期結束後的新時期開始，馬札爾阿凡提成為最常提供意見的政壇要人，他安排了攝影師於謝赫遺體消毒過程中拍照，一方面留下謝赫遺體下葬前確實曾以石灰消毒的紀錄，另一方面則作為把柄，以備在哈黎菲耶教團不聽話時用來羞辱對方。在當時拍下的整組黑白照片中，市區上空黑壓壓的大片烏雲、黎明破曉時的天色，以及籠罩東地中海的神祕光輝，無不真實具體，彷彿觸手可及。照片也傳達了瘟疫期間瀰漫的惴慄怖懼，以及死亡的蕭瑟孤寂。

照片裡更有意思的一點，是可以看到在場的尼寇斯醫師和兩名防疫部隊士兵臉上都戴著面罩。在陪同公主與午後搭乘馬車在市區長途巡行之後，總理努里醫師依據觀察所得，於隔日下午迅速宣布採行佩掛面罩的新措施。努里醫師懷疑瘟疫可能已經發展成「肺炎性」鼠疫，不僅能夠透過老鼠傳播，還可以經由空氣中懸浮的飛沫粒子傳染給其他人。他相信致死率會大幅上升，不只是因為廢止防疫隔離措施，也因為致病微生物傳播的方式和速度有所改變。努里醫師也在相隔二十五天後再次見到前檢疫局長尼寇斯醫師，對方也贊同他的判斷。瘟疫如今變得更容易傳播，而且疫情已發展到幾乎無法控制的地步。

然而，總理努里醫師憑著直覺得知，在他和尼寇斯醫師討論處境艱困下如何恢復防疫規定並落實執行之前，全島人民會為了女王的加冕登基歡欣振奮，即使只是片刻也好。

一小時之後，炮兵隊在薩迪里中士指揮下開始鳴放二十五響禮炮，驚天動地的炮聲宣告帕琦瑟公主登基為女王，成為明格里亞獨立建國後第三任元首。禮炮一聲接著一聲慢慢鳴放的過程中，女王登基的消息彷彿帶有魔力般，傳遍商業區所有開門營業的店鋪和市區各處臨時市場，在亞卡茲所有漁夫和家家戶戶之間口耳相傳。除了哈黎菲耶教團信徒和已故謝赫的支持者之外，全城人民欣喜不已。

但部分哈黎菲耶教團信徒不相信謝赫已經病逝，或無法接受謝赫遺體竟然遭到撒石灰褻瀆，已經蠢蠢欲動準備造反。前總理尼梅圖拉還未正式繼任為謝赫，但仍出面約束教團內氣憤不滿的年輕信徒。對於謝赫遺體在下葬前經過消毒，引起信徒和其他教團的盟友群情激憤一事，歷史學家花了很多時間討論。他們主張哈黎菲耶教團是受到島上親鄂圖曼帝國的人士煽動，而親鄂圖曼陣營希望島上發生暴動，阿卜杜勒哈米德就能伺機派戰艦前來炮轟明格里亞島和首都亞卡茲，但類似論調太過誇大。接下來揭露的史實更為正確可靠且饒富趣味，從中可知當時局勢並非完全晦暗無望。

八月二十七日週二早上，帕琦瑟公主加冕登基為女王，位在丘坡上的駐軍營地鳴放禮炮昭告天下，努里醫師離開總理辦公室，回到同一層樓的賓館客房，親吻妻子的臉頰恭賀她登基，當天的染疫死亡數為五十三人。

「我滿心歡喜。」女王告訴丈夫。「我在想父親會不會知道？」

「消息一定很快就會傳遍全世界！」她丈夫回答。

帕琦瑟女王和努里醫師對於如今的顯赫地位和頭銜不太感興趣，與凱米爾元帥或其他前任元首或總理的作風大不相同。努里醫師詢問尼寇斯醫師，如何才能重新組成有效率的防疫委員會。尼寇斯醫師明白表示，如今要恢復島上的秩序非常困難，語氣中明顯夾雜怒火和挫敗。「要是赫姆杜拉謝赫沒有被瘟疫帶走，不會有人敢說要恢復防疫規定和禁令或是重啟隔離所。至於尼梅圖拉阿凡提手下那班『部會首長』只是烏合之眾，連報效國家是什麼意思都搞不懂，所幸威嚇一下就能讓他們聽命，否則尼梅圖拉阿凡提一開始絕不會同意要辭職回去道堂。」

努里醫師和尼寇斯醫師併肩坐在長長的會議桌一角，開始討論內閣會議的新成員人選。「我們不再是隸屬鄂圖曼帝國一省的地方防疫委員會了！」尼寇斯醫師說：「我們都很清楚，情資和國家安全對於主權國家來說無比重要，防疫委員會裡絕不能少了像馬札爾阿凡提這樣的人才。」

「那麼你應該再度出任檢疫局長！」努里醫師說：「應該將馬札爾阿凡提升任為部長，原本情報監控局長的職務也應該恢復。」

努里醫師指示書記員傳召馬札爾阿凡提前來開會。在凱米爾元帥成為總統之後不久，馬札爾阿凡提即獲派擔任元帥副官，他在過去一直擔任已故沙密帕夏手下的情報頭子，掌握反對防疫措施的大小教團道堂以及發送可對抗瘟疫之祝聖禱詞單的「聖者」相關情資。至於應將哪些教團的道堂改建為醫院，以及應拉攏哪幾位謝赫，仍由凱米爾元帥和總理沙密帕夏做出最終決定。但有賴馬札爾阿凡提的龐大情報網和嚴謹細密的情報彙整，他們得以充分掌握各個教團和道堂的內部情況。但道堂遭到清空、尊嚴和收入皆毀於一旦，而自己則遭流放外地的各教團謝赫，都很清楚是這名情報監控局長向最高層告發他們，馬札爾阿凡提在他們眼中就跟沙密帕夏一樣可恨。沙密帕夏遭法庭判處死刑，這些人期望看到馬札爾阿凡提也落得同樣下場，但他的死刑判決在最後一刻改為無期徒刑。我們認為，馬札爾阿凡提由於獲得相對寬容的待遇，得以巧施計謀利用偽造文件誤導大眾，塑造出自己是土生土長明格里亞人的形象。在島上的三名鄂圖曼官員之中，馬札爾阿凡提和沙密帕夏同樣決定捨棄與鄂圖曼首都伊斯坦堡的連結，支持明格里亞爭取自由和獨立，但只有馬札爾阿凡提具備先見之明，想辦法搖身一變成了明格里亞人，而他的妻子是明格里亞人這一點無疑發揮了作用。

赫姆杜拉謝赫和戴高帽的攝政尼梅圖拉阿凡提在凱米爾元帥病逝之後順利奪取政權，執政的目標之一就是鎮壓所有希臘民族主義叛亂分子，將他們一網打盡。對於島上叛亂活動最瞭若指掌的，莫過於馬札爾阿凡提（原先是隸屬總督沙密帕夏的局處主管，後來升任總統副官），赫姆杜拉謝赫政府決定善用他的經驗。馬札爾阿凡提先是獲改判無期徒刑，繼而獲准出獄回家與妻兒團聚，並得到當局特許居家服刑。不久之後，他手下的線人密探就開始到他家回報消息。在入獄後又獲釋的馬札爾阿凡提效力之下，尼梅圖拉阿凡提主政的當局進一步得知希臘游擊隊搭乘偷渡船隻來到島上的細節，以及經營縫紉用品店的希臘領事費多諾斯和珠寶匠邁西莫斯都是希臘游擊隊的金主。馬札爾阿凡提在為當局提供情報後，也將過去的情資文件從原本在原總督府、現部會總處的存放地搬運回自己家分門別類歸檔，這些文件包括他多年來勤奮蒐集的剪報、線人寄來的信件（比起口說證詞，他一向以更高的價碼收購書面證據）以及多達數百份電報內文。馬札爾阿凡提家和佐菲里烘焙坊位在同一條街，是一棟外觀毫不起眼的石造房屋，這棟屋子存放了無數馬札爾阿凡提以不同於傳統的獨門手法整理的卷宗文件，成了貨真價實的情報中心，其中蒐羅的情報在鄂圖曼帝國統治期間針對明格里亞分離主義分子，之後則轉而鎖定鄂圖曼土耳其或希臘民族主義分子。這棟石造房屋後來將成為「明格里亞情報局」（縮寫為ＭＩＡ）總部，最終則將改建為博物館。

馬札爾阿凡提很有自信，從過去到未來每一任主政者都會想利用他的知識、服務和情資人脈。因此他一接到赫姆杜拉謝赫病重將死的消息，就開始寫信給領事和檢疫醫師談論要如何拯救全島人民。確認了謝赫的死訊之後（時間點遠遠早於駐軍鳴放禮炮宣告新的國家元首上任），他相信當前的政府官員，或更精確一點，當時統治全島的一群代表，早晚會辭職，由有意恢復防疫規定的一群人取而代之。他在家中左思右想，再也坐不住，拔腿奔往部會總處，迫不及待想要旁觀甚至「親自涉入」局勢的最新發展。有些學者指出馬札爾阿凡提很可能想伺機溜進他鍾愛的檔案室，也有說法認為他企圖接任總理一職。就在部會總處大門口，馬札爾阿凡提遇見了公共衛生部長尼寇斯醫師，他立刻談起「島上如今災情慘重」，全是一班「愚昧無能之徒」釀成大禍，並補充說他個人已經準備好「面對艱巨挑戰」，為了防治疫情「不惜付出任何代價」。

再次見到這名外表平凡無奇、曾為已故沙密帕夏部屬的官員，努里醫師不禁憶起了過去數週坐牢的可怕經歷。

「我們是同時被關進城堡監獄的嗎？」他開口問道，想要建立共患難的同伴情誼。

「他們在處決沙密帕夏五天後就放我回家了！」馬札爾阿凡提回答。「但是我想要為您和檢疫醫師效力——不是替他們做事。現在只有防疫措施能夠挽救明格里亞這個國家了。」

「那你一定要加入防疫委員會——不對，應該說是內閣會議！」努里醫師話才出口又立刻修正。

「但我目前還在居家服刑，依法我不能離開家裡！」馬札爾阿凡提露出誠惶誠恐的微笑。他一直很擅長扮演討人喜歡的受害者。

「女王很快就會發布大赦命令。」努里醫師說：「我們很希望徵詢你的意見，了解釋放哪幾名犯人會最有幫助，最有益於順利恢復防疫措施、對抗疫情，也對明格里亞人民最有益處。別忘了將你自己也列入名單！」

我們不打算一一列舉新任部會首長的名字，以及內閣一致同意頒行的所有防疫規定，而是要從新政府決定實施全日戒嚴講起，這個決定非同小可，其重要程度讓其他所有防疫措施顯得微不足道。尼寇斯醫師和努里醫師不約而同判定，只有實施全日戒嚴才有可能力挽狂瀾，但兩人也認為一旦實行會碰上重重阻礙，因此不願主動提起，反而是新上任的情報監控部長馬札爾阿凡提率先提出。

「如果我們今天就宣布實行防疫措施，並且開始封城封家、封鎖街道、管制進出，人民不會把我們當回事。」努里醫師說：「國家和士兵已經得不到人民的信任或尊重，民眾對於疫情防治已經不抱任何希望，覺得只有靠自己才能活下去。」

「您太悲觀了！」尼寇斯醫師說「悲觀」時的發音帶著法語腔。「如果真是這樣，就算宣布戒嚴也沒用。」

「可能會有用。」馬札爾阿凡提說：「如果民眾都不遵守戒嚴令，那麼明格里亞就等於亡國，我們要面對的會是無政府狀態！」

「鄂圖曼帝國可能會回來，或者希臘軍隊會入侵。」尼寇斯醫師說。

「不對。如果明格里亞就此亡國，接管這座島的一定會是英國人。」努里醫師說。

「沒有國家，何來民族。」馬札爾阿凡提說：「最終明格里亞島又會回到從前遭到某個強國奴役殖民的日子。我們沒有其他方法，只能派出武裝阿拉伯士兵，指示他們凡是看到有人在外遊蕩一律開槍。如果實施戒嚴仍不見成效，那就真的沒救了。我坐牢的時候也在想這件事。」

「你的前長官沙密帕夏會被處以絞刑，就是因為他以遵行防疫規定為由下令要士兵對民眾開槍！」尼寇斯醫師說：「我們可不想跟他落得同樣下場。」

「我們還能怎麼辦？我們時間和人力都不足，不可能挨家挨戶敲門搜查有沒有病患，也不能指望再招募義勇軍。有太多人染疫病死，又有太多人躲起來，怎麼追查都追查不完……所有人都在為了活下去拚命奮鬥，我們宣布什麼防疫措施，要求大家保持距離不要群聚，會有人聽話照做嗎？」

於是新政府的高層決策圈同意實施戒嚴。由於駐軍營地的阿拉伯部隊需要一點時間整備，當局決定不要操之過急。

大多數歷史學家並未意識到，主導明格里亞國家和民族命運的政府決策圈眾人在那一天所陷入的絕望情緒，現今的民族主義歷史學家則不願去理解新政府做出決策當下動盪不安的時局背景。然而我們想要指出，當時如果不是決策圈眾人陷入絕望，被迫以置之死地而後生的決心實施戒嚴，命令士兵將槍口對準人民，明格里亞人民絕不可能在防疫規定廢止二十五天之後再度遵守任何規定。當局於兩天後才宣布實施全日戒嚴以及其他防疫規定，並透過張貼告示、派人員沿街宣讀、派馬車遊街宣傳等方式公告，而這次的延遲是因為當局過度謹慎而非行政疏失。

另一方面，半官方媒體《亞卡茲公報》及島上兩家土耳其語日報中的一家皆刊出女王宣布大赦天下的報導。除了犯下偷竊、強暴、謀殺等罪行的囚犯，其他獲得赦免的囚犯還包括在赫姆杜拉謝赫時期遭關押入獄的希臘民族主義分子、鄂圖曼帝國派來的密探、防疫部隊士兵、反政府異議分子、偷渡未遂遭逮捕的民眾、超賣船票的旅行社業者，以及許多瘋癲失常者和鬧事分子，監獄內可說一片歡騰。獲得赦免出獄的罪犯，回家時可能會將在監獄各處肆虐的瘟疫又傳染給親人。但實際發生的情況也可能截然不同。一名防疫部隊士兵入獄後原本已經認命，想著下半生就要在潮溼的囚室裡逐漸朽爛，意外獲釋之後喜極而泣，一路趕回塔勒蘇區要和家人團聚，到家卻發現雙親和其中兩名子女病逝了，而妻子和唯一活下來的兒子已經逃走。他家人的消息，則是疑似在他坐牢時進占他家的人告訴他的。

這些占住他人房屋者來自島嶼西北部海岸的凱菲利村，他們擺出反客為主、蠻橫霸道的姿態，無視這名防疫部隊士兵得知家人的壞消息後已經大受打擊，向他宣稱他們已經住進房子裡，而他在所有人想找地方落腳時一個人獨占整棟房子是不公不義，要他最好出去找他的可憐妻子和兒子。

當時，違法侵占他人房屋土地之事層出不窮。要是房子遭到侵占的屋主不是防疫部隊士兵，不認識任何可以提供援助的政府官員（例如情報監控部長），他絕對沒有機會伸張正義，還可能為了究竟要去找失散妻兒或留下來報復侵占房子的流氓，陷入兩難甚至因此被逼瘋。在瘟疫肆虐的每個夜晚，令人無比煎熬的不僅僅是劇烈頭痛、刺痛腫塊和對死亡的恐懼，還有無盡的傷痛苦楚和掙扎糾結會一點一滴滲入每個人的夢裡，連睡眠都成了不折不扣的折磨。情報監控部長馬札爾阿凡提為該名防疫部隊士兵出了一口氣，他派出衛兵到該名士兵在塔勒蘇區的房子，將侵占房子的村民一家全數逮捕，這群人成了二十五天以來第一批送入城堡隔離所的疑似染疫者。城堡隔離所已徹底清潔和消毒，準備迎接新進隔離者，而任何踏進隔離所的人只要看一眼中庭和錯落交疊的狹小鋪位，都會留下畢生難以磨滅的印象。

由於僅靠阿拉伯士兵可能不足以維持秩序，馬札爾阿凡提決定再次動員防疫部隊，也獲得努里醫師的支持。有些士兵於赫姆杜拉謝赫時期遭到指控並被送上法庭，罪名包括毆打無辜民眾、無正當理由就將未染疫民眾送去隔離、過失致死，以及收受賄賂後濫用職權包庇行賄者免予隔離。法庭並未將所有遭指控的士兵判刑，大致上仍能分辨嫌犯有罪或無罪，其中一名獲判無罪的士兵就是一直以來頗孚眾望的哈姆迪·巴巴中士。在獲判無罪後，哈姆迪·巴巴立刻回到家鄉，他的老家所在村莊周圍環繞巨岩和絲柏樹林，距離亞卡茲約兩小時車程。起初哈姆迪·巴巴考量先前太多士兵過度嚴苛或行為不檢，已經失去人民的信任，不想再回到亞卡茲指揮防疫部隊。但馬札爾阿凡提提議由他自行招募新兵組成一支全新的部隊，只是仍沿用「防疫部隊」的名稱，最後藉由恭維奉承和許諾頒發動章（「帕琦瑟女王勳章」），順利徵得哈姆迪·巴巴首肯。

第一代和第二代防疫部隊在目標和作法上都有所不同，但防疫部隊仍舊是出身明格里亞的凱米爾少校（後來的元帥）於鄂圖曼帝國統治時期遠從伊斯坦堡前來指揮，在明格里亞建國史上舉足輕重、具有光榮戰史的一支兵力。在正式實施戒嚴之前，馬札爾阿凡提將駐軍營地中一棟位在中央處的宏偉建築分配給防疫部隊。一百一十六年之後，該棟建築仍作為明格里亞武裝部隊總部且持續使用中。

在當局宣布恢復防疫措施後，亞卡茲市民趕在戒嚴令生效之前，湧入街頭的臨時市場和每天只開張數小時的店鋪，斥資搶購所有可買的商品物資。很多人早已過著深居簡出的日子，先前也已開始囤積糧食，但如今疫情看不到盡頭，他們的糧食庫存也開始告急。

翌日依照官方公告，亞卡茲市開始全日戒嚴，沒有任何例外情況。當天清晨尚未破曉，來自大馬士革的阿拉伯士兵分遣隊緊張忐忑但嚴陣以待，與大約四十名防疫部隊士兵整裝待命。

凱米爾少校成為元帥後，准許所有派駐於明格里亞、講鄂圖曼土耳其語的軍官回到伊斯坦堡，但將這支阿拉伯部隊留在島上，以備日後進行外交談判時可當成籌碼，不過他從未讓阿拉伯部隊涉入明格里亞國內一般的政治紛爭。赫姆杜拉謝赫掌權的二十四天之中，曾四度造訪駐軍營地，先前即曾述及謝赫首度造訪駐軍的過程。那一次謝赫不僅愉快地朗誦《古蘭經》經文，並以阿拉伯語和這些阿拉伯士兵交談，還藉機撤換了原本的駐軍指揮官，指派一名不識字但多年來常去哈黎菲耶教團道堂參拜的年輕明格里亞軍官接任指揮官，後來更拔擢新指揮官為帕夏。

新政府在相隔二十七天後恢復防疫措施和相關管制，更重要的是實施嚴格的全日戒嚴，而民眾也再次配合相關規定，此事可說是我們明格里亞歷史上的一大轉捩點。就如所有明智的評論者所主張，我們也認為這一回的疫情防治管控之所以大獲成功，主要是因為島上死亡人數居高不下（據知在戒嚴令生效前三天共有一百三十七人病故），而所有人都已陷入恐慌無助。另一個原因則是不再有極具影響力的謝赫鼓勵民眾蔑視防疫規定，以及如已故沙密帕夏所形容的「輕率行事」，而後來的事態發展也證明了赫姆杜拉謝赫和任何人一樣難逃瘟疫魔掌，謝赫的死為所有「宿命論者」、偏激懷疑論者，和歐洲人所謂永遠憤世嫉俗的「犬儒主義者」帶來了寶貴的教訓。至於支持施行武力者則相信，實施戒嚴能夠見效的真正原因，是只要看到有人外出，就算是老弱婦孺，阿拉伯士兵和防疫部隊照樣開槍射擊。

坡耶勒什區有兩個孩子跑出門，一聽到帶有警告意味的槍聲響起就趕忙躲回家中。一個瘋子無視戒嚴令於夾竹桃丘一帶遊蕩，士兵在鳴槍數次後立刻加以逮捕。石匠區一棟房子裡的居民朝阿拉伯士兵扔擲石塊，士兵於是開槍掃射，房子外牆和百葉窗上滿布彈孔；防疫部隊稍晚破門而入，將住在屋內的三名年輕克里特島移民關入城堡監獄。全城進入戒嚴後即被一股異樣寂靜所籠罩，三次事件發生時的槍響在一片寂靜中不斷迴盪，大多數民眾意識到士兵這次不會手軟之後，不禁慶幸終於又恢復實行防疫措施。

第七十五章

亞卡茲市實施戒嚴之後，帕琦瑟女王不停往返於賓館客房和總理辦公室之間，聽取關於民間「遵守法紀」的每小時最新報告。每次有衛兵或書記員進入總理辦公室回報民眾仍然待在家中，街上只看得到阿拉伯士兵和防疫部隊，且目前尚無突發狀況，女王都比周圍的男人更加興奮激動，只是她不會在總理辦公室流露情緒，而是回到賓館客房後在寫給姊姊的信中盡情抒發。

當局最初開始用馬車（當時僅以單匹馬來拉車）載送麵包至各地發放時，每區會在一或兩個定點停留，民眾在區代表和防疫部隊監督下排隊領取每戶固定的配額。麵包配額是根據家戶人口數計算，由該戶的男主人負責領取。這種簡單的計算方式能夠運作，靠的是同一區裡所有居民都互相認識。但在瘟疫侵襲之下，原本的居民或病逝或撤離，有些房屋遭到外來者占據，很快就開始出現爭端。有些人會拉幫結派，仗著人多勢眾威嚇其他排隊的人，將其他人應該分得的麵包也一併搶走。做出這類卑劣惡行的人，大都也主張要替死去的拉米茲報仇，或者仇視島上忠於希臘的魯米利亞希臘人以及仍忠於鄂圖曼帝國的鄂圖曼土耳其人，主張要加以嚴懲。

眼看新政府以石灰消毒赫姆杜拉謝赫的遺體，這群宗教狂熱分子、教團侍僧和明格里亞民族主義者大受屈辱，不得不收斂高張的氣焰。不過到頭來也不需要這些惡人改過向善，因為帕琦瑟女王想到新的分配方法，可以確保沒有惡霸搶在其他排隊民眾前頭攔截麵包，她說服了擔任總理的丈夫和其他政府高層採納新方法。從此之後只要情況許可，麵包車和隨車衛兵會挨家挨戶將麵包發放到各家的後院、窗口或門前，恢復出勤的防疫部隊則在旁守護，確保沿路都能安全順利地分發麵包。

在寫給姊姊的信中，女王認真熱情——或許有點自吹自擂——娓娓細述她對這件簡單小事的些微貢獻。或許眾人對她的期待只是扮演象徵性、儀式性的國家元首，但是帕琦瑟女王從一開始就非常認真看待自己的角色。她每天早上都會前往疫情室出席會議；疫情室牆面已經重新粉刷，牆上和家具上的彈孔也經過修補。女王的服裝對於穆斯林女士來說可能多了一點歐洲風情，但絕對端莊合宜，她會像圍頭巾一樣用披肩包住頭臉，坐在疫情室內最後面的地方旁聽。

等到部會首長全數告退，只剩下她和努里醫師在場時，她會針對聽到的事項一一詢問，請丈夫說明為何做出該項決策。讀者若讀到帕琦瑟公主書信中關於政策的長篇敘述和討論，就會知道女王身為一國元首，當時是遵照明格里亞憲法在用心監督總理治國。

努里醫師由衷尊重和歡迎妻子的意見，他和女王意見不合的癥結點大都與情報監控部長有關。實施戒嚴的頭兩天在疫情防控上頗有成效（兩天的死亡數分別為五十九人和五十一人），馬札爾阿凡提向女王報告，為了讓麵包車能夠抵達每條街上的每戶人家門口，應該將亞卡茲每條街道和每棟房子命名並編號，並放上必要的門牌標示。無人不知凱米爾元帥對路名議題的重視，「街道命名委員會」每次於總督府開會時，元帥必定出席，還會以優美工整的字跡寫下詩情畫意的種種建議交付委員會審議。委員會經過三十五天的努力推動，凱米爾元帥提議的一些街道名稱開始廣受民眾歡迎和採納，其中多個路名如「矮人噴泉街」、「獅穴街」、「盲眼法官路」和「斜眼貓路」直到一百一十六年後仍留存在亞卡茲市民記憶中，有些路名甚至沿用至今。然而如此宏大又具詩意，更是全市郵差引頸期盼的街道命名計畫，卻在凱米爾元帥猝逝、疫情漸趨嚴峻以及全市籠罩在對死亡的恐懼等種種打擊之下戛然而止。

帕琦瑟女王希望解決麵包分發的問題，但也因此察覺情報監控部長這號人物的勢力有多麼龐大。

「你絕不能縱容那個討厭的傢伙！」女王某天趁室內只有他們夫妻倆時說道。

「我們的任務是防堵疫情。」總理回答：「政治的事就交給他處理！」

讀過帕琦瑟公主書信的讀者會注意到，穆拉德五世在仍是第一順位繼承人時不知何故決定加入共濟會，而努里醫師從政的唯一準則似乎就是「忍耐」，但帕琦瑟女王身為穆拉德五世的女兒、阿卜杜勒哈米德二世的姪女，無論與不怎麼明智的父親或丈夫相比，無疑具備更敏銳的政治直覺和高瞻遠矚的眼光。

女王很喜歡每天和丈夫一同搭乘裝甲馬車，於市區空蕩蕩的街道巡行，認為這是一項重要任務。在第一次搭馬車出巡之後，女王與總理在市區各處巡行成了慣例，也是了解防疫措施成效的寶貴機會。在寫給姊姊的信中，帕琦瑟女王不時提及街道、廣場和橋梁於戒嚴期間空無一人的情景令她無比著迷。

外出巡行時，女王會聯想到從前與父親和姊姊被軟禁在徹拉安宮裡的日子，那時她常常望著窗外禁止任何人進入的空蕩庭園，望著荒涼的希索波里堤薩廣場，彷彿時光倒流。車夫澤克里亞駕著馬車經過划艇碼頭，女王看到空蕩蕩的港口時會絕望地想著，再也不會有渡輪朝這座島駛來。馬車逐漸駛近市郊，經過採石場區一帶的空地和破敗不堪的房屋時，女王不禁渾身輕顫，頭一次感到恐懼。來到塔勒蘇區後，他們看到一名約五歲的小女孩獨自在冷清街道上大哭，女王也潸然淚下，若不是努里醫師攔阻，她已經衝下馬車。

在帕琦瑟公主的書信中，最初數次巡行時的感傷情緒，與看到民眾遵守戒嚴令的欣慰之情交雜。接下來三天，亞卡茲市民全都足不出戶。唯一的例外是一群里法伊苦修僧，他們仍住在有部分區域改建成小型戰地醫院的道堂裡，他們於週五蜂擁而出，衝向同一條路上的盲眼穆罕默德帕夏清真寺想要參加週五聚禮，這群身穿奇特紫色袍服的僧人在街上顯得格外醒目。情報監控部長早已接獲線報，他預先派遣衛兵前往現場，將這群憤慨不已的虔誠苦修僧全數逮捕後關進城堡隔離所。

為了呈現全城人民所陷入的苦難境地，以及瘟疫造成的可怕災禍，以下將大致描述女王登基三天之後，即八月三十日這一天哈米德醫院的情景。根據我們的估算，哈米德醫院以附近里法伊、卡迪里等教團道堂堂區內設置的臨時病房（幾乎稱不上是醫院），收治了約一百七十五名病患。主建築、周圍空地和庭院全都放滿帳篷和病床，病床之間相隔僅一公尺，有些病床的間距甚至不到一公尺。醫師、男護士或繫著白圍裙的工友唯一能為病患進行的醫療處置，就是打退燒針或是快速劃開腫塊引膿，但這樣的處置甚至沒辦法讓病患再撐久一點。女王一再聽到丈夫描述醫師們英勇卻徒勞地在病床之間奔走，連續為四十甚至五十名的病患施行同樣的「醫療處置」，同時還要想辦法遮蔽臉部，盡量在病患咳嗽、打噴嚏或嘔吐時閃避。

空無一人的市區街道與從草地到泥地人滿為患的哈米德醫院院區之間形成強烈對比，更瀰漫著一股在劫難逃的感覺，女王看到之後悲痛難抑。在醫院中亡故的病患遺體，同樣由運屍馬車於夜間前來運走。在實施戒嚴五天後，每日死亡數首次出現顯著下降（減為三十九人），帕琦瑟女王聽聞消息後欣喜不已。

翌日，裝甲馬車載著女王和總理巡行，來到排在行程最後的弗利茨沃區。原本居住在弗利茨沃區的富裕希臘家庭早在疫情爆發之前就已離開，如今住在該區豪宅裡的若不是管家的親友同鄉，就是願意付出金錢或其他代價交換住宿的民眾，再不然就是剛好有槍可以威逼管家從命的人。馬車穿越比較貧困的希臘人聚居區時，女王原本以為該區已經完全荒廢，卻瞥見不少人從二樓窗口打量經過的馬車，小孩在後院玩耍，還有狗兒跟從前一樣沿著院子圍牆快活地追著馬車跑。

在這段期間，女王指示攝影師前去拍攝亞卡茲所有空無一人的街道和廣場。本書中關於戒嚴時期市區景象的敘述，就是根據瓦尼亞連續三天於市區主要廣場和街道拍下的照片。瓦尼亞共拍下了八十三幀黑白照片，少數照片中出現了孤單人影，我們和當時的女王一樣，每次翻閱這本攝影作品集都不禁熱淚盈眶。

每日死亡數在這三天穩定下降，每天早上齊聚疫情室開會的官員終於相信防疫措施畢竟有其效果，而全日戒嚴和關閉城門管制交通也達到預期的成效。

還有一項進展不僅令島上所有人大喜過望，也讓當初大力擁護帕琦瑟公主登基為女王的人士慶幸終於達到了主要目的：首先報導明格里亞獨立建國新聞的法國《費加洛報》刊出了一篇報導。

明格里亞女王登基

在宣布獨立並脫離鄂圖曼帝國統治之後，明格里亞民族主義者選擇擁立一位來自鄂圖曼王室的公主為女王暨國家元首。前任蘇丹穆拉德五世的三女帕琦瑟公主加冕登基為明格里亞女王，此舉大大出乎伊斯坦堡當局和世界各國預料。帕琦瑟公主最近與鄂圖曼帝國一位檢疫醫師成婚，該位醫師奉伊斯坦堡當局之命前往明格里亞阻止瘟疫疫情擴散。由於疫情持續蔓延，且明格里亞島的新政府與外界斷絕通訊，英、法、俄等國的戰艦目前持續封鎖該島。

該篇報導是在英國情報單位授意之下撰文和刊登，而「大大出乎伊斯坦堡當局……預料」的細節則是英國情報單位自行想像。努里醫師有諸多施政目標，包括恢復郵局的電報收發服務，讓島上的政治局勢「正常化」，以及改善與歐洲各國的關係並敦促各國解除對島嶼的封鎖，為此他持續與女王以及在他領導之下加入新政府的醫師們討論要如何進行。

看到妻子為了死亡數下降十分欣喜，努里醫師跟她說了先前也對其他人說過的一番話：「現在仍維持晚上載運遺體，而且禁止舉行葬禮，民眾還不知道死亡人數變少的好消息。要是讓他們知道，他們會跟你一樣開心，但他們不像你，他們隔天就會手勾著手跑到街上遊逛。如果要完全平息疫情，就必須讓人民繼續處在恐懼之中，我們絕對不能心軟。」

努里醫師看到妻子皺起眉頭的神情，知道他的「鄂圖曼」妻子對自己的警告有些不滿，不過對妻子的反應並未多想。《費加洛報》關於女王登基的報導在島上某些政壇高層眼中，是進行政治操作的機會，但對帕琦瑟女王來說卻是值得她引以為傲的成就。從她的書信中可知，雖然她非常清楚眾人擁立她為女王，單純是要吸引新聞媒體的注意，進而引起全世界關注明格里亞的新政府、國旗和獨立地位，但她只是更加認真盡責，每天去丈夫的辦公室旁聽政事，並寫信給姊姊細述搭馬車出巡時的所見所聞。死亡數明顯下降的另一個原因則遭多數歷史學家忽略，即市區裡的老鼠神祕地消失無蹤，孩童幫派在過去一週已經不再抓死老鼠交給政府換取獎勵。

大約在此時期，女王與總理開始前往首都亞卡茲比較偏僻的數個區，拜訪一般民家並發送一包包食物和禮物。拜訪民家可說是延續先前的馬車出巡行程，但女王會派出書記員事先訪視選中要拜訪的該戶人家，確認住在該戶的民眾真心支持女王且遵守防疫規定。女王和總理拜訪時不會進入屋內，身穿簡樸歐式服裝的女王會進到庭院裡，宣布她帶了禮物要送給孩子們。接受拜訪的這家人也不會走出家門，只會站在窗邊歡迎女王和總理。通常女王只是默默將禮物放在庭院裡，然後孩子氣地向待在樓上的居民揮手。

持平而言，女王拜訪民間的活動能夠鼓舞民心，並不如某些異議分子或批評者酸言酸語聲稱訪視毫無效用。女王和總理曾拜訪石匠區一名老人並溫言安慰，老人問起渡輪什麼時候會恢復行駛。另外，雜貨店老闆米海閉門不出，更刻意從內釘上木板將前門封死，目前為止分配給他的糧食由人定期放入籃子後擱在他家窗外。但對於外界過去三天進入戒嚴、恢復防疫措施等等變化，米海毫不知情。或許總理能夠以某種方式介入協助？某一天，車夫澤克里亞駕著馬車，帶女王和總理前去探望已故總督沙密帕夏的情婦瑪莉卡。他們在院子放了一些麵包和乳酪，瑪莉卡則佇立於窗邊默默落淚。女王和總理也拜訪了痛失愛子的元帥母親，之後更指定一名書記員前去記錄她口述的「偉大民族救星」元帥孩提時期往事，後來編寫成《凱米爾的童年》一書。某次前往護城河區時，女王的支持者無視既有防疫規定溜出後院，只為了湊近到幾乎伸手就能碰到女王，尼寇斯醫師不得不直言提醒努里醫師，出訪民間的行程可能會造成防疫規定難以落實。女王的回應是提醒眾人死亡數已逐日下降，並表明她到各區訪視確實能鼓勵明格里亞人民遵守防疫規定。

女王傳召亞卡茲最著名的女裁縫師「雀斑」艾蕾娜前來賓館，仔細研究裁縫師帶來的布料樣品和設計草圖，請她丈量尺寸並委託製作三件歐洲風格（但完全端莊合宜）的女裝。在新任郵政總局局長的建議之下，帕琦瑟女王也效法歐洲的女王，請瓦尼亞拍下她個人以及她和丈夫兩人的「側面頭像」，交由郵局印製一系列有女王頭像的女王登基紀念郵票。情報監控部長立刻注意到女王非常喜愛這些肖像，於是安排將最早沖洗完成的二十四張肖像照片裱框，懸掛於募兵辦公室、地政機關、慈善信託部等多個公家部門辦公室，以及僅剩數家仍在營業的銀行。女王在某次與總理搭乘馬車出巡時，注意到鄂圖曼銀行（不久後改名明格里亞銀行）寬闊空蕩的入口大廳掛著自己的肖像照，之後在寫信給姊姊時便提及，若是她們的父親看到，不知道會有多開心。

許多居民向區代表請願，希望女王和總理的馬車能夠蒞臨他們那一區。因為很快就有謠言不脛而走，民間開始謠傳曾獲女王拜訪並贈送糧食禮物的人家絕不會受到瘟疫侵襲。

第七十六章

九月十三日週五開始，每日死亡人數明顯減少，島上慢慢凝聚起一股樂觀正面的氛氛。原本嚴峻的疫情趨緩，確切原因究竟為何？歷史學家費盡心力探究這個問題，因為防疫措施的規畫部署讓明格里亞的國祚得以長久綿延。

我們認為新政府為了落實防疫准許士兵朝民眾開槍示警、赫姆杜拉謝赫染疫病逝，以及每日死亡數已攀升至五十甚至六十人，都是重新實行防疫措施後得以成功防堵疫情的重要關鍵。新政府防治疫情大獲成功這個美滿結局，或許也受到其他自然或醫學方面的因素影響，例如老鼠神祕消失，或是瘟疫致病微生物的毒性可能減弱，但我們目前尚未掌握確切的相關資訊。但以下將會特別著重描述實行防疫措施的結果。

疫情爆發初期，在亞卡茲病逝的穆斯林遺體會送到盲眼穆罕默德帕夏清真寺停屍間，由一名稱為「理容師」的高瘦男子負責清洗。「理容師」——並非真正理髮修容的師傅——會依照伊斯蘭教禮俗仔細清洗遺體，用緊纏在手指上的布條擦拭死者的嘴唇、鼻孔和肚臍。接著他會用大量清水和肥皂洗滌遺體，肥皂是用島上栽種的橄欖製成。女性穆斯林的遺體則由一名老婦人按照同樣的儀式清洗，如果多給一點小費，她會在水裡灑一把嬌嫩芬芳的玫瑰花瓣。尼寇斯醫師會派消毒小隊定期進入停屍室噴灑消毒溶液，清洗遺體的工作人員得以在疫情初期藉由消毒避免感染。但由於清洗遺體的需求大增，工作人員應付不來，只好找助手和學徒幫忙，清洗過程也愈來愈倉卒草率。

過去在漢志省參與霍亂疫情防治工作時，努里醫師汲取了相關經驗，知道當地的阿拉伯人時常為了喪葬事宜與鄂圖曼帝國政府派去的本國醫師或來自法國、希臘的外國醫師爭執，而他也和當初在漢志省一樣，在疫情初期選擇以變通方式處理喪葬紛爭。為了防止事態擴大和爭議延燒，引發各方對於伊斯蘭教儀式和防疫政策的無盡爭論，權宜之計是塞給工作人員一點小錢，說服他們清洗遺體時不要像平常一樣細心認真，而是做做樣子敷衍了事。「理容師」和其他工作人員都清楚染疫的風險，早已不再堅持在清洗遺體時完全遵循傳統儀式，而是大幅加快清洗的速度。

疫情期間送入停屍間的病患遺體不乏怪異可怖者，出現淋巴腺腫大之外還布滿嘔吐物和痰液，甚至已經發出惡臭，而清洗遺體的儀式不久後就簡化為以煮開的水澆淋全身，工作人員幾乎不會碰觸到遺體。光裸的遺體會搬到清真寺的內側中庭（常有流浪貓在此徘徊），停放於清洗時擺置的水板或地面上於太陽下晾曬，之後再以殮服包裹。防疫規定開始實施兩週內，由於街上無人認領的屍體數量不斷增加，工作人員就省去了以殮服包裹的步驟，以石灰消毒完畢後便匆忙將死者下葬。

然而儘管已簡化流程且定時消毒，停屍間一名學徒仍舊染疫病逝（可能是在自己居住的社區感染），當時是鄂圖曼帝國統治末期，而亞卡茲全市人民都認識的「理容師」在明格里亞獨立之後不久也染疫身亡，凱米爾元帥和努里醫師決定下令禁止清洗遺體。但當時他們並未發布任何官方公告，而是派人關閉停屍間並將門上鎖，繼而引發穆斯林的反對和抗議聲浪，他們不願違反教義和禮法，深信摯愛的親人如果未經妥善清洗就下葬，會將所有未洗去的罪惡帶到來世。

尼梅圖拉阿凡提成為總理之後，防疫委員會解散，當局規定穆斯林遺體須由行過淨禮的工作人員清洗之後始得下葬，所有祈禱和喪葬儀式皆須依循伊斯蘭教禮法規範進行。根據我們的估算，當局僅僅這項決策就造成超過二十名清洗遺體的工作人員染疫病逝。赫姆杜拉謝赫時期第一週的態勢已經相當清楚，在沒有任何防範措施，且持續要求所有穆斯林遵行宗教禮法清洗遺體和舉行喪葬儀式的情況下，瘟疫擴散得更快，在三名工作人員接連染疫後，其他人生怕感染，又看到工作量已大到難以負荷，最後全都逃跑。

尼梅圖拉阿凡提心知赫姆杜拉謝赫對於清洗遺體無比重視，因此尋求其他市長和宗教團體的幫助，招募島上其他城市的民眾前來亞卡茲擔任「志工」。有些志工是虔誠的穆斯林，基於人溺己溺和犧牲奉獻的精神熱心提供協助，但有超過半數的志工最後仍染疫病故。全島各地很快就察覺遵照傳統禮俗清洗遺體的染疫風險極高，當局愈來愈難找到有意願的「志工」，而在駐軍營地調來協助的三名士兵中有兩人也病死之後，當局為了因應持續增長的清洗遺體需求，開始強迫牢裡的人犯充當「志工」，這些囚犯是警方從各地村莊的路上抓來或認為有犯罪嫌疑而拘捕關押。有一名殺人犯和一名強暴犯是在監獄暴動之後才被捕入獄，兩人連一句經文都念不出來，仍被迫擔任清洗遺體的工作人員，最後雙雙染疫身亡。

歷史學家和政界人士認為，停屍間志工的「大獻祭」充分展現了赫姆杜拉謝赫與哈黎菲耶教團掌權時期的荒謬偏執，這番評論可說是恰如其分。攝政尼梅圖拉阿凡提在短短的總理任期中，也曾強行「指派」數名與哈黎菲耶教團不和或謝赫視為「異端」的教團信徒擔任清洗遺體的志工。有些歷史學家指出，這些「志工」後來跟前一批工作人員同樣不幸染疫身亡，但絕不是出於天真無知或想法不切實際，而應視為帶有赤裸裸惡意的政治手段、精心策畫的一場大屠殺的受難者。

但在我們看來，瘟疫藉由所有「志工」傳播到全市甚至全島，才是大屠殺的真正開端。被迫擔任志工的信徒在清洗遺體一天後，晚上仍回到所屬的教團道堂過夜，很快就將疫病傳給同一道堂的其他信徒。曾有一段時間，部分改建為臨時醫院的教團道堂密集分布區域的死亡率節節攀升，即使原因顯而易見，但所有人噤若寒蟬。

事實上，許多教團信徒，包括對於微生物和防疫措施嗤之以鼻者，在內心深處已經察覺當下的悲慘境遇，但基於某種神祕難解的緣故，他們表面上仍堅定遵守宗教禮法，繼續前往清真寺清洗遺體。研究明格里亞公共衛生史的歷史學者努朗．席姆舍根據蒐集的文獻資料，確認有些清洗遺體的志工，尤其是里法伊教團的信徒，不僅在回到道堂後傳播瘟疫，甚至造成收容於堂區「臨時醫院」裡康復中的病患二次感染。赫姆杜拉謝赫本人死於瘟疫，很可能就是因為接觸了其中一名虔誠志工帶回來的致病微生物：謝赫住在哈黎菲耶教團道堂內只有一室的簡樸住所（完全不像一國元首的住處），附近一間簡陋的石砌小屋住了三名清洗遺體的志工（其中兩人很年輕，另一人則是肥胖的老人），他們每晚都會回到小屋睡覺，而小屋與謝赫住處相隔不過數步之遙。

赫姆杜拉謝赫與尼梅圖拉阿凡提主政僅二十四天，最後從城市街道、道堂庭院、空地和火焚後的房舍廢墟都陷入「疫災亂世」，已經無法溯源判斷疫情是從何人或何處開始傳播。死亡人數居高不下，絕望無助的氣氛瀰漫全市，許多年輕的教團信徒不得不離開道堂，逃往亞卡茲以外的山區或原野，靠著採食無花果和核桃維生。

努里醫師接任總理之後，立刻傳令全島禁止清洗遺體，並派人前往墓園和運屍馬車所經之地噴灑大量消毒液，兩項作法都對遏阻疫情發揮了關鍵作用。另外也恢復了以石灰消毒遺體的作法，我們認為這項措施或許也有助於控制疫情。

雖然政府從未公開發布消息，亞卡茲市民仍感覺得出來疫情逐漸放緩。市區內開始洋溢著滿懷希望的樂觀氣氛，不過戒嚴及相關規定尚未解除，街上罕見有人走動。九月二十四日，每日新增死亡數減至二十人。看到這個數字，最興奮激動的莫過於總理努里醫師，他立刻邀請英國領事喬治貝伊前來辦公室會面。

在赫姆杜拉謝赫統治期間，喬治貝伊與其他領事皆避免與旁人打交道，擔心遭到教團攻擊或指控為外國奸細。但努里醫師知道，在赫姆杜拉謝赫病逝、尼梅圖拉阿凡提辭職之後，帶頭關心政局發展的明格里亞社會賢達固定會向喬治貝伊請益。

英國領事一見到努里醫師，先以高明的外交辭令恭賀他接任總理。但自從明格里亞獨立建國，喬治貝伊發現自己每次身處類似場合時，態度中總是免不了帶有一絲自己會稱為「諷刺」或形容為「挖苦」的意味。然而他的態度也明白表示，他非常認真看待當前的新政府。

情報監控部長馬札爾阿凡提也在場，女王則剛剛走到總理辦公室內的陰暗處。片刻間，已故的沙密帕夏彷彿又穿梭於他們之間，某種古怪的內疚感在眾人心中油然而生。他們好似幾乎開口提起沙密帕夏，卻欲言又止。辦公室牆上的鄂圖曼帝國地圖和阿卜杜勒哈米德的徽章已經撤下，換上了明格里亞國旗和一幅凱米爾元帥肖像。沙密帕夏從前在牆上掛了數幀明格里亞和伊斯坦堡的風景畫、數紙鄂圖曼帝國法令公告，以及一張伊斯坦堡烏斯庫達廣場的照片，一如從前擺在原畫框裡掛於原位。

「疫情慢慢減緩了！」努里醫師對英國領事喬治．康寧漢說話時字字斟酌。「明格里亞政府由衷期盼，貴國的國王陛下政府能夠解除封鎖，並不吝提供我國醫療物資和人力支援。」

「明格里亞島是因為封鎖才得以維持獨立。」領事回答。「要是歐洲各國的軍艦撤離，蘇丹阿卜杜勒哈米德一定會嚴懲那些殘忍殺害新任總督還大言不慚要革命的叛賊，他會立刻派『馬木德號』或『奧罕號』過來，用最近才在馬賽港裝備完成的克魯伯大炮轟炸亞卡茲。」

「接著他會派兵登陸克薩灣，完全控制亞卡茲市。」情報監控部長接話。「『血腥蘇丹』對明格里亞人民大開殺戒的時候，貴國政府準備袖手旁觀嗎？」

「根據國際法，明格里亞島仍然是鄂圖曼帝國的領土。」

「貴國的戰艦封鎖島嶼外海，看到任何想駛離的船隻就開炮擊沉，這也符合國際法嗎？」在場所有人頓時明白，情報監控部長平常親切隨和、輕聲細語，讓人想到挺著大肚腩的老好人叔伯，卻是談判桌上的難纏對手。

「我國是在鄂圖曼帝國請求之下參與封鎖島嶼，並未違反國際法。」英國領事回答。

「那麼貴國的國王陛下政府一定要承認明格里亞獨立，如果聯合王國及首相加斯寇—賽西爾領導的內閣率先承認我國，明格里亞全國人民將會感到無比光榮。只要聯合王國承認明格里亞獨立，阿卜杜勒哈米德就不能炮轟亞卡茲。假如伊斯坦堡當局發動攻擊，您和其他領事也會有生命危險。事實上領事們很可能首當其衝，塞薩洛尼基的例子可為借鑑。」

「我們個人的性命或利益微不足道！」喬治貝伊表示。「我已經準備好盡我所能為這座島嶼努力。但我跟島上其他人一樣，發現自己和外界完全隔絕。」

「我相信沒有人比您更清楚，什麼樣的提案有可能獲得國王陛下政府接受，以及明格里亞在鄂圖曼帝國的威脅之下，需要做什麼來換取聯合王國的庇護。若是您目前還無法給我們一個妥善的回答，您當然可以過幾天再以書面回覆。」

情報監控部長的言外之意是：「我們知道你一直私下跟英國政府聯絡！」但他的想法有誤。

在場眾人都以為英國領事會接受情報監控部長的提議，要求給他一點時間準備書面回覆，但喬治貝伊卻當場說出自己的想法。

「過去二十五年來，阿卜杜勒哈米德希望號召全世界的穆斯林形成單一的政治聯盟，以此挑戰我國政府，國王陛下政府內部無論執政黨或在野黨對此都憂慮難安。如今我國外交部大約有一半的人都明白，阿卜杜勒哈米德的泛伊斯蘭主義論調注定無法引起共鳴。他們可以察覺世界各地的穆斯林目前的動向不是合作結盟，而是阿拉伯人、阿爾巴尼亞人、庫德族、切爾克斯人、鄂圖曼土耳其人、明格里亞人等各個族群各行其是，而且不同族群之間的分歧愈來愈明顯，伊斯蘭世界連成一氣的概念只是一種錯覺、一種假象。

不幸的是，現在我國政府仍是以保守黨前首相格萊斯頓為首的反穆斯林陣營當道。」喬治貝伊說完後停頓了一下，接著轉向女王。「所有人都知道阿卜杜勒哈米德是如何折磨女王陛下和您的父親、姊姊和其他家屬，您的叔父也以同樣殘忍的手段，對付他的政敵、青年土耳其黨人、保加利亞人、塞爾維亞人、魯米利亞希臘人、亞美尼亞人和明格里亞人。陛下您身為鄂圖曼帝國王室成員，假如您願意公開指責阿卜杜勒哈米德的種種惡行和他提倡的伊斯蘭主義論調，我想不只是我國，連法國和德國也會願意挺身而出，為受到鄂圖曼蘇丹勢力威脅的明格里亞和島上高貴的民族提供保護。」

「我贊同領事所言。」情報監控部長說：「但目前封鎖仍未解除，問題在於要如何找一位記者過來訪問女王陛下，再將陛下的話傳到歐洲。如果女王接受希臘、克里特島或雅典的報社記者訪問，可能會讓國際社會產生錯誤的印象。」

「倫敦和巴黎有無數家報社的記者，都會有興趣了解一位鄂圖曼蘇丹的女兒與其父親和姊姊長年遭受軟禁的細節。」喬治貝伊說：「先前國際上也有許多媒體報導女王登基的新聞。」

「但沒有幾家報導她與謝赫的婚事。」

「那是因為他們看得出來那只是一場政治聯姻。」領事回答。「我相信女王陛下會很高興能有機會，表達她對殘酷專制的叔父阿卜杜勒哈米德，以及活在獨裁者暴政之下最真切的感受，她付出了人生的每一天作為代價，而她說的話無疑將展現對這些獨裁者的非難和控訴。首相羅伯特·加斯寇—賽西爾和他的閣員會去理解這樣的感受，內閣成員也會希望能夠保護這座美麗的島嶼不再受阿卜杜勒哈米德茶毒。」

領事喬治貝伊是出於好意提出建議，伊斯坦堡的報紙刊物如《鄂爾渾報》和《天山報》的歷史專欄，卻將他的提議描述成某種龐大邪惡反鄂圖曼土耳其陰謀的一環，而這數家報紙在四十二年後，將會以同等熱情歡迎希特勒侵略巴爾幹半島（他們的理論是鄂圖曼帝國會失去在阿拉伯半島的領土，是因為奸細阿拉伯的勞倫斯居中離間，而會失去明格里亞這座小島，則是因為英國領事喬治貝伊施展陰謀詭計）。然而，一九〇一年九月二十四日這天早上在總理辦公室舉行的這場歷史性會談中，與會眾人達成的共識是，同意明格里亞島成為某個歐洲國家的保護國或委託其代管，該歐洲國家則提供某種形式的保護，以防鄂圖曼帝國或其他國家進攻，眾人談妥之後將眼角餘光投向女王等她表態。

「我會自己決定要如何陳述對我叔父的感受！」帕琦瑟女王語氣堅定，努里醫師聽到之後很以妻子為傲，對她敬愛有加。「但此事我需要好好思考一番，才能決定怎麼做對明格里亞人民最好。」

第七十七章

總理辦公室內眾人聽到帕琦瑟女王這番話，似乎都相信女王預備發表聲明譴責阿卜杜勒哈米德。畢竟這是明格里亞在政治上保持獨立地位的唯一希望，我們認為他們的這股信念，也強化了島上人民新近逐漸重拾的樂觀正向思維。但到頭來帕琦瑟女王其實已打定主意，絕不當著任何「外國」報社記者或是任何明格里亞或鄂圖曼土耳其記者面前，公開評論阿卜杜勒哈米德或其政策。

「以前你跟我說過那麼多事，只要挑幾件事講給歐洲來的記者聽就行了。」努里醫師曾勸道。

「這麼做恐怕很不妥當呢！」女王如此回答。她雙眼睜得大大的，看起來一臉天真無邪。「我與父親和兩個姊姊的對話，都是我最珍貴私密的回憶。難道只因為我叔父對我們很殘忍，我就應該把家裡的事告訴全世界嗎？真希望能知道我父親對這件事的看法。」

「如今你是女王，這件事牽涉國際外交。」

「女王又不是我自己想當的，我當女王只是為了讓防疫措施更順利實行、控制住疫情跟拯救島上的人民。」女王回答道。她說完就哭了出來，努里醫師將妻子擁入懷中，輕撫她的紅褐色秀髮，安撫妻子說反正也沒有船隻過來，不會有記者可以來島上採訪。

讀者若是接續讀完女王一直到九月底寫給姊姊哈緹絲的書信，就會知道女王發現很難決定應該說什麼與叔父阿卜杜勒哈米德有關的話，也訝然發現原來與雙親和兩個姊姊同住在徹拉安宮的日子，就是她人生中最美好的一段時光。即使在成為明格里亞女王之後，疫情爆發時年方二十一的帕琦瑟公主仍然懷念過去在宮中的生活，她會和父親一起彈鋼琴，和姊姊們一起讀小說，和年長的妃嬪宮女一起哈哈大笑，穿梭於不同房間奔跑玩耍。有時憶起過去，她會默默垂淚，但小心翼翼不讓丈夫看到她飲泣。

女王思鄉之情漸濃，日益憂傷苦悶，有時甚至不想下床，遑論離開賓館客房。同時，瘟疫疫情漸趨平緩，民眾開始踏出家門，停泊在港口的漁船和其他船隻（例如軍用船舶，或是從賓館客房就能瞥見繫於少女塔的划艇）隨著風浪輕輕擺盪，與初秋第一陣夾雜雨水吹來的西南風，以及帶著海草味輕拂一切的溫暖海風，彷彿都在搖醒酣睡的城市。

十月初一個灰濛黯淡的陰雨天，每日死亡數減至十一人的新低點，全日戒嚴也已改為部分時段戒嚴（情報監控部長希望能夠完全解除），帕琦瑟女王也出席了疫情室會議參與最新進展的討論，在女王一錘定音之下，政府開始推行數項新措施。鑑於有些民眾開始因營養不良而罹病甚至死亡，當局決定重新開放先前於市區多處形成的村民市集，並因應調整戒嚴管制時段。雖然鬆綁防疫相關規定可能造成死亡數下降速度趨緩，但政府領導階層仍對疫情防控抱持樂觀態度。各家船公司代表不斷呼籲應盡速開放渡輪復航，並聲稱很快就將迎來疫情後的第一批船班和恢復定期船班服務，強烈要求當局讓他們返回公司辦公室預作準備。由於代理船公司的旅行社老闆全是領事，總理努里醫師於是推測西方強國很快就會將戰艦撤離，解除對島嶼的封鎖。

「英國和法國的戰艦如果撤離，不用等到普通渡輪航班恢復營運，『馬木德號』就會開過來炮轟亞卡茲！」情報監控部長提醒。

當時，所有人都思索起同一件事，如果明格里亞要維持「獨立」，結果要不是各國戰艦繼續封鎖島嶼，就是不得不成為某個西方強權的保護國。

在疫情室旁聽會議時，帕琦瑟女王時常想像如果換作父親在位，他會怎麼做。有時候女王會假想自己是父親穆拉德五世，而如同她在信中所記述，她覺得這樣讓她思考國事時更從容自在、更有耐心，也能看得更為透徹。當她坐在寫字桌前，她會學著父親從前的樣子揉揉前額，或蹙起眉頭，或將頭向後仰靠在椅背上，盯著天花板沉思。每次這麼做的時候，帕琦瑟女王都覺得在效法父親的同時還是能做自己，她在其中一封寫給姊姊的信中熱切描述此種心境。

帕琦瑟女王和總理努里醫師繼續盡責地四處巡行，每天搭乘裝甲馬車前往亞卡茲其中一區訪視。疫情慢慢平息下來，女王出巡如今成了某種謹慎克制的慶祝活動。亞卡茲人民愛戴女王，不只是因為喜歡她帶來的麵包、核桃、李子和其他物資，也因為她的到訪似乎代表逼得瘟疫節節敗退。

在最敬愛凱米爾元帥的圖倫契拉區和坡耶勒什區，或是希臘人聚居的丹特拉區和佩塔利斯區，當馬車駛抵該區廣場，偶爾會有人揮舞明格里亞國旗，婦女會統統擠到窗口想湊近觀看女王風采，還會將孩子抱起舉高想讓女王也能看到。民間傳說孩子若是得蒙女王碰觸，或甚至遠遠看到女王朝他們微笑或揮手，都能獲得好運。此外也流傳著各式各樣的謠言耳語，例如女王的石榴色頭巾預示瘟疫災情將會結束，而未來一年吉祥如意；或是即使女王遠遠看起來似乎面帶微笑，但她眼角總是泛著淚光；或是她的丈夫為何面容並不英俊（確實如此，而民眾通常歸咎於阿卜杜勒哈米德的壞心眼）。

全日戒嚴已經解除，改為自傍晚的昏禮時間至翌日清晨實施宵禁。調整後的宵禁時間是依據宣禮叫拜的時間，而非依據一般時間，有些評論者指稱是政府顧慮民眾的宗教信仰而做出的決策，事實並非如此。其實在努里醫師主政初期再次禁止教堂敲鐘或清真寺宣禮叫拜後，島上大多數穆斯林由於沒有懷錶可用，無法得知時間，多少有些無所適從。因此相隔三十五天在島上再度響起的宣禮叫拜聲，真正的用意不是要提醒穆斯林做禮拜，而是要向全市宣布即將進入宵禁時間。當宣禮聲迴盪在坡丘崖壁之間，所有人頭一次意識到，港口和城市街道過去這段時間竟是如此靜寂無聲。兩天後，即十月四日週五，禁止進出清真寺、教堂和其他宗教場所的命令也全部撤銷。

大多數人曾絕望地以為再也聽不見這些銘記於心的聲響，而這些熟悉聲響復又響起，似乎向眾人預告生活正在慢慢回歸常軌。起初許多人甚至不敢置信。最令人欣喜雀躍的，莫過於聽到馬車車輪轆轆轉動，鈴鐺叮鈴作響，以及馬蹄踩在路面上踢踢躂躂。先前一群車夫不幸在疫情中病逝，而替補的新車夫和他們一樣善待馬匹，在駛上最陡的斜坡路段時對馬匹好聲好氣哄誘鼓勵，只有偶爾空揮數下馬鞭。聽聞車夫駕車時彈舌頭、咂嘴或大喊「駕！」等聲響時的歡快之情，帕琦瑟女王都在信中向姊姊娓娓道來。

海鷗、烏鴉、鴿子等鳥禽的啼叫聲始終不曾停歇，如今市區再次變得嘈雜喧鬧，小販回到街上兜售叫賣，孩童在戶外玩耍嬉鬧，還有各家各戶傳出修理家門、煙囪或坍塌圍牆敲敲打打的聲響。帕琦瑟女王凝神細聽，聽見婦女開始準備過冬，將地毯、基里姆毯和織墊晾掛在窗台或院子後大力拍打除去灰塵的砰啪聲。無論穆斯林或希臘人，大家又開始邊晾曬洗好的衣物邊引吭高歌。

搭乘馬車行駛於市區時，女王和總理聽見銅匠鋪敲敲打打和磨刀鋪鏗鏘作響，他們知道市集一定也恢復了蓬勃生機。店鋪並未全部開門營業，但已有許多攤販出來販賣雞蛋、乳酪、蘋果等商品，即使老市集的巷道尚未恢復從前的洶湧人潮，攤商還是習慣性地扯開嗓門奮力叫賣。事實上，即便每日死亡數已減少至五到六人，街道仍然相當冷清，看過無數人飽受病痛和死亡折磨，歷經疫災的民眾依舊覺得惶恐不安。

三天後的中午時分（新增死亡數仍維持在五、六人），市區烏雲密布，下起一場雷陣雨，情報監控部長馬札爾阿凡提前去總理辦公室敲門，在連連鞠躬加上各種恭維溢美之詞向總理努里醫師表達問候之後，他開口提起帕琦瑟女王尚未發出關於暴君阿卜杜勒哈米德的聲明一事。疫情完全平息之後，只要看到防止疫情擴散至歐洲的目的已經達到，西方強國自然會將戰艦撤離，到時候阿卜杜勒哈米德的部隊和戰艦就會發動進攻。除了佐澤卡尼索斯群島（包括科斯島、錫米島和卡斯特洛里佐島），地中海上還有其他數座島嶼當前的處境也類似，在歸順希臘或鄂圖曼帝國之間搖擺不定。這些島嶼上的城堡一再改旗易幟，不同國家的戰艦輪番前來炮轟，將城市和社區聚落夷為平地，造成人民死傷和許多不必要的犧牲。馬札爾阿凡提表示應該要做決定了。

「女王在考慮所有可能的作法！」努里醫師搶在馬札爾阿凡提說出其他僭越本分的話之前，向他示意話題到此為止。但在雨停之前，努里醫師回到同一層樓的賓館客房，將情報監控部長的話一五一十轉告當時正忙著寫信的妻子。

「他暗中計畫要對付我們！」帕琦瑟女王不假思索說道。

努里醫師也看得出來，情報監控部長一直努力籠絡政府內部其他人員。從政府文員、士兵到重整後的防疫部隊，所有人都敬愛謙遜勤奮的馬札爾阿凡提——他似乎已經能毫不猶豫跟總理和女王唱反調。例如他希望渡輪船班復航，但反對恢復電報發送服務，宣稱如此一來阿卜杜勒哈米德就能干預島上事務。為了爭取重開港口，馬札爾阿凡提不待請示總理，就擅自下令放寬數項防疫隔離相關規定。女王和總理為此訓斥馬札爾阿凡提時，他卻迴避問題，還刻意表現出唯唯諾諾、謙卑順從的樣子。從此以後，帕琦瑟女王和努里醫師再也不相信馬札爾阿凡提的「誠懇忠良」。

但對於某些事情，女王卻與情報監控部長馬札爾阿凡提看法一致，例如兩人都打從心底敬愛已故的明格里亞開國元勳凱米爾元帥和他的妻子哲妮璞。情報監控部長對凱米爾夫婦的懷念之情或許帶有政治動機，明格里亞人則深深感謝凱米爾元帥解放這座島，帶領人民脫離鄂圖曼帝國的統治。女王則覺得凱米爾和哲妮璞的愛情故事無比浪漫：一名有主見的固執少女拒絕成為某個已婚男人的第二個妻子，而一名年輕鄂圖曼軍官愛上少女，和她結婚，繼而發起革命，而一切都發生在短短數週之內。在明格里亞島接下來一百多年的歷史上，凱米爾和哲妮璞相愛的故事經過神話化，與其他相關的穿鑿附會之說，「凝聚團結」了整個明格里亞民族。如果有任何人對這些故事持保留態度，或是認為故事疑似編造杜撰，甚至只是開玩笑說故事有誇大之嫌，都會遭當局逮捕入獄。

「要是沒有英勇果決、才幹出眾的凱米爾元帥，明格里亞人民到今天還會是其他民族的奴隸。」情報監控部長如此表示。「想像一下──整個民族就這樣慢慢忘掉自己的語言，終至凋零消亡，不復存在。」

當局也決議設立創校基金，預備在亞卡茲創立專門採用明格里亞語教學的小學和中學。明格里亞語小學和中學都將使用《我們的字母》這本課本教導學生學習明格里亞語，其中將收錄以淺白明格里亞語編寫而成的島上傳說和歷史，內容包括荷馬史詩以及凱米爾元帥和哲妮璞的愛情故事，其他教材則收錄了根據凱米爾元帥和哲妮璞兩人兒時往事改寫成的童話故事。女子小學將命名為「哲妮璞國民小學」，男子小學則命名為「凱米爾國民小學」。帕琦瑟女王建議中學可改為男女合校，但這樣的想法不僅有些孩子氣，更顯得太過「先進」，在當時窒礙難行，不過當局至少同意將新創立的男子和女子中學命名為「凱米爾─哲妮璞國民中學」。在女王堅持之下，艾克里瑪區那所有著黃色百葉窗和粉紅色圍牆的希臘學校，也同樣改名為「凱米爾─哲妮璞國民中學」。枝葉扶疏、綠樹成蔭的艾克里瑪區原本是希臘人聚居區，在大多數希臘人舉家逃離後大半荒廢，如今區內屋舍大都遭到逃犯、逃出的隔離者等人占為己有。

相關單位也備妥拼貼而成的凱米爾元帥伉儷圖像，並向巴黎一家印刷廠下單，即將在島上發行印有此圖像的新郵票和鈔票。此外，《亞卡茲公報》的印刷廠印製了一千五百張元帥肖像，將由專人騎馬或駕馬車分送至島上各個政府機關辦公室。

女王並不想和島上的穆斯林族群和保守人士發生任何衝突，但她對某些事情始終耿耿於懷。「女性和男性同樣生活在一個自由獨立的國家，為何女性不能和男性享有同樣的繼承權？」某天她跟丈夫說道。

「宗教規範明定女性在法庭上的證詞效力只有男性證詞的一半，其中難道沒有隱含任何偏見？」

總理努里醫師認同妻子的觀點，他後來向情報監控部長轉述，馬札爾阿凡提並無反對之意，也沒有像一些年長教團領袖或聖者，提出「反正女人根本就不懂什麼商事法！」之類的話來反駁。兩日後，即十月九日（新增死亡數為三人），如今已成為官方媒體的《亞卡茲公報》刊出一篇公告，以生硬的法律用語簡述政府新賦予婦女的各項權利，公報中通篇沒有任何字句提及前述「改革」是由女王授意和推動。這是明格里亞歷史上首次出現「世俗主義」的概念，而在接下來一百一十六年都將是明格里亞穆斯林爭辯不休的議題。

到了十月十六日，島上不再新增染疫死者。身為明格里亞實質上的主政者，馬札爾阿凡提相當緊張，因為這表示對島嶼的封鎖即將解除。每當女王和總理搭乘馬車出巡，不論前往哪一區，都受到興奮狂喜民眾的熱烈歡迎。街上開始出現人潮，店鋪紛紛重新開張，逃出亞卡茲的民眾陸續返回市區。燕子和椋鳥——帕琦瑟女王相信牠們分辨得出疫情是否已經結束——在熱切興奮的呢喃啁啾中輕快飛舞。終於返家的民眾和趁主人不在時侵占房屋者不時發生鬥毆，店鋪遭到洗劫的憤怒商販和疫情期間在市區落腳的村民之間也屢傳肢體衝突，而警察和防疫部隊都嚴重人力不足，甚至無力介入制止。即使發生一些衝突紛爭，仍然無法掩蓋市區洋溢的歡欣氣氛，民眾臉上再次露出笑容，孩童又開始跑跳玩鬧，就連一腳已經踏入墳墓的虛弱老人都開心雀躍——大家明白疫情終於到了盡頭，對於回歸正常生活的渴盼嚮往已經無法抑制。

第七十八章

島上的生活要真正回復到瘟疫爆發前的常態，首先渡輪必須復航，當然前提是郵局的電報發送服務要先恢復運作。十月十九日，努里醫師特別召開一場會議討論相關事宜，當天出席者眾多，會議進行到一半時，高亢宏亮的船舶汽笛聲響徹亞卡茲，回音陣陣迴盪。

從前防疫委員會開會時使用的長桌旁坐著多位部長和領事，他們一聽到汽笛聲全都跳了起來。有兩人直奔窗邊。有些人待在座位上，但仍努力想望見駛近的船隻，此時汽笛聲再度響起，這次的兩下汽笛聲拉得比較長。

齊聚於已故沙密帕夏辦公室隔壁房間裡開會的眾人，這下子全都滿心期盼。來的是哪一艘船？是怎麼突破封鎖線？有些樂觀的領事興高采烈，開始打賭誰能聽汽笛聲猜中是哪一艘船和所屬的船公司，但也有另一派領事憂心忡忡，議論起敵軍可能發動攻勢血洗全城。世界上有多個帝國主義國家都曾派出船隻偽裝成友善無害的貨船，但船上其實載著殺人不眨眼的武裝人員，他們在偏遠殖民地登陸之後，瘋狂屠殺當地群起反抗的原住民。但是這艘船多次鳴響汽笛預告即將入港，響聲如此美妙悅耳，絕不可能有什麼敵意。

汽笛聲回音在亞卡茲的山壁之間迴盪，當時帕琦瑟女王正在部會總處（原總督府）一樓，剛好目睹全市都認識的兩名瘋癲老人吵架，兩人正是鎖鏈賽維和希臘瘋子狄米崔歐。疫情結束後三天以來，民眾開始前來部會總處謁見女王，他們會帶來禮物或陳情書，或者特地前來吻一下她的手背（有些人相信是這名二十一歲年輕女子以一人之力擊退散播瘟疫的惡魔）。女王並未要求衛兵驅逐民眾，而是派人將一間面對內側中庭、塵封許久的檔案室清理一番，搬來長椅、椅子和一張核桃木書桌，改裝成一間可供她接見訪客、接受民眾陳情請願或表達欽慕愛戴的會客室。

會客室中懸掛著凱米爾元帥和哲妮璞兩人的照片和一幅明格里亞地圖，帕琦瑟女王每天會花兩小時在此接見臣民。前來的民眾或在疫情期間與家人失散，或無法趕走侵占自家的占住者，或想得知送去隔離所之後下落不明的親人消息，或因為缺錢、缺工作或需要其他幫忙而來求助，女王都一一聆聽。「壞脾氣」蘇萊曼阿凡提為了土地和供水的難解紛爭焦頭爛額，他請求女王幫忙解決難題。有些民眾會讓女王看自己在疫情期間無法對醫師啟齒的傷口和痛處，也有些民眾會請求賜予小艇或船票讓他們能盡快離開明格里亞島。有些人想請求女王允許他們發電報，或免除他們欠繳的稅金，也有些人，例如一名來自圖倫契拉區愛發牢騷的老婦人，盼望女王能幫家裡的未婚女兒找個好丈夫。大家一致認為，女王善良無私、誠懇親民。

有些人甚至願意排隊等著晉見女王，或許可以稱他們為「熱情單純的支持者」。他們沒有什麼特別的請求，只想要看一眼女王，向女王表達他們的敬意，或是親手將自家採摘的無花果和核桃獻給女王。有一對年輕姊妹隨著母親前來拜見女王，姊姊見到女王時脹紅了臉，連一個字都說不出來。島上兩名瘋癲老人也屬於這類熱情支持者。兩人整個夏季都待在家裡，在孫子女和其他家屬照顧下安然度過疫情，之後他們終於小心翼翼走出門外，但在路上不期而遇時，竟然沒有立刻惡言相向，而是像老朋友一樣談天說地，還因為慶幸自己仍活著而笑出聲來。

兩名瘋癲老人也和許多市民一樣前往部會總處，晉見年紀小到可以當他們孫女的女王，他們帶了自己用鄂圖曼土耳其語、希臘語和明格里亞語寫的詩，和滿滿一籃在自家院子採下的新鮮無花果和核桃想要獻給女王。但兩人排隊等候時，開始暗地裡用手肘推擠對方，還用三種語言互相咒罵。有人認為兩人發生衝突一定是因為周圍的人煽動起鬨，也有人指出這兩人「不打不相識」，互打互罵才成了朋友，認為他們只是不知道除了咒罵還能以什麼方式互動。

兩名瘋癲老人開始大聲互罵，用詞愈來愈惡毒，場面愈來愈難看，女王見狀大為不悅時，剛好響起第一下汽笛聲。當女王開口對兩名老人說話，他們「像小男孩一樣」興奮得滿面紅光，眼神不時飄向天空，彷彿聽到什麼咒語。接著又響起第二、第三下汽笛聲時，女王不發一語，逕自起身走出會客室，走上鋪了地毯的寬闊樓梯，一群書記員、衛兵和抱著一籃籃禮物的侍者全都跟在她身後。女王回到賓館客房後倚窗而立，想看一眼駛來的船隻。

這艘鏽紅色的小型客貨兩用船「艾納斯號」來自克里特島，通常往返於克里特島、塞薩洛尼基和士麥那三地之間，很少來到明格里亞。雖然船隻的船長室很矮小，煙囪很粗短，但在帕琦瑟女王心目中卻顯得無比宏偉堂皇，她一見到這艘船，立刻感受到一股熟悉的錐心之痛，彷彿又回到徹拉安宮的窗邊，望著在博斯普魯斯海峽上航行的小艇及往返黑海和地中海的渡輪：人生不該只是日復一日困在某個房間裡，她應該登船啟航前往他方去過屬於她的人生。

但當她置身伊斯坦堡的宮殿窗邊，至少父親就在一旁，或周圍還有許多父親的東西，隨時都能聞到父親的氣味。瘋狂思念伊斯坦堡和父親時，她索性提筆寫信給姊姊，想藉此轉移注意力，她在信中也提到自己肩負領導明格里亞的重責大任，也非常感激「當地人」對她敬愛有加。女王也在信中提及，穆斯林男子最多可以娶四位妻子，而且只要說三次「我要離婚！」就能隨時休妻，她認為這樣很不公平，打算一有機會就要改變這樣的習俗。她相信她們的父親如果知道自己已經做到和有志達成的一切，一定會以她這個女兒為榮。

帕琦瑟女王看到的鏽紅色船隻得以安全通過各國戰艦的封鎖線，緩緩駛近亞卡茲的港口，是因為克里特島的英國領事居中協商。這艘姍姍來遲的救援船上載運了醫療物資、帳篷和病床，還搭載了三名醫師（其中兩人為穆斯林）以及約四十名在瘟疫剛爆發時逃往克里特島的明格里亞人（大都是希臘人）。

許多人得知「艾納斯號」到來，認為這證明疫情終於結束，紛紛擱下手邊的事，歡天喜地來到碼頭圍觀。鏽紅色船隻下錨，兩艘划艇從碼頭駛向這艘船，女王從頭到尾看得目不轉睛。在岸邊聚集的群眾立刻開始交頭接耳，揣測究竟來船是友是敵，又是怎麼通過封鎖線，眾人很快認定外國一定早就解除對島嶼的封鎖。

直到船上乘客上岸三小時後，總理努里醫師才有機會向女王報告說靠岸的船隻「很友好」，是依據英國政府和阿卜杜勒哈米德達成的臨時協議獲准通行（努里醫師看到妻子的表情，知道她聽到蘇丹之名時，內心湧現的不再是怒氣，而是對伊斯坦堡的鄉愁）。

在情報監控部長安排之下，船上最重要的乘客是一名笑口常開的大鼻子法國記者。近來法國和英國報社刊出多篇關於明格里亞的報導，都歸功於該名記者的努力不懈。當時的計畫是依照先前向女王提議的作法，由法國記者訪問她對於阿卜杜勒哈米德軟禁她的父親、兩個姊姊和其他家人的看法，當然也會訪問她在因緣際會的歷史偶然之下，成為一個主權國家的女王的心路歷程。《費加洛報》和《泰晤士報》都將在主要版面刊出該篇訪談稿，情報監控部長認為此舉可為明格里亞成為英國保護國的安排鋪路。英國領事喬治貝伊則建議再次提醒女王，眾人皆知她對宗教狂熱和任何歧視婦女的習俗強烈不滿，受訪時也不妨略微表述。

「告訴我，夫君，我們為什麼會來到這座島？」

「到頭來我們還是不知道，為什麼你叔父要派我們加入去中國的代表團！」

「但是在邦考斯基帕夏不幸遇害之後——願他安息！——我叔父才下令要我們前來島上防治疫情，還有查出邦考斯基帕夏命案的凶手，不是嗎？」女王對丈夫說道，語氣或許有些高高在上，但循循善誘、無比溫柔。

「是這樣沒錯，所幸真主庇佑，我們成功對抗瘟疫，島上的人民也因此擁立你當他們的女王。」

「我還是不太理解他們為什麼要我當女王。但是有一點我很確定，我的夫君，我們來這裡不是為了強行將這座島與鄂圖曼帝國分開，再將它奉送給英國人。我也知道要是我們這麼做，我就再也別想回到伊斯坦堡與我最親愛的父親和姊姊們團聚了。」

「就算按照目前的情況，我們要回去也很難了。」

「這一點我很清楚，」女王說：「即使我們在島上付出的一切努力都只是為了對抗疫情。我們在島上再待一陣子吧，這裡的人民是真心愛戴和信任我這個女王，我們要對他們負起責任！我一點都不想去跟什麼法國記者講我叔父的壞話，現在我唯一想做的，是跟你一起坐上鐵甲車，」——兩人私下如此稱呼那輛裝甲馬車——「去迪基利丘、科豐亞區和上圖倫契拉區幫忙那些需要我們伸出援手的人。」

大鼻子法國記者是在馬札爾阿凡提和喬治貝伊合作透過電報接洽之下前來，他以為女王只是因為害羞才遲遲不受訪。在等待女王回心轉意的同時，他立刻著手蒐集新聞素材，以備撰寫關於明格里亞島歷史、風景名勝、城堡及其中著名監獄的報導，瘟疫疫情當然也是報導重點之一。他得知新政府以防疫為由將一些鄂圖曼帝國官員送往少女塔隔離，且過去一百一十天皆待在相當惡劣的隔離場所環境之後，請求女王准許他前去拜訪這群「鄂圖曼土耳其人」。女王不僅准許法國記者前去，更決定自己也要前往少女塔，親眼看看那裡發生的一切。

兩小時後，約下午三、四點，帕琦瑟女王和努里醫師與隨行人員搭乘的三艘划艇抵達少女塔。雖然先前已派人至少女塔通知女王和總理將前來訪視的消息，但當女王一行人抵達時，除了一名負責管理少女塔的希臘老頭和他的拳師犬之外，沒有任何人前來迎接。明格里亞於一百一十三天前宣布獨立，之後在亞卡茲或島上其他村莊約有六十名政府人員（有時統稱「鄂圖曼土耳其人」）由於仍效忠伊斯坦堡政府和蘇丹，拒絕與新成立的明格里亞政府合作，遭押送往少女塔隔離，其中超過半數已經喪命。這些官員都是在明格里亞「自由獨立」初期，聽了沙密帕夏保證「明格里亞國公正無私！」之後信以為真，拒絕新政府提供的薪資並坦承想回到伊斯坦堡，他們不久之後就因為說了真心話而付出代價。

原本的懲處是以檢疫隔離的名義將這群人關押於岩石小島，防止他們潛逃回伊斯坦堡，他們什麼事都做不了，只能在驕陽下的狹窄危崖枯坐。但隨著愈來愈多忠於鄂圖曼帝國的官員從明格里亞其他地方被送來隔離，瘟疫也逐漸傳播開來，擠滿隔離者的小島很快就變成地獄。有半數隔離者擠在狹小住所卻在疫災中僥倖存活，唯一的解釋是另外一半隔離者全都染疫病故（死者遺體皆運上懸崖後推入波濤洶湧的地中海）。在這段擔驚受怕的日子裡，這些官員也得知明格里亞政府打算把他們當成談判籌碼，和阿卜杜勒哈米德達成某種協議。

在少女塔和明格里亞本島之間一直有划艇往來，其中一些關在少女塔的「人質」曾想過要劫走一艘划艇駛離小島，但其他人傾向留在原地，指望當時參與封鎖外海的鄂圖曼戰艦「馬木德號」很快就會前來救援。期間由於感染瘟疫、挨餓、過熱、爭吵或大打出手之後氣力耗盡，加上必須忍受小島上的惡劣環境，有愈來愈多人不支身亡。多名忠於鄂圖曼蘇丹的資深官員，包括沙密帕夏特別看不順眼的拉密圖拉阿凡提和慈善信託局長尼薩米貝伊，都因此在赫姆杜拉謝赫掌權的第一週相偕離世。

在這場不見血的屠戮之中，唯一保持神智清明、健康無虞的倖存者是哈狄，他是還未上任就慘遭殺害的新任總督的副手。哈狄在日後撰寫的回憶錄中提到帕琦瑟公主和其夫訪視少女塔的往事時，字裡行間充滿優越感和輕蔑意味，與現代土耳其共和國建國者提及鄂圖曼帝國歷任蘇丹、王子和駙馬以及整個鄂圖曼政權時所用的語氣如出一轍。在哈狄眼中，帕琦瑟公主和駙馬努里醫師不過是深宮裡高傲無知的貴族，對現實世界一無所知，只是外國勢力手中的棋子。

少女塔內多名官員等不到返回伊斯坦堡那一天就客死異鄉，其中許多人死前拚盡最後的力氣，詛咒害帝國失去明格里亞又將他們囚禁在小島的前總督沙密帕夏。

帕琦瑟女王聽說了效忠鄂圖曼帝國的「殉國義士」所受苦難之後，深感內疚和羞愧，換作任何一位認真盡責的女王都會有同樣的感受。她在寫給姊姊的信中提到，當她看到忠於鄂圖曼帝國的「人質」在汙穢環境中忍飢挨餓，個個雙眼暴突、瘦成皮包骨，心中只想著要拜託法國記者不要報導人質的處境，以免「令明格里亞人和鄂圖曼土耳其人盡皆蒙羞」。帕琦瑟女王的父親穆拉德五世仍是王子時，就說得一口流利法語，許多歐洲記者都對他印象深刻，但女王對自己的法語口說能力沒什麼信心。然而她才剛剛拒絕大鼻子記者關於「前任蘇丹父女全家長年遭軟禁後宮」的訪問邀請，也沒辦法明白告訴對方：「不要在報導裡寫出你在少女塔看到的那些鄂圖曼官員的悲慘處境。」心中充斥著相互矛盾的情感，令女王一時語塞。她明白自己心中有兩股力量在拉扯，一邊是對明格里亞的責任感，一邊是希望有朝一日能夠回到伊斯坦堡，或許這就是為什麼她覺得羞愧難當。

女王一行人準備搭乘划艇回到市區，途中女王忽然轉向總理努里醫師，以周圍眾人都能聽到的音量下令：

「來自克里特省的鏽紅色船隻將於城堡外海起錨，它在揚帆離開前會先來到少女塔，想要回到家鄉伊斯坦堡的人都可以登船！」

第七十九章

划艇駛離少女塔後朝著港口駛去，艇上的帕琦瑟女王不由自主將眼神投向部會總處，也就是她一直居住的賓館客房所在的原總督府，逡巡的目光最後落在她每天寫信時面對的窗口。在那一刻，她彷彿抽離出來看著自己，發現自己過去一百七十六天的世界觀竟然如此狹隘侷限（她在島上每一天都會數日子）。

更令她訝異的是，她直到**此刻**坐在划艇中才恍然發現，島上的陡峻懸崖和巍峨白山原來一直都在她的正後方。如此崇山峻嶺近在咫尺，不管看不看得到，人都不可能完全不受影響！女王忍不住揣想，或許自己在寫信時，也因為看到白山在如鏡海面投下的巍然倒影，內心大受震撼而不自覺受到影響。就像她初抵島上那一天，看見海床上的岩石，綠色和藍色海藻形如星星的藻體搖曳，老邁螃蟹茫然亂爬，以及拳頭大小的魚兒迅捷游動時大受觸動。

回到賓館客房後，帕琦瑟女王似乎仍深陷於鬱積許久的哀傷情緒。一小時後，鏽紅色的克里特島客貨船起錨，來到少女塔附近海域後再度下錨準備接走囚於塔中的鄂圖曼官員，此時總理努里醫師走進房間。兩人一起朝遠方極目眺望，希望在船員將這些鄂圖曼官員溼答答的行李家當和僅剩的私人物品搬運上船的過程中，能剛好瞥見最後一人返回伊斯坦堡前憔悴疲憊的身影。

「鄂圖曼帝國又失去了一塊領土，如今帝國任命的官員也撤離這座島了。」努里醫師不帶感情地說道。「要是可以的話，你想搭那艘船回伊斯坦堡嗎？」

「只要我叔父還是蘇丹，我們很難再回到伊斯坦堡。」

之後兩人終其一生都將為涉嫌「叛國」苦惱糾結，而這個問題如今改以「能否回到伊斯坦堡」這個比較無害的說法呈現。

「這些可憐人是因為你才得以回去和家人團聚，伊斯坦堡當局一定會對你表示嘉許！」努里醫師說：「但是阿卜杜勒哈米德和鄂圖曼帝國的敵國絕對會讓你不得安寧。」

「你剛剛說伊斯坦堡當局，是在說我叔父……」女王說：「但是我們放走那些官員，不是要幫我叔父，也不是要幫那些西方強權！下令放走他們，是因為他們遭受了不公不義的對待，我們基於人道義務，應該要送這些忠勇愛國的鄂圖曼帝國臣民回家！因為有這樣忠心奉獻的臣民，我的祖先建立的鄂圖曼帝國才能延續六百年之久。」

感受到話中的沉重涵義，兩人內心激盪，默然無語。要離開的官員已全數登船，遠處少女塔外海下錨的克里特島客貨船像先前駛來時一樣拉響三下汽笛。努里醫師看到妻子淚盈於睫，知道她盼望能回到伊斯坦堡，想說些寬慰的話。

「就算回到伊斯坦堡，我們還是跟其他人一樣，全都是蘇丹的囚徒。」他說：「但在這裡，你我還是女王跟總理，我們可以為這座美麗的島嶼和高尚的民族奉獻心力。」

「但只要疫情結束，海上的封鎖就會解除！」女王說：「之後不知道會發生什麼事。」她提出問題後卻好似不想去思考答案，話鋒一轉，提議去做她當下最想做的事。「我們坐鐵甲車去丹特拉區和弗利茨沃區走一趟！」

或許女王已有預感，兩人搭乘裝甲馬車出巡的機會已經不多，她在這段日子寫下的信中時常提到，孩童在霍拉區綠意盎然的庭院裡玩捉迷藏，葛梅區裡的街道窄仄優美，而塔勒蘇區的飲用水比伊斯坦堡附近貝伊科茲和契爾契爾的泉水還甘甜。無論是在圖倫契拉區那片保留作為元帥陵墓預定場址的原野放眼望去的風景，卡迪勒許區通往海邊的陡峭階梯上邊曬太陽邊理毛抓跳蚤的貓群，伊斯坦堡大道上的咖啡店、餐廳和糕點店擺到人行道的五顏六色桌子上放置了插在瓶中的玫瑰花，或在馬車沿著海岸行駛時所看到淺海中的烏魚和鯖魚，女王以熱情洋溢的筆調記述一幕幕迷人畫面，彷彿希望將所有美好景象永遠銘記在心。

十一月十五日，《亞卡茲公報》——由情報監控部長掌控——於頭版刊出半頁關於女王與總理搭乘馬車出巡的報導。報導中頌揚女王不畏染疫風險，不辭辛苦帶著禮物送到民眾家門前，聆聽民眾請願陳情。全文充滿對女王的欽佩景仰，卻在末尾洩漏了一絲失望之情：某天女王造訪阿帕拉區並發送禮物和一包包的鹹魚和脆餅乾，當地的孩童非常想跟女王說話卻沒辦法，因為女王不會講明格里亞語。一名婦人抱起寶貝女兒交到她敬愛的女王懷中，讓女王能摸摸孩子的頭，接著聲淚俱下解釋說她的丈夫在疫情中病逝，政府承諾說要發放疫災補償金卻遲遲沒有下文，如今她孤苦無依，只能向女王求助。當這名可憐婦人發現自己全程講明格里亞語，而女王不會明格里亞語，因此一個字都聽不懂時，更是傷心欲絕。報導中也指出女王仁慈善良，而民眾對女王如此熱烈愛戴，卻發現女王不會講他們的語言時自然會傷心難過，這也解釋了為何女王過去數週出巡的地點，只侷限在講鄂圖曼土耳其語、希臘語甚至法語民眾居住的街道和社區，換言之，就是侷限在居民相對富裕的區域。

努里醫師在總理辦公室裡將報導全文念給妻子聽，他大為不悅，明白表示一定是情報監控部長在背後操縱。但女王還是一貫天真樂觀，告訴丈夫說報導中的批評有其道理，而且很有建設性，覺得比較適當的作法是盡量探訪比較多人講明格里亞語的貧困區域。

翌日，他們變更行程並派人通知隨行的衛兵和攝影師，改為前往卡迪勒許區。女王倉卒之間背了幾個古老明格里亞語單字現學現賣，也多虧當地兩名可愛的男孩努力耍寶，模仿附近的車夫和馬車甚至人車發出的聲響惟妙惟肖，女王以認真用心的表現收服人心，該趟出巡十分順利圓滿。

但隔天前往圖倫契拉區巡行時，女王和總理才下馬車，就有兩名年紀二十出頭的年輕男子不知用什麼方式穿過守秩序的人群，在記者聽得到的範圍大喊兩遍「明格里亞屬於明格里亞人！」之後逃得無影無蹤。之後女王一臉憂愁，心神不寧地發放帶來的禮物，當地婦女見狀後，很想安慰這位老蘇丹的女兒，要她別理那些地痞流氓。即使如此，女王還是很在意這件事，沮喪消沉的她寫了很長的段落向姊姊哈緹絲傾訴，認為這兩個年輕人說的話對她很不公平：自從成為女王之後，她每天背二十個明格里亞語單字。她敬佩凱米爾元帥和哲妮璞的愛情，也大力支持他們的崇高理想。而她出生在伊斯坦堡，不太熟悉明格里亞島的歷史文化，及島上各個族群和團體的政治傾向與特質，這一點應該被視為她身為女王的優勢而非弱勢。正因為她的家世背景「與眾不同」，她對待周圍的人不會有親疏遠近之別，無論任何情況，她都能做出最為「客觀」（在此她用的是法文）且適當的決定。她的祖先能夠將鄂圖曼帝國發展成全世界最偉大強盛的帝國，絕不是因為與他們的臣民有什麼共通之處，而是因為他們與所統治的各民族和團體迥然相異！

「可是，我的夫人，」努里醫師某天說：「會不會正是因為你的祖先本身不屬於帝國統治的任何民族，而是自成一個完全不同的民族，鄂圖曼帝國現在才會接二連三失去原本統治的民族和島嶼。」

兩天後，希臘語日報《新島報》刊出一篇由記者曼諾黎斯執筆的專文，這篇針對四天前《亞卡茲公報》報導最末提到的幾點大作文章，批判語氣更為強烈：「大元帥已經向我們證明，」文章中如此主張，「明格里亞人民完全能夠自己治理自己的國家，明格里亞不是亞洲或遠東那些可憐的小殖民地，不需要不會講本土語言的領主，也不需要什麼『蘇丹之女』——尤其不需要會聽命於共濟會這種跨國祕密組織的人的女兒。」曼諾黎斯此文中也提到女王備受民眾愛戴，但認為不需要過度放大島上人民對女王的喜愛著迷，因為「多年來如同奴隸遭到囚禁的蘇丹之女」無論在哪裡都可能吸引大眾注意。文中還有一句也令人印象深刻：「在鄂圖曼帝國，關在後宮裡的婦女有如籠中鳥，是男人眼中的奴隸，好一點也頂多被視為優美的裝飾，所有人都對阿卜杜勒哈米德俯首聽命，而明格里亞國的未來一片光明，絕不可能以這樣的世界為模範，畢竟明格里亞人民和明格里亞的婦女是自由的！」

「這個曼諾黎斯是在羞辱我還有我親愛的父親！」帕琦瑟女王說：「請你一定要阻止這一切。我不是關在後宮的籠中鳥，也不是被囚禁的奴隸，我是女王。不准再讓任何一個人讀到這篇文章。」

「相信我，我的公主，這份報紙根本沒人在看，全島可能只有三家報攤剛好有存貨，要是我下令將報紙沒收，反而會引起更多人注意，不用多久就成為全島最熱門的話題。一定是馬札爾阿凡提在背後指揮，這樣做反而讓他稱心如意。」

「我是這個國家的女王，是人民授予我的頭銜！」帕琦瑟女王說：「如果我的命令沒人理會，我立刻退位，一點都不想再當什麼女王了。」

「根據伊斯蘭教義，你最首要的義務是聽丈夫的話，不要違背丈夫的意思！」努里醫師微笑著對妻子說。

看到丈夫在自己的妻子遭到汙衊誹謗時竟還笑得出來，帕琦瑟女王大為光火。但最讓她難以忍受的，是她甚至無法說服丈夫照她的話做。兩人爭執許久之後陷入冷戰，整整兩天什麼地方都沒去。反正大部分政事一直都由情報監控部長負責處理。到了第三天，一直很熱愛搭馬車出巡的女王開口，提議一起去恬靜安全的丹特拉區看看迷人的濱海小巷。隨行的書記員、政府人員、衛兵和記者也都接到通知。

翌日兩人正要登上馬車時，情報監控部長馬札爾阿凡提前來阻止，通知他們已接獲線報，可能有人意圖以放置爆炸物的方式行刺。他建議無論決定前往哪一區，最好暫時取消所有出巡行程。

馬札爾阿凡提離開後，女王告訴丈夫說她不相信這個人，覺得他一心為個人的政治前途打算，沒有必要對他言聽計從。

「這個問題我想了很久，夫人。」努里醫師說：「要是真有那麼一天——真主保佑——我們有性命危險或碰上任何急難，我相信至少會有一部分民眾支持我們，但是要說武裝部隊的話，很可能只有四十到五十名勇士會挺身保護我們。但是馬札爾阿凡提只要一句話，就能隨意調度整支軍隊，防疫部隊、市府衛兵、駐軍營地官兵、後備兵員和所有最近招募到的新兵都聽他號令。」

「所以你的意思是，我們又要過著跟囚犯一樣的生活了？」帕琦瑟女王問道。

「確實如此，但你別忘了，你現在還是明格里亞的女王，只要你在位一天，所有人都會慢慢認為你就是這個主權國家的元首，承認你的君主地位。你身為女王，帶領明格里亞走出可怕的瘟疫疫情，還防止疫情擴散至歐洲，已經取得你的歷史定位，其實歐洲各國應該要感謝你。」

帕琦瑟女王體認到，過去這段自由自在，能夠隨意離開房間、在市區走動、搭乘馬車前往各區、觀察居民、房屋和所有值得欣賞的人事物的日子已經結束，心中無限感傷。不久之後，賓館客房門前又開始有衛兵看守，彷彿回到赫姆杜拉謝赫時期，這次的站崗人數增加到六、七人。在女王和總理想要踏出房門時，這些衛兵不像之前那批會緊張兮兮舉起步槍對著兩人，只會立正站好，用身體擋住兩人的去路。如今的情勢似乎已經很清楚，全島的統治權實質上已落入馬札爾阿凡提和其他部會首長手中。

接下來十二天，帕琦瑟女王和努里醫師不再踏出房門一步。這段期間女王無從得知任何新消息，很少提筆寫信，但她仍全心全意記掛著島上人民和偏遠的各區。在一封整整寫了五天才完成的信中，她向姊姊述說自己忽然大為好奇，叔父阿卜杜勒哈米德究竟都讀哪些偵探懸疑小說。她知道哈緹絲的丈夫以前經常站在屏風後念小說給蘇丹聽，也許能列一份小說書單供她參考？

兩人待在房間裡的這段日子，時常講起將來某一天也許有機會回到伊斯坦堡，但想不出除了等阿卜杜勒哈米德赦免他們，還能有什麼解套方法。與此同時，明格里亞各家報紙不斷刊出貶損詆毀女王與總理兩人的文章（文中比較常出現的詞語包括：「侍臣」、「鄂圖曼」、「養在後宮」、「牢籠」、「囚徒」、「土耳其」、「殖民地」和「共濟會成員之女」）。

十二月五日，疫情平息已一個半月後，情報監控部長馬札爾阿凡提於近傍晚時前來賓館通知一則他認為相當「緊急」的消息：西方強權疑似決定解除對島嶼的封鎖，並已和阿卜杜勒哈米德達成協議……英法兩國的船艦可能於當晚登陸亞卡茲，戰爭眼看一觸即發。部會總處裡自然沒有人想看到兩位貴客在這類國與國衝突之中遭到波及，因此等天黑之後，他們將會護送兩人前往亞卡茲北方一處祕密地點——確切地點暫時對兩人保密——以免外國軍隊查出兩人的下落。

兩人將搭乘裝甲馬車，在一隊衛兵護送下先前往昂定，接著搭乘一艘划艇前往為兩人安排的新住所。兩人接獲的指示是立刻收拾行李，於兩小時內前往部會總處大門口等候接應。

帕琦瑟女王在後來寫給姊姊的信中，記述她和努里醫師只花了一小時就收拾停當，但兩人驚恐不已。他們起初擔心可能會遭英軍（或法軍）俘虜，但看到部會總處和亞卡茲街上並無異狀，也未見到更多士兵在外活動，就知道馬札爾阿凡提刻意誇大危急情勢。裝甲馬車仍由車夫澤克里亞駕駛，在夜色中以悠緩步調行經圓石灣，接著沿島嶼東岸一路向北。

一路上十分顛簸，時而在起伏的坡丘上上下下，時而蜿蜒駛向沙灘，時而在果園之間曲折穿行。隔著馬車車窗，他們聽見樹林陣陣窸窣，泉水汩汩流湧，刺蝟跑過時腳掌踩地啪嗒輕響。看到一輪銀白滿月在雲層間顯現，他們覺得自己彷彿已經不再置身現世，而是來到夜幕之後某個神祕的異世界。

一座小海灣出現在他們眼前。月下的海面風平浪靜，銀色波光粼粼閃動。馬車停住，車廂裡的他們在片刻間，只覺得全世界陷入靜默無聲。

黑夜中，數名侍從、衛兵和船夫從跟在後面的馬車下來，上前幫忙他們。女王和總理爬下一段狹窄岩礁，來到飄著貝類和海草氣味的小海灣，登上已經停泊在礁石旁等候的小艇，在和緩海浪中航行一小段後，又換乘另一艘較大的划艇，他們的行李則已先運上這艘划艇。一片漆黑中，他們注意到一個人的身影，情報監控部長馬札爾阿凡提的祕書就坐在船夫後面等著他們上船。

較大的划艇駛向遼闊的大海，祕書朝著濃得化不開的漆黑虛空揮了揮手示意，告訴他們「阿濟茲號」在天黑之前就已抵達並在附近海域下錨等候。

是的，他確實說了「阿濟茲號」。正是將他們載到明格里亞而非中國，以及他們和邦考斯基帕夏於其上短暫相會的那艘「阿濟茲號」。帕琦瑟公主和努里醫師面面相覷，一下子彷彿作夢般迷惘恍惚，恐懼與好奇期待的情緒交雜。公主後來在信中描述，他們忽然覺得自己好像小孩子，即將被送往某個地方，卻沒有人問過他們想不想去。

過了一會兒，「阿濟茲號」的幽暗輪廓在月光下浮現。船夫奮力搖槳加速，划艇靠向郵輪放下的白色梯子末端的梯階。

片刻間，周遭一切都籠罩在「阿濟茲號」投下的陰影中。接著努里醫師看到有人將他們的行李搬上郵輪。帕琦瑟公主正要踏上梯階時，情報監控部長的祕書在隨波擺盪的划艇上站起身來，鄭重其事地呼喚他們。

「女王陛下！總理大人！」他大喊道。「『阿濟茲號』會接續兩位在亞歷山卓遭中斷的行程，繼續航向中國。」他望著忽而被月光照亮的女王和總理身影，必恭必敬向兩人鞠躬。「明格里亞人民永遠感念您的恩德！」他大喊這一句時主要是對著女王而非努里醫師。

女王聽到之後大感欣慰，轉身踩著梯階上了船。他們熟悉的俄國船長前來迎接，他的神色依舊莊重肅穆，在見到他們時微微一笑。其他艙房和他們曾與邦考斯基帕夏共進晚餐的迎賓室燈火仍然亮著，彷彿在提醒他們，船上空間自成一個天地。公主和駙馬走進艙房，一股皮革和灰塵味撲鼻而來，是先前兩人共度甜蜜新婚時光那間鑲有桃花心木壁板、掛著鍍金框鏡子的艙房，郵輪在此時開動。公主擱下手邊的事，來到甲板上。她想要看看「絕無僅有」的明格里亞風景，也是整個二十世紀的黎凡特觀光旅遊書都會向讀者推薦的獨特風景。

「阿濟茲號」沿著與南北向延伸跨越全島的艾朵斯特山脈平行的航線行駛，帕琦瑟公主望見尖突的火山山峰。雲層又將月亮遮蔽，一切再次隱沒於漆黑之中。帕琦瑟公主感傷地想著以後再也看不到明格里亞，忽然注意到遠方阿拉伯燈塔閃爍著微弱光束。就在那一刻，滿月再次自雲層間露臉，公主看見背後襯著巍峨白山的亞卡茲城堡尖塔，但這一幕轉瞬即逝，因為月亮很快又隱沒於雲後。公主熱淚盈眶，凝望著眼前的漆黑，期盼能再看明格里亞最後一眼，許久以後才返回艙房。

多年以後

細心的讀者或許已經發現，相較於本書中出現的其他人，我更能同理帕琦瑟公主和努里醫師的立場。我的外婆是他們的女兒，我在劍橋大學取得博士學位，畢業論文即以十九世紀下半葉的克里特島和明格里亞島為題，也因此順理成章承接了編輯帕琦瑟公主書信集的工作。

我的外曾祖母帕琦瑟女王和外曾祖父努里醫師歷經驚濤駭浪的航程，終於在二十天後抵達天津港，之後轉赴北京，比最初預定的抵達日期晚了六個月。

鄂圖曼帝國最初是因為中國發生義和團運動才派出代表團，但義和團已在這段期間遭到西方強權的軍隊擊潰。西方入侵者派兵組成的聯軍屠戮清軍和義和團民兵，進入北京後更大肆劫掠數日。起事作亂者曾於前一年當街殺害基督徒，法、俄、德三國進軍後屠殺大批作亂者，其中也包括回民（中國穆斯林）（入侵中國的聯軍曾獲得蘇丹阿卜杜勒哈米德的象徵性支持，而國際輿論上，唯一公開譴責聯軍野蠻殘忍肆行屠戮的，只有小說家列夫・托爾斯泰這位維吉尼亞・吳爾芙所稱「最偉大的小說家」同情揭竿起義的中國人民，批評俄國沙皇和德皇威廉二世應為部隊殘暴屠殺造成的死傷負責）。德軍依照德皇威廉二世的要求對中國採取嚴厲報復，在血腥戰役中大獲全勝，之後聯軍出面邀請鄂圖曼帝國代表團裡的毛拉籌辦一系列會談，目的是向回民宣導伊斯蘭歷史和文化，以及伊斯蘭教義中隱含的和平主義。

公主和駙馬抵達中國時，鄂圖曼帝國代表團已準備啟程返回伊斯坦堡，英國方面清楚在明格里亞發生的一切及阿卜杜勒哈米德的反應，也預料到帕琦瑟公主及駙馬努里醫師有可能遭控叛國，因此特別謹慎行事，確保公主和駙馬不會遇到任何代表團成員。努里醫師獲邀前往中國多處回民聚居的區域，向民眾宣講公衛防疫觀念和伊斯蘭教義相關議題。帕琦瑟公主的書信中，生動記錄了隨駙馬前往雲南、甘肅和新疆時的觀察所得，相信研究東亞文化的歷史學家會很感興趣。

來自英國和法國的一些醫師聽說努里醫師至各地宣講，也記得曾和他一起參加過國際研討會，於是邀請他和他們一同前往香港。就細菌學的最前線研究和防疫方法的革新而言，當時英國在各個殖民地設立的醫院和實驗室對抗瘟疫的表現數一數二，在全世界占有舉足輕重的地位。一九〇一年時，亞歷山大·耶爾森前往法屬印度支那進行研究，他奉位在巴黎的巴斯德研究院之命，計畫在當地製造一種可作為疫苗的血清（後來並未成功），但他於七年後在香港辨識出瘟疫致病微生物，而且是在一處相較之下極為簡陋的場地，不是在英國人創辦的醫院——畢竟他是法國公民，不得進入英國醫院。於一九〇一年侵襲明格里亞的瘟疫致病微生物，自一八九四年以來已經造成中國數十萬人死亡。當時東華醫院，也就是努里醫師不久之後進入工作的醫院，面對的諸多難題與賽歐多洛普洛斯醫院和哈米德醫院類似，肇因幾乎都是民眾顢頇無知（許多中國人即便重病仍拒絕到東華醫院就醫，只因為這是英國人開的醫院），但大眾對防疫措施的理解等情況仍有一些不同。

帕琦瑟公主和努里醫師在香港的維多利亞城租了一層公寓，左鄰右舍多為英國和歐洲僑民，從該區可以近乎垂直的角度俯瞰海灣——如公主在她於公寓裡寫下的第一封信裡所說，就像從伊斯坦堡的恰姆利查山眺望博斯普魯斯海峽。最初公主以為他們很快會回到伊斯坦堡，只是在這層公寓「暫時」棲身，但最後兩人在此生活了整整二十五年。

明格里亞只有一人仍和努里醫師保持聯繫，即蓄著山羊鬍的尼寇斯醫師，他曾任檢疫局長，後來升任公共衛生部長，他和努里醫師是在九年前於錫諾普初次見面，該地當時爆發頭蝨傳染病。努里醫師和公主是在香港租屋安頓後，才收到尼寇斯醫師發來的電報，得知明格里亞政府先將消息保密，隔了一陣子之後才向國內外宣布女王和總理已經離開。當局之所以壓住消息，很可能是為了確保英國方面能在這段期間提供某種保障。

同年十二月六日，前情報監控局長馬札爾阿凡提宣布成為明格里亞總統，炮兵隊在薩迪里中士指揮下鳴放二十五響禮炮。翌日中午，七千人聚集在原名總督府廣場的明格里亞廣場，舉行島上有史以來規畫最為縝密的政治慶典。成隊高中生邊行進邊揮舞小旗子，明格里亞店主攤商和經過特訓的防疫部隊士兵一起向新總統行禮，來自北部山村的少女身穿傳統服飾表演民俗舞蹈，聚集觀賞的民眾個個興高采烈。馬札爾總統站上原總督府的陽台宣布，共和是一種生活方式，而自由為它帶來滋養，成立共和國是當天所有聚集在明格里亞廣場上的人民唯一且共同的目標。

過去那段日子裡，時常有國王或女王在宮廷政變或軍事政變後遭到推翻，而該國之後隨即宣布改制共和，但類似政權移轉案例中，少有如同明格里亞一般過程如此和平，而且幾乎不流一滴血。服膺民族主義或身為「馬克思主義者」的明格里亞歷史學家，試圖為君主改制共和的變動賦予一些戲劇張力，形容為「民主資產階級革命」。但我們可以確定，馬札爾總統掌權之後各方面的情勢發展，沒有一項稱得上「民主」。

明格里亞國父、已故的凱米爾元帥曾推行多項民族主義改革，而曾任情報監控部長的新總統馬札爾阿凡提一心一意要實踐凱米爾元帥的理想。他成為總統的第一個月，即召集考古學家賽里姆．薩希和島上中學的希臘和穆斯林教師組成委員會，要求他們研擬出一套標準化明格里亞語字母，完成後立刻納入中學課程。在國內所有公家機關，凡是以明格里亞文書寫的公文一律優先處理（實務上窒礙難行）。新生兒名字如果取了凱米爾元帥偏愛的明格里亞語名字，戶政單位將立刻發給出生證明，但若是取了希臘語或鄂圖曼土耳其語名字，辦理登記過程將處處碰壁。馬札爾總統也下令，所有店鋪皆應懸掛採用新的明格里亞語字母拼音的店名招牌。希臘和其他西方國家不怎麼關心明格里亞進行的改革，但是對於馬札爾總統以高壓手段對付島上希臘和魯米利亞民族主義者表示抗議。在馬札爾總統掌權後不久，當局就以涉嫌分裂國家罪為由，逮捕將近四十名魯米利亞「賢達人士」及在家講鄂圖曼土耳其語的十二名穆斯林知識分子並關入城堡監獄。

「明格里亞化」政策下還有一項附帶措施，是翻印數千張凱米爾元帥和哲妮璞的肖像照，再次大張旗鼓發送至全國各處懸掛展示。凱米爾元帥和哲妮璞從相遇、相戀到克服種種阻礙磨難，因為明格里亞語才得以如願成婚，這段故事將作為中小學教育的課程基礎，而《明格里亞字母書》和《哲妮璞的兒童讀本》也風靡全島。儘管馬札爾總統推行上述與政治目的或文化有關的政策，但他從未試圖抹除人民對帕琦瑟公主擔任女王那段時期的回憶，明格里亞的本國史課本反而給予帕琦瑟女王身為一名謙遜可敬統治者應得的肯定。及至現今，對於曾有一位蘇丹之女成為全島的「女王」，並曾涉入自由獨立運動，雖然時間極為短暫，所有明格里亞人仍然引以為榮。

甫經歷一場恍如當年其父遭推翻時的政變，來到香港的帕琦瑟公主不再是女王，她坐在面對一扇大窗的書桌前，提筆寫信給姊姊哈緹絲，字裡行間盡是憂傷。公主注意到她父親成為蘇丹後在位九十三天，而她自己登基為女王後在位一百零一天（一九〇一年八月二十七日至十二月五日），她告訴姊姊說很想知道父親知不知道這件事，而她無比想念所有家人。待在香港，她可以過自己想要的生活，也能在市區自由走動，應該已經「心滿意足」，但她因過度思念父親、兩個姊姊和伊斯坦堡而鬱鬱寡歡，只有寫信時能夠排遣思鄉之苦。

一年後，由於哈緹絲醜聞纏身，在香港的帕琦瑟公主覺得更加孤寂。在伊斯坦堡的哈緹絲與穆罕默德．凱馬列丁帕夏發生婚外情，凱馬列丁帕夏一表人才，是蘇丹阿卜杜勒哈米德最疼愛的女兒奈玫公主（哈緹絲的堂妹）的丈夫，其父則是於一八七七到一八七八年俄鄂戰爭立下赫赫戰功、有「加齊」頭銜的奧斯曼帕夏。哈緹絲與凱馬列丁帕夏隔著庭園圍牆投擲給彼此的情書落入蘇丹阿卜杜勒哈米德手中後，蘇丹立刻下令將年輕英俊的女婿從女兒身邊帶走，拔除頭銜和官職並流放至布爾薩（這條鄂圖曼政壇重要消息不僅登上《紐約時報》，也曾由法國小說家皮耶・羅狄寫在著作裡）。當時伊斯坦堡的社會比今日更加「僵固」，哈緹絲公主與堂妹奈玟公主是在奧塔科伊的濱海宅邸區比鄰而居，兩位蘇丹之女成為情敵的小道消息很快傳遍全市（比較惡毒的人多半直接描述奈玟公主「很醜」或「駝背」）。相較於當年米塔帕夏遭關押於塔伊夫監獄，或其他人遭關押於錫諾普或明格里亞的監獄，在布爾薩軟禁當然是比較輕的處罰。蘇丹從哈緹絲公主還年幼時就特別疼愛她，他並未懲處哈緹絲，但曾有一段時間派人密切管控她的一舉一動，期間公主很難再與他人通信。

帕琦瑟公主並不是從姊姊哈緹絲那裡得知這樁「醜聞」，而是後來從其他來源獲悉消息。在土耳其共和國建國之後，伊斯坦堡數家報社曾報導哈緹絲公主是故意派人將情書交給蘇丹，目的是要激怒叔父阿卜杜勒哈米德替父親報仇。這段時期還流傳著另一種理論，推斷哈緹絲公主一直從好幾家不同的藥房購入毒鼠藥，再偷偷交給在奈玟公主夫妻府邸廚房工作的魯米利亞人，想要毒死奈玟公主，自己就能再嫁給凱馬列丁帕夏。這則謠言或許再次提醒了蘇丹阿卜杜勒哈米德，用毒老鼠的砒霜可以「不著痕跡」地將人毒殺。

那時帕琦瑟公主已經明白，除非她的叔父原諒她，否則她永遠無法回到伊斯坦堡。但就如同她過一陣子之後寫信時所述，對蘇丹阿卜杜勒哈米德來說，她和哈緹絲很不一樣：阿卜杜勒哈米德第一次見到哈緹絲時，摯愛的長女烏薇耶公主剛剛過世（她把玩當時仍是新發明的火柴時，不小心點燃火柴引火上身），當時阿卜杜勒哈米德還不是蘇丹，他逗著剛出生的小姪女哈緹絲，慢慢走出喪女之痛。帕琦瑟公主則是在其父遭軟禁於徹拉安宮之後出生，阿卜杜勒哈米德不曾看過幼時的帕琦瑟，也從來不曾像抱哈緹絲一樣將帕琦瑟抱在懷中逗弄。

帕琦瑟公主於一九〇四年八月接到姊姊來信，獲悉父親的死訊。接下來數個月她哀痛不已，懷念父親身上的氣味，想著父親坐著讀書的模樣和專注彈琴的神情，還有父親創作的音樂。之後的兩年間，帕琦瑟公主比較少寄信給姊姊，原因之一是悲傷（她曾在信中寫道：「沒有了親愛的父親，伊斯坦堡也不再是從前的伊斯坦堡」），另一個原因是她在一九〇六年誕下一女梅莉可（我的外婆）之後就變得十分忙碌。因此以下關於往後數年的敘述並非根據帕琦瑟公主的書信，而是以相關文獻檔案和回憶錄為主要依據。

但首先，請容我以些許篇幅描述帕琦瑟公主父親的葬禮。

穆拉德五世在遭軟禁二十八年後與世長辭，他的葬禮很可能是本書中最悲涼的片段。由於他也是我的祖輩（我的外高祖父），在此請容我暫不採取客觀歷史學家的筆法，改以一名善懷多感小說家的口吻來記述。穆拉德五世一生命運多舛，取得政權不久後即遭到推翻，後果是鄂圖曼的高官要員為了救亡圖存而推行的立憲改革、改制內閣、西化運動和其他自由解放運動因此延宕三十二年，雖然之後終於走向改革開放，但為時已晚，造成的傷害難以彌補。穆拉德的父親阿卜杜勒邁吉德主張改革，他有意排除自己的弟弟阿卜杜勒阿濟茲的繼承權，將兒子穆拉德立為王儲，也一直對這個「不幸的」兒子寄予厚望，不僅親自教他法文，也派來自義大利的倫巴迪、果泰里兩名帕夏教他音樂。但我們從後宮一名婦人的敘述得知，就她印象所及，穆拉德阿凡提十四歲時生了一場病，導致心智功能和記憶力受到永久損害，即使後來病癒，留下的後遺症仍不時復發。

那不勒斯醫師卡波雷歐尼前來年輕王子居住的庫巴勒德雷府邸，醫治病人之外，也順道拓展新的政治人脈，他建議王子多喝葡萄酒和干邑白蘭地，還幫王子在府邸中設置了一座酒櫃。穆拉德阿凡提此後一輩子酒不離口。王子在庫巴勒德雷府邸舉行的晚宴和音樂會冠蓋雲集，許多愛好自由、支持立憲和改制內閣的詩人、記者和作家如易卜拉辛・席納西、齊亞帕夏、納米・凱末爾等人，都是座上嘉賓。在倫敦時，穆拉德王子一度害怕自己可能遭毒殺，曾向英國王儲愛德華王子「表示友好」，在對方鼓勵他向維多利亞女王行吻手禮時，不顧其叔父阿卜杜勒阿濟茲的看法執意為之。他也曾寫信給赴歐時拜會過的拿破崙三世和其他重要人士，尋求合作機會。看到歐洲各個「民族國家」廢除君主制後，各國君王淡出權力舞台，他認為鄂圖曼帝國的蘇丹也應該見賢思齊。但穆拉德忽然即位為蘇丹之後，防不勝防的陰謀政變和遭到叔父毒殺未遂的回憶將他逼得發狂——他的弟弟阿卜杜勒哈米德即位後，也因為同樣的壓力而焦慮難安。結果是朝中官員一致決定罷黜穆拉德五世。穆拉德五世最初是遭軟禁於耶爾德茲宮，期間曾衣裝齊整地躍入水池，也曾試圖跳窗逃逸。多年後，穆拉德五世努力想說服為他看診的醫師群自己的神智已恢復正常，也曾試圖奪回蘇丹之位，但他的雄心和數次逃亡失敗，只是造成二十八年來的管制監控愈趨嚴格。多位帕夏和官員會在收到耶爾德茲宮傳來的命令後，半夜手持燈火闖入穆拉德五世的臥室，確認他的人就在該在的地方，他們會在離去前向這位前蘇丹躬身行禮，坦承他們之所以匆匆忙忙前來確認，是因為蘇丹阿卜杜勒哈米德接獲報告說，有人在貝尤魯看到穆拉德五世。眼見危機四伏，遭罷黜的穆拉德五世夜裡時常搬動更換臥室。他也惦記著宮內還有六、七十名失去自由的姬妾，她們無時無刻不渴盼他的垂青，只是對於生活在現代世界的我們而言——如亨利．詹姆斯所寫——要期待我們能夠感同身受顯得很不切實際，遑論為他感到遺憾。穆拉德五世患有糖尿病，病情於晚年逐漸惡化，加上女兒哈緹絲身陷婚外情醜聞，而阿卜杜勒哈米德不時派使者傳話：「我該怎麼懲罰你的女兒？」（蘇丹一直沒有真正懲罰哈緹絲。）他最後心力交瘁而亡。在阿卜杜勒哈米德的指示下，各家報紙僅刊載了短短一段前任蘇丹的訃聞。伊斯坦堡的民眾聚集在加拉塔大橋和錫爾凱吉火車站，他們想前往新清真寺參加葬禮，卻連靠近都沒辦法。穆拉德五世的遺體由蒸汽船「納希號」自徹拉安宮運走，倉卒下葬於其母墓旁；從前他每天早上都會向母親問安，和母親聊聊政事，而他的母親總是喊他：「我的雄獅！」由於穆拉德五世假死的謠言甚囂塵上，民間盛傳在他下葬後會立刻有人挖墓將他救出，而他將潛逃歐洲準備日後奪回蘇丹之位，阿卜杜勒哈米德不僅要求所有大臣參加葬禮，甚至指派「親信」全程參與。這名「將在歷史上永遠留下昭彰惡名」的親信干犯大不敬，他湊近死者遺體揪住一把頭髮之後使勁拉扯，確定前任蘇丹真的已經死透才放手。

一九〇五年七月的第三個週五，一枚放置在汽車內的大型炸彈爆炸，該輛車就停放在蘇丹每週五前往耶爾德茲宮參加公開聚禮的固定路線附近，轟隆巨響響徹全伊斯坦堡，最遠甚至傳到烏斯庫達區。當時蘇丹阿卜杜勒哈米德正好慢下來，與鄂圖曼帝國首席宗教學者「謝赫伊斯蘭」討論對方提出的問題，行程因此稍微延遲，毫髮無傷逃過一劫。爆炸中四散飛出的金屬彈片造成二十六人喪命，另外還有多人受傷，傷者包括數名外交官以及每週五前來瞻仰蘇丹風采的好奇民眾。該輛載有炸彈的汽車駕駛也在爆炸中身亡。

阿卜杜勒哈米德手下的警察和刑求人員全力追查，在一週之內就查出以汽車炸彈行刺的主謀是亞美尼亞分離主義分子，他們已有很長一段時間待在法國和保加利亞製作炸彈。在對嫌犯嚴刑逼供之下，當局很快查出是作風大膽的比利時無政府主義者愛德華．尤里斯預先將炸彈藏在住處，他平常在貝尤魯鬧區大街的全國第一家「勝家牌縫紉機」專賣店工作，所發想的銷售策略大獲成功，甚至將縫紉機銷往鄂圖曼帝國最偏遠的山村。該名浪漫無政府主義者旋即遭到判處死刑，但由於比利時國王大力對鄂圖曼蘇丹施壓，死刑的執行令始終未獲批准。愛德華．尤里斯坐牢兩年後，獲得阿卜杜勒哈米德赦免並受其招攬，回到歐洲從事間諜工作。

在撰寫本書最後一部分的過程中，對於鄂圖曼帝國在一九〇一年之後許多關鍵性的政局發展，我們常常感到似曾相識，似乎可以在其中看到明格里亞革命的影子和受到的影響。或許是因為太恣意沉浸於我們明格里亞小島的豐富歷史，以至於無論目光落在何處，都能看到明格里亞。

在包圍明格里亞島的英、法和俄國戰艦撤離後，沒有其他國家正式承認明格里亞國，阿卜杜勒哈米德大可仿效英國在亞歷山卓的作法，派戰艦「馬木德號」炮轟駐軍營地、部會總處和亞卡茲全城，但他並未這麼做。明格里亞名義上仍是鄂圖曼帝國的一省，而在其他國家如法國想到要派兵登島之前，明格里亞主政者需要先和英國簽訂條約，同時也要願意承擔與鄂圖曼帝國發生軍事衝突的風險。無論阿卜杜勒哈米德本人或鄂圖曼帝國艦隊，其實對於炮轟明格里亞並派兵登島扶持新總督上任的意願不高。一旦鄂圖曼帝國派出的海軍和陸軍在明格里亞遭遇任何抵抗，很可能成為西方強國侵略明格里亞的藉口（瘟疫也可以是一個藉口），或是英國也可能比照在賽普勒斯的作法，以保護島上基督徒為名派兵占領全島。

馬札爾總統的策略是與包括鄂圖曼帝國在內的鄰近各國維持良好關係，他的作法影響深遠，讓明格里亞得以在封鎖解除後保持「獨立」地位。他為了讓防疫部隊蛻變為現代軍隊所進行的「改革」同樣意義重大：馬札爾政府開始實施兩年義務役，這支部隊在四年內新增了兩千五百名兵員。部隊裡除了從小在家講明格里亞語者，也有證明自己效忠新國家的希臘人和穆斯林，凝聚部隊士氣的正是凱米爾元帥首先提倡，並由馬札爾阿凡提以無比創意在全島發揚光大、充滿詩意和活力的明格里亞民族主義精神。

凱米爾元帥是在六月二十八日這一天，站上總督府陽台揭開明格里亞革命序幕，馬札爾政府宣布每年六月二十八日為獨立紀念日（並訂為國定假日）。此後每年獨立紀念日都將舉行慶祝活動，首先登場的會是頭戴傳統郵差扁平便帽、斜背郵差包的防疫部隊士兵，他們會從駐軍營地行軍至明格里亞廣場，沿途高唱《元帥駕到！》或明格里亞其他新創作的進行曲。接下來一小時，明格里亞軍隊將全員列隊行經陽台前方，由陽台上的馬札爾總統（坐在設於隱蔽處的高腳椅）進行閱兵。隨後登場的是眾所矚目且大受歡迎的高中生表演（也是外媒報導中津津樂道的話題），現今的人類學家一致認為，他們的表演不只是獨立紀念日至為重要的環節，也是明格里亞人身分認同感的重要元素之一。

表演開場時，一百二十九名高中生步入廣場，每個人手中都舉著一塊繡著斗大明格里亞語單字的白色布旗。布旗上的一百二十九個明格里亞語單字，正是永垂不朽的國父凱米爾元帥在輝煌殿堂飯店臨終前兩小時留下的遺言所述，由當時守在他身旁的書記員逐一記錄。身穿校服的男女高中生在廣場上各自站定位之後，全場先是歡聲雷動，接著屏氣凝神等待接下來的演出。元帥遺言中的明格里亞語單字是如此神奇奧妙，他為後人留下天啟般的詩句（「我的明格里亞是我的天堂和你的魂靈」、「明格里亞屬於明格里亞人」、「明格里亞永遠是我心之所歸！」），當學生以繡有單字的布旗創作出精采絕倫的句子，是否也能引領觀眾遙想元帥領導革命的這一年？青春年少的學生在廣場上邁步移動換位，同時揮舞著單字布旗變換組合出不同的句子，廣場上的觀眾大聲喝采，而和夫人一起坐在陽台觀賞學生表演的總統會看得熱淚盈眶。

不過有兩百多人（一百五十名希臘人和六十名穆斯林）很遺憾地無法共襄盛舉，他們不願全心接受民族主義和共和主義精神，執意效忠希臘或鄂圖曼帝國，已被送往昂定附近的一座教育營。還有一些人比較不想前往教育營，偏好投入造橋鋪路的工作。馬札爾總統對富裕居民（大多數是希臘人）課徵重稅，有些富裕居民在明格里亞革命後逃往雅典或士麥那，從此滯留國外，而其他待在島上的富裕居民則公然違反政府法令，將錢匯入雅典或士麥那的帳戶，結果遭當局強迫投入鋪路等勞役——直到希臘和歐洲報紙刊出數篇「明格里亞驚傳強迫勞動」的報導，明格里亞政府才廢止相關政令。

在這幾年間，彷彿出現人世中某種無獨有偶的奇妙巧合，福爾摩斯探案故事作者柯南．道爾再婚後前往埃及、希臘諸島和伊斯坦堡度蜜月，剛好就是本書中多個事件發生的地點。柯南．道爾造訪伊斯坦堡時，獲蘇丹阿卜杜勒哈米德頒贈一枚邁吉德勳章，而其妻則獲頒等級較低的勳章。英國籍的鄂圖曼海軍上將亨利．伍茲（也稱為伍茲帕夏）曾有一段時間擔任蘇丹的副官，他後來在回憶錄中提到曾參加授勳儀式，描述蘇丹終於見到他心儀已久的傑出作家，但此段敘述有不實之處。蘇丹發現柯南．道爾對耶爾德茲宮很感興趣，而且相當堅持要進宮之後，開始擔心宮殿可能成為福爾摩斯系列下一本小說的場景，雖然他還是想要頒授勳章給來訪的作家夫妻，但在最後關頭，決定以齋戒月為藉口取消授勳儀式。

帕琦瑟公主在明格里亞疫情期間，每週往往會寫三、四封長信，但在一九〇七年，她只從香港寄出兩封信給姊姊哈緹絲，而隔年，即一九〇八年，她誕下長子蘇萊曼，這一年她只寫了一封信。公主雇用了一名居家女僕，還有一名會講英語的男僕替她跑腿，但為了照顧兩個體弱多病的孩子，她幾乎與世隔絕。在其中一封信，她提到努里醫師有時會前往偏遠區域訪查，但香港的疫情逐漸趨緩，死亡人數相較於三、四年前已經大幅減少。

這兩年寄出的三封信中都述及同一個話題，帕琦瑟公主開始向香港的英語圖書館借閱書籍，決心要讀完她請姊姊提供的「阿卜杜勒哈米德最愛小說」書單上所有偵探懸疑故事和小說（從福爾摩斯探案系列開始）。公主曾坦白告訴丈夫自己這麼做的目的（她想要推敲下毒害死伊利亞醫師的凶手是怎麼樣騙過藥房和草藥鋪），但在一九〇八年寫下的信中卻未同樣坦白地告訴哈緹絲。公主寫信時有所保留，很可能是因為哈緹絲與她們的叔父阿卜杜勒哈米德愈來愈親近，蘇丹在哈緹絲與女婿私通後不僅並未治罪，還讓姪女能繼續獲邀出席宮廷各種宴會活動，彷彿向社會大眾暗示他認為自己的姪女清白無罪。在她們的父親逝世後，帕琦瑟公主或許曾想過要利用哈緹絲與蘇丹之間的親情，但她從不曾在信中拜託姊姊代為求情，洗刷他們夫妻的叛國罪嫌疑。或許她認為姊姊哈緹絲即使受寵，也不到能向叔父提出這種要求的程度；另一個可能性是她覺得仍然無法信任叔父，即使叔父真的「饒恕」她，接受叔父的寬恕和赦免也可能讓她覺得背叛了過世的父親。

之後帕琦瑟公主在香港從英文報紙上陸續讀到：蘇丹阿卜杜勒哈米德恢復先前遭廢止的帝國憲法，重新召開國會，接著帝國內發生「三三一事件」，由塞薩洛尼基的部隊組成的「行動軍」進入伊斯坦堡罷黜阿卜杜勒哈米德，擁立阿卜杜勒哈米德的弟弟雷夏德為蘇丹。帕琦瑟帕公主和努里醫師毫不費力就能想像，自伊斯坦堡的清真寺湧出無數有組織的憤怒暴民，在街頭殺害愛好自由、支持改革和西化的作家；駐繫於皇家細菌學院附近馬奇卡軍營和塔克辛廣場附近軍營的士兵，與來自塞薩洛尼基的「行動軍」各擁火炮和機關槍對陣駁火；永遠熱鬧繁忙的艾米諾努廣場豎起現代化的三腳絞刑架，三具穿著白色死刑服的屍首將吊掛三日隨風擺盪，叛亂陣營「伊斯蘭教法狂熱分子」三名帶頭者的下場可作為伊斯坦堡全民的前車之鑑；「自由、平等、博愛」——再加上「正義」——的呼喊聲在空氣中迴盪。

得知鄂圖曼帝國各方面變得自由開放，阿卜杜勒哈米德遭到罷黜，加上獄中的政治犯獲得赦免，「回到伊斯坦堡」的想法似乎再次變得合理可行。要是他們回到伊斯坦堡，會因為先前在明格里亞發生的事惹上麻煩嗎？在這段期間，鄂圖曼帝國分崩離析且債台高築，政府內部運作極不穩定，努里醫師曾寫信和發電報給一位友人，向對方提出前述疑問，也想探聽帝國政府內部可能處在什麼情況。但該名友人從司法部的朋友那裡打聽到，對公主和駙馬來說，或許最適合的作法就是回國時「對任何人三緘其口」，因為類似這種小心翼翼打探消息的行為，可能會讓政府文員和部門長官見獵心喜，覺得有機會索取巨額賄賂，或解讀為不夠聰明的犯罪者誤判情勢之下驚動當局、自投羅網。

想到要毫無準備而且相當突然地回到伊斯坦堡，帕琪瑟公主和努里醫師都忐忑不安。當然，公主在伊斯坦堡擁有房產（包括一棟位在博斯普魯斯海峽岸邊的府邸），而努里醫師則可向帝國政府領取駙馬俸祿和工作薪水，也有其他收入來源，但他們的敵人也可能一口咬定兩人犯下「叛國罪」。只要他們回到伊斯坦堡，隨時可以對名下資產主張擁有權利。但由於努里醫師專業能力出眾，獲當地數家醫院聘為防疫顧問，可支領醫院和英屬香港殖民政府發放的薪酬，目前在香港的收入相當優渥。此外，搭船返回伊斯坦堡的旅程可能長達數週（期間可能還需要隔離檢疫），想到全程還要帶著三歲女兒和愛鬧脾氣的一歲兒子，兩人覺得實在力不從心。

帕琪瑟公主並未在任何一封信中對當時心境著墨太多，但我的直覺告訴我：公主深愛丈夫和兩個吵吵鬧鬧的孩子，深愛總是飄著食物香氣、熱騰蒸氣和臭尿布味的居家生活。假如她在伊斯坦堡，她可能跟周圍所有人一樣，過著表面上光鮮亮麗、實際上了無活力的日子，成了角落裡一朵凋萎的玫瑰。公主從許久以前就明白，丈夫和其他王子或駙馬不同，不會想要後半輩子都耗在一場接一場慈善機構或公衛組織舉辦的募款餐會活動。事實上，兩人都很滿意目前在香港受英國政府庇護下的「中產階級生活」，有僕人照料生活起居，也不太需要和外人打交道，即使伊斯坦堡已經「解放」，阿卜杜勒哈米德不再是蘇丹，他們還是覺得返回伊斯坦堡仍有風險。

從一九〇九到一九一三年的五年間，公主總共寄出十一封短信給姊姊，信中內容大同小異，不外乎他們全家在香港一切安好，丈夫很認真工作，而她自己則忙於操持家務和讀小說。從公主在信中向姊姊問起的事情，可以推測她對當時伊斯坦堡和亞卡茲發生的事一無所悉。

因此我們將參考其他文獻資料，概略了解伊斯坦堡和亞卡茲在這五年間發生的一些事件。

鄂圖曼帝國的最末十年是一段以令人目眩心驚的速度崩潰瓦解的歷程，帝國接連失去「阿濟茲號」中央艙房裡那幅帝國地圖上所標出的領土、附庸國和島嶼。

在阿卜杜勒哈米德遭到罷黜之後，伊斯坦堡人人掛在嘴上的字眼是「自由」。等到當局開放賦予各種「自由」之後，哈緹絲公主做的第一件事，是付出高額「補償金」與叔父為她選中的夫婿離婚（這位駙馬應小姨子帕琦瑟公主的要求，幫忙列出所有阿卜杜勒哈米德讀過的謀殺懸疑小說書單）。五十年後，保守派作家納希·瑟勒·鄂里克在所執筆的雜誌《歷史天地》系列專欄中，對穆拉德五世的兒子和女兒們（不包括帕琦瑟公主）做出評論，他根據當時宮中流傳的謠言和向其父打聽到的消息，在文中暗示穆拉德五世的兒女終於等到盼望許久的「自由」，人生卻並未從此順遂如意。

納希·瑟勒·鄂里克在文中述及，穆拉德五世膝下子女中最年長的穆罕默德·賽拉赫廷王子禁錮於同一座宮殿二十八年，終於重獲自由後，在伊斯坦堡的街道、碼頭、橋梁遊走甚至搭渡船遊逛多日，向遇到的每個人自我介紹——其中包括當時仍是十三歲少年的鄂里克本人。王子最關心的就是要如何編導製作一齣舞台劇，為已故父親承受的不公不義發聲。鄂里克對於一些惡毒謠言深信不疑，他的說法是王子聰明有才華但瘋瘋癲癲，想請求蘇丹雷夏德將「積欠未撥付」給已故穆拉德五世的款項發給他，並打算連同妹妹們應得的份也獨吞，但就連王子蠢笨的叔父雷夏德都不把他當一回事。

此時的書籍出版和報刊雜誌產業蓬勃發展、題材多元，充分彰顯這段時期的「自由」風氣。伊斯坦堡人民也因此發現，他們買來閱讀的法國小說土文譯本，竟然有一些是在過去大家仍活在「專制」統治下的年代，就由阿卜杜勒哈米德下令翻譯而成。大約在此時期，開始出現特別標注「阿卜杜勒哈米德指定翻譯」的書籍，而在土耳其共和國成立之後，出版商更廣為採用這種作法。

為何「即使在自由開放的年代」，仍要出版這些「刪節本」，對於此一與本書也有重要關係的問題，我們認為有三種可能的解釋：（一）偷懶取巧；（二）之前許多老譯者已有一段時間不再從事翻譯，原始譯稿佚失；（三）先前阿卜杜勒哈米德看了會大為不悅的字詞段落，例如對伊斯蘭教和鄂圖曼土耳其人的批評，對於從專制集權步入「自由開放」以後的主政者來說依舊顯得礙眼。我們也要特別指出，在國家默許並支持下當街槍殺記者和作家這個延續超過百年的傳統，正是起源於這個「自由」新政權上台的時代。

義大利為了奪取利比亞地區，與英法兩國達成協議後於一九一一年向鄂圖曼帝國宣戰，更加速帝國的崩潰（不過鄂圖曼帝國的新政府跟阿卜杜勒哈米德一樣求和避戰，很樂意在利比亞地區撤下鄂圖曼國旗，拱手讓給義大利！）。而出於戰略考量，義大利海軍挾著比鄂圖曼艦隊強大七倍甚至八倍的武力，侵略羅德島在內二十餘座鄂圖曼所轄大小島嶼。由於鄂圖曼帝國在各地採取不同的治理方式，佐澤卡尼索斯群島（在鄂圖曼帝國也稱為「十二群島」）諸島中，以羅德島的鄂圖曼駐軍對入侵者的抵抗最為激烈。而在明格里亞，精明的馬札爾總統交涉後簽訂了新的條約確保明格里亞的獨立地位，完全避開軍事衝突。

義大利占領的各個島嶼上，以魯米利亞希臘人為主要族群，他們並不反對改朝換代，因為統治者從分崩離析的鄂圖曼帝國換成義大利似乎比較有利，畢竟鄂圖曼帝國一直無法在各個島上建立法紀秩序，即使在實行「坦志麥特」改革多年之後，當局仍然會假借各種名義向基督徒課徵更高的稅金（例如非穆斯林不想服兵役的話就必須多繳稅）。至於卡斯特洛里佐島這座蕞爾小島則因位處東方的偏遠海域，並未遭到義大利侵略，但占全島人口百分之九十八的希臘人發起請願，表示願意歸順義大利，歡迎義大利海軍進駐。

這場戰爭是歷史上首次以空襲為主要手段的戰役，由義大利王國迅速取得勝利。雙方簽訂《烏希條約》，鄂圖曼帝國勢力退出利比亞地區，將該區控制權讓給義大利。至於遭義大利占領的地中海諸島，義大利則同意在巴爾幹戰爭結束後交還給鄂圖曼帝國。當時希臘在內的巴爾幹半島諸國眼看鄂圖曼帝國逐漸崩潰瓦解且軍隊屢吃敗仗，於是談妥事成後如何劃分領土，隨後向鄂圖曼帝國宣戰。換言之，希臘和鄂圖曼帝國再次開戰。鄂圖曼帝國於義土戰爭（土耳其語歷史教科書中稱為「的黎波里戰爭」）再次吞敗，政府官員確信他們在巴爾幹戰爭中也無法獲勝，原本屬於鄂圖曼的諸島可能會全數歸順希臘，既然義大利承諾之後會交還地中海諸島，還不如暫時讓義大利來控制諸島。於是鄂圖曼帝國自利比亞地區撤軍，並暗示義大利不用撤走入侵佐澤卡尼索斯群島的軍隊。

大約同時，馬札爾總統於一九一二年九月與義大利簽訂一項「祕密」協定，史稱「甘尼亞協議」。馬札爾總統執政三十一年間，不僅打造了一支強大的軍隊，也利用關押入獄、送往勞改營等手段，強迫島上所有自由派人士、親鄂圖曼土耳其和親希臘陣營以及其他異議分子噤聲。他每兩年舉行一次閱兵大典，站在部會總處（原總督官邸暨總督府）的陽台，向軍隊中每一名官兵致意，即使時程極長也不辭辛勞。從樂透彩券、鈔票、鞋盒、酒精飲料商標、無花果乾紙盒到公車站牌，全島沒有一個角落看不到凱米爾元帥伉儷的照片、畫像和塑像。

馬札爾總統登上明格里亞海軍唯一一艘戰艦，前往克里特島與義方簽訂英國居中促成的條約，他向在場眾人宣告，明格里亞在宣布獨立十一年後終於獲得全世界承認……他的副官哈狄則花了許多時間和力氣，努力說服所有人，尤其是在家講明格里亞語的「純正」明格里亞人，接受條約內容。

一九一二年十月，義大利正式承認明格里亞為獨立國家。實質上是半獨立性質，因為如今在原總督府建築上方，義大利國旗與明格里亞國旗並列飄揚。馬札爾總統的新任務，是讓島上反對掛上義大利國旗的明格里亞民族主義者閉嘴，不過這群人還不成氣候。只要知道鄂圖曼帝國不會派戰艦過來炮轟全島，大多數民眾就放心了。

鄂圖曼帝國於巴爾幹戰爭慘敗後，「聯合進步委員會」團體發動政變，推翻當時的內閣政府。這起俗稱「突襲高門」的事件牽涉許多層面，許多地方都讓人聯想到明格里亞的歷史以及所謂的防疫政府時期。軍人及其黨羽於白天直闖政府會議，不僅當場射殺其中一名部長，更強迫解散內閣。帶頭發起政變的「自由英雄」恩瓦爾貝伊很快晉升為帕夏，並娶阿卜杜勒邁吉德的孫女娜潔公主為妻。

在發起政變推翻阿卜杜勒哈米德的陣營授意下，行動軍指揮官馬哈茂德．塞夫凱特帕夏成為新首相，但五個月後，他在所乘敞篷車於伊斯坦堡的底萬尤魯街車陣中停下時遭人開槍射殺。現今在伊斯坦堡哈比耶區的軍事博物館內，仍陳列著那輛遍布彈孔的無裝甲座車及殺手使用的槍枝，所有殺手後來全都落網並遭處以絞刑。愛好歷史的小說家奧罕．帕慕克曾告訴我，他在一九八〇年代住在尼尚塔石區某棟屋宅，走路到博物館只要五分鐘，那時他對館藏無比著迷，每週都要去參觀一回。

一九一三年秋季，英屬香港政府一名高官與努里醫師約在東華醫院見面相談。見到這名金髮碧眼的殖民政府官員，努里醫師原本以為對方要討論香港的汙水管線和防疫方面的問題，不料對方卻聊起先前在當地報紙上讀到巴爾幹戰爭的消息，談論起戰爭引發的後續影響。

鄂圖曼帝國在過去四百年稱霸巴爾幹半島，如今卻連半島上最後一點領土都保不住。阿爾巴尼亞人也發起了民族主義革命運動。阿爾巴尼亞獨立運動的主軸並非對抗阿卜杜勒哈米德和鄂圖曼帝國，而是必須反抗在鄂圖曼勢力撤出後想要來接管的西方強權，最後列強同意阿爾巴尼亞人「獨立」建國（各國無疑都認同，鄂圖曼帝國氣數已盡，但接下來的問題是帝國瓦解後的領土要如何由其他大國和小國瓜分）。最後的決議是阿爾巴尼亞將由六國代表組成委員會共同治理，而國家元首則由列強選定的一位親王出任。

「各國都想派自己家的親王出任阿爾巴尼亞大公。」英國官員說，語氣中帶著一絲惱怒。有些阿爾巴尼亞人甚至覺得最好能獲得英國庇護，希望維多利亞女王的兒子康諾特公爵暨加拿大總督亞瑟王子能來擔任元首。德國屬意霍亨索倫家族的人，其他檯面上的人選還包括一名羅馬尼亞親王，以及來自鄂圖曼帝國於埃及領地、以假造文件謊稱自己為阿爾巴尼亞裔的一名帕夏。

努里醫師在談話間慢慢感覺出對話正往某個方向發展，但他力持鎮定，詢問對方為何和自己聊這麼多政局發展。

官員向他透露了一些消息。鄂圖曼帝國外交部長加百列．諾拉頓昂告訴英國，阿爾巴尼亞八成人口為穆斯林，很可能會由鄂圖曼帝國的王子出任該國元首。主政的聯合進步委員會曾詢問某些繼承順位較高的王子意願，但他們都希望日後能成為鄂圖曼蘇丹，因此拒絕出任阿爾巴尼亞元首。就連那些好逸惡勞、蠢笨無知、根本沒機會繼承蘇丹之位的王子（包括本書一開始曾提到的那位阿卜杜勒哈米德最寵愛的作曲家兒子布哈尼廷阿凡提），都對成為阿爾巴尼亞大公的機會不屑一顧，也很可能是因為看到其他王子全都拒絕。接下來還能考慮的人選，就是來自阿爾巴尼亞、地位顯赫的鄂圖曼帕夏。該名官員停頓了一會兒，接著澄清英國在阿爾巴尼亞沒有什麼既得利益，但剛剛獨立的阿爾巴尼亞是很美好的國家，如果一定要選一位身分顯赫的穆斯林出任元首，那麼比起看到某些平庸的王子王孫成為元首，英國政府可能更樂見帕琦瑟公主和努里醫師獲得推舉。此項提議若蒙首肯，或許也能連帶解決阿爾巴尼亞公國的傳染病問題。

努里醫師以同樣誠摯的語氣，重申十二年前他對英國領事喬治貝伊說過的話：蘇丹的女兒，亦即鄂圖曼王室的女性後代，絕不可能在任何穆斯林國家行使政治權威。

英國官員則回應，帕琦瑟公主成為明格里亞女王之後是很成功的領袖，英國外交部相信她一定能贏得阿爾巴尼亞人民的愛戴。

「我們當時在明格里亞會那麼做，是有很特別的理由⋯⋯」駙馬努里醫師說：「我們只是希望落實防疫措施對抗瘟疫。」

該名英國高官解釋說他前來會晤並非正式邀請，必須等努里醫師和帕琦瑟公主表示有意前往阿爾巴尼亞，英國官方才會正式提案。

我們手中的書信集所收錄帕琦瑟公主寫給姊姊的最後一封信中曾論及此事，以下我們將花點時間探究當事者的心境和語氣。從信中可以清楚得知，帕琦瑟公主很認真看待英國政府的提議，並在晚餐時與丈夫和兩個孩子花很長的時間討論，僅偶爾拿此事戲謔打趣。她想知道哈緹絲有什麼想法。我們認為帕琦瑟公主說出此事並不是為了炫耀，而是企圖打探如果類似的事情成真，「伊斯坦堡方面會有什麼看法」。在最後一封信中，帕琦瑟公主也提到自己不會講阿爾巴尼亞語，她仍記得上次在明格里亞的經驗，不希望重蹈覆轍。即使如此，她還是揣想著可能會是什麼樣的情景，某天甚至前往圖書館查閱甫從紐約運抵的一九一一年版《大英百科全書》，讀了兩筆短短的相關條目，從第一筆得知阿爾巴尼亞不是海島，而是群山遍布的地區，古希臘地理及歷史學者斯特拉博形容阿爾巴尼亞高大勇悍、民風淳樸，又在第二筆條目讀到阿爾巴尼亞民族是「土耳其帝國」的一部分。帕琦瑟公主的女兒梅莉可當時七歲，梅莉可日後憶及母親邊忙著做家事，邊抱怨女僕懶惰，還不忘開玩笑說女兒以後就是阿爾巴尼亞公主。無論如何，他們還來不及做出決定，就在報紙上讀到消息，一位德國親王（維德的威廉）獲指定出任阿爾巴尼亞的元首（他在六個月後一場穆斯林發起的政變中遭到推翻）。帕琦瑟公主一家人的聯翩幻想不久就宣告破滅。

我們無法確知為何帕琦瑟公主此後不再寫信給姊姊哈緹絲。無論原因為何，她肯定不再信任哈緹絲，哈緹絲當時已經再婚，與第二任丈夫住在原本那棟濱海府邸，接連生了兩個孩子。帕琦瑟公主那時已不常寄信給哈緹絲公主，也可能是寄出的信件在遞送途中就遺失了。

一年後即爆發第一次世界大戰（在伊斯坦堡稱為「全面戰爭」），公主和駙馬發現他們一家四口住在敵國的土地上。當時他們在香港已經居住十年，想必已經取得英國護照。殖民政府做了所有必要安排，盡可能確保來自鄂圖曼帝國的貴客生活安全舒適。

戰爭期間，帕琦瑟公主、努里醫師和兩個孩子一直住在香港，與伊斯坦堡的鄂圖曼宮廷斷絕來往。無論他們成了英國的俘虜，抑或成了自己內心恐懼和罪咎的囚徒，我們不得而知，但在《穆茲羅斯停戰協定》簽訂，外國軍隊占領伊斯坦堡之後，公主和駙馬無論如何都不希望被自己國人認為與英國勾結（帕琦瑟公主的二姊費希玟公主在伊斯坦堡遭占領之後，於面對博斯普魯斯海峽的府邸設宴招待英國軍官，就被伊斯坦堡人民視為通敵叛國）。但他們心中始終惦記著要領回積存的薪水津貼，以及取回奧塔科伊區的濱海宅邸——也就是回到伊斯坦堡。

一九一八年十一月，一戰戰勝國英、法、義和希臘軍隊浩浩蕩蕩進入伊斯坦堡，艦隊就在博斯普魯斯海峽的王宮門口下錨停泊。國祚綿延六百年之久的鄂圖曼帝國接二連三喪失領土和島嶼，如今連首都伊斯坦堡也遭占領，帝國終於到了覆滅之日。英國皇家海軍無畏級戰艦「百夫長號」就停泊在帕琦瑟公主從小到大生活的徹拉安宮對面。讀土文高中課本時，我看到伊斯坦堡穆斯林市民在那段難熬日子拍下的所有照片中，天空總是烏雲密布，我經常揣想究竟是不是巧合。西方強權的戰艦就停泊在末代蘇丹穆罕默德六世宮殿窗外，他如今遭幽禁於深宮之中，如同其兄長穆拉德五世。穆斯塔法．凱末爾（後稱「阿塔圖克」或「土耳其國父」）率兵擊退進占安納托利亞西部的希臘軍隊時，末代蘇丹逃離王宮，登上一艘英國戰艦離開伊斯坦堡。

一九二三年十月，土耳其共和國成立，以安卡拉為首都，數個月後哈里發制度遭廢除，鄂圖曼蘇丹家族則於一九二四年三月被驅逐出境。三天之內，帕琦瑟公主曾熟悉的那個王室小圈子成員、鄂圖曼帝國皇親貴胄共一百五十六人於伊斯坦堡的生活戛然而止，被迫搭上火車流亡至歐洲某個不知名地點。這一百五十六名王室成員接到通知，他們必須立刻變賣在土耳其的所有房產土地，此後終生不得入境或過境土耳其。帕琦瑟公主和努里駙馬也在一百五十六人的名單之內，他們發現自己喪失土耳其公民身分，而且再也沒有機會回到伊斯坦堡。如今土耳其禁止他們入境，他們無從得知鄂圖曼王室成員是不是從此都無法回到故鄉。

哈緹絲公主已在大戰最後一年與第二任丈夫離異，但她並未和其他鄂圖曼王室成員一起前往法國，而是帶著兩個孩子移居貝魯特，行李中還有妹妹歷年寄來的信件。其後多年，她靠著第二任丈夫給的贍養費度日。但哈緹絲的前夫走私文物觸法後不再支付贍養費，她只能和兩個孩子在貝魯特過著一貧如洗的生活，但不知出於何種緣故，她始終不曾再與帕琦瑟公主聯絡。

數年後，帕琦瑟公主一家決定從香港移居法國，我們認為原因有二。第一個原因是他們同情流亡海外的一百五十六名鄂圖曼王室成員，以及其他自願追隨他們流亡異國的五、六百名旁系成員，認為自己也屬於他們的一分子。第二個原因是他們希望能接觸流亡的鄂圖曼王室子孫，從中為女兒梅莉可（我的外婆）找到適合的婚配對象。

帕琦瑟公主的書信中並未談及相關事務，關於他們一家於一九二六年夏天離開香港搬到法國之後的生活，在此僅略微一提（畢竟與明格里亞的歷史無關）。駙馬努里醫師，也就是我的外曾祖父，先是獲得馬賽一家醫院聘雇，後來自己開了一家診所。其他鄂圖曼王室成員大都定居尼斯一帶，他們得以和其他人保持安全距離，也遠離任何流言蜚語。土耳其在尼斯設有領事館，選在尼斯的唯一目的就是方便監視流亡的鄂圖曼王子公主，確認是否有人投入政治活動，而帕琦瑟公主一家人因住在馬賽而得以避開土耳其的眼線。梅莉可後來結婚的對象，是阿卜杜勒哈米德這個支系中一名繼承順位極低的王子。

我的母親於一九二八年誕生，是梅莉可這段平凡無趣婚姻中唯一的孩子。為了逃離大吵小吵不斷、酒氣薰天的原生家庭，身為蘇丹的外曾孫女，我的母親做了大多數鄂圖曼公主常做的事，於二戰結束後聽從父母安排嫁入倫敦一個富裕的穆斯林家庭。我的爺爺是來自伊拉克的阿拉伯富商，奶奶則是蘇格蘭人，我父親那時想要打入倫敦的「上流」社會，覺得娶一位鄂圖曼王族女兒為妻在社交圈會很有面子。我的母親依父母之命結婚後收到大量珠寶等結婚禮物，但她在六個月後就離開倫敦，回到馬賽的雙親身邊。過了一陣子之後，我的父親追到馬賽，說服母親跟他一起回倫敦。

在那段夫妻之間衝突不斷的日子，我的母親開始「著迷」於明格里亞，或她之後會形容為「由衷熱愛」。她從小就聽她的外婆帕琦瑟公主將明格里亞描述得有如童話仙境，還以半是惆悵、半是戲謔的語氣講到自己當女王的那段日子，但她的母親梅莉可，也就是我的外婆，從不覺得明格里亞有什麼吸引力。在我的外婆梅莉可眼中，長輩中最赫赫有名的絕不是她的母親帕琦瑟公主，而是她的外公：繼承鄂圖曼王朝六百年正統的蘇丹穆拉德五世。土耳其政府在一九五二年准許身世背景與梅莉可類似的婦女入境，外婆以前常說，要是能離開她的丈夫，她就可以回到伊斯坦堡。

我母親一方面渴望遠離尼斯的流亡鄂圖曼王室成員，一方面又想逃離丈夫在倫敦的「中東」社交圈，只想過與世隔絕的小家庭生活，種種因素都助長了她的「明格里亞狂熱」。此外，明格里亞的獨立國家地位於一九四七年獲得聯合國正式承認，各家報紙的社交時尚版和兒童版副刊都以不小的篇幅介紹這個全世界其中一個最小國家。這些報導饒富興味，或許也有助啟蒙我的明格里亞「民族主義」。

鄂圖曼帝國對明格里亞的統治結束之後，原總督府建築於一九〇一至一九一二年間改成懸掛明格里亞國旗，一九一二到一九四三年間同時懸掛明格里亞和義大利國旗，一九四三到一九四五年間懸掛飄揚的是德國國旗，一九四五到一九四七年間改為懸掛英國國旗，在一九四七年之後，則掛起原始設計出自畫家歐斯根・卡勒奇彥手筆的那一面明格里亞國旗（我們這位亞美尼亞畫家與另外兩千多名住在伊斯坦堡的亞美尼亞知識分子，於一九一五年四月某個晚上被人從自家帶走——顯然是因應大維齊爾、有「自由英雄」之稱的塔拉特帕夏頒布的某項戰時緊急措施——從此一去不回、音訊全無）。

儘管明格里亞島數度改旗換幟，但民眾的日常生活並無太多變化，文化上也沒有出現任何轉變，因為從一九〇一到一九五二的半世紀間，馬札爾總統（一九〇一至一九三二年在任）、哈狄總統（一九三二至一九四三年在任）以及接下來每一任與義大利或德國合作的所謂「總統」、「代總統」和「總督」，全都奉行同樣的「明格里亞化」政策，禁止教授鄂圖曼土耳其或希臘歷史，將少數勇於發聲的土耳其和魯米利亞異議分子送入勞改營，無所不用其極地在生活各個層面推行明格里亞化。拙著《明格里亞化及其影響》更進一步探究這段時期的歷史（我為了撰寫此書耗費極大心力），而此書在明格里亞曾有二十年被列為禁書，後來出版時仍有數個段落遭到刪減。

一九四七年夏天，也就是我出生的兩年前，我的父母在馬賽重聚（他們先前已分居一陣子），母親費了一番口舌，總算說服父親一起搬去明格里亞生活一段時間（感謝母親成功爭取，我才得以在明格里亞出生）。他們在夏季結束前取道克里特島抵達亞卡茲，於輝煌殿堂飯店下榻，而根據母親口述和外曾祖母的書信，他們入住的正是元帥和哲妮璞四十六年前染疫病逝時住的那間客房。在輝煌殿堂飯店門口掛著一塊牌匾，介紹明格里亞國父宣布自由獨立的那一天就是在這間飯店住宿，任何人如想了解更多詳情，可由專人帶領前往二樓會議室，觀覽由瓦尼亞和《亞卡茲公報》無名攝影師拍攝的一系列照片，以及總統馬札爾阿凡提擔任元帥副官時使用的辦公桌。

父親在費里茨勒區（原名弗利茨沃區）為母親買下一棟可眺望大海的偌大屋宅，而在一九五〇年代，母親整天坐在家裡常覺得煩悶無聊，夏季到了下午快傍晚時，就會帶我去輝煌殿堂飯店的羅馬冰淇淋店。有時候我們會坐在冰淇淋店有椴樹遮蔭的涼爽庭園座位區。外出遊逛的行程最後，我們各自吃完冰淇淋，我用母親手上的餐巾擦了擦手以後，多半會拜託她再帶我去飯店二樓那間小小的博物館（我和小說家帕慕克還有一個共同愛好，我們都非常喜歡博物館）。

一幀幀照片裡，呈現了獨立革命當天的情景、聚集在總督府陽台上的人群，以及確保島嶼獨立地位的歷史人物，館內還展示了在亞卡茲市隨處可見其肖像的元帥用過的墨水瓶和鋼筆組，我看得目眩神迷、陶醉不已。或許在當時我的幼小心靈中，已經感受到存在於歷史與物件、國家與書寫之間那種神祕又深奧的連結。

我在明格里亞出生，即使我有很長一段時間旅居外國，明格里亞在我的腦海中永遠是那麼鮮明。認真說起來，將距離拉遠之後，我對明格里亞的記憶反而更加清晰。去完輝煌殿堂飯店的冰淇淋店，母親有時會帶我沿著凱米爾元帥大道（原哈米德大道）走回家，路上經過店鋪時會逛逛看看、買點東西。有時候我們會拐進伊斯坦堡街，在涼快的柱廊中漫步，經過倫敦玩具店、明島書店和明格里亞銀行，最後走到海邊。

我比較喜歡第二條路線，因為母親會給我十分鐘，讓我仔細看看繫泊在碼頭或在近海下錨的船隻，我會念出船名並思索名字的意思，回程時我們會雇一輛馬車。有時候我會走遠一點，到新碼頭旁邊咖啡店附近的修船滑道，想伸手碰一下海水，母親會說：「小心點，別把鞋子弄溼！」我全身上下從穿去上學的西裝外套、裙子到鞋襪等衣物，全是精緻講究的歐洲貨。從還沒有上學開始，我就懂得母親比其他孩子的母親更用心打點我的衣物行頭，我看得出來，她這麼做是因為對某種浪漫理想化的鄂圖曼王室生活滿懷憧憬。

從小到大，我都喜歡在熙來攘往的碼頭漫步，感受趕搭渡船旅客的熱鬧繁忙和過海關入境旅客的興奮心情，立於橫亙海灣旁巍峨白山投下的陰影中，我跟其他明格里亞小孩一樣聽到城堡就害怕，覺得裡面全是盜匪、殺人犯和各種恐怖的凶神惡煞。我跟大多數明格里亞人一樣，說不清城堡是什麼樣子，唯一的印象就是幽暗陰森的一團虛無，其實我只進去過一次，而且一下子就出來了。比起城堡本身，我比較喜歡海灣平靜時水面上的城堡倒影。

我的母親可能很喜歡當公主，但即使如此，在準備搭馬車回家時，她總不忘用明格里亞語問一下車夫：「到費里茨勒區多少錢？」（不過所有車夫都至少能講幾句土耳其語。）如果她覺得價格可以接受，就不會多說什麼，但要是比一般行情高出許多，她就會指著明格里亞文車資表，有些比較粗魯無禮的車夫會開口爭辯，大多數車夫很快就會同意採用車資表上的價格。

那時還沒有什麼遊客，車夫也沒有那麼「魯莽無禮」（母親會這麼說），要到三十年之後，即一九九〇年代，觀光客才蜂擁而至，將夏天的亞卡茲變得不宜人居。空氣中總是飄著一股馬糞味，在馬車招呼站附近尤其刺鼻，島上大多數人民不但一點都不討厭——但他們可能不會像我們現今這樣公開談論——不在明格里亞時甚或還會有點想念。馬車是吸引觀光客的賣點之一，但由於馬糞太難清理，加上車夫人數過多又不守規矩，政府於二〇〇八年立法禁止馬車駛上亞卡茲街頭。

我跟母親在家講土耳其語。父母親交談時是用英語，但父親很少在家，不是在倫敦就是去其他地方。我們跟女僕、園丁和警衛說話時都講明格里亞語（只會跟其中一名僕人講土語）。帕琦瑟公主最初踏上島上時對明格里亞語一竅不通，母親卻在島上多次長住期間努力自學明格里亞語有成，我在家和出門時（主要是在商店購物時）聽別人講明格里亞語學會了一點點，但母親希望我一定要學好明格里亞語，在我四歲時就買了《明格里亞字母書》和《哲妮璞的兒童讀本》，親自教我讀寫明格里亞文和記更多新單字。

我五歲開始常跟一個叫莉娜的小朋友一起玩，她跟我年紀差不多，會講流利的明格里亞語，也獲得我母親的認可（意思是她的家世良好）。但是莉娜後來開始探問我父親做什麼工作、是不是間諜、他都坐哪張書桌前的位子、抽屜有沒有上鎖等等，我母親聽了自然相當不安，我在日常對話中學習明格里亞語的計畫也就宣告中斷。我父親在伊斯坦堡街開設了一家很大的商店，販售男士服飾用品、家具和家電（他首先將英國牌冰箱進口至島上），在花費不知多久和數個政府機關洽談交涉之後，他也終於設立了一家經營玫瑰水買賣的貿易公司，但他在島上投資的事業都不太成功，還時常遭人懷疑是間諜（也許是因為他剛好是英國公民，又在英軍撤離之後來到島上）。

容我把握機會在此指出，在我母親的堅持之下，我父親的居家用品店也販售英國領事喬治·康寧漢所寫的《明格里亞歷史：從古代到現今》（一九三二年始出版），雖然只有偶爾路過的觀光客感興趣，卻是一部傾盡熱情和心力完成的著作。此本明格里亞歷史專書——我會決定成為歷史學家也多少受其影響——出版六十年來，遭到明格里亞政府和官方歷史學者厚顏無恥地剽竊抄襲，大都未注明資料出處。明格里亞政府處心積慮盜用此書內容，無非是為了利用書中介紹的服裝、料理、地景和歷史塑造國家認同，而這麼一本論述公允、資料豐富、文筆優美的專書經歷六十年的粗暴挪用，卻因此被後來十五年的新一代讀者給予極低的評價，他們援引愛德華·薩依德的概念，認為此書帶有具負面意涵的所謂「東方主義」強烈色彩，而對明格里亞文化貢獻良多的作者喬治．康寧漢，也遭他們指控是為英國帝國主義服務，在刻意建構的異國情調中隱含種種偏見。喬治先生家蒐羅了大量明格里亞岩石、化石、貝殼、出土文物、古代人像、壺罐、油彩風景畫、水彩畫、地圖和書籍，他在出書之後戰火不斷的混亂時期，將這些文物全數運上一艘英國戰艦偷偷送回英國；若是他沒有這麼做，這麼大一批明格里亞古物、風景畫和其他文物現今就不會由大英博物館妥善保存，而是跟島上其他許多文物和歷史悠久的建築一樣，在動盪年代中毀於一旦，從此不復存在。領事喬治先生與其明格里亞妻子同住的漂亮宅邸，現今已改建為跨國連鎖炸雞專賣店分店，而宅邸內那座專門栽種明格里亞國花的小花園則改建為停車場。

我在一九五六年開始上小學，在此之前我會的明格里亞語，大都是在我們家那條路再過去一點的弗利茨沃海灘（此地未曾改名）跟其他小朋友一起玩時學來的。明格里亞的海灘季節與瘟疫盛行季節同樣是四月下旬到十月下旬，我母親在這幾個月最大的樂趣，就是穿著她時髦但絕對端莊合宜的一件式黑色泳裝去海灘，像電影明星或富裕的歐洲女士一樣披著浴巾，在沙灘上的陽傘下一躺好幾個小時，翻閱我父親從倫敦寄來的舊電影雜誌（我們會一起去郵局領包裹）。她會帶著一個優雅的草編包，裡頭有她偶爾拿出來塗搽的妮維雅防曬乳、一副她從來不戴的太陽眼鏡，和一頂粉紅色繫帶軟帽，等她在沙灘待了好幾個小時，終於決定要下水的時候，她會仔仔細細將每一綹頭髮都用軟帽包住，以免破壞了美髮師弗特羅斯為她設計的髮型。

搭乘馬車從碼頭回家時，母親會將提包放在車廂的對面座位上，我會坐到她旁邊，等她將手按在我的肩頭，要我提醒她別忘了帶走提包。馬車駛上伊斯坦堡街，母親會拿一片在佐菲里烘焙坊買的餅乾掰成兩半跟我分著吃，我們邊嚼餅乾，邊看著人行道上推擠爭道的行人、書報攤、茶館和在旅行社前方徘徊的人群。我如此熱愛明格里亞的原因之一，就是兩名穆斯林女性在這裡可以自己搭馬車，自己快樂地吃餅乾，不用擔心會不會引人非議。

馬車抵達丘坡頂端後向右轉入棗椰樹和松樹夾道而立的凱米爾元帥大道，接著一路行經多處政府機關和大道盡頭的總理府，在快要經過明格里亞地政機關和司法部時，我們會特別扭頭不去看，因為父母親剛來明格里亞時，曾有很長一段時間在這兩處政府機關頻頻碰壁。我想此處有需要指出一點：我母親是真的打從心底熱愛明格里亞，但也牽涉到與房產和財務相關的務實考量。

我的父母親持有數份文件，其中部分附有地圖和所有權範圍圖，這些文件證明我的外曾祖父母努里醫師和帕琦瑟公主名下持有數片土地，而這數塊大片土地分別是努里醫師擔任檢疫局長及總理任內，以及帕琦瑟公主擔任女王三個半月中所獲得的。其中數份地契經元帥本人簽字，是他在推動獨立建國之後頒賜的「獎賞」（類似蘇丹即位之後論功行賞），另外數份則為蓋有國璽和帕琦瑟女王本人簽字生效的正式證明文件，是由當時的官員精算過她身為女王應享用的君主俸祿及國家禮遇金後所擬定。由於這些文件皆有明格里亞國父簽名，且蓋有其中一顆最早的正式國璽，明格里亞政府從基層人員、各層級主管、法官和部會首長在處理相關文件時必恭必敬，從未質疑其真確性和效力。

但是我母親（還有多位抱著樂見其成心態授權她處理的家族長輩、晚輩和遠房親戚）如果想要真正擁有這些土地，享有自由出售或居住其上的權利，就必須先將相關歷史文件交由一位法官評估其重要性，再將該法官做出的判決送交管轄系爭土地的當地地政機關處理和回覆（地方主管機關通常會發現，系爭土地同時又登記在其他人名下），主管機關的回覆會再經過審理，而新地主和先前的地主都會發現有其他人主張「那塊土地其實是我的！」，於是自認是地主者都會向距離明格里亞城市最近的法院提出訴訟，以解決土地所有權的爭議。

當地民眾四十年前辛苦對抗四面八方的盜匪幫派，終於搶到安身立命的住所，他們在國家出於政治考量推行不動產相關計畫期間向政府取得土地所有權，也在該區建造房屋為周邊社區帶來活力和商機，如今他們完全無法接受有人聲稱土地不是他們的，而應屬於立國之初獲得元帥獎賞的一群人（這群人甚至不會講明格里亞語），因此他們打官司時力爭到底，當事雙方纏訟多年，始終沒有結果。另一方面，這些歷史文件——也稱為「土地所有權移轉契約書」或「土地授予特許狀」——的持有者如果想提出類似訴訟，必須先證明自己是原始文件上獲授予土地者的合法繼承人，而這道證明繼承權的手續，人在外國的持有者無法向所處國家的法院申辦，只能向該國的明格里亞大使館申辦（流程無疑繁瑣冗長、曠日廢時）或親自到明格里亞的法院辦理。我的舅公蘇萊曼阿凡提花了很多時間研究相關事宜，為了雇用律師在伊斯坦堡打官司更是「一擲千金」，有一天在尼斯，他告訴我的外婆：「土耳其共和國禁止鄂圖曼王室成員回到土耳其，就更容易神不知鬼不覺將他們的財產充公。但在明格里亞，除了我們的母親帕琦瑟公主以外，其他鄂圖曼人都已經被驅逐了。所以他們忘記還有一個人也應該禁止入境，那個人就是你。我建議你好好利用這一點！」外婆後來將舅公的看法告訴了我的母親。

明格里亞獨立建國五十年後，每次我的父母親來到島上，他們就會討論甚至爭執應該如何「利用」這個明格里亞政府的失誤。夫妻之間的爭執最後總會鬧到翻臉失和，當時我還太年輕，不懂父母親爭執之事的涵義，只覺得令人煩躁沮喪，我一直到三十歲才注意到「這些土地財產」。直到現在，我有時仍會覺得，要是我三十歲以後也不曾對家族財產感興趣就好了——因為那些不了解我是真心熱愛明格里亞和島上歷史文化的人，很快就開始宣稱我之所以多次前往亞卡茲，真正的原因就是要取回那些土地的所有權。

雖然我堅持不在本書中提及涉及私人的爭議，但在此我必須講述人生中承受過最沉重的打擊。從一九八四到二〇〇五年這二十一年間，我遭到明格里亞當局禁止入境，倫敦的明格里亞大使館拒絕換發我自出生就有權「自動取得」的明格里亞護照。因為我父母親分別具備英國和法國公民身分，我還可以持英國護照或法國護照申辦簽證，但無論駐倫敦或駐巴黎的明格里亞大使館都拒絕核發簽證。我沒辦法親眼見到明格里亞島，呼吸島上的空氣，沒辦法跟我的丈夫和孩子一起在海灘上共度夏日時光，或漫步穿行於亞卡茲的偏僻巷道，當然也沒辦法前往亞卡茲的國家檔案館查考研究所需的文獻資料，再再成了我二十一年來的錐心之痛。有一些熟悉內情且在明格里亞情治單位有人脈的友人認為，我是因為出版了那本書，還連署一份抗議一九八〇年代掌權之軍政府的公開聲明，批評當局將知識分子、左派思想者和教團信眾關押於城堡監獄的政策，以及發表數篇關於明格里亞城堡監獄悠久歷史的文章（被視為貶抑明格里亞人民），才遭到明格里亞當局懲罰。但是深諳所謂「深層政府」微妙錯綜勢力的人就知道，事情絕不只是祕密警察跟監那麼簡單，他們很坦白地告訴我，明格里亞政府將我驅逐出境真正的原因與我外曾祖母留下的遺產有關——換句話說，一切都與金錢和土地有關。

我認識許多研究鄂圖曼帝國歷史的外國學者，他們多年來孜孜矻矻爬梳考證鄂圖曼帝國文獻檔案，研究帝國境內亞美尼亞人、希臘人和庫德族所經歷的大屠殺，以及其他不怎麼令人愉快的主題，或是找出資料證據，證明過去某些民族主義運動的實際發展與先前一般對事件的描述不符，他們原本皆持有可前往伊斯坦堡各個檔案館工作的許可，但發給他們的許可卻毫無預警遭到廢止且原因不明。雖然已經看過許多正直勇敢的同行，只因為誠實敢言就遭土耳其政府無情制裁，並因此陷入愁雲慘霧，但當我有一天也遭明格里亞當局施以同樣的懲罰，二十年來有家歸不得，我還是感到無比孤單且內疚不已。

及至二〇〇八年，明格里亞宣布成為歐盟成員候選國之後，當局就更難讓異議分子噤聲——除了像我這樣的溫和派，還包括其他勇於發聲且曾遭關押入獄的反對人士、激進左派，以及所有反對政府違法沒收當地希臘和鄂圖曼土耳其慈善信託組織資產的人士。在我寄了數封陳情信給歐盟，以及與我的家族為世交的明格里亞政府數名作風偏「自由派」的部會首長說情之下（在我們明格里亞，重量級友人提供的保護遠勝於任何人權概念），我終於獲得新的明格里亞護照，之後就趕搭最早一班飛機前往亞卡茲，但一踏出凱米爾元帥機場，我發現自己的一舉一動都遭到祕密警察監視。我自二〇〇五年開始撰寫那篇後來發展成為本書的「編者引言」，在明格里亞時會借住朋友家或投宿旅館，但我出門又回到住處後，經常發現行李和私人物品曾遭翻動搜查。最令我沮喪憤懣的，甚至不是堂堂一個歐盟候選國國內報紙頻頻刊出報導，公然影射我有為土耳其或英國從事「間諜活動」之嫌（後者是因為我父親的緣故），而是夏季時只要和島上幾位友人相聚，他們只要一杯當地產的葡萄酒下肚，就不停拿那些含沙射影的報導內容說嘴或開一些低俗惡質的玩笑，但這些人明明是我的朋友，他們每次去倫敦、巴黎或波士頓，我都會盡地主之誼招待他們（我曾在這幾個地方的大學任教）。

在某次學術研討會，我向一位研究中東和「黎凡特地區」歷史的荷蘭教授訴苦，埋怨我的明格里亞友人老是開一些不經大腦的惡劣玩笑消遣我，這位我一直很景仰的教授竟語帶諷刺地回應：「真的太不公平了！你那些朋友要是跟你夠熟，就該知道你可是最堅定不屈的明格里亞民族主義者。」

直到今天，我一直很後悔沒能當場對那位抱著「東方主義」眼光的教授還以顏色——他本人無疑還自以為幽默。但為了提醒這位教授、我的明格里亞友人以及諸位讀者，在此請容我略微岔題，點出一項重要的事實：現今已是二十一世紀，傳統的帝國和殖民地時代早已被我們拋諸腦後，而「民族主義」一詞已經成了一種標籤，幾乎專門用來美化吹捧那些對政府俯首帖耳唯命是從，只懂得趨炎附勢、沒有勇氣挺身對抗威權的行為。但在可敬的凱米爾「少校」的時代，「民族主義」的意義崇高，只用來指稱那些揭竿起義對抗殖民者或高舉旗幟面對入侵者，不惜在前線槍林彈雨中拋頭顱灑熱血的英勇無畏愛國志士。

當局宣布將我放逐國外二十餘年，也造成我的兩個健壯好兒子在快要開始學說話時就不得不離開明格里亞，因此別說是能講流利的明格里亞語，他們連一個明格里亞單字都沒學過。每次我堅持要兩個兒子

「學習母語」，或是想勉強他們跟我學一點這個神奇的語言，他們就會提醒我，家族裡除了我和我母親，沒有人會明格里亞語，就連帕琦瑟公主也不會，而且我平常跟他們的外婆對話也是講土耳其語，他們露出心照不宣的微笑，告訴我說他們的母語若不是土耳其語，那也應該是英語。對於我如此熱愛明格里亞，兩個兒子覺得可笑之餘，偶爾還會出言嘲諷，而孩子的父親——如同我對律師所解釋——總是拒絕幫我說話，我們的婚姻終究以離婚收場。

既然談到民族主義和語言，請容我略述人生中最憂傷難過的時候。歐洲足球總會於二〇一二年主辦的歐洲足球錦標賽一場資格賽中，土耳其於伊斯坦堡主場對戰明格里亞（人口不到五十萬），明格里亞隊在最後一個（或許有點可疑）的罰球得分，以一比零擠下土耳其順利晉級，而我一直以來為了深愛土耳其語和明格里亞語兩種語言而陷入的糾結拉鋸，終於變成不折不扣的苦痛折磨。憤怒的土耳其球迷湧上伊斯坦堡街頭，砸破明格里亞餐廳、烘焙坊（販售伊利亞醫師死前所吃的同款核桃玫瑰小圓麵包）和任何名稱有「明格里亞」的店家櫥窗，破壞或搶劫店內商品，有些人甚至放火焚燒店鋪。那週接下來數天，我避開記者，躲到與世隔絕的地方，相信最好的應對方法就是忘掉一切，也就是我現在在做的。

在編輯帕琦瑟公主書信集準備出版時，我經常揣想，一九〇一年在致命的瘟疫威脅和政治暴力下掙扎逃難求生的亞卡茲人民，要是能看到我和母親於一九五〇年代認識的亞卡茲，他們會有什麼想法。元帥的陵寢終於在一九三三年完工，我們每次搭乘出租馬車經過凱米爾元帥大橋（舊稱哈米德橋）時都會瞻仰致意，在市區內五個最重要的地點，豎立起元帥個人以及元帥與哲妮璞兩人的雕像，市區各處也飄揚著明格里亞國旗，無論朝哪個方向望去都能看到，我想他們如果能看到，一定會大為欣喜。新碼頭在建造時用了明格里亞大理石，如今就連較大的船隻也能入港停泊，港口內新建的防波堤高聳堅固，哲妮璞—凱米爾醫院設備現代新穎，廣播大樓以混凝土和明格里亞大理石打造，但建築造型採取明格里亞傳統木屋風格，此外還新建了凱米爾元帥大學、小巧迷人的亞卡茲歌劇院和明格里亞考古博物館，他們看到的話想必會驚嘆不已。但他們若看到凱米爾元帥大道和俯瞰大海的坡丘上聳立的一棟棟公寓大樓，或宛如巨大白色混凝土方塊的明格里亞花園飯店，或掛滿各棟高樓樓頂、讓渡輪上的觀光客一眼即可望見的斗大藍色和粉紅色霓虹燈飯店招牌和玫瑰水品牌廣告，或許也會暗自心驚。

那座原本為了紀念蘇丹阿卜杜勒哈米德登基二十五週年但延宕許久未能完工的鐘塔，在明格里亞獨立多年之後終於落成，但鐘塔裡並未擺放大鐘，而是擺放考古學家賽里姆・薩希挖掘出土的米娜女神像（差點命名為「哲妮璞大理石像」，因為雕像面容與元帥妻子的外貌極為相似），而在義大利軍隊占領明格里亞之後不久，民眾改稱此雕像為「明格里亞紀念像」，此名稱沿用至今。

猶記得一九五〇年代，我和母親搭乘輕便敞篷馬車回家的路上，朝左邊看就會望見凱米爾元帥的宏偉陵寢，彷彿一個具體有形的巨大存在居高臨下俯瞰全市，不過無論在馬車上或是回到家，我們從不談論元帥的事。搭馬車回家途中也會行經凱米爾—哲妮璞國民小學，我在一九五六年進入這所小學就讀以後，就很常聽到元帥的事蹟，每間教室的牆上和課本裡都可以看到他的肖像。

在上小學之前，我就記熟了元帥特別強調的一百二十九個明格里亞語單字，連用這些單字能造出的句子都倒背如流。因此一年級時，我很快就學會所有明格里亞字母的發音，也很快就能讀懂明格里亞文。一年級學年要結束時，拜母親買給我的那本袖珍字典所賜，我又學會了兩百五十個新的明格里亞語單字，都是我從來沒聽莉娜或海邊一起玩的小朋友說過的單字。同時，班上超過半數的同學還在努力學字母。

一九五七年秋天，我升上二年級，老師發現我懂的單字比同學多很多，尤其是明格里亞語單字，於是讓我坐在教室第一排整天翻閱我的袖珍字典（當時還沒有更齊全完整的版本）。某天早上督學到學校進行例行年度訪視，並未預先通知就忽然進來我們班的教室，老師要我到前面的黑板旁，問我學了哪些新單字。我背出數個我所知最古老的明格里亞語單字，並解釋這些字的意思：「黑暗」、「瞪羚」、「冰山」、「壺嘴」、「鞋子」和「徒勞」。我猜想就算是老師和將頭髮染成淺金色的督學女士，也會覺得有些字的意思模糊難懂。

但是督學要我用其中幾個字造句時，我卻當場愣住。我腦中唯一浮現的，就只有獨立紀念日那天高中生在廣場上跑來跑去或站成一排舉高布旗組成不同句子的畫面。我覺得羞慚不已，抬頭望向掛在黑板上方的凱米爾元帥和哲妮璞肖像。他們看起來真的好年輕迷人！他們就在那間昏暗無光的廚房以明格里亞語對話，從此挽救了險些遭人永遠遺忘的語言和國族。我感謝凱米爾和哲妮璞救了明格里亞民族，只覺得自己好丟臉。

但令人遺憾的是，我還是沒辦法用明格里亞語思考，我連在夢裡都是講土耳其語（這也是為什麼我以土耳其文撰寫本書）。督學看到我結結巴巴說不出話，便轉向老師說：「何不換你試試看？」老師用明格里亞語講了前半句，卻似乎造不出後半句，教室內頓時鴉雀無聲。老師看了督學一眼，好像盼望她能幫忙講出後半句，而督學絞盡腦汁半天，也沒辦法講出完整的句子。

督學不受這個小插曲影響，開始向我發問。「誰是明格里亞第二任總統？」「赫姆杜拉謝赫！」「哲妮璞和凱米爾在廚房裡第一個記起的單字是什麼？」「『Akva』——水！」「自由獨立宣言是在哪一天發布？」「一九〇一年六月二十八日。」「裝甲馬車於夜裡行駛在空蕩街道上的畫作是誰畫的？」「畫家塔傑汀。但是是明格里亞的人民先描繪了這個畫面！」督學聽到我的回答之後大為感動，招手要我過去，吻了一下我的額頭。「親愛的孩子，」她的語氣激動不已，「要是大元帥凱米爾跟哲妮璞能夠見到你，他們一定會非常滿意，非常以你為榮，他們也會知道明格里亞語和明格里亞民族都存續至今。」（她提到哲妮璞時直呼其名完全沒有任何不敬的意思；在一九五〇年代，明格里亞人提到元帥的夫人時一向只稱她的名字，儼然將她視為某個神話故事裡的主角。）

督學女士一直望著明格里亞每間教室必定會懸掛的元帥夫妻肖像照。之後她轉頭看我，對我說：「帕琦瑟女王一定也會以你這個年紀小小的明格里亞人為榮！」

當時我才意識到，督學跟島上大多數人一樣，都以為帕琦瑟女王已經過世，而且完全不知道我是女王的外曾孫女。

回到家裡，母親聽我轉述事情經過之後露出笑容，接著告誡我：「你在學校絕對不能跟任何人說你的外曾祖母在法國！」母親說過許多令人費解的話，這只是其中一次，多年來我思前想後反覆推敲，始終想不通箇中緣由。二〇〇五年以後，每次我前往明格里亞，所有行李、提袋和文件資料都會被人胡翻亂搜至少一次（目的是為了確保我在外出回來後知道發生過什麼事），在此之後，我已經明白了檯面下的恐懼和對政治的不安情緒，但有時仍會想起這些「難以捉摸」的謎題。二〇〇五年時，我已經放棄申請將從前那些土地授予特許狀轉換為正式地契，不再對那些應由女王後代繼承的明格里亞土地主張所有權，但當局仍持續派人搜查我的行李，歷年來我已有數份放在提袋裡或書桌上的文件遭竊。明格里亞情報局是馬札爾總統在職涯早期創立的情治單位，我敢說情報局特務肯定比各位讀者更早就讀過本書裡的許多篇幅。

一九五八年年末某一天，老師請我母親到學校，告訴她說我天資聰穎、在校表現優秀，應該考慮將我送去歐洲念書。母親一直希望我是徹頭徹尾的明格里亞人，大可以不要向我父親提起老師的建議。但她完全不想保密，因為她也認同我應該在明格里亞以外的國家受教育。父母親並不打算送我去倫敦，而是決定要我隨母親一起去住尼斯的外婆家，在那裡讀完小學順便學法文（我在家常聽父母親講英文，已經多少學會了）。我就是大約從這時候開始聽到父母親除了講到外婆梅莉可，也會講到外曾祖母帕琦瑟——他們會親暱地稱她「阿嬤」或滿懷敬意地稱她女王——和外曾祖父努里醫師。

向來善交際又人緣好的父親寫信給女王和努里醫師，告知他們的外曾孫女是「令他們引以為榮的明格里亞人」。某天，我們收到馬賽寄來的一封信，簇新的信封裡放了七張空白的二十世紀明格里亞風景明信片。外曾祖母將她離開明格里亞時帶走的明信片寄來給她的小小明格里亞人。後來我才知道，她也寄了很多張給她的姊姊哈緹絲。那一年我去了明信片上的每個地點，用父親買給我的陽春黑白相機拍下同一個地點於一九五八年末時的景象，再將底片送去瓦尼亞照相館沖洗。

但我還來不及將洗出來的照片寄去馬賽，我父親就展現他的慷慨大方和聰明機智，善用當時一個千載難逢的機會，取得所有人的同意之後，安排我們一大家子在日內瓦團聚。世界衛生組織決定要頒發傑出服務獎給二十五年前退休的外曾祖父努里醫師，他和女王前往日內瓦領獎期間，外婆梅莉可會跟去照顧他們，我也會一起去日內瓦。父親在美岸皇宮飯店訂了兩間景觀房，我們會在飯店住宿一週。

在我的印象中，一九五九年八月的日內瓦令人心醉神迷。父母親就像大多數床頭吵床尾和的夫妻，確定有人幫忙顧小孩之後就跑得不見蹤影，但我不怎麼在意，因為外婆梅莉可公主決心要高高興興地陪孫女玩。我的外公薩伊阿凡提王子五年前在空難事故中過世之後，外婆一直希望我和母親能搬去尼斯，住在離她近一點的地方。

我跟外婆早上會在飯店房間裡待到九點，等著日內瓦最著名的噴泉水柱直竄天際（夜間停止噴水），之後出門散步蹓躂許久。外婆會將她的淺棕色頭髮綰成髮髻後用銀色簪子固定，她跟母親一樣有一副黑色太陽眼鏡，不過外婆隨時都會戴上。有時候我們會手牽手坐上路面電車，過橋去對面的市區逛市場和百貨公司，我一直以為外婆是在逛街比價或是想物色什麼商品。我們不時在咖啡店坐下休息，去湖邊餵游來游去的白天鵝吃麵包，或待在某個公園盯著水面上比較醜、形狀也比較怪異的小船打發時間。我還記得外婆一直想套話問我父母親的事，尤其想探問他們多常吵架。她有幾次提到我住的城市實在太陌生遙遠，然後微笑著說起她在香港的童年。有一天，外婆帶我去看早上十一點開演的「兒童適宜」早場電影（賈克・大地執導的《我的舅舅》）。還有一次我們坐上船，悠閒地遊覽日內瓦湖。從來到日內瓦第一天開始，我就知道做這些事只是在打發時間，其實是在等外曾祖父母準備好接見我們。

若不是在那一週曾經與外曾祖父母努里醫師和帕琦瑟女王共度約二十個小時（據我估算），我想我絕對沒辦法將最初的那篇「編者引言」改寫為如今各位讀者手上的這本書。

我走進房間時，外曾祖父母對著我微笑。他們住的房間所在樓層比我們住的房間高出兩層，但格局坐向類似（都能看到白朗峰和噴泉），房內還提供香味獨特的香皂和古龍水。我那年才十歲，就已經看得出來他們遠比外婆還幸福開心，因為他們互相信賴扶持、同甘共苦，夫妻感情格外深厚。

「媽媽，」我外婆對外曾祖母帕琦瑟女王說：「米娜從明格里亞帶了禮物給你！」

「真的嗎？真是好孩子！那麼快拿出來，讓我們看看你帶了什麼給阿嬤跟阿公。」

這時我卻莫名羞怯起來，雖然只是害羞一下子，但我卻覺得好像在作夢，而且舌頭打結，一個字都說不出來。

「她去拍了你們寄來明信片裡那些鄉村現在的景象！」

外婆梅莉可一輩子都沒去過明格里亞，對這座島一點都不感興趣，她形容我拍的亞卡茲照片是「鄉村」景象，我聽到之後很不開心，而女王外曾祖母和醫師外曾祖父聽了也很困惑。外婆花了一點時間，莊重正式地向她的父母親介紹照片裡的景象。

「我們這位明格里亞小朋友想必花了不少力氣！」努里醫師說。外曾祖父滿臉皺紋，皮膚白皙得近乎透明。他坐在窗前的扶手椅上，凝望白朗峰覆滿白雪的山頭。偶爾他會轉頭望向我們，但大多數時間他都像是頸部僵硬，幾乎不太轉頭。

最後我鼓起勇氣，將我的禮物獻給女王，膽怯的我就像一名困窘侷促的外交官。帕琦瑟女王接過我用雙手獻上的信封後擱到一旁，將我拉到她身前，先親了親我的兩邊臉頰，再將我抱到她懷裡讓我依偎在她的胸口。八十歲的她看起來瘦小虛弱，但手臂和胸膛卻很強壯結實。

「要換我抱一下了嗎？」一陣子之後努里醫師開口。

我從女王懷裡下來，朝外曾祖父走去，忽然想到我忘記親吻他們的手了，母親之前才耳提面命，交代我一見到他們就要行吻手禮。但從外曾祖父母的反應看來，他們似乎並未期待我要這麼做。外曾祖父的臉皺巴巴的，一雙大耳朵長滿耳毛，我朝他走去時有點發抖，但在他的臂彎裡很快就覺得安心自在。

看到我比較不緊張，外婆就離開房間，留我一個人陪著外曾祖父母。以下將轉述我與帕琦瑟女王和駙馬努里醫師在那一週中的談話內容，但並非依照時序先後，而是依照我自己的印象按主題歸類。

我。藉由和外曾祖父母對話，我也更加了解自己。對自己的人生滿意嗎？（很滿意！）有沒有朋友？（我有朋友。）和朋友聊天時用什麼語言？（土耳其語——是真的——和明格里亞語，後者就有一點誇大。）會不會游泳？（會。）怎麼學會拍照的？（爸爸教我的。）相機是哪裡來的？（爸爸從倫敦帶回來的。）聽了我回答前述最後一個問題以及後續再提出的其他問題，外曾祖父母才知道我父親是倫敦富商，但我從未去過倫敦，兩人聽了之後沉默半晌。究竟是我自己心裡有數，只是不願細想才刻意遺忘，抑或真的是因為外曾祖父母的關係，我才第一次意識到父親一直躲著我和母親？

明信片和照片。除了努里醫師前去受獎那一天之外，我和外曾祖父母大都在聊明信片和照片。我們會坐在擺設於大床床尾的沙發，我坐在他們兩人中間，腿上擺著一顆抱枕，一起細看在抱枕上一字排開的明信片和照片。他們特別喜歡「海灣全景」風格的圖像，可以看到站在原哈米德橋上放眼望去所見的市景，他們看了就會眷戀不已地追憶從前的亞卡茲。「這裡你還記得嗎？」他們會指著某棟建築或某座橋詢問對方，陳年舊事一下子全都湧上心頭。但努里醫師的記憶力其實已經大幅衰退。有一天我指著我拍的其中一張照片，跟他說照片裡的宏偉建築就是亞卡茲廣播大樓，隔天他又問我一遍，聽了我回答之後就像第一次聽到一樣滿臉驚奇。不到兩天，我們已經將照片裡所有新建築都認過一遍。有時候，我會看著努里醫師皺縮皸裂、滿是痣斑的枯瘦大手，心想他的手怎麼這麼怪，甚至覺得有點詭異嚇人。更令人驚訝的是，有一天女王轉向努里醫師說道：「你看！我們的明格里亞小朋友兩隻大拇指跟你的好像！」外曾祖母這麼說之後，我也發現我跟外曾祖父的大拇指真的好像。我每天都會去探望他們，我們會先一起看看照片，之後就開始談天說地。有一天研究完照片之後，女王轉頭看看她的丈夫，然後轉向我，親切慈愛地開口道：「小小明格里亞人，我們很感謝你千里迢迢帶這些照片來給我們看。我們也有一個禮物要送給你！」

「還沒有好，他們還在準備！」努里醫師說。

明格里亞語和學校。外曾祖父母真正想知道的，是學校裡「實際上」有多少部分是採用明格里亞語教學。有些課本確實是用明格里亞文寫成，但我很老實地說島上大多數報紙和書籍仍採用希臘文或土耳其文。我在和外曾祖父母對話的過程中才領悟，學校的明格里亞語教學很成功只是金髮督學女士的幻想，她呈交給上級的報告裡可能描述得天花亂墜，但想必和事實不符。但是帕琦瑟女王看得出來，她的小小明格里亞人熱愛自己的國家民族，特別斟酌用詞以免我聽了難過。我也特別留意不要講任何讓她傷心的話，我告訴她我們的小學課本裡介紹帕琦瑟女王是一位鄂圖曼蘇丹的女兒，是國家的第三任元首，還講述女王在發生嚴重瘟疫那段恐怖的日子是用哪些方式幫忙貧窮人家。但事實是課本裡一個字都沒提，島上所有人都認為女王已經過世。

書籍和《基度山恩仇記》。另一個和「有沒有朋友？」一樣令我畢生難忘的問題是外曾祖父提出來的：「你會看書嗎？」

我一開始以為他指的一定是我是否開始學習認字閱讀、看書速度快不快，和其他跟上課念書有關的事。他們從我的回答聽出來，顯然我還沒體驗過閱讀的樂趣，我看到他們露出很遺憾的表情（就像他們得知我父親從來不曾帶我去倫敦的時候一樣）。努里醫師告訴我，我的外曾祖母現在變得跟她小時候一樣，不太喜歡出門，比較喜歡整天待在家裡看小說。

「絕對不是你說的那樣，我當然喜歡出門到處走走。」帕琦瑟女王說。

努里醫師覺得妻子似乎有一點使性子，又很想向我這個明格里亞小朋友介紹閱讀的好處，於是要我看女王床頭矮桌上一本邊緣已經磨損的厚口袋書——是《基度山恩仇記》！「你知道這本書嗎？」我記得作者的名字，就告訴他們《三劍客》這年冬天剛好在亞卡茲的尊爵影城上映，我母親已經去看過了，但她覺得不適合我這個年紀的孩子。母親如果喜歡某部電影，也覺得適合我觀賞，就會帶著我再去看一遍。

「帕琦瑟女王的叔父阿卜杜勒哈米德多年前在亞卡茲暗中主使了一樁命案，你的外曾祖母只是讀了《基度山恩仇記》就發現命案的真相。」努里醫師說。

「親愛的，你過獎了！」女王說：「我只是推論而已。」

「我相信你的推論正確無疑！」努里醫師說，他費勁地將頭轉向妻子，露出充滿愛意的笑容。

多年以後在編輯帕琦瑟公主書信集準備出版的過程中，我發現帕琦瑟公主的推論確實是正確的，我在興奮之餘更是深感驕傲。然而我是先在伊斯坦堡各家古書店尋尋覓覓，終於找到阿卜杜勒哈米德遭罷黜三年後出版、使用阿拉伯字母的六冊《基度山恩仇記》鄂圖曼土耳其文譯本。大仲馬所寫的《基度山恩仇記》原著出版那一年，阿卜杜勒哈米德才兩歲，小說第五十二章的標題為「毒物學」，作者藉由主角基度山伯爵之口，鉅細靡遺講述如何利用砒霜不著痕跡取人性命，甚至比較了東方和西方下毒行凶的案例。小說中也提到凶手如果想掩人耳目，最理想的作法是分頭向不同來源取得足量的毒鼠藥，不要只向同一家雜貨鋪或草藥鋪購買（不過這種作法也可能造成日後有更多名草藥鋪或雜貨店老闆出面指認凶手！）。

貝卓希揚出版社於一九一二年出版的《基度山恩仇記》很厚重，小說的泛黃紙頁散發著好聞書香，我迫不及待翻閱第三冊時卻發現書中缺了第五十二章，我心中再次充滿對親愛外曾祖母的欽佩景仰，更感到欣喜若狂，覺得多年來專心編輯書信集的辛勞全是值得的。

書裡甚至沒有特別加上紙條標注：「此章遭到刪除。」因此在我心中，書籍一開頭標示為阿卜杜勒哈米德指定譯本的宣傳用語別具意義，儼然夏洛克．福爾摩斯破案的重要線索之一。當時我激動得心頭怦怦直跳。

但在近六十年前的那一天，我對這些一無所知，腦中只想到一件事可以跟外曾祖父母說：

「那天跟外婆一起出去散步，我們在一家鐘錶店的櫥窗上看到阿卜杜勒哈米德的名字！」

「你聽到了嗎，親愛的？」

「你們在哪裡看到阿卜杜勒哈米德的名字？」他們問我，看起來精神為之一振。

這段對話發生在我們待在日內瓦的最後一天。但要細述這一天如何令我終生難忘，我必須先交代另一個主題。

電視實況轉播。「外頭太熱了！」帕琦瑟女王解釋他們為什麼一直待在飯店。「反正努里醫師也有一點累！」

那一週最後數天，外曾祖父（他在八個月後辭世）每天下午都會去飯店大廳收看黑白電視上的划船比賽實況轉播，只有最後週日那一天沒去。划船比賽是在隆河流入日內瓦湖那段洶湧河道上的兩座橋梁之間舉行，兩座橋上擠滿興高采烈的觀眾，他們看著划槳手在湍急水流中賣力操槳，也有些划槳手翻船落水。

外婆梅莉可早上帶我走過第一座橋時，看到在舉行划船比賽時也會停下來觀賞。更好玩的是我們下橋以後，會看到市區咖啡館裡永遠打開的電視螢幕上轉播同樣的畫面，對我來說好像某種後設經驗。我很想去對著電視台的鏡頭揮手，這樣外曾祖父母就能即時看到我出現在電視螢幕上。但我當時還無法用言語表達這種幼稚的嚮往，而且無論如何，大人就算聽懂我只是想上電視跟他們揮手，也沒辦法幫我實現願望。更別說我其實很不想讓他們知道，我們在亞卡茲連一部電視機都沒有。

因此在日內瓦最後那一天下午，我坐在外曾祖父母住的飯店房間，打開外曾祖父送給我的禮物那一刻，腦中想的全都是現實與投影之間豐富又難以言喻的連結。

我興奮地拆開禮物包裝，取出一本書（跟讀者手上這本一樣厚），我翻開書封才發現是一本給小讀者的翻頁立體書，而內頁呈現的是明格里亞的立體街景。好美妙、好迷人，而且無比真實！一排排精心剪雕、圖案細緻的硬紙板彈起豎立時，我從出生起就居住的城市於眼前鮮活開展。

我立刻就看出這個城市不是我從小長大的那個亞卡茲，想必是一九〇一年時的亞卡茲。新的公寓大樓、混凝土建造的旅館飯店和「部會機關」都不見蹤影，其他的一切無比寫實，全都在它們該在的位置。但眼前的奇妙景觀又具有某種特質，也許是天空中的朵朵白雲，也許是屋瓦的紅色和樹木的綠色，也許是城堡的尖塔，無不讓你覺得自己身在家鄉的同時，又彷彿置身童話仙境。

後來我一直將努里醫師送給我的漂亮禮物帶在身邊。在書寫這本各位即將完讀的小說時，我時不時會看一眼這本立體童話書。或許有人會說本書就是因此才會讀起來很像童話故事，容我說明撰寫本書的另一主要靈感來源，是瓦尼亞照相館於一九〇一年九月初接受帕琦瑟女王委託，拍攝的八十三幀亞卡茲幾乎空無一人街道的肅穆黑白照片，本書最核心的「寫實主義」風格即深受這批照片影響。在明格里亞於二〇〇八年正式成為歐盟成員候選國，而我的兒時玩伴莉娜獲任命為文化部長之後，我終於得以重返先前將我拒於門外的明格里亞國家檔案庫。

飯店房間裡，外曾祖母朝著丈夫揮手示意，要他看硬紙板亞卡茲上的城堡。城堡是亞卡茲甚至全島歷史的開端，而它投下的龐大陰影直到現今仍籠罩我的心頭，但對那時的我來說，城堡只是一個從小到大每天都會看到的地方，我聽不懂女王和醫師熱烈討論的內容，只覺得一頭霧水。

多年後我讀完帕琦瑟公主的書信，終於明白他們那天的談話內容和記得的那些事。女王要努里醫師注意看希索波里堤薩廣場，那裡既是尼基弗羅斯的藥房所在地，也是邦考斯基帕夏屍首被人發現的地方。本書中提及的哈黎菲耶、里法伊和古勒朗什教團的道堂，透過立體紙雕生動重現，精細完整到連庭院裡的樹木都一併呈現。

「你去過這間道堂嗎？」女王看著我發問。

母親對這些隱藏於圍牆後的場所興趣缺缺，因此當時的我根本不知道有這些地方。我毫不忸怩地回答：「沒去過！」

外曾祖父母繼續他們原本的話題，同時細看立體書裡擺放位置正確無誤的夾竹桃丘、哈米德橋、駐軍營地和海關。我的父母親有時候會用某種很怪的英語低聲交談，不想讓我聽懂他們在講什麼，每次發現他們這麼做，我都很不開心，擔憂他們是不是又要開始吵架。那時我又開始害怕他們拋下我一個人，於是坐到努里醫師身旁。

女王將那本立體書放在努里醫師前面的矮几上。他們講到輝煌殿堂飯店，我說那不是島上最好的飯店（是母親說的），在明格里亞還有其他家飯店更豪華，又補充說全島最好吃的冰淇淋就在輝煌殿堂飯店的羅馬冰淇淋店，還向他們介紹飯店二樓那個小小的元帥紀念博物館。

外曾祖父母沒有聽說過這個博物館，問了我好多問題，還要我鉅細靡遺描述博物館裡僅有的數件展品。既然講到我們的英勇元帥——確實是我如數家珍的主題——我指給他們看我們的「偉大民族救星」出生長大的房子，還有元帥紀念博物館實際的位置，然後將我在博物館裡看到的一五一十告訴他們。

看到外曾祖父母對於我熟知元帥的事蹟似乎大為驚奇，我向他們介紹沒有出現在明信片或立體書上的元帥陵寢，說每年都有兩趟校外教學，由老師帶著全班同學一起去瞻仰（必須先通過安檢）。我還說前一年我才參考《明格里亞百科全書》寫出一份關於元帥陵寢的作業，還背了老阿許坎寫的兩首詩〈噢元帥，偉大的元帥〉和〈我是明格里亞人〉。

「那你有機會一定也要去伊斯坦堡！」努里醫師的語氣很神祕。

「你為什麼這麼說？」女王說：「一定要好好鼓勵我們的明格里亞小朋友，她很認真念書，學到這麼多東西。」

聽到這番讚賞，我開心又激動。聊偉大的元帥比較好，這是我最熟悉的話題。

「要是沒有偉大的元帥，我們現在還會是希臘人、土耳其人甚至義大利人的囚犯！」我說：「元帥宣布明格里亞自由獨立，帶領我們躋身文明開化民族國家的行列。」

「說得真好！」帕琦瑟女王說：「他在哪裡宣布的？指給我們看看！」

我忽然覺得很害羞，好像又回到那位金髮督學面前。我甚至不太確定外曾祖母問我什麼。

「看這裡，看到了嗎？這就是總督官邸的陽台。」外曾祖母說：「元帥在這裡做了什麼事呢？」

聽懂外曾祖母在問什麼之後，我心花怒放，因為答案我早就熟記於心。

「陽台下方的廣場上，明格里亞人民數以千計，老老少少挺身響應，他們來自島上遠近各地！」我開口背誦。「元帥告訴大家：『明格里亞萬歲！』」

但我太興奮，漏了每本課本都會引用的元帥語錄其中數句。「還有……」我有點結巴地接著說：「他手裡舉著一面由數名鄉下少女縫製的明格里亞國旗。」

「喝口水，我的小小明格里亞人！」外曾祖母說。她從矮几上拿了一杯水給我，接著取了鋪在桌上的小桌布，像舉起旗子一樣拿著。「或許我們可以到陽台上，你就更容易回想跟感受元帥當時說的話。」

外曾祖母親了親我的兩邊臉頰，我覺得心滿意足，不再那麼緊張。我當然記得元帥說過的話，那些字句我背過不下數千遍。

外曾祖母帕琦瑟女王手中拿著布旗，帶著我走到飯店房間的陽台，陽台落地窗一直是開著的。懷著與如今寫出以下字句同樣堅定不移的深刻信念，我們高舉旗子在半空中揮舞，齊聲大喊：

「明格里亞萬歲！明格里亞民族萬歲！自由萬歲！」

二〇一六至二〇二一年

專文解說

在虛構的地圖上探測真實的邊界

※本文含部分小說情節，請斟酌閱讀

文／國立清華大學中文系副教授　羅仕龍

曾經有那麼一段時間，我們每天關注著城市的地圖。不僅是自己習慣穿梭的街道，更是別人近日曾行經的路線。我們反覆思考，推敲每個細節，嘗試重建自己過去二十四小時或四十八小時的生活軌跡，有時甚至還回溯到更久以前。不是為了肯定自己的城市遊蹤，而是詳加比對之後，確立遊走範圍所及的邊界，盡可能否定自己曾與某些在地或外來人口重疊相同路徑。

所謂的「確診者足跡」，在新冠疫情爆發初期，成為我們最關心的時間動線，也重新形塑了我們心中的城市地圖。然而空間意義的變動不僅限於街道，也讓世界地圖有了新的座標。太平洋邊緣堅強抗疫的小島，一躍成為全球主流新聞焦點。生活在島嶼上的人們像是榮獲國際大獎肯定，充滿自信地要從邊陲邁向中心。

地圖與歷程的重建，動線與邊界的測量，這些我們記憶猶新的生活要件，彷彿都在帕慕克小說《大疫之夜》看到似曾相識的影子。固然小說故事背景是距離我們有百年之遙的二十世紀之初，是千里之遠的鄂圖曼土耳其帝國，但瀰漫全書揮之不去的疫情基調及抑鬱氛圍、不明所以的死亡威脅及主體意識再確認，卻都是我們感同身受的。

或許世間故事都像一段旅行，不論是角色生命的起伏跌宕，抑或是時空歷程的演進推移。《大疫之夜》的情節起於一九〇一年的海上航程，結束於世界大戰爆發前夕另一段茫茫未知的旅途。承載著劇中主角的郵輪「阿濟茲號」，從海陸之濱的伊斯坦堡出發，目的地是行將傾頹的大清帝國。直至小說篇末，但見「阿濟茲號」再度啟程，似乎連結到故事的起點，接續此前未竟的志業。

只是並非所有旅行都是按表操課。卻也正因如此，讓旅途的中繼站成為既定守則之外的開疆闢土。《大疫之夜》虛構了一座「明格里亞島」，女主角帕琦瑟公主與駙馬努里貝伊醫師銜命來此以科學推理方式，追索一樁離奇的命案，事涉帝國首席藥師邦考斯基帕夏的遇害。此趟旅程原起於統治者的諸多算計，卻意外讓小島因傳統宗教思想與現代防疫方式的交鋒，進而逐步脫離固有的地緣政治架構。

虛構的明格里亞島位處鄂圖曼帝國的邊陲，而現實生活中的土耳其夾處歐亞大陸之間，又是怎樣建立文化主體性呢？當明格里亞語言連結革命正統血脈，成為小說敘事者不斷反覆定義的文化遺產時，歷史波瀾裡的土耳其也即將面對文字改革，以歐洲語言採行的拼音法取代傳統字母。帕慕克鉅細靡遺描述島上種種，既有遍植的玫瑰也有風貌各異的數段愛情關係，在疫情的死亡陰影之下展示一幅最生動的人間百態，栩栩如生映照著多元繁複的文化共存與價值對立，同時影射上世紀初土耳其的政治變動與邁向現代的進程。

因為不曾真正存在，所以可以盡情存在。《大疫之夜》以現實為基底，糅合作者滔滔不絕的辯證，將看似堅實的歷史與政治元素重新編碼，交織成比現實更加真實的一幅錦繡圖像，寄予讀者無限浪漫的想像。歷史上驚濤駭浪的大疫總會成為平靜無波的記憶，封鎖的邊界與隔離的空間終將重新開放。然而隨著小說的脈絡，我們是否會想起那些世界版圖上不被認知的島嶼和疆界，也曾在虛虛實實的疫情局勢下，成為世間最強而有力的存在？

有意思的是，《大疫之夜》特別為故事主軸加了一個框架。敘事者是位英國名校畢業的女性歷史學家，她是帕琦瑟公主的後代，在整理前人書信的過程中，逐步拼貼出屬於明格里亞島的點滴。如果擁抱西方、脫亞入歐（包括土耳其的歐盟之夢）曾是許多文明在面對歷史進程時的美好想像，那麼常居美國的帕慕克通過小說筆下的敘事者，是否嘗試褪去帝國強健的凝視，而以細瑣的架構與多層次的轉折，引領讀者重新探看那些獨立存有，卻又不得不捲入強權政治對話的文化個體？

因疫情而沉睡的世間，終有大夢初醒之日。西方想像投射的睡獅或病夫，如何能夠喚醒自信，重新融入世界秩序？或許一如不斷期待西方啟蒙卻又難以割捨文化臍帶的書中帝國，唯有跨越（或拋棄）各種疆界，在書寫的同時容納各種反書寫，才有機會在新的框架下建構新的對話主體。這看似矛盾的張力，卻是帕慕克小說迷人之處。

《大疫之夜》是部浩繁的虛構歷史，卻也如此迫近當代真實。翻開書頁所見的地圖，開啟我們對於鄂圖曼帝國與東西方文明調和的重新想像，也整理我們在疫情期間對於世界秩序的諸多反思。身處台灣的讀者歷經各種文化對話與價值觀念衝撞的洗禮，在諸多議題的理解與土耳其有所差異，也或許更接近西方話語建構的進步價值。但可以肯定的是，當代文學地圖少不了帕慕克，而瘟疫的歷史閱讀版圖上也少不了《大疫之夜》這部傑作。

帕慕克年表

一九七九年　第一部作品《謝福得先生父子》（*Cevdet Bey ve Oğullari*）得到Milliyet小說首獎，隨即於一九八二年出版，一九八三年再度贏得Orhan Kemal小說獎。

一九八三年　出版第二本小說《寂靜的房子》（*Sessiz Ev*），並於一九八四年得到Madarali小說獎；一九九一年，這本小說再度得到歐洲發現獎（la Découverte Européenne），同年出版法文版。

一九八五年　出版第一本歷史小說《白色城堡》（*Beyaz Kale, The White Castle*），此書讓他享譽全球。紐約時報書評稱他：「一位新星正在東方誕生——土耳其作家奧罕・帕慕克。」這本書得到一九九〇年美國外國小說獨立獎。

一九九〇年　出版《黑色之書》（*Kara Kitap, The Black Book*）為其重要里程碑，此書使他在土耳其文學圈備受爭議，卻也同時廣受一般讀者喜愛。一九九二年，他以這本小說為藍本，完成Gizli Yuz的電影劇本，並受到土耳其導演Omer Kavur的青睞，改拍為電影。

一九九七年　《新人生》（*Yeni Hayat, The New Life*）的出版，在土耳其造成轟動，成為土耳其歷史上銷售速度最快的書籍。

一九九八年　《我的名字叫紅》（*Benin Adim Kirmizi, My Name Is Red*）出版，奠定他在國際文壇上的文學地位，並獲得二〇〇三年IMPAC都柏林文學獎（獎金高達十萬歐元，是全世界獎金最高的文學獎）。

二〇〇四年　出版《雪》（*Kar, Snow*），名列《紐約時報》十大好書。

二〇〇六年　獲諾貝爾文學獎。

二〇〇九年　出版《純真博物館》（*Masumiyet Müzesi, The Museum of Innocence*），為《紐約時報》「最值得關注作品」，西方媒體稱此書為「博斯普魯斯海峽之《蘿莉塔》」。於土耳其出版的兩天內，銷售破十萬冊。

二〇一〇年　獲「諾曼·米勒終身成就獎」。

二〇一四年　出版《我心中的陌生人》（*Kafamda Bir Tuhaflık, A Strangeness in My Mind*），榮獲二〇一六年俄羅斯Yasnaya Polyana文學獎外語文學獎、二〇一六年曼布克文學獎入圍、二〇一七年國際IMPAC都柏林文學獎決選。

二〇一六年　出版《紅髮女子》（*Kırmızı Saçlı Kadın, The Red-Haired Woman*），榮獲二〇一七年義大利蘭佩杜薩文學獎。

二〇二一年　出版《大疫之夜》（*Veba Geceleri*）。

國家圖書館出版品預行編目資料

大疫之夜／奧罕・帕慕克（Orhan Pamuk）著；王翎譯. -- 初版. -- 臺北市：麥田，城邦文化出版；家庭傳媒城邦分公司發行，2024.08

面；　公分. --（帕慕克作品集；11）

譯自：Veba Geceleri

ISBN 978-626-310-688-8（平裝）

EISBN 978-626-310-686-4 (EPUB)

864.157　　113006631

大疫之夜

原著書名・Veba Geceleri
作者、封面繪圖・奧罕・帕慕克 Orhan Pamuk
翻譯・王翎
校對・呂佳真
封面設計・馮議徹
責任編輯・吳貞儀

國際版權・吳玲緯　楊靜
行銷・闕志勳　吳宇軒　余一霞
業務・李再星　李振東　陳美燕
總編輯・巫維珍
編輯總監・劉麗真
事業群總經理・謝至平
發 行 人・何飛鵬
出版社・麥田出版
115020台北市南港區昆陽街16號4樓
電話：886-2-25008888　傳真：886-2-2500-1951
發行・英屬蓋曼群島商家庭傳媒股份有限公司城邦分公司
115020台北市南港區昆陽街16號8樓
客服專線：02-25007718；25007719
24小時傳真專線：02-25001990；25001991
服務時間：週一至週五上午09:30-12:00；下午13:30-17:00
劃撥帳號：19863813　戶名：書虫股份有限公司
讀者服務信箱：service@readingclub.com.tw
城邦網址：http://www.cite.com.tw
香港發行所・城邦（香港）出版集團有限公司
香港九龍土瓜灣土瓜灣道86號順聯工業大廈6樓A室
電話：852-25086231　傳真：852-25789337
電子信箱：hkcite@biznetvigator.com
馬新發行所・城邦（馬新）出版集團
Cite（M）Sdn. Bhd.
41, Jalan Radin Anum, Bandar Baru Seri Petaling,
57000 Kuala Lumpur, Malaysia.
電話：+6(03)-90563833　傳真：+6(03)-90576622
電子信箱：services@cite.my
印刷・前進彩藝有限公司
初版一刷・2024年8月
定價・750元